ro
ro
ro

Nach dem tragischen Tod ihres Mannes und ihrer kleinen Tochter war Rae Newborn lange Zeit in psychiatrischer Behandlung. Mit dem Mut der Verzweiflung ergreift sie ihre letzte Chance, ins Leben zurückzukehren: Sie geht auf eine unbewohnte Insel. Doch bald wird ihr die Stille des einsamen Eilands unheimlich, kleinste Geräusche bekommen plötzlich Bedeutung. Rae fühlt sich beobachtet. Und bedroht.

Laurie R. King wuchs in San Francisco auf und lebt heute mit ihrer Familie in Watsonville, Kalifornien. Als rororo-Taschenbuch erschienen: «Die Feuerprobe» (rororo 23130), die «Mary-Russell-Romane» «Die Gehilfin des Bienenzüchters» (rororo 13885), «Tödliches Testament» (rororo 13889), «Die Apostelin» (rororo 22182), «Das Moor von Baskerville» (rororo 22416).

Außerdem sind folgende «Kate-Martinelli-Romane» als Rowohlt Taschenbuch erhältlich: «Die Farbe des Todes» (rororo 22204), «Die Maske des Narren» (rororo 22205), «Geh mit keinem Fremden» (rororo 22206), und «Wer Rache schwört» (rororo 22922).

Laurie R. King

Die Insel der flüsternden Stimmen

Roman

Deutsch von Sabine Schulte

Rowohlt Taschenbuch Verlag

Die Originalausgabe erschien 2001 unter dem Titel «Folly»
bei Bantam Books, New York

2. Auflage August 2003

Veröffentlicht im Rowohlt Taschenbuch Verlag GmbH,
Reinbek bei Hamburg, August 2003

Umschlaggestaltung any.way, Wiebke Buckow
(Foto: Mia Klein / Photonica)
Druck und Bindung Clausen & Bosse, Leck
Printed in Germany
ISBN 3 499 23449 1

Die Schreibweise entspricht den Regeln
der neuen Rechtschreibung.

Für meinen Rod und die Belegschaft – alle Angestellten bei Buckholdt's Builders, den lebenden Beweis dafür, dass echtes handwerkliches Können nicht untergegangen ist: Tony, Raymundo, Tom, Steve, Ian, John, Ryan, Mauricio, Cindy, Antonio. Und zum Gedenken an Pablo.

Danke, Leute.

Inhalt

Teil I – **Der Bauplatz**
19

Teil II – **Das Fundament**
119

Teil III – **Die Wände**
297

Teil IV – **Das Richtfest**
437

Teil V – **Die Einweihung**
583

Mit Dank an folgende Personen, die eine Schriftstellerin an ihrem verschiedenartigen technischen Fachwissen teilhaben ließen und die nicht für das verantwortlich zu machen sind, was diese Schriftstellerin mit ihren Informationen gemacht hat:

Rod Buckholdt
Bruce Decker, für die Freonschmuggler
Michael Gray
Joyce Nordquist
Heidi Smith
das San Juan County Sheriff's Department
und an all die mutigen Männer und Frauen, die über ihre Erfahrungen mit schweren Depressionen und mit Geisteskrankheit geschrieben haben.

Und mit der Bitte um Entschuldigung an die Landschaft und an die Bevölkerung von San Juan County in Washington State, dafür, dass ebendiese Schriftstellerin so unverschämt war, einem bereits perfekten Fleckchen Erde eine Insel und eine Sammlung von schwierigen Personen hinzuzufügen.

Vorwort

Die grauhaarige Frau stand in ihren Stiefeln wie angewurzelt oben auf der felsigen Landzunge und beobachtete, wie die Angehörigen, die ihr geblieben waren, sich entfernten. Als die *Orca Queen* die Ausfahrt der kleinen Bucht hinter sich gelassen hatte, wurde das Dröhnen der Motoren tiefer, und das Boot drehte den Bug, ein Magnet, der sich zur Zivilisation hin ausrichtete.

Fahrt, sagte die Frau stumm. Werdet nicht langsamer, schaut auch nicht zurück, fahrt einfach weg.

Aber da schoss im mausgrauen, formlosen Jackenärmel Petras Arm aus der Kajüte und winkte ein stürmisches jugendliches Lebewohl. Wie von selbst hob Raes Hand sich zur Antwort, zu einem eigenen Abschiedswinken – bloß dass ihr Winken sich in der Luft veränderte, die Hand griff nach vorn, streckte sich protestierend aus, wie ein Hilfeschrei, als könnten die Finger die Fortfahrenden zurückziehen, als wollte sie über den Strand losstürzen, verzweifelt über die Felsen und durch das Wasser jagen und rufen und schreien: Lasst mich nicht hier, ich habe solche Angst und … Rae ertappte sich bei der Geste, bevor einer der drei Menschen an Bord sie bemerken konnte, legte den ungehorsamen Arm an und stand stramm. Das Boot umrundete die Spitze der Insel und war verschwunden.

Gott sei Dank, dass sie das nicht gesehen haben, dachte Rae. Das wäre das Letzte, was ich will, dass Tamara glaubt, ich wüsste nicht, was ich tue.

Aber warum fühle ich mich dann wie eine uralte Großmutter aus einem dieser rauen Nomadenstämme, die zum Wohl der Sippe in der eisigen Steppe zurückgelassen wird? Ich habe es mir doch selbst ausgesucht. Ich habe es so gewollt.

Das Brummen der Maschinen nahm mit der Entfernung ab, wurde immer leiser und ging in das Schweigen der Insel über. Kein schwaches Grollen von weit entferntem Verkehr, keine Hunde oder Kinder von Nachbarn, nicht einmal das Rollen der Brandung in dieser geschützten Bucht. Ein kleines Flugzeug weitab im Norden; ein Vogelkreischen wie ein rostiges Rad; das Plätschern winziger Wellen – und Stille.

Allein, endlich. Komme, was da wolle.

Einsamkeit und Stille.

Die Stille war nicht Abwesenheit von Lärm, sondern sie war greifbar, ein Wesen mit Gewicht und Masse. Die Stille spürte Raes Gegenwart und sammelte sich um sie herum, langsam zuerst, aber unerbittlich, bis Rae merkte, wie sie die Knie durchdrückte und unter der Last schwankte. Wie ein Leichentuch fühlte die Stille sich an, wie die klatschnassen Laken, die man früher um tobende Psychiatriepatienten wickelte. Rae stand allein am Ufer, mit gesenktem Kopf, als hätte der graue Himmel sich geöffnet, um einen zähflüssigen, unsichtbaren Strom der Stille auszuspeien. Er rann über ihre Kopfhaut und an der Haut ihres Körpers hinunter, sammelte sich um ihre Füße, verteilte sich über die Felsen und das ausgebleichte Treibholz, floss in das vom Salzwasser kümmerliche Unkraut weiter oben am Ufer und zwischen die Sträucher mit ihren Spuren von Frühlingsgrün, befühlte dann die schuppigen Stämme der duftenden Zedern und der hellen Erdbeerbäume, bis er das verkommene Fundament erreichte, auf dem Rae Newborn, zweiundfünfzig, ihr Haus bauen wollte, jenes im Gebüsch versunkene, bemooste, quadratische, doppeltürmige Steingerippe, das Sturm und Feuer und dem feinen Zahn der Zeit getrotzt hatte, das siebzig Jahre lang darauf gewartet hatte, dass diese Frau es wieder aufbaute.

Oder auch nicht. Ihr Vorhaben konnte sich leicht als Farce entpuppen, als tragische Torheit, die die Mühen und die Kosten eines Mondflugs verursachte, ohne dass auch nur ein Brett verbaut wurde. Die knallblaue Plane, die Raes teures Bauholz bedeckte, konnte ihr zum Denkmal werden, und die ohnehin schon bunte Geschichte der Insel Folly wäre um ein Kapitel reicher.

Rae merkte, dass sie mit der rechten Hand das Handgelenk der linken umfasst hielt und mit dem Daumen den kreuz und quer verlaufenden Narben auf der zarten, verletzlichen Haut nachspürte. Sie streckte die Handflächen vor sich aus, ließ die Ärmel zurückgleiten und betrachtete die erhabenen Linien aufmerksam, als wäre dort vielleicht eine Botschaft abzulesen.

Zwei Narben zeichneten ihr Handgelenk schon seit dreißig Jahren, aber sie konnte sich immer noch an das satt hervorquellende Blut erinnern, an die überwältigende Erleichterung und an die Verwunderung, dass sie keinen Schmerz spürte. Die beiden etwas längeren Narben darüber waren zehn Jahre jünger, beinahe ebenso rosa und in Raes Gedächtnis weniger deutlich. Aber die obersten, jüngsten Schnitte waren noch hell und scharf umrissen. Fast genau ein Jahr alt.

Die Narben übten eine makabre Faszination aus, sogar während der segensreich langen Phasen in Raes Leben, in denen sie kein Verlangen gehabt hatte, weitere hinzuzufügen. Der interessante Gegensatz zwischen der Widerstandsfähigkeit der menschlichen Haut und ihrem wehrlosen Aufklaffen, die erbitterte Entschlossenheit des Körpers, sich selbst zu heilen, der physische Beweis dafür, wie schmerzhaft das Leben werden konnte, all das zog Raes Blick an. Am meisten war sie jedoch immer erstaunt – und erst recht dankbar –, dass sie es bei all diesen Selbstverstümmelungen nie geschafft hatte, etwas durchzuschneiden, was für die Funktion der Hand wesentlich war.

Vielleicht war auf der Haut wirklich eine Botschaft abzulesen: Nimm nächstes Mal den Revolver, du Dummchen.

Bei dieser Erinnerung ließ Rae die Hände sinken, hob den Blick zu ihrem Lagerplatz und suchte nach dem grünen Rucksack, der neben ihren anderen geheimen und sorgsam gehüteten Schätzen auch den Revolver mit dem Holzgriff barg, den Grund für ihre lange Autofahrt die Küste hinauf: Ein Flug wäre, wie Tamara ihr mehr als einmal erklärt hatte, für alle einfacher gewesen – aber Schusswaffen sind im Flugzeug nicht erlaubt.

Rae entdeckte den grünen Nylonbrocken oben auf dem Haufen mit ihren Sachen, die sie auf der *Orca Queen* von Friday Harbor mitgebracht hatte. Petra, Tamara und Ed De la Torre hatten alles aufgeschichtet, sodass Rae nun das Sortieren und Ordnen überlassen blieb. In diesen willkürlich übereinander gestapelten Kisten lagen Werkzeug und Toilettenpapier, Konservendosen und trockene Socken, alles, was ein ausgesetzter Seemann – oder eine Tischlerin – sich nur wünschen konnte. Wenigstens war die zwischen Zelt und Bäumen aufgespannte Plane, die als provisorisches Zimmer im Freien diente und ihre Habe vor dem Nieselregen schützte, unauffällig lehmbraun.

Raes Blick wanderte weiter, von der glänzenden neuen Zeltausrüstung, die auf der einen Seite der Lichtung aufgebaut war, zu den beiden Steintürmen, die sich zweihundert Meter entfernt davon aus dem Dickicht emporkämpften. Die Türme waren die einzigen sichtbaren Elemente des einstigen Hauses, und sie schienen an Raes Gedanken und an ihren Händen zu ziehen, als wollten sie die Frau zu sich heranholen.

Ein Haus ist eine Übung in kontrollierter Spannung, überlegte Rae. Wer hatte das gesagt? Wer es auch gewesen sein mochte, es war nicht ganz zutreffend. Ein Haus, dachte sie, ist eher eine Übung in der Anwendung von Spannung zur Kontrolle der Kompression. Nicht die Spannung muss reguliert werden, damit sie ein Haus nicht in Stücke reißt, sondern die Schwerkraft, die ein Gebäude auseinander zu drücken droht und Wände ausbeulen und Fundamente zerbrechen kann. Wenn die Schlüsselelemente einer Konstruktion nicht unter Spannung stehen – wenn die Kehlbalken nicht verhindern, dass die Dachsparren sich spreizen, wenn die Balken unter dem Fußboden den Druck von Sofas und Flügeln, rennenden Kindern und Paaren beim Liebesspiel nicht in die Spannung an ihrer Unterseite übertragen –, sinkt das Haus in sich zusammen und stirbt.

Die Idee, dass ein Haus ein Symbol für kontrollierte Spannung ist, musste von der Jägerin stammen, befand Rae. Der prägnante, aber ungenaue Satz trug alle Kennzeichen der psychiatrischen Aphorismen dieser Frau, er setzte das Gewicht einer gedankenschweren Aussage ein, um den Stressfaktoren entgegenzuwirken, die eine Patientin zu zerreißen drohten. Rae selbst hätte gesagt: Ein Haus veranschaulicht die Kraft der Spannung. Man braucht nur die Unterkante der Bodenbalken anzusägen, nur die Spannung der gedehnten Fasern unten aufzuheben und von oben allein den Druck der Schwerkraft wirken zu lassen, und der Flügel oder das Sofa oder das sich liebende Paar stürzen in den Keller.

Spannung einzusetzen war schließlich genau das, was Rae hier vorhatte, auf dieser letzten Insel vor der Landesgrenze, eine Frau mittleren Alters mit zu viel Narbengewebe und einer zu langen Geschichte psychischer Anfälligkeit, eine Verrückte mit einem Segeltuchzelt, einem Lebensmittelvorrat, einer Tüte mit Tabletten, die halb Seattle in einen Dämmerzustand versetzen konnten, einem riesigen, zugedeckten Berg Baumaterial und einem kleinen, in Kisten verpackten Sortiment einfachen Handwerkszeugs, mit dem sie das Holz bändigen wollte. Keine Unterstützung, keine Nachbarn, kein Strom. Kein Telefon für Hilferufe.

Und eine schwere, vollgesogene Decke aus Einsamkeit, die ihr auf die Schultern gefallen war und sie platt zu drücken drohte, falls sie sich zu bewegen wagte.

Die Jägerin nannte das Depression und verschrieb Pillen und Gespräche.

Aber es war Kompression. Ihr ungeheures Gewicht hatte eine Ehe zermalmt, hatte die Beziehung zu einer Tochter zerrissen und Rae dreimal an die Schwelle des Todes begleitet. Im tiefsten Innern und nach dreißig Jahren Vertrautheit mit klinischer Depression wusste Rae, dass es für sie nur einen Weg gab, der Kompression entgegenzuwirken, nämlich Spannung einzusetzen – psychische Kehlbalken –, um zu verhindern, dass das Gewicht ihres Lebens sie auseinander spreizte und in sich zusammenbrechen ließ. Die einzige Spannung, die stark genug war, um den Druck der Krankheit auszugleichen, war Angst: nicht Glück, nicht Arbeit, nicht einmal Liebe, sondern Angst, der sie sich stellte, Angst vor echten und Angst vor phantasierten Bedrohungen. Die Suche nach Angst war es, die Rae hergebracht hatte, ans Ende der Welt, wo es leicht sein würde, so unendlich leicht, einfach hinunterzuspringen.

Hierhin, an den Rand der Erde, auf diesen schmalen Vorsprung über dem letzten Abgrund, hatte Rae Newborn sich zurückgezogen, um halbherzig ihren Kampf aufzunehmen. Ohne Netz und doppelten Boden, ohne andere Menschen, allein Rae und ihre Geister und Dämonen. Sie war gekommen, weil sie genug hatte, nicht vom Leben an sich, sondern vom Leben dazwischen. Sie war nach Folly gekommen, auf eine Insel, deren bloßer Name schon von Torheit und Wahnsinn sprach, um eine Entscheidung zu erzwingen.

Rae hatte sich hierher geflüchtet, um ihrer Angst zu begegnen, um sie willkommen zu heißen und, wenn möglich, zu nutzen. Falls diese hohe Spannung das Gewicht ihres Lebens nicht ausgleichen konnte, falls Rae in Stücke gerissen oder platt gedrückt werden würde, dann war wenigstens eine Entscheidung gefallen. Die Erleichterung über die Befreiung von der Ungewissheit würde beträchtlich sein.

Von alldem hatte sie Frau Dr. Hunt natürlich nichts erzählt. Die Jägerin hatte mit Raes verrückter Eigendiagnose schon genug Probleme, und sie hatte den selbst verordneten Behandlungsplan ihrer Patientin, der auf Heilung durch harte Arbeit hinauslief, heftig missbilligt. Schließlich war Rae in einem so jämmerlichen Zustand in die Klinik eingeliefert worden, dass sie erst einmal hatte zu Kräften kommen müssen, bevor sie den Selbstmordversuch machen konnte. Und obwohl die gute Frau Dr. Hunt das *Symbol* des Hausbaus (das nach der Hälfte von Raes einjährigem Klinikaufenthalt in den Therapiesitzungen auftauchte) als ein sehr hoffnungsvolles Zeichen gedeutet hatte, war die Ärztin in ihr entsetzt gewesen, als ihr aufgegangen war, dass Rae eine konkrete, physische Bautätigkeit beabsichtigte. War das nicht bloß ein weiterer Selbstmordversuch, bei dem die scharfen Klingen in der Badewanne durch Bauholz auf einem einsamen Berg ersetzt wurden?

Rae widersprach der Jägerin nicht. Wie konnte sie auch? Doch als das Klinikpersonal sich einig war, dass die Genesende für sich selbst und andere keine Gefahr mehr darstellte, nahm sie ihre Entscheidung auch nicht zurück. Sie machte Pläne und schöpfte Kraft, während sie im Haus ihrer Pflegerin und Babysitterin den Rest des Winters abwartete. Als dann der Frühling kam, packte sie ihre Taschen, bestellte ihr Bauholz, regelte mit ihrer Babysitterin, dass sie sie in den Norden hinauffuhr, und bereitete sich darauf vor, wieder in den Renovierungsprozess einzusteigen, den eine ganz andere Rae Newborn vor mehreren Jahren begonnen hatte.

Allerdings wies dieser Prozess jetzt zwei gewaltige Unterschiede auf: Rae war allein, nicht mehr Teil einer dreiköpfigen Familie; und sie hatte einen Revolver im Rucksack.

Einen schönen Revolver, mit einem abgenutzten Griff aus Rosenholz, der sich in ihre Hand schmeichelte, uralt, aber tadellos gepflegt, solide und effizient wie die sechs glatten Patronen. Nicht dass sie mehr als eine brauchen würde. Klingen, hatte Rae entschieden, diese vorzüglich scharfen und hochentwickelten Stahlgebilde, die ihr Arbeitsleben beherrschten, hatten hier nichts zu suchen. Außerdem würde es bei einer Kugel nicht zum langsamen Aussickern des Lebens kommen. Endgültig, wie das satte Zuschlagen einer gut eingehängten Tür. Die elegante Handfeuerwaffe lag ganz unten in dem abgewetzten Rucksack, der Alan gehört hatte (und der immer noch gelegentlich Sandkörnchen von der einen oder anderen Strandwanderung in seiner Jugend verlor), in eins von Alans Flanellhemden eingewickelt, versteckt unter einem kleinen Kassettenrecorder (den die damals elfjährige Petra mitgebracht hatte, als sie entdeckt hatte, dass ihre Großmutter Stimmen hörte) und ein paar Taschenbüchern, die Rae aus Zeitmangel vielleicht nie lesen würde, unter dem in Leder gebundenen Tagebuch, das ihr als Ersatz für psychische Aufrichtigkeit dienen sollte, der weißen Papiertüte mit chemischen Substanzen, die ihr das psychische Gleichgewicht ersetzen sollten, und der Reißverschlusstasche aus Plastik, die mit Erde und Asche gefüllt war, den Überresten ihres Lebens in Kalifornien. Ganz oben auf dem Inhalt des Rucksacks lag Raes Tischlerschürze, der Werkzeuggürtel aus Leder, den Alan ihr, halb im Scherz, vor neun Jahren zu ihrem ersten Hochzeitstag geschenkt hatte.

Rae stand schon einige Minuten in dem dunstähnlichen Nieselregen, das Gesicht zum Bauplatz gewandt, mit Blick und Gedanken aber weit fort. In der Ferne tutete ein Schiff, und sie zuckte zusammen. Mit einem tiefen, langen Atemholen, wie eine Erwachende oder eine Taucherin, die sich auf einen Tauchgang vorbereitet, drehte Rae den Kopf, um wieder ihren Berg von Besitztümern anzuschauen, und setzte sich schließlich in Bewegung. Sie ging an den Felsen entlang, vorbei an dem zugedeckten Bauholz und überquerte den Lagerplatz, tauchte unter die braune Plane und stand vor ihrem Haufen aus Kisten und Kartons. Rae streckte die Hand aus und legte ihre kalten Finger auf den Besatz des grünen Rucksacks.

Teil I
Der Bauplatz

Ärger beschrieb es nicht einmal annähernd. Zorn vielleicht. Oder rasende Wut – ja, wie eine blindwütige See, die ihm gegen die Knochen schlug. Sie hob ihn hoch und schleuderte ihn hin und her, diese wilde Empörung darüber, dass jemand anders ihm das, was ihm – ihm persönlich! – gehörte, gestohlen hatte. Äußerlich wirkte er ruhig – von Zeit zu Zeit schlug er zwar um sich, aber nicht öfter als sonst auch. Sein Verstand hatte alles unter Kontrolle, sann auf kalte Rache und plante das, was sein war, zurückzuholen. Um eine echte Zuflucht zu finden, würde der Dieb viel weiter fliehen müssen als bis auf eine unbekannte Insel irgendwo in einer weit entfernten Gegend des Landes.

Die Rache ist mein, spricht der Herr.

Kapitel 1

In Wirklichkeit war Petra nicht der einzige Passagier auf der *Orca Queen* gewesen, der zu der einsamen Bewohnerin der Insel Folly zurückgeschaut hatte.

Petra Collins, letzter Spross des einst berühmten Geschlechtes der Newborns, blickte aber sicherlich am längsten zurück und winkte ihrer geliebten, verwaisten Großmutter, die allein auf dem zurückweichenden Ufer stand, am heftigsten. Das Gel, das Petras dunkle Locken stachlig aufrichtete, fühlte sich an der Strickmütze wie gefroren an, und die bauschige Jacke, der ihren schlanken, kräftigen Körper einhüllte, war eigentlich nicht warm genug. Arme, arme Oma, dachte das Mädchen, sie sieht so einsam aus, ach, Mensch, ich wünschte, ich wäre so mutig wie sie, ganz allein auf einer Insel und niemand zum Reden außer den Möwen, nicht mal ein Hund. Ich würde es mir ja vielleicht überlegen, wenn ich Bounce mitnehmen könnte, wie in dem Buch, das wir vor ein paar Jahren gelesen haben, über den Jungen, der wegläuft und in einem toten Baum im Wald wohnt und sich mit einem Waschbär und einem Falken anfreundet. Ob es auf Omis Insel wohl Waschbären gibt? Ein Falke wäre cool, aber ach, arme Omi, ich wünschte, ich könnte eine Weile bei ihr bleiben, oh verdammt, ist das kalt, hätte ich doch bloß die andere Mütze für sie gekauft, fünf Dollar mehr, aber die wäre wärmer gewesen, sie sieht so alt und kalt aus, und tschüs, Oma. Auf Wiedersehen.

Die Gedanken, die Tamara Collins im Kopf herumgingen, waren noch wirrer als die ihrer dreizehnjährigen Tochter. Gereizt bemühte sie sich, ihre Zigarette anzuzünden, trotz des Windes, der das Flämmchen des Feuerzeuges wild in alle Richtungen blies. Auf der Hinfahrt hatte dieser Wind ihre Augen so tränen lassen, dass ihr Mascara nicht gehalten hatte, und sie wusste, dass sie verboten aussah – auch wenn sie in diesem gottverlassenen Ort niemand sah. Endlich brannte die Zigarette, und einen Moment, bevor das Boot um die Südostspitze Follys herumfuhr, schaute Tamara unwillkürlich über die Schulter zu ihrer Mutter zurück, die stolz aufgerichtet auf der Felszunge stand. Plötzlich überkam sie ein Gefühl der Anteilnahme, ja des Mitleids, doch dann schaltete ihr Verstand sich wieder ein. Verdammt, wie lange kann es wohl dauern, bis wir einen Anruf von der Polizei oder von einem Krankenhaus kriegen?, dachte sie. Jemand wird fragen: Kennen Sie eine Rae Newborn? Sie ist aufgegriffen worden, weil sie – suchen Sie sich eine oder mehrere der folgenden Möglichkeiten aus – a) Passanten beschimpfte, b) dem Hungertod nahe war, c) verblutete. Oh Gott, vielleicht hatte Don doch Recht, und wir sollten wirklich was unternehmen, aber Moms Psychiaterin hat ja gesagt, sie hätte das Recht, Sachen zu machen, die verrückt aussehen, solange sie weder sich selbst noch andere gefährdet. Aber muss man das hier nicht als gefährlich einschätzen? Denn was hält in der heutigen Zeit einen Verrückten – einen echten Verrückten, einen gewalttätigen Verrückten – davon ab, auf die Insel zu marschieren und – ach, das führt nicht weiter, ich muss nochmal mit dieser Psychiaterin Hunt reden, Frau Dr. Hunt, und ihr genau erklären, wie die Situation hier aussieht, sie kann sich das ja gar nicht vorstellen. Doch, Don hat Recht, da steht zu viel auf dem Spiel, und ich hätte Petra nie erlauben sollen, für diese unsinnige Unternehmung einen Tag Schule ausfallen zu lassen, sie ist zu jung, um das zu verstehen, und eine Mutter ist dafür verantwortlich, ihre Tochter zu schützen. Dass meine Mutter das nie gemacht hat, heißt schließlich nicht … ach, sei fair, sie konnte nicht anders, sie wollte niemanden im Stich lassen … aber wenn sie für ihre Handlungen nicht verantwortlich ist, wenn sie vor dreißig Jahren nicht dafür verantwortlich war und letztes Jahr auch nicht, warum sollte man ihr dann erlauben, hier so völlig unsinnig … man würde einen verwirrten Menschen doch auch davon abhalten, im Ruderboot nach China aufzubrechen, inwiefern ist das hier denn anders? Aber nein, Mom ist nicht geisteskrank, und bestimmt ist das nicht vergleichbar. Bloß weil sie es früher war – aber es ist wirklich verrückt, also nicht verrückt im Sinne von krank, aber wirklich bescheuert, und besonders, weil so viel auf dem Spiel steht. Don hatte Recht – wäre es wirklich so schlimm, wenn wir die Zügel in die Hand nehmen würden, wie er sagt, wenn wir uns um ihr Vermögen kümmern und ihr monatlich etwas auszahlen würden? Und wenn wir sie wirklich scharf beobachten würden? Denn was wäre, wenn sie beschließen würde, alles zu verschenken oder so? Was wäre mit Petra? Und da steht Mom kerzengerade, ganz Stolz und Starrköpfigkeit. Verdammt nochmal, warum muss *ich* immer hinter ihr aufräumen? Schließlich ist sie ist doch die Mutter. Es macht mich einfach so wütend, hier muss was passieren, das ist einfach zu viel, es ist einfach ... Bei diesem Gedanken stieg die bewaldete Insel an und schluckte die Mutter, und Tamara sah nichts Ärgerliches mehr, nur noch Insel und Meer. Sie wusste nicht einmal, ob sie Erleichterung oder Kummer verspürte.

Die dritte Person auf der *Orca Queen* war der Besitzer des Schiffes, Ed De la Torre, Taxi und Lieferservice zu Wasser, Amateurphilosoph, Hansdampf in allen Gassen – besonders in solchen, in die das Gesetz missbilligend hineinschaute. Ed war gegen die Kälte mehr oder weniger unempfindlich, seine Haut war von Sonne und Regen so abgehärtet, dass sie ihn wie Leder schützte. Selbst die Spitzen seines langen, vor dem tiefbraunen Gesicht auffallend weißen Schnurrbarts schienen sich unter den Windstößen kaum zu bewegen. Unempfindlich, so sah Ed sich selbst. Und bei diesem Gedanken ließ auch er seine meerblauen Augen ein letztes Mal zu der merkwürdigen Gestalt zurückschweifen, die er an der Küste des unbewohnten Felsbrockens abgesetzt hatte, zu der schlaksigen Figur, die so gegen die Kälte verpackt war, dass man nicht einmal mit Sicherheit ihr Geschlecht erkennen konnte. Ganz allein, dachte er, ohne Boot und mit schnellen Wasserströmungen ringsherum, und wie war das wohl, mit niemandem außer den Vögeln zu leben, ohne Dach außer dem Himmel? Der alte Henry David Thoreau, der zwei Jahre in einer selbst gebauten Blockhütte in der Wildnis gelebt hatte, hätte das verstanden, aber der konnte schließlich in die Stadt spazieren, mit seinen Nachbarn sprechen, hatte sogar praktisch in Rufweite Familie. Zum Teufel, ich habe mehrere Wochen am Stück auf der *Queen* gelebt, aber ich kann mich nicht erinnern, jemals mehr als zwei oder drei Tage hinter mich gebracht zu haben, ohne dass ich in einer Bar oder einer Marina oder sonstwo eingekehrt bin. Thomas Merton, ja, der Mann könnte vielleicht erklären, was daran so reizvoll sein soll. Es ist eine Weile her, dass ich Merton gelesen habe, vielleicht grabe ich ihn wieder aus, mal sehen, was der verrückte Mönch über Einsamkeit zu sagen hat.

Aber natürlich hat auch der Merton die Einsamkeit nicht gerade großartig verkraftet, grübelte Ed weiter. Sie hat ihn abgelenkt, hat ihn vergessen lassen, dass in Geräten aus der Dritten Welt die Kabel manchmal schlecht verlegt sind, also ist er unvorsichtig geworden und durch einen Stromschlag ums Leben gekommen.

Man könnte sagen, seine Einsamkeit hat ihn umgebracht. Mich würde sie weiß Gott umbringen.

Endlich allein.

Rae stand mit dem offenen Rucksack vor sich unter dem durchhängenden Planendach und hob den Kopf, weil ihr plötzlich bewusst wurde, wie ungeheuer groß all die Einsamkeit war, die auf ihren unzulänglichen Unterstand eindrang. Zum ersten Mal – zum ersten Mal von vielen, das wusste sie gut – sickerte kalte Angst in ihr Herz. Was mache ich hier bloß? Ich habe ja eine Menge irre Sachen gemacht, aber das hier ist wirklich die Krönung. Man hätte mich einsperren und den Schlüssel wegwerfen sollen, wie kann ich denn nur …

Rae unterbrach sich. So konnte man nicht anfangen. Sie hatte gewusst, dass es hart werden würde, aber Härte war die einzige Lösung.

Ablenkung, Rae. Bleib in Bewegung, wie es in dem alten Lied aus dem Ersten Weltkrieg heißt, mit schwarzem Schützengrabenhumor: Haltet den Kopf gesenkt, Jungs, und singt. Wenn ihr eine Pause macht, euch ausruht und streckt, erwischt euch bestimmt ein Scharfschütze. Also, halt den Kopf gesenkt, Rae, und arbeite.

Eins nach dem andern. Rae griff in den Rucksack und zog den obersten Gegenstand heraus, ihren Werkzeuggürtel, der ganz steif war, weil sie ihn lange nicht benutzt hatte. Geistesabwesend, mechanisch legte sie sich zum ersten Mal seit anderthalb Jahren wieder den Gürtel um die Taille und schnallte ihn zu, und erst als sie bemerkte, was sie getan hatte, hielt sie inne und überlegte, dass ihre ersten Gedanken auf der Insel zwar um Selbstzerstörung gekreist hatten, dass ihre erste Handlung sich aber offenbar auf das Bauen bezog. Frau Dr. Hunt würde das gutheißen.

Nicht so rückhaltlos gutheißen würde die Psychiaterin allerdings wohl Raes nächste Handlung, die darin bestand, den selbstklebenden Sandwichbeutel aus dem Rucksack zu holen, der mit dunkler Erde gefüllt war. Rae hatte sie in der Mitte der Kathedrale aus Mammutbäumen gesammelt, in der die Asche von Alan und Bella verstreut worden war. In dem Waldboden war die graue Asche der beiden nicht mehr sichtbar; Rae konnte nicht einmal mehr die Stückchen von den eingeäscherten Knochen erkennen, obwohl sie wusste, dass sie dazwischen waren, aber wie die Erde aussah, spielte keine Rolle. Rae stellte sich vor ihr Zelt, prüfte die Möglichkeiten und schritt dann durch das nasse Gras der Lichtung zu dem ausladenden Erdbeerbaum, der den östlichen Rand des freien Platzes markierte. Mit dem Stiefelabsatz stampfte sie eine flache Vertiefung in die feuchte Erde und leerte den Inhalt der Tüte hinein. Als der letzte Krümel in dem Loch verschwunden war, schob sie mit dem Fuß eine Mischung aus Inselsand und halb vermoderten Erdbeerbaumblättern über die fremde Erde, dann hockte sie sich hin und glättete und beklopfte die Stelle mit der Hand. Ohne etwas von den beiden hierher zu kommen wäre undenkbar gewesen. Aber jetzt waren sie hier; eine Aufgabe, von der Rae nun befreit war.

Ihr war, als müsste sie etwas sagen, und wenn auch nur als Willkommensgruß, aber nach all den Worten, die man über die beiden gesprochen hatte, erschien das unnötig, und im Augenblick brachte sie auch die Kraft dazu nicht auf. Die zweitägige Fahrt mit ihrer Krankenschwester und Babysitterin die Küste hinauf war lang gewesen, und die sieben Stunden in Gesellschaft ihrer Tochter erschienen ihr noch länger. Rae wusste immer noch nicht, warum Tamara diese Mühe auf sich genommen hatte, den Flug in aller Herrgottsfrühe nach Seattle, die zweistündige Fahrt mit einem Mietwagen nach Anacortes, die Fahrt mit der Fähre und dann mit Eds Boot, eine Stunde Ausladen und im Regen Herumstehen, und jetzt die gleiche Reise zurück, und wofür? Weil Tamara das Gefühl hatte, dieser Abschied von ihrer Mutter wäre ein Abschied für immer? Und wenn das der Fall war, warum hatte sie dann da unten auf dem Bootssteg nicht wenigstens Raes Umarmung erwidert? Starr und unnachgiebig, so war Tamaras Haltung Rae gegenüber, schon als die Tochter noch winzig klein gewesen war. Rae wusste, dass es ihre Schuld war, weil sie das Kind einer starren und unnachgiebigen Großmutter überlassen hatte und …

Und warum drangen Gedanken an Tamara in eine Gedenkzeremonie für Bella und Alan ein? Weil sie müde war, vermutete Rae. Sie hatte eigentlich nichts Anstrengendes getan, hauptsächlich dagesessen und viel Landschaft betrachtet, aber sie fühlte sich vollkommen erschöpft.

Außerdem fiel ihr ein, dass sie, abgesehen von einem Stück Toast auf der Fähre, den ganzen Tag nichts gegessen hatte. Wie trübselig die Aussicht auf Essen auch sein mochte, es war vielleicht ein sinnvoller nächster Schritt. Essen war nichts als eine Angewohnheit – es hatte keinen Reiz und verdiente nicht mehr Überlegung als die Schuhe an den Füßen oder das tägliche Zähneputzen –, aber etwas in den Magen zu befördern war notwendig, um das Ende ein paar weitere Stunden hinauszuschieben. Absichtlich zu verhungern war ihr nie verlockend erschienen.

Rae begab sich unter ihre Plane und zum Rucksack zurück und kramte die Streichholzschachtel heraus, die Tamara ihr geschenkt hatte (Tamara rauchte wieder, aber Rae hatte nichts dazu gesagt), und die Zeitung aus Seattle, die sie von der Fähre mitgebracht hatte, und machte sich daran, die Stille mit Feuer zu bekämpfen. Erst Bauen, jetzt Wärme, dachte sie; beides waren doch bestimmt positive Symbole. Und immer wenn ihr Blick an dem Gedruckten hängen blieb, erst an einem Artikel über einen tödlichen Zusammenstoß und dann an einem über ein vermisstes Mädchen aus Spokane, stoppte Rae die Lektüre, bevor die krankhafte Faszination für die Katastrophen anderer Menschen zum Zwang wurde. Energisch knüllte sie die Seiten zusammen und legte sie in das Rund aus alten, feuergeschwärzten Steinen, die Petra für sie wieder in einem Kreis angeordnet hatte. Auf das Papier kam eine Handvoll Anmachholz, dann hielt sie an eine Ecke ein Streichholz, und die Tageszeitung flammte auf.

Als das Feuer richtig brannte, legte Rae den schweren Eisengrill auf die Steine. Aus der Kiste mit der Aufschrift «Essen» angelte sie eine Dose Chilibohnen. In «Küchengeräte» fand sie einen Kochtopf, den Dosenöffner und einen Löffel. Sie schaufelte die Bohnen in den Topf und stellte ihn auf den Grill, der prompt zur Seite kippte und den halben Topfinhalt in die Flammen schüttete. Rae rettete, was zu retten war, legte den Grill fester auf die Steine, stellte den Topf wieder über die Flammen und trug dann den Kessel zum Wasserkanister hinüber und füllte ihn. Als sie den Kessel gerade wieder auf die heißeste Stelle des Feuers herabsenkte, kreischte unmittelbar über ihrem Kopf ein Blauhäher. Sie zuckte zusammen: Ein Wasserstrahl schoss über die verkohlten Bohnen und löschte beinahe das Feuer. Rae unterdrückte den hohen Jammerlaut, der sich vor lauter Frustration in ihrer Kehle bildete, und sammelte ein zweites Bündel Anmachholz.

Während ihr wenig appetitliches Mahl warm wurde, holte Rae einen Müllbeutel aus einer Kiste und begann, den Abfall aufzusammeln, die Spuren von unerlaubtem Picknicken und Zelten, die sich im Laufe der Jahre angesammelt hatten. Mit einem Küchenhandschuh aus Gummi hob sie die Bierdosen und leeren Tüten auf, aber beim Anblick einer Cola-light-Dose saß sie plötzlich wieder auf der Fähre, an dem breiten Tisch Tamara gegenüber. Keine der Frauen beachtete das tiefe Dröhnen des Schiffes oder die dunstverhangene Inselkette der San Juans, die auftauchte und wieder verschwand, denn Tamara hatte einen großen braunen Briefumschlag aus ihrer Schultertasche genommen und ihn mit einem Ruck auf die abgegriffene Plastikfläche geleert.

«Das müssten die letzten Quittungen sein», sagte sie zu Rae. «Alles, was jetzt noch kommt, werde ich einfach an deine Anwältin nachsenden. Und wir schicken ihr einen notariell beglaubigten Brief, dass wir für deine Rechnungen nicht mehr zuständig sind. Hier sind deine Schecks. Bist du sicher, dass ich sie nicht für dich aufbewahren soll, für alle Fälle?»

Tamara konnte die kurze, zynische Frage, die ihrer Mutter beim Entgegennehmen der Schecks durch den Kopf ging, nicht hören. Rae spekulierte darüber, wie Don wohl ohne die Schecks an das Geld der Familie herankommen wollte. Dann korrigierte sie sich jedoch: Offener Diebstahl war nicht Dons Art. Was auch fehlen mochte, ein sorgsames Addieren der Zahlen würde es nicht offenbaren.

«Ich lasse dir die Vollmacht für das Konto, aber ich glaube nicht, dass da noch irgendwas für dich zu tun ist. Ich bin dir wirklich dankbar für alles, Tamara. Ich weiß, dass es viel Mühe gemacht hat.»

«Wir haben es gern getan.» Bei Tamara hieß es immer «wir». Langsam schob sie die Papiere in den Umschlag zurück. «Hattet ihr eine gute Fahrt?»

«Lang, aber gut. Die Landschaft ist wunderschön.»

«Du hättest fliegen sollen.»

«Ich hatte zu viel Zeug», benutzte Rae den naheliegenden Vorwand, während sie dachte: Zu viel Zeug, zu viele Phobien, ein zu großes Bedürfnis nach einer Schusswaffe ... «Wie geht's Don?», fragte sie pflichtbewusst.

«Gut. Er ist in einen Fitnessclub eingetreten, der neu aufgemacht hat, er meint, er wäre nicht mehr in Form.» Die hagere Reiterin nahm ein Schlückchen von ihrer Cola light.

Rae hätte ebenso gern gehört, dass Don einen schweren Herzinfarkt erlitten habe, aber wieder bemühte sie sich, diesen Gedanken nicht zu zeigen. Bevor sie jedoch ein weiteres Gesprächsthema auskramen konnte, sprach Tamara weiter, wobei sie über ihre Coladose auf die zitternde Gestalt schaute, die vor dem Fenster an der Reling lehnte.

«Ich persönlich glaube, dass es Petra ist, die seinen Blutdruck in die Höhe treibt.»

«Haben die beiden Probleme?»

«Ach, du weißt schon. Teenager. Neulich hat Don von einer Spezialschule gesprochen, so einer, die ein hochstrukturiertes Umfeld bietet. Ich habe ihm gesagt, dass das vorbeigeht – Petras beste Freundin ist gerade weggezogen, und sie ist traurig. Sie wird sich schon wieder beruhigen.»

Rae wählte ihre Worte sorgfältig. «Meinen Vater haben sie mit acht Jahren auf eine Militärschule geschickt. Für manche Jungen war das vielleicht gut, aber er ist nie richtig drüber weggekommen. Solche Schulen machen die Sache oft noch schlimmer. Vielleicht stellst du anschließend fest, dass Petra sich euch vollkommen entfremdet hat.» Bevor Tamara auf den unerbetenen Ratschlag reagieren konnte, fuhr Rae fort: «Wie wäre es mit einer weiteren Runde Therapie? Vielleicht braucht sie einfach einen Außenstehenden, mit dem sie reden kann.»

«Daran habe ich auch schon gedacht», murmelte Tamara – ein ungeheures Eingeständnis, wenn man bedachte, wie sehr sie alles verabscheute, was mit dem Makel der Geisteskrankheit behaftet war. «Das Problem ist, dass es bei uns im Moment knapp ist, und die Versicherung hat …»

«Lass mich dafür aufkommen.» Rae schlug ihr Scheckbuch auf, nahm einen Stift und hängte genug Nullen an die Zahl, um Dons Gerede von Privatschulen (die sie sich, so wie es klang, sowieso nicht leisten konnten) zu beenden. Sie riss den Scheck heraus, und während sie ihn vor Tamara hinlegte, dachte sie: Na, damit ist meine Frage, wie Don ohne mein Scheckbuch zurechtkommen wird, ja beantwortet. In diesem Moment hatte Petra an das salzverschmierte Fenster der Fähre geklopft und Rae mit einer Geste auf die vorüberziehende Landschaft hingewiesen, und Rae hatte den großen Umschlag zusammengefaltet in eine Jackentasche gesteckt und war zu ihrer Enkelin auf das windige Deck hinausgegangen.

Aber sie erinnerte sich an Tamaras Miene, als sie nach dem Scheck gegriffen hatte. In ihrem Gesicht malte sich Trotz, der eine Spur von Beschämung verdeckte, und diesen Ausdruck musste es auch getragen haben, als die *Orca Queen* um die Insel herum ins offene Fahrwasser getuckert war. Eben den Gesichtsausdruck, den Rae zum ersten Mal sechs Monate vor Petras Geburt gesehen hatte, als sie die Jungvermählten besucht und eine Explosion ausgelöst hatte.

Sie konnte nicht mehr rekonstruieren, worum es bei der ursprünglichen Auseinandersetzung gegangen war, welche Worte zwischen ihr und Tamara gefallen waren. Doch an zwei Dinge erinnerte sie sich lebhaft. Das erste war ein Gefühl: ihre Verzweiflung, als sie erkannte, dass Tamara wirklich für sie verloren war, dass es keine Hoffnung mehr gab, eine wie auch immer geartete, reife Offenheit zwischen Mutter und Tochter aufzubauen. Die zweite Erinnerung war visuell: Don stand in der Tür der heruntergekommenen Wohnung, hatte Tamara den Arm um die Schultern gelegt und hielt seine junge Frau dicht an seiner Seite. Tamara sah furchtbar aus, ihr Haar war strähnig und ungewaschen, auf ihrer nach dem Streit geröteten Haut traten die Flecken der Schwangerschaftsakne besonders deutlich hervor, und ihre Magerkeit bezeugte, dass sie von Salzcrackern und Kräutertee lebte. Don dagegen strotzte vor Gesundheit, und er sah Rae herausfordernd in die Augen, so als würde er laut und unmissverständlich sagen: «Sie gehört jetzt mir; du kriegst sie nur, wenn ich es zulasse.»

Und so war es in den ganzen Jahren auch gewesen, mit Tamara und mehr noch mit Petra. Tamara hatte Rae nie eine Möglichkeit gegeben; diese Beziehung war offenbar nicht mehr zu retten. Petra jedoch … Schon Wochen nach ihrer Geburt wurde Petra zum Zankapfel in einem grimmigen, uneingestandenen Kampf zwischen einem amüsierten Don und einer verzweifelten Rae. Tamara, das musste man ihr lassen, hielt sich heraus, aber Don beherrschte meisterhaft die Kunst, Raes Liebe zu dem Kind zu missbrauchen, um seine Schwiegermutter an ihren Platz zu verweisen.

Tamaras steifes Rückgrat und Petras winkender Arm an Bord der *Orca Queen* sagten alles. Und dieses Winken war Rae unendlich wertvoll.

Die neue Bewohnerin von Folly senkte den Blick und stellte fest, dass sie, ohne darauf zu achten, weiter Müll gesammelt hatte und dass ihr Handschuh gerade ein schlaffes, schmutzverkrustetes Kondom hielt. Mit einem Ausruf des Ekels schnippte sie es in den Müllbeutel, zog den Handschuh aus und warf ihn hinterher. Sie band den Beutel oben zu, legte ihn in den Windschatten des Bauholzstapels und kehrte dann zu ihrem Abendessen zurück.

Die Chilibohnen waren in den Topfboden eingebrannt.

Während Rae die essbaren Reste auf einen Teller kratzte, wurde ihr noch deutlicher bewusst, wie allein sie war. Sie fühlte sich schutzlos ausgesetzt. Als sie sich umwandte, um ihr Abendessen zum Klappsessel hinüberzutragen, nahm sie im Augenwinkel eine Bewegung wahr und schreckte zusammen – aber es waren nur die kleinen Wellen am Strand, kein Grund dafür, dass ihr Herz so wild raste. Sie setzte sich mit dem Rücken dicht an die Zeltwand und stocherte in dem angebrannten roten Brei herum. Dabei spürte sie, wie unsichtbare Blicke an ihrem Nacken hinauf- und hinabkrabbelten, wie ein vielbeiniges Tier. Oder wie die Finger eines Mannes. Rae senkte den Kopf, zwang ihre Hand, die Gabel zu heben, zwang ihre Gedanken, sich auf das Essen zu konzentrieren, forderte ihren Mund auf, es zu verarbeiten und den Magen, es anzunehmen. Jedenfalls das meiste davon. Als sie die Reste in die Flammen schabte, rutschte der Teller aus ihren gefühllosen Fingern in die verkohlten Holzstücke; beim Herausholen streifte sie mit der Hand den sengend heißen Metallgrill.

Mit einem wütenden Aufschluchzen schleuderte Rae den Teller in die Büsche und barg mit fest zugekniffenen Augen die Hand an der Brust. Die Medikamente in ihrem Rucksack zogen sie an, doch damit hatte sie andere Pläne. Also wühlte sie in den neben dem Zelt aufgestapelten Kisten, bis sie die schweren, ledernen Arbeitshandschuhe fand. Mit dem blasenbedeckten Daumen im Mund und den Handschuhen in der unversehrten Hand stiefelte Rae den Hügel hinauf zu ihrem Fundament.

Kapitel 2

Desmond Newborns Tagebuch

27. Juni 1921

Es gibt Zeiten, seltene, kostbare Tage, da wird uns niederen Kreaturen ein Einblick in die Arbeit der Vorsehung gewährt, eine sichere Gewissheit, dass es einen Mechanismus gibt, der die verschiedenartigen Fragmente unseres Lebens zusammenfügt, der das Hässliche mit dem Lieblichen, die Verzweiflung mit dem Jubel verbindet.

Wie sonst wäre die Kette von Ereignissen zu erklären, die mich hierher gebracht hat? Aufgeschnappte Gesprächsfetzen in einem düsteren Abstellbahnhof, meine Anwesenheit dort, die ich über die Ereignisse in Boston direkt bis zur Hölle der Westfront zurückverfolgen kann, und davor der merkwürdige Drang, der mich überhaupt dazu trieb, die Uniform anzulegen: Alles ist miteinander verbunden, all die Entscheidungen, törichte, wohlmeinende und niederträchtige, all die Zufälle, die süßen und die bitteren, haben mich auf einem verschlungenen Weg an diesen Ort gebracht.

Heute stand ich in meinen Stiefeln wie angewurzelt auf der felsigen Einfahrt zu einem Stück Land, das sich aus einem freundlichen Meer erhebt, und allmählich breitete sich in mir ein höchst seltsames Gefühl aus, so als würde ich nach einem langen, schrecklichen Traum erwachen. Oder vielleicht versinke ich auch in Wirklichkeit gerade in einen Mittsommernachtstraum auf einer verzauberten Insel.

Wenn dem so sein sollte, bete ich zu Gott, dass ich nie wieder aufwache.

Kapitel 3

Das Haus, das einst auf diesen Steinen gestanden hatte, war Anfang 1920 von Raes Großonkel erbaut worden. Desmond Newborn, der jüngere Sohn einer wohlhabenden Bostoner Familie, hatte die Gedichte von Wilfred Owen und Rupert Brooke gelesen, hatte ihren romantischen Idealismus, England vor dem Kaiser zu schützen, übernommen, und war im Sommer 1915 nach London abgereist, um in die britische Armee einzutreten. Er ging sogar als gemeiner Fußsoldat, nicht im Offiziersrang, den er sich mit seiner Ausbildung und seinen Privilegien hätte verschaffen können. Er überstand fast drei Jahre des Gemetzels, bevor er nach Hause gebracht wurde, lebend, aber schwer verletzt, im Alter von siebenundzwanzig Jahren. Geistig gesehen war er damals viel, viel älter.

Rae war neun, als sie entdeckte, dass Großvater William einst einen jüngeren Bruder gehabt hatte.

Wenn jemand ihr das einfach nur erzählt hätte, hätte sie über die bloße Vorstellung schallend gelacht – genauso gut hätte jemand ihr weismachen können, dass Gott eine Tante habe. Doch Rae hatte das nötige Beweismaterial selbst gesammelt, eines Morgens, als sie zu Hause war und, wie die Köchin es nannte, Trübsal blies, hatte sie damit angefangen. Wie häufig an Tagen, an denen das spindeldürre Mädchen mit den Schlafstörungen und der schweigsamen Art sich selbst überlassen war, fühlte Rae sich zum Arbeitszimmer des Großvaters hingezogen. Das warme, geschäftige Leben im Haus mochte sich, besonders für ein Einzelkind, zwar in der Küche abspielen, aber das eigentliche Machtzentrum war Großvaters Arbeitszimmer. Falls man Rae dort erwischte, erwartete sie eine strenge Strafe, das wusste sie, aber dieses Zimmer mit seinem Geruch nach Zigarren, hochprozentigem Alkohol und William selbst in Besitz zu nehmen, war ihr das Risiko wert.

Nicht dass in Williams Arbeitszimmer viel anzustellen oder zu sehen gewesen wäre. Die Bücher in den Regalen waren zu dick, um interessant zu sein, die Papiere auf dem großen Schreibtisch unverständlich, die beiden Gemälde langweilig. Aber auf Großvaters ledergepolsterten Schreibtischstuhl zu klettern war so wagemutig, dass Rae Herzklopfen bekam, und wenn sie von dieser Seite des Schreibtisches aus einen Blick auf die Welt warf, sah sie sich selbst anders.

Gewöhnlich berührte sie einfach seinen Füllhalter (vorsichtig, um ihn nicht zu bewegen), schaukelte ein Weilchen mit den Füßen, zog automatisch an den abgeschlossenen Schubladen, ohne damit zu rechnen, dass sie sich öffneten, und stahl sich wieder davon.

Bloß dass an diesem Tag eine Schublade offen war. Nicht weit, nur gerade so viel, dass die zentrale Verriegelung des Schreibtisches das Schloss nicht erfasst hatte. Rae warf einen Blick zur Tür und ließ sich dann auf die Knie fallen, um die Lade behutsam ganz herauszuziehen.

Noch mehr Papiere. Wie enttäuschend – doch halt! Unter den Akten lag etwas, und als Rae eine Ecke von einem dünnen Hauptbuch anhob, sah sie einen Revolver mit Holzgriff und ein flaches Kästchen aus Leder. Die Waffe ließ sie liegen, aber das Kästchen war so faszinierend, dass sie es nicht ignorieren konnte. Sie holte es hervor und stellte es auf den Teppich, fummelte am Schloss herum und klappte den Deckel auf.

In dem Kästchen befand sich ein Stück Metall mit einem ausgeblichenen Band daran, das den Dingern ähnelte, die Rae bei der Parade am *Veterans' Day* an den Uniformen von Großvaters Freunden gesehen hatte. Und klein zusammengefaltet ein Stück Papier, irgendein amtliches Formular mit krakeliger Schrift, und oben drüber stand «Wehrpass». Außer «Boston, Massachusetts» sagten die Wörter ihr alle nicht viel, der Name auf dem Schriftstück allerdings gab ihr Rätsel auf: Desmond Newborn.

In der Familie Newborn gab es niemanden mit diesem Namen.

Auch das sorgfältige Lesen des Dokuments lieferte keine weiteren Hinweise, daher faltete Rae es bald wieder zusammen, packte es in das Kästchen, schob die Schublade wieder so in den Schreibtisch hinein, wie sie sie vorgefunden hatte, und huschte aus dem Zimmer.

Durch scharfsinnige Fragen erfuhr sie von der Köchin, was ein «Wehrpass» war, aber um herauszubekommen, wer Desmond Newborn war, blieb ihr nur eine Möglichkeit. Jahre später ging Rae auf, dass sie, wenn ihr Familienleben normaler gewesen wäre, ihren Vater gefragt hätte; damals jedoch war sie gar nicht auf die Idee gekommen, sich an jemand anders als an ihren Großvater zu wenden. Alle Macht, Entscheidungsgewalt und Autorität lagen schließlich bei William Newborn. Und wenn die Frage so wichtig war, wie Raes Gespür ihr sagte, würden alle anderen ohnehin William konsultieren, bevor sie dem Kind eine Antwort gaben.

Rae kannte die Gefahren oder glaubte jedenfalls, sie zu kennen. Es war nicht leicht, sich mit einem Anliegen an den Großvater zu wenden, denn man konnte nie wissen, ob er auf seine übliche, brüske, aber pflichtgetreu patriarchalische Art antwortete oder ob die Reaktion finsterer oder jähzorniger ausfiel.

In diesem Fall reagierte er in der Tat heftig – einen solchen Ausbruch, wie ihre unschuldige Frage ihn auslöste, hatte Rae noch nie erlebt. Kaum hatte sie den fremden Namen ausgesprochen, da erhob William sich zu seiner Furcht erregenden Größe, stürmte um den Schreibtisch herum und brüllte in ihr Gesicht hinunter, hieb mit rasenden Worten auf sie ein, die sie mehr erschreckten als jeder Schlag von seiner Hand.

«Desmond? Welches Plappermaul hat dir von diesem Taugenichts erzählt? Wer war das? Sag's mir, Mädchen!»

Rae drückte sich in ihren Stuhl, als wollte sie ein möglichst kleines Ziel für seinen Zorn abgeben, ihr Körper war starr vor Schreck. William tobte weiter. «Mein Gott, in meinem eigenen Haus verweigert man mir den Respekt. Es waren die Dienstboten, nehme ich an, sie haben etwas ausgeplaudert, was sie nichts angeht.

Und dich geht es auch nichts an, Mädchen. Desmond Newborn war mein Bruder, ein haltloser Nichtsnutz, er ist freiwillig in einen fremden Krieg gezogen, hat sich für seine Mühen zusammenschießen lassen und ist dann zurückgekommen, hat von meinem Schweiß gelebt, bis er wieder laufen konnte. Dann ist er, um seine Dankbarkeit zu zeigen, wie ein verfluchter Landstreicher auf die Straße gegangen. Immer wieder mal im Knast, nie Arbeit. Das Letzte, was ich von ihm gehört habe, war ein Brief, zwei Monate vor dem Börsenkrach, und das ist auch das Letzte, was ich jemals von ihm hören will. HAST DU MICH VERSTANDEN?»

Rae fasste sein Crescendo als Befehl auf, zu verschwinden. Mit aller Würde, die ihr neunjähriges Ich aufbringen konnte, eilte sie aus dem Raum, sie hüllte sich in ihren Stolz wie in eine Rüstung, bis sie die Geborgenheit ihres Zimmers erreichte, wo sie auf das Fußende ihres Bettes kroch und sich gehen ließ. Sie schluchzte, bis sie vor Schreck und Empörung über Williams Raserei und die Ungerechtigkeit seiner Antwort einen Schluckauf bekam. «Ich habe doch nur was gefragt», flüsterte sie immer wieder vor sich hin. «Ich wollte es nur wissen.» Als die Köchin hereinkam, um nach Rae zu sehen, hatte ihr junger Verstand sich zu gerechter Entrüstung entschlossen. Zwei Tage lang sprach sie kein Wort mit ihrem Großvater (was er allerdings nicht zu bemerken schien), und sie wagte es nie wieder, ihn nach seinem Bruder zu fragen, aber seine ungerechtfertigt heftige Reaktion sorgte dafür, dass Desmond Newborn in Raes Gedanken einen festen Platz bekam. Als sie sich von dem Schrecken erholt hatte, merkte sie, dass Desmond im Hintergrund lauerte, ein Kuriosum und ein Rätsel. In Raes Einbildung wurde er zum Freund, zum Vertrauten bei Geheimnissen und

Problemen, zum unsichtbaren Beschützer und zum Bollwerk gegen Gottes Zorn. Er half Rae, den Kopf hoch zu tragen, wenn William gegen sie loswetterte, half ihr, dem Großvater in die Augen zu schauen, wenn sie am liebsten zitternd fortgeschlichen wäre. An ihrem zehnten Geburtstag wünschte Rae sich nichts sehnlicher, als ein Taugenichts zu werden. Was auch immer das sein mochte.

Sie stellte William nie wieder Fragen zu diesem Thema und sah auch das Lederkästchen nie wieder, bis sie es erbte, aber im Laufe der Jahre fügte sie ein paar Informationen über ihren heimlichen Begleiter zusammen. Sie wählte ihre Informanten mit Bedacht, suchte sich Verwandte und Angestellte der Familie aus, die William nicht gleich von ihrem Interesse berichten würden, und entdeckte, dass es einen früheren Krieg gegeben hatte, vor dem Krieg, in dem der Sohn der Köchin gefallen war und in dem der junge Gärtner gekämpft hatte: Desmonds Krieg. Mit zwölf Jahren fand Rae in der öffentlichen Bibliothek ein Buch über die schrecklichen Bedingungen, unter denen die Soldaten im Ersten Weltkrieg gekämpft hatten, aber es verwirrte sie nur noch mehr. Ihrer Lektüre entnahm sie, dass der Edelmut, den Desmond damit bewiesen hatte, dass er als Freiwilliger in den Krieg gezogen war, und seine anschließenden ehrenvollen Verwundungen ihn eigentlich über Generationen hinweg zu einer leuchtenden Legendengestalt hätten machen müssen. Stattdessen jedoch hatte das kollektive Familiengedächtnis Desmond schon vor Raes Geburt ausgeklammert und sich in jene Unbestimmtheit zurückgezogen, die äußerstes Unbehagen signalisierte. Sein *Croix de Guerre* wurde in Williams Schublade eingeschlossen, und über seine Verletzungen sprach man so vage, dass Rae als Kind geglaubt hatte, sein Gesicht müsse entsetzlich entstellt gewesen sein; als Jugendliche hatte sie dann aus den Andeutungen gefolgert, er müsse seine Genitalien verloren haben. Erst als Erwachsene, nachdem sie das Tagebuch von Williams Frau Lacy studiert hatte – das leider wenig mehr als ein lakonischer Bericht über Familienereignisse und Haushaltsausgaben war –, hatte Rae die Wahrheit erkannt: Was Desmond an der Westfront gelassen hatte, war ein Stück seines Verstandes; das war die Schande, die seine Familie ihm nicht verzeihen konnte.

Nachdem Desmond von seinen körperlichen Wunden genesen war und sich in der frostigen Familienvilla bei Boston, in der Rae den größten Teil ihrer Kindheit verbracht hatte, erholt hatte, war der Exsoldat nach Aussage des Großvaters auf Wanderschaft gegangen. Desmond Newborn pflegte an der Schwelle des einen oder anderen Angehörigen seiner weitläufigen Verwandtschaft aufzutauchen und sich für ein paar Wochen dort einzunisten, normalerweise in den kalten Monaten, wenn seine geschwächten Lungen (ein Vermächtnis der Schützengräben) von Lungenentzündung oder einfach von Bronchitis befallen wurden. Anschließend packte er seinen Rucksack und verschwand wieder, streifte im Land umher und gelangte allmählich nach Westen. Zwischen den pflichtschuldigen Aufzeichnungen über Wetter und Gesundheit, den Meilensteinen im Leben des Kleinen und den Ausgaben für Kleidung und Geschenke notierte Williams Ehefrau gelegentlich eine Summe, die sie dem Schwager telegraphisch nach Louisville oder Chicago oder Boise geschickt hatte. Einmal verzeichnete Lacys gestochen scharfe Handschrift ohne Kommentar eine Kaution, die geleistet worden war, um Desmond eine Gefängnisstrafe wegen Landstreicherei zu ersparen, die in der Nähe von Houston verhängt worden war. Später, Anfang 1921, wurden weitere Gelder an ein Gefängnis überwiesen, diesmal aber nicht als Kaution. Rae fand nie heraus, warum Desmond sechs Monate hinter Gittern verbracht hatte, aber sie wusste, dass Lacy ihm Geld und ein Paket mit warmen Sachen geschickt hatte. In ihrem Tagebuch fanden sich außer der Adresse des Gefängnisses in Yakima keine weiteren Informationen.

Im folgenden Sommer war der Wanderer dann auf den San-Juan-Inseln im Bundesstaat Washington angespült worden, etwa so weit von Boston entfernt, wie ein Mensch kommen konnte, ohne ein Meer oder eine Grenze zu überqueren. Hier fand Desmond Newborn endlich eine Heimat. Hier kaufte er eine Insel (eine Transaktion, die in Lacys Tagebuch nicht festgehalten war, also musste William dafür zuständig gewesen sein) und baute sein Schloss, ein eigentümlich elegantes kleines Holzhaus, das zwischen zwei höchst sonderbaren Steintürmen eingebettet lag, hier auf dieser Gruppe kalter, entlegener und zu jener Zeit spärlich bewohnter Inseln am bröckelnden Rand eines Kontinents. Und hier lebte er, mit den Seevögeln und den Schwertwalen als Gesellschaft, bis die Wanderlust ihn ein paar Jahre später wieder packte und entführte. Irgendwann – niemand schien den Zeitpunkt genau zu kennen – fing das Haus Feuer und brannte bis auf das Fundament und die Türme ab, und sowohl die Insel als auch die Legende von Desmond Newborn wurden wieder in den Bestand der Familie aufgenommen. Seit dieser Zeit war die Insel unbewohnt, vorübergehend hatte man sie als Naturschutzgebiet dem Staat überlassen, und vor fünf Jahren war sie bei der Verteilung des väterlichen Nachlasses zusammen mit Desmonds Medaillen in Raes Besitz übergegangen.

Dieser seltsame, verlassene Überrest von einem Haus hatte Rae bei ihrem Aufstieg aus dem Wahnsinn mehr Halt gegeben als alles andere. Im letzten Mai, fünf Monate nach dem Unfall, vier Monate nach dem Überfall, hatte Raes Verstand sehr zögernd begonnen, sich aus seinem engen Schlupfwinkel herauszuwagen und sich wieder zu entfalten. Unwillkürlich hatte sie begonnen, ihre Umgebung wahrzunehmen – den Lärm und die Unruhe im Krankenhaus, die Tyrannei der Medikamente, den Druck von Menschen und Wänden und Zigarettenqualm: ein Wirrwarr, so groß wie das Durcheinander in ihrem Kopf. Rae begann, die stilleren Winkel des Krankenhausgeländes aufzusuchen, denn sie sehnte sich nach Einsamkeit, wie ein Reisender in der Wüste nach Wasser dürstet. Und wie dieser Reisende hatte Rae die Einsamkeit schließlich sehen können und dazu, noch undeutlicher, ein Ziel: Werkzeug in der Hand zu haben und die Fähigkeit, sich auf seinen Gebrauch zu konzentrieren – und beides hatte in der Ferne geflimmert und geflackert, ätherisch wie eine Fata Morgana und genauso verlockend. Doch beim Gedanken an eine Heimkehr, bei der bloßen Vorstellung, wie sie ihre duftende, erwartungsvolle Werkstatt betrat, den Anbau an ein Haus, das von Leere widerhallte, erschauerte sie vor Sehnsucht und Entsetzen.

In dieses Chaos aus Wünschen und Ängsten war ein Buch gerutscht, eins jener zerlesenen Taschenbücher, die von Patienten zurückgelassen oder kartonweise an Einrichtungen wie psychiatrische Kliniken gespendet werden. Der Einband und das erste Dutzend Seiten fehlten, aber das Übrige fiel in Raes verwirrten und stark sedierten Geist wie ein Samenkorn auf fruchtbaren Boden.

Ein Mann baute ein Haus. Ein ungelernter und bemerkenswert unfähiger Mann (der Rae an David, ihren ersten Mann, erinnert hätte, bloß dass der seine Unfähigkeit nie so fröhlich zugegeben hatte) baute sich eine Behausung: ein Dach, vier Wände, einen Fußboden. Nach der inzestuösen Manier der Schriftsteller schien ihm aber nicht so viel an der Errichtung der Hütte zu liegen, sondern wichtiger waren ihm die Möglichkeiten der Selbstreflexion, die der Bauprozess bot – und, das verstand sich von selbst, die Veröffentlichung eines Buches über Bauen und Selbstreflexion. Rae jedoch sah beim Lesen nur den Traum, dem Gestalt gegeben wurde, die Errichtung eines Hauses aus dem Gedanken. Sie las das Buch wieder und wieder, bis es in Stücke fiel. Immer noch konnte sie lange Passagen auswendig zitieren.

Wie ein Samenkorn – oder eine Lebenslinie.

Das Gerippe von Großonkel Desmonds Haus erschien ihr wie im Traum. Tatsächlich erschienen ihr in diesen Monaten die meisten Dinge wie im Traum, aber dieses Bild verging nicht wieder.

Stattdessen entwickelte es sich rasch zu seinem vollen Potenzial: Rae würde sich zusammenreißen, sie würde Desmonds Haus wieder aufbauen, sie würde die Wände aufstellen und still darin leben, bis ans Ende ihrer Tage. Alles, was ein Haus für sie bedeutete, wartete dort darauf, dass sie den Bau in die Hand nahm: das Haus als Schutz, das Haus als Dauerhaftigkeit, das Haus als Fortdauer und Vermächtnis, als Trost und Herausforderung, als Sicherheit und Schönheit, als Symbol und Realität in einem. Während Raes Körper durch die Krankenhausflure und die Anlagen wanderte, spazierte ihr Geist durch die Zimmer, die sie gekannt hatte: das kalte, förmliche Speisezimmer in dem Haus ihrer Kindheit und die Wärme der nahen Küche; die merkwürdig gestaltete Dachkammer in einer Pension bei Oxford, in der sie gewohnt hatte, und die vergoldeten Decken des Schlosses in Versailles; die filigranen Steinarbeiten von Gaudís *Sagrada Familia* in Barcelona und die engen Türrahmen von Wrights Werkstatt in Scottsdale. Rae sah sich in jedem dieser Gebäude, stellte sich vor, wie sie die grässliche Tapete des Speisezimmers anbrachte, wie sie die Dachkammer verputzte, wie sie die Räume baute, und schließlich, als logischer Schlusspunkt, verschmolzen Erinnerung und Phantasie: Desmond, der geheimnisvolle verlorene Verwandte, der sie in ihrer Jugend so fasziniert hatte, stand neben ihr, während sie ein Brett auf das andere setzte und das Haus auf Folly neu erschuf. Desmond, das andere schwarze Schaf der Familie und der schattenhafte Gefährte ihrer Kindheit, kehrte jetzt zurück, um gemeinsam mit ihr zu überlegen: Wie sollte sie den Dachstuhl errichten, ganz allein? Wie sollte sie die Wände aufstellen, die Fenster einbauen, das Dach mit Schindeln decken? Desmond, den William fast ebenso heftig abgelehnt hatte wie Rae selbst, ging mit ihr durch das Haus namens Folly, bis sie jeden Schritt des Wiederaufbaus vor sich sah, einen nach dem anderen, fehlerlos. Desmond, der ihr in der Phantasie Beschützer und Gefährte war, würde bei ihr sein.

Zu der Zeit war es ihr so einfach erschienen.

Jetzt, als Rae am Rand eines nordwestpazifischen Urwaldes stand und das schmerzhafte Pochen des verbrannten Daumens sie ablenkte, empfand sie es schon als Herausforderung, sich nur einen Weg zu Follys verfallener Vordertreppe zu bahnen. Rae hatte nicht die Absicht, zu dieser Tageszeit mit dem Abräumen des Bauplatzes zu beginnen, denn schon kündigte sich leise die Dämmerung an, aber sie wollte auch nicht zu Bett gehen, ohne wenigstens einen Blick auf das Fundament geworfen zu haben. Vorsichtig setzte sie in dem nassen, größtenteils dornigen Gestrüpp einen Fuß vor den anderen und ging den niedrigen Abhang hinauf, bis sie mit der Stiefelspitze gegen etwas stieß, das härter war als die Zweige. Mit einer behandschuhten Hand griff sie tief in das Grün hinein und zerrte daran. Der satte Geruch von abgerissenen Pflanzen und aufgebrochener Erde stieg auf, und Rae zog wieder und wieder, bis sie vor ihr lagen, wie Stufen, die durch Tropenwald zu einem Mayatempel hinaufführten: die Stufen von Desmond Newborns Vordertreppe.

Rae blickte an den vier breiten Granitblöcken hinauf. Stein war für sie ein unbekanntes Material, schließlich hatte sie den größten Teil ihres Erwachsenenlebens in einem Dialog zwischen der organischen Raffinesse des Holzes und der allgegenwärtigen Gefahr von scharf geschliffenem Stahl verbracht, aber Felsstücke wie diese sprachen ohne Zweifel von einer ganz anderen Welt, von einer Welt der Ewigkeit, der Undurchdringlichkeit und der äußersten Haltbarkeit.

Behutsam setzte Rae einen Fuß auf die unterste Stufe und verlagerte ihr Gewicht vor und zurück; die Stufe rührte sich nicht. Als sie einige Generationen vermoderter Blätter zur Seite schob, kam eine fleckige graue, fein strukturierte Oberfläche zum Vorschein. Die nächste Stufe lag genauso fest und die dritte auch.

Rae stieß ein Häufchen dunkler Erde von der dritten Stufe herunter und trat dabei zwischen den Dornenranken auf etwas Hartes. Sie grub sich durch daumendicke Brombeerzweige und Rosenranken mit Dornenpelzen und fand eine Holzplatte, fast fünf Zentimeter dick und dunkel vor Alter, aber sonst gut erhalten. Rae riss und zerrte, zögerte, mit einem Bein die sichere Treppe zu verlassen, war aber neugierig, was dieses ungeheure Brett wohl sein könnte. Nach ein paar Minuten hatte sie eine Ecke freigelegt, in jeder Richtung eine Handbreit. Sie packte die Kante und ruckte daran; als Reaktion bewegte sich eine Menge Gestrüpp. Ohne einen ernsthaften Versuch bei Tageslicht konnte Rae die Maße nicht abschätzen, aber sie schaute von den Stufen zur Holzplatte und folgerte, dass es sich, trotz der ungewöhnlichen Dicke, wahrscheinlich um Desmonds Haustür handelte, die hier hingestürzt war, als das Haus abbrannte. Rae kniete sich auf den Granit, beugte sich vor und schob das Buschwerk von der Holztafel zurück; einen Fußbreit von der unteren Kante entfernt fand sie eine gewaltige eiserne Türangel.

Lächelnd zog Rae den Arm zurück. Desmonds Tür; wer hätte gedacht, dass auch nur eine Ecke davon erhalten sein würde? Sie zog sich mit einem Ruck die Handschuhe aus, holte das Messer aus ihrem Werkzeuggürtel, klappte es auf und beugte sich hinunter, um einen dünnen Streifen vom Türrand abzuschneiden. Ihre Hände schienen die Richtung der Maserung zu kennen, auch wenn ihre Augen unter dem Schmutz nichts sehen konnten, und tatsächlich, als die Klinge sich am Brett entlang auf ihren Daumen zubewegte, ringelte sich das Holz folgsam darüber. Rae nahm den breiten Span und hielt ihn in das schwindende Licht, bemerkte sein rotes Inneres und roch daran. Unter dem erdigen Duft nahm sie ganz schwach einen schärferen Geruch wahr: Zedernholz. Prüfend betrachtete sie einen Augenblick lang die Maserung, liebkoste die feine, trockene Oberfläche und schob den geringelten Span in ihre Hemdtasche. Dann stand sie auf und warf einen letzten Blick auf die freigelegte Ecke.

Wieder an ihrer Feuerstelle angelangt, legte Rae etwas Holz auf die Glut, um Wasser zum Geschirrspülen heiß zu machen, holte ihren Teller aus den Zweigen eines Busches zurück und wusch ab, wobei sie darauf achtete, auch die kleinsten Lebensmittelreste wegzupacken. Sie nahm die ungewohnten Geräusche ringsherum immer noch übermäßig deutlich wahr, und sie war sich ihrer unwillkürlichen Muskelzuckungen und jeder Bewegung der Wellen bewusst, aber es war nicht mehr so schlimm wie vorher. Vielleicht hatte das Freilegen der Steine geholfen: Wenn eine Unternehmung einen Hauch von Realität bekommen soll, geht nichts über eine Tonne Granit. Vielleicht hatte auch der unerwartete Blick auf Desmonds eigene Tischlerarbeit sie beruhigt. Oder es war einfach die Nahrungsaufnahme gewesen, die sie auf den Boden zurückgebracht hatte. Was auch der Grund sein mochte, Rae fühlte sich jetzt stark genug für den nächsten Schritt.

Sie griff in den grünen Rucksack und holte eine zerdrückte weiße Papiertüte heraus, auf der vorn der Name einer Apotheke aufgedruckt war. Der Himmel war unversehens klar geworden, besonders am westlichen Horizont, und die Unterseiten der Wolken glühten rosig in der tiefstehenden Sonne. Rae steckte die Taschenlampe in eine leere Schlinge ihres Werkzeuggürtels und trug die Papiertüte nach unten über den Strand zu der felsigen Landzunge – und wäre fast in die Bucht zu ihrer Linken gesprungen, als rechts von ihr zweimal etwas Schweres ins offene Wasser platschte. Zitternd schielte sie auf das Meer und brach gleich darauf in nervöses Gelächter aus, denn zwei klatschnasse Köpfe tauchten aus dem Wasser auf: Seehunde, die Rae im Vorbeigehen von ihrem Liegeplatz aufgescheucht hatte. Vorwurfsvoll schauten sie mit ihren flüssigen Augen zu der Frau hinauf.

«Tut mir Leid», sagte Rae zu ihnen. Die beiden schimmernden Köpfe tauchten wieder unter, und etwas unruhig setzte sie ihren Weg fort. Ohne weitere Zwischenfälle erreichte sie die Spitze der Landzunge, suchte sich einen Felsbrocken, der nach Westen ausgerichtet war, und ließ sich nieder, um zuzuschauen, wie der Sonnenuntergang den Himmel bemalte.

Desmond Newborn, sinnierte sie, musste auf dem gleichen Stein gesessen haben, musste zugeschaut haben, wie die gleiche Sonne in lodernden Orange- und Blautönen unterging. Oder vielleicht doch nicht genau auf dem gleichen Stein – eine der wenigen Handlungen, die Raes Vater in den zwanzig Jahren, die er diesen Besitz verwaltet hatte, unternommen hatte, hatte darin bestanden, Felsbrocken an der Landzunge aufschütten zu lassen, damit sie nicht fortgespült und die einzige Bucht der Insel nicht dem Meer preisgegeben wurde. Außerdem war Rae sich ziemlich sicher, dass Großonkel Desmond sich nicht hier hingesetzt hatte, um eine Papiertüte zu öffnen und sechs gigantische Pillendosen aus Plastik herauszuholen. Schlaftabletten, Beruhigungspillen, Stimmungsaufheller, Megavitamine (in der Hoffnung, dass die Theorie nicht völliger Blödsinn war) – Rae reihte sie alle auf einem Stein zwischen ihren Füßen auf. Die Schlaftabletten zuerst. Sie drehte den kindersicheren Verschluss ab und schob den Zeigefinger in die Öffnung, um die erste Tablette an der Wand des Behälters hinaufzuziehen, hielt sie einen Augenblick lang zwischen Finger und Daumen und schnippte sie dann ins Wasser. Die Pille verschwand, und um die Stelle herum breiteten sich konzentrische Kreise aus, wie auch bei der nächsten und der übernächsten Tablette.

Zu spät fiel Rae ein, dass starke Beruhigungsmittel den Meerestieren vielleicht nicht bekamen. Na gut; vielleicht würden sie sich auflösen, bevor die Fische sie fanden. Jedenfalls war das Schicksal der heimischen Tierwelt heute Abend nicht ihre Hauptsorge.

Als das Meer die letzte Schlaftablette geschluckt hatte, schraubte Rae den Verschluss wieder zu und legte den Plastikbehälter in die Tüte zurück (auch wenn sie möglicherweise massenhaft Fische vergiftete, wollte sie sich doch nicht nachsagen lassen, dass sie Müll liegen ließ), dann griff sie nach dem Prozac und schließlich nach den riesigen Megavitaminpillen. Noch bevor der letzte Streifen Orange am Horizont verblasst war, waren sie alle verschwunden.

Jetzt besaß Rae nichts Tödlicheres mehr als hundert Aspirintabletten und eine Flasche sehr alten Scotch, zwei Dinge, die wohl jede normale Frau hätte haben können. Täusche Normalität vor, war ihr derzeitiges Motto. Sie hatte Pillen, Übungen zur Selbstbeherrschung, Traumdeutung und die Psychiatrie mit ihrer übermächtigen Methode, alles unter die Lupe zu nehmen, gründlich satt. Mittlerweile verglich sie die Psychotherapie mit dem Horror der Stationen für Verbrennungen, wo man den Heilungsprozess steuerte, indem man das Narbengewebe, das der Körper zu bilden versuchte, immer wieder abriss, wie qualvoll das auch sein mochte. Ja, Dämonen musste man sich stellen, aber nicht zu jeder Tageszeit. Auch das Vermeiden war schließlich eine Bewältigungsstrategie, und jetzt wollte Rae ihre Probleme mit einer kräftigen Dosis Vermeidung behandeln, auch wenn die psychiatrische Weisheit verkündete: Du kannst dich nicht verstecken, du kannst es nicht ignorieren.

Unsinn. Normale Menschen konnten das auch, jeden Tag.

Dieser rebellische Gedanke machte Rae etwas fröhlicher. Keine Pillen mehr zu haben ängstigte sie ein wenig, aber das war zu erwarten gewesen. Auch Angst war etwas Normales.

Nachdem sie ihre pharmakologischen Brücken hinter sich abgebrochen hatte, nahm Rae unter einem Himmel von tiefstem Indigo, an dem gerade der Vollmond aufging, ihre Taschenlampe in die Hand und suchte sich an dem unbekannten Ufer entlang den Weg zu ihrem Zelt zurück.

Kapitel 4

Raes Tagebuch

31. März

Ich frage mich, ob jemandem außer mir die Bedeutung dieses Datums auffällt. Nicht nur eine Vollmondnacht, in der die mondsüchtigen Irren schlafwandeln, sondern auch der Vorabend des 1. Aprils, an dem jeder jeden zum Narren hält. Die Jägerin hätte das blitzschnell herausgehabt, aber was sie betrifft, habe ich Kalifornien an den Iden des März verlassen, und das hat eine ganz andere symbolische Bedeutung. Das allerdings muss man ihr lassen – es könnte sie sogar zuversichtlich stimmen, wenn ich ihr sagen würde, dass ich mein närrisches Abenteuer absichtlich an diesem Datum begonnen habe – Sinn für Humor deutet auf ein gesundes Maß an Urteilsvermögen hin. Aber ich habe ihr jetzt schon seit Wochen nichts Wesentliches mehr berichtet. Die arme Frau, sie meint es gut: Ich muss ihr eine Postkarte schicken.

Das Datum ist ein privater Scherz. Alan hätte ihn verstanden, aber wenn Alan noch am Leben wäre, verlöre der Scherz seine Bedeutung.

Vor fünf Jahren habe ich die Insel zum ersten Mal gesehen, ein paar Monate nach dem Tod meines Vaters. Als Vaters Besitz zwischen mir und verschiedenen entfernten Verwandten aufgeteilt wurde, stellte sich heraus, dass er die Insel aus irgendeinem Grund ausdrücklich mir zugedacht hatte. Ich wusste wohl, dass es hier irgendwann ein Haus gegeben hatte, erbaut von meinem mysteriösen Großonkel Desmond, aber keiner, den ich kannte, hatte es je gesehen. Daher beschlossen Alan und ich in jenem Sommer, uns mein Erbe anzuschauen, bevor wir es auf den Markt brachten. Eigentlich war es hauptsächlich ein Vorwand für einen Urlaub. Bella war auch dabei. Sie war damals viereinhalb, und ich war gerade aus London zurück, triumphierend und erschöpft. Ich muss so müde ausgesehen haben, wie ich mich fühlte, denn während unserer Zeit hier bezeichneten drei verschiedene Leute Bella als meine Enkelin. Alan war böse, aber wie viele Frauen bekommen schließlich mit zweiundvierzig noch ein Baby? April, April …

Jedenfalls mieteten wir in Roche Harbor ein Boot, das uns herbringen sollte. Auf allen Landkarten und Urkunden heißt die Insel Sanctuary, wohl weil sie als Naturschutzgebiet eine Freistatt für die Vögel ist, und das war auch der Name, unter dem ich sie kannte, aber als ich dem alten Mann im Bootshaus erklärte, wo wir hinwollten, kratzte er sich ein Weilchen den Kopf, und dann sagte er: «Ach – Sie meinen Folly.»

Alan fand das köstlich. Er hatte einmal einen Sommer bei einem Collegefreund verbracht, dessen Familie auf dem Gelände ihres Landhauses eine viktorianische Ruine nachgebaut hatte, die ebenfalls «Folly» genannt wurde, eine Bezeichnung für einen unsinnigen, aber reizvollen Prunkbau. Meine Insel hatte ihren Spitznamen Folly von dem Haus, das einmal hier gestanden hatte, auch wenn ich nie erfahren habe, ob das Haus etwas Schrulliges an sich hatte, das auf meinem einzigen Foto nicht zu sehen ist, oder ob es als Ruine so protzig wirkte wie der Nachbau im Garten von Alans früherem Freund. Wahrscheinlich eher Letzteres. Jedenfalls hieß die Insel bei den Einheimischen Folly, und wir nannten sie von da an auch so.

Das Haus Folly, dieses extravagante Bauwerk, das ich

wieder aufbauen will, diese Steine, die ich wieder mit Holz und Putz verkleiden möchte, wurde in den zwanziger Jahren errichtet und abgebrannt, und als wir es zu sehen bekamen, war es längst Urwald. Wir kamen, Alan und Bella und ich, und wir sahen und wir wurden in seinen Bann gezogen. Unsere geplante rasche Inspektion des Geländes dauerte bis weit in den Nachmittag hinein und wurde nur durch Bellas Hunger abgekürzt. Wir wanderten über die überraschend große Insel, fanden einen Strand und eine klare Quelle, Seeadlernester und Bäume und sogar etwas wie eine Lichtung auf einem Berggipfel (na ja, Hügelgipfel), von wo aus die Welt sich unendlich weit ausdehnte.

Nein, entschieden wir, diesen Teil meines Erbes wollten wir nicht verkaufen. Wenn Bella etwas älter war, wenn Alan und ich nicht mehr so volle Terminkalender hatten, würde das Haus ein Refugium sein, nicht nur ein herrliches Ziel für die Sommerferien, sondern ein Gebäude mit Persönlichkeit, ausgefallen und unvernünftig (verrückt auf eher erheiternde Weise). Wir begannen mit den langwierigen Vorarbeiten – rechtliche Auseinandersetzungen, Besichtigungen durch den Bauingenieur, Genehmigungen für die Restaurierung.

Dreieinhalb Jahre später, bevor wir auf die Insel zurückkehren konnten, waren beide tot.

Stattdessen bin ich jetzt hier.

Newborn's Folly. Der Schelmenstreich einer Neugeborenen.

Nur Alan würde den Witz verstehen.

Kapitel 5

Widerstrebend klappte Rae den Lederdeckel ihres Tagebuches zu und legte es zur Seite, neben den alten Revolver und die sechs Patronen, die sie ordentlich auf einer Ecke ihres provisorischen Schreibtisches platziert hatte, damit sie ihr beim Schreiben Gesellschaft leisteten. Sie lehnte sich gegen die beruhigenden Unebenheiten ihres Werkzeuggürtels, den sie erst abgenommen hatte, als sie sich an den Schreibtisch setzte, dann rieb sie geistesabwesend über die Operationsnarbe, die sich an ihrem linken Unterarm entlangzog, über die Metallplatte, die den Arm schmerzen ließ, wenn er ermüdet oder kalt war oder auch einfach so. Rae nahm die Hand wieder fort und sammelte die Patronen ein. Die sechs passten gut in eine Faust, sechs Patronen, die ein schönes, dumpfes, metallisch schabendes Geräusch erzeugten, wenn man sie in der geschlossenen Hand herumrollte, wie ein Mund voll nasser Kieselsteine. Rae schüttete sie in ihre andere Handfläche und nahm eine heraus. Weiches, warmes, graues Blei an einem Ende und die kühle Messinghülle mit dem Patronenboden am anderen. Eigentlich ein simpler Gegenstand, der darauf wartete, genau an der richtigen Stelle einen Schubs zu bekommen. Rae fragte sich, ob sie die Patronen nummerieren sollte, römische Ziffern in ihre weichen, knubbeligen Enden ritzen, damit sie sie unterscheiden konnte, aber das ähnelte wohl zu sehr dem Listenschreiben in ihren schlimmsten Phasen, daher wärmte sie die Patronen noch ein bisschen und ordnete sie dann wieder zu ihrem Dreieck an, brave kleine Soldaten.

Das Zelt, das Rae umgab, war brandneu, sie hatte es zusammen mit der halben Küchenausrüstung aus einem Katalog bestellt, und es hatte in Friday Harbor auf sie gewartet. Petra hatte ihr geholfen, es aufzubauen, und dabei zu verstehen gegeben, dass das so ziemlich das Coolste überhaupt war, während Tamara zugeschaut hatte, ohne ihren Unglauben, dass man so etwas als schützende Behausung betrachten konnte, zu verbergen. Die Luft im Zelt roch nach Imprägniermittel, und die Knicke in den Tuchwänden und in den Gazefenstern waren noch scharf, weil es gerade erst aus der Verpackung kam. Rae war froh gewesen, dass sie alle Stangen in dem Paket gefunden hatte.

Rae Newborns Familie gehörte nicht zu denen, die sich einen Campingurlaub erlaubt hätten. Am nächsten war sie dem Leben im Zelt gekommen, als sie mit Alan eine Woche in einem hüttenähnlichen Zelt mit Holzboden im Yosemitepark verbracht hatte. Es war kalt gewesen. Und jetzt war es auch kalt. Die Wände bewegten sich, sie bebten, wenn die Luft daran entlangstrich. Alle Klappen an den Fenstern waren straff zugebunden, aber die Tür war an einigen Stellen noch faltig und bedeckte die Öffnung nicht gleichmäßig. Wenn sich draußen jemand anschlich und auf die Knie ging, konnte er hereinlugen und sie am Schreibtisch sehen.

Rae griff hinter sich, zog den Hammer aus seiner Schlaufe im Gürtel und legte ihn quer vor sich auf den Tisch.

Da draußen ist niemand.

Das Zelttuch zitterte wieder; ein Zweig oder ein Kiefernzapfen schlug klatschend oben auf dem Dach auf. Ihr ganzer Körper spannte sich bei dem Geräusch an. Sie begann mit den Atem- und Visualisierungsübungen, die den Muskeln helfen sollten, sich wieder zu entspannen, und fragte sich dabei unablässig: Warum hat der Zweig das Zelt getroffen? War es ein Zweig oder hat jemand etwas geworfen? Und wird als Nächstes ein Ast an der Wand entlangkratzen, obwohl es hier im Umkreis von zwei Metern keine Äste gibt? Und kommt dann ein Pochen oder ein Geräusch, als würde ein Schlüssel auf Glas klopfen – nur dass es in einem Zelt keine Glasfenster gibt? Vielleicht lehnen die Beobachter sich einfach gegen das Zelttuch, lehnen sich rein und drücken gegen meinen Raum hier, drücken, bis die Aluminiumstangen sich verbiegen und die Zeltwände …

Rae stand so abrupt auf, dass der Stuhl umkippte, und griff nach dem Rädchen an der aufgehängten Petroleumlampe. Der helle Schein verdunkelte sich, die Schatten wurden weich und dann undeutlich, bis das Licht mit einem leisen Plopp ausging.

Zu Hause hatte das immer funktioniert, hatte ihr das Gefühl gegeben, von Dunkelheit umhüllt zu sein, sodass die Beobachter draußen im Hellen nicht hereinschauen konnten. Allerdings hatte sie nicht berücksichtigt, dass es auf ihrem Zeltplatz kein Flutlicht gab, keine Möglichkeit, da draußen plötzlich eine Barriere aus Licht aufzubauen. Nur den Mond.

Das war blöd, Rae, schimpfte sie sich selbst aus. Jetzt musst du warten, bis Ed kommt, damit du draußen genug Lampen aufhängen kannst, ein halbes Dutzend müsste reichen, aber kein Petroleum, das wäre zu gefährlich. Gas müsste besser sein, aber was werden die für einen Krach machen, und wie lange brennt eine Lampe überhaupt mit so einer Gaskartusche? Sinnlos, wenn ich im Dunkeln raus müsste, um die Kartuschen auszuwechseln, vielleicht könnte man die Lampen an eine große Gasflasche anschließen, so wie ich sie zum Kochen benutze, schwieriger aufzuhängen, aber …

«Das machst du nicht», sagte Rae laut. Das Zelt schien zuzustimmen, erleichtert, dass es nicht unter Scheinwerfern stehen sollte. Lachhaft – Bäume, die mit baumelnden Propangasflaschen behängt waren. Alle Insulaner würden kommen, um sich das anzugucken. Flugzeuge würden Umwege machen für diesen Anblick.

Es ist dunkel. Gewöhn dich dran, sagte Rae sich.

Sie ertastete sich den Weg zu ihrem Feldbett und fühlte von dort nach dem Nachttisch (zwei Kisten mit Nachschlagewerken für Handwerker), auf dem der Wecker und die Taschenlampe standen. Rae nahm den schweren Metallstab in die Hand, aber statt die Lampe mit dem Daumen anzuknipsen, blieb sie lauschend und beobachtend im dunklen Zelt stehen. Der Mond stand noch nicht hoch genug, um das Zelt zu erhellen, daher bot er auch keinen Schutz vor Beobachtern, die sich anzuschleichen versuchten. Rae schaltete die Taschenlampe ein, um die Tür zu überprüfen, und knipste sie sofort wieder aus. An, aus; was war schlimmer? Sie wünschte sich nichts sehnlicher, als die ganze Nacht am Schreibtisch zu sitzen und Tagebuch zu schreiben, sich hinter dem Schutz der Zeltwand auf Tinte und Papier zu konzentrieren, bis die Dunkelheit durchgestanden war und das Morgengrauen ihr erlaubte, den Werkzeuggürtel wieder umzuschnallen. Aber Schreiben war keine Lösung. Rae knipste die Taschenlampe an, holte Tamaras Streichhölzer aus der Tasche und zündete die Petroleumlampe wieder an.

Sie blickte auf den kleinen Batteriewecker neben ihrem Feldbett und sah mit Verzweiflung, dass es erst neun Uhr war. Sie hatte ihr Lager aufgeschlagen, das Abendessen verzehrt, die spärlichen Möbel im Zelt aufgestellt und umgestellt, Tee gekocht und so langsam getrunken, dass der letzte Schluck eiskalt gewesen war, und Tagebuch geschrieben. Trotzdem war es erst neun Uhr.

Beschäftige dich – aber womit?

Während Rae unter der zischenden Petroleumlampe stand, spürte sie in der Brusttasche ein Rascheln. Sie schob eine Hand unter ihren Fleecepullover und zog den Span hervor, den sie von Desmonds Haustür abgeschält hatte. Es war herrliches Holz. Die dichte Maserung zeigte, dass es wild gewachsen war, und sicherlich war es ganz in der Nähe geschlagen worden. Sie drehte den Span in den Fingern und legte ihn auf den Schreibtisch, auf die Ecke gegenüber der Waffe mit dem Holzgriff. Dann holte sie zur Beruhigung tief Luft und ließ den Blick zu der geschlossenen Eingangsklappe des Zeltes wandern. Sofort begann ihr Herz wie rasend zu klopfen, ihre Lungen schienen eng zu werden, und selbst im Sitzen wurde ihr schwindlig. Unheil erfüllte die Luft, das Gefühl von einer drohenden Katastrophe ging ihr durch Mark und Bein, und sie hätte sicher geglaubt, einen Herzinfarkt zu haben, wenn sie das nicht schon hundertmal durchgemacht hätte.

Nicht nach draußen. Oh nein. Nicht abends.

Doch, raus.

Ich kann nicht. Ich werde …

Du musst. Deswegen bist du hergekommen.

Aber wenn da jemand ist …

Du Dummkopf. Ein Zelt bietet keinen Schutz, sagte Rae sich scharf und machte absichtlich einen Schritt, sodass ihr Schatten auf die Zeltwand fiel, deren Tuch jetzt trotz des aufziehenden Unwetters seltsam regungslos war. Die Dunkelheit draußen vibrierte von einer Schar Beobachter, die flüsternd darauf warteten, nach ihr zu greifen, sobald sie herauskam, sie zu packen, sich an sie zu pressen und ihr Obszönitäten in die Ohren zu keuchen. Rae konnte spüren, wie die Stoppeln einer unrasierten Wange auf ihrem Hals kratzten, sie hörte den fröhlichen Monolog eines toten Kindes, das zwischen den Sträuchern spielte … Sie griff sich mit beiden Händen ins Haar.

Ich bin zweiundfünfzig, rief sie stumm gegen das Brausen an, das ihre Ohren füllte. Ich bin Mutter von zwei Töchtern, ich habe mehr als meinen Anteil an Hölle überlebt. Die Erde wird nicht aufreißen, hier sind nicht zwei Männer, die mich belauern, mein Herz bleibt nicht stehen, und ich lasse mich nicht von einer Panikattacke zu einer zitternden Schwachsinnigen erniedrigen. Ich lasse das nicht zu!

Rae schnappte sich ihre schwere Jacke von dem provisorischen Haken am Innengestell des Zeltes, zog mit eisigen Fingern den langen Reißverschluss der Türklappe auf und trat in den nicht vorhandenen Aufruhr hinaus, so angestrengt wie ein Polarforscher, der in einen Schneesturm hinausgeht. Sie verließ den verräterischen Lichtkreis und taumelte in die Dunkelheit hinein.

Sie stolperte zweimal über unsichtbare Hindernisse, bevor sie den weichen Stamm der umgestürzten Zeder fand, die eine Grenze zwischen ihrem Wohnplatz und dem Wald zog. Dort kauerte sie sich mit gesenktem Kopf hin und bemühte sich, den Anfall in die kläglichen Atem- und Visualisierungsübungen einzuhüllen, während sie darauf wartete, dass die große, massige Welle über ihr brach und sich wieder zurückzog.

Schließlich tat sie das auch. Das Gefühl, eine kleine Kerze in einem Sturm zu sein, wich langsam der Vernunft, das Blut schoss nicht mehr so wild durch die Adern, der wirbelnde Schwindel ließ nach, und Rae fiel nicht in Ohnmacht. Das Stöhnen im Hals blieb hinter den Zähnen. Nach einer Weile setzte sie sich todmüde auf und schlug die Hände vor die Augen. Der Drang, blind in den Wald (oder ins Meer oder in den Straßenverkehr) zu rennen, die Last des rationalen Denkens gegen die reine, kopflose Panik einzutauschen, war manchmal fast überwältigend, und wenn auch nur, weil das die Chance bot, sich in gesegnete Bewusstlosigkeit zu stürzen. Um dieser Versuchung zu entgehen, fuhr Rae nicht mehr Auto. Sie wusste gut, warum das Gefühl der Panik – so erniedrigend, unvorhersehbar und vollkommen sinnlos – nach Pan benannt war, dem Flöte spielenden Versucher der Wälder und Wiesen.

Doch wenn die Attacke nachließ, war sie bis zum nächsten Mal vorbei und ließ ihr Opfer matt, erleichtert und schläfrig zurück. Wie ein Wechselfieber, dachte Rae, wie ein Spiegelbild vom Sex. Und bei diesem Gedanken war Alan plötzlich an ihrer Seite.

Rae trauerte um Bella, und sie sehnte sich nach Alan, jeden Tag. Der Verlust der beiden hatte zwei klaffende Löcher in ihr hinterlassen, von denen eines die Umrisse von Bellas kräftigem kleinem Körper trug und das andere die von Alans massiger Größe, Löcher aus pfeifender Leere, mit der Kälte des absoluten Vakuums. Bellas freudiger Begrüßungsruf *Mommy!* war so sehr Teil von Rae, dass sie ihn immer noch hörte, ihn mit der gleichen Gewissheit hörte, die einen eben erwachten Schläfer dazu bringt, liegen zu bleiben und auf das Echo der Störung zu horchen, weil er einfach weiß, dass das Geräusch echt war, kein Traum. Bellas *Mommy!* mit seinen Untertönen von Aufregung oder Schrecken oder reiner Begeisterung traf Raes Gehör, während sie nach einer Zeitung griff, sich eine Tasse Kaffee einschenkte, eine Seite umblätterte oder einschlief.

Und wenn Rae den tatsächlichen Ruf eines lebenden Kindes nach seiner Mutter hörte, durchzuckte es sie wie ein elektrischer Schlag.

Der Verlust Alans war gleichzeitig umfassender und weniger unmittelbar. Sie empfand ihn bei dem Impuls, sich umzudrehen und ihm etwas zu erzählen, bei dem Bedürfnis, von seinen Armen gehalten zu werden oder sich von seinem ansteckenden Lachen aufheitern zu lassen, oder wenn ihre Hand sich an seine dichte Mütze aus Locken und an die Kühle seiner langen schlanken Finger erinnerte. Jeden Tag in den letzten fünfzehneinhalb Monaten hatte der Verlust dieser beiden Menschen Rae hinterrücks überfallen, hatte sie mit stets neuem Unglauben in die Knie gezwungen, und die Heftigkeit und Dauer dieser Überfälle ließen zwar nach, aber das war auf seine Weise fast noch schlimmer. Alan und Bella bewegten sich nicht mehr unbefangen durch ihre Vorstellung. Früher hatte Rae sich – mehr oder weniger nach Belieben – mit Alan unterhalten und mit Bella spielen können. Jetzt waren die beiden merkwürdig statisch, wenn sie in ihren Gedanken auftauchten, in Haltungen erstarrt, die Rae einst geliebt hatte; selbst ihre Umrisse waren blass. Rae war dabei, sie für immer zu verlieren, und sie wusste nicht, ob sie das aushalten konnte.

Ein weiterer Grund für den Revolver in ihrem Rucksack.

Zwei misstrauische Menschen waren sie gewesen, Rae Newborn und Alan Beauchamp, beide lange geschieden, als sie sich kennen lernten, beide mit erwachsenen Kindern, denen sie ihrer Meinung nach schlechte Eltern gewesen waren, doch trotz ihres Misstrauens hatte sich spontan ein dauerhaftes Band zwischen ihnen gebildet, hatten die Funken geknistert, als – klischeehafter ging es kaum – ihre Blicke sich in einer Galerie bei der Vernissage einer mit Rae befreundeten Malerin trafen. Sie verließen die Galerie zusammen. Vier Tage später machte Alan ihr einen Heiratsantrag, und damit konnte Rae dem Gespräch nicht mehr ausweichen. Sie hatte vor Beklommenheit gefroren, aber ihr blieb keine Wahl: Alan musste wissen, was ihm bevorstand.

«Depression», erklärte sie ihm. «Nicht die bipolare affektive Störung – das wäre manisch-depressiv. Ich habe nur die Tiefs. Der alte Name war Melancholie. Winston Churchill nannte die Krankheit seinen schwarzen Hund. Sie macht Angst, Alan.»

«Das kann ich mir vorstellen.»

«Den Menschen um mich herum, meine ich. Ich erlebe es so, als würde ich ersticken und müsste dabei so tun, als wäre alles in Ordnung. Von außen gesehen wirke ich dann wie ein Zombie. Affektstarre nennt man das: Essen, Sex, Schönheit, Wut, Leben, Arbeit, alles stirbt ab. Innerlich ist das reine Qual, ohne Erleichterung, Trostlosigkeit. Körperlicher Schmerz ist nichts dagegen. Darum begehen so viele Depressive Selbstmord – es wird so schlimm, dass man es nicht mehr ertragen kann. Ich ...» Rae räusperte sich und zwang sich, es auszusprechen. «Ich habe zwei Selbstmordversuche gemacht.»

«Mein Gott, Rae. Gibt es denn keine Medikamente?», hatte Alan hilflos gefragt. «Prozac oder so was?»

«Doch, klar. Manche wirken sogar ganz gut. Aber sie brauchen alle lange Zeit, bis sie anschlagen, Wochen sogar, und wenn sie dann wirken, vegetiere ich nett und fröhlich dahin. Selbst relativ schwache Medikamente wie Prozac wirken im Gehirn, indem sie das Dopamin unterdrücken, das mit Kreativität zusammenhängt. Damit wird ein ganzer Teil von mir betäubt.»

«Ich verstehe.» Rae hörte den kurzen Satz und erkannte mit furchtbarer Gewissheit, dass ihre Offenbarung für Alan zu viel war, dass Alan das Gespräch und die ganze kurze, wunderbare, zum Scheitern verurteilte Beziehung abbrechen wollte. Sie zwang sich, ruhig weiterzusprechen, obwohl sie am liebsten getobt und geweint hätte.

«Aber am schlimmsten für mich und alle um mich herum sind die Übergangszeiten. Ich halluziniere. Wenn du dir Depression so vorstellst, als würde ein Teil des Körpers einschlafen – die Hand, sagen wir mal –, dann sind das die Zeiten, die dem Kribbeln vor und nach der Gefühllosigkeit entsprechen. Es ist, als würde mein Verstand kribbeln. Ich höre Stimmfetzen, ich sehe Bewegungen, die nicht da sind, ich rieche irgendwas, meine Finger spüren seltsame Strukturen.»

«Was …» Alan sah verloren aus, als er nach der richtigen Antwort suchte. Und weil er Alan war, flüchtete er sich ins Denken. Für Rae klang seine Strategie wie eine Totenglocke. «Tut mir Leid, ich weiß nicht viel über diese Krankheit. Was glaubt man, wodurch sie ausgelöst wird?»

«Durch eine Mischung aus Chemie und Lebensumständen. Die Veranlagung wird häufig vererbt. Erlebnisse in der frühen Kindheit haben auch einen Einfluss – Depressive haben häufig in jungen Jahren die Mutter verloren. Und in einer Atmosphäre aufzuwachsen, wo man nie und von niemandem Anerkennung bekommt, hilft auch nicht gerade. Aber im Grunde weiß es niemand.»

Nicht lange nach diesem Gespräch war Alan nach Hause gegangen. Rae hörte, wie die Tür ins Schloss fiel, griff nach ihrem Glas und trank bis zur Bewusstlosigkeit, absolut sicher, dass sie ihn nie wieder sehen würde. Am nächsten Morgen zwang sie sich aufzustehen, zwang sich, zu essen und zu duschen und so zu tun, als habe sie das Leben noch vor sich. Elend saß sie da und starrte auf ein Stück Teakholz, als sie sein Klopfen an der Tür hörte.

Alan hatte ein Stück Papier in der Hand. Er streckte es ihr entgegen und fragte: «Meinst du das?»

Verwirrt nahm sie das Papier und las:

Es war in unsres Lebensweges Mitte,
als ich mich fand in einem dunklen Walde;
denn abgeirrt war ich vom rechten Wege [...]
Wie einer, der mit ganz erschöpftem Atem,
dem Meer entronnen, das Gestad' erreichet,
auf die verräterische Flut zurückblickt [...]

«Was ist das?», fragte sie ihn.

«Dante. Die *Göttliche Komödie*. Ich fand, das klingt wie deine Beschreibung von dem, was du durchmachst.»

In einem dunklen Walde, vom rechten Wege abgeirrt. «Das klingt wirklich so.»

«Also, wenn Dante es überleben kann, können wir das auch. Eine *folie à deux*.»

Zwei Wochen später wurden sie getraut, und in den neun Jahren und zwölf Tagen ihres Lebens als Mann und Frau dauerte kein Streit über Nacht, es gab keine Trennung ohne Telefonanruf, und keiner von beiden langweilte sich jemals im Bett. Selbst Raes Schwangerschaft, die kaum drei Monate nach der Hochzeit entdeckt wurde, führte sie nach dem ersten Schock über ein zaghaftes Akzeptieren zu dem tiefen Gefühl, dass ihre Tochter ein ebenso kostbares wie unerwartetes Geschenk war. Ihre Tochter Tamara hätte in Raes Augen von einem anderen Stern stammen können; Alans Sohn Rory war für seinen Vater ein Buch mit sieben Siegeln, sodass die beiden sich vielleicht einmal im Jahr sahen (und immer in Los Angeles, auf Rorys Terrain); aber bei Bella hatten die Parzen es richtig hingekriegt. Die Familie war klein, aber in sich vollständig.

Und Rae wachte nachts immer noch auf und spürte, wie ihre Hand blind auf Alans Seite des Bettes suchte, sie hörte immer noch seine Stimme murmelnd an ihrem Ohr, fühlte seine Fingerspitzen über ihr Haar streichen, obwohl er und Bella jetzt seit vierhundertsiebzig Tagen kalte, verstreute Asche waren.

Während Rae zusammengesunken auf der weichen Baumrinde saß und in der Erinnerung Alans Hand hielt, hatten ihre Augen sich an die Dunkelheit gewöhnt. Nicht dass es großer Gewöhnung bedurft hätte: Der Vollmond stand jetzt über den Bäumen, und die Wolken waren weggezogen. Rae hatte vergessen, wie hell das Mondlicht fern von der Stadt war; ihr Lagerplatz war in so grelles Licht getaucht, dass sie hätte nähen oder eine Einlegearbeit machen können – unter der Voraussetzung, dass ihre Hände noch wussten, wie man das Werkzeug hielt. Die untersten Äste der Bäume neben ihrem Zelt wurden von dem diffusen, warmen Licht der Lampe angestrahlt, aber weiter oben bildeten die Kronen vor dem blassen Himmel komplizierte schwarze Silhouetten.

Die Nacht war still, kein Windhauch bewegte die Zweige. Etwas unruhig veränderte Rae auf ihrem Baumstamm die Haltung. Irgendwo jenseits des Wassers, weit weg auf einer Nachbarinsel, bellte vier- oder fünfmal ein Hund und war dann still. Eine winzige Fledermaus flatterte über die Lichtung. Heiser kreischte ein Nachtvogel (und ließ Rae zusammenzucken), die Glut in der Feuerstelle wurde zu Asche, und irgendwo hinter Rae im Wald quakten Baumfrösche im Chor ihr Liebeslied. Ein Eulenpaar unterhielt sich mit hohen und tiefen Rufen. Beruhigende Laute, ohne Ausnahme.

Warum also pochte ihr Herz so?

Und dann schwieg der Chor der Frösche plötzlich. Rae hob rasch den Kopf, um zu horchen, aber das schwache, gleichmäßige Plätschern des Wassers, die winzigen Wellen, die ihren Strand tätschelten, waren das lauteste Geräusch in der gesamten Schöpfung.

Auf der Stirn brach ihr kalter Schweiß aus, und sie hörte, wie sie laut durch die Nase atmete, heftige Atemzüge, die von einer Stelle direkt hinter ihrer Schulter zu kommen schienen, und im nächsten Augenblick würden Hände sie von hinten packen, und der Albtraum würde sich in Zeitlupe wiederholen, und die …

Nein!, griff Rae verzweifelt ein. Das hier ist nicht Furcht. Furcht bezieht sich auf ein Objekt; Furcht ist sinnvoll. Das hier ist Angst; Angst heißt Ersticken; sie nährt sich aus sich selbst, das weißt du doch; Angst ist ohne Sinn und Verstand. Hier ist nichts zu befürchten, niemand steht hinter dir, es gibt keinen Grund, an Angst zu ersticken. Die Einsamkeit wünschst du dir nicht nur, sondern sie ist dein natürlicher Zustand. Angst ist ganz unerheblich; Furcht ist …

Die Litanei brach ab, weil Raes lauter Atem ihr in der Kehle stecken blieb. Die Nachtluft hatte ihr etwas zugetragen, ein langsames, weit entferntes Pochen, das anschwoll und abschwoll, so undeutlich, dass man es kaum als Geräusch bezeichnen konnte. Lieber Gott, dachte Rae hoffnungslos, ist das eine neue Art von Halluzination? Die Stimmen in den Wänden und die Berührung von eingebildeten Händen reichen wohl nicht, muss ich mir jetzt den Klang von fernen Urwaldtrommeln einbilden?

Sie ertappte sich bei diesem Gedanken, bevor er ihrer Angst neue Nahrung geben konnte, und vertrieb ihn energisch. Das hier ist Neuland für dich, belehrte sie sich. Es könnte ein tatsächliches, lebensechtes, auch für gesunde Ohren hörbares Geräusch sein. Nein – nicht könnte sein: Zweifellos würde dieser Klang sich als irgendein eigentümliches natürliches Merkmal der San Juans erweisen. Paarungsrufe der Wale oder etwas Ähnliches wie die jahreszeitlich bedingten Töne nördlich von San Francisco, die die Leute wahnsinnig gemacht hatten, bis man erkannte, dass sie von irgendwelchen Krabben oder Muscheln stammten. Auch wenn das Geräusch, wie Rae zugeben musste, den quälenden Stimmen der vergangenen Monate ähnelte, diesen endlosen, nicht existenten Lauten, die gegen ihr Trommelfell prallten, obwohl dieser Klang ohne Worte und ohne Gefühl war.

Dann knackte in der Nähe ein kleiner Zweig, und Rae fuhr herum, um sich dem Angreifer zu stellen. Ihr Herz machte einen Satz wie ein in ihrer Brust gefangenes wildes Tier, und mit erhobenem Kopf und leicht geöffnetem Mund wartete sie darauf, dass das Geräusch sich wiederholte; als sie nichts hörte, schien die Stille selbst sich an sie zu drücken und an ihrer Haut zu zupfen. Raes Kehle verengte sich angesichts des bedrohlichen Himmels und der Schwindel erregend hohen Bäume, der unheimlichen Riesenhaftigkeit des Zeltes, der ungeheuren Größe aller Dinge.

Hier ist nichts zu befürchten, ermahnte sie sich im Stillen; es ist ein Waschbär; er wird mich nicht angreifen; alles ist normal. Sie sagte es laut: «Hier gibt es keine Angreifer. Im Wald sind keine Beobachter.»

Immer wieder sagte Rae diese Worte, und sie hätte es vielleicht geschafft, hätte sich vielleicht selbst überreden und nervös ins Bett gehen können, aber bevor ihr Puls sich wieder beruhigen konnte, kam ein drittes Geräusch, der Klang, den sie auf der ganzen Welt am meisten fürchtete: die ausgelassene Stimme eines jungen Mannes, die das Tuckern eines Motors übertönte. Ein Boot, das von der nächsten Insel abfuhr, um ein paar Nachbarn nach Hause zu bringen, aber Rae hörte nur: junger Mann. Plötzlich füllte der Gestank von jugendlichem Schweiß ihre Nase, eine geisterhafte Hand schob sich vorne in ihr Hemd, und das Denken floh; Rae kapitulierte und rannte los, Pan genau in die Arme.

Oder, genauer gesagt, in einen Baum des Gottes der Panik. Ein Zweig schnellte gegen das empfindliche Narbengewebe ihrer linken Seite, und es durchzuckte sie wie ein Blitz. Der Schmerz schüttelte sie von Kopf bis Fuß, sie brach zusammen, lag zusammengerollt auf dem kalten, feuchten weichen Boden unter dem Baum und nahm ihren Schmerz an, bis er nachließ und ihr heftiges Keuchen zu verzweifeltem Stöhnen wurde.

Ach, was machte sie hier, was machte sie hier bloß, wenn ein paar Halbstarke in einem vorbeifahrenden Boot sie mit einigen lauten Rufen wahnsinnig machen konnten? Wie kam sie bloß darauf, dass sie es hier schaffen konnte? Nimm den blöden Revolver und mach ein Ende, Rae. Oh Gott, ächzte sie. Ach, Scheiße. Verflucht nochmal.

Das Problem am Wahnsinn war, dass er so verteufelt viel Energie brauchte und dass er in der Zwischenzeit so zutiefst langweilig war.

Vielleicht würde sie einfach hier liegen bleiben, im stillen Schutz der duftenden, überhängenden Äste. Sie würde ruhig liegen, im Verborgenen, spüren, wie das Moos über sie hinwegwuchs, sich mit einer sanft stachligen Ranke nach der anderen an ihr hinaufzog, bis es sie wie ein Teppich zudeckte und in eine weiche, grüne, passive, Rae-förmige Erhebung verwandelte. Was für ein schöner Gedanke.

Der Gedanke war schön, aber der Boden unter den modernden Blättern war hart, und Raes nicht mehr ganz junge Glieder waren zu steif, um es in dieser Stellung auszuhalten. Widerwillig und voller Bedauern stand sie auf und drängte sich durch die niedrigen Äste hinaus auf die Lichtung, dankbar, dass der einzige Schaden, den sie von ihrem Flirt mit Pan davongetragen hatte, eine Menge blauer Flecken und ein Schlag ins Gesicht waren, der ihr Auge um eine Handbreit verfehlt hatte. Zittrig und schmerzerfüllt suchte sie sich wie ein altes Weib den Weg zu dem stillen, gleichgültigen Schein des Zeltes. Sie blieb nicht einmal stehen, um zu horchen, ob die Männerstimmen fort waren.

Rae kroch in ihren Schlafsack, und während sie langsam warm wurde, fühlte sie sich zum ersten Mal, seit sie die *Orca Queen* verlassen hatte, wenn auch nicht sicher, so doch zumindest nicht akut bedroht. Sie beobachtete, wie das Mondlicht gemächlich über ihrem Dach seine Bahn zog und glitt, ohne es zu merken, in den Schlaf.

Die Morgendämmerung war noch nicht angebrochen, als Rae erwachte, aber sie war nicht mehr fern. Das Zeltdach wölbte sich grau über ihr, und nur das Ticktack des kleinen Reiseweckers auf seinem Nachtkasten durchbrach die Stille. Raes verschwommener Blick ruhte auf dem Zifferblatt, auf dem ganz allmählich die glimmenden Zeiger sichtbar wurden, und dann runzelte sie die Stirn und befreite eine Hand aus dem warmen Kokon ihres Schlafsacks (die erwachenden Schmerzen ließen sie zusammenzucken), um sich den Wecker vors Gesicht zu halten. Sieben Stunden? Seit Jahren hatte sie nicht mehr sieben Stunden am Stück geschlafen, auch nicht mit Medikamenten.

Rae stellte den Wecker wieder hin, zog den Arm in die Wärme zurück und lag in ihrem gemütlichen Schlafsack, während um sie herum die Einrichtung des Zeltes langsam Gestalt annahm. Ein dunkler Fleck zeigte, wo die Petroleumlampe an der Querstange hing; ein großes Rechteck stellte den Stapel Plastikkisten dar, der gleichzeitig als Schlafzimmerschrank, Werkzeugschuppen und Speisekammer fungierte, während die kleineren Formen daneben sich als der abgeschlossene Reisekoffer, der große Werkzeugkasten aus Metall und die Holzkiste mit Raes empfindlichen Schreinerwerkzeugen entpuppten. Die Schreibtischplatte schien über dem Boden zu schweben, und davor wurden die Stäbe des Holzstuhls sichtbar. Bald konnte Rae auch ihren Werkzeuggürtel erkennen, der über der Stuhllehne hing, als hätte ein Revolverheld ihn dort fallen lassen. Der Kopf des Hammers begann matt zu schimmern; ihre Blase entschied, dass es Zeit zum Aufstehen war.

Das Zelt war innen mit Kondenswassertröpfchen besetzt, Raes Stiefel waren kalt und steif wie Eiswürfel, und sie war froh, dass sie mehr oder weniger voll bekleidet ins Bett gegangen war. Sie zog einen Fleecepullover über die Schichten von Polypropylen und Baumwollflanell, die sie bereits auf dem Leib trug, und setzte sich die Strickmütze, die Petra ihr geschenkt hatte, auf das kurze Haar. Die fingerlosen Handschuhe steckten in den Taschen ihrer schweren Jacke, und Rae zog sie an, bevor sie nach ihrem alten Freund, dem Werkzeuggürtel griff, ihrem einzigen Gefährten auf dieser verrückten Suche.

Bei all der Kleidung, die sie trug, verlangte das Umschnallen einige Aufmerksamkeit, und der Gürtel saß fast in der Taille statt auf den Hüften. Trotzdem, das gewohnte Gewicht, das Klappern des Werkzeugs und das Knarren des Leders, der Hammer, der auf ihren rechten Oberschenkel klopfte, und das Maßband, das ihr ins Kreuz drückte, gaben Rae mehr als alles andere auf der Welt das Gefühl, sie selbst zu sein.

Der Hammer auf ihrer rechten Hüfte gehörte zu den wenigen Dingen, die Rae mit der jungen Frau verbanden, die sie einst gewesen war, vor zweiunddreißig Jahren, als sie ganz unerwartet ihre Liebe zum physischen Akt des Bauens entdeckt hatte. Mit einem Mann verheiratet, der seine manuelle Unfähigkeit hinter einer spöttischen Verachtung für diejenigen versteckte, die er als «ungehobelte Mechaniker» bezeichnete (Shakespeare hatte ja auch nie einen Ölwechsel gemacht), war Rae als schwangere Zwanzigjährige angesichts eines Regals, das aufgehängt werden musste, die Straße zum Eisenwarenladen hinuntermarschiert (oder zu diesem Zeitpunkt in ihrer Schwangerschaft eher gewatschelt) und hatte den Verkäufer gefragt, was sie für diese Arbeit brauchte. Der billige Bohrer und der Schraubenzieher, die sie an jenem Tag erstanden hatte, waren längst auf den Müll gewandert, aber einen Monat später, als sie ein etwas ehrgeizigeres Projekt in Augenschein nahm, bei dem es um ein Möbelstück im Babyzimmer ging, und als ihr Ehemann sich noch unmissverständlicher über Leute äußerte, die selbst handwerkerkelten, statt es den Fachleuten zu überlassen (die gerade alle vollauf beschäftigt oder in Urlaub zu sein schienen), stellte Rae fest, dass sie trotzig den teuersten Hammer im ganzen Laden kaufte.

Es war ein Hammer für den Hausbau, dessen kurze, kräftige Klauen im Vergleich zu der langgezogenen Krümmung eines üblichen Klauenhammers fast flach waren, 600 Gramm gesenkgeschmiedeter Stahl, «zu viel Hammer für eine Frau», wie der Ladenbesitzer sich ausdrückte. Doch Rae war eine kräftige Person, hoch gewachsen und breitschultrig. Abgesehen davon gefiel ihr die Art, wie der Hickorygriff in ihre Hand passte, wie die ersten versuchsweisen Schwünge die Muskeln ihrer ganzen rechten Seite weckten, von den Fingerspitzen zum Kiefer und die Hüfte hinunter. Mittlerweile war der Hammer, wie seine Besitzerin auch, stark beansprucht worden. Zehntausend Nägel hatten die Bahn abgenutzt und ein feines Netz aus Kratzern auf dem Kopf hinterlassen, aber dieses Werkzeug, das länger bei ihr geblieben war als irgendetwas oder irgendjemand sonst in ihrem Leben, gab ihr immer noch Kraft. Ehemänner verließen einen oder starben, Töchter heirateten habsüchtige Idioten oder starben ebenfalls, selbst den eigenen Verstand verlor man hin und wieder, aber auch nach zwei neuen Griffen passte der 600-Gramm-Hammer immer noch in ihre Hand und drückte sich immer noch beruhigend an ihren Beckenknochen. Rae ließ den Daumen über seinen eisigen Stahlkopf gleiten, zog ihre Jacke an und verließ das Zelt.

Sie streckte sich, gähnte und rieb sich das Gesicht, während sie wach wurde und ihre Umgebung in sich aufnahm. Dies war der Blick, der sie, solange sie im Zelt wohnte, jeden Morgen begrüßen würde: gleich neben ihr die Küche (Feuerstelle, Vorratskisten, Campingkocher) und das Wohnzimmer (Klappsessel aus Segeltuch und zwei Baumstücke, die als Esstische, Fußbänke oder Hackklötze dienen konnten), die umgestürzte Zeder zu ihrer Rechten, die die Wildnis auf Abstand hielt und eine Linie hinunter zur Landzunge zog; links die etwa ovalförmige Lichtung, zu verwahrlost, als dass man sie als Wiese hätte bezeichnen können. Ihre Grenzen waren die Bucht vor Rae, der alte Erdbeerbaum etwa vierzig Meter von ihrer linken Schulter entfernt, das ausgebrannte, überwachsene Fundament dahinter am Abhang des Hügels und hinter der Rückwand des Zeltes ein kahler, steiler Felshang. Jenseits davon war ringsherum überall Wasser.

Heute Morgen besaß der weite Himmel keine Tiefe, er war von Hochnebel oder niedrigen Wolken bedeckt. Kein Lüftchen regte sich, und das Wasser jenseits der Landzunge hatte das leicht wellige Grau von altem Fensterglas. Als Rae sich bewegte, durchschnitt das Schaben von Stoff die Luft. Wie als Antwort darauf ertönte hinter dem Zelt ein Geräusch wie ein rasches Schlurfen. Rae packte den Hammer im Gürtel, hielt dann aber inne und zwang sich, zu horchen und ihre körperliche Reaktion nicht zu beachten. Ein Schlurfen. Keine Schritte. Ein Vogel? Sie schob sich vorne um das Zelt herum und schaute sich die Büsche an, und unter der umgestürzten Zeder schoss ein Wirbel aus braunen Flügeln hervor, dem sofort etwas Wütendes, Rotfelliges folgte, das am nächsten Baum bis in sichere Höhe hinaufkletterte und dann heftig auf Rae herunterschimpfte. Sie schloss die Augen und machte einen beruhigenden Atemzug. Das so genannte einsame Leben war ziemlich gewöhnungsbedürftig.

Das wütende Eichhörnchen setzte seine Verwünschungen fort, und Rae spürte seinen Blick, als sie den Kessel von der Feuerstelle nahm, ihn unter dem Hahn ihres Wasserkanisters füllte und auf den Gaskocher stellte. Dann nutzte sie die Verlockung des Kaffees, um sich durch die Kälte zu ihrem Klo zu wagen, und sie war erleichtert, dass der schimpfende Baumbewohner verschwunden war, als sie wieder herauskam. Als sie sich wieder vollständig angezogen und den Werkzeuggürtel umgeschnallt hatte, schoss schon eine Dampffontäne aus der Kesseltülle in die eisige Luft. Der Kocher war Luxus; die Gasbehälter waren zwar unhandlich und mussten häufig ausgetauscht werden, aber es ging schnell und war viel einfacher, als wenn sie bloß für eine Tasse Kaffee ein Feuer hätte anzünden müssen.

Rae holte die glänzende braune Tüte mit dem gemahlenen Kaffee und löffelte etwas Pulver in die gläserne französische Kaffeekanne – ein weiterer Luxus, den sie sicherlich bereuen würde, wenn die Kanne zerbrach und sie den Kaffee durch ihre Socken filtern musste, aber Rae hatte den Kaffeebereiter vor sich gerechtfertigt, indem sie ihm in Gedanken die verschwenderische Alternative der vielen Papierfilter, die sie entweder würde vergraben oder kompostieren müssen, gegenüberstellte. Der entscheidende

Faktor war jedoch die Vorstellung gewesen, wie dieses glatte, glänzende Symbol moderner Kultiviertheit auf einem Baumstumpf vor einem staubigen Zelt stand. Humor war in Raes gegenwärtigem Leben ein rares Gut, das sie ergreifen und horten musste, wann immer es sich in ihre Reichweite traute.

Sie goss Wasser auf das Kaffeepulver, steckte den Filter auf die Kanne und trug ihre Skulptur zu dem umgestürzten Zedernstamm hinüber, stellte sie sorgfältig auf und betrachtete dann mit schmalen Augen ihr Werk, wie eine Kritikerin in einer Kunstausstellung: empfindliches Glas, in einem silbernen Gestell aufgehängt; weiche, dunkle Rinde, die die Spuren der Zeit und der Futter suchenden Spechte trug; drei kleine Hemlocktannen, zwei Zedern, eine Fichte und eine Ansammlung von Büschen, deren Namen sie nicht kannte, als Hintergrund; ein hässlicher Aluminiumklapptisch mit einem Wasserkanister aus Plastik als Kontrast; auf einer Seite ein Hauszelt, das Assoziationen an Familiencamping in den fünfziger Jahren weckte.

Ja, entschied Rae anerkennend und nickte dem Arrangement zu: Manche Dinge sind der Mühe wert.

Heute Morgen hatte sie sogar Milch, halb gefroren in der Kühlbox. Später im Jahr würde sie von Glück reden können, wenn sie einmal in der Woche, jeweils nach den Besuchen von Ed dem Schiffer, frische Lebensmittel hatte, denn auf der Insel gab es keinen Strom, und sie hatte sich noch nicht entschieden, ob Kühlschrank und elektrisches Licht ihr so wichtig waren, dass sie das endlose Theater mit Solarzellen oder Stromgenerator in Kauf nehmen wollte. Der Gedanke, zumindest vorübergehend in primitiver Abhängigkeit von der Sonne zu leben, war reizvoll. Möglich war aber auch, dass ein Teil von ihr erkannt hatte, wie unsinnig solche Entscheidungen waren, wenn keineswegs sicher war, ob sie noch hier sein würde, um die Stromversorgung mitzuerleben.

Heute jedoch würde sie ihren Kaffee mit Milch genießen.

Rae schenkte sich ein, trank einen Schluck, streckte das Rückgrat und schaute auf den Dunst hinunter, der über dem glasigen Wasser der kleinen Bucht lag, eine Studie in morgendlichem Grau. Sie fühlte sich bemerkenswert wohl, wie so oft nach einem Anfall wie dem am Vorabend. Ihr Verstand konnte anscheinend klar zwischen Panikzuständen und Normalität unterscheiden, als gäbe es irgendwo in der Verkabelung ihres Gehirns einen Kurzschluss: Wenn die Leitungen normal waren, arbeitete alles mit voller Kraft; wenn die Kabel aber unter außergewöhnlichen Belastungen oder bloß den Launen der Biologie knisterten und surrten, flog die Sicherung raus.

Zum Teil war es einfach so, dass die Abende schlimm waren und am Morgen alles besser aussah. Unter dem perlgrauen Licht der Morgendämmerung war die Stille der Insel wohlwollend, barg Versprechungen statt Drohungen. Rae brannte darauf, mit der Arbeit zu beginnen, schob das aber noch auf, um auf der Landzunge den Tag zu begrüßen. Sie machte sich auf ein Platschen gefasst, als sie sich der Stelle näherte, wo die Seehunde gelegen hatten, aber es war nichts zu hören; sie waren bereits losgezogen. Stattdessen fuhr Rae zusammen, weil sie einen Graureiher aufschreckte, der sinnend auf das flache Wasser der Bucht hinausgeschaut hatte. Seine Flügelschläge knallten in der Morgenluft, als er aufflog, und die Unterseite seines Körpers spiegelte sich auf der glatten Wasserfläche.

Rae ging weiter bis zum Ende des schwimmenden Bootssteges, wo sie sich vorsichtig auf die Planken setzte und aus ihrem dampfenden Becher trank. Als das Wasser sich nach ihren Schritten wieder beruhigt hatte, beugte sie sich vor und schaute hinein. Eine Frau blickte sie an, mit hagerem Gesicht, braunen Augen, einem braunweißen Pony (inzwischen hauptsächlich weiß), der unter der bunten Wollmütze hervorlugte, und einem dunklen Fleck auf der linken Schläfe. Rae nahm die Mütze ab, um sich die Stelle anzusehen, tauchte dann die Fingerspitzen ins Wasser und wischte an der getrockneten Blutspur herum. Als das Wasser wieder glatt war, schaute Rae in ein Gesicht hinunter, das viel selbstbewusster war, als es von Rechts wegen hätte sein dürfen. Es sah stark und kompetent aus und nicht im mindesten zerbrechlich, und der ruhige Blick zeigte keine Spur von Argwohn, kein Albtraum war in Sicht. Diese Fassade habe ich Großvater zu verdanken, dachte Rae bitter: als könnte nichts mir etwas anhaben, aber innerlich wie eine Mimose. Wie das Aussehen täuschen konnte.

Eine geisterhafte Hand strich ihr über den Kopf, und sie wirbelte herum, aber es war nur der Wind, der mit dem Sonnenaufgang aufkam und das Wasser und ihre Ponyfransen zerzauste und die Äste im Augenwinkel bewegte. Die Berührung rief Gedanken an unsichtbare Beobachter im Wald wach, und Rae suchte nach ihnen, starrte ins Dickicht hinein, bis sie in einiger Höhe eine leichte Bewegung wahrnahm. Sie wartete, und als er sich wieder bewegte, sah sie ihn, einen Funken leuchtender Schönheit, selbst an diesem trüben Morgen: einen Eisvogel. Der winzige Vogel mit dem bunten Gefieder wippte auf dem Zweig, beobachtete aber nicht Rae, sondern das Wasser. Unversehens ließ er sich in einen Sturzflug fallen, tauchte durchs Wasser und stieg mit einem silbernen Blitzen im Schnabel wieder auf. Er flog über die Bucht, sauste in geringer Höhe um die Uferfelsen auf der anderen Seite und war verschwunden.

Rae hatte noch nie einen Eisvogel gesehen. Sie hatte gehört, dass es zauberhafte Geschöpfe waren, und jetzt verstand sie, warum. Sie rappelte sich auf, rieb sich die letzten Spannungen aus dem Nacken und konzentrierte sich auf eine Reihe langer, tiefer Atemzüge in der würzigen Seeluft.

Vom Ufer her hörte sie Vogelstimmen, und etwas weiter weg hockte ein schwarzer, knochiger Raubvogel, der ein Kormoran sein konnte. Bitte Ed, dir ein Vogelbuch zu besorgen, schlug Rae sich selbst vor, dann hast du etwas anderes zu tun, als Gespenster zu sehen. Sie wandte sich um und ging bis zum Ende der Landzunge.

Auf der Außenseite des felsigen Schutzwalls spielten kleine Wellen um die Steinbrocken. In der Ferne erkannte Rae durch den sich lichtenden Nebel einen niedrigen, dunklen Schatten auf dem Wasser, einen Frachter, der die Haro Strait entlang nach Vancouver oder Juneau dampfte. Im Nordwesten heulte ein Motor auf und erstarb, er klang nah, was sie daran erinnerte, wie weit Geräusche sich über dem Wasser ausbreiten. Auf den Felsen vor der Küste westlich von Rae husteten Seehunde und grunzten einander zu, und die Luft schien sich als Vorbereitung auf den Tag zu sammeln. Im Osten stieg die Sonne durch den feinen Nebel auf, und im Westen zog sich der geisterhaft blasse Mond zurück. Der Dunst verdichtete sich für einen Augenblick, und Rae war, als wollte sich in ihrem Innern ein zarter, feiner Farnwedel entrollen: Hoffnung vielleicht oder sogar Leben.

Dann gaben die Morgennebel auf. Die ersten Sonnenstrahlen fielen auf das Wasser und verwandelten es in eine glänzende Fläche aus Licht, eine sichtbare Freudenhymne, einen Lobgesang auf die ureigene Schönheit der San Juans.

Rae Newborns erster Morgen auf Folly.

Kapitel 6

Brief von Rae an ihre Enkelin

5. April

Meine liebste Petra,
also, wie du siehst, habe ich meine ersten Tage auf Folly überstanden, ohne zu erfrieren oder ins Meer zu fallen und mich von einem Schwertwal fressen oder mich von lösegeldgierigen Kidnappern entführen zu lassen, oder eine Fleischvergiftung zu bekommen, oder sonst eins von den schauderhaften Szenarien deiner Mutter. Das Einzige war, dass ich an meinem ersten Abend hier in einen Baum hineingelaufen bin und mir einen schönen lila Fleck geholt habe und einen Schnitt, den ich erst am nächsten Tag bemerkt habe. Gott sei Dank kommt kein Besuch – der hätte nur einen Blick auf meine dreckigen Hände, meine wilden Haare (von der tollen Mütze, die du mir geschenkt hast – warm, aber sie bringt das Haar etwas durcheinander) und den großen angetrockneten Blutfleck an meiner Schläfe geworfen und mich noch vor Sonnenuntergang wieder einsperren lassen.

Das Alltagsleben hier spielt sich allmählich ein, es ist unbequem, aber nicht unmöglich. Irgendwie wird mir nie richtig warm, denn es gibt keine ungefährliche Methode, ein Zelt zu heizen, und am Lagerfeuer kann man sich immer nur eine Seite zur Zeit wärmen, aber wenn ich genug zu tun habe, merke ich nicht, dass ich friere. Nicht so sehr. Angenehm ist, dass ich riesige Portionen essen kann und weiß, dass ich kein Gramm zunehme – durch die Arbeit und die Wärmeproduktion verbrenne ich alles.

Was das Haus angeht, bin ich immer noch dabei, den Bauplatz vorzubereiten, und ich brauche auch noch eine Woche, bis ich das Fundament ganz freigelegt habe und langsam ein Gespür für das Haus bekomme. Von den Wänden ist nur sehr wenig übrig geblieben, und diese Reste sind ganz unter Brennnesseln und Brombeerranken begraben. (Ich glaube, meine Brombeerhandschuhe habe ich dir gar nicht gezeigt – man nennt sie Stulpenhandschuhe, weil sie bis zu den Ellbogen reichen, und sie sind so dick, dass man, glaube ich, Nägel damit einschlagen könnte!) Zwischen den Mauern des Fundaments wachsen natürlich auch junge Bäume, manche sind schon ziemlich groß, ein Ahorn hat zum Beispiel 20 Zentimeter Durchmesser, und er steht genau in der Mitte von meinem zukünftigen Wohnzimmer. Er würde zwar bestimmt einen interessanten Mittelpunkt abgeben, aber es wäre schwierig, den Regen draußen zu halten. Also kommt er weg!

Eins kann ich dir schon sagen, auch wenn noch viele Brombeeren dastehen, nämlich dass Desmond Newborn ein Händchen für Steinarbeiten hatte. An den beiden Türmen ist, soweit ich sehen kann, kein einziger Stein locker, obwohl so viele Pflanzen drumherum wachsen, und sein Fundament ist noch fast so stabil, wie es vor 75 Jahren war, als das Haus darauf stand. Das ist eine große Erleichterung für mich, wie du dir denken kannst – ich habe mich sicher nicht darauf gefreut, zu graben und einen neuen Sockel für mein Haus zu gießen. (Es bedeutet natürlich auch, dass ich eigentlich eine richtige Führung für euch hätte machen können, als ihr hier wart, aber zu dem Zeitpunkt hatte deine Mutter Recht, die Steine hätten ja gefährlich sein können. Und übrigens, ich hoffe, dass eure Heimreise reibungslos verlaufen ist.)

Soll ich dir von dem zukünftigen Haus erzählen? Ich weiß nicht, ob du dich überhaupt für die Einzelheiten interessierst, lass mich also bitte wissen, wenn das nicht der Fall ist, denn dann schreibe ich stattdessen über die Insel und ihre Tierwelt.

Vielleicht sollte ich mit dem Namen anfangen. Du weißt vielleicht schon, dass wir ausgefallene oder unvernünftige Objekte oder Handlungen als «Folly» bezeichnen. Man benutzt dieses Wort verächtlich, aber auch voll Ehrfurcht vor der reinen, absurden Überschwänglichkeit eines Unternehmens (die weiten, «nutzlosen» Gebiete, die wir jetzt Alaska nennen, hießen, nachdem Außenminister Seward sie gekauft hatte, «Seward's Folly»). «Folly» ist genau das Gegenteil von nüchterner Beschränkung, und in der Architektur bezeichnet man damit ein nutzloses Gebäude, das in der Landschaft auffällt und das nur erbaut wurde, weil jemand meinte, dass es da schön aussehen würde. Vielleicht entdecke ich im Laufe der Bauarbeiten, warum meine Insel diesen Namen trägt. Allerdings ist die Insel auch unter dem Namen Sanctuary (also Heiligtum, Schongebiet oder Freistatt) bekannt, und ich glaube, diesen Namen hatte sie schon, bevor das Nordende zum Vogelschutzgebiet erklärt wurde.

Du hast gesehen, wo das Haus früher stand – und wo es wieder stehen wird, so Gott will. Es hat eine kastenähnliche Form und steht direkt vor einem steilen Abhang, wie mit dem Rücken an der Wand. Ein Steinturm steht an der rechten Ecke der hinteren Wand (wenn man es von vorne sieht) und der andere vorn an der linken Ecke. Die beiden Türme, mit einem dunklen Schornstein dahinter (der durch das Dach verdeckt sein wird), sind visuell durch das hohe Steinfundament verbunden. Es wird merkwürdig aussehen – warum sonst sollten die Leute hier es als «Folly» bezeichnen? –, aber nach meinem Foto zu urteilen, wird es nicht so unausgewogen wirken, wie es sich anhört. Die Türme sind nicht viel höher als das Dach und leider nicht groß genug für Zimmer, aber oben drin sind Fenster. Das Haus selbst steht in einiger Höhe auf dem Hügel und ist so ausgerichtet, dass man einen Ausblick hat, der zwar nicht atemberaubend, aber doch schön ist. Die Lichtung, auf der du mir beim Zeltaufstellen geholfen hast, und die felsige Landzunge, die mit ihrem Bogen die Bucht bildet, scheinen sich zu öffnen, wenn man darüber steht, und der Blick wird hinausgelenkt, auf die Meeresenge und die Inseln (und wenn der Dunst sich auflöst, was er gelegentlich tut, auf die Nordküste der Halbinsel Olympic). Mit anderen Worten, wenn man hier vorbeifährt, bemerkt man das Haus vielleicht gar nicht, aber vom Haus aus hat man das Gefühl, dass man die ganze Welt sehen kann. Diese Kombination gefällt mir sehr gut.

Da ich gerade von atemberaubend spreche, ich weiß nicht, ob ich es dir erzählt habe (und es war zu neblig, sodass du es nicht sehen konntest), aber ich habe einen eigenen Berg. Na ja, eigentlich ist es ein hoher Hügel in der Nordostecke der Insel, aber oben ist er fast ganz kahl, und von da aus kann man alles sehen. Als ich zum ersten Mal hier war, mit deinem Stiefopa und deiner Tante, sind wir auf den Gipfel gewandert. Wahrscheinlich weißt du, dass es in Washington State eine ganze Kette von (hoffentlich) untätigen Vulkanen gibt, zusätzlich zu dem gar nicht so untätigen Mount St. Helens. Also, von meinem Berggipfel aus kann man sowohl den Baker als auch den Rainier sehen und dazu die schneebedeckten Gipfel der Olympic-Kette. Plus die Haro Strait, die Juan de Fuca Strait und die Insel Vancouver im Westen und eine Menge Inseln im Norden. Irgendjemand hat früher einmal eine kleine Aussichtshütte auf dem kahlen Gipfel aufgestellt. Es könnte die Regierung gewesen sein –

ich weiß, dass die Armee (Marine? Luftwaffe?) im Zweiten Weltkrieg an der ganzen Pazifikküste entlang versteckte Beobachtungsstationen hatte, zum Schutz gegen die japanische Invasion, die nie kam.

Am nächsten klaren Tag werde ich mit meiner Kamera hochsteigen und mich umschauen. Es wird aber kein richtiger Ferientag sein, weil ich bald meine Quelle, die mich mit Wasser versorgen soll, finden muss. Da kann ich gleich beides verbinden, oder was meinst du?

So, meine liebe Petra, ich muss Schluss machen, weil meine Hände müde und kalt sind und ich Schlaf brauche. Schiffer Ed kommt morgen und bringt mir Milch und Brot und nimmt meine schmutzige Wäsche und eine Wasserprobe zum Testen mit. Ich werde ihm auch diesen Brief mitgeben, damit er ihn auf die Post bringt.

Grüße deine Eltern von mir.
Sag ihnen, es geht mir gut.
Alles Liebe
Oma

Kapitel 7

Rae betrachtete den versiegelten Umschlag, der frankiert und an Petra Collins adressiert war, und kratzte sich wild mit beiden Händen den Kopf, so als könnte diese Geste sie von dem unaufhörlichen Zucken und der Müdigkeit befreien, die am Ende des Tages in ihre Kopfhaut zu kriechen schienen. Der Brief war zu fröhlich, um glaubhaft zu sein. Wenn sie die gleichen Worte etwa an Frau Dr. Hunt geschrieben hätte, hätte sie damit alle möglichen Alarmglocken in Gang gesetzt. Aber die Wahrheit war, dass man den grausam ehrlichen Brief, den Rae gern geschrieben hätte, nicht an ein geliebtes dreizehnjähriges Enkelkind schicken konnte, wie reif, intelligent und ganz einfach weise dieses Kind auch sein mochte. Rae hätte am liebsten geklagt, wie sehr ihr Rücken sie bei all dem Bücken peinigte und wie der Schmerz ihr durch den linken Arm und die Schulter schoss, und dass ihre Finger so wehtaten, dass selbst die Bewegung eines Schreibstiftes eine Prüfung war, sie hätte gerne geklagt, wie erschreckend wenig geistige und physische Kraft sie besaß und wie beängstigend es war, über das Gespenst des Alters nachzusinnen, das am Horizont drohte. Sie sehnte sich nach der Erleichterung des Beichtens – wollte die unaufhörliche Schreckhaftigkeit bekennen, die sie in jeder wachen Minute und auch im Schlaf oft quälte, wollte gestehen, dass sie ihre halbe Arbeitszeit damit verbrachte, sich umzudrehen, um nicht vorhandene Beobachter scharf anzuschauen, oder von ihrer Tätigkeit zwischen den Steintürmen aufzublicken, weil sie sicher war, dass sie einen fremden Mann die Landspitze heraufkommen oder hinter einem Baum hervortreten sehen würde. Dass sie in der Nacht zuvor aus einem Traum aufgeschreckt war, in dem sie ins Meer hinausgespült und erst von einem Felsbrocken auf der Landzunge gerettet wurde, und im Aufwachen gemerkt hatte, dass sie die Arme um ihr Kopfkissen geschlungen hatte, und dass auf dem Felsblock aus dem Traum Petras Gesicht verblasste. Und dass die lang ersehnte Stille der Insel so bedrückend war, dass sie Petras Kassettenrecorder hatte ausgraben und sich von ihm blecherne Oldies hatte vorspielen lassen müssen. Eigentlich war Rae, als würde sie die ganze Zeit weinen, als nervöse Reaktion oder vor Einsamkeit und Angst – Angst vor Fremden, Angst vor Stimmen, Angst vor Schwäche oder Krankheit oder Verletzungen, Angst vor der Angst selbst. An diesem Nachmittag hatte sie vor infantilem Zorn geschluchzt, weil sie einen heruntergefallenen Stein nicht bewegen konnte, wie eine Dreijährige hatte sie gegen den moosbewachsenen Brocken getreten und den Himmel angekreischt, bis ihre Knie nachgaben und sie zusammengekauert auf dem Boden saß und vor Selbstmitleid weinte, bis ihr Kopf schmerzte.

Davon konnte sie nichts schreiben, nicht nur Petras Alter, sondern auch ihrer Mutter wegen, denn wenn Tamara so einen Brief finden sollte (und es war unwahrscheinlich, dass Tamara ihrer Tochter ein so gefährliches Geheimnis wie eine Korrespondenz mit Rae zugestehen würde), konnte ihr nicht verborgen bleiben, was am Grund einer so reinen Aufrichtigkeit lag: eine tiefe, ungebrochene Zuneigung, wie Rae sie ihrer eigenen Tochter nie geschenkt hatte, ein Hunger nach Kameradschaft, den Tamara nicht stillen konnte – oder den Rae sie nicht stillen lassen wollte.

Raes Beziehung zu ihrer älteren Tochter war von Anfang an zum Scheitern verurteilt gewesen. Nach Tamaras Geburt hatte sich die Wochenbettdepression langsam, aber unaufhaltsam zu einem völligen Zusammenbruch ausgewachsen, Raes erstem. Als sie drei Monate später aus der Klinik kam, hatte sie weder Mann noch Kind. Sie brauchte vier Jahre, um wieder Zugang zu Tamara zu bekommen, vier Jahre, um zu beweisen, dass sie sich nicht eines Tages die Pulsadern aufschlitzen würde, während Tamara im

Nebenzimmer spielte (ein eindrückliches Bild, das Davids Anwalt vor Gericht heraufbeschwor). Inzwischen hatte man Tamara gründlich gegen ihre Mutter indoktriniert. Das Kind schrie, als David Raes Wohnungstür schloss und seine Exfrau und das Töchterchen zu ihrem ersten Wochenende allein ließ. Tamara schrie das ganze Wochenende.

In den nächsten fünf Jahren hatten Rae und David gemeinsam das Sorgerecht – aber eigentlich war es Davids Mutter, die sich das Kind widerwillig mit Rae teilte, denn David hatte Tamara in sein Elternhaus mitgenommen. Dann, einen Monat vor Tamaras zehntem Geburtstag, hatte Rae ihren zweiten Zusammenbruch gehabt. Ein großer Teil dieses Winters war Rae entfallen, aber einige deutliche Bilder waren geblieben, hatten sich genauso in ihr visuelles Gedächtnis eingebrannt, wie Bellas fröhlicher Ruf *Mommy!* sich ihrem Gehör eingeprägt hatte: der Anblick der kleinen Tamara, die erstarrt in der Tür zum Wohnzimmer stand, das blonde Haar nach einer Woche in der Obhut der Mutter strähnig und ungewaschen, und die entgeistert zusah, wie Rae sich nackt auszog und ihr dabei ernsthaft einen Vortrag über die Notwendigkeit ihres Tuns hielt – auch wenn der Grund, der seine Wurzeln in der Logik der Träume und des Wahnsinns hatte, in den Nebeln verloren gegangen war; oder das Bild von Tamara, die von Davids erzürnter Mutter weggefahren wurde, der weiße Cadillac, der zur Seite rutschte, bevor die Reifen wieder griffen; das Muster aus Blut, das sich im Badewasser ausbreitete, zarte, scharlachrote Blüten, die sich vor dem weißen Email entrollten. Daran erinnerte Rae sich noch, nicht aber an den Lärm und Tumult, als David dann kam, oder an die Rettungssanitäter. Auch nicht an das Krankenhaus. An nichts als an murmelnde Dunkelheit, die nur vom Gesicht ihres Vaters durchbrochen wurde, der ebenso verloren wie wütend aussah und ihr erzählte, dass Großvater William im Alter von vierundneunzig Jahren gestorben war, zornig bis zum Schluss. Rae glaubte immer noch, dass ihr zweiter Zusammenbruch zu

Williams tödlichem Schlaganfall geführt hatte. Ihr Vater hatte versucht, sie zu beruhigen, aber sie wusste es besser: Das Wissen, dass seine einzige Enkeltochter Psychiatriepatientin war, hatte William umgebracht.

Danach hatte Rae ihrem Exmann das Sorgerecht für Tamara nicht mehr streitig gemacht.

Erst in den Jahren ihrer Ehe mit Alan hatte sie sich allmählich in der Lage gefühlt, Tamara in die Augen zu sehen, ohne zusammenzuzucken, und selbst dann noch hatte sie meistens sehr schnell eine schreckliche Erinnerung heimgesucht, an ein Ereignis, dass sie in all den Jahren, in denen sie mit gewitzten Psychiatern zu tun gehabt hatte, nie preisgegeben hatte. Ein Ereignis, das sie nur einem einzigen Menschen erzählt hatte: Alan.

Die Erinnerung war visuell, Tamara als winziges Baby, schon so alt, dass die Nabelschnur abgefallen war, aber noch zu jung, um Kraft im Nacken zu haben – vielleicht einen Monat alt. Sie lag auf dem Bett ihrer Eltern und kreischte, weil sie Bauchweh oder Hunger, oder nasse Windeln, oder einfach die gereizten Nerven eines Neugeborenen hatte, und Rae hatte alles versucht. Sie hatte ihre Tochter gestillt, war mit ihr auf und ab gegangen, hatte ihr die Windeln gewechselt, sie gebadet, sie geklopft, ihr vorgesungen; nichts hatte geholfen. Sie legte Tamara auf das Bett – sanft, mit großer Behutsamkeit – und schaute auf die neun Pfund schreiende, rotgesichtige Wut hinunter. Rae war selbst nicht weit davon entfernt, loszuschreien, und ihr Blick wurde von dem Regalbrett angezogen, auf das sie den 600 Gramm schweren, gesenkgeschmiedeten Stahlhammer gelegt hatte. Sie sah das Werkzeug, und ihr Blick wanderte auf ihre beiden Hände hinunter, dann zurück zu dem untröstlichen Säugling. Das Atmen wurde ihr schwer; die kraftvollen Schreie schienen in ihren Ohren zu verklingen.

Rae drehte sich um und verließ das Haus.

Und David kam vor ihr zurück. Als Rae zur Tür hereinkam, schlief Tamara friedlich an seiner Schulter.

Rae hatte David nie erzählt, dass er, statt wegen ihrer Unverantwortlichkeit zu toben und zu schimpfen, vor ihr auf die Knie hätte fallen müssen, aus Dankbarkeit für ihre Selbstbeherrschung. Sie hatte nie jemandem von ihrem Impuls erzählt, nicht einmal nachdem sie entdeckt hatte, wie viele andere Frauen das Gleiche durchmachten, besonders, wenn sie jung waren (sie war einen Monat vor der Geburt zwanzig geworden), eine schwere Geburt gehabt hatten (sie hatte dreißig Stunden in den Wehen gelegen), mit eher unbeteiligten Männern zusammen waren (David machte Überstunden) und kein Netzwerk aus Freunden und Bekannten hatten (Rae hatte ihre Familie und ihre Freunde alle an der Ostküste zurückgelassen). Rae wusste nur, dass man ihr die eigene Tochter nicht anvertrauen konnte, wobei Tamara ihre Mutter ohnehin hasste. Dieses Gefühl hatte sie nie abschütteln können.

Sie hatte die letzten zweiunddreißig Jahre, die gesunden wie die verrückten, in dem Wissen gelebt, dass ihre Tochter Angst vor ihr hatte.

Alan war der Einzige, der die ganze Geschichte hinter dieser Entfremdung kannte, Alan, der gesehen hatte, wie während Raes zweiter Schwangerschaft die Angst in ihr wuchs, der nachgebohrt hatte, bis sie ihm auch die letzte beschämende Einzelheit erzählt hatte, Alan, der sich ein Vierteljahr Urlaub nahm, um zu Hause zu sein, wenn sie jemanden brauchte, für Bella, für den Fall, dass …

Nur dass dieser «Fall» nie eintrat. Bella war ein pflegeleichtes Kind, so wie Rae ein anderer Mensch war als die Zwanzigjährige, die Tamara zur Welt gebracht hatte, und die merkwürdigen chemischen Prozesse der Depression setzten nicht ein. Schuldbewusst beobachtete Rae, ob Tamara Anzeichen für Verärgerung über ihren unbefangenen Umgang mit der Halbschwester erkennen ließ, aber davon war nie etwas zu sehen. Tamara hatte Bella gern – nein, Tamara liebte Bella, trotz des früheren Grolls und der Verlegenheit darüber, dass Rae in ihrem Alter wieder Mutter geworden war. Tamara hatte sogar begonnen, ihrer Mutter Petra anzuvertrauen, bis zu dem Unfall.

Bis einen Monat nach dem Unfall, als Tamara und ihre Tochter in der Tür zum Wohnzimmer gestanden und entsetzt auf Rae hinuntergeschaut hatten.

Als Rae im Dezember aus der Psychiatrie gekommen war, hatte sie erwartet, dass Tamara sie nie wieder in die Nähe ihrer Enkelin lassen würde, und sie hatte vor Dankbarkeit geweint, als ihre Tochter das Mädchen zu einem Besuch in die inoffizielle Übergangswohnung mitbrachte, in der Rae wohnte. Tamara hatte Rae zwar nicht aus den Augen gelassen, aber sie war gekommen, und sie hatte keinen offensichtlichen Versuch unternommen, Großmutter und Enkelin zu trennen. Sie widersprach Raes Entscheidung, auf die Insel zu ziehen, mit kühler Missbilligung, erbot sich aber dennoch, Rae vom Festland nach Folly hinüber zu begleiten, mit Petra zusammen. Und auf der Überfahrt hatte Tamara ihrer Mutter sogar erlaubt, mit dem Mädchen draußen an Deck allein zu sein, und war Petra nicht gefolgt, um sie im Auge zu behalten, als sie auf dem Schiff herumgewandert war. Rae war dankbar, konnte sich dieses Verhalten aber nicht erklären.

Und sie wollte nichts übers Knie brechen. Sie würde ihre Briefe weiter in einem seichten Plauderton verfassen und so langweilig vernünftig schreiben, wie sie nur konnte. Die Stimmen, die im Regen flüsterten, oder die unstillbaren Tränen würde sie nicht erwähnen, und auch nicht die Tritte gegen den bemoosten Stein oder die Obszönitäten, die wegen seiner Weigerung, sich vom Fleck zu rühren, auf den grünen Brocken heruntergehagelt waren.

Als Rae sich ihren Wutausbruch gegen den Felsblock in Erinnerung rief, umspielte zu ihrer Überraschung ein zaghaftes Grinsen ihre Mundwinkel. Rae, du musst doch ausgesehen haben wie … Ihre Gedanken rissen ab, und dann kicherte sie laut los – wie eine Verrückte.

Immer noch lächelnd warf Rae den Brief an Petra auf den

Tisch, löschte das Licht und krabbelte in ihren Schlafsack. Eine Ohreule rief auf dem Hügel über dem Zelt, ein beruhigender Laut, weil er die Erinnerung an ihre kalifornischen Berge weckte. Selbst Bella hatte Eulen nicht bedrohlich gefunden.

Es sind erst fünf Tage, sagte Rae zu ihren Ängsten. Muskeln bilden sich im mittleren Alter nur langsam, sei es nun an den Armen oder im Kopf. Sieh mal: Du bist aufgestanden und hast die Lampe ausgedreht, ohne auch nur an den Schatten an der Wand zu denken, oder? Du machst Fortschritte. Okay, das Leben hier ist nicht gerade ein Vergnügen. Eigentlich ist es ganz schön trostlos, besonders wenn man versucht, im Regen Felsbrocken zu bewegen.

Aber guck dir die Habenseite an, fügte sie hinzu, während ihr schon die Augen zufielen. Du hast überhaupt keine Probleme mehr beim Einschlafen. Durchschlafen war vielleicht zu viel verlangt, aber für den köstlichen Luxus der Bewusstlosigkeit war ein Tag harte Arbeit wahrhaftig ein geringer Preis.

Der nächste Tag war Dienstag, Eds Tag. Ed De la Torre wohnte in Friday Harbor, der nächsten richtigen Stadt. Er fungierte als inoffizieller Postbote, Taxifahrer, Nachrichtendienst, Berater bei Reparaturen und Lieferant für die Hand voll von Inselbewohnern, die bereit waren, ihn dafür zu bezahlen. Irgendwann, nahm Rae an, würde sie sich ein Boot kaufen, aber sie hatte seit anderthalb Jahren keine schweren Maschinen mehr bedient und ein Auto schon gar nicht, und im Moment schien ihr selbst ein kleines Skiff mit einem Außenbordmotor so … extrovertiert. Und so ein kleines Motorboot mit einer unerfahrenen Frau am Ruder war in den schnellen Strömungen, die sich um ihre Insel kräuselten, ein Risiko, also brauchte sie ein größeres, stärkeres Boot, was Unterricht und komplizierte Wartungsarbeiten erforderte, und das wiederum bedeutete noch größere Verpflichtungen der Außenwelt gegenüber. Rae wollte in Ruhe gelassen werden, aber sie war nicht bereit, auf Milch und Eier, auf Zahnpasta und auf saubere Socken zu verzichten. Daher kam Ed einmal in der Woche – und, um ehrlich zu sein, obwohl sie schon bei dem Gedanken an Besuch zusammenzuckte, hatte die Gewissheit, dass sie nicht ganz allein auf der Welt war, auch etwas Beruhigendes. Irgendwo war sie sich sicher, dass Ed, wenn er eines Tages auf die Insel käme und an ihrem Zelt einen Zettel mit der Aufschrift: «Ed, nicht reinkommen, rufen Sie die Polizei» fände, über diese Entdeckung nicht allzu traurig sein würde.

Man hatte ihr zu verstehen gegeben, dass ihre Einsiedlerkollegen auf den Inseln, die Eds Lieferservice in Anspruch nahmen, meistens Handys oder Kurzwellenfunkgeräte besaßen, sodass sie ihn anrufen und bitten konnten, ein Steak oder Toilettenpapier mitzubringen oder das Ersatzteil für die Tauchpumpe, das zu bestellen sie vergessen hatten. Rae weigerte sich, über ein Handy nachzudenken. Anderen erklärte sie, es wäre eine unerträgliche Störung, während sie vor sich selbst zugab, dass sie die Dinger hasste, weil sie beim Tod ihrer Familie eine Rolle gespielt hatten. Ihre Weigerung hatte Tamara auf die Palme gebracht («Was ist, wenn du krank wirst?», hatte sie gefragt. «Und wenn du hinfällst?»), aber Ed hatte einfach gemeint, auf der Insel würde ein Handy wahrscheinlich sowieso nicht funktionieren. Er hatte ihr geraten, ein weißes Hemd oder so etwas über das abblätternde «Betreten verboten»-Schild am Ende der Landzunge zu hängen, falls sie ihn außer der Reihe brauchen sollte. Er fahre oft vorbei, meinte er, oder sonst würde einer ihrer Nachbarn ihm Bescheid geben.

Die Dienstage waren also Eds Tage, irgendwann vor Mittag, hatte er Rae gesagt, je nach Wasserstand. An diesem Morgen war Rae um acht Uhr auf, hatte mit mühevoll erhitztem Wasser gebadet und sich die Haare gewaschen, hatte die trockenen Halbmonde aus Dreck unter ihren Fingernägeln hervorgeholt, einen kleinen Seesack mit schmutziger Wäsche zusammengepackt und eine Liste von Einkäufen für die nächste Woche geschrieben.

Und jetzt?, fragte sie sich. In Erwartung ihres ersten Besuchers wollte sie sich nicht in die schmutzigen Abbrucharbeiten vertiefen, die sie erwarteten. Wenn Ed ihre einzige Verbindung zur Außenwelt war, wollte sie gleich einen guten Eindruck machen, und selbst wenn er neulich, als er sie auf die Insel gebracht hatte, so phlegmatisch gewirkt hatte, als würde er halb schlafen, konnte sie kein Risiko eingehen. Am besten war es, keine allzu schwere Arbeit anzufangen, während sie auf ihn wartete – und keine, für die sie weiter weggehen musste, denn wenn sie ihn verpasste, war sie ab Ende nächster Woche zu Bohnen, Reis und Milchpulver verdammt.

Sie holte den Seesack und die Einkaufsliste aus dem Zelt, zog den Reißverschluss zu, um die Nacktschnecken und ihren Nachbarn Eichhörnchen draußen zu halten, und legte die Sachen für Ed auf ihren Segeltuchsessel. Die Lichtung selbst war so aufgeräumt, wie eine zertrampelte Wiese, die von mit einer Plane zugedecktem Baumaterial beherrscht wird, nur sein konnte, und die meisten Projekte, die Rae erwarteten, waren groß. Es gab jedoch eins, das eigentlich nicht mehr als ein paar Stunden dauern sollte und mit einem Minimum an Schmutz verbunden war.

Was Rae ziemlich bald brauchte, war ein stabiler, für alle Zwecke geeigneter Arbeitstisch, eine Art Werkbank. Sie hatte bereits entschieden, wo er stehen sollte: in den Stamm des zwölf Meter hohen Erdbeerbaums, eingebaut, dessen Äste hoch ansetzten, an der Ostseite der Lichtung, wo sie die Asche begraben hatte. Dort war der Boden eben und leicht schattig, aber vor allem wollte Rae den Arbeitstisch dort haben, weil sie von einer Seite zum Haus hinaufschauen würde und von der anderen auf ihre kleine Bucht hinunter. Außerdem lagen Alan und Bella ganz in der Nähe.

Rae nahm ihren Werkzeuggürtel und legte ihn um. Es war wärmer als an den vergangenen Morgen und es bestand Aussicht auf Sonne, daher hatte sie Fleecepullover und Jacke gegen eine leichte

Weste eingetauscht, die Alan gehört hatte. Der Werkzeuggürtel saß jetzt normal auf den Hüften, und der Griff des Hammers schlug gegen die gewohnte Stelle an ihrem Bein, als sie zum Erdbeerbaum hinüberging.

Sie hatte sich überlegt, den Arbeitstisch aus zwei mal vier Zoll starken Hölzern zu errichten, von denen sie reichlich hatte, aber nun wurde ihr klar, dass ein roher, funktionaler Klotz von Tisch in dieser Lichtung, in der die Zeichen menschlichen Eindringens – Bauholz, Zelt, Feuergrube, Segeltuchsessel und klappbarer Kochtisch – vorübergehend waren, ganz einfach eine Beleidigung für das Auge sein würde. Natürlich sahen Baustellen normalerweise schlimm aus, aber etwas in ihr wehrte sich gegen die Vorstellung, hier absichtlich einen Schandfleck hinzusetzen.

Rae wandte sich um und ließ den Blick auf dem Ufer ruhen, und plötzlich kam ihr ein Bild in den Sinn, eine Treppe, die sie einmal besichtigt hatte. Zwei Stunden war sie gefahren, um diese Treppe zu sehen, einen weiten Abwärtsbogen aus Mahagoni und Birke, elegant, nüchtern und sehr teuer, und die herrliche, schimmernde Windung des auf Hochglanz polierten Handlaufs stand ausschließlich auf – unbearbeiteten, entrindeten Ästen. Der Hausbesitzer war so vernünftig gewesen, die Treppe in Ruhe zu lassen, sie nicht noch mit Teppichbelag und Bildern an der Wand herauszuputzen, und vor dem Hintergrund der hohen Fenster in dem Mauerbogen war die Treppe wie eine Skulptur zur Geltung gekommen. Rae hatte diese Treppe immer haben wollen und oft über Möglichkeiten nachgedacht, den schönen Kontrast von natürlich gewachsenem und bearbeitetem Holz zu nutzen. Vielleicht war das jetzt der richtige Zeitpunkt. Nicht dass sie im Wald junge Bäume umhacken wollte. Einmal war so grünes Holz für Tischlerarbeiten unbrauchbar, und außerdem konnte sie sich die heftigen Streitereien ausmalen, die sie mit den Leuten haben würde, die die Insel über Jahre hinweg gepflegt hatten. Aber lebende Bäume waren schließlich nicht ihre einzige Holzquelle.

Ein Teil des Treibholzes am Strand war sicherlich zu vermodert, um mehr als sein eigenes Gewicht zu halten, aber wenn sie ein paar Stücke finden konnte, die gerade so lange im Wasser gelegen hatten, dass sie abgeschliffen worden waren, aber noch nicht lange genug, um schwammig zu werden …

Rae brauchte eine Stunde und bezahlte mit einem angeschlagenen Schienbein und einem nassen Unterschenkel, aber sie sammelte ein beträchtliches Bündel aus silbrigem Holz, jedes Stück so dick wie ihr Handgelenk und interessant gebogen. Sie trug das Holz den Hügel hinauf und ließ es am Fuß des Erdbeerbaums fallen, wobei sie den Schmerz an ihrem linken Unterarm mit Entschiedenheit ignorierte. Dann stand sie mit den Händen in den Gesäßtaschen davor und versuchte, die Konstruktion vor ihrem inneren Auge Gestalt annehmen zu lassen.

Aber die Geborgenheit und der Trost, die die Arbeit ihr früher gespendet hatten, waren zerstört. Mehr als das, in dieser Haltung vor dem Holz zu stehen bereitete Rae Unbehagen, und sie spürte, dass zwischen ihren Schulterblättern kalter Schweiß hinuntertröpfelte. Ihr wurde bewusst, dass sie ein starkes Verlangen danach hatte, das silberne Holz wieder ins Meer zu schleudern und die Kanthölzer hervorzuholen.

Das Problem war, dass sie mit dem Bau eines Arbeitstisches, der mehr war als eine funktionale Anordnung von zurechtgesägtem Bauholz, eine Verpflichtung eingehen würde, von der sie nicht wusste, ob sie ihr gerecht werden konnte. Vor Urzeiten, in einem anderen Leben, hatte Rae mit Holz gearbeitet, ihre Hände und ihr Herz hatten ausdruckslose, tote Bäume in herrliche, benutzbare Möbelstücke verwandelt, einmalige Tische, Schränke und Esszimmerstühle. Vor Urzeiten hatte Rae mit den Händen in den Gesäßtaschen dagestanden, hatte sich über das aufregende Potenzial in einem Stück Nussbaum oder Eiche oder Ebenholz gebeugt und geplant, überlegt und im Geiste die Schnitte angesetzt. Vor Urzeiten wäre Rae Newborn vor Freude über die Möglichkeit, einen Arbeitstisch auf Treibholzbeinen an einen Erdbeerbaum zu bauen, in die Luft gesprungen, hätte unbekümmert mit den jugendstilartigen Grautönen der Natur gespielt, mit dem meerwassergetränkten Holz vor den zimtfarbenen äußeren Rindenfetzen, die sich von der samtig grünen inneren Rinde des lebenden Baumes abschälten. Vor Urzeiten, vor sechzehn Monaten, in einem anderen Leben.

Bevor der Ausdruck «Alkohol am Steuer» in ihr Leben eingeschlagen war. Zu den unzähligen Gründen dafür, dass Rae sich auf Folly befand, gehörte auch das Gefühl, dass ein Hausbau eine Möglichkeit war, ihre leeren Hände arbeiten zu lassen, ohne dass sie mit dem Herzen dabei sein musste. Die Arbeit mit Holz erforderte eine enge Beziehung zum Werkstoff; ein Haus zu bauen war bloß ein Job. Rae war zu einer weiteren engen Beziehung noch nicht bereit.

Oder das hatte sie jedenfalls gedacht, bis sie merkte, dass sie mit den Händen in den Taschen vor einem Gewirr von Treibholz stand.

Aber verflixt nochmal, sie brauchte einen Arbeitstisch.

Spielte es denn eine Rolle, aus welchem Holz sie ihn baute?

Rae drehte mit der Stiefelspitze ein Stück Treibholz um und bemerkte eine interessante Anordnung der Äste. Dann sah sie ein anderes, unten am Grund des Haufens, das die Winkel des ersten zu spiegeln schien, und sie kniete sich hin, um es herauszuziehen. Sie legte die beiden nebeneinander und ließ ihre Hände mit der gleichen Bewegung daran hinauf- und hinuntergleiten, mit der ihre Tochter das Bein eines Pferdes befühlte. Rae griff nach einem weiteren Ast, dann nach noch einem, und bald schob sie ihre ganze Sammlung hin und her, schaute sich an, wie eine kräftige Senkrechte mit den kompliziert gebogenen Formen einer anderen Strebe korrespondierte, brachte Windungen und Geraden in ein ausgewogenes Verhältnis, spielte mit dem Holz, bis sie sicher war, dass ihr Tisch nicht nur stehen bleiben würde, auch wenn man einen Motor darauf stellte, sondern dass er ihr auch gefallen würde, wenn er nichts weiter als einen Becher mit Wildblumen trug.

Rae ging zum Zelt und ließ zum ersten Mal seit sechzehn Monaten den Verschluss ihres großen, verbeulten Werkzeugkastens aufspringen. Sie nahm eine Schrotsäge heraus, einen Satz großer Stechbeitel und den dazugehörigen Hammer, ihren altmodischen Handbohrer mit Kurbel und die Wasserwaage aus Aluminium. Rae legte das Werkzeug neben die Treibholzäste, griff hinter sich, um das Maßband aus seiner Tasche neben ihrem Rückgrat zu angeln, und machte sich an die Arbeit.

Die Sammlung aus vom Meer abgeschliffenen Treibholzstücken zu dem starken Unterbau zu verweben, den Rae brauchte, war keine leichte Aufgabe. Die Äste mussten sich gegenseitig halten und ineinander greifen, nur so konnten sie der Spannung und dem Druck widerstehen, unter denen der Tisch sich sonst verdrehen und zusammenbrechen würde. Rae bohrte Löcher und stemmte sie aus, um Äste hineinzupassen, sie stutzte zurecht und richtete aus, fügte Querstreben ein und verband so die Teile zu einem luftigen, aber stabilen Ganzen. Das Sägemehl roch nach Salzwasser, das Holz war klebrig und merkwürdig anders als der Baum, der es einst gewesen war, und Rae war völlig in ihren kleinen Silberwald versunken, als plötzlich hinter ihr eine dröhnende Stimme ertönte.

«Ein'n schönen guten Mor...»

Die Worte blieben dem Schiffer im Hals stecken, als Rae aufkreischte und zurücksprang und der Hammer wie von selbst in ihre Hand zu gleiten schien. Ed reagierte entsprechend, er rüstete sich zu einem heftigen Kampf, und die Frau mit dem wilden Blick und der gleichermaßen erschrockene Mann starrten sich über das Durcheinander aus teilweise aneinandergefügtem Treibholz an. Ed kam als erster zu sich. Mit sichtbarer Anstrengung wischte er sich die Spannung aus dem Gesicht und reckte sich, nahm seine Baseballkappe ab und fuhr sich mit der Hand über seine mahagonifarbene Tonsur. Als er den Arm hob, sah Rae um sein Handgelenk herum einen Streifen geometrische Tätowierung, Orangetöne und Lapislazuli.

«Tut mir Leid, dass ich Sie so überrascht habe», sagte er nun. «Hab irgendwie gedacht, Sie hätten mich gehört. Meinen Schiffsdiesel und alles.»

Rae schnappte nach Luft. *Humor entwaffnet*, war eine der Grundregeln, die sie bei ihren mühsamen Aufstiegen aus dem Wahnsinn gelernt hatte. Wichtiger war nur noch die Regel: *Tu so, als ob du normal wärst, dann bist du's.* Auch sie richtete sich nun gerade auf, schaute verwirrt den Hammer an, hängte ihn in seine Schlinge zurück und rieb sich die Hände, um ihr Zittern zu verbergen. Sie räusperte sich.

«Ich war wohl etwas zu sehr beschäftigt», erwiderte sie und verzog ihren Mund zu einer Grimasse, die hoffentlich einem Lächeln ähnelte. «Ich habe Sie nicht kommen hören.»

«Hab ich gemerkt. Nächstes Mal tute ich, um Sie zu warnen. Tut mir Leid», entschuldigte er sich noch einmal. Er beobachtete sie argwöhnisch, als wäre ihm bewusst, dass er einer Frau gegenüberstand, die in den leeren Räumen hinter ihren Ohren Stimmen hörte. Rae hielt seine Reaktion auf ihre Art der Begrüßung für verständlich. Furcht war ansteckend.

«Sie brauchen sich nicht zu entschuldigen», sagte sie in dem Bemühen, die Spannung, die in der Luft lag, abzubauen. «Ich, äh, ich bekomme nicht viel Besuch.»

Ed schien nachzudenken. Und er dachte wirklich nach, aber nicht über ihre Worte. Er überlegte: Das ist ja eine interessante Frau, die ich hier abgesetzt habe – Rae, nicht Ray –, und sie sieht gar nicht schlecht aus, bemüht sich sehr, zu verbergen, was ich ihr für einen Schrecken eingejagt habe, als sie sich umdrehte und ich plötzlich vor ihr stand. Genau wie alle anderen allein stehenden Frauen auf den Inseln – egal, wie mutig sie sind, sie machen sich vor Angst in die Hose und brauchen einen Mann um sich. Dieser

Gedanke zauberte ein breites Lächeln unter seinen weißen Ganovenschnurrbart. «Ja, so ist das im Winter auf den Inseln. Im Sommer können Sie über Bootsdecks nach Roche Harbor laufen, aber das übrige Jahr ist es ruhig. Na, hier kriegen Sie natürlich nie viel Verkehr, so zwischen den Strömungen und der Untiefe und weil es Naturschutzgebiet ist und so.»

«Das hoffe ich», sagte Rae nachdrücklich, merkte dann aber, wie unfreundlich das klang. «Ich wollte gerade Kaffee kochen», log sie. «Möchten Sie 'ne Tasse?»

«Ach, das macht zu viel Mühe.»

«Die Mühe besteht nur darin, vier Löffel Kaffee in die Kanne zu schütten statt zwei. Das kriege ich wohl hin.»

Ed entspannte sich noch etwas mehr: *Humor entwaffnet.* «Wenn das so ist, dann hätte ich gern eine Tasse, danke.»

Mit einem Fremden im Rücken über die Lichtung zurückzugehen, besonders mit einem, der sie anerkennend betrachtete, überstieg Raes Kräfte, daher bedeutete sie ihm mit ausgestreckter Hand, voranzugehen, und schließlich stiefelten sie nebeneinander über die Lichtung, aber mit gebührendem Abstand. Am Kochtisch füllte Rae den Kessel, stellte ihn auf den Kocher und schlüpfte dann ins Zelt, um den Holzstuhl herauszuholen. Sie stellte ihn in einiger Entfernung von seinem Segeltuchverwandten auf und hob ihn dann noch einmal an, um ihn zwei Handbreit näher heranzurücken. Mit geübter Bewegung schnallte sie den Werkzeuggürtel ab, hängte ihn über die Rückenlehne und spülte dann die Kaffeekanne aus.

Ed hatte zwei dicke Papiertüten aus dem Supermarkt in Friday Harbor auf den Aluminiumtisch gestellt. Rae suchte ihre Wochenration Milch heraus, löffelte Kaffeepulver in die Kanne, prüfte, ob der Becher, den sie ihrem Gast zugedacht hatte, einigermaßen sauber war, und wandte sich dann um, weil sie ihn fragen wollte, ob er Zucker nehme. Ed saß auf dem Rand des Segeltuchsessels, hatte ihren Hammer in der Hand und ließ seine plumpen Finger über den seidigen Stiel gleiten. Rae schauderte es, als würde er ihren Nacken liebkosen, und es juckte ihr in den Fingern, ihm das Werkzeug zu entreißen.

«Zucker?», fragte sie mit zusammengebissenen Zähnen.

«Nein, danke. Was ist das hier für Holz?»

Nach dieser Eröffnung konnte Rae unbedenklich hinübergehen und ihm den Hammer sacht aus den Händen ziehen und dann selbst mit dem Daumen über den dunklen bernsteinfarbenen Stiel streichen, den sie so gedrechselt und geformt hatte, dass er wie ein maßgefertigter Handschuh in ihre Handfläche und ihre Finger passte. «Das ist honduranisches Mahagoni. Ich hatte ein Stück übrig und brauchte einen Stiel, also habe ich mir gedacht: Warum nicht? Ich glaube, es ist für diesen Zweck eigentlich nicht stark genug, aber die Zeit wird es erweisen.»

«Übrig – haben Sie Ihre Küche renoviert oder so?»

Rae sah kurz eine in diesem schwelgerischen Holz getäfelte Küche vor sich – als würde man in zerlassener Schokolade ertrinken. Dann sagte sie: «Ich hatte einen kleinen Beistelltisch für meine Tochter gemacht.»

Sein Gesicht kam etwas näher: «War das – hm –, war der für die Tochter, die ich kennen gelernt habe?»

«Die eine und einzige», bestätigte Rae. Sie beobachtete sein Gesicht, und diesmal war ihr Lächeln zwar etwas traurig, aber natürlicher. «Sonderbare Person, was?»

Überrascht blickte Ed auf, er staunte entweder über den Ausdruck oder darüber, dass die eigene Mutter dieser Frau ihn verwendet hatte.

«Ich … kann schon sein.»

«Ich wette, sie hat Sie die ganze Fahrt nach Friday Harbor zurück rumkommandiert.»

«Da haben Sie Recht.» Ein Schnurrbartzipfel schob sich aufwärts, als Ed bedauernd grinste.

«Und hat Sie dann gebeten, ein Auge auf mich zu haben.» Es

war eine Vermutung, aber gar nicht so weit hergeholt. Tamara hatte früher schon Nachbarn bezahlt.

Ed verstummte, und Rae beeilte sich, ihn zu beruhigen. «Keine Sorge, ich hab mir schon gedacht, dass sie jemanden finden würde, der mal nachschaut, ob ich nicht tot unter einem Baum liege oder verrückt werde und mit den Vögeln rede.»

Sie beobachtete Ed genau, sah, wie seine meerfarbenen Augen zur Seite wanderten, fluchte lautlos und fuhr fort: «Ich wette, sie hat Ihnen auch erzählt, dass ich in einer psychiatrischen Klinik war.» Nun musterte er angelegentlich seine ausgefransten Turnschuhe; das genügte als Antwort. Scheiße, Tamara; warum machst du so was? Na, wenn Ed schon so viel wusste, sollte er auch noch den Rest erfahren – oder jedenfalls so viel davon, wie Rae ihm erzählen wollte. Sie konnte es sich nicht leisten, in ganz Friday Harbor für die Verrückte von Newborns Folly gehalten zu werden. Selbst wenn sie das war.

«Hat Tamara Ihnen denn auch erzählt, dass ich schwer verletzt wurde bei einem Unfall, bei dem mein Mann ums Leben kam?» Einen Moment lang sah Rae keinen Grund dafür, dass sie Bella nicht erwähnt hatte. Aber ihm von Bella zu erzählen war zu viel: Mitgefühl bei einem Verlust war eine Sache, das unermessliche Mitleid beim Verlust eines Kindes aber etwas ganz anderes. «Hab ich mir doch gedacht, dass sie den Unfall nicht erwähnt hat. Nach so einer Sache ist man einfach eine Weile etwas deprimiert.»

Rae gab ihm den Hammer zurück, sodass das Holz gegen seine schwielige Handfläche klatschte, und drehte sich wieder um, um den Kaffee aufzugießen. «Nehmen Sie Milch?»

«Nein, ganz schwarz. Hören Sie, ich …»

«Ist schon in Ordnung, Ed. Meine Tochter ist leider einfach ein Biest und manipuliert alle. Es tut mit bloß Leid, dass Sie mit ihr zu tun haben.»

«Nee, oh nein, ich werde nicht mit ihr zu tun haben», stellte er fest, auch wenn Rae fand, dass seine Rechtschaffenheit nicht ganz wahrhaftig klang.

«Warum denn nicht? Berichten Sie ihr, wie ich hier klarkomme, nehmen Sie ihr Geld, dann sind wir alle zufrieden. Wenn Sie es nicht tun, findet sie jemand anders. Machen Sie sich keine Gedanken deswegen.»

«Meinen Sie wirklich?»

«Klar meine ich das wirklich. Lieber Sie, als dass irgendein Fremder mit einem Fernglas vor meiner Küste rumlungert.»

Normal, alles sehr normal. Wer wäre nicht etwas deprimiert nach dem, was die Zeitungen als «tragischen Unfall» bezeichnen würden, was, Ed? Und weil Sie Tamara Collins vielleicht ohnehin nicht besonders gern mögen, nehmen Sie das, was sie sagt, nicht so ernst und geben nichts auf ihr ganzes Gerede, dass ihre Mutter Beruhigungsmittel braucht und über Stimmen und Beobachter schimpft, und Sie entscheiden einfach, dass die Mutter eine nette, stinknormale Spinnerin ist, die sich bloß entschieden hat, auf einem einsamen Felsen zu leben und einen komischen Schuppen wieder aufzubauen, einfach so aus Spaß. Nehmen Sie Tamaras Geld (nein, mein Geld, vermutete Rae), und machen Sie sich nicht die Mühe, alles ganz so genau im Auge zu behalten, wie Sie ihr weismachen, dann sind wir alle zufrieden.

Außerdem ist doch klar, dass eine Frau, die so reich ist, dass ihr eine ganze Insel von den San Juans gehört, einen leichten Dachschaden haben muss.

Jedenfalls hatte das Unbehagen, das das Gespräch über Tamara ihm bereitete, Ed davon abgehalten, über die Möglichkeit eines weiteren Angriffs nachzudenken, und als er den ungewöhnlichen Stiel an Raes Hammer lange genug bewundert hatte, streckte er den Arm aus und steckte ihn wieder in seine Schlaufe – sogar so, dass der Kopf in die richtige Richtung zeigte, mochte das nun Absicht gewesen sein oder Zufall.

«Sie haben also viele Sachen gebaut?», fragte er mit skeptischem Blick auf das merkwürdige Objekt (moderne Skulptur? Wäscheständer? Antenne für Außerirdische?), das sie so in Anspruch genommen hatte, dass sie sein Boot nicht gehört hatte. Rae glaubte, die Quelle seines Unbehagens zu kennen; es war etwas, mit dem sie während ihres ganzen Erwachsenenlebens zu tun gehabt hatte, seit der erste Eisenwarenhändler sie zu einem leichteren Hammer zu überreden versucht hatte.

«Ich bin Tischlerin. Tische und Schreibtische, Kommoden und Stühle, manchmal Küchenschränke, wenn Kunden eine Maßanfertigung haben wollen. Meine Spezialität sind Intarsien.»

Letzteres fügte sie absichtlich hinzu, um ihre Zuhörer von dem Bild schlecht konstruierter Couchtische mit ungleich langen Beinen wegzulocken und in den Bereich echter Handwerkskunst zu steuern. Wer Bescheid wusste, fragte sie an dieser Stelle nach ihrem Namen und erkannte ihn. Für andere, wie Ed, war er so nichtssagend wie Jeanne d'Arc, aber sie gestanden ihr dann immerhin den Nimbus einer Künstlerin zu. Ed nickte weise.

«Wir haben hier viele Leute, die malen, töpfern und solche Sachen machen. Guy auf Lopez verkauft seine Töpfe in Seattle für drei- oder vierhundert Dollar pro Stück.»

Rae klärte Ed nicht darüber auf, dass selbst ihre kleineren Stücke in New York und Los Angeles für fünfstellige Summen weggingen, und sie dachte sich, dass es ihn wohl auch nicht allzu sehr beeindrucken würde, dass einer ihrer eher experimentellen Schränke dem Museum of Modern Arts gehörte, aber Ed schien jetzt ganz zufrieden zu sein, weil er sie bei den Künstlern einordnen konnte. Künstlerische Neigungen erklärten viel – anscheinend sogar, dass man seinen Lieferanten mit einem Hammer bedrohte.

«Noch Kaffee, Ed?»

«Nein, danke, Mizz Newborn.»

«Mr. De la Torre, jemand, der von einer Frau fast mit einem Hammer erschlagen wird und trotzdem bereit ist, ihre schmutzige Wäsche wegzubringen, sollte sie mit Vornamen anreden dürfen. Ich heiße Rae.»

Ed zog verlegen den Kopf ein – nicht nur, so schien es, weil sie das heikle Thema der schmutzigen Unterwäsche angesprochen hatte. «Ja, das ist komisch. Ich habe Ihren Namen zum ersten Mal im Bootshaus gehört – kurzes Haar und schwerer Mantel und alles –, und es war irgendwie verwirrend, als Ihre Tochter Sie ‹Mutter› genannt hat. Erst als Sie sich so erschrocken haben, als ich vorhin von hinten gekommen bin, war ich sicher, dass Sie kein Trans… was auch immer … Na, jedenfalls – nächstes Mal tute ich», sagte er. «Gut, dass Sie nicht zufällig ein Gewehr am Baum lehnen hatten. Das wäre eine Überraschung für mich gewesen, was?»

Rae hatte unter dem Erdbeerbaum den Eindruck gehabt, dass er ihr bei der kleinsten Bewegung an die Kehle gegangen wäre, aber nun versicherte sie ihm, sie würde nur selten ihre Lieferanten abknallen. Sie half ihm, den Rest ihrer Vorräte aus der *Orca Queen* auszuladen, und machte dann seine Leine von ihrem altersschwachen Anlegesteg los. Als die Motoren in einer Wolke aus blauem Rauch ansprangen und Ed das Boot zum offenen Wasser drehte, dachte Rae über seine Worte nach, und sie war etwas erstaunt, als ihr klar wurde, dass sie den alten Revolver mit dem Holzgriff nie als Verteidigungswaffe betrachtet hatte.

Kapitel 8

Brief von Rae Newborn an Dr. Roberta Hunt

6. April

Liebe ~~Jägerin~~ Frau Dr. H.,
Ich weiß, dass Sie sich fragen werden, wie Ihre Klientin ~~es~~ auf der Insel ~~aushält~~ zurechtkommt, und ich wollte Sie ~~beruhigen~~ wissen lassen, ~~dass alles in Ordnung ist dass es mir gut geht~~ dass die Erfahrung sich als

7. April

Liebe Frau Dr. H.,
hier ein Lebenszeichen von

8. April

Liebe Frau Dr. H.,
mein Schiffer kommt in zwei Tagen und

10. April

Liebe Roberta,
weil Sie eine so gute, fürsorgliche Therapeutin sind, zweifle ich nicht daran, dass Sie mir in den letzten Monaten in Gedanken oftmals in den Norden gefolgt sind, mit vielen Fragen. Ich bin jetzt seit zehn Tagen hier auf der Insel und kann sagen, dass ich überzeugt bin, dass diese Entscheidung sich letzten Endes als richtig erweisen wird.

Ich gebe gerne zu, dass die ersten Tage hart waren. Sehr hart. Zum Teil, weil ich die Medikamente plötzlich abgesetzt habe, und ja, ich habe Stimmen gehört, und ja, ich habe aus den Augenwinkeln Geister gesehen. Und als Ed De la Torre, der Mann, der mir meine Post bringt und mich mit Brot und Propangas versorgt, letzte Woche zum ersten Mal hier erschien, hat er mich ganz schön erschreckt. Zum Glück hat er mich angesprochen und mir nicht auf die Schulter geklopft, sonst – nun, es ist nichts passiert, und Ed weiß jetzt, dass er mich rechtzeitig warnen muss.

Es wird Sie freuen (glaube ich), dass ich ihn nicht kommen hörte, weil ich ganz in den Bau eines Möbelstückes vertieft war. Ja, das stimmt, auch wenn ich mir nicht vorstellen kann, was Gloriana, meine Galeristin in New York, dazu sagen würde. Es ist, um es ganz nüchtern zu sagen, ein Arbeitstisch, fast eine Werkbank, mit einem Untergestell aus Treibholz, aber dieses Treibholz ist ein weitaus faszinierenderes Material, als ich je für möglich gehalten hätte – das ausgebleichte Holz kommt aus der Erde heraus (der Tisch steht draußen unter einem Baum – ja, und was würde Gloriana dazu erst sagen! Aber wenn man es so bedenkt, das Museum of Modern Art würde sich vielleicht über das Freiluftkonzept freuen). Jedenfalls streben die Äste aufwärts wie ein Dickicht aus winkenden Armen, die verschränkt sind, um sich gegenseitig zu halten und die schwere Tischplatte zu stützen. Und wissen Sie, was die Tischplatte ist? Die Haustür von Großonkel Desmonds Haus, die beim Aufräumen des Geländes zum Vorschein kam. Die Tür ist massive Zeder, was ihre Langlebigkeit erklärt, und auf der früheren Innenseite schlimm angekohlt und voller Nagelköpfe oder so was, aber ich habe die Seite nach unten genommen, die gute Seite abgehobelt (natürlich erst den Türgriff abmontiert – schließlich ist es ein Arbeitstisch, nicht Concept-Art), und das Ganze ist wirklich ein bemerkenswertes Stück Gebrauchskunst.

Als erstes habe ich dann eins von den Gläsern, die Sie mir

geschenkt haben, ausgewickelt und mitten auf den Tisch gestellt und mit meinem ersten Wein auf der Insel gefüllt. Großartig. Ich habe sogar ein paar Fotos davon gemacht – ich werde meine Enkelin Petra bitten, sie entwickeln zu lassen und Ihnen Abzüge zu schicken, wenn ich den Film abgeknipst habe.

Der Tisch hat den größeren Teil einer Arbeitswoche in Anspruch genommen, eine lächerliche Zeitverschwendung, wenn man bedenkt, dass ich in einem Zelt lebe und es nur noch sechs Monate bis zum Winter sind, aber er hat seine Aufgabe erfüllt, eine restaurative Funktion, könnte man sagen, denn er hat mich daran erinnert, wer ich vorher war (ein Mensch, den Sie nicht kennen, von dem Sie aber vielleicht einen kleinen Eindruck bekommen haben), und mir gestattet, mich auf das zu konzentrieren, was ich hier eigentlich mache, wenn ich die Ruine wieder aufbaue.

(Fällt Ihnen übrigens auf, dass dieser Brief mit dem gespickt ist, was mein alter Lehrer in der Unterstufe missbilligend Endlossätze nannte? Sehen Sie die Sätze als Bewusstseinsstrom, als Fortsetzung unserer Sitzungen an. Lieber sollen Sie meine Satzungetüme so interpretieren – oder mich sogar dafür schelten, dass Sie das lesen müssen –, als dass Sie einfach denken, Rae Newborn würde die Grammatik nicht beherrschen.)

Nun zu einer geschäftlichen Angelegenheit: Der Stellvertreter meines Sheriffs hier nimmt vielleicht Kontakt zu Ihnen auf – oder hat das schon getan. Er kam hier angebrummt (sein Boot, nicht er – alle flitzen hier in einer erstaunlichen Vielfalt an Wasserfahrzeugen herum, meistens mit einem starken Motor ausgerüstet. Fast wie ein Venedig in der Wildnis. Weil meine Insel in einer eigenwilligen Kurve der Strömung liegt, werde auch ich, wenn – nicht falls, sondern wenn – ich schließlich aufgebe und mir ein Boot kaufe, eins mit einer großen Maschine brauchen. Mit Ihrer heimlichen freudschen Ader können Sie diese Bemerkung deuten, wie Sie wollen.) Wo war ich denn bloß stehen geblieben? Ach richtig, der Hilfssheriff. Bobby Gustafsen, ein richtiges Schätzchen von einem Mann (Oho, sagt Frau Dr. Hunt da; oh nein, sagt Frau Newborn: fest verheiratet, Vater von Zwillingen und Anfang dreißig ist dieses Schätzchen von einem Mann), der mich argwöhnisch beäugte, als würde ich ihn gleich anspringen. Hilfssheriff Gustafsen kam vor allem vorbei, um Kontakt zu einer neuen Inselbewohnerin aufzunehmen (das ist hier so, trotz der wässrigen Entfernung zwischen den Nachbarn), aber auch, um mir ein Foto zu bringen, das meine Polizeidienststelle da unten ihm geschickt hatte. Gustafsen hat mich gefragt, ob ich in dem Mann einen von denen, die mich überfallen haben, wiedererkennen würde. Er sah keinem von beiden besonders ähnlich, aber es ist schön zu wissen, dass die Dienststelle in Kalifornien die Sache nicht ganz abgeschrieben hat. Jedenfalls habe ich Gustafsen Ihre Telefonnummer gegeben, vor allem für ein Leumundszeugnis. Falls er anruft, können Sie ihm versichern, dass ich mir zwar vielleicht gelegentlich kleine grüne Männchen einbilde, dass es in diesem Fall aber einfach ein Paar menschliche Widerlinge waren. Drecksäcke, wie Sheriff Escobar sie nannte, und ich kann nur immer wieder Gott für meinen Nachbarn Joseph danken, nicht nur dafür, dass er gerade in dem Augenblick vorbeikam und noch dazu bereit war, einzugreifen, sondern auch dafür, dass er ganz einfach bezeugen konnte, dass ich dieses eine Mal, trotz aller meiner falschen Notrufe und meiner Phantasien, nicht halluziniert und dass ich mich nicht selbst zusammengeschlagen habe. Wenn Joseph nicht gekommen wäre, hätten Sie und ich immer noch dreimal in der Woche unsere Sitzungen, und ich wäre schon längst zu der Überzeugung gelangt, dass diese beiden Dreckskerle genauso unkörperlich waren wie die Augen an meinen Fenstern und die Schritte auf meiner Dachterrasse.

Stattdessen aber bin ich hier, ich arbeite, atme ungeheuer viel frische Luft und esse Riesenmengen von ziemlich eintönigem, aber schrecklich gesundem Essen, und am Ende des Tages bin ich viel zu müde, um in den winzigen Wellen, die über meinen felsigen Strand streichen, auf Stimmen zu horchen oder um in den rasch sprießenden Blättern der Büsche um mein Zelt herum nach Augen zu suchen, die mich beobachten.

Also, meine liebe Seelenklempnerin Roberta, gestatten Sie Ihren Gedanken, die Sorge um diese launische und unvernünftige Klientin fallen zu lassen – für den Moment jedenfalls. Alles schreitet in die richtige Richtung voran, und falls ich ausrutsche, falls die Stimmen in der Nacht wieder auftauchen, dann werde ich meine Pillen wieder schlucken, das verspreche ich. So lieb ich Sie auch habe, allmählich fasse ich eine Zuneigung zu meinen sechzig Hektar Felsgestein, und ich würde es nicht gegen die blassgrünen Kerkerwände des Krankenhauses eintauschen wollen. Bis auf die relativ bequemen Betten vielleicht.

In der Hoffnung, dass Sie körperlich und seelisch gesund sind (wegen Ihrer geistigen Gesundheit habe ich keine Bedenken) und voller Zuneigung

Ihre

Rae Newborn

Kapitel 9

Nicht allzu viele Lügen in dem Brief, dachte Rae an dem Abend, als sie den dicken Umschlag adressierte (außer dass sie ihre Pillen unmöglich wieder nehmen konnte, wo sie doch auf dem Meeresgrund lagen). Eigentlich waren Lügen gar nicht nötig, und es war auch am besten, sie möglichst zu vermeiden.

Rae nahm das Weinglas, so fein, dass es schon ätherisch war, und trank den letzten Schluck kalifornischen Merlot. Das Abschiedsgeschenk der Jägerin – ein Geschenk, das nur eine Freundin einer Freundin machen konnte, nicht eine Ärztin ihrer Klientin – waren zwei dieser wunderschönen, langstieligen Dinger gewesen; ein Paar, hatte die Psychiaterin ihr nachdrücklich gesagt, nicht damit Rae sie aufbewahrte, bis sie einen Gast hatte, sondern damit Rae nicht in Versuchung kam, sie bei den Sachen, die für den Gebrauch zu kostbar waren, im Schrank stehen zu lassen. Falls Rae ein Glas zerbrach, dann hatte sie eben Ersatz; und wenn sie das zweite auch noch kaputtmachte, dann war es bloß der überlebende Partner aus einem Paar gewesen.

Wie bei vielen Aussprüchen der Jägerin war die Erklärung wohl auch hier vielschichtig, aber Rae hatte den Verdacht, dass diese zierliche Städterin in ihren Armani-Klamotten im Grunde die Vorstellung nicht ertragen konnte, dass ihre Klientin am Lagerfeuer hockte und Wein aus einem Blechbecher hinunterkippte, eine Tochter der Mühsal mit verhornten Händen. Auch wenn die Wildnis zu diesem Zeitpunkt in Raes Leben vielleicht unumgänglich war, durfte die Zivilisation doch nicht vollkommen aufgegeben werden.

Abgesehen davon wussten sie beide, dass Wein aus gutem Kristall besser schmeckte.

Rae war mit ihrer Tagesarbeit zufrieden. Sie hatte die einfache Aufgabe, einen Arbeitstisch zu bauen, erledigt, eine Aufgabe, die so schnell zu etwas viel Größerem geworden war. Einerseits war es, wie sie Dr. Hunt geschrieben hatte, eine lächerliche Zeitverschwendung, so viele Tage auf die mühselige künstlerische Bearbeitung zu verwenden, bis hin zu dem eingelegten Holzfaden, der sich an einem der silbrigen Beine hinaufschlängelte und den Glanz der Platte aus Zedernholz anklingen ließ und gleichzeitig das Rotbraun des ausladenden Erdbeerbaumes darüber mit einbezog. Rae hatte mehr als genug damit zu tun, die Baustelle freizuräumen und die Wände aufzustellen, von der Wasserversorgung und den Grabungen für einen Abwassertank ganz zu schweigen, als dass sie viereinhalb Tage mit einer extravaganten Konstruktion wie dieser hätte zubringen dürfen.

Andererseits hatte ebendiese Konzentration auf das Ausgefallene sie als Künstlerin und als Mensch ausgezeichnet. Schubladen mit fest sitzenden, winzigen Schwalbenschwanzverbindungen, Schränke, die innen Intarsien trugen, ja, und handgeschmiedete Messingbeschläge, in denen das Design des Stückes sich wiederholte, und Schellackpolitur, Schicht um Schicht – lächerlich. Überflüssig. So verrückt wie die Entscheidung, mit zweiundvierzig Jahren das unerwartete Baby zu behalten, was bedeutet hatte, um der Gesundheit des Kindes willen zwei Jahre lang auf die Hälfte der Kleber, Beizen und Lacke, die sie für ihre Arbeit brauchte, zu verzichten, und das zu einer Zeit, als sie gerade im Begriff war, groß herauszukommen. Aber diese Art von Entscheidungen waren die eigentliche Rae Newborn. Zum ersten Mal seit ewigen Zeiten hatte sie sich wieder daran erinnert.

Rae trat aus dem Zelt (was auch nach zehn Tagen noch ihren Puls hochtrieb, aber es wurde leichter), um das Glas unter dem Hahn ihres 20-Liter-Wasserkanisters auszuspülen. Sie fragte sich, ob Ed wohl die Testergebnisse für die Wasserproben mitbringen würde, die sie ins Labor geschickt hatte – es wäre bestimmt schön,

Wasser aus der Quelle zu benutzen, statt dieses fade Zeug, das nach seinem Behälter schmeckte. Rae stellte das Glas umgekehrt auf das Handtuch, das als Abtropfbrett für ihr Geschirr diente, und überquerte die dunkle Lichtung, um ihrem fertigen Arbeitstisch gute Nacht zu sagen.

Die Mondsichel gab kaum mehr Licht als eine Kerze, aber Rae stellte fest, dass der Schimmer aus dem Zelt reichte, um das fahle Gewirr von Beinen unter der achtzig Jahre alten Zedernholzplatte zu beleuchten. Sie war erstaunt gewesen, dass die Tür im Großen und Ganzen heil aus ihrem grünen Versteck aufgetaucht war. Die Ecke, die auf dem Boden gelegen hatte, hatte Rae abschleifen müssen, und die Kante mit den Beschlägen sowie ein Teil der Innenfläche war, wie sie der Psychiaterin geschrieben hatte, vom Feuer angekohlt gewesen, aber außer einigen Löchern an der Innenseite (Nägel für Mantelhaken? Oder Bohrlöcher für irgendetwas, was da gehangen hatte?) war der Rest in Ordnung. Aus irgendeinem Grund war die Tür so angebracht gewesen, dass sie sich nach außen öffnete, was Rae über einer Treppe unpraktisch fand, aber Desmond war der Raum im Haus wahrscheinlich wichtiger gewesen als die Bequemlichkeit. Rae hatte geschwankt, ob sie Desmonds Tür restaurieren und wieder an ihrem alten Platz anbringen oder sie lieber als Arbeitsplatte verwenden sollte, aber nun entschied sie, dass sie die richtige Wahl getroffen hatte. Man sollte auf der Vergangenheit aufbauen und sie nutzen, statt sich von ihr beherrschen zu lassen. Rae würde sich selbst eine Tür machen, mehr oder weniger eine Zwillingsschwester von Desmonds, und damit ihr Neues auf dem transformierten Alten aufbauen. Vielleicht konnte sie sogar den alten Türgriff wieder verwenden oder in einer Schmiede ein Duplikat davon anfertigen lassen.

Rae fuhr mit der Hand über die matte Oberfläche des Tisches. Das Holz war glatt, trotz der kleinen Unebenheiten, die der Hobel hinterlassen hatte – glatter jedenfalls, als die Haut ihrer Hand, die rasch wieder den alten Zustand annahm, rau von der Arbeit, voller Blasen, Schnitte und Abschürfungen. Rae schmirgelte ebene Flächen nur selten, denn sie zog die saubere, glatte Schnittfläche, die der Hobel schuf, der ganz leicht aufgerauten Oberfläche vor, die selbst das feinkörnigste Schmirgelpapier hinterließ – allerdings verlangten manche Hölzer und viele Formen eher nach Sand als nach der Klinge. Doch sogar die Tätigkeit des Hobelns zog Rae vor, die tänzerische, alles umfassende Bewegung, die langen, langsamen Striche, bei denen sie die Maserung des einst lebendigen Baumes unter ihren Händen spürte. Es war ein bisschen, als würde sie eine Massage geben, alle Muskeln kamen ins Spiel, sie balancierte ihr Körpergewicht auf den Ballen, und alle Teile ihres Körpers arbeiteten im Dienste der Vorstellungskraft zusammen. Rae genoss das Reißen, wenn die Stahlklinge langsam durch die Holzfasern schnitt, und sie freute sich an dem Regen der duftenden Späne. Sogar die Vorbereitungen machten ihr Freude – den Hobel einzustellen, die Klinge zurechtzusetzen und sie rasiermesserscharf zu schleifen. Alles in allem war ihr das bei weitem lieber als Wolken von feinem Schleifstaub.

Wenn man nur das Leben auch so einfach glatt hobeln könnte, dachte sie.

Jetzt jedoch stand sie vor der Frage, wie sie den Tisch behandeln sollte. Öl würde das Holz nachdunkeln lassen und es stumpfer machen als ein wasserfester Lack. Andererseits sah ein wasserfester Anstrich immer künstlich aus, er lag oben auf dem Holz wie eine Plastikschicht, was er ja auch war, und dazu kam noch, dass man ihn alle paar Jahre abbeizen und ersetzen musste – oder in diesem Klima vielleicht sogar noch öfter. Wenn sie nun …

Ein Knacken ertönte vom Hügel hinter dem Zelt, und Raes Körper spannte alle Muskeln zu einem Sprung in die schützende Dunkelheit an. Eben hatte sie noch über ihren Tisch nachgedacht, und im nächsten Augenblick hockte sie auf der anderen Seite des Erdbeerbaumes, das Gesicht gegen die kühle innere Rinde gepresst, sodass Baum, Arbeitstisch, Lichtung, Zelt und die umgestürzte

Zeder sich zwischen ihr und dem Grund des abgebrochenen Zweiges befanden.

Das Geräusch wiederholte sich nicht. Eine Flüssigkeit, die nach saurem Wein schmeckte, stieg ihr in der Kehle hoch, ihr schwindelte, und das alte, vertraute Brüllen brauste in ihren Ohren. Rae drehte sich um und sank zu Boden, mit dem Baumstamm im Rücken, drückte den Kopf gegen die Knie und kämpfte gegen die Verzweiflung an.

Wie konnte ein Mensch so leben?, fragte sie sich. Wenn ein Waschbär auf einen abgestorbenen Ast trat und dieses unschuldige Geräusch schon wie ein elektrischer Schlag wirkte? Es war mehr als ein Jahr her, dass die beiden Dreckskerle auf der Straße hinter ihr hergefahren waren, und in dieser ganzen Zeit, in all den Monaten auf der geschlossenen Station und in der Obhut der Jägerin, war es Raes Verstand noch nicht gelungen, einen Keil zwischen die vermeintliche Bedrohung, die sie wahrnahm, und ihre körperliche Reaktion zu treiben.

Raes Vorgänger auf der Insel, der Erbauer von Folly, hätte über die Spätfolgen Bescheid gewusst, die Stress auch in einem normalen Hirn auslöste. Der Mann, der mühevoll diese Tür aus Zedernholz zusammengesetzt hatte, hätte ihr sagen können, wie lange es dauerte, bis eine Kriegsneurose nachließ, bis die Fehlzündungen eines Autos nicht mehr wie Artilleriefeuer im Gehirn einschlugen und einen Exsoldaten in Deckung gehen ließen.

Aber vielleicht hätte Desmond ihr doch keine Auskunft darüber geben können, wie lange das dauerte, denn möglicherweise hatte diese unwillkürliche Reaktion bei ihm nie nachgelassen. Vielleicht war er deswegen hier geblieben, weitab von den lauten Geräuschen der Zivilisation.

Oder waren es nicht bloß die Fehlzündungen und die rasselnden Maschinen gewesen? War auch Desmond schon bei einem Knistern in den Büschen in Panik geraten? Hatte auch sein armer, geschundener Verstand jedes Geräusch als Bedrohung gedeutet –

vielleicht als kaiserliche Soldaten, die über Niemandsland schlichen? Hatte er deswegen seine Tür so stabil gebaut, dass sie Mörserfeuer standhalten konnte?

Rae hätte gern gewusst, ob Desmond Newborn auch eine Schusswaffe in seinem Rucksack gehabt hatte, einfach für den Fall, dass seine Nerven so schwach wurden, dass er es nicht mehr aushielt.

Was es auch war, Rae hatte es so satt, diese Last mit sich herumzuschleppen. Es war nicht die Depression, es waren nicht die Wahnvorstellungen, es war einfach die Sinnlosigkeit des Lebens, die sie todmüde machte. Wen interessierte es denn überhaupt, ob Folly wieder aufgebaut wurde? Wen interessierte es, ob Rae sich noch einmal zusammenriss, oder ob sie fortschwamm, in den Horizont hinein? Viele Menschen wären sogar erleichtert. Dr. Hunt hätte Schuldgefühle – und, um ehrlich zu sein, Tamara auch. Aber richtig um Rae trauern würde nur Petra.

Petra, nach der sie verlangte, Petra, die sie nicht umarmen durfte, weil man Angst hatte, dass der Wahnsinn der Großmutter entweder gefährlich oder ansteckend sein könnte.

Petra.

Rae war der Bürde müde. Sie war es müde, dass die Vergangenheit jeglicher Zukunft, die sie sich vielleicht aufbauen konnte, in die Quere kam, sie hatte es gründlich satt, herumzuschleichen und bei jedem kleinen Geräusch aus der Haut zu fahren, voller Abscheu vor ihrer eigenen Furchtsamkeit.

Sie hatte genug.

Bevor sie noch einmal darüber nachdenken konnte, war sie schon auf den Füßen, stürmte um ihren Arbeitstisch herum, stolperte in den Lichtschein des Zeltes, und als sie direkt in dem Lichtstrahl stand, der aus der geöffneten Eingangsklappe fiel, hob sie die Arme und schrie die dunkle Wand aus Bäumen an: «Also gut – hier bin ich! Guckt genau hin! Ich. Werde. Mich. Nicht. Mehr. Verstecken!» Und um diesen Eid zu bekräftigen, bückte sie sich, nahm ein Stück Feuerholz und schleuderte es mit aller Kraft in den Wald. Enttäuschenderweise schlug es kaum drei Meter entfernt gegen einen Ast und fiel krachend durch das Unterholz auf den Boden. Dem dumpfen Aufprall folgte ein leises Quieken und ein kurzes Scharren in den vermoderten Blättern, und danach legte sich eine entsetzte Stille über die Lichtung.

Rae stand keuchend vor den Bäumen und dachte über das ängstliche Quieken nach. Welches arme kleine Wesen hatte sie da eben fast zu Tode erschreckt? Unschuldig hatte das kleine Pelztier seine nächtliche Runde gedreht, als dieser ungeheuerliche Krachmacher aus dem Nichts heraussprang und der Himmel herabstürzte.

Und falls da wirklich jemand gewesen war, der sie aus den Schatten heraus beobachtet hatte, was hatte er (bestimmt nicht sie) dann über ihre Aktionen gedacht? Was wäre gewesen, wenn zum Beispiel Alan …

Rae musste lachen. Alan wusste schließlich, dass seine Frau eine Meise hatte, auch in Bereichen, wo Geisteskrankheit nicht als Erklärung herhalten konnte; mehr als einmal hatte er gesagt, dass er sie in erster Linie deswegen geheiratet hatte, aber das Theater hier hätte selbst diesen verständnisvollen Mann in Erstaunen versetzt. Rae stellte sich seine Mimik vor, die neugierig hochgezogenen Augenbrauen über den wunderschönen goldbraunen Augen, und ihr Gelächter wurde lauter, bis sie brüllend vor Lachen auf den Segeltuchsessel fiel – womit sie die Tierwelt der Insel zweifelsohne nur noch mehr erschreckte. Wut und Verzweiflung und Kummer und unbezähmbarer Humor wallten gleichzeitig auf, und sie hob ihr Gesicht zum Mond, der Quelle allen Irreseins, und heulte und lachte und weinte, bis ihre Tränen versiegten.

Dann erhob sie sich wieder, holte tief Atem und schrie, so laut sie konnte: «Alan, du fehlst mir, du Mistkerl, Alan! Warum verdammt nochmal konntest du nicht besser aufpassen, du mörderischer Scheißkerl du, ach, Alan, ach, verflucht nochmal.» Raes

Stimme verklang zu einem Murmeln, und dann schloss sie die Augen und stand nur noch da, leicht schwankend, und fühlte sich leer, vollkommen, schwerelos leer. Trotzdem fuhr sie zusammen, als das Knacken sich am Abhang des Hügels wiederholte, diesmal allerdings weiter oben: Es war nur ein Zucken, aber doch eine Reaktion.

Selbst das war zu viel. «Oh Gott», stöhnte Rae und hätte nicht sagen können, ob es als Fluch oder als Gebet gemeint war. Die Reaktion war in beiden Fällen die gleiche. Sie riss sich ihr Sweatshirt über den Kopf und bückte sich, um die Stiefel aufzubinden und auszuziehen, und dann drehte sie sich um und stapfte bergab, vom Licht fort, stieß sich schmerzhaft die bestrumpften Füße und vertrat sich den Knöchel, während sie sich den Weg zum Meer suchte.

Ein Schritt und noch einer in das eiskalte Wasser hinein und weiter bis zu den Knien. Als das Wasser ihr bis zu den Oberschenkeln reichte, wurde das Luftholen schwierig; als Rae bis zur Taille im Wasser stand, dachte sie, sie müsste umkehren. Vor dem schwarzen Land war das Wasser schwarz – es war unheimlich, sich hineinzuwagen, und man konnte die sandigen Stellen darin nicht erkennen. Raes rasch absterbende Füße senkten sich auf Steine mit glitschigen Wasserpflanzen und sicherlich zahllosen, sich windenden Tierchen, aber sie kämpfte sich weiter, bis der eisige Wasserschwall ihre Brust erreichte. Einen Moment lang stand sie noch zitternd aufrecht, dann ließ sie sich fallen, lieferte sich der eisigen Segnung des nächtlichen Meeres aus …

… um gleich darauf mit einem Schrei wieder aufzutauchen, prustend und keuchend und ungläubig fluchend, über die Wassertemperatur und über die plötzliche belebende Angst, die sie überschwemmte, als das Gewicht ihrer durchnässten Kleider sie nach unten zu ziehen drohte. Wild platschend strebte Rae dem Ufer zu und rannte dann schwerfällig in das relativ warme Zelt, wo sie sich zähneklappernd auszog und abfrottierte. Sie zog sich viele Schichten warmer Sachen an, verkroch sich ins Bett und zog sich den Schlafsack bis über das feuchte Haar hinauf.

In dieser Nacht träumte Rae. In einer Episode hob sich etwas Riesiges, Amorphes, aber nicht Unfreundliches aus der kleinen Bucht, um mit ihr über chinesische Küche zu sprechen. In der nächsten schwebte ein schönes grünes Zwinkern, ein Elf, wie sie irgendwoher wusste, über dem obersten Felsen der Insel und erklärte Rae, er sei bei der Küstenwache der Vereinigten Staaten und bitte um ihre Erlaubnis, hier einen Turm für Spionagesatelliten aufstellen zu dürfen, um nach japanischen U-Booten Ausschau zu halten. In einem anderen Traum griff Rae nach unten, um ihren Hammer aus seiner Schlaufe zu holen, und hatte stattdessen zu ihrem Ärger eins der eleganten Gläser von Dr. Hunt in der Hand. Und dann hatte sie einen letzten Traum, kurz bevor sie richtig wach wurde, an den sie sich deutlicher erinnerte, ohne ihn aber besser zu verstehen.

Das Haus namens Folly stand vollendet auf seinem Fundament, mit den beiden Türmen geschmückt, schrullig und entzückend und mit perfekten Proportionen, an seinem idealen Standort zwischen Fels und Wasser. Es war Abend, und das Haus glühte in einem hellen, warmen, gelben Licht, das aus den Fenstern strömte, von der Tür aus einen Pfad den Abhang hinunter bildete und auch aus den hohen, schmalen Fenstern oben in den Türmen schien und sie so in Leuchttürme verwandelte, in Zwillingsleuchtfeuer, die Führung und Trost in die Wildnis hinausstrahlten.

Als Rae näher kam, konnte sie sehen und hören, dass im Haus ein Fest stattfand, ein eleganter, förmlicher Ball mit einem Streichquartett und tausend Kerzen, in einem Ballsaal, der viel größer war als ein fünf mal sieben Meter großes Holzhäuschen. Schöne junge Frauen in glitzernden Kleidern wirbelten herum und knicksten, hochgewachsene junge Männer in würdevollem Schwarzweiß begleiteten sie und schauten bewundernd zu,

Champagner floss durch durstige Kehlen, und das Fest galt als voller Erfolg. Dann schien das Bild zu erzittern, und die bunt gekleideten Frauen streckten eine nach der anderen die Arme hoch über den Kopf, schwankten und verwandelten sich plötzlich in Flammen. Fröhlich fing der Ballsaal Feuer und begann zu brennen.

Rae erwachte im kühlen grauen Licht der Morgendämmerung, die sattgelben Flammen noch vor Augen.

Kein Wunder, dachte sie bei ihrem ersten, besinnlichen Becher Kaffee. (Das Eichhörnchen saß auf einem Ast direkt über ihrem Kopf und schimpfte auf sie hinunter; Rae rührte sich nicht.) Dass Folly abgebrannt war, beschäftigte sie in diesen Tagen oft.

Bevor die Bastelei an ihrem Arbeitstisch sie vier Tage lang abgelenkt hatte, hatte Rae die ersten Ausflüge in das Dickicht um das Fundament herum unternommen. Es glich ein wenig einem überwucherten Dornröschenschloss – wenn man davon ausging, dass es abgebrannt war, während die Bewohner schliefen.

Rae konnte sich nicht erinnern, wann sie zum ersten Mal von dem Brand gehört hatte. Mit Sicherheit hatte sie davon gewusst, bevor sie mit Alan und Bella auf die Insel gekommen war, denn die kahlen, angesengten Steine der Türme und des Schornsteins hatten sie nicht überrascht. Als sie die Steintreppe erreicht und die verkohlten, bröckelnden Reste der Schwellen auf den Steinen des Fundaments gesehen hatte, wusste sie, dass das Feuer gründliche Arbeit geleistet hatte. Was die Flammen nicht in der ersten, weißglühenden Hitze verzehrt hatten, hatten sie so geschwächt, dass es zusammenfiel und allmählich zu Asche verglühte – abgesehen von der Tür, die aus der Brandzone herausgestürzt war.

Der Traum enthielt also ein Körnchen wahre Geschichte – wenn auch nur ein Körnchen, überlegte Rae, als sie ihre Müslischale ausspülte und ihre Geräte holte: Sie rechnete nicht damit, beim Aufräumen einen silbernen Kronleuchter und Dutzende von Champagnerflaschen zu finden.

Sieben Jahrzehnte lang hatte die gesunde Vegetation der nordwestlichen Pazifikküste ihr Bestes getan, um Desmond Newborns Arbeit auszulöschen. Weinblattahorn, Roter Holunder, Gaylussacien und Erdbeerbäume hatten in dem nahrhaften Humus, in den die Natur die Reste des hölzernen Bauwerks verwandelt hatte, Fuß gefasst; Brennnesseln, Brombeeren, Disteln und wilde Rosen umhüllten liebevoll die Türme und zerrten an Raes Haut und Kleidung; ein halbes Dutzend verschiedener Farnarten hatte zwischen den Steinen Wurzeln geschlagen, und zwischen den Gehölzen war ein wahrer Wildblumengarten in die Höhe geschossen, in dem sich erste zarte Blüten zeigten. Rae hatte eine Heidsichel mitgebracht, weil sie gedacht hatte, dieses einer Machete ähnelnde Werkzeug könnte nützlich sein; doch dass sie es tagelang benutzen würde, hatte sie nicht geahnt.

Sie war erbarmungslos, schnitt Kraut und Unkraut gleichermaßen ab – mit wenigen Ausnahmen, wie der zarten Götterblume, die gerade unter den skelettähnlichen Resten einiger Fußbodendielen aufblühte. Behutsam grub Rae die Götterblume und einige ähnliche Pflanzen aus und gab ihnen ein Stück weiter einen neuen Platz. Die meisten würden sich einrollen und eingehen, das wusste Rae, aber immerhin waren ihre Chancen dort größer, als wenn sie an ihren selbst gewählten Standorten geblieben wären.

Heute also, nachdem der Arbeitstisch fertig war, wollte Rae erst den Boden weiter frei machen und dann das Fundament ausgraben. Wenn Archäologen alte Städte fanden, stellten sie oft fest, dass man sie auf die Reste von früheren Gebäudegenerationen gebaut hatte, aber Rae beabsichtigte, ganz unten auf dem Felsen zu beginnen. Sie zog ihre dornensicheren Stulpenhandschuhe an und stürzte sich wieder in den Kampf.

Es war eine mühsame, schweißtreibende Arbeit, und jedes Auftreten war gefährlich, weil man nicht wissen konnte, was die Pflanzen verbargen, ob es festgestampfte Erde war oder ein Rest verrotteter Wand, der nur noch von Luft zusammengehalten wurde. Zoll für Zoll schob Rae ihre Stiefel auf vorsichtig getesteten Erhebungen vorwärts, bis sie auf festem Boden stand, dann entwirrte sie Ranken und Sträucher, riss sie aus und schleifte große Haufen Grünzeug zu der Stelle, wo später einmal ihr Garten sein sollte. Sie fühlte sich allein, während sie arbeitete, aber die Konzentration auf die Tätigkeit half. Manchmal vergaß ihr Körper, bei plötzlichen Geräuschen zusammenzuzucken; ab und zu verging eine ganze Stunde, ohne dass sie plötzlich die Gewissheit überkam, jemand würde sie beobachten.

Rae brauchte noch zwei Tage, um den Boden frei zu machen. Sie verbrachte lange Stunden zwischen nadelspitzen Dornen und Brennnesseln und holte sich ein verrenktes Knie, als sie auf eine vermeintlich sichere Stelle trat, die dann nachgab, und einen tüchtigen Schrecken, als die Sichel, deren Stumpfwerden sie vor Müdigkeit nicht bemerkt hatte, von einem Zweig abprallte und einen Fingerbreit vor ihrer Hand durch die Luft sauste.

Zwei weitere Tage, um die Pflanzen zu entfernen und die dicke, modernde Schicht aus Fußbodenbrettern, Seitenwänden, Dachschindeln, Möbeln und was auch immer Desmond zum Zeitpunkt des Brandes in seinem Haus gehabt hatte, frei zu legen.

Zwei Tage hacken, und nun konnte die eigentliche Arbeit beginnen.

Kapitel 10

Desmond Newborns Tagebuch

11. November 1918

Heute heißt es, der Große Krieg sei vorbei.

Die Kirchenglocken läuteten, die Straßen füllten sich mit leuchtenden, aufwärts gewandten Gesichtern, und ich musste gehen und gehen, bis ich eine Stelle fand, wo ich unter einem Baum stehen und schreien und schreien und schreien konnte.

Habe ich gelacht? Habe ich geweint? Ich weiß es nicht.

Aber ich weiß, dass der Krieg nie vorbei sein wird. Niemals.

28. November 1918

Thanksgiving Day. Danken – wofür?

Ich bin aus dem Haus gegangen und habe meinen Schrei-Baum wiedergefunden, aber mir schien, dass der Bach zu seinen Füßen zu flach war, um einen Mann zu ertränken.

3. Dezember 1918

Heute vor einem Jahr bin ich zu Hause angekommen, und ich fühle mich immer noch nicht mal als halber Mann, mein Arm ist babyschwach. Mein Kopf auch.

Die Grippe ist in der Stadt. Lacy, die Frau meines Bruders, geht aus, um die Kranken zu pflegen, und bittet mich, drinnen im Trockenen zu bleiben, damit sie den zerfetzten Soldaten nicht umsonst gepflegt hat.

Ich erwarte, dass die Zeitung morgen berichtet, man habe das Ungeheuer von Babylon oder wenigstens einen Froschregen gesehen.

11. Dezember 1918

Ausgerechnet William ist an der Grippe erkrankt. Wie kann sie es wagen? Seltsamerweise merke ich, dass ich mich um ihn sorge und dass es mir lieber wäre, wenn mein Bruder nicht sterben würde. Möge eine Dosis Sterblichkeit ihn bescheidener machen, jedenfalls im Umgang mit seiner Frau. Lacy ist rund um die Uhr an seiner Seite. Ich fürchte, dass sie die Nächste ist, obwohl sie, um ehrlich zu sein, keineswegs so zart ist, wie ihr Name vermuten ließe.

25. Dezember 1918

Der Geburtstag unseres Heilandes, auch wenn ich nicht weiß, was der Zimmermannssohn getan hat, um diesen Titel zu verdienen. In der heutigen Welt gibt es wirklich wenig Anzeichen für Heil.

William ist über den Berg und wird gesund werden. Lacy ist matt und grau, aber bisher noch nicht krank.

Weihnachten vor zwei Jahren hockte ich in einem voll gelaufenen Schützengraben, niedergehalten von einem Scharfschützen, der sich damit vergnügte, Kugeln durch unsere Sehschlitze pfeifen zu lassen und alle Beobachtungsspiegel, die über unsere Sandsäcke herausragten, abzuschießen. Wie in einer Schießbude auf dem Jahrmarkt, nur dass es bedeutete, dass zwei von uns nicht mehr nach Hause kamen. Mrs. Banner bekam allerdings ein schönes, wenn auch verspätetes Weihnachtsgeschenk, ihren Mann, den Feldwebel, mit seinem Heimatschuss. Stimmt, wir haben ihn mit einem fehlenden Auge nach Hause geschickt, aber selbst *His Majesty's Army* muss zugeben, dass ein einäugiger Feldwebel vom weiteren Dienst befreit werden darf. Womöglich hätten wir übrigen für die Chance, die restlichen Kämpfe zu verpassen, auch gern ein Auge hergegeben. Wir hätten das vielleicht auch schon getan, wenn uns nur der Rest dieses einen Tages erspart geblieben wäre, gefrorener Regen, der uns in den Nacken sabberte, eisiger Schlamm bis zu den Knien, was umso bitterer war, als wir wussten, dass die Deutschen kaum zweihundert Meter entfernt gemütlich im Trockenen saßen – wir hatten ihr wunderbares, gut befestigtes, tiefes Grabensystem vor ein paar Wochen kurz besetzt. Am Nachmittag, kurz vor der Ablösung des Alarmpostens (als hätte der Feind vor, uns an seinem Festtag über das Feld aus Schlamm und Stacheldraht hinweg anzugreifen!), stieg mir der Duft von Gänsebraten in die Nase. Der Hauptmann schwor, ich würde mir das einbilden, und er hatte bestimmt Recht, aber es war furchtbar grausam, wie dieser Duft nach Salbei und knusprigem Fett sich durch den dichten Gestank von unbeerdigten Leichen und ewigem Schlamm und überschwemmten Latrinen neckend einen Weg suchte. Heute vor zwei Jahren.

Aber ich habe mir geschworen, dass ich nicht mehr über den Krieg schreiben würde, als ich das Tagebuch jener Monate mitten im Atlantik über Bord warf. Warum mache ich es heute? Weil es so regnet, glaube ich.

Frohe Weihnachten, Feldwebel Banner.

27. Dezember 1918

Musste das Haus verlassen – der Geruch von Gänsebraten ließ mein Inneres toben und stammeln. Die Nacht irgendwo in einer Scheune verbracht. Den Lungen gefällt das gar nicht.

2. Februar 1919

Ein langwieriger Anfall mit gestauten Lungen, ich weiß nicht, warum sie nicht einfach einpacken. Ich sollte dem ein für alle Mal ein Ende machen, weiß nicht, warum ich es nicht tue, außer dass es mir undankbar vorkommt, jetzt aufzugeben, wo man mich doch so weit gebracht hat. Vielleicht gehe ich deswegen bei jedem Wetter ins Freie und führe das Schicksal in Versuchung. In der ganzen Stadt sterben die Leute, warum muss mein Körper so verd… gesund sein?

Das Leben hier wird, trotz der Freuden, immer unangenehmer. Wenn der Frühling kommt, muss ich auf Wanderschaft gehen.

Teil II
Das Fundament

Eine gut durchkonstruierte Rache aufzubauen, überlegte er, ist ein Vorgang wie bei jedem anderen Bau auch: Das Fundament trägt und formt sie gleichzeitig. In zwei Monaten musste er geschäftlich nach Seattle, dann also würde er handeln. In eigener Person: Sich bei einer so heiklen Angelegenheit auf Untergebene zu verlassen wäre zu gefährlich.

Kapitel 11

Das einzige erhaltene Bild von Desmond Newborn war auch die einzige Fotografie von seinem Haus: ein verknickter Schnappschuss von einem Mann in einem staubigen Anzug und mit Filzhut vor einem robust wirkenden Holzgebäude mit zwei Steintürmen, einem Fenster mit sechs Scheiben und vier Stufen, die zur Haustür hinaufführten. Früher musste es noch andere Fotos gegeben haben, von dem unumgänglichen Studioporträt des lockigen Kindes in Spitzen bis zu dem selbstbewussten jungen Mann in der steifen neuen Uniform, aber sie waren alle verschwunden, im Laufe der Zeit oder bei einem spontanen Aufräumen oder bei der Überschwemmung, die das väterliche Haus in den vierziger Jahren heimgesucht hatte.

Rae hatte das übrig gebliebene Foto auf dem Grund der flachen, mit Samt ausgeschlagenen Schatulle gefunden, in der Desmonds Medaillen und sein Wehrpass lagen. Sie hatte es in einem Fotolabor so weit wie möglich vergrößern lassen, ohne dass es zu unscharf wurde, und hatte ein Bild von zwanzig mal zwanzig Zentimetern erhalten. Einen Abzug hatte sie rahmen lassen und in ihrem Haus in Kalifornien aufgehängt. Der andere war laminiert worden, und diesen holte sie jetzt aus einer der Plastikkisten im Zelt.

Rae studierte das Foto, wie sie es schon Dutzende von Malen getan hatte. Früher hatte sie meistens über die Einzelheiten nachgedacht, hatte die Größe des Hauses abgeschätzt und den Winkel des Daches und den Stil des Fensterrahmens skizziert. Mit geschlossenen Augen hätte sie die Vorderwand zeichnen können, die Anordnung von Fenster und Tür im Erdgeschoss und das kleinere Fenster mit den vier Scheiben im Dreieck des oberen Stockwerks. Auch diesem Mann stand der Winter bevor (aber warum dachte sie das? – Ach ja, die herabgefallenen Blätter vom Weinblattahorn, die neben Desmonds Stiefeln über die Stufen verstreut waren), und als er eine Tür brauchte, hätte er sich damit zufrieden geben können, Bretter aneinanderzulegen und auf jeder Seite ein Z aus zolldicken Latten dagegen zu schrauben. Desmond aber hatte, obwohl er unter recht primitiven Bedingungen arbeitete, eine Tür hergestellt, die man fast schon als Kunstwerk bezeichnen konnte. In den beiden Löchern, die Rae auf der Innenseite entdeckt hatte, war unten irgendetwas Metallisches eingegraben – vielleicht Nägel, die im Feuer zu bloßen Klumpen verschmolzen waren. Sie hatte die Klumpen gelassen, wo sie waren, sodass sie jetzt durch ein Meer aus Treibholzbeinen auf den Erdboden hinunterschauten.

Rae plante, das laminierte Foto über ihren Arbeitstisch an den Erdbeerbaum zu nageln, ob als Dekoration oder als Inspiration oder zur Anrufung des Inselgeistes, das wusste sie nicht. Doch ihr wurde jetzt klar, dass das, was sie immer für den Türgriff gehalten hatte, nicht zu dem Mechanismus passte, den sie ein paar Tage zuvor von der angekohlten Tür entfernt hatte. Sie betrachtete das Foto genauer und sah zum ersten Mal, dass Desmond, der in der vollen Sonne stand, einen deutlichen Schatten hinter sich warf, der Griff aber nicht: Es handelte sich also nicht um einen Knauf, sondern um ein Loch. Und mehr noch, während Rae immer über Desmonds Körpersprache gestaunt hatte – seine lässige Haltung, bei der beide Hände entspannt an den Seiten ruhten, ohne nervös herumzufummeln –, sah sie jetzt, dass die rechte Hand, im Schatten seines Beines, etwas hielt, eine dunkle Form, ganz ähnlich dem Türgriff, der nun, in Öl gebadet, in einem Plastikbeutel auf dem Arbeitstisch lag. Was Rae für ein Foto von einem zurückhaltenden, anspruchslosen Menschen gehalten hatte, zeigte in Wirklichkeit einen Mann, der bei seiner Arbeit unterbrochen worden war und einen kurzen Aufschub zuließ, bevor er sich auf seine

Schwelle kniete, um sein Haus sicher zu machen. Langsam dämmerte es Rae, dass das Schwarzweißfoto, das sie in der Hand hielt, nicht Großonkel Desmond und das Haus, in dem er wohnte, zeigte, sondern dass es ein Schnappschuss von Desmond Newborn und dem Haus war, das er soeben fertigstellte.

Rae senkte das Foto, um hinüberzuschauen, und verglich die einfarbige Vergangenheit mit der Wirklichkeit der Gegenwart. Einige Bäume fehlten, wie der Weinblattahorn und eine Zeder, die zu dicht am Haus gestanden hatte, und selbst die verbrannten Stümpfe waren zu nichts verrottet. Die junge Hemlocktanne, damals im Schutz des linken Turms, war zu einem mächtigen Großvater herangewachsen, und auf dem heute dicht mit grünem Gesträuch bedeckten Abhang waren vor über sechzig Jahren nur Felsen und Baumstümpfe zu sehen gewesen.

Über Desmond selbst verriet das Foto wenig, nur dass es deutlich und genau war, wie alte Fotos das immer zu sein schienen. Mit seiner Haltung, seiner Kleidung und dem halb im Schatten liegenden Gesicht erschien er Rae fast wie eine Schiefertafel, auf der zukünftige Generationen ihre eigene Deutung einzeichnen konnten. Die breiten Schultern und das sauber rasierte Kinn, der unverbindliche Ausdruck im dunklen Auge, der großzügige Mund, der Schmerz gekostet zu haben schien – oder war das der Hintergedanke der Betrachterin? Vielleicht sogar eine Projektion, die auf ihrer eigenen Geschichte beruhte? –, das alles konnte auf Sturheit hindeuten oder auf die Affektarmut eines beschädigten Gemütes oder auch auf die rigide Selbstbeherrschung eines Mannes mit chronischen Schmerzen. Es konnte sogar das geduldige Desinteresse am Fotografiertwerden sein – oder an der Person, die das Foto aufnahm. Wer auch immer das gewesen sein mochte.

Ja, wer war das gewesen? Allem Anschein nach war Desmond Newborn nicht der Mann, der zufällige Besucher empfing; sein Aufzug jedoch zeigte, obwohl er den Türknauf in der Hand hielt (und Rae war sich ziemlich sicher, dass es der Knauf war), wie förmlich er Besuch begrüßte. Auch in den zwanziger Jahren hatte man bei Zimmermannsarbeiten bestimmt keine Anzüge mit steifen Kragen getragen. Es sei denn, das Foto war aufgenommen worden, um an ein symbolisches Ereignis zu erinnern, das Anbringen des Haustürgriffs – warum hatte man das aber dann nicht deutlicher hervorgehoben, nicht den Bauherrn neben sein Werk gestellt oder wenigstens den Metallgriff vor die Kamera gehalten? Desmond sah einfach aus, als warte er darauf, dass ein etwas unwillkommener Gast den Auslöser betätigte und sich davonmachte, damit er seinen Anzug ausziehen und wieder an die Arbeit gehen konnte.

«Onkel Desmond», sprach Rae das Foto an, «du bist ein Rätsel.»

Sie tauchte mit den Fingern ihrer linken Hand in ihre Nageltasche vorn am Gürtel, wie sie es schon tausendmal getan hatte, ohne zu bedenken, dass sie ja noch gar keinen Karton mit Nägeln geöffnet hatte. Trotzdem stießen ihre Fingerspitzen ganz unten auf eine scharfe Spitze und fischten sie heraus.

Ein Dachpappenstift. Anderthalb Zoll lang, galvanisiert, mit flachem Kopf, wie eine riesige Heftzwecke. Als Rae weiter in der Tasche wühlte, fand sie noch zwei davon. Sie wusste noch genau, warum sie diese Stifte vor siebzehn Monaten in die Tasche gesteckt hatte.

Es war ein Sonntagmorgen Anfang November gewesen, ein frisches, klares nordkalifornisches Wochenende zwischen dem Regen. Rae war gerade von zwei hektischen Wochen in Japan zurückgekehrt, wo sie einen Workshop geleitet hatte, der mit der Eröffnung einer Gruppenausstellung zusammenfiel, in der drei Stücke von ihr zu sehen waren. Weil sie sich nicht so kurz nach ihrer Rückkehr schon wieder trennen wollten, waren Rae, Alan und Bella zusammen zu Petra und Tamara gefahren (und zu Don, falls er keinen Vorwand gefunden hatte, das Haus verlassen zu müssen), nur um festzustellen, dass Tamara ihren Besuch anscheinend vergessen hatte, denn als sie ankamen, war sie gerade dabei, ihre Familie in den übergroßen Pick-up der Farm zu scheuchen, der vor einen beladenen Pferdeanhänger gespannt war. Petra, die damals kurz vor ihrem zwölften Geburtstag stand und noch keine Vorliebe für vergammelte Jacken und auch noch keine Anfälligkeit für pubertären Missmut entwickelt hatte, nahm eine Stunde nördlich von der Ranch an einem Turnier teil. Rae sah mit einem Blick, in welcher Stimmung Tamara war, und sagte, obwohl sie Petra sehr gerne reiten sehen würde, wäre es ihr und Alan und Bella doch am liebsten, wenn sie herumfaulenzen und auf die Rückkehr der Familie warten könnten. Sie würde auch einen Topf Spaghetti oder irgendwas kochen, sodass das Abendessen bereitstehen würde.

Tamara versuchte erst gar nicht, ihre Erleichterung zu verbergen, gab ihrer Mutter die Hausschlüssel und stieg in den Pick-up. Don brauste in einer Staubwolke los, sodass Petras Pferd im Anhänger wild hin- und herschaukelte.

Alan und Bella zogen sich ihr Badezeug an und vergnügten sich in dem kleinen Schwimmbecken hinter dem Haus, aber Rae, die noch unter der Zeitverschiebung litt und wie immer nach einer Begegnung mit ihrer Tochter gereizt war, legte den beruhigenden Werkzeuggürtel um (den sie für diese Besuche immer ins Auto warf, denn Tamara hatte stets irgendeine dringende Arbeit und war bereit, das wenig damenhafte Betragen ihrer Mutter zu übersehen, wenn es bedeutete, dass die Wäscheleine nicht mehr bis zur Erde durchhing oder dass das Tor endlich sauber schloss).

Kurz bevor Rae nach Japan abgereist war, während des vergessenen Telefongespräches, bei dem dieser Besuch verabredet worden war, hatte Tamara ihre bittere Entdeckung erwähnt, dass Don es versäumt hatte, das Dach am Ende der Ställe zu reparieren, wo viele Geräte untergebracht waren, was bedeutete, dass die Hälfte der elektrischen Maschinen inzwischen eingerostet waren. Also war Rae am Vortag bei der Holzhandlung vorbeigefahren und hatte Dachpappe und einen Karton Dachpappenstifte gekauft.

Jetzt öffnete sie den Karton mit den Klauen ihres Hammers, schüttete sich zwei Hand voll in jede Nageltasche und machte sich ans Werk. Mitten in dieser tröstlichen Arbeit erschienen Bellas nasse Locken über der Dachkante und gleich dahinter kam Alan die Leiter hoch, beide mit Hämmern in den Händen, um ihr zu helfen. Ein paar Stunden später kletterte die Familie von Amateurdachdeckern mit sonnenverbrannten Nacken die Leiter wieder hinunter, um ein wohlverdientes Bad zu nehmen.

Der Friede währte nur bis nach dem Abendessen. Rae erinnerte sich noch gut daran, wie sie auf dem niedrigen Dach gearbeitet hatten, an den beißenden chemischen Geruch der Dachpappe, an den grobkörnigen Sand, der sich in Knie und Handflächen bohrte. Sie erinnerte sich an Alans gewohnte Engelsgeduld, mit der er Bella anfangs die Hand führte, wenn ihr kleiner Hammer die Nägel, die Rae schon ein Stück weit eingeschlagen hatte, ganz ins Dach klopfte. An Alans Fürsorglichkeit, mit der er Bella vom Dachrand fern hielt, aber so beiläufig, dass das Kind es nicht merkte. An die Szene, wie sie alle drei nach getaner Arbeit oben auf dem Dachfirst saßen, sich die Arme um die Schultern legten und die bukolische Aussicht genossen, die frisch ergrünten Weiden, die grasenden Pferde, das Gespräch über: «Mommy, wann kann ich auch so ein Pony haben wie Petra?»

Süße, süße Erinnerung.

Sie schwammen, sie kochten in Tamaras protziger Küche das Abendessen und schenkten sich Rotwein ein. Bella fand ein Video und schlief auf dem Fußboden ein, mit Tamaras Pudel an der Seite und Petras schwarzem Labrador auf den Beinen. Alan holte sich ein paar Arbeiten, die er korrigieren musste, und Rae nahm sich ein Buch. Die Küche duftete, und draußen war es schon ganz dunkel, als die Scheinwerfer des Pick-ups über die Fenster glitten.

Don kam als Erster herein, nickte seiner Schwiegermutter und ihrem Mann zu und ging direkt zum Kühlschrank, um den 40-Dollar-Wodka herauszuholen. Er trug schwarze Hosen, ein offenes Hemd und eine leichte Wolljacke, eine etwas förmliche Kleidung für den Staub bei einem Kinderturnier.

«Wie hat Petra abgeschnitten?», erkundigte Rae sich.

Er sah vom Einschenken auf, und seine Augen wurden schmaler, als sei das eine Fangfrage. «Gut. Petra hat gut abgeschnitten.»

«Warst du die ganze Zeit dabei?»

«Nicht die ganze Zeit, nein. Ich hatte ein Meeting in der Nähe, mit einer Gruppe von Investoren.»

Wie Rae es sich gedacht hatte. Don teilte die Pferdebegeisterung seiner Frau nicht. Rae übrigens auch nicht – Tamara hatte sie von Davids Mutter, die ihre Enkelin während Raes erzwungener Abwesenheiten mehr oder weniger großgezogen hatte. Wenn Don tatsächlich einmal ein Turnier besuchte, auf dem seine Frau oder seine Tochter ritten, dann gab es dort normalerweise Kontakte zu knüpfen oder Hände zu schütteln.

Bella erwachte, als sie die Stimmen hörte, wollte wissen, wo Petra war, und sauste aus der Tür hinaus zum Stall, mit den Hunden auf den Fersen. Alan hatte seine Arbeit in seiner Aktentasche verstaut und stand mit dem Rücken am Kamin, in lässiger Haltung, aber ohne Don aus den Augen zu lassen.

Alan verabscheute den Schwiegersohn seiner Frau. Rae hatte das schon in dem Augenblick erkannt, als die beiden Männer sich kennen lernten, auf dem Fest nach ihrer Trauung mit Alan, auch wenn sie damals ihren neuen Mann noch nicht lange genug kannte, um sein Verhalten sicher deuten zu können. Erst später wurde ihr klar, dass Alan auf diese Weise die unerklärliche, die Nackenhaare sträubende Abneigung demonstrierte, die manche Menschen in anderen auslösen: eine übertriebene Höflichkeit, unverwandte Aufmerksamkeit, ein Lächeln, das nicht bis zu den Augen gelangte, und die Unfähigkeit, sich zu entspannen, wenn Don im Zimmer war. Jetzt erkundigte Alan sich zum Beispiel höflich nach den geschäftlichen Angelegenheiten, die Don erledigt hatte, nach der Fahrt dorthin und nach einem Fußballspiel, obwohl Rae hätte wetten können, dass er noch nie davon gehört hatte – bis er es plötzlich erwähnte.

Rae hatte mit Alan nie über seine unwillkürliche Reaktion gesprochen, denn Don war zu sehr mit sich selbst befasst, um sie zu bemerken, und Tamara war zu sehr damit beschäftigt, bei ihrer Mutter Anzeichen von Labilität zu suchen, und außerdem hatte Alan nie den kleinsten Hinweis darauf gegeben, dass er der Familie seiner Frau lieber aus dem Weg ging. Im Laufe der Jahre hatte Rae seine Reaktion als chemische Abstoßung akzeptiert, das genaue Gegenteil von dem gleichermaßen unerklärlichen Impuls, der sie selbst von Anfang an mit Alan verbunden hatte. Außerdem tauchte das Thema nicht öfter als ein- oder zweimal im Jahr auf, denn dass bei Zusammenkünften beide Männer zugegen waren, kam selten vor.

Die Unterhaltung hörte sich an wie ein schlechtes Theaterstück, förmlich und für beide Parteien uninteressant. Rae mischte den Salat, Alan stand mit auf dem Rücken gefalteten Händen am Kamin, Don ließ sich mit seinem zweiten Wodka in einen Sessel fallen und beantwortete einsilbig die Fragen der beiden. Endlich stürmten die Mädchen herein, die, nachdem sie Petras Pferd geputzt und versorgt hatten, nun selbst einen Bärenhunger hatten.

Bella hatte kürzlich erfahren, dass sie – obwohl sie drei Jahre jünger war – eigentlich Petras Tante war. An dieser Entdeckung hatte sie einen Riesenspaß, und als die beiden Mädchen nun zur Küchentür hereinkamen, Hunde, Heuhalme und Pferdegeruch im Schlepptau, nannte Petra Bella gutmütig «Tante». Dann entdeckte sie Rae am Herd, machte in ihren Reitstiefeln drei Riesenschritte und schlang die Arme um den Brustkorb ihrer Großmutter. Abgesehen von dem Grau in Raes Haar hätten die beiden Mutter und Tochter sein können – die gleiche Hautfarbe, der gleiche Körperbau. Rae drückte Petra an sich und rief, sie sei ja seit dem Sommer schon wieder drei Zentimeter gewachsen. Außerdem trug ihre Enkelin, das sah Rae, als sie einen Schritt zurücktrat, die ersten

Andeutungen der Reife im Gesicht, als hätte sie eine Schicht Kindlichkeit verloren, während ihr Körper sich streckte.

«Du siehst schön aus», sagte sie zu Petra, die bei diesem absurden Ausspruch ihrer Großmutter spöttisch das Gesicht verzog.

Bella kicherte. «Sie stinkt», verkündete sie laut.

«Das stimmt, ein bisschen», musste Rae ihrer Tochter beipflichten. «Aber es ist ein angenehmer Gestank.»

«Zieh dich um, bevor du zum Essen kommst, Pet», sagte Don zu der jungen Reiterin.

«Ja, Daddy», antwortete Petra, einen Augenblick lang bedrückt wegen seiner unausgesprochenen Missbilligung. «Mom sagt, wir sollen schon mal anfangen. Sie räumt nur noch das Sattelzeug weg. Komm Händewaschen, Tante Bella.»

Kichernd verließ Bella die Küche.

Rae schaute Don nicht an. Sie fürchtete, dass sie ihn sonst am Kragen gepackt und ihm ins Gesicht geschrien hätte: «In dieser verdammten Familie sind alle von missbilligenden Erwachsenen großgezogen worden. Tu das bitte nicht auch noch deiner Tochter an!» Sie biss sich in die Oberlippe, um die Worte für sich zu behalten, denn sie wusste aus bitterer Erfahrung, wie die Vergeltung aussehen würde, heute Abend und in den kommenden Wochen. Diesmal würde sie keinen Streit vom Zaun brechen – und schließlich würde Don, der das eigentliche Ziel war, sich ihr ohnehin entziehen und seiner Frau das Schlachtfeld überlassen.

Aber Rae tat das Herz weh, wenn sie Petra zusammenschrecken sah, denn sie erinnerte sich nur zu gut an die blinde Grausamkeit der autoritären Bemerkungen ihres Großvaters. Dass er meinte, es sei nur mit mittelmäßigen Noten zu rechnen, als Rae in eine Klasse von hervorragenden Schülern versetzt worden war; dass er erklärte, der Sohn eines Kaufhausbesitzers sei wohl das Beste, worauf Rae hoffen könne, bei ihrer Vergangenheit; dass …

Allerdings musste man gerechterweise sagen, dass Petra mit Don Collins meistens besser auskam, als es Rae mit William

Newborn gelungen war. Petra schien zu akzeptieren, dass sie von Don nicht viel mehr erwarten konnte als liebenswürdigen und zerstreuten Beifall – außer wenn er auf Hindernisse stieß und in eine Position gedrängt wurde, in der er entweder nachgeben oder angreifen musste. Dann konnte er bösartig werden – zwar nicht physisch gewalttätig, aber er war zu schlauer und vernichtender Rache fähig. Bei den wenigen Gelegenheiten, wenn Don wirklich wütend war, ging man ihm still aus dem Weg.

Aber Petra schien das zu wissen, denn bisher war das Bedürfnis des Kindes, sich zu wehren, nur gegen die Mutter gerichtet gewesen. Rae hatte damals getobt, weil ihr Vater vor Williams Autorität kein Rückgrat gezeigt hatte; Petra ihrerseits tätschelte ihrem Vater den gut frisierten Kopf und ging ihrer Wege.

Petra war ein anderer Mensch als ihre Großmutter, erinnerte Rae sich nachdrücklich. Und diese Erkenntnis freute sie. Sie und Tamara beobachteten beide ängstlich, ob das Kind Anzeichen für eine ererbte Labilität aufwies. Die Tatsache, dass sie beide nichts entdecken konnten, beruhigte weder Mutter noch Großmutter. Die Pubertät würde der Test sein.

Rae hatte Tamara nie gefragt, warum sie ihre Tochter Petra genannt hatte. Eigentlich brauchte sie das auch gar nicht: Bewusst oder nicht, die Wahl des Namens war ein Versuch, in der nächsten Generation felsenfeste Stabilität zu schaffen, eine Bitte, dass das Geschlecht der Collins aus zuverlässigerem Stoff errichtet sein möge als das der Newborns.

Als die Mädchen blitzblank und nach Seife duftend zurückkamen, stellte Rae das Essen auf den Tisch (auf den geschrubbten Kieferntisch in der Küche, nicht auf den grässlich polierten Mahagonitisch im Esszimmer). Sie teilte aus, und Petras Freude über den Tag und die Schleifen, die sie gewonnen hatte, begleitete das Essen, bis sich die Küchentür öffnete. Tamara trat ein, und eine eisige Stille legte sich über die Versammelten.

Ein Blick, und Raes Magen krampfte sich zusammen. Was

hatte sie bloß jetzt wieder angestellt, um bei Tamara diese Miene hervorzurufen? Rae zweifelte nicht daran, dass sie der Grund war. Selbst Don erntete bei seinen Verstößen nicht ganz diesen Blick.

Wortlos durchquerte Tamara die Küche. Als sie gewaschen und umgezogen zurückkam, sah Petra sie nur kurz von der Seite an und fragte sofort, ob sie und Bella bitte aufstehen dürften, weil sie Bella eine Geschichte zu Ende erzählen wollte. Tamara nickte, und die Mädchen räumten ihre Teller ab und flitzten nach oben. Rae wäre am liebsten mitgelaufen, aber stattdessen schob sie Tamara den Salat zu, und weil es keinen Zweck hatte, drum herum zu reden, fragte sie ihre Tochter: «Was ist los?»

Es war unheimlich, wie Tamara dem Großvater ähnelte, wenn sie die Lippen zusammenpresste, wie sich der Geist des alten Mannes in der dreißigjährigen Frau zeigte. Äußerste Missbilligung in einem bloßen Zucken.

«Bella hat mir erzählt, dass sie heute mit euch auf dem Schuppendach war», sagte Tamara schließlich, ohne von ihrer Pasta aufzuschauen. Rae spürte Alans Blick.

«Ja», sagte sie ruhig. «Sie wollte helfen. Warum?»

«Ist das denn so ungefährlich?»

«Alan war die ganze Zeit hinter ihr. Sie konnte nicht runterfallen, wenn es das ist, was dir Sorgen macht.»

«Alan war bei ihr.» Tamara konzentrierte sich jetzt auf das Brot und wählte mit höchster Aufmerksamkeit eine Scheibe aus.

«Wir waren beide bei ihr, Tamara. Selbst wenn es ein Erdbeben der Stufe sieben gegeben hätte, während wir da oben waren, wäre sie nicht runtergefallen.»

«Ich habe Zweifel an deinem Urteilsvermögen.»

Und was gibt es sonst noch Neues?, dachte Rae. Wenn es sich bloß um Bellas Sicherheit gehandelt hätte, hätte sie diese Frage laut gestellt und Tamara vor Wut in die Luft gehen lassen. Aber hier ging es nur vordergründig um Tamaras Halbschwester.

«Du sprichst von Petra, oder? Von ihrem Besuch im nächsten Monat?»

«Falls sie dich besucht.» (Jetzt hieß es «falls», hörte Rae, obwohl Petras Aufenthalt bei ihnen seit Wochen abgemacht war.) «Ich möchte mir nicht die ganze Zeit Sorgen machen müssen.»

«Tamara, du wirst dir ohnehin Sorgen machen, aber ich verspreche dir, dass ich Petra nicht auf mein Dach klettern lasse.» Rae hatte Mühe, diese vernünftigen Sätze durch ihren sich zusammenziehenden Hals zu pressen, aber es war notwendig. Im Gegensatz zu anderen Frauen durften geisteskranke Mütter keinen Wutausbruch bekommen. Wahnsinn glich der Büchse der Pandora: Der Deckel musste fest geschlossen bleiben. Rae spürte, dass Alan sich bewegte, aber er sagte nichts. Stattdessen ergriff Don das Wort und ließ eine kleine Bombe fallen.

«Hör mal, Tam, ich weiß sowieso nicht, ob wir uns deine Sache da leisten können.» Typisch von Don, Tamaras heiß ersehnten einwöchigen Workshop in Colorado lässig als «Sache» zu bezeichnen. Es ging um irgendeine geheimnisvolle Methode des Einreitens, und Tamaras eigene Sommerkurse, mit denen sie Geld verdienen wollte, sollten auf diesem Workshop aufbauen. Tamara starrte ihren Mann ungläubig an, die Gabel in der Luft. «Ich weiß, dass du die Anzahlung hingeschickt hast und alles», fuhr er fort, «aber es sieht so aus, als wäre es mit dem Geld gerade jetzt etwas knapp.»

Tamaras «Sache» war der Grund, warum sie eingewilligt hatte, Petra in die Obhut ihrer Großmutter zu geben, denn man konnte nicht erwarten, dass Don es schaffte, sieben ganze Tage lang Vater und Mutter für das Mädchen zu spielen. Beide Frauen redeten gleichzeitig los, aber ihre ersten Worte gingen unter, weil Alan laut mit seinem Stuhl rückte und dann geräuschvoll die Teller einsammelte. Sein Gesicht blieb ausdruckslos.

Rae blickte zu Tamara hinüber, sah die Wut, die ihre Tochter zu verbergen trachtete, und begann noch einmal. Sie versuchte, ganz lässig zu klingen. «Tamara, ich habe mir schon den Kopf zerbrochen, was ich dir zu Weihnachten schenken könnte. Ich möchte dir den Workshop schenken, bitte. Ich weiß, wie du dich darauf gefreut hast.»

Jetzt stand Don plötzlich auf – nicht, um Alan zu helfen, sondern um zum Kühlschrank zu gehen und sein Glas erneut zu füllen, so als wolle er demonstrieren, wie wenig ihn die Entscheidung interessierte. Tamara schwankte. Sie wollte gern fahren und hatte ihr Frühjahr und ihren Sommer schon so organisiert, dass sie den Kurs von Anfang bis Ende besuchen konnte. Jetzt jedoch war sie nicht nur wütend auf Don, was sie aber vor ihrer Mutter nicht zeigen konnte, sondern außerdem war es immer Dons Sache gewesen, Geld von Rae anzunehmen, nicht ihre, nie. Dennoch, sie wollte so gern zu dem Kurs …

Rae versuchte, ihr das Annehmen leicht zu machen, ohne selbst zu eifrig zu erscheinen. «Nimm es auch als Geburtstagsgeschenk; ich habe dir lange nichts mehr geschenkt, was dir Vergnügen macht.»

Das Wort «Vergnügen» war es gewesen, mit dem sie ihr Ziel erreicht hatte, urteilte Rae später. Vergnügen war etwas, für das ihre hart arbeitende Tochter wenig Zeit fand. Tamara gab nach und dankte ihr mit so viel Würde, wie sie aufbringen konnte. Don lächelte in sein Glas, Alan knallte das Geschirr in die Spülmaschine, und Rae ging hinaus zum Auto, um ihr Scheckbuch zu holen.

Als sie wieder hereinkam, fing Alan sie vor der Haustür ab. Aus Petras Zimmer oben hörte man ihre monologisierende Stimme. Sie klang so, als würde sie Bella entweder von den Ereignissen des Tages erzählen oder, was wahrscheinlicher war, ihre junge Tante mit einer selbst erfundenen Geschichte unterhalten.

«Du weißt, dass er dich manipuliert hat?», fragte Adam.

«Natürlich weiß ich das, Schatz. Das macht Don doch immer. Und wenn er sich dabei schlau vorkommt, soll er das ruhig.» Für Don war seine vermeintliche Gewitztheit genauso wichtig wie das

Geld. Sie wussten alle, dass Rae ihm das Geld auch gegeben hätte, wenn er sie direkt darum gebeten hätte. Aber das hätte, wenn auch aus verschiedenen Gründen, in seinem und in Tamaras Mund einen schlechten Geschmack hinterlassen. «Lass gut sein», sagte Rae. Sie küsste Alan auf die Wange und ging zurück, um ihren Platz am Küchentisch wieder einzunehmen.

«Wieviel ist es?», fragte sie Tamara.

«Neuntausend.»

«Neun...»

«Und die tausend Dollar Anzahlung», steuerte Don hilfsbereit bei, während er die Deckenlampe musterte. Tamara öffnete den Mund, um etwas zu sagen. «Und noch der Flug», fügte er hinzu. Tamaras Mund stand noch einen Moment offen und schloss sich dann.

Bei Dons beiläufigen Worten gab Alan am Spülbecken ein Geräusch von sich, das ein Husten hätte sein können, aber Rae wusste, dass es ein Prusten war. Gut; er konnte die Komik an der Geschichte sehen.

Rae blickte zu Don hinüber. «Fünfzehntausend müssten dann reichen, oder?», fragte sie honigsüß.

Wieder setzte Tamara zum Protest an, aber Don ließ sie nicht zu Wort kommen. «Dann hätte sie noch ein bisschen für Bücher übrig und könnte einen Teil dieser speziellen Ausrüstung kaufen. Sehr nett von dir, Rae.»

Angesichts der Reaktion ihrer Tochter zweifelte Rae nicht daran, dass die Summe, die Tamara ursprünglich genannt hatte, alles einschloss, und sie wusste, dass sie über Dons unverfrorene Habgier hätte entrüstet sein sollen. Ein andermal vielleicht, aber heute war sie nur amüsiert, weil er so leicht zu durchschauen war. Der Mann hatte kein Schamgefühl. Natürlich, wenn er Petra und Tamara gegenüber knauserig gewesen wäre, hätte Rae ihm wohl energisch Bescheid gesagt, aber sie wusste, dass seine Selbstachtung auch beinhaltete, dass er seiner Frau und seiner Tochter alle

Annehmlichkeiten zukommen ließ, die für Geld zu haben waren. Nichts, was Rae hätte sagen können, hätte die Situation verbessert, daher sagte sie auch nichts. Sie schrieb bloß einen Scheck über fünfzehntausend Dollar aus und schob ihn über den Tisch Tamara zu, wobei sie darauf achtete, ihrer Tochter nicht in die Augen zu sehen, damit der Kontakt nicht ein Bekenntnis auslöste.

Kurz danach brachen sie auf, weil Alan am nächsten Morgen unterrichten musste. Als Bella auf dem Rücksitz zu schnarchen begann, sagte Alan, der am Steuer saß, zu Rae: «Ist alles in Ordnung, Schatz?»

Auf den letzten Meilen waren ihr Tränen die Wangen heruntergelaufen, und er wusste das, obwohl er den Blick nicht von der Straße gewandt und sie weder geschnieft noch sich die Augen gewischt hatte. Er wusste es immer.

«Es ist einfach so traurig, in welcher Situation Tamara ist. Sie macht so viele Spielchen mit. Sie braucht ihre ganze Kraft, um sich immer wieder zu beweisen, dass sie nicht ihre Mutter ist: *Ich* brauche keine Therapie; in *meiner* Ehe gibt es keine Schwierigkeiten; *ich* habe keine Probleme mit meiner Tochter. Tamara hat von Davids Mutter mehr gelernt als die Reiterei – die Frau war das Leugnen in Person. Und ich mache mir Gedanken um Petra, wenn sie in ein paar Jahren anfängt, ihre Selbständigkeit einzufordern. Das dauert nicht mehr lange – sie kriegt schon diesen Gesichtsausdruck, wenn ihre Mutter mit ihr spricht.»

«Petra scheint ein bemerkenswert ausgeglichenes Kind zu sein», protestierte Alan sanft.

«In dem Alter habe ich auch so gewirkt», gab Rae zurück.

Nach einem Moment intonierte er: «Man weiß ja nie, so sagte sie.»

Darüber musste Rae lachen. Sie putzte sich die Nase und legte die Hand auf sein Bein, und er legte einen Augenblick lang seine Hand auf ihre, bevor er sie wieder ans Lenkrad hob. Einmütig fuhren sie durch die Nacht, bis Alan zehn Meilen später wieder sprach.

«Man muss sich fragen, ob diese großen Anstrengungen, die die Weißkittel bei der Analyse des menschlichen Genoms unternehmen, jemals zu einem echten Verständnis des Menschen führen werden, über das rein Technische hinaus. Woher kommen die Eigenarten, also Eigenschaften wie Sturheit und eine Geringschätzung der Konventionen?»

«Sprichst du von Tamara und Don oder von Rory?» Alans Sohn war dem Vater ein Rätsel; er war geistreich, intelligent, voller Energie, wenn es darum ging, Arbeit zu vermeiden, und sein funkelnder Charme maskierte sein vollkommen amoralisches Wesen. Halb bewundernd und halb in Sorge hatte Alan ihn einmal als geborenen Hochstapler bezeichnet, gleich nachdem er Rory gesagt hatte, er sei in ihrem Haus nicht mehr willkommen. Bella war damals zwei, und Rae hatte Rory dabei erwischt, wie er eine antike silberne Rassel einsteckte, die Raes Großmutter Lacy gehört hatte, einen Gegenstand, der sowohl Geld- als auch Erinnerungswert besaß. Alan traf sich noch von Zeit zu Zeit mit seinem Sohn, aber Rae hatte ihn seit jenem Nachmittag nicht mehr gesehen.

«Beide vermutlich. Ich meine, angenommen, die Wissenschaftler isolieren das Stückchen Protein, das einen Mann zum Schurken macht – was würde passieren, wenn man es herausnähme? Keine Schurken mehr, aber werden wir dann feststellen, dass wir damit auch bei Mathematikern und Erfindern und Künstlern die Rücksichtslosigkeit ausgerottet haben?»

Das war Alans Art, ein Gespräch zu führen, die Suche des Akademikers nach Bedeutung auf jedem Gebiet. Rae erwiderte: «Ich habe heute Abend darüber nachgedacht, wie sehr Tamara meinem Großvater William ähnelt. Körperlich ist sie meiner Großmutter ähnlich, aber ihre Persönlichkeit – wo wir von Rücksichtslosigkeit sprechen.»

«Und doch ist bei Petra nichts davon zu sehen.»

«Gar nichts, das stimmt. Petra, der weibliche Fels. Vielleicht ist das wie bei einer doppelten Verneinung – wenn es von beiden Seiten kommt, heben die beiden Portionen sich gegenseitig auf.»

«Und beide Eltern lieben sie aufrichtig, welche Probleme sie sonst auch haben mögen. Wer weiß, wie die Kindheit deines Großvaters aussah, dass er so geworden ist.»

Wie Tamaras Kindheit ausgesehen hatte, wusste Rae sehr gut, und das stützte Alans These von der vorrangigen Bedeutung der Erziehung. «Williams Mutter war wirklich eine Tyrannin, nach allem, was ich gehört habe.»

Keiner von beiden erwähnte den eigentlichen Gegenstand ihrer Gedanken, der friedlich auf dem Rücksitz schlief.

Sie fuhren weiter durch die Nacht zu ihrem Haus oben auf dem Hügel, tief im Wald. Am nächsten Morgen, als Alan (wie immer) für seine erste Vorlesung schon fast zu spät dran war, holte Rae mit einem Arm voll feuchter Badesachen und übrig gebliebenem Dachdeckermaterial auch rasch noch den Werkzeuggürtel aus dem Wagen und hängte ihn an seinen Haken gleich am Eingang ihrer Werkstatt. Da sollte der Gürtel hängen bleiben und einstauben, mit drei galvanisierten Dachpappenstiften in einer der Taschen, siebzehn Monate lang, während Raes Welt unterging und sich langsam neu erschuf.

Drei übersehene Nägel: das Letzte, was vom Glück einer Familie übrig geblieben war.

Rae schaute von den Nägeln, die in ihrer Handfläche ruhten, zu dem laminierten Foto von dem Mann mit dem Türgriff in der Hand und dann zu dem Baumstamm, an dem sie das Bild befestigen wollte. Doch sie legte das Foto auf die Arbeitsplatte und kniete sich hin, um die drei Stifte in einer geraden Reihe in den Rand des Tisches einzuschlagen, in die Mitte der ursprünglichen oberen Türkante. Der staubgraue Überzug der Stifte war dem matten Silber der Treibholzäste darunter erstaunlich ähnlich, drei metallische Kreise, die von sattdunklem Holz umgeben waren. Sie sahen aus wie eine Botschaft in Blindenschrift, für alle jene dort angebracht, die sie entziffern konnten, wie die Punkte auf der Schalttafel eines Fahrstuhls. Rae fuhr mit dem Daumen darüber, um sich zu vergewissern, dass sie ganz eingeschlagen waren, und spürte ihre raue Oberfläche im frisch gehobelten Holz. Dann ging sie fort, um einen anderen Nagel zu suchen, mit dem sie das Bild von Onkel Desmond und seinem Haus aufhängen konnte.

Kapitel 12

Desmond Newborns Tagebuch

22. Oktober 1923

Zu meiner Erheiterung habe ich entdeckt, dass ich mich für das Leben eines Handwerkers viel besser eigne als für die Rolle des Aufsehers, denn meine einst weichen Hände passen besser für die Axt als für die Feder. Ich bin ein studierter Mann, der jüngere Sohn eines Industriemagnaten, der hinter einem Schreibtisch Bauch ansetzen und sich mit hochrangigen Politikern unterhalten sollte, aber hier stehe ich mit der Maurerkelle in der Hand und rede nur mit Gott.

«Stehen» trifft die Sache im Augenblick nicht recht, und wenn ich heute mit dem Allmächtigen gesprochen habe, dann in wenig schmeichelhaften Worten, so dass Er wirklich der Allesverzeihende sein muss, sonst hätte er mir mit nichts weniger als einem Blitzschlag geantwortet.

Ich habe mir heute Morgen den Fuß gebrochen. Nicht allzu schlimm, dank der übel verleumdeten Gottheit, aber ich fürchte, wenn die Schwellung zurückgeht, wird einer der Knochen weiter oben ächzen und knarren, und ich werde eine Weile nur humpeln können.

Meine erste Handlung, nachdem ich den Felsbrocken von meiner Extremität entfernt, Gott und seine gesamte steinerne Schöpfung verflucht und den Stiefel von meiner verletzten Gliedmaße gezogen hatte, bestand darin, einen kräftigen Ast mit einer geeigneten Krümmung vom Erdbeerbaum zu sägen und ihn so zurechtzusägen, dass er unter meinen Arm passt.

Trotz dieses Rückschlages entdeckte ich, als ich dieses Tagebuch in die Hand nahm, um den ersten Eintrag seit Monaten zu verfassen, dass ich mit dem Leben ganz lächerlich zufrieden bin.

Zum Teil hat mein glückliches Delirium, das gestehe ich, vielleicht eher mit dem flüssigen Schmerzmittel zu tun, von dem ich genossen habe, als mit der Zufriedenheit über mein derzeitiges Leben. Einen Teil mögen sogar der spektakuläre Sonnenuntergang dazu beitragen, den der Allmächtige zu meinen verletzten Füßen ausbreitet, während ich hier auf meinem Felsvorsprung im Meer sitze, und die berauschenden Farben, die noch kein Maler festgehalten hat. Aber unter diesen vergänglichen Freuden liegt der tiefere Frohsinn eines Mannes, der auf diesem jämmerlichen Erdball seine wahre Bestimmung entdeckt hat.

Ich bin Handwerker.

Ich baue nicht prächtige Häuser und Fabriken wie mein Bruder William, sondern nur ein einziges Haus, dieses Haus hier, das bisher noch wenig mehr ist als ein Umriss aus Wachskreidestrichen auf nacktem Fels. Den Plan trug ich in mir, wie von Geburt an eingeprägt, so deutlich stand er mir vor Augen: Türme, die zum Himmel ragen, ein tiefes Fundament, dass sich fest in der Erde niederlässt, und dazwischen eine Wohnung, stark und doch leicht, wie die Bäume, aus denen sie bestehen wird, wie die Einheimischen, die mit weichem, aber festem Schritt vor mir über dieses Land gegangen sind und ein paar kunstfertige Artefakte und Bilder hinterlassen haben.

Und während ich heute Abend unter diesem Himmel sitze, mit dem schwarzen Streifen der Insel im Westen, der die dunkler werdenden Orange- und Blautöne im Firmament über mir von dem glitzernden Orange und Blau trennt, das sich unter mir im Wasser spiegelt, sehe ich nach und nach, dass meine Türme mehr tun werden, als in den Himmel aufragen.

Wäre ich nicht meiner Sünden wegen gezwungen gewesen, aus Boston zu fliehen, wäre ich nicht Soldat geworden, dann hätte ich niemals dieses Können in meinen Händen entdeckt. Ich wäre mein Bruder geworden, der hinter seinem Schreibtisch murrt und dort auch sterben wird.

Jetzt spreche ich also zu Gott, nicht um zu schimpfen und zu fluchen, sondern um Ihm zu danken.

Dies ist ein gesegneter Ort, trotz des gebrochenen Fußes und allem.

Kapitel 13

Nachdem Rae die Pflanzen ausgerissen und das Dickicht innerhalb der Steinmauern in eine zertrampelte, matschige Fläche verwandelt hatte, konnte sie anfangen, das Fundament auszugraben und die im Laufe von sieben Jahrzehnten heruntergefallenen Steine und vermoderten Blätter und die verrotteten Reste von Fußboden und Möbeln, Wänden und Dachschindeln fortzuschaffen. Die Masse würde einen guten Boden abgeben, aber das nasse Zeug in die schwere, hochwandige Bauschubkarre zu schaufeln und diese dann aus der Einfassung und zu dem zukünftigen Gemüsegarten zu schieben bedeutete Schwerstarbeit. Schon nach wenigen dieser Fahrten sollte Rae erkennen, dass sie das nur drei oder vier Stunden am Stück machen konnte, bevor ihr Rücken sich laut zu beschweren begann und Knochen und Muskulatur ihres linken Armes zu sehr schmerzten. Die Nachmittage würde sie anderen Arbeiten widmen müssen.

An diesem Morgen, als Desmonds Foto am Baum hing, schob Rae ihre Karre über die federnde Rampe, die sie am Vortag aus stabilen Bohlen angefertigt hatte, auf das Fundament hinauf und dann in die Einfriedung hinunter. Dort zog sie ihre Arbeitshandschuhe an, griff nach der Schaufel und stieß sie tief in einen unberührten Haufen aus heruntergefallenen Steinen und dem weicheren Material darunter.

Am meisten war Rae darauf gespannt, wie viel Desmond wohl im Haus hinterlassen hatte, ob er eine bloße Hülle verlassen hatte (schließlich schien die Haustür kein Schloss gehabt zu haben) oder ob man Überreste von seinem Leben dort finden würde. Auf Fotos oder schriftliche Aufzeichnungen konnte sie nicht hoffen, und sie bezweifelte, dass sie auch nur Reste seiner Möbel entdecken würde, aber vielleicht konnte sie die eine oder andere Münze, ein zerbrochenes Einmachglas oder ein paar von diesen merkwürdigen rostigen Klumpen finden, die man in Gartenbeeten ausgrub und in kleinen Museen ausstellte.

Mit diesem Gedanken im Kopf hatte Rae in ihre endlosen Listen (die Frau Dr. Hunt tadelnd als zwanghaft bezeichnete, aber schließlich hatte die Jägerin auch noch nie ein Haus gebaut) auch feinen Maschendraht aufgenommen, um den Boden durchzusieben, bevor er in den zukünftigen Garten kam – und so auch die Finger der zukünftigen Gärtnerin zu schützen, denn bestimmt gab es darin reichlich Glas und Nägel. Rae legte das Sieb auf die Schubkarre und begann zu schaufeln.

Die erste Schaufel brachte nur vermoderte Blätter, die zweite ein paar Nägel, aber als Rae das Schaufelblatt zum dritten Mal in den Boden schob, gab es ein dumpfes Krachen, und sie förderte eine fünfzehn Zentimeter hohe Messingvase zutage. Über diesen abwegigen Fund musste sie laut lachen. Was machte ein unverheirateter Pionier bloss mit einer Blumenvase aus Messing? Sie war längst undicht, aber geputzt und mit einem Strauß Trockenblumen würde Rae die Vase in ihrem Haus verwenden können. Sie stellte sie auf die Fundamentmauer und machte sich wieder an ihre private Archäologie.

In den nächsten drei Tagen fand Rae ihre Münzen und ihr Einmachglas und dazu merkwürdige rostige Klumpen in Hülle und Fülle. Außerdem entdeckte sie, wo sich Desmonds Küche befunden hatte (in der Nordostecke zwischen dem Kamin und dem hinteren Turm, hier lagen der gepunktete Griff einer Emailkaffeekanne, ein Topf, zu einem Klumpen verschmolzenes Silberzeug, eine Menge zerbrochener Teller und eine gusseiserne Bratpfanne, die vor Rost ganz rot war), und dahinter die Speisekammer (mehrere Einmachgläser, alle zerbrochen, und die filigranen Reste einiger Konservendosen). Desmonds Bibliothek musste an der Nordwestwand gewesen sein, obwohl nur ein paar versengte Lederebände übrig geblieben waren. Vor dem Kamin hatte er einen bequemen Sessel stehen gehabt, dessen Messingfüße und Eisenfedern Rae entdeckte; zusammen mit dem Pfeifenstiel aus Ebenholz, der daneben begraben lag, ergab das ein heimeliges Bild von Desmond, der sich ausruhte und ein Buch las, mit der Pfeife im Mund und einem – damals verbotenen – Whiskey neben sich. An der gleichen Stelle fand Rae einen Füllfederhalter, dessen Kappe an einem Ende festgeschmolzen war, während am anderen Ende die Feder überraschend golden glänzte, und dazu einen verbeulten Kerzenhalter aus Messing mit einem Ring für den Finger, ein zerbrochenes Glas, eine heile (aber geöffnete) Whiskeyflasche, eine Hand voll Porzellan, das einer Tasse und Untertasse aus dem Hochzeitsservice ihrer Großmutter sehr ähnlich sah, und die Reste von einem Paar Lederstiefel. Rae fing an, sich zu notieren, was sie wo gefunden hatte, und eines Abends beim Aufschreiben entschied sie, dass im oberen Stockwerk Desmonds Bett gestanden haben musste (ein ganzer Bettrahmen aus Metall, der mit den Wurzeln des Baumes, den sie ausgegraben hatte, verwoben war und in dem irgendein Polster gelegen hatte, so fest gepresst, dass es nicht gebrannt hatte, aber inzwischen war es gründlich verrottet) und sein Kleiderschrank (zwei weitere Sohlen von Lederstiefeln, ein goldener Manschettenknopf und ein paar Hornknöpfe). Schließlich fand Rae zu ihrer Freude auch sein Werkzeug, das an der Nordwand aus dem oberen Stockwerk heruntergefallen war. Auf einer Schaufel kam ein mit Rostkratern übersätes Sägeblatt zum Vorschein und auf der nächsten ein Hammer – nur der Kopf, abgenutzt und altmodisch in der Form, aber Rae war es, als würde Desmond selbst sie begrüßen. Sie beschloss, einen neuen Griff für die Säge und einen Stiel für den Hammer zu machen und beide über dem Kaminsims anzubringen, wenn das Haus wieder aufgebaut war.

Die Arbeit selbst fand Rae, von den körperlichen Strapazen abgesehen, befriedigend geistlos, sie erforderte nur gelegentlich ihre volle Aufmerksamkeit, wenn im Sieb etwas Interessanteres als tonnenweise dickes, scharfes Fensterglas oder Tausende von handgeschmiedeten, viereckigen Nägeln auftauchten, die sie in Eimern sammelte. Schaufel, Sieb; Schaufel, Sieb; und wenn die Schubkarre voll genug war, zog Rae sie unter dem Sieb hervor und nahm Anlauf, sodass sie bis oben auf die Rampe hinauf kam. Dort verlangsamte sie ihr Tempo und ließ sich von dem Gewicht der Karre auf der anderen Seite wieder vom Fundament hinunter und um den Hügel herum ziehen, auf dem Pfad zu ihrem zukünftigen Garten, den sie nun schnell austrat. Nach jeder dritten oder vierten Ladung machte Rae eine Pause, entlastete ihre Wirbelsäule und trank ein Glas Wasser oder kalten Tee. Währenddessen überblickte sie ihr Reich, die wachsende Unordnung, weil nun dort, wo früher uneingeschränkt die Natur geherrscht hatte, Erdhaufen, Müllsäcke und die unbearbeiteten Steine des Fundaments erschienen. Wenn ihr Glas leer und ihr Rückgrat wieder mehr oder weniger gerade war, kehrte Rae zu ihrer rechteckigen Einfriedung und zu den Geräuschen der Arbeit zurück, die Schaufel schrappte über Stein, und Erde rieselte auf Erde hinunter, begleitet von Wind und Wellen und Vögeln in den Bäumen und ab und zu hoch oben einem Flugzeug.

Die Plackerei schien kein Ende nehmen zu wollen, aber allmählich verstand Rae, dass sie für ihren weiteren Aufenthalt auf der Insel unabdingbar war. Nicht nur ließ die Erschöpfung nach einem Arbeitstag die nächtlichen Geräusche weniger bedrohlich erscheinen (und warum hatte sie bloß gedacht, die Insel sei leer oder auch nur friedlich? Folly war ein sechzig Hektar großer Organismus, der nie zur Ruhe kam, denn manche seiner Glieder schnüffelten Tag und Nacht durch Blätter und Zweige), sondern die Arbeit lenkte sie auch von dem Gefühl ab, beobachtet zu werden, und von der Furcht vor wiederkehrenden Stimmen. Die Konzentration auf die Tätigkeit führte dazu, dass Raes Sinne sich an die Umgebung gewöhnten, dass sie das nächtliche Scharren von Waschbären und Mäusen und tagsüber das Trommeln der Spechte und das Krächzen der Raben erkannte und akzeptierte. Das leise Summen der Bienen, die die ersten Blüten des Erdbeerbaumes aufsuchten, das Schwirren des Kolibris, selbst das entfernte Jaulen von Motorsägen auf den Nachbarinseln wurden zu vertrauten Geräuschen, die Rae in einen fast beschaulichen Zustand versetzten. Ähnlich gewöhnten sich auch die Tiere an Rae, das Eichhörnchen bei ihrem Zelt schimpfte nicht mehr über jede Bewegung, und die Seehunde machten sich nicht mehr die Mühe, ins Wasser zu rutschen, wenn die Frau sich näherte.

Ein Beweis für Raes wachsende Unempfindlichkeit Eindringlingen gegenüber war, dass sie am Vortag dreimal zum Zelt und zurück gegangen war, bevor ihr bewusst geworden war, dass ein Beobachter in der Nähe war und sie seit zehn Minuten Blicke auf ihrem Nacken spürte. Dieses Gefühl hatte sie in den vergangenen Tagen mehrmals gehabt, aber immer nur kurz, denn weder Eichhörnchen noch Eichelhäher konnten längere Zeit schweigend auf sie hinunterschauen. Rae bekam zwischen den Schulterblättern eine Gänsehaut, und ihre Hand griff zu dem Hammer im Gürtel, aber sie geriet nicht in Panik. Sie suchte das Gebüsch ab und fand nichts. Schließlich entdeckte sie den Beobachter auf einem Baum: Es war ein Weißköpfiger Seeadler, der herrlichste Aasfresser der Welt, der hoch oben in einer Zeder saß und sie aufmerksam musterte. Rae lachte erleichtert und wandte ihm bedenkenlos den Rücken zu.

Da ihre Ängste beschwichtigt waren und sie vom Autopiloten der körperlichen Arbeit geleitet wurde, konnte Rae die Gedanken ungehindert schweifen lassen, und so sann sie über Dinge nach, für die sie bis vor wenigen Wochen entweder zu sehr beschäftigt oder zu sehr mit Beruhigungsmitteln vollgepumpt gewesen war. Es war ein Bewusstseinsstrom, den keine Therapeutin unterbrach, der nicht auf fünfzig Minuten beschränkt war, dessen Fließen durch keine Kraft von außen gestört wurde.

Rae klaubte einen Silberlöffel – oder besser ein verdrehtes Etwas aus geschwärztem Silber, das einmal die Form eines Löffels gehabt hatte – aus ihrem Archäologensieb und fragte sich, was für eine Geschichte ihre Enkelin wohl daraus spinnen würde. Von da aus wanderten ihre Gedanken zu Petras Brief, den Ed ihr vor zwei Tagen gebracht hatte.

Sie konnte erkennen, dass das Mädchen lange und hart an dem Schreiben gearbeitet hatte, denn ihr kluger dreizehnjähriger Kopf hatte eine Beweisführung konstruiert, als könnte er damit ihre Welt konstruieren. Drei Viertel des langen Briefes (auf dem Computer geschrieben, wie alle geschäftlichen Vorschläge das sein sollten) bezogen sich auf ein langfristiges Projekt im Fach Geschichte, und Petra dachte daran, die Geschichte von Folly zu ihrem Thema zu machen.

Rae hatte keinen Zweifel daran, dass Petras Lehrerin über die Initiative ihrer Schülerin hocherfreut sein würde. Doch nach Petras recht weitschweifiger Beschreibung der Aufgabe und ihrer Gedanken, wie sie zu lösen sei, kam das dicke Ende: Sie musste wirklich unbedingt eine Zeit lang selbst auf der Insel sein. Für die Osterferien war es zwar schon zu spät, aber wenn die Schüler wollten, konnten sie ihr Vorhaben auch zur Grundlage eines Projektes in der achten Klasse machen. Daher wäre ein Besuch im Sommer genauso gut.

Könnte Rae also bitte an Petras Mutter schreiben und ihr das schmackhaft machen?

Rae warf das löffelförmige Objekt in den Eimer «Aufbewahren», kratzte ein halbes Pfund dicker Fensterglassplitter in den Eimer «Scharf» und fragte sich, ob es noch Kriegstagebücher von damals gab, und wenn, wen man bitten könnte, sie zu besorgen. Von oder an Desmond waren keine privaten Briefe erhalten, und so weit sie wusste, waren die spärlichen Erwähnungen in Lacys Tagebuch in der Hand voll von Familientagebüchern, die Desmonds Generation oder die Generation seiner Eltern geschrieben hatten, die einzigen Hinweise auf ihren Großonkel.

Wenn Desmond sich in Seattle niedergelassen hätte, überlegte Rae, wäre vielleicht in einer Zeitung ein Hinweis darauf erschienen, denn er stammte aus einer relativ bekannten Familie von der Ostküste, aber sie wusste nicht einmal, ob es in den zwanziger Jahren auf den San Juans eine Tageszeitung gegeben hatte. Vielleicht wusste Ed das oder konnte es für sie herausfinden.

Ein Zen-Koan: Eine Einsiedlerhütte im Wald brennt ab; hört es jemand außer den Bäumen?

Bestimmt war Desmond nach dem Feuer nicht hier geblieben, grübelte Rae, während sie die Arme hob, um mit dem Schaufelblatt an den Steinen der Nordwestecke herunterzustreichen, es sei denn, er hatte im Wald gelebt. Für einen früheren Versuch, die vom Feuer geschwärzten Reste des Hauses fortzuräumen und neu zu beginnen, gab es keine Anzeichen.

Desmond war offenbar wieder auf Wanderschaft gegangen, nur um ohne Freunde und ganz allein irgendwo im Westen zu sterben. Das jedenfalls hatte man Rae vor langer Zeit erzählt, als ihre anhaltende Neugier in Bezug auf das schwarze Schaf der Familie sie dazu brachte, Großvater William zu umgehen und ihren Vater über Desmonds Schicksal auszufragen. Zuerst hatte er zwar behauptet, er wüsste nichts darüber, aber sie hatte nicht lockergelassen, bis er gestand, er sei sich nicht sicher, weil er damals auf dem Internat gewesen sei, aber er meine, nicht lange vor dem Börsenkrach 1929 sei ein letzter Brief von Desmond gekommen. Danach seien natürlich alle viel zu sehr damit beschäftigt gewesen, die Katastrophe zu bewältigen, als dass sie sich um einen eigensinnigen Sohn hätten kümmern können, der jetzt zweifellos in einem Armengrab in New Mexico lag.

Rae hielt inne und stützte sich auf ihre Schaufel, als sie den Ausdruck «Armengrab» so deutlich in ihrer Erinnerung vernahm. Es war eins der wenigen Gespräche mit ihrem Vater gewesen, an das sie sich überhaupt erinnerte, und ihr war ein lebendiges Bild von einem frischen, nicht gekennzeichneten Hügel geblieben, auf einem staubigen, von bröckelnden Lehmmauern umgebenen Friedhof, der mit stachligem Kaktus und Steppenläufer überwachsen war. Dieses Bild war der Jugendlichen unsäglich tragisch erschienen und unaussprechlich einsam. Sie war damals etwa in Petras Alter gewesen – und jetzt stand sie hier und dachte daran, eine weitere Generation mit dieser Tragödie zu infizieren. Vielleicht sollte man Petra ermuntern, sich ein anderes Thema für ihr Schulprojekt auszusuchen, dachte Rae. Als ob man Petra von etwas abhalten könnte, was sie sich in den Kopf gesetzt hatte.

Nein, Petra würde über den Erbauer von Newborn's Folly Nachforschungen anstellen, so wie sie auch ihr Äußerstes tun würde, um es so hinzubiegen, dass sie im Juni kommen durfte. Über bestimmte Fakten im Universum ließ sich nicht streiten. Rae konnte nur hoffen, dass Petras Hartnäckigkeit nicht nach hinten losging und ihre Eltern dazu brachte, überhaupt jeden Besuch zu verbieten. Oder, schlimmer noch, sogar jeden Kontakt.

Falls es Petra gelingen sollte, ihre Eltern irgendwie zu beschwatzen, zu bestechen oder so zu manipulieren, dass sie ihr die Reise nach Folly erlaubten, beeinflusste dass nicht nur Raes Pläne für die Zeit ihres Besuches, sondern auch für die Monate bis dahin: Petras neue Aufmachung mit fast schwarzem Nagellack und Augenschminke wie bei einer Waschbärmaske würden dem Grundbedürfnis nach Reinlichkeit, das alle Teenager in Raes Bekanntschaft zeigten, wohl kaum Abbruch tun, und das hieß, dass Rae in weniger als zwei Monaten eine wesentlich leistungsfähigere Wasserversorgung als 20-Liter-Plastikkanister haben musste. Zum Teufel mit dem Dach; was sie brauchte, war eine Dusche.

So beschloss Rae, am Samstagnachmittag wieder an der Wasserleitung zu arbeiten. Schon am späten Vormittag hörte sie mit dem Schaufeln auf und stellte befriedigt fest, dass ein weiterer Vormittag reichen würde, um die Arbeit zu beenden. Sie schrubbte sich die Hände und machte sich etwas zu essen. Nach dem Essen streckte sie sich für zehn Minuten auf dem Feldbett aus, las Petras Brief noch einmal und dachte über die Antwort nach.

Sie würde ihrer Enkelin antworten müssen, bevor die *Orca Queen* am Dienstag kam. Außerdem würde sie sehr sorgfältig abwägen müssen, was sie schrieb.

In dem Jahr, in dem Rae in der Klinik gewesen war, schien in Tamaras Ehe etwas aus dem Gleichgewicht geraten zu sein. Dons Immobiliengeschäfte waren noch zwielichtiger geworden, während die Ausgaben für Haus, Pferdestall und die großartige Bewirtung potenzieller Kunden und Investoren gestiegen waren, sodass selbst Tamara sich Gedanken zu machen schien, und obwohl sie weiterhin durchhielten, hätte es Rae nicht überrascht, wenn das Unternehmen auf wackligen Füßen stand. Eine Scheidung hatte immer als Katastrophe gegolten, die unschuldige Familien unverantwortlichen Müttern zu verdanken hatten, und war daher für Tamara undenkbar, aber Rae sah einfach nicht, auf welcher Grundlage ihre Tochter in Zukunft ihr Leben führen wollte. Noch eine Erschütterung – etwa eine Krankheit Tamaras oder unglückliche Nachforschungen zu einem der dunkleren Geschäfte Dons – konnte das Unternehmen leicht in den Abgrund stoßen und die Ehe mitreißen.

Allerdings glaubte Rae, dass der Angelpunkt zukünftiger Probleme auch durchaus Petra sein konnte. Nach ihrem kratzbürstigen Verhalten auf der Fahrt hierher und nach Randbemerkungen in den Briefen des Mädchens zu urteilen, machten Petra und ihre Mutter gerade eine schwierige Zeit durch, die unvermeidliche Phase, in der das Kind sich zunehmend Unabhängigkeit wünscht. Petra schien vor allem mit Tamara Schwierigkeiten zu haben, nicht mit Don – offene Konfrontation war nicht sein Stil –, aber selbst er war in die Auseinandersetzungen mit hineingezogen worden und schien nicht gewillt zu sein, sich noch mehr bieten zu lassen. Tamara hatte zugegeben, dass Don sich nach einer Spezialschule für Petra umsah, eine der Schulen, die in Zeitschriftenanzeigen erklärten, bei ihnen seien auch «Problemfälle» gut aufgehoben. Rae hielt Petra, abgesehen von den normalen Schwierigkeiten, die ihr Alter und ihre hormonelle Verfassung mit sich brachten, nicht für ein Problemkind. Wenn man ihre Eltern betrachtete und alles, was in den letzten anderthalb Jahren geschehen war, dann hielt Petra sich, wie Rae fand, sogar bemerkenswert gut. Ihre Neugier und ihre Intelligenz, ihre Fähigkeit, alle Möglichkeiten rational abzuwägen, sich zu entscheiden und zu ihrer Entscheidung zu stehen, und vor allem ihre Fähigkeit, angesichts der immer strengeren, widersprüchlicheren und unverständlicheren Forderungen ihrer Eltern ein gewisses Maß an Loyalität zu bewahren, machten sie in diesem Nest zu einem Kuckuck. Klar, sie malte ihre Fingernägel mit Farben an, die nach Körperfunktionen benannt waren, und ihr Kleidungsstil war irgendwo zwischen dem eines Gassenjungen und dem eines Skinheads angesiedelt, aber sie verschwand nie, ohne eine Telefonnummer zu hinterlassen, ihre Noten waren selten schlechter als «gut», und so weit Rae wusste, hatte sie nie mehr als Pro-forma-Einwände gegen ihr Leben als junge Reiterin vorgebracht, so uncool ihre verlotterten Gefährten das auch finden mochten. Tamara und Don schienen nicht fähig zu sein, unter die Oberfläche zu schauen, aber Rae hielt ihre Enkelin schon seit langem für einen der vernünftigsten Menschen, die sie kannte. An dem Reisetag, den sie mit Petra und Tamara verbracht hatte, hatte Rae sich bei dem Gedanken ertappt, dass sie eigentlich Petra zur Tochter hätte haben sollen.

Petra stand in Raes Leben ganz einfach an zentraler Stelle. Petra war alles, war Rae geblieben war. Der bloße Gedanke, ohne sie auskommen zu müssen, war unerträglich. Rae hatte Alan und Bella verloren, sie hatte den größten Teil ihrer Freunde vertrieben, sie würde vielleicht nie wieder ernsthaft arbeiten – wenn dazu auch noch der Verlust von Petra käme, wäre das der endgültige Schlag.

Insgesamt, überlegte Rae, rankten sich um die kleine Petra eine ganze Reihe merkwürdiger Situationen. Schon vor Raes letztem Zusammenbruch hatte Tamara sehr darauf geachtet, dass ihre Mutter nicht zu viel Einfluss auf das Kind gewann. Mehr als einmal, selbst in Alans Gegenwart, hatte Rae sich wie ein nicht vertrauenswürdiger Freier gefühlt, der eine argwöhnische Familie einlullen musste. Dass Rae Tamara (und Don) teure Urlaube finanzierte, um Petra ein paar Tage für sich zu haben, war typisch. Hinzu kam, dass Petra jetzt auch die Untertöne instinktiv zu erfassen schien; auf der Fähre hatte sie ihre Zuneigung zu ihrer verrückten Großmutter in Tamaras Nähe zum Teil versteckt, als wüsste sie, dass ein Interesse in dieser Richtung als ungesund gelten würde. Schuldbewusst entmutigte Rae ihre Enkelin bei diesem doppelten Spiel, und sie weigerte sich standhaft, offen gegen Tamara und Don Partei zu ergreifen: Sie wollte das Kind, das die Eltern schließlich liebte und ihnen gegenüber Loyalität zeigte, nicht in weitere Konflikte stürzen. Trotzdem, Petras Zuneigung – die Tatsache, dass Rae sich auf diese Zuneigung verlassen konnte – rief ein warmes Glühen in ihr hervor. Ja, eigentlich war Petra alles, was Rae geblieben war.

Und so würde Rae sehr aufpassen müssen, was sie in ihrem Antwortbrief schrieb.

Sie stand auf, legte Petras Brief auf den Schreibtisch zurück, zog dann statt ihres schweißnassen T-Shirts ein Hemd mit längeren Ärmeln an, die ihre Haut vor zurückschnellenden Zweigen schützen würden, nahm ihr Werkzeug und brach auf, um den Hügel zu erklimmen, den sie inzwischen Mount Desmond nannte.

Die Quelle, aus der Desmond Newborn sein Wasser abgeleitet hatte, befand sich oben am Hang des Mount Desmond. Die Wasserrinnen aus Zedernholz, die er ausgehöhlt, aneinandergefügt und zugedeckt hatte, waren wunderbar dicht gewesen und hatten das Wasser wahrscheinlich dreißig oder vierzig Jahre lang zu dem nun nicht mehr funktionstüchtigen Tank oberhalb des Hauses geleitet, aber nach fast achtzig Jahren war von der Wasserleitung nur noch so viel übrig, dass man an den Resten das Können ihres Erbauers ablesen konnte.

Rae hätte diese mühselige, anspruchsvolle Art der Holzbearbeitung liebend gern wiederholt – so wie sie ihr Haus am liebsten aus selbst gefällten Stämmen, selbst gesägtem Holz und selbst gespalteten Schindeln gebaut hätte. Ihr ursprünglicher Traum, der wie ein Lichtstrahl in ihr depressives Gemüt gefallen war, hatte genauso ausgesehen: eine Blockhütte in der Wildnis, schlicht bis zur Kargheit, behaglich mit Moos und Lehm abgedichtet und mit altem, bewährtem Handwerkszeug wie Breitbeil oder Doppelaxt bearbeitet. Sie hatte sich ein traditionelles indianisches Langhaus vorgestellt, niedrig und fernsterlos, aus dicken Zedernbrettern erbaut und mit einem geschnitzten Totempfahl davor. Ein idealer Ort für ein Potlatch, das stärkste Band einer Gemeinschaft.

Später, Wochen später, als die Elektroschocktherapie langen Sitzungen mit der Jägerin wich und das öde, eintönige Terrain der schwarzen Depression sich in eine innere Landschaft verwandelte, die zumindest eine Spur von Grün aufwies, hatte Rae entschieden, dass das Ziel gar nicht so extrem rein zu sein brauchte. Schließlich wurden Menschen nicht auf eine finstere Entwicklungsstufe zurückgeworfen, auf der es weder Werkzeug noch Gesellschaft, noch Hilfe gibt; Materialien zu verwenden und Fundamente zu nutzen, die andere geschaffen hatten, beschrieb den menschlichen Fortschritt, den individuellen und den kollektiven, genauer als das *creatio ex nihilo.* Als Tischlerin benutzte Rae Kreissägen und mechanische Bankhobel, Sperrholz und moderne Klebstoffe und Lacke. Sie würde ihrer Absicht, die Gegenwart zu benutzen, um die Vergangenheit wieder aufzubauen, nicht zuwiderhandeln, wenn sie Desmonds Bauplatz und seine Fundamente als Grundstock für ihr eigenes Werk verwendete, selbst wenn sie auf Desmonds bemooste, handverlegte Steine Holzwände aus im Sägewerk zurechtgesägtem Holz stellte.

Und wenn sie für die Wasserleitung Rohre aus Polyvinylchlorid nahm.

Rae kletterte zu der Stelle hinauf, an der sie auch schon am Vortag gearbeitet hatte, wobei sie den schwarzen, schwammigen Resten von Desmonds Leitung folgte. Er war bei der Vorbereitung des Bodens und bei der Festlegung des Verlaufes sehr genau gewesen, und nachdem Rae zwei Nachmittage lang mit der Wasserwaage nachgeprüft hatte, beschloss sie, darauf zu vertrauen, dass er mit seiner Konstruktion den ökonomischsten Weg von der Quelle zum Haus gefunden hatte. Jetzt maß sie aus, was sie an PVC-Rohren und Verbindungsstücken brauchte, damit sie bei Ed die Bestellung aufgeben konnte. Desmonds Verbindungsstücke, die er für seine jeweiligen Bedürfnisse zurechtgeschnitzt hatte, stimmten selten mit den Winkeln der Plastikrohre überein, die seine Großnichte im Laden für Sanitärbedarf in Friday Harbor würde erstehen können. Der kniffligste Teil ihrer Arbeit würde also darin bestehen, die Unterschiede in der Leitungsführung auszugleichen, die entstanden, weil zum Beispiel das handgearbeitete Verbindungsstück mit seinem Winkel von 52 Grad es ermöglichte, dass die Leitung sich exakt um einen tief liegenden Felsblock herumlegte, während Raes standardisierte 45-Grad-Verbindung bedeutete, dass sie über Desmonds Zedernholzrinne hinausgehen und ihre Leitung über unebenen Boden verlegen musste, bis sie sich wieder auf den ursprünglichen Weg zurückführen ließ.

Es war jedoch keine unbefriedigende Arbeit, trotz der Frustration und dem unterschwelligen Drang, Desmonds Techniken nachzuahmen und die Leitung aus Zedernstämmen zu bauen, womit sie sicherlich sechs Monate beschäftigt gewesen wäre. Rae schob diese Versuchung beiseite, indem sie sich sagte, wie köstlich eine Dusche nach einem Arbeitstag sein würde, und arbeitete mit Maßband und Notizbuch weiter.

Nach einigen Stunden stieß Rae auf eine Schwierigkeit, die sie schon bei ihrem ersten Begehen der Leitung befürchtet hatte. Ihre festgelegten Winkel stellten sie vor die Wahl, einen mächtigen Felsblock auszugraben (oder zu sprengen) oder auf einer langen Strecke über eine tiefe Rinne hinweg Stützen für die Leitung zu bauen. Selbst die Flexibilität der Rohre würde für die notwendige Biegung nicht ausreichen. Rae betrachtete das Dickicht, durch das Desmonds verrottete Leitung sich unbekümmert hindurchwand, als spotte sie über Raes Versuch, einem natürlichen Phänomen vereinheitlichte Maße aufzudrängen.

«Mist», sagte sie und steckte ihr Maßband ein. Eines hatte das Leben als Künstlerin sie gelehrt: Manchmal musste man Abstand von einem Problem haben, um es richtig zu sehen. Sie würde versuchen, diese Schwierigkeit buchstäblich aus einem anderen Winkel anzugehen.

Rae stieg nun geradewegs den Abhang des Mount Desmond hinauf und bahnte sich auf dem steinigen Boden einen Weg durch Scheinbeeren und Gaylussacien. Nach all der Zeit konnte sie sich nicht mehr daran erinnern, wie sie und Alan den Weg nach oben gefunden hatten, aber sie vermutete, dass sie einem Pfad gefolgt waren, den die winzigen, schwarzschwänzigen Hirsche der Insel ausgetreten hatten. Der Weg war nicht allzu schwierig, und bald erreichte Rae die Kuppe.

Das Gipfelplateau des Berges war sogar noch größer, als sie es von ihrem Besuch vor fünf Jahren in Erinnerung hatte. Die vom Wind gestriegelte Fläche war bis auf ein paar verkrüppelte Bäume und Grasbüschel kahl. Rae kraxelte die letzte Anhöhe hinauf, und plötzlich fiel ihr Blick auf eine leichte Unebenheit in der großen Felsformation, einen Höcker. Wie hatte sie den nur vergessen können? Der Gipfel, hatte Alan damals erklärt. Follys Gipfel. Er hatte aus einem Stock und Bellas Taschentuch eine Fahne gebastelt und sie mit Hilfe von ein paar Steinen oben auf dem Felsbrocken aufgerichtet: «Im Namen König Desmonds des Ersten, des Herrn der Misswirtschaft, nehmen wir dieses Land in Besitz.» Die Steine lagen noch da, um den Höcker verstreut. Rae hob einen auf und schloss die Hand darum. Alan. «Bella», hatte er gesagt, «hast du schon mal ‹Ich bin der König auf der Burg› gespielt?» Und die Flagge war heruntergepurzelt, die Steine waren in alle Richtungen geflogen, während sie sich abwechselnd vom Gipfel heruntergeschubst und ihn wieder besetzt hatten. Alan hatte ihn die moralische Hochburg der Insel genannt …

Die Hochburg war ein leicht geneigter Felsbrocken mit einer Fläche von etwa einem Quadratmeter, der mit seiner höchsten Stelle den übrigen Gipfel um etwa einen halben Meter überragte. Rae hielt den Kopf gesenkt, schaute nur auf den großen Stein und betrat die schräge Fläche. Erst dann warf sie den Kopf zurück und blickte sich um. Dort, im Osten, erhob sich über dem Mount Moran auf Orcas der Mount Baker, weiß schwebte er über dem Festland. Weiter südlich ragte blass und massig der Mount Rainier auf, in jeder Hinsicht weit überlegen, und das wusste er. Rae drehte sich langsam, und die anderen Inseln kamen in ihr Blickfeld, der Rand des Puget Sound über der Spitze von San Juan, und in der Ferne erhob sich wie ein Haifischkiefer die schneebedeckte Wand des Olympic-Gebirges. Dann kamen die Juan de Fuca und die Haro Strait, und ihnen folgte die langgezogene, dunkle Insel Vancouver mit ihren kleineren Nachbarn, die so vollkommen ungeordnet über das Wasser verteilt waren wie Steine in einem japanischen Teich. Wieder mehr in der Nähe lagen Stuart und Speiden, und schließlich schloss sich der Kreis mit dem Mount Baker.

Er war keineswegs der höchste Gipfel auf der Inselkette der San Juans, aber so weit westlich war er der höchste Punkt. An einem klaren Tag wie diesem wirkten die dunklen Rümpfe der Frachtschiffe so nah, als könnte man gleich an Bord gehen, und Rae hatte das Gefühl, wenn der unaufhörliche Wind nicht gewesen wäre, hätte sie das Tuckern des Motorbootes hören können, das eine weiße Spur über die stille blaue Fläche zog. Ein großer Vogel – ein Seeadler? oder ein Geier? – segelte durch die Luftströmungen unter ihr und glitt zu der blaugrauen Erhebung von San Juan hinüber. Ein paar Segelboote hatten sich zu einer Tagestour aus Roche Harbor herausgewagt, Vorboten der Flotten des Sommers.

Rae stand auf ihrer Anhöhe und atmete ihre Umgebung ein, berauscht von dem herrlichen Tag und der Schönheit ihrer Insel, und die einfache, alltägliche Freude, trotz allem am Leben zu sein, durchströmte sie. Es war eine furchtbare Freude, süß wie der Sonnenschein und grausam wie das Grab, hier zu stehen, mit dem Wind im Gesicht, allein, für immer. Der Ausblick zu ihren Füßen war so schön, dass ihr Herz schmerzte, und wenn es am Rand ihres Blickfeldes Dunkelheit gab, machte diese den Schnee und das Meer nur um so heller. Rae lächelte traurig über die Erinnerungen an die Albernheiten einer Familie, und nach einem Augenblick warf sie den kleinen Stein, den sie noch in der Hand hielt, wieder zu den anderen zurück. Dann trat sie von ihrer erhöhten Warte herab, um nach den Resten des kleinen Gebäudes zu suchen, das Alan entdeckt und für einen Aussichtsturm aus dem Zweiten Weltkrieg gehalten hatte. Sie fand nur noch ein paar Stücke von zerbrochenen Brettern, was sie ein wenig erstaunte, aber dann fiel ihr ein, wie heftig der Wind hier oben manchmal wehen musste. Wahrscheinlich lag das Holz über den ganzen Abhang des Mount Desmond verstreut. Schade, Petra hätte ein Foto von der kleinen Ruine für ihr Schulprojekt verwenden können. Nun musste der Berg selbst reichen.

Rae warf einen letzten Blick auf Follys Gipfel und überquerte dann die freie Fläche zum Westrand. Mit dem Wind in den Haaren und der Sonne im Gesicht betrachtete sie den Hang. Die Quelle war nicht weit von einer hohen Douglasie entfernt, die vor langer Zeit vom Blitz getroffen und gespalten worden war und jetzt doppelstämmig weiterwuchs. Eigentlich musste sie den Baum von hier sehen können – und da war er auch, ein paar hundert Meter gerade den Berg hinunter erhob er sich deutlich über seine Umgebung.

Bei den Umwegen, die Rae bergab gehen musste, wurden aus den paar hundert Metern wesentlich mehr, aber schließlich stand sie unter dem Baum. Sie horchte auf ein leises Plätschern, und als sie es wahrnahm, drängte sie sich durch das Unterholz zum Ursprung des Bächleins.

Die Quelle, die Newborn's Folly bewohnbar machte, war eine jüngere, weniger salzhaltige Schwester der warmen Quellen auf Salt Springs Island im Nordosten. Raes Quelle kam lauwarm aus dem Berg, sodass man angenehm darin baden konnte, und das erste der Becken war gerade groß genug, um sich darin auszustrecken – wenn sie um die halbe Insel hätte herumwandern wollen, um sich in dem gleichen Wasser zu waschen, das sie später trank.

Das Wasser sprudelte aus einer Sandsteinschicht heraus, die sich zwischen Schichten von Eruptivgestein in einem Winkel von siebzig Grad aus dem Meer erhob und auf die bewegte geologische Geschichte des Landes hinwies. Der durchlässigere Stein reinigte das Wasser, sodass das erste, von Ästen überschattete Becken, das aussah, als wäre es schon lange vor Desmond Newborns Zeit von Menschenhand erweitert worden, klares, lauwarmes Wasser enthielt. Als Rae zum ersten Mal hier heraufgestiegen war, um eine Wasserprobe zum Testen zu entnehmen, hatte auf dem Grund eine Schlammschicht gelegen, und Rae hatte einen Teil davon herausgeschöpft, um zu sehen, ob das Becken sauber bleiben würde – und es war tatsächlich sauber geblieben.

In dem Quellstein gab es kein eindeutiges Loch, sondern das Wasser sickerte und tröpfelte an einer Reihe von Stellen heraus und vereinigte sich dann zu einem recht ordentlichen Bach, der jetzt wieder in seinem alten, natürlichen Bett ins Meer floss. Rae beabsichtigte, nur einen Teil des Wassers zu verwenden, denn wenn sie alles umleitete, würde möglicherweise der Streifen Vegetation vertrocknen, der auf den Wasserzufluss angewiesen war. Es würde ziemlich viel Bastelei bedeuten, aber Herumbasteln war etwas, was sie konnte.

Sie krempelte die Ärmel auf und kniete sich neben das klare Becken, um sich Gesicht und Arme zu waschen. Dann hockte sie mit geschlossenen Augen auf den Unterschenkeln, roch die Nässe und lauschte dem sanften Rhythmus des fallenden Wassers. Es klang wie Bellas Atem, dieses kindliche, fast schnarchende Atemholen in der Kehle, eher etwas Greifbares als ein Geräusch.

Vor einigen Jahren hatte Rae einen Bildhauer kennen gelernt, der, lange bevor Miniaturbrunnen zum letzten Schrei für Direktorenschreibtische und Couchtische der Mittelschicht wurden, Wasser als Medium benutzte, um die Bildhauerkunst und das Organische zu verbinden. Bei drei von seinen Arbeiten – er nannte sie ästhetische Experimente – stieg in einer Schale mit perfektem, präzise geschliffenem Rand Wasser auf. Der Wasserspiegel stieg allmählich an, bis zum Rand und darüber hinaus, und die Oberflächenspannung hielt das Wasser, bebend und lebendig, als wäre es eine viel komplexere Substanz, bis der Druck schließlich zu groß wurde und der Berg aus Flüssigkeit zusammenbrach und in einem Schwall über den Rand der Schale hinunterstürzte. Dann begann der nächste Zyklus.

Raes Quelle erreichte beim Aufsteigen zwar keinen derart dramatischen Höhepunkt, aber das Wasser wirkte genauso lebendig wie jenes in den künstlichen Schalen des Bildhauers und unendlich geheimnisvoller. Die Feuchtigkeit quoll hervor, vereinigte sich zu Tropfen, strömte in winzigen Rinnsalen über den bemoosten Fels und gurgelte am Ende des zweiten, kleineren Tümpels zwischen Farn und Wurzeln und Frühlingsgrün den Hügel hinunter.

Die Stelle war versteckt, wie Quellen es sein sollten, still und geheim und sanft, ein Ort mütterlicher Kraft. Bisher hatte ihn nur Desmonds Wasserrinne entweiht, und selbst die war von behutsamen Händen geformt worden, aus Holz, das dem gleichen Boden entsprungen war wie die Quelle. Rae würde ihre PVC-Leitung eingraben müssen, wurde ihr plötzlich klar, andernfalls würde sie es nicht mehr ertragen können, hierher zu kommen. Selbst beim Gedanken an ihre Quelle – an den Brunnen der Insel – bekäme sie sonst ein schlechtes Gewissen.

Und während sie weiter darüber nachdachte, wurde ihr klar, dass sich mit dem Eingraben des hässlichen weißen Rohres auf den ersten hundert Metern vielleicht das Problem lösen lassen würde, das entstanden war, weil sich die PVC-Winkelstücke nicht an Desmonds Route anpassen ließen. Wenn Rae die Leitung auch nur dreißig Zentimeter tief in die Erde versenkte, würde das bedeuten, dass ihr Verlauf sich einen ganzen Meter nach oben verschob, wenn der Wasserspiegel in den Rohren der Gleiche bleiben sollte. Desmond hatte seine Leitung unten am Becken begonnen. Wenn Rae das Wasser weiter oben abzapfte und den Tümpel mit der Spitzhacke um eine Handbreit vertiefte, konnte sie das ausgleichen. Das hieß, falls der Boden zwischen den Becken und der problematischen Stelle so weich war, das sie darin graben konnte.

Es war paradox, diesen stillen Ort mit Spitzhacke, Schaufel und Plastikrohren zu assoziieren. Dieses Fleckchen war so friedlich und ungestört, als würde hier mit dem Wasser die Reinheit der Erde selbst hervorquellen. Farnwedel schoben ihre Köpfe hoch, und Rae wusste, dass sich unter den Steinen Salamander und Frösche versteckten. Petra würde es hier gut gefallen. Rae malte sich aus, wie ihre Enkelin hier hockte, den Flug einer Libelle verfolgte, spürte, wie der Zauber des Ortes ihr jugendliches Herz berührte und ihre Phantasie beflügelte. Lächelnd schöpfte sie eine letzte Hand voll des noch nicht getesteten Wassers aus dem Becken. Dieses Mal schlürfte sie es, kaute auf dem Mundvoll Flüssigkeit, als wäre es Nahrung. Es schmeckte, wie Wasser früher geschmeckt hatte, nach Mineralien und der Essenz der Erde. Rae konnte nur hoffen, dass der Geschmack den Weg den Berg hinab überstehen würde.

Mit einem letzten Blick auf das Bett aus feuchten Moosen und schmucke junge Farnwedel legte Rae ihre nasse Hand mit gespreizten Fingern auf den Boden, um sich beim Aufstehen darauf zu stützen. Da sah sie die scharfe Kerbe, nicht größer als ihr Daumen, direkt vor ihren Fingerspitzen, von der schrägen Nachmittagssonne angestrahlt: ein Zeichen, das hier nichts zu suchen hatte, in den weichen Boden neben ihrer Wasserquelle eingedrückt.

Der Stiefelabdruck eines Fremden.

Kapitel 14

Raes Tagebuch

Schlimm.

Sehr schlimm.

Thorazine, Lithium, Prozac, ich habe nichts. Hab die Pillenbehälter durchsucht, aber es ist nichts da, nicht mal mehr Pulver unten drin, und Alkohol dämpft zwar das Zittern, aber ich habe einen Puls von 120? 140? Mein Herz explodiert gleich oder mein Kopf, mein Gott, ich würde Lithium nehmen, auch wenn es mein Blut in kalten Schlamm verwandelt, auch wenn es mich langsam und ungeschickt und dumm und wehrlos, schwach und bloß, alt und hilflos, gefühllos und

Ach, schlimm, schlimm. Stimmen kratzen an meinen Ohren, nicht der Wind, nicht die Wellen, nicht das Rieseln der Erde vom Berg herunter, die versucht, das Fundament wieder zuzudecken, nicht der Wurm in der Erde oder der Hirsch im Gebüsch, sondern Stimmen, sie nörgeln und ärgern mich und lachen mich aus und sagen mir, was sie tun werden

schlimm diesmal und kalt.

schlimm

kalt

Zittern

Herzrasen mit trockenem Mund

kann nicht still sitzen

Hautjucken

Käfer unter meiner Haut, krabbeln da

Oh Gott, ach Jägerin, es tut mir Leid, das hier war falsch, ich habe mich geirrt. Ich habe eine Waffe mitgebracht, Jägerin, eine glatte, solide

Handfeuerwaffe

Pistole

Revolver

mit einem Holzgriff, der ist

köstlich

glatt

abgenutzt

und er liegt jetzt gerade bei mir auf meinem Schreibtisch, liegt

hart

stark

schwer

neben diesem Tagebuch, die Spitze des Laufes hält den linken Rand des Tagebuchs offen (sehen Sie die Delle?), und meine Hand

bedeckt ihn

hält ihn

wärmt ihn

während meine rechte Hand diese Worte schreibt, diese Listen macht, und ich schwanke nach links und nach rechts, nach Backbord und nach Steuerbord, und wenn ich Port hier hätte, würde ich ihn mit meiner Rechten, der Holzwerkerin/der Wortwerkerin, trinken und in meiner Linken der Revolver und dazwischen steht in einem Dreieck/der Spitze eines Dreiecks, gebildet aus Rechter und Linker und Wörtern und Waffe, ein dichter kleiner Wald aus sechs glatten phallischen Patronen, schönen glatten Patronen aus Messing und Blei, und es tut mir Leid

Frau Dr. Hunt

Roberta

Jägerin der Wahrheit

Es tut mir so Leid, aber da war ein Fußabdruck neben der Quelle, und ich bin müde, müde und

müde

einsam

allein

verängstigt

klein

schwach

müde

müde

müde

verängstigt

Kapitel 15

Es war Petra, die, während sie völlig unwissend und unschuldig in ihrem Bett tausend Meilen weiter südlich schlief, eine Hand ausstreckte und ihre Großmutter davon abhielt, die Patronen in ihre Kammern zu schieben.

Es tut mir Leid, hatte Rae geschrieben, weil sie wusste, dass Roberta Hunt das Tagebuch lesen würde, aber als sie die Worte schrieb, war es, als hörte sie sich sprechen, und plötzlich wurde sie in den Winter des Vorjahres zurückgerissen, in die erste Februarwoche, sie schaute in Petras entsetztes, tränenüberströmtes Gesicht hinauf und sagte zu dem Kind: «Es tut mir Leid, es tut mir so Leid.»

Die Daten leuchteten im Kalender von Raes Gedächtnis, ein Countdown der Tage.

1. November: Reparatur von Tamaras Dach mit Alan und Bella.

25. November: Thanksgiving-Dinner im Strandhaus einer Freundin: rennende Kinder, duftender Truthahnbraten, kalte Seeluft mit Weingeschmack auf Alans Mund und Holzrauch in seinem Haar.

3. Dezember: Bellas Geschenk fertig, ein Kasten mit komplizierter Einlegearbeit, gespickt mit Geheimschubladen.

11. Dezember: Alans letzter Unterrichtstag, seine Zensurenliste eingereicht, ab jetzt zu Hause.

12. Dezember: das Ende der Welt.

Ein Immobilienmakler mittleren Alters mit einem Handy in der Hand und den Resten einer feuchtfröhlichen Weihnachtsparty im Blut. Alan war sofort tot. Bella starb vierundzwanzig Stunden später, jedenfalls hatte man Rae das gesagt; sie erfuhr es erst nach ein paar Tagen. Rae selbst lag fünf Stunden auf dem Operationstisch, wo man den zerschmetterten linken Arm, das zerrissene Fleisch ihrer linken Brust und Schulter sowie die Fissur des linken Unterkiefers zusammenflickte, alles Verletzungen, die ihr – grausame Ironie – Alan, irgendein Haken der Airbags und die Sicherheitsgurte zugefügt hatten. Die Wucht des Aufpralls an der Fahrerseite hatte den geliebten Körper ihres Mannes in sie hineingeschleudert. Seine Brille war an ihrer Brust zersplittert. Sein Schädel hatte ihren erhobenen Unterarm zertrümmert. Später sollte ein Chirurg noch ein Stück von einem seiner Schneidezähne in Raes Schulter finden.

Wenn Bella ein letztes Mal zu Tode erschrocken *«Mommy!»* geschrien hatte, war das aus Raes Gedächtnis ausgelöscht. Oder vielleicht nicht ganz: Vielleicht war der Schrei, den sie im Regen und in den Momenten des Erwachens vernahm, ein Echo davon.

Zu Weihnachten fünf Tage in der fremden Welt der Intensivstation, in einem Raum, den selbst Raes getrübter Verstand als grotesk registrierte (die unerbittlich fröhlichen Lamettagirlanden auf den Monitoren erschienen ihr immer noch in ihren Albträumen), danach zwei Wochen in einem Einzelzimmer, dann neun weitere Tage rund um die Uhr unter der Obhut von Tamaras Krankenschwestern, bis Rae dann genügend Energie aufbringen konnte, um sie rauszuwerfen. Alle professionellen Helfer hatten nur den erwarteten Zusammenbruch einer Hinterbliebenen gesehen; keiner hatte tief genug geschaut, um zu bemerken, wie sich das schwere Gewicht der Melancholie einnistete. Doch Rae, die in einem dumpfen Nebel in ihrem stillen Haus saß, wusste, was vor sich ging. Ein Teil von ihr schaute zu, jener Teil ihres Verstandes, der sich in Zeiten wie dieser abspaltete, um belustigt zu beobachten, wie sie sechs Stunden reglos in einem Sessel hing, um zu beobachten, wie Raes Freunde kamen, um sie zur lange aufgeschobenen Trauerfeier abzuholen, und sie ungewaschen, mit leerem Magen und in einer alten Jeans und einem von Alans karierten

Hemden vorfanden, wie sie ihr das Haar bürsten und sie um den Gips an ihrem linken Arm herum ankleiden mussten. Höhnisch nahm diese Zuschauerin die Menschen zur Kenntnis, ein Meer von Gesichtern: Kollegen, Schüler, Freunde, die mit Tränen auf den Wangen Raes gesunden Arm berührten; Rae selbst nahm nur das Nichts wahr. Dann wieder nach Hause, in ein Haus, in dem die Stille wohnte, die Stille und Rae und die Zuschauerin, die sie auch früher jedes Mal in die Depression begleitet hatte und deren grausige Aufgabe darin zu bestehen schien, sorgfältig und gleichmütig die Anzahl der scharfen Messer in der Küche zu registrieren, die Länge des Kabels am Radio neben der Badewanne abzuschätzen, das Ventil am Propangastank und die Nähe zu den Rädern von vorbeifahrenden Lastwagen zu bemerken. Rae war gerade noch vernünftig genug, zu diesem Zeitpunkt das Autofahren aufzugeben, denn sie wollte niemanden mitnehmen, wenn sie ging.

Es war Mitte Januar, fünf Wochen nach dem Unfall, als Rae zum ersten Mal die Gegenwart der Beobachter spürte. Sie kamen nachts und zupften an den Rändern der unerbittlichen Decke, die Raes Verstand erstickte, ein leichtes, quälendes Zucken, fast so, als würde das Leben in ertaubte Glieder zurückkehren, aber es fühlte sich eher an, als drohte damit ein weiterer Abstieg in die Leblosigkeit. Ein Geräusch auf der Dachterrasse, das Rae noch vor wenigen Wochen nicht einmal dazu bewegt hätte, von ihrem Buch aufzuschauen, trieb sie jetzt zu den Lichtschaltern, alle Lampen drinnen aus, die Flutlichter draußen an. Da war nichts, nur die Bäume, die unter das Geländer drückten, die Äste des winterlich langweiligen Gartens, die sich sacht im Wind bewegten. Sonst nichts, aber Rae begann, sich in die oberen Zimmer zurückzuziehen oder in die Abstellkammern, die keine Fenster hatten. Nach ein paar Tagen ging sie mit dem Tacker herum und befestigte an allen vorhanglosen Fenstern Betttücher – und da sie keine Nachbarn hatte, war das praktisch jedes Fenster. Das verwandelte ihr

Haus gleichzeitig in ein Zufluchtsstätte und einen abgeschirmten Bereich, es wurde Versteck und Gefängnis.

Rae begann zu wandern. Sie verließ jeden Morgen das Haus, marschierte ihre eine Meile lange Zufahrt hinunter und weiter, noch mehrere Meilen an wenig befahrenen öffentlichen Straßen entlang bis zu dem kleinen, ländlichen Supermarkt, wo sie eine Zeitung und eine planlose Auswahl an Lebensmitteln einkaufte. An manchen Tagen, wenn sie sich zu krank fühlte, besetzte sie fast den ganzen Tag die Bank an der Bushaltestelle; an anderen wanderte sie weiter, weit fort, legte gedankenlos eine Meile nach der anderen zurück, beobachtete dabei jeden herannahenden Wagen und fragte sich ruhig, ob es wohl dieser war, unter dessen Räder sie sich werfen würde. Anschließend hätte sie nicht sagen können, wo sie gewesen war, aber sie kam immer nach Hause, bevor es dunkel wurde, stocherte in irgendeinem geschmacklosen Essen herum, nahm sich dann die Zeitung, die sie gekauft hatte, und schnitt alle Artikel über schreckliche Ereignisse aus. Ein Mord im Zusammenhang mit Drogen. Mehrere Autos im Nebel zusammengestoßen. Eine Frau festgenommen, weil sie ihr Kind zwei Jahre im Schrank eingesperrt hatte. Ein schweres Erdbeben in irgendeinem trockenen, fernen Land. Unglück, Katastrophe, Tod, Unordnung. Rae begann, Listen zu schreiben: die Orte, die betroffen waren, Namen und Alter der Opfer, Autos, die nach einem Unfall mit Fahrerflucht gesucht wurden. Listen von Wörtern, mit denen in den Artikeln die Opfer und die Täter beschrieben wurden, sogar Wörter aus benachbarten Artikeln, als hätten sie eine verborgene Bedeutung, die Rae verstehen könnte, wenn sie sich nur genug bemühte, als könnte die Welt einen Sinn preisgeben, wenn sie nur genügend Aufmerksamkeit aufbrachte.

Während dieser ganzen Zeit war Raes eigener innerer Zuschauerin durchaus bewusst, dass sie schlimm aussah. Sie war ungepflegt und oft nicht richtig angezogen, konnte aber nicht die

Energie aufbringen, sich darum zu kümmern. Freunde kamen und lagen ihr mit besorgten Angeboten in den Ohren, wollten sie zum Supermarkt oder zum Arzt fahren; ihre Anwältin kam mit Papieren, als ob die Überschreibung von Alans Besitz eine Rolle spielte; Tamara kam, um das Haus aufzuräumen (als sie allerdings versuchte, Alans Schrank auszuräumen, vertrieb Rae sie in einem ihrer seltenen Wutanfälle). Krankenschwestern, Ärzte, Anwälte, Alans Kollegen – alle riefen an oder hinterließen Nachrichten auf dem Anrufbeantworter, bis Rae einfach nicht mehr ans Telefon ging.

Abends saß sie hinter ihren aufgestapelten Barrieren an Alans Schreibtisch oder in dem abgewetzten Ledersessel, dessen Lehne deutlich den Abdruck von Alans Schultern trug. Die letzten Bücher, die er gelesen hatte, lagen neben der Armlehne auf dem Tisch, und Rae las immer wieder die Seiten, wo sie das Lesezeichen gefunden hatte, tief bekümmert darüber, dass sie nicht genau wusste, an welcher Stelle er mit dem Lesen aufgehört hatte. Auf der Seite vor dem Lesezeichen, um von da aus neu anzufangen? Oder auf der Hälfte der linken Seite, wo ein Abschnitt zu Ende war? Oder sogar ganz unten auf der rechten Seite? Ach, warum hatte er das Lesezeichen nicht zu Beginn eines neuen Kapitels einlegen können?, zürnte sie. Und warum kannte sie ihn nicht gut genug, um es zu erahnen? Wenn sie die Wörter nur genau genug untersuchte, konnte sie vielleicht spüren, über welche sein Blick geglitten war und welche ungelesen geblieben waren …

Nachts rollte Rae sich in Bellas Bett zusammen, wo das Kopfkissen noch schwach nach Erdnussmus und Kreide und Limonade roch, oder jedenfalls stellte sie sich das vor, wenn sie ihr Gesicht tief genug hineingrub. Morgens zog sie sich an (weite Pullover, die den Gips bedeckten; zwei ungleiche Strümpfe) und schob ihren Löffel in einer Schüssel mit kaltem Müsli herum, während sie die Blumenmuster und die geometrischen Formen auf den Stoffen vor den Fenstern anstarrte und sich zu überreden versuchte, dass auf der anderen Seite nichts war, dass sie, wenn sie ein Laken beiseite zog, nicht in ein fremdes Gesicht schauen würde, das sie anstarrte. Normalerweise schlug die Angst zu, bevor Rae ihr Frühstück beendet hatte, ihr Magen krampfte sich zusammen, sodass sie mit geballten Fäusten hin- und hergehen musste, oder aber sie rang die Hände, bis sie es nicht mehr ertragen konnte und aus der Tür stürzte, um über die kiesbestreute Zufahrt zur Straße hinunterzueilen.

Wenn sie einmal Asphalt unter den Füßen hatte, ließ das Gefühl, dass Beobachter hinter ihr waren, allmählich nach. Rae versank in einen dumpfen, apathischen Zustand, in dem ihr alles ziemlich egal war, solange sie sich nur bewegen konnte.

Und sie bewegte sich. Ende Januar legte sie bestimmt zwanzig Meilen pro Tag zurück, bei jedem Wetter, die Landstraßen entlang, mit den Händen in den Jackentaschen, den Blick auf die Straße geheftet, im grünen Rucksack neben der Zeitung einen schwappenden Viertelliter Milch. Zum Glück waren diese Wintertage mild, selbst für Kalifornien, und Rae weichte nur zweimal richtig durch. Aber der Regen schien die Beobachter abzuhalten, denn wenn Rae an diesen nassen Tagen spritzend die lange, leere Zufahrt hinaufmarschierte, prickelte ihr Nacken nicht so bedrohlich, und die Haut auf ihren Armen fühlte sich einfach kalt und feucht an, ohne das kribbelnde Gefühl, das normalerweise an der ersten Biegung begann. Das war die Unannehmlichkeit, bis auf die Haut nass zu sein, durchaus wert, selbst wenn es bedeutete, dass auch der Gips um ihren Arm tagelang schwammig war.

Es war einfach Pech, dass am zweiten dieser Regentage eine Stunde nachdem sie die Zufluchtsstätte des Hauses erreicht hatte, das Gas ausging. Entweder hatte sie es versäumt, eine Lieferung zu bestellen, oder sie hatte dem Lastwagen nicht das Tor aufgeschlossen. Jetzt stand ihr als Wärmequelle nur der Kamin zur Verfügung. Bis Mitternacht hatte sie die letzten Scheite verbrannt, sodass ihr die Wahl blieb, sich entweder nach draußen zum Holzstoß zu wagen oder ins Bett zu gehen. Sie liebäugelte zwar mit den Möbeln, entschied sich aber schließlich doch für ihre Decken.

Als sie im hellen Sonnenlicht erwachte, spürte sie ein Kratzen im Hals und hörte Schritte auf der Dachterrasse. Kein Klopfen, keine Stimme, und das Geräusch wiederholte sich nicht. Kaltes Entsetzen sickerte in ihre Adern. Lange Minuten vergingen, während es tief in ihr wimmerte, bis sie mit zitternden Händen nach dem Telefon griff, den Notruf wählte und flüsterte, bei ihr sei jemand eingedrungen.

Es dauerte eine Ewigkeit, bis der Hilfssheriff kam. Mit rotem Gesicht von dem tüchtigen Marsch vom verschlossenen Tor die Zufahrt hinauf durchsuchte er das Haus nach Eindringlingen und behielt Rae dabei die ganze Zeit im Auge; ob er sich mehr über Raes Aussehen oder über den Zustand ihres Hauses wunderte, wäre schwer zu sagen gewesen.

Er fand nichts und wanderte schließlich kopfschüttelnd den Berg wieder hinunter.

In der folgenden Woche rief Rae noch zweimal die 911 an, immer mit dem gleichen Ergebnis beziehungsweise ohne Ergebnis. Nach dem dritten Mal schritt Sam Escobar, der Sheriff selbst, die Zufahrt hinauf, inspizierte rasch Raes chaotisches Haus, setzte sich dann mit ihr zu einem langen Gespräch hin und und verließ das Haus schließlich mit einem Zweitschlüssel zum Tor. Rae rief nicht wieder an, nicht einmal, als die Beobachter anfingen, mit Zweigen an ihren Fenstern herumzukratzen und an den Türknäufen zu rütteln.

Sie kauerte sich auf das Sofa vor ihrem Kamin und konzentrierte sich entschlossen auf die Zeitungskatastrophen und auf ihre Listen mit verwandten Wörtern und Ereignissen, bis sie die Geräusche nicht mehr ertragen konnte. Dann zog sie sich ein Kissen über den Kopf, um das Kratzen und Rasseln abzudämpfen, und lag die ganze Nacht wach und horchte auf das Geflüster, das an- und abschwoll, bis es gerade eben nicht mehr hörbar war.

Raes innere Zuschauerin wusste, dass ihr Verhalten irrational war. Als würde sie eine Fremde beobachten, eine Frau, die sich im Dunkeln zusammenrollte und lange Nachtstunden über endlosen Listen brütete. Ihr inneres Auge wusste, dass es außerhalb ihres Kopfes weder geflüsterte Unterhaltungen noch schwerfüßige Beobachter gab, und diese Instanz ahnte auch, dass bald etwas geschehen musste. In Wahrheit jedoch fand Rae ihr unbegründetes Erschrecken merkwürdig tröstlich. Wenn sie sich darauf konzentrierte, blieb ihr keine Energie mehr, um darüber nachzudenken, dass ein Leben ohne Alan und Bella unmöglich war. Mit eingebildeten Feinden konnte man sich unendlich viel leichter auseinander setzen als mit tatsächlichen.

Im Rückblick schien es Rae, als hätte diese Phase ihres Lebens sich über Jahre hingezogen. In Wirklichkeit aber dauerte die Abwärtsspirale weniger als drei Wochen, von der Trauerfeier bis zu dem Tag, als Rae wieder fiebernd auf die Intensivstation eingeliefert wurde, mit einer schwachen Lungenentzündung, einem erneuten Bruch des linken Armes, vielen oberflächlichen Schnitten und blauen Flecken und einer bösen Entzündung in der linken Schulter, wo vermutlich ein Knochensplitter Schaden anrichtete.

Das Ende der Abwärtsspirale kam plötzlich, mehr oder weniger gleichzeitig aus zwei Richtungen.

Erst viele Monate später ging Rae auf, dass sie eine ungewöhnliche Kandidatin für eine Vergewaltigung war. Sheriff Escobar meinte auf diese zögernd vorgebrachte Beobachtung hin, manche Tiere würden eben alles vergewaltigen, was sich bewegte, und diese Reaktion schien Rae nur zu bestätigen, wie unansehnlich sie zu jener Zeit war: ausgemergelt bis zum Zusammenbruch, ungewaschen, mit glänzenden Fieberaugen, vom Husten geschüttelt, in Alans weiten Kleidungsstücken und mit einem Rucksack, aus dem die Reste von zwölf zerbrochenen Eiern heraussickerten.

Am späten Nachmittag des ersten Dienstags im Februar, als Rae von der öffentlichen Straße abbog, um durch ihr Tor zu schlüpfen, fuhr ein riesiger schwarzer Pick-up mit übergroßen Reifen hinter ihr her und bremste in einem Regen von Kieselsteinen. Zwei stämmige junge Männer sprangen heraus, ließen beide Türen weit offen und spazierten selbstbewusst auf sie zu, scherzten miteinander, während sie bedrohlich größer und größer wurden, und fingen erst an zu laufen, als Rae in Zeitlupe die Zufahrt hinaufflüchtete.

Katzen mit einer Maus, Löwen mit einem Kaninchen. Mit zwei Riesenschritten schienen die Männer bei ihr zu sein, ihr albtraumhaft keuchender Atem brandete gegen Raes Rücken an, ihre prahlenden Rufe lösten mit ihrer Fröhlichkeit Entsetzen aus, und dann stieg Rae der Geruch von brünstigen Körpern, von Schweiß und Zigaretten in die Nase, und eiserne Finger rissen sie von den Füßen und hinterließen auf der Haut ihrer Schultern und Arme eine Reihe schwarzer Kreise, die ersten von vielen. Die Männer stanken nach Aggression und lachten über Raes schwache Versuche, sich zu wehren.

Rae kämpfte wild, wand sich und schlug verzweifelt zu, schweigend, vergeblich. Der einzige Laut, der ihr entfuhr, war ein kurzer Schrei, als der dunkelhaarige Angreifer ihr den Rucksack wegriss und dabei ihren Gips zertrümmerte. Die Hände zerrten und kniffen überall, und wenn Rae selbst auf die Angreifer einschlug, fühlte es sich an, als würde sie die Redwoodbäume schlagen, die still daneben standen. Nur einer ihrer Hiebe traf mit einiger Kraft sein Ziel: Der Blonde taumelte rückwärts und hielt sich die Nase, aber so sehr Rae auch kämpfte, die Arme des Braunhaarigen ließen sie nicht los. Dann war der Blonde wieder da, jetzt voller Wut, und das raue Lachen verwandelte sich in Flüche. Harte Finger zerrten an Raes Hemd, zwei Arme hielten sie von hinten umklammert, damit sie sich nicht losreißen konnte, und eine erschreckend kalte Hand schob sich in den lockeren Bund ihrer Jeans. Rae trat fest zu, und die Hand zog sich zurück, aber nur für einen Moment, dann versetzte sie ihr eine Ohrfeige, die ihren

Kopf zur Seite schleuderte. Während der Blonde ihr sein Kinn in den Nacken stieß und seine Stimme eintönig Obszönitäten murmelte und der andere sie zur Biegung im Zufahrtsweg schleifte, spürte Rae halb betäubt, wie die Hand zurückkehrte, um sich zwischen weiche Bauchhaut und Stoff zu schieben.

Und dann ein Schrei, den Rae erst später hörte, in der Erinnerung oder als Produkt ihrer Phantasie. Zu jenem Zeitpunkt wusste sie nur, dass die Hände vorn aufhörten, an ihren Kleidern zu reißen, und dass sie mit ausgebreiteten Armen durch die Luft flog, um krachend im Gebüsch zu landen.

Joseph Ayala in seinem ramponierten Chevy-Pick-up, den er mit quietschenden Reifen und wildem Hupen zum Stehen brachte, erschien wie ein Engel im goldenen Wagen. Dreißig Sekunden später wären Rae und ihre Angreifer außer Sichtweite gewesen, aber Joseph, der gerade von der Arbeit nach Hause kam, hatte im Vorüberfahren den Weg hinaufgeschaut und gesehen, wie seine erst kürzlich verwitwete Nachbarin gegen zwei junge Männer kämpfte. Er hatte sein Fenster heruntergelassen und gebrüllt: «Ich rufe die Polizei!» Um seiner Drohung Nachdruck zu verleihen, hielt er sich etwas Kompaktes, Schwarzes ans Ohr. Die beiden jungen Männer zögerten, beschlossen dann aber, kein Wagnis einzugehen. Der Größere schleuderte Rae gewaltsam vom Weg hinunter, dann rannten sie bergab zu ihrem Fahrzeug. Ayala legte schnell den ersten Gang ein und fuhr auf der kleinen Landstraße ein Stückchen weiter, aber Raes Angreifer verfolgten ihn nicht, ließen nur den glänzenden schwarzen Laster aufheulen und rasten in die andere Richtung, auf die Hauptstraße zu.

Als Rae sich aus dem Dornengebüsch losriss, sah sie, wie ein Mann, der in einer Hand absurderweise eine schwarze Brieftasche hielt, den Weg zu ihr hinaufkeuchte. Sie raffte ihre zerrissene, blutverschmierte Kleidung zusammen, griff nach ihrem Rucksack und floh. Der entsetzte Nachbar blieb stehen und schaute zu, wie sie verschwand. Dann rannte er zu seinem Wagen zurück, jagte nach Hause zu seinem echten Telefon, wählte 911 und haspelte seinen Bericht über das Verbrechen herunter, dessen Zeuge er geworden war.

Am gleichen Tag hatte Raes Arzt Tamara angerufen, um ihr mitzuteilen, dass ihre Mutter zwei Termine versäumt hatte – ging es ihr gut? Als Tamara die Mutter telefonisch nicht erreichen konnte, holte sie, nach außen hin mürrisch, aber pflichtbewusst, innerlich jedoch aufgrund ihrer lebenslangen Erfahrung unruhig, Petra von der Schule ab und fuhr zu Raes Haus. Als sie aus dem Redwoodwäldchen herauskam, fand sie auf dem normalerweise verlassenen Platz vor dem Haus ihrer Mutter drei Einsatzfahrzeuge und viele Leute in Uniform vor.

In panischem Schrecken lief sie ins Haus, mit Petra auf den Fersen. Beide blieben abrupt stehen, entsetzt über den Anblick, der sich ihnen bot.

Sheriff Sam Escobar, eins achtzig groß, muskulös und breitschultrig, hockte in seiner hellbraunen Uniform an einem Ende eines Sofas, das mit einer Schicht Papierfetzen bedeckt war, und streckte vorsichtig die Hand aus, als näherte er sich einem verängstigten Tier. Und genau das war Rae Newborn zu diesem Zeitpunkt, ein geprügeltes, blutiges, stinkendes, halb nacktes Tier voller Schmerzen. Die tatsächlichen und eingebildeten Angreifer hatten sie so verschreckt, dass sie sich nur noch in die dunkle Ecke zwischen Wand und Sofa quetschen konnte, umgeben von einem Schneesturm aus ihren gekritzelten Listen, vor der Außenwelt versteckt durch die grotesk bunten Bettlaken. Tief aus ihrer Kehle kam ein Wimmern. Die Sanitäter schauten auf ihre Uhren, der Hilfssheriff fummelte nervös an seinem Holsterriemen herum, und Rae hockte zu einer Kugel zusammengekauert in ihrer Ecke und beäugte den Mann in der hellbraunen Uniform, als überlege sie, wann sie ihn in die Hand beißen solle.

«Mutter?», keuchte Tamara. «Oh mein Gott, Mutter, nicht schon wieder!»

Rae schluchzte einmal auf, ein Laut voller Verlust und Erleichterung, und versuchte, ihre in der Embryohaltung steif gewordenen Glieder zu strecken. «Es tut mir Leid», flüsterte sie, sprach damit aber weder den Sheriff noch ihre Tochter an. «Es tut mir Leid», sagte sie zu Petra, immer und immer wieder. Das angstvolle Gesicht des Kindes drang durch alles hindurch – durch Fieber, Schrecken, Wahnsinn, Schmerzen: durch alles –, und Rae konnte nur noch daran denken, dass ihre Enkelin sie niemals in diesem Zustand hätte sehen dürfen. Und so sagte sie: «Es tut mir Leid. Es tut mir so Leid.»

Rae konnte sich nicht mehr erinnern, wann sie den Begriff «Situationspsychose» zum ersten Mal gehört hatte, aber sie fand ihn unendlich beruhigend, ein Eingeständnis, dass selbst der stärkste Verstand nach einer Reihe von Schicksalsschlägen aufgeben konnte. Auch wenn sie vorher nicht gerade die ausgeglichenste Frau der Welt gewesen war, auch wenn sie Phasen mit tiefer Depression, zwanghaftem Verhalten und Selbstmordversuchen durchgemacht hatte, auch wenn sie Panikattacken schon lange, bevor sie einen Namen hatten, gekannt hatte, hieß das nicht, dass sie immer und unwiderruflich verrückt war. Es hieß einfach, das sie eine Schwachstelle hatte, und das war kein größerer moralischer Makel als das schlimme Knie ihrer Mutter oder die Rückenschmerzen ihres Onkels.

Situationspsychose. Klinische Depression. Nervenzusammenbruch. Kriegsneurose – alles Namen für die fehlerhafte Nervenleitung, die unter starkem Druck zusammenbrach und ein erschütterndes, verheerendes inneres Erdbeben auslöste, das auch im Leben ihrer Mitmenschen wunde, klaffende Narben hinterließ. Als Rae dieses Mal ins Krankenhaus gebracht wurde, waren ihre tiefer liegenden Probleme nicht mehr zu übersehen. Bei diesem zweiten Mal auf der Intensivstation waren die Krankenschwestern aufmerksam und immer in der Nähe, und sie achteten darauf, nie scharfe Gegenstände an ihrem Bett liegen zu lassen. Als dieses Mal die Antibiotika ihre Arbeit in Raes Lungen verrichtet hatten, als der Arm mit einer Platte auf dem Knochen neu gerichtet und der Gips ersetzt worden war, als das Bruchstück von Alans Zahn aus ihrer vereiterten Schulter und fast alle Steinchen aus ihren Händen und Knien entfernt worden waren, verlegte man sie nicht auf eine offene Station, sondern auf eine geschlossene. Ironischerweise war es dort, wo es Rae einige Wochen später gelang, genügend Geistesgegenwart aufzubringen, um ihren dritten Selbstmordversuch zu unternehmen. Im Gegensatz zu den beiden früheren war dieser keineswegs halbherzig. Rae wollte wirklich sterben, und sie ging mit einer Entschlossenheit ans Werk, die so grimmig und eindimensional war wie die Welt, in der sie jetzt lebte. Man fand sie bei einer zufälligen Bettenkontrolle, und der Blutverlust war noch nicht zu groß.

Sie war auf dem tiefsten Punkt angekommen. Danach gab sie auf. Die beruhigende, geistlose Krankenhausroutine übernahm die Führung, und allmählich zeigte sie Wirkung. Raes Umgebung war nicht mehr bloß eine Irrenanstalt, sie wurde zu einem Ort, an dem sie Asyl gefunden hatte, zu einem Zufluchtsort. Fest eingepackt in eine Geborgenheit, die darin bestand, keine Alternative zu haben, von den Medikamenten gebeutelt und von der Elektroschocktherapie durchzuckt stellte Rae fest, dass ihr Blickfeld sich gegen ihren Willen langsam zu erweitern begann. Die unentrinnbare, eintönige Hoffnungslosigkeit des Universums wurde ein kleines bisschen dünner, Raes Wahrnehmungsbereich erweiterte sich auf Dinge außerhalb ihrer eigenen Haut, in der sie sich nicht wohl fühlte, und dann nahm sie eines Tages plötzlich den Geruch von Popcorn wahr, das im Schwesternzimmer zubereitet wurde. Sie machte sich nicht einmal viel aus Popcorn, aber der Duft schwebte wie ein Engelschor durch die Klinikflure. Dann kam Dr. Roberta Hunt, die den ersten Schimmer am Ende des Tunnels brachte und den langen Weg nach Hause erleuchtete.

Bloß dass ihr Zuhause jetzt abgeschlossen und still war, die Möbel zum Schutz gegen den Staub mit Laken verhängt (mit den gleichen Laken, die sie an die Fenster getackert hatte). Oder war ihr Zuhause diese Insel mit den beiden verfallenen Steintürmen am Fuße eines Berges, der versuchte, die Türme zu begraben?

Diese Frage war eigentlich nur wichtig, wenn die sechs Patronen in ihrer ordentlichen Pyramidenform auf der Schreibtischecke stehen blieben. Für eine tote Frau war die Definition von zu Hause kaum von Bedeutung.

Den größten Teil der Nacht saß Rae an ihrem Schreibtisch, nahm die Patronen in die Hand und spielte mit ihnen, liebkoste den abgenutzten Rosenholzgriff der Waffe mit dem Daumen, lud die Kammern und entlud sie wieder. Den größten Teil der Nacht horchte sie auf das leise Ausatmen der Petroleumlampe und das Zwiegespräch der beiden Ohreulen, hin und her gerissen zwischen ihrer Sehnsucht nach friedvollem Vergessen und dem Wissen, welchen Gesichtsausdruck ihre Tat bei Petra hervorrufen würde. Gegen Morgen, noch ohne sich entschieden zu haben, legte Rae den Kopf auf das Tagebuch. Wie anders die Anordnung der Patronen aus dieser Perspektive aussieht, dachte sie. Nach einer Weile fielen ihr die Augen zu. Die Lampe brannte immer schwächer und erlosch.

Es war schon hell draußen, als Rae von einem Geräusch geweckt wurde. Sie versuchte, sich aufzurichten, stöhnte bei dem Protest ihres verkrampften Nackens und Rückgrats und löste sich schließlich vom Schreibtisch.

Da ertönte das Geräusch wieder. Eine Frauenstimme war es dieses Mal, und unerklärlicherweise rief sie Raes Namen. Ein Traum, das wusste Rae. Im Traum kam sie auf die Füße und schob sich aus der nicht zugezogenen Eingangsklappe, und im Traum sah sie draußen eine Familie von Märchenwesen, von Schiffbrüchigen, die an ihrer Küste gestrandet waren, eine dreiköpfige Familie, die aus dem leuchtenden Dunst, der um die Gestalten herumwirbelte, entstand. Was für ein sonderbarer Traum. Der Vater in seiner hellbraunen Uniform ähnelte Sheriff Escobar (obwohl er größer und hellhäutiger war), die Mutter sah aus wie eine Fee ohne Flügel, und der Junge hatte weder Petras dunkles Kraushaar noch Bellas blonde Locken, sondern war blass und rothaarig wie die Mutter.

Die Reaktion der Traumfamilie war noch merkwürdiger als ihre Anwesenheit: Die rothaarige Frau warf einen Blick auf Rae, riss den Jungen hoch und beugte sich über ihn, als müsse sie ihn mit ihrem Körper schützen. Der Mann verhielt sich sogar noch sonderbarer: Er duckte sich, zog eine Pistole und richtete sie auf Rae.

Kapitel 16

Brief von Rae an ihre Enkelin

12. April

Liebe Petra,
bevor ich aus Kalifornien abgereist bin, habe ich ein paar Bücher über die Geschichte der San Juans bestellt, denn mir wurde klar, dass ich eigentlich etwas über meine neue Heimat wissen sollte. Ich nehme an, dass du auch etwas Forschung betrieben hast – teile mir mit, was du entdeckt hast.

Jetzt, nachdem ich die Möglichkeit hatte, sie zu lesen, bin ich erstaunt, dass hier trotz der schönen, friedlichen Landschaft (sogar das Wasser hier ist im Vergleich zum Pazifik ganz ruhig – ich kenne Binnenseen mit höheren Wellen) wirklich allerhand wilde Geschichten passiert sind. Während der Prohibition (hattet ihr die schon in der Schule? – Die Zeit, als zuerst der Bundesstaat und dann die gesamten USA Alkohol verboten und so den Abstinenzlerbund glücklich und eine Menge Krimineller reich machten) waren die San Juans ein Zentrum des Alkoholschmuggels, gefolgt von Marihuana in den Sechzigern und heutzutage sicherlich anderen Stoffen. Auf der Insel McConnell, westlich von hier, war ein früher Schieber zu Hause. Im Norden gab es einen Mann, der sich Bruder XII nannte und auf der Insel Valdes eine Gesellschaft reicher Leute schröpfte, indem er eine Art New-Age-Kirche gründete, die er «Kirche des Wassermann-Zeitalters» nannte – das war, kaum zu glauben, Ende der zwanziger Jahre!

Die Inselnamen Skull und Victim und die Bezeichnung Massacre Bay (wo ein hiesiger Hilfssheriff lebt) erinnern an Zusammenstöße mit den Indianern. Auf einer kleinen Insel näher bei Folly und genau um die Zeit, als du geboren wurdest, eröffnete in einer abgelegenen Bucht ein Drogenschmuggler sein Geschäft, nur um sechs Monate später festzustellen, dass es dort im Sommer von Touristen wimmelte, denen sein Unternehmen natürlich nicht verborgen blieb. Die Insel wurde konfisziert und ist jetzt ein Naturschutzgebiet, das passenderweise Justice Island heißt. Auf der Insel San Juan hier in der Nähe hatten wir sogar einen internationalen Zwischenfall: Der sogenannte Schweinekrieg begann, weil ein englisches Schwein in das Kartoffelfeld eines amerikanischen Farmers entlaufen und erschossen worden war. Das war 1859, als die USA und England sich um die Grenzen stritten und beide die Insel haben wollten. Wegen eines Schweines haben wir beinahe einen Krieg angefangen, kaum zu glauben.

Also, wie gefällt dir die schöne, friedliche neue Nachbarschaft deiner Großmutter?

Alles Liebe

Oma

Kapitel 17

Die Waffe war, wie der Mann dahinter, riesig, reglos und Furcht erregend: die albtraumhafte Phase in diesem Traum. «Lassen Sie die Waffe fallen!», herrschte der Mann Rae an.

«Wa...?» Rae blickte auf ihre linke Hand hinunter und sah, dass sie mit ihrem Revolver aus dem Zelt gekommen war. «Er ist nicht geladen», sagte sie zu dem Mann in der hellbraunen Uniform und hielt ihn möglichst weit von sich weg, als wolle sie sogar seine Existenz bestreiten.

«Legen Sie ihn auf den Boden, Ms. Newborn. Sofort.»

Rae wollte gehorchen, zögerte dann aber. «Hätten Sie etwas dagegen, wenn ich ihn stattdessen auf den Tisch lege? Sand schadet dem Mechanismus.»

Von Rechts wegen hätte der Mann sie anbrüllen müssen, sie solle seinem Befehl sofort Folge leisten. Stattdessen nickte der Eindringling, nachdem er selbst kurz gezögert hatte; auf gewisse Weise war das noch einschüchternder als Gebrüll. «Dann auf den Tisch. Bewegen Sie sich langsam. Treten Sie jetzt vom Tisch zurück und strecken Sie die Hände seitwärts aus. Gut, drehen Sie sich jetzt um.»

Hinter Raes Rücken näherten sich Schritte, und sie wappnete sich gegen den unvermeidlichen Angstanfall, aber die Hände des Mannes, die sie abklopften, waren rasch und überraschend sanft. «Okay», sagte er, was sie als Erlaubnis auffasste, sich umzudrehen. Rae beobachtete, wie der Mann sich mit der Pistole in der Hand zum Kochtisch zurückzog, allerdings zeigte sie jetzt auf den Boden zwischen ihnen. Er nahm Raes Revolver auf, drehte die Trommel, um zu prüfen, ob sie wirklich leer war, betrachtete die Waffe genauer und legte sie wieder hin.

«Schöne Waffe», sagte er. Seine schroffe Stimme gab seine Gedanken nicht preis; er konnte ebenso gut eine Festnahme wie eine Einladung zum Tee im Sinn haben. «Sieht antik aus.»

«Sie hat meinem Großvater gehört», erklärte Rae. Sie fühlte sich zwar so, als sei sie wach, aber dieses Gespräch trug nicht gerade dazu bei, sie von diesem Zustand zu überzeugen. «Ich wollte ... ihn gestern Abend reinigen und bin eingeschlafen. Tut mir Leid, dass ich damit rumgefuchtelt habe, als ich rauskam, ich hatte vergessen, dass ich ihn noch in der Hand hatte.» In der wirklichen Welt hätte der Uniformierte sie jetzt nach ihrem Waffenschein gefragt und den Revolver konfisziert, falls sie keinen hatte. Aber er fragte nicht nach Scheinen. Stattdessen musterte er Rae ein Weilchen und deutete dann über die Lichtung auf ihren Arbeitstisch.

«Der Tisch da ist neu. Haben Sie ihn gebaut?»

«Ja, letzte Woche. Ich brauchte etwas, worauf ich arbeiten kann.» Hatte sie irgendein mysteriöses Gesetz auf den San Juans gebrochen? Brauchte sie zum Treibholzsammeln eine Erlaubnis, so wie sie für das Muschelsammeln eine brauchte?

«Ganz schön ausgefallener Arbeitstisch. Sieht da aber gut aus. Ich nehme an, dass Sie Rae Newborn sind?»

Der Sheriff betrachtete die hoch gewachsene, kräftig gebaute Frau, die ein bisschen älter war als er selbst, er sah die Linien großer Anstrengung um ihren großzügigen Mund und den runden roten Fleck auf der Wange, der die gleichen Ausmaße hatte wie ihr Manschettenknopf. Er sah Intelligenz und Tapferkeit, trotz der Umstände des Tages und trotz ihrer Vergangenheit, über die er nur bruchstückhaft informiert war. Sie sah ihn unverwandt an.

«Ja, ich bin Rae Newborn.»

Der stattliche Mann schien eine Entscheidung zu fällen. Er ließ seine wesentlich schlankere, flachere Waffe in ihr Holster rutschen und klickte den Riemen darüber fest. «Ich bin Jerry Carmichael, der Sheriff von San Juan County. Willkommen auf den San Juans.»

«Danke», brachte Rae hervor.

«Das hier ist Nicola Walls», erklärte Carmichael daraufhin und trat einen Schritt zurück, um den Blick auf die Frau und das Kind freizugeben, die jetzt nebeneinander standen, blasser denn je und offenbar etwas unsicher, weil sie mit einer Waffe begrüßt worden waren. Das Kind drückte sein Gesicht in die Taille der Mutter, und sie hatte ihm zum Schutz den rechten Arm um die Schultern gelegt. «Nikki arbeitet als Ranger bei der Naturschutzbehörde», fügte der Sheriff hinzu.

Nicht die Ehefrau; vielleicht die Freundin, trotz des Altersunterschiedes – die Frau war Anfang dreißig und er Ende vierzig.

«Morgen», sagte Rae zu Nikki Walls. Das Kind lugte mit einem Auge hinter der Jacke der Mutter hervor. Nikki beugte sich zu dem Jungen hinunter, um ihm etwas zu sagen, und nach einer Weile nickte er und ließ sich, an die Hand der Mutter geklammert, vorwärts führen. Er schien etwa fünf Jahre alt zu sein, allerdings klein für sein Alter, und Rae wappnete sich schon gegen den Augenblick, in dem er die Frau zum ersten Mal «Mommy» nennen würde. Als die beiden sich zum Zeltplatz vorgearbeitet hatten, entwand Nikki dem Jungen ihre Hand und streckte sie Rae hin. Sie war warm und leicht klebrig, nicht viel größer als eine Kinderhand, und Rae musste gegen den Drang ankämpfen, sich diese taktile Erinnerung an Kindlichkeit von der Haut zu wischen. Ihr Verstand gab den Versuch auf, ihr weiszumachen, dass es sich hier um eine sehr komplexe Halluzination handelte: Die Berührung von Nikkis Hand, die ihr Sohn angewärmt hatte, war wirklich.

«Rae Newborn», zwang sie sich zu sagen.

«Ich weiß», antwortete Nikki überraschenderweise. «Als Jerry mir erzählt hat, dass er hier rausfahren wollte, hab ich ihn gefragt, ob ich mitkommen könnte, um Sie kennen zu lernen.»

Du lieber Himmel, dachte Rae, wer hätte gedacht, dass es hier draußen Liebhaber der Kunsttischlerei gab?

«Das hier ist mein Sohn Caleb», fuhr die junge Frau fort. «Caleb, sag Ms. Newborn guten Tag.»

Der Junge hatte seine Hand in den Saum von Nikkis Jacke gekrallt und das Gesicht abgewandt.

«Freut mich, dich kennenzulernen, Caleb», sagte Rae zu seiner Schläfe.

Mutter und Kind waren ungewöhnlich schön, aber nicht nach konventionellen Maßstäben. Sie besaßen die Schönheit von Giraffen, die eine Ebene überqueren, oder von Flamingos, die durch einen Sumpf waten, oder von Außerirdischen in einer anderen Welt: Menschliche Kriterien für Schönheit erschienen irgendwie unangemessen. Die Jeans, die beide trugen, und die roten, kniehohen Stiefel des Kindes sahen so unpassend aus wie Mützen auf den Köpfen von zwei jungen Katzen. Die beiden waren für gewöhnliche Sterbliche zu ätherisch, mit blassroten Locken, zarten Gliedern und weißer, sommersprossiger Haut: wie Wesen aus einem irischen Märchen vielleicht, Waldnymphen und Kobolde. Das dichte Kraushaar des Kindes stand in fingerlangen roten Dreadlocks vom Kopf ab; die Haare der Mutter lagen zu Gretchenzöpfen geflochten am Kopf an und waren hinten zu einem gut sitzenden Knoten zusammengefasst, wahrscheinlich die einzige Möglichkeit, die Locken zu bändigen. Trotz des verstörenden Händeschüttelns verspürte Rae ein vages Verlangen, die beiden zu berühren, um sich zu vergewissern, dass sie leibhaftig vor ihr standen und nicht Überbleibsel aus ihrem unruhigen Schlaf waren. Sie ertappte sich bei diesem Impuls und riss sich zusammen.

«Kaffee», bemerkte sie und machte sich an die Zubereitung.

«Ich muss mich dafür entschuldigen, dass ich Sie so früh gestört habe, Ms. Newborn», sagte der Sheriff. «Ed De la Torre hat Nikki erzählt, dass Sie normalerweise mit der Sonne auf sind, daher haben wir gedacht, es wäre in Ordnung. Obwohl die Sonne noch gar nicht richtig auf ist.»

«Das macht nichts. Ich bin normalerweise im Morgengrauen wach, aber ich hatte eine etwas unruhige Nacht und habe anscheinend verschlafen. Ich wäre ohnehin aufgewacht, wenn die

Blauhäher angefangen hätten, also machen Sie sich keine Gedanken.»

Das distanzierte, unwirkliche Gefühl hielt an; Kaffee würde helfen, sagte Rae sich. Starker Kaffee. Sie schüttete noch einen großen Löffel Pulver in die Kanne. Und Essen. Gab es in ihrer Speisekammer etwas zu essen? Sonntags waren ihre frischen Lebensmittel normalerweise verspeist, allerdings hatte sie noch fünf Eier und reichlich Butter.

«Haben Sie schon gefrühstückt?», fragte Rae ihre Gäste, die den Grund ihres Besuches noch nicht genannt hatten.

«Wir haben ein Picknick mitgebracht», erwiderte Sheriff Carmichael, was Rae erleichterte, aber auch noch mehr verwirrte. War es auf den San Juans üblich, einfach bei anderen Leuten hereinzuschneien und das Essen mitzubringen? Etwas über die Gewohnheiten ihrer neuen Umgebung zu erfahren war nicht Teil von Raes Planung gewesen.

«Caleb», sagte der Sheriff, «erinnerst du dich, wo du die große Tüte hingestellt hast?» Der Junge nickte. «Meinst du, dass du sie ganz allein aus dem Boot holen und herbringen kannst?»

Bevor Nikki protestieren konnte, flitzte ihr Sohn den Abhang hinunter und auf die Landzunge. Alle drei Erwachsenen schauten zu, wie die kleine Gestalt über den schwimmenden Anlegesteg rannte und über die Bordwand in die Barkasse des Sheriffs hineinkletterte. Ein Nebelfetzen drohte, den Jungen samt Boot und allem verschwinden zu lassen, in die Unterwelt, aus der er gekommen war, aber nach kurzer Zeit tauchte der leuchtende Kopf wieder an Deck auf, über einer Tüte, die so groß war, dass die Kinderarme sie kaum umfassen konnten. Rae sah, warum die Mutter Bedenken hatte. Caleb schob sich an die hohe Bordwand heran und schaute auf den Steg unten hinunter. Das Boot bewegte sich, auch der Steg lag nicht ruhig; die Tüte war groß, der Junge klein. Nikki holte Luft, um Anweisungen zu rufen, aber der Sheriff sprach leise auf sie ein.

«Mal sehen, ob er das hinkriegt», sagte er. Rae überlegte, welche Untertöne dieser sanfte Befehl hatte, der sich nach einer langen, engen Verbindung anhörte. Es war nicht ganz der Ton eines älteren Bruders, der seine Schwester herumkommandierte, auch nicht der eines Ehemannes. Am ehesten ließen die beiden sich vielleicht als geschiedenes Paar einordnen, das sich sehr nah geblieben war, oder als Onkel und Nichte, und der Onkel hatte seiner Nichte geholfen, erwachsen zu werden und tat jetzt das Gleiche für ihren Sohn.

«Er lässt die Tüte bestimmt ins Wasser fallen», protestierte Nikki, obwohl Rae nicht glaubte, dass es die Tüte war, um die die junge Frau sich sorgte.

«Dann essen wir eben aufgeweichte Croissants.»

Jetzt war Rae an der Reihe, ihren Protest zu unterdrücken. Frische Croissants, im Wasser?

Aber jetzt hatte der Junge die Lösung. Er setzte die Tüte auf den Bootsrand, streckte sich, um sie ganz oben zu fassen, und ließ sie auf die Holzplanken hinunterschaukeln. Die Tüte baumelte gefährlich in der Luft, und Rae machte sich auf das Platschen gefasst, aber Caleb erkannte die Gefahr, und indem er sich weiter über die Bordwand neigte, schwang er die Tüte sicher von der Lücke fort und ließ sie los. Dann kletterte er aus dem Boot, hob ihr Frühstück auf und marschierte stolz über den Steg und die felsige Landzunge zu den wartenden Erwachsenen.

Rae drückte den Filter in die Kaffeekanne und war sich bewusst, dass sie, wenn sie es vor zwei Jahren mit einem schüchternen Kind zu tun gehabt hätte, ihm vorgeschlagen hätte, den Filter für sie herunterzudrücken. Jetzt machte sie keinen Versuch, Caleb aus sich herauszulocken. Als sie den anderen Stuhl geholt und Teller verteilt hatte, fragte sie Nikki, was ihr Sohn trinken wolle, statt das Kind selbst anzusprechen. Tatsächlich redete sie meistens mit dem Sheriff und umging die beiden glühenden Köpfe nach Möglichkeit.

«Leben Sie sich gut ein?», fragte der Sheriff sie.

«Ich glaube schon.» «Einleben» war zwar für die letzten achtzehn Stunden nicht das richtige Wort, aber die Vorstellung, eine ausführliche Erklärung abzugeben, war allzu erschreckend. Rae schenkte ihm ein künstlich breites Lächeln. «Ich habe eine Weile gebraucht, um mich an die nächtlichen Geräusche zu gewöhnen, aber allmählich kann ich die Waschbären und die Hirsche und die Mäuse voneinander unterscheiden, und sie halten mich jetzt nicht mehr wach.» Eine freche Lüge, aber das konnte er nicht wissen. Oder doch? Die ruhigen braunen Augen in dem sonnenverbrannten Gesicht schienen eine ganze Menge zu sehen. «Kaffee?»

Die Croissants waren wunderbar, außen knusprig und innen weich. Außerdem gab es drei Sorten Muffins, eine große Plastikdose voll Obstsalat, ein paar Becher mit Fruchtjoghurt und eine weitere Plastikdose mit noch warmen, würzigen kleinen Würstchen. Als es an der Zeit war, Verpackungen ins Feuer zu werfen und die Becher auszuspülen, stellte Rae fest, dass sie drei Croissants sowie ein halbes Dutzend Würstchen und ein Heidelbeermuffin von der Größe eines Softballs verzehrt hatte. Das Essen und ihr Anteil von zwei Bechern Kaffee hatten bewirkt, dass ihre Augen jetzt endgültig weit offen waren.

Außerdem wurde ihr klar, dass der Sheriff ihr, während sie all das Essen verschlungen hatte, ohne dass es ihr aufgefallen war, einige geschickte Fragen gestellt hatte. Er schien mehr über sie und ihre Familie zu wissen, als sie für nötig hielt, vor allem im Beisein der rothaarigen Frau und ihres Sohnes. Rae goss dampfendes Wasser über die Becher und Messer in der Spülschüssel, stellte den Kessel wieder aufs Feuer und setzte sich, um die Sache mit dem Sheriff zu klären.

«Sagen Sie mal, ist das normal, dass Sie rausfahren und mit Neuankömmlingen auf den Inseln das Brot brechen?»

Sheriff Carmichael drehte sich auf seinem Stuhl ein wenig um. «Nikki? Vielleicht könntest du mit Caleb …»

Nikki stand widerstrebend auf und wandte sich an ihren Sohn. «Caleb, lass uns runtergehen und mal sehen, wie viele Krebse wir an Ms. Newborns Strand zählen können.»

Der Sheriff ließ den Blick kurz auf den abziehenden Gestalten ruhen, und als sie außer Hörweite waren, holte er ein Blatt Papier aus der Brusttasche seines Hemdes. Er faltete es auseinander und reichte es Rae.

«Kommt Ihnen dieser Mann bekannt vor?»

Es war ein gefaxtes Foto von einem Mann mit eckigem Kiefer, breitem Nacken und kurzgeschorenem blondem Haar, der mit leicht hochgezogener Oberlippe in die Kamera starrte.

«Er sieht aus wie ein Nazi», sagte Rae.

«Das habe ich auch gedacht. Aber kennen Sie ihn?»

«Ich habe ihn noch nie gesehen. Ist das wieder ein Verbrecherfoto von Sheriff Escobar? Das hier ähnelt meiner Beschreibung noch weniger als das erste, das Ihr Stellvertreter mir in meiner ersten Woche hier herausgebracht hat.»

«Escobar hat gesagt, er glaube nicht, dass das der Kerl sei, aber er hat mich gebeten, es dennoch herzubringen, falls Sie etwas damit anfangen können.»

«Ich verstehe. Nein, dieser Kerl war es nicht.» Rae sah auf. «Er hat Ihnen erzählt, dass ich …»

«Dass Sie überfallen wurden, ja. Den groben Hergang, nicht die Einzelheiten.»

«Der hier war nicht dabei. Einer war blond, aber dunkler als dieser. Und sein Hals war nicht so dick. Dieser Typ sieht aus wie ein Gewichtheber.» Wenn sie von diesem stämmigen Nazi angegriffen worden wäre, dachte Rae, wäre sie wohl nicht hier, um sich ein Foto von ihm anzuschauen. Sie gab das Foto zurück, und Carmichael ließ es ins Feuer fallen.

«Es war reine Spekulation. Sie haben ihn bei einem ähnlichen Überfall festgenommen; Escobar dachte, es wäre den Versuch wert.»

«Tut mir Leid.»

«Er meinte noch, ich sollte Ihnen sagen, dass sie weiter daran arbeiten.»

«Das sehe ich.» Wahrscheinlich der Hauptgrund, warum er Carmichael hier herausgeschickt hat – um mich wissen zu lassen, dass er hart arbeitet, dachte Rae.

«Wollen Sie mir erzählen, was hier draußen vor sich geht?», fragte Carmichael, ohne seine Stimme und seinen Gesichtsausdruck zu verändern. Rae nahm an, dass er von dem Verbrecherfoto sprach.

«Sie sagten, er hätte Ihnen von ...»

«Ich meine hier, auf Folly. Offensichtlich haben Sie eine schlechte Nacht gehabt, Sie sind mit einer Waffe in der Hand eingeschlafen, und Sie sind so schreckhaft wie nur irgendwas. Schließlich bin ich hier der Sheriff. Wenn Sie ein Problem haben, wüsste ich gerne davon.» Und wenn sie durchdrehte und anfing, auf nächtliche Geräusche zu schießen, musste er das auch wissen, dachte Rae. Trotzdem war es nett von ihm, es so zu formulieren, als sorge er sich um sie und nicht wegen ihrer möglichen Handlungen. Und wer konnte das wissen – vielleicht stimmte es sogar.

Doch wo sollte sie anfangen?

«Bevor Sie anfangen», sagte der Sheriff, «sollten Sie wissen, dass Ihr Sheriff mir einen Teil der Vorgeschichte erzählt hat. Ich weiß, dass Sie einen schweren Unfall hatten und Ihre Familie verloren haben, dass Sie einige Zeit im Krankenhaus waren und dass dann, kaum dass Sie wieder draußen waren, zwei Männer Sie überfallen haben. Die nächsten elf Monate haben Sie in einer psychiatrischen Klinik verbracht. Escobar hat mir das erzählt, weil ich es wissen musste, aber vielleicht sollte ich klar machen, dass dieser Klinikaufenthalt seiner Meinung nach nichts Ungewöhnliches war, wenn man bedenkt, was Sie mitgemacht haben. Er freut sich, dass es Ihnen jetzt besser geht.

Ich erzähle Ihnen das alles, um Ihnen klar zu machen, dass keiner von uns Ihnen einen Vorwurf macht. Ich bin mit einem Vetter zusammen aufgewachsen, der als Jugendlicher Schizophrenie bekommen hat, ich habe daher hautnah miterlebt, mit welchem Stigma Geisteskrankheit behaftet ist. Damit hat es also nichts zu tun. Aber jetzt – bitte, was ist hier los, was Ihnen so zu schaffen macht?»

Rae musste aufstehen und sich abwenden, sonst wäre sie in Tränen ausgebrochen. Aber auch so füllten ihre Augen sich und der Busch in ihrem Blickfeld schwankte, doch sie konnte wenigstens mit ruhiger Stimme sprechen.

«Ich habe ab und zu … ja, Halluzinationen. Ich höre Geflüster, rieche etwas, was nicht da ist. Wenn ich Medikamente nehme, geht das weg, aber ich fühle mich dann so scheußlich, dass ich lieber mal eine Stimme höre, als mich mit Drogen zu betäuben. Es ist einfach …» Rae hielt inne, holte tief Luft und fuhr fort. «Gestern war ich oben bei der Quelle, und ich dachte, ich hätte etwas gesehen, das wie ein Fußabdruck aussieht. Im Schlamm neben dem Becken. Es stammte nicht von mir.»

«Wie Robinson Crusoe, was? Nur dass es Ihnen lieber wäre, wenn Freitag auf seiner eigenen Insel bliebe und Ihre in Frieden ließe.»

«Ich weiß, dass es wahrscheinlich gar kein Fußabdruck war. Gestern habe ich gedacht, es sieht aus wie eine von diesen Profilsohlen an einem Wanderstiefel, aber eben nur eine kleine Ecke davon, und wenn ich darüber nachdenke, könnte der Abdruck genauso gut von einem Hirsch stammen. Ich … ich wusste einfach nicht mehr weiter, das ist alles.»

Ein Holzstuhl knarrte.

«Lassen Sie uns gehen», sagte der Sheriff.

Rae war so erschrocken, dass sie das Gesicht hob, ohne an die Tränenspuren zu denken.

«Warum?»

«Warum?», wiederholte er. «Weil ich der Sheriff von San Juan

County bin, und wenn jemand ein ausgewiesenes Naturschutzgebiet betritt, sollte ich das wissen.»

Rae blinzelte zu ihm auf. «Sagen Sie – setzen Sie sich auch an die Straße und warten darauf, dass Leute Müll wegwerfen?»

Seine etwas düsteren Gesichtszüge entspannten sich einen Augenblick. «Nur im Winter, wenn ich mich wirklich langweile.» Er drehte sich halb um und rief über die Schulter: «Nikki, kann ich dich und Caleb eine Weile hier allein lassen? Ms. Newborn möchte mir etwas zeigen.»

«Klar», rief Nikki zurück. Calebs Jeans lagen zusammengefaltet auf einem Stück Treibholz, während er in der Bucht herumwatete, wobei das schwappende Wasser den oberen Rand seiner Stiefel nur um Haaresbreite verfehlte. Der kleine Körper war so weit vornübergebeugt, dass die Nase fast die eisige Wasseroberfläche berührte.

«Führen Sie mich», sagte der Sheriff.

Rae zögerte und ging dann vor ihm her den Berg hinauf, doch das Geräusch seiner Stiefel dicht an ihren Fersen war für ihre Nerven zu viel. Sie trat zur Seite und deutete den Hang hinauf.

«Gehen Sie vor. Der Weg ist ziemlich deutlich zu sehen.»

Jetzt zögerte der Sheriff, allerdings nur kurz. Rae trottete hinter ihm her, und ihr ging auf, dass Gesetzeshüter wahrscheinlich ihre Gründe dafür hatten, dass sie Fremden nicht den Rücken zukehren wollten.

Der Pfad war schmal, und Carmichael legte ein rasches Tempo vor, daher sprachen sie auf dem Weg nach oben wenig. Auf halber Höhe bekam die Sonne mehr Kraft, und Rae zog ihre Jacke aus und hängte sie an einen Ast, um sie auf dem Rückweg wieder mitzunehmen. Kurz darauf wünschte sie, sie hätte auch ihre langen Ärmel zurückgelassen. Als sie zum unteren Becken kamen, kniete sie sich hin, um sich Wasser ins Gesicht zu spritzen und sich mit nassen Fingern durchs Haar zu fahren. Der Sheriff stand einen langen Moment neben ihr und betrachtete die Aussicht, die von

Ästen eingerahmt, aber deswegen nicht weniger atemberaubend war. Die Felsen im Wasser vor der Insel sorgten für viel weiße Gischt, und Bojen kennzeichneten verborgene Gefahren. Auf Rae wirkte diese Stelle mehr wie das wilde Meer vor Big Sur als wie die ruhigen, freundlichen Küsten der San Juans.

«Schade, dass Ihr Verwandter sein Haus nicht hier oben hingebaut hat», sagte der Sheriff. «Großartige Aussicht.»

«Aber ein bisschen weit, um Lebensmittel hochzuschleppen», entgegnete Rae und ging zum höher gelegenen Becken hinauf. «Hier drüben war es.»

Die Farnwedel hatten sich eine Spur weiter entrollt, das Moos war noch genauso grün, das Eindringen zweier Menschen schien die stille Luft zu erschüttern, und der Stiefelabdruck war noch da.

Wenn es ein Stiefelabdruck war. Über Nacht war der Boden noch weicher geworden; wenn der Abdruck am Vortag so ausgesehen hätte wie an diesem Morgen, hätte Rae ihn vielleicht nicht einmal bemerkt. Das teilte sie dem Sheriff mit.

Er hatte sich über die Kerbe gebeugt, so konzentriert, wie der kleine Caleb sein Unterwassergetier beobachtet hatte. Nach ein paar Minuten erhob Carmichael sich, wischte sich die Hände ab und stellte den eigenen Stiefel ein Stückchen neben den Abdruck. Er wippte ein paar Mal auf und ab und trat dann einen Schritt zurück. Jetzt schauten sie beide forschend auf den Boden.

«Es könnte eine Vibramsohle sein, wie meine», sagte er schließlich, «aber Sie haben Recht, es könnten auch eine ganze Reihe anderer Sachen sein.» Der Abdruck, den sein Stiefel im weichen Moos hinterlassen hatte, war der Spur, die Rae am gestrigen Nachmittag gesehen hatte, beklemmend ähnlich. Aber schließlich würden ein Schlag mit einem Holzhammer oder ein scharrender Huf oder etwas, das aus großer Höhe herunterfiel, oder …

«Ich fürchte, wir kriegen das heute nicht raus», sagte Carmichael bedauernd. «Wenn Sommer wäre, würde ich vermuten, dass jemand Ihre Insel unbefugt betreten hat, aber zu dieser Jahreszeit ist das nicht so wahrscheinlich. Und seit den Osterferien, als wir den letzten großen Touristenschwarm hier hatten, hat es geregnet. Außerdem waren Sie den größten Teil der Ferien schon auf der Insel; Sie hätten es bemerkt, wenn jemand über Ihren Zeltplatz spaziert wäre.»

«Wenn jemand von der anderen Seite der Insel gekommen wäre, hätte ich ihn nicht gesehen», gab Rae zu bedenken.

«Der hätte aber ganz schön zielstrebig sein müssen.»

«Warum?»

Carmichael sah sie verwundert an. «Haben Sie denn Ihre Küste noch nicht gesehen?»

«Zum Teil schon, zwischen der Bucht und hier, und von weitem auch die andere Seite, als ich vor fünf Jahren hier war. Wie ich Ed verstanden habe, kommt man mit dem Boot schwer durch die Strömungen hindurch.»

«Die Untertreibung ist typisch für Ed De la Torre. Die kleine Bucht, wo Sie Ihr Lager aufgeschlagen haben, ist der einzige Strand auf der ganzen Insel, und direkt vor der Landzunge ist der einzige wirklich sichere Ankerplatz. Sonst haben Sie entweder Klippen, die bis ins Meer hinunterreichen, oder Riffs wie Haifischzähne. Und dazu sitzen Sie mitten in den schlimmsten Strömungen der San Juans, wo der Speiden Channel auf die Haro Strait stößt. Kabbelungen, Strudel, was Sie wollen. Man müsste eine Kreuzung zwischen Kapitän Ahab und einer Bergziege sein, um Folly auf einem anderen Weg als durch Ihren Vorgarten zu besteigen. Ich weiß das – ich fahre schon mein ganzes Leben lang zwischen den Inseln herum, und ich kenne nur zwei Idioten, die das einmal einer Wette wegen versucht haben, und einer von den beiden hat dabei sein Boot verloren.»

«Das war mir nicht klar. Es ist beruhigend zu wissen, dass ich nicht ständig Leute von meinem Grundstück runterwerfen muss.»

«Stellen Sie ein großes neues Schild mit ‹Betreten verboten› auf, mit einem Bild von einer Schrotflinte drauf, dann werden Sie kaum Schwierigkeiten kriegen. Wissen Sie was, Sie sollten mit Nikki darüber sprechen. Eigentlich ist es ja ihr Job, sich darum zu kümmern, dass ein Vogelschutzgebiet nicht von Unbefugten betreten wird.» Er warf einen letzten Blick über das Wasser und machte sich dann auf den Rückweg zum Lagerplatz. Rae wollte ihm folgen, drehte sich aber noch einmal um, um niederzuknien und Wasser auf das zweifach eingedrückte Moos zu schöpfen.

Den Berg hinab ging Carmichael langsamer, blieb stehen, um Raes Arbeit an der Wasserleitung zu betrachten, und stellte kluge Fragen zur ursprünglichen Konstruktion. Als sie an eine Biegung kamen, hob Rae ein Stückchen von der alten Zedernrinne auf und reichte es ihm. Er drehte es in seinen großen Händen, während seine Finger die Form ertasteten, und lauschte ihren Schlussfolgerungen, wie das Eingraben der Leitung ihren Verlauf verändern würde.

«Da haben Sie sich ganz schön was vorgenommen», war sein einziger Kommentar.

«Sie wollen doch nicht sagen, dass das für eine Frau zu viel ist?»

«Das würde ich mir nie träumen lassen, selbst wenn einige Zeichen dafür sprächen, dass es stimmt, was ich aber nicht sehen kann. Im Gegenteil, ich habe die Erfahrung gemacht, dass Frauen, wenn sie sich auf eine Sache wie diese einlassen, weniger Probleme kriegen als Männer, weil ihre Erwartungen realistischer sind. Und Sie haben ja offenbar Erfahrung.» Er warf das Stückchen Holz ins Gebüsch und ging weiter bergab.

Sein letzter Satz hatte sich fast wie eine Frage angehört, daher gab Rae ihm eine Antwort.

«Ich habe im Laufe der Jahre einiges an handwerklichen Arbeiten verrichtet – alles außer elektrische Leitungen verlegt. Strom macht mich nervös. Als junge Frau habe ich ein paar Sommer mit Bauarbeitern zusammengearbeitet, die Holzhäuser im Rohbau aufgestellt haben. Von Beruf bin ich Tischlerin.»

«Ich weiß. Einer meiner Hilfssheriffs kannte Ihren Namen.» Es wäre zu viel verlangt gewesen, nahm Rae an, dass der Chef selbst von ihrem Ruf wusste. Unbeirrt fuhr der Sheriff fort: «Vielleicht sollten Sie das ‹Betreten verboten›-Schild ziemlich bald aufstellen, es sei denn, Sie wollen, dass Ihre Nachbarn sich draußen vor Ihrer Bucht versammeln. Es ist erstaunlich, dass sie so lange weggeblieben sind.»

«Ach, ich glaube, so bekannt bin ich nun auch wieder nicht», protestierte Rae.

Carmichael blieb stehen und drehte sich nach ihr um. «Hier? Sie machen wohl Witze. Sie sind eine lokale Berühmtheit.»

Erstaunt sah Rae ihn an, aber bevor sie sich etwas darauf einbilden und auf den Gedanken kommen konnte, sie sei in einer Gemeinde aus lauter Kennern des Tischlerhandwerks gelandet, kam der Dämpfer: «Hier auf den Inseln weiß jeder, dass eine Frau hergekommen ist, um Folly wieder aufzubauen.»

Zu ihrer beider Überraschung musste Rae lachen. «Wollte Nikki mich deswegen kennen lernen?»

«Na klar. Obwohl sie auch Ihre Arbeit kennt.»

Das war immerhin etwas. «Wer ist Nikki?», fragte Rae.

«Nikki ist Ranger, Naturschutzwartin, hatte ich das nicht gesagt? Ach, Sie meinen, in welchem Verhältnis sie zu mir steht?» Carmichael wandte sich wieder dem Pfad zu und sprach über die Schulter weiter. «Sie ist eine Freundin, allerdings auch eine entfernte angeheiratete Cousine. Die meisten von uns Insulanern, die nicht neu hinzugekommen sind, sind irgendwie miteinander verwandt. Nikki ist die jüngere Schwester der Exfrau meines älteren Bruders. Sie ist allein erziehende Mutter – hat einen Typ geheiratet, der sich dann als gewalttätig entpuppte, ist bei ihm geblieben, bis er Caleb geschlagen hat, und da ist sie hierher zurückgekommen. Es geht ihnen jetzt gut, aber es ist schwer für eine Frau, allein einen Jungen zu erziehen, deswegen nehme ich sie und Caleb manchmal mit. Ein Junge braucht einen Mann in seinem

Leben, scheint mir. Nikki – na, Sie haben das eben bei der Sache mit dem Boot gesehen, sie behütet ihn manchmal ein bisschen zu sehr.»

Rae fand nicht, dass die junge Frau ihrem Sohn gegenüber eine zu ausgeprägte Beschützerhaltung eingenommen hatte. Auch war sie nicht davon überzeugt, dass das Interesse des Sheriffs an dem rothaarigen Paar so onkelhaft war, wie er es darstellte.

«Übrigens, das mit der Schrotflinte war ein Scherz», wechselte Carmichael das Thema. «Nicht das mit der Zeichnung davon – eine kleine Drohung kann ja nicht schaden –, aber es wäre mir gar nicht lieb, wenn Sie eine benutzen würden. Oder auch nur den hübschen Revolver, den Sie da haben. Haben Sie schon mal daran gedacht, sich ein Handy anzuschaffen?»

«Ich glaube nicht, dass die hier funktionieren, jedenfalls nicht an der Bucht.»

«Die Satellitendinger schon. Sie sind sauteuer, aber …»

«Nein.»

«Okay. Und ein Funkgerät?»

«Ich hab mir gedacht, ich will es eine Weile ohne probieren», erklärte Rae.

«Dann beschaffen Sie sich wenigstens eine Leuchtpistole. Die können Sie dann, falls Sie Probleme bekommen, abfeuern. Falls das von uns keiner sieht, sehen es Ihre Nachbarn, besonders wenn es dunkel ist. Nicht so gut wie ein Funkgerät, auf keinen Fall, aber besser als gar nichts. Ed könnte in Friday Harbor eine für Sie besorgen. Achten Sie nur darauf, dass Sie übers Wasser schießen, damit Sie Ihre Insel nicht in Brand stecken. Und, äh, versuchen Sie, die Pistole nur zu benutzen, wenn Sie sich wirklich sicher sind. Dass Sie bedroht werden, verstehen Sie?»

Rae lächelte schief, weil sie aus seinen Worten Anklänge an seine Unterhaltung mit Escobar heraushörte. «Sie meinen, ich soll nicht gleich die Polizei holen, wenn es nachts poltert?»

Etwas in ihrer Stimme veranlasste den Sheriff, sich ganz zu ihr umzudrehen und sie direkt anzuschauen. «Ms. Newborn, Sie standen unter furchtbarer innerer Anspannung, als Sie Fehlalarm gaben. Ich fände die Vorstellung schlimm, dass Sie einen Hilferuf aufschieben, bloß weil Sie Angst haben, sich lächerlich zu machen. Wenn man manchmal etwas hört, was nicht da ist, heißt das noch längst nicht, dass da *nie* etwas ist – gerade Sie sollten das wissen. Ich vermute sogar, dass das ein Grund ist, warum Sie hier sind: um nämlich zu beweisen, dass Sie das unterscheiden können. Beweisen Sie es vor allem sich selbst.»

Er sah ihr für einen langen Moment in die Augen, bevor er trittsicher weiter den Hügel hinunterstieg und Rae für einen Augenblick mit offenem Mund stehen ließ. Jerry Carmichael wäre ein ungeheuer tüchtiger Psychiater geworden, wenn er sich entschieden hätte, im Bereich des menschlichen Geistes für Ordnung zu sorgen statt im Bereich der Handlungen.

Den restlichen Weg legten sie schweigend zurück. Am Rand der Lichtung blieb Carmichael stehen, um die aufragenden Türme zu bewundern, während Rae um das Zelt herum zum Kochplatz weiterging. Caleb saß mit baumelnden Beinen im Segeltuchsessel und wühlte in der weißen Papiertüte mit den Backwaren. Nikki stand mit dem Rücken zu ihnen über den Kochtisch gebeugt.

«Suchen Sie was?», fragte Rae.

Die junge Frau zuckte zusammen, als wäre sie gestochen worden, ließ die Plastikdose mit Küchenutensilien fallen und wirbelte mit der Hand auf dem Herzen herum.

«Haben Sie mich aber erschreckt!»

«Brauchen Sie etwas?»

«Ich hab einfach gedacht, ich wollte die Messer und die Sachen wegräumen, die wir benutzt haben, aber anscheinend gehören sie hier nicht rein.»

«Nein. Die Bestecke sind in der anderen Dose.»

«Ach so …»

«Aber machen Sie sich nicht die Mühe, sie wegzupacken»,

sagte Rae. «In der Dose habe ich nur Dosenöffner und so was, weil die rosten. Die Bestecke sind rostfrei.»

«Okay. Wenn Sie meinen.»

Mit verdächtiger Bereitwilligkeit gab Nikki ihr Vorhaben auf und half ihrem Sohn, in der großen weißen Tüte nach Köstlichkeiten zu suchen. Ohne das diffuse Licht der Morgennebel wirkten beide greifbarer, als hätte Nikki die Feenflügel gegen ein Jeanshemd eingetauscht. Als der Sheriff um das Zelt herumkam, schaute Nikki auf und grinste.

«Das Frühstück ist schon eineinviertel Stunden her», erklärte sie. «Caleb findet, dass es Zeit für einen kleinen Brunch ist.» Sie fand einen ziemlich platten Schokoriegel und hielt ihn ihrem Sohn hin.

Die drei Erwachsenen schauten zu, wie das Kind ein enormes Stück abbiss und sein Mund in einer dunklen Schmiere verschwand.

«Magst du die Schokoladenriegel gern?», fragte Rae den Jungen. Er hatte sich an ihre Gegenwart gewöhnt und nickte heftig. «Meine …» Rae unterbrach sich. Meine Tochter mochte sie auch gerne. «So», sagte sie rasch, «ich habe eine Menge zu tun. Danke für das Frühstück – das war wirklich köstlich.»

«Nikki», sagte der Sheriff zu der früheren Schwägerin seines Bruders, «ich habe Ms. Newborn gerade gesagt, dass ihr vielleicht noch vor dem Sommer ein großes neues ‹Betreten verboten›-Schild für sie organisieren könnt. Damit die Bootsfahrer sich nicht rausreden können.»

«Gute Idee. Es wird eine Weile dauern, deswegen bringe ich es gleich diese Woche auf den Weg.»

«Und falls du eines Tages mal zufällig hier draußen bist, könntest du Ms. Newborn vielleicht um ihre Insel herum fahren und ihr die Sehenswürdigkeiten zeigen. Weil sie noch kein eigenes Boot hat.»

Rae wollte widersprechen, aber Nikki strahlte schon.

«Sehr gerne», sagte sie, fast zappelnd vor Begeisterung. «Und ich arbeite sogar morgen schon hier in der Gegend. Wäre das ein guter Tag für Sie?»

Rae schwankte. Sollte sie es hinauszögern oder hinter sich bringen? Ihr Interesse daran, die Insel in ihrer ganzen Ausdehnung zu sehen, siegte über ihre einsiedlerische Zurückhaltung. «Morgen wäre gut. Danke, das würde mich freuen.» Wobei «freuen» ein bisschen dick aufgetragen war, aber gute Manieren konnten nicht schaden. Und dann fiel ihr noch etwas ein, was sie einen Ranger fragen konnte. «Ach, Nikki? Falls Sie ein Vogelbuch haben, das Sie mir leihen könnten, wäre das schön. Ich wüsste ganz gerne, was das alles für Vögel sind, mit denen ich hier zusammenlebe.»

Nikki meinte, sie habe genau das Richtige, und sie einigten sich auf den späten Vormittag, um einerseits dem Nebel die Möglichkeit zu geben, sich aufzulösen, und andererseits aber nicht in die Ebbe am Nachmittag hineinzugeraten. Dann begleitete Rae das Trio zum Anlegesteg hinunter, wo sie wartete, während Nikki die Leinen losmachte. Das große Motorboot glitt in die sonnenbeschienene Bucht hinaus, und als es drehte, fingen sich die Sonnenstrahlen in den beiden roten Köpfen. Sie waren, das sah Rae jetzt, nicht ganz identisch: Nikkis Haar hatte die satte Farbe einer reifen Aprikose, während das Haar ihres Sohnes im Farbton von blankem Kupfer schimmerte. Das blasse Kindergesicht war Raes zurückbleibender Gestalt zugewandt, und dann hob sich eine kleine, schokoladenbraune Hand über die Bordwand und winkte energisch. Raes Hand fuhr zur Antwort in die Höhe, mit gespreizten Fingern, und rollte sich dann langsam ein, während das Motorengeräusch tiefer wurde und das Wasser hinter dem Boot zu strudeln begann.

Als die Barkasse fort war, ging Rae nachschauen, was Nikki gesucht haben mochte, aber die Dose enthielt nur solche Schätze wie Korkenzieher, Gemüseschäler und Schaschlikspieße. Der

Reißverschluss des Zeltes war mehr oder weniger an der Stelle, wo Rae ihn, soweit sie sich erinnerte, gehabt hatte, und innen wirkte alles unberührt.

Es war unwahrscheinlich, entschied Rae, dass Nikki das Zelt illegal nach Drogen oder Schusswaffen durchsucht hatte, während ihr kleiner Sohn direkt davor saß. Die junge Waldnymphe war einfach neugierig auf Follys Besitzerin. Das war alles.

Kapitel 18

Briefe von Rae an ihre Enkelin und an ihre Tochter

18. April

Liebe Petra,
danke für deinen Brief, den Ed De la Torre mir letzte Woche mitgebracht hat, zusammen mit Lebensmitteln, Leinöl für meinen Arbeitstisch und einem Laborbericht, in dem es heißt, die Testwerte für ungefähr achtzig verschiedene Substanzen in dem Wasser aus meinem Bach liegen «in akzeptablen Grenzen» (Gott sei Dank dafür). Außerdem war da ein strenger Brief von der Naturschutzbehörde, in dem stand, ja, sie nehmen an, dass ich wohl das Recht habe, dieses «verfallene Wohnhaus» wieder aufzubauen, obwohl die Insel Naturschutzgebiet ist, dass ich aber einwilligen muss, mich an diese und jene Beschränkungen zu halten. Natürlich muss ich nichts dergleichen; ich weiß das, und sie wissen das auch. Dein Ururgroßvater William hat einen Vertrag aufgesetzt, der genauso solide ist wie seine Fabriken und Bürogebäude, und er war sehr darauf bedacht, das Recht seiner Familie zu bewahren, mit ihrem Besitz alles zu tun, wozu sie Lust hatten. Die Behörde versucht nur zu bluffen, damit ich mich einverstanden erkläre. (Hat dir schon jemand Pokern beigebracht, mein Liebling? Wenn nicht, erinnere mich das nächste Mal, wenn ich dich sehe, daran.) Eigentlich bin ich nicht einmal durch den ursprünglichen Vertrag gebunden, weil die darin vorgesehenen fünfzig Jahre Überlas-

sung längst vorbei sind, aber um ehrlich zu sein, ich freue mich, dass sie die Insel weiter als Reservat nutzen. Ich bin sehr für Naturschutzgebiete (und eigentlich heißt die Insel ja auch, wie du dich erinnern wirst, Sanctuary, also Zufluchtsort oder Freistatt). Außerdem heißt das, dass die Sommertouristen kein Recht haben, meine Insel zu betreten, und unter diesen Umständen muss die Regierung das Verbot durchsetzen, nicht ich selbst. Aber wie dem auch sei, das war mein Kampf in dieser Woche.

Die Botschaft ist wohl: Sorge immer dafür, dass dir ein guter Anwalt zur Seite steht.

Alles das ist schon als Antwort auf deinen Brief gedacht, den ich mir jetzt in zwei Abschnitten vornehmen werde: dein Schulprojekt und deinen Vorschlag, mich zu besuchen.

Das Projekt klingt sehr interessant, viel interessanter als die ziemlich langweiligen Geschichtsreferate, die wir «zu meiner Zeit» (mit zittriger Greisinnenstimme gesagt) abliefern mussten. Die Geschichte eines sechzig Hektar großen Felsens enthält natürlich alles, von den Indianern über die englischen Entdecker (Cook ist vorbeigesegelt und Vancouver und alle Übrigen), die Zeit des Bürgerkriegs (eine der ersten Inseln der San Juans, die kolonisiert wurde, wenn man von den Besuchen der verschiedenen Indianerstämme absieht [die hier nicht das ganze Jahr über lebten, sondern nur fischten und Essbares sammelten], sie wurde von einer Gruppe früherer Sklaven besiedelt, die sich um 1850 die Freiheit erkauften und hierher kamen, ein weiter Weg vom Süden) und das späte neunzehnte Jahrhundert (als die Insulaner alles schmuggelten, von chinesischen Arbeitern bis zu Whiskey) bis zum frühen zwanzigsten Jahrhundert (Desmond Newborn zum Beispiel), zum Zweiten Weltkrieg (die Bunker, auch Pillendosen genannt, um nach feindlichen U-Booten Ausschau zu halten) und zum Beginn eines neuen Jahrtausends (meine Wenigkeit).

Es hört sich an, als könnte dir dieses Projekt viel Spaß machen. Wenn es dir eine Hilfe ist, würde ich gern Fotos machen oder dir eine Landkarte zeichnen, was immer du brauchst. Du hast deine Suchmaschinen und das Internet und die Bibliotheken, und ich lebe tatsächlich hier, und zusammen könnten wir ein kleines Buch schreiben. Das ist eigentlich keine schlechte Idee. Wenn du alles schön auf deinem Computer tippst, könnte ich es von einer Freundin für dich binden lassen, in Leder. Sollen wir deinen Namen in Goldprägung draufschreiben?

Es war ein lustiger Zufall, dass ich gerade dabei war, das Fundament auszugraben, als Ed deinen Brief brachte, nachdem ich mich tagelang wie ein Entdecker in einem Dschungelfilm durchs Gebüsch gekämpft hatte. Fast sofort fand ich Gegenstände im Boden – ein altes Einmachglas, ein Bündel silberne Gabeln, die größtenteils verrotteten Umschläge von einem halben Dutzend Büchern, diverse Metallklumpen. Alles Besitztümer deines Ururgroßonkels – ich komme mir vor wie eine Archäologin. Ich habe die Sachen gesäubert und beiseite gelegt, damit du sie anschauen kannst.

Und damit komme ich zum zweiten Teil meines Briefes. Petra – selbstverständlich würde ich mich sehr freuen, wenn du im Juni oder Juli ein paar Wochen herkämst, aber das ist nicht so einfach, wie wir beide uns das wünschen. Was sagen deine Eltern dazu? Wenn du mit ihnen sprichst (in deinem Brief stand nicht, ob du das schon getan hattest), gib deiner Mutter bitte diesen Brief hier zu lesen, damit sie über meine Reaktion Bescheid weiß. Außerdem lege ich noch einen Brief für sie bei.

Aber um ehrlich zu sein, meine Liebe, du solltest lange

und gut darüber nachdenken, ob eine Reise auf die Insel das ist, was du jetzt wirklich willst. Das hier ist kein Ferienlager, weißt du. Ich schlafe auf einem harten Feldbett, esse langweiliges Essen, habe eine schwere, schmutzige Arbeit und mache Überstunden. Mein Klo hast du gesehen – ich habe immer noch keine Wasserspülung und auch keine richtige Dusche. Überall sind Mäuse und Insekten (und im Juni noch mehr). Ich habe kein Boot, du würdest also hier festsitzen. Ich würde dir gerne schreiben, dass ich mir eine Woche freinehmen und mit dir wandern und picknicken und schwimmen gehen kann, aber ich weiß, dass ich dazu nicht in der Lage sein werde, und wenn man bedenkt, wie wild die Insel ist, kann ich dir nicht einmal erlauben, einfach loszuziehen und herumzulaufen, wie du willst. Und du könntest auch Bounce nicht mitbringen, weil die Insel ein Reservat ist und die Behörden es nicht mögen, wenn hier Hunde herumlaufen und den nistenden Tölpeln Angst einjagen oder was auch immer.

Vielleicht sollten wir nächsten Sommer anpeilen, wenn das Haus fertig ist und meine Arbeit nur noch darin besteht, ein paar Tomatenpflanzen zu hacken? Dann habe ich bestimmt auch ein Boot. Oder vielleicht die Weihnachtsferien, dann könntest du die Reise auch gleich für den Teil des Projektes verwenden, der für die achte Klasse gilt. Trotzdem, die Entscheidung liegt bei dir. Lass es dir durch den Kopf gehen, sprich mit deinen Eltern, gib ihnen diese Briefe und halte mich auf dem Laufenden.

Alles Liebe
Oma

PS: Ich lege zwei Filme bei, die ich hier auf der Insel abgeknipst habe, damit du sehen kannst, ob du von den Fotos vielleicht welche für das Projekt gebrauchen kannst. Lass doch von jeder Aufnahme zwei Abzüge machen und behalte jeweils einen für dich.

18. April

Liebe Tamara,
ich habe Petra gebeten, dir den Brief zu lesen zu geben, den ich an sie geschrieben habe, damit ich ihn nicht noch einmal abschreiben muss. Wie du sehen kannst, habe ich versucht, sie mit Realismus zu entmutigen – das Leben hier ist kein Urlaub, und Petra ist es nicht gewohnt, primitiv zu leben. Nicht dass ich sie nicht herzlich gerne hier hätte, aber ich kann mir nicht vorstellen, dass die Idee euch besonders gefällt.

Falls der entscheidende Faktor die Kommunikation im Notfall sein sollte, könnte ich herausbekommen, ob Handys hier funktionieren, und wenn ja, würde ich ihr erlauben, eins mitzubringen – wenn sie sich bereit erklärt, es nur im Notfall zu benutzen. Falls du andere spezielle Einwände hast, solche, die wir entkräften können, schreibe sie mir bitte. Falls deine Einwände allgemeinerer Art sind, kann ich das auch gut verstehen. Vielleicht könnten wir in Zukunft noch einmal darüber sprechen.

Ich habe hier viele stille Stunden verbracht, in denen ich über dich nachgedacht habe und über all die Fehler, die ich als Mutter dir gegenüber gemacht habe. Ich hoffe, dass es nicht zu spät für uns ist, neu zu beginnen. Ein weiteres Mal.

Ich habe dich lieb, Tamara.

Mom

Kapitel 19

Rae faltete die beiden Briefe und schob sie in den dicken Umschlag, verschloss ihn aber noch nicht. Sie war sich in Bezug auf die Formulierungen überhaupt nicht sicher, war aber heute Abend zu müde, um noch weiter darüber nachzudenken. Morgen würde sie beide Briefe noch einmal lesen, bevor sie das Päckchen dann am Dienstag Ed anvertraute.

Ein beunruhigender Tag. Das Gefühl, mit einem Bein in den Gewässern des Schlafes zu stehen, war geblieben, ebenso wie die Erinnerung, dass sie zum Strand hinuntergeschaut und gesehen hatte, wie der Mann, die Frau und das Kind sich aus dem Nebel materialisierten. Sie war noch nicht ganz mit den Ausgrabungsarbeiten fertig, denn erst hatte sich das Rad von der Schubkarre gelöst und es hatte eine Weile gedauert, bis sie eine Ersatzmutter gefunden hatte, und dann war die Rampe auseinandergefallen und musste wieder zusammengebaut werden. Den größten Teil des Tages allerdings hatte Rae einfach in einer merkwürdigen Mischung aus Lethargie und Schreckhaftigkeit verbracht, ein Gefühl, das eine beängstigende Ähnlichkeit mit den Anfängen ihrer Abwärtsspiralen hatte, doch nicht genau gleich war. Wenigstens waren keine Stimmen da.

Noch nicht.

Doch selbst wenn sie sich sicher gewesen wäre, dass sie abrutschte, hätte sie wenig dagegen tun können. Sie konnte nur warten und dabei arbeiten.

Morgen müsste sie eigentlich an der hinteren Mauer ankommen.

Warum also hatte sie eingewilligt, sich mitten am Tag von dieser jungen Frau im Boot herumfahren zu lassen?

Rae lehnte sich auf ihrem Holzstuhl zurück und nahm die Hände vom Gesicht, und dabei fiel ihr Blick auf ihr Tagebuch. Sie zog es zu sich heran und öffnete es zögernd bei dem letzten Eintrag, einem Gekritzel verrückter Wörter, verstörend wie die überall verstreuten Listen, die in den Wochen nach der Trauerfeier ihr Haus und ihren Kopf angefüllt hatten. Hunderte waren es gewesen. Tamara, die die Aufgabe übernommen hatte, während Raes Klinikaufenthalt das Haus wieder in Ordnung zu bringen, hatte nicht gewusst, was sie damit machen sollte; schließlich hatte sie die Bögen in ein paar große Tragetaschen gestopft, damit Rae sie nach Belieben aufbewahren oder wegwerfen konnte.

Diese voll gekritzelten Blätter, die in einer dicken Schicht jede Fläche im Haus bedeckten, als Sheriff Escobar kam, waren ein deutliches Anzeichen für Probleme gewesen, so wie wehende Blätter einen Sturm anzeigen, waren ein letzter Versuch, den zerfallenden Gedankengängen eine Ordnung aufzuzwingen, als könnten die Definitionen von Wörtern und die Beziehungen zwischen Objekten und Ereignissen ihrem Leben wieder einen Sinn geben.

Rae hatte geglaubt, hier in der friedlichen Atmosphäre Follys würde sie ihre Stabilität wiedergewinnen, aber in Wirklichkeit trennte sie nur ein kleiner Schritt von jener Frau, die sprachlos in der Ecke zitterte: Der Tagebucheintrag von letzter Nacht war der Beweis dafür. Rae griff nach den Seiten, um sie aus dem Buch herauszureißen, besann sich dann aber. Psychiatrische Aufrichtigkeit sollte der Zweck des Tagebuches sei, hatte sie gesagt, und Aufrichtigkeit konnte man nicht durch Zensur erreichen. Sie betrachtete die Liste mit den Wörtern und riss dann die beiden Seiten heraus.

Und faltete sie einmal zusammen und legte sie hinten ins Tagebuch hinein.

Eine gute Stunde vor der Morgendämmerung war Rae auf den Beinen und brühte Kaffee auf, voller Ungeduld, weil sie ihre Aufräumarbeiten beenden wollte. Sie hatte unruhig geschlafen, fühlte sich aber ausgeruht oder jedenfalls bereit, anzufangen.

Doch es hatte keinen Sinn, Schutt auszugraben und zu sortieren, den sie nicht sehen konnte. Als der Kaffee fertig war, nahm sie ihn mit auf die Landzunge hinaus, als wollte sie versuchen, den Sonnenaufgang zu beschleunigen.

Sie hatte das so oft getan, dass es zu einem Ritual geworden war, dessen verschiedene Elemente sich wie die einzelnen Instrumente beim Stimmen eines Orchesters aus dem Zwielicht zusammenfanden.

Zuerst kamen die Wellen. Rae hatte genügend Stunden mit ihnen verbracht, um allein nach dem Gehör entscheiden zu können, ob auflaufendes oder ablaufendes Wasser war. An diesem Morgen knusperte das Wasser sich langsam den trockenen Felsen hinauf, also kam die Flut. Als nächstes waren die Nebelhörner dran – obwohl der Himmel an diesem Morgen klar war und kein Dunst die warnenden Leuchtfeuer verhüllte oder die Sterne verdeckte, die langsam verblassten, bis nur noch der hellste zu sehen war. Die Luft schien sich zu verändern, als würde sie sich sammeln, um den Tag zu begrüßen; die ersten Vögel rührten sich in den Zweigen, und die Frühaufsteher unter den Menschen machten sich bemerkbar. Allmählich lernte Rae die verschiedenen Motoren in ihrer Nachbarschaft kennen: der kräftig tuckernde Motor, der seinen Besitzer nach Roche Harbor zur Arbeit und wieder nach Hause brachte; ein kleiner, schüchterner Außenbordmotor, den man nur bei Ebbe hörte; ein Wasserflugzeug, das regelmäßig über die Insel flog; die große Pendlerfähre nach Sidney. Ab und zu hörte Rae auch die *Orca Queen*, normalerweise von fern, und auch wenn sie nicht hätte sagen können, was ihre Maschinen von den anderen unterschied, zuckten ihre Ohren doch immer, wenn der gedungene Spion ihrer Tochter, wie liebenswürdig er auch sein mochte, an Folly vorbeifuhr.

Heute Morgen jedoch gab es keine Motoren, nur einen sanften, angenehmen Missklang aus Gerüchen und Geräuschen, der Raes Lebensgeister und ihre Erwartungen weckte und sich bei Erscheinen der Sonne zu einem Crescendo steigerte.

Sonnenaufgang war kurz nach sechs. Um neun erreichte Rae die hintere Mauer des Fundamentes, wo sie einige interessante Entdeckungen machte, die sie aber nicht näher untersuchen konnte, weil gerade jetzt ein neues, unvertrautes Motorengeräusch in ihr Bewusstsein drang. Sie richtete sich auf und sah eine Barkasse der Naturschutzbehörde in ihre Bucht einfahren, mit einer zierlichen Gestalt mit einem Helm aus leuchtend rotem Haar im Bug. Rae schaute an sich und ihren schmutzverkrusteten Klamotten hinunter und seufzte. Dann betrachtete sie den Gegenstand, den sie gerade in der Hand hielt. Sie beschloss, da sie schon bei der ersten Begegnung mit dieser Frau einen Revolver in der Hand gehabt hatte, ihr diesmal lieber mit leeren Händen entgegenzutreten. So ließ sie das korrodierte Stück Metall, das einmal Desmonds Pistole gewesen war, wieder fallen, schob mit dem Fuß etwas Erde darüber und stieg aus der Steinumfriedung hinaus.

Am Zelt blieb Rae stehen, rieb sich die Erde von den Händen und schaute zu, wie Nikki Walls näher kam. Heute trug sie ihre Uniform und sah aus wie eine Elfe mit Pistolengürtel. Wie hatte dieses verführerische Wesen es bloß geschafft, auch nur zwei Wochen allein erziehende Mutter zu bleiben? Zugegeben, mit ihrer Feenhaftigkeit entsprach Nikki nicht dem gängigen Schönheitsideal – ihr außergewöhnliches Aussehen arbeitete vielleicht sogar gegen sie, wenn man bedachte, was für konservative Gemüter Männer waren –, aber daneben war sie gepflegt, intelligent und platzte förmlich vor Energie. Rae fühlte sich plötzlich alt und ungeschickt, wie ein Wesen, das eigentlich wieder unter seinen Stein kriechen sollte.

«Morgen!», rief Nikki und streckte Rae eine Papiertüte hin, die sie mit ihrer Kinderfaust am oberen Rand gepackt hielt. «Ich habe Ihnen das Vogelbuch mitgebracht, nach dem Sie gefragt hatten, und auch ein paar Äpfel. Natürlich vom letzten Jahr, aber sie waren im Kühlhaus und sind immer noch gut. So wie ich Ed kenne, bringt er Ihnen nicht viel Obst.» Sie legte die Tüte auf Raes Tisch und ließ dabei ihren flinken Blick über den Zeltplatz gleiten. «Ich weiß, dass ich etwas früh bin, aber mir ist eingefallen, dass ich nicht genau weiß, wie tief Ihre Bucht ist, und hier ist das Wasser bei Ebbe sehr flach. Ich möchte nicht auf Grund laufen. Es macht einen ganz schlechten Eindruck, wenn Angestellte der Naturschutzbehörde solchen Mist bauen.» Nikkis herzförmiges Gesicht endete in einem spitzen Kinn unter einem Mündchen, das ein kleines Geheimnis zu verschweigen schien und sich, wie jetzt gerade, zu einem schelmischen Lächeln verziehen konnte.

Rae nickte. «Das ist wohl eine vernünftige Vorsichtsmaßnahme. Haben wir so viel Zeit, dass ich mich umziehen kann?» Sie wollte zwar ihre Arbeitskluft ablegen, die Abfahrt aber auf keinen Fall so lange verzögern, dass der wissbegierige Rotschopf auf Folly gefangen saß, bis die nächste Flut das Boot befreite.

«Na klar. Für die Rundfahrt dürften wir nicht länger als eine Stunde brauchen.»

Rae huschte ins Zelt, ließ ihre dreckigen Kleider auf das schmuddelige Segeltuch fallen und zog etwas um einige Grade weniger Unansehnliches an. Als sie wieder herauskam, war Nikki dabei, unter dem Wasserhahn die Äpfel zu schrubben. Eine von Raes Schüsseln aus einer Vorratskiste stand schon bereit, um sie aufzunehmen, und daneben lag nicht ein Buch, sondern drei (Vögel, Bäume und Tierwelt der San Juans). Rae konnte nicht entscheiden, ob Nikki einfach chronisch übermäßig hilfsbereit war oder ob sie der Besitzerin der Insel Folly eine hündchenhafte Ergebenheit zeigte. Was es auch war, allmählich machte es Rae nervös. Vielleicht hätte sie lieber Ed bitten sollen, ein Vogelbuch für sie zu kaufen.

Doch Rae musste zugeben, dass die Äpfel in der blauen Schale großartig aussahen; mehr als das, sie sahen appetitlich aus, glatt und grün und glitzernd von den Wassertropfen. Auf dem Weg zum Boot hinunter nahm Rae sich einen und biss krachend hinein. Er war fast ein bisschen zu sauer, so knackig, als käme er gerade vom Baum, und ihr ganzer Mund fühlte sich plötzlich lebendig an. Wie lange war es her, dass sie etwas mit so intensivem Geschmack gegessen hatte? Oder dass sie überhaupt etwas geschmeckt hatte?

Rae stieg hinter Nikki ins Boot, die Aufmerksamkeit noch größtenteils auf den Apfel gerichtet. Als sie die Einfahrt der Bucht hinter sich gelassen hatten, gab Nikki Gas, und sie donnerten aufs offene Meer hinaus. Rae saugte die letzten saftigen Fetzen aus dem Kerngehäuse und warf den Rest über Bord.

«Danke», rief sie Nikki zu, «der war gut.»

Nikki grinste Rae bloß an, während sie auf den Zehenballen stehend das Aufschlagen und Schwanken des Bootes ausbalancierte, und lud sie offen ein, sich über den Stolz der Kapitänin auf ihre Fähigkeiten zu mokieren. Und diese Fähigkeiten waren beträchtlich – das merkte Rae, auch wenn sie im Moment nur in gerader Linie von der Insel fortrasten. Nikki war ein Naturtalent, ein Teil des Bootes, und dazu hatte sie sicher auch überhaupt keine Angst.

«Warum sind Sie Ranger geworden?», rief Rae gegen den Motorenlärm an.

Nikki nahm etwas Gas weg und schlug einen Kurs parallel zur Küste der Insel ein, bevor sie antwortete. «Im Grunde der frischen Luft wegen. Ich werde verrückt, wenn ich nicht regelmäßig nach draußen komme. Ich bin hier geboren, nach L.A. gezogen, um aufs College zu gehen, bin wiedergekommen, als Caleb noch klein war, und habe mir geschworen, nie mehr in einer Stadt zu leben. Ich hatte verschiedene Stellen, und vor anderthalb Jahren bin ich an diese Sache hier rangekommen. Weil Caleb klein ist und meine Familie braucht, bin ich ein Härtefall. Ich versuche, ihnen nicht auf die Nase zu binden, wie glücklich ich hier bin, sonst schicken sie mich nach Yakima oder Olympia oder lassen mich irgendwo Computerprogramme austüfteln. Was ist mit Ihrem Arm passiert?»

Rae sah auf den Arm hinunter, dessen Ärmel vom Handgelenk hochgerutscht war. Nikki hatte nicht die drei Narben innen am Handgelenk gesehen, sondern die gerade Operationsnarbe an der Seite. Einer der Chirurgen hatte plastische Chirurgie vorgeschlagen, um diese und die anderen Narben zu glätten, aber zu jenem Zeitpunkt hatte glatte Haut auf Raes Prioritätenliste nicht sehr weit oben gestanden.

«Den habe ich mir vor anderthalb Jahren gebrochen; sie mussten eine Platte einsetzen, damit er gerade blieb.» Nicht dass es Nikki etwas anging. Dann erinnerte Rae sich, dass der Sheriff gesagt hatte, Nikki habe einen gewalttätigen Mann geheiratet. Vielleicht war das ihre Art zu fragen, ob Rae auch dieser Schwesternschaft angehörte? Nein, dachte Rae, solche persönlichen Offenbarungen wollen wir im Keim ersticken. «Wo fahren Sie mich hin?»

«Bloß eine Rundfahrt. Jerry hat gesagt, Sie wüssten nicht, dass es so schwer ist, nah an Ihre Insel heranzukommen. Sehen Sie die kleinen Wellen da?» Nikki deutete auf eine Stelle, wo das Wasser unruhig war. An der Küste dahinter standen einige dürre Bäume.

«Hm, Felsen?»

«Ein schlimmes Riff. Toll für Sporttaucher, aber nicht, wenn man nah an die Insel ran will. Es zieht sich um die Spitze dahinten rum und geht dann weiter ins Meer. Die Taucher ankern vor der Küste, sie versuchen gar nicht, da durchzuschwimmen. Jedenfalls nicht öfter als einmal, und normalerweise bleiben sie immer nur ein paar Stunden am Stück, bei Niedrigwasser. Wenn die Flut kommt, wird die Strömung hier zu stark – einen leichten Anker zieht sie einfach raus.»

Zur Beruhigung ihrer Passagierin hielt Nikki sich ein gutes Stück vom Riff entfernt, und als sie um die Spitze herum waren, kam das andere Hindernis, das der Sheriff erwähnt hatte, eine glatte Felswand, die wie eine Autobahnstützmauer senkrecht ins Meer abfiel. Die starken Schiffsmotoren arbeiteten mit halber Kraft, als sie gegen den vollen Strom des ablaufenden Wassers antuckerten, während Nikki auf Landmarken hinwies, als würden sie ihr gehören. Sie sahen einen Weißköpfigen Seeadler, der in einem halb kahlen Baum über der Felswand hockte. Nikki entdeckte ihn sofort, als sie um die Biegung kamen, während Rae selbst mit Nikkis großem Fernglas eine Weile brauchte, um den weißen Kopf vor dem Blattwerk auszumachen. Rae konnte den vom Blitz gespaltenen Baum an der Quelle sehen und zeigte ihn Nikki – es war einer ihrer beiden Beiträge zu der Tour.

Die blanke Felswand endete plötzlich in einer bewaldeten Landzunge, die sich wie ein gebogener Arm aus dem Wasser herausschob, eine Miniaturversion der Landzunge vor Raes Zeltplatz, nur dass diese hier mit Riesenlebensbäumen bewachsen war, deren herabhängende Äste über das Wasser strichen. Zur Rechten zeigte ein schmaler Wasserfall an, wo das Quellwasser ins Meer strömte. Vor der bewaldeten Landzunge deutete Nikki auf ein weiteres Riff unter der Wasseroberfläche, das auf unachtsame Schiffsrümpfe und Neoprenanzüge wartete, und hielt gehörigen Abstand davon. Als sie einen Bogen schlugen, um nun der Nordküste der Insel zu folgen, wanderte die Sonne, die sie vorher im Rücken gehabt hatten, auf ihre rechte Seite. Rae schloss die Augen und hob ihr Gesicht der Wärme entgegen.

«Ich war in der Ausstellung», sagte Nikki plötzlich. Widerwillig drehte Rae den Kopf und öffnete die Augen. «In dieser Wanderausstellung vor ein paar Jahren. Frauen arbeiten mit Holz oder so ähnlich.»

«Frauen in Holz.» Der Sommer vor dem Ende.

«Ja, richtig. Ihr großes Stück hat mich einfach umgehauen. Das kleine auch, aber besonders die Figur. *Lacy* irgendwas – *Lacy Runner*, so hieß es.»

Rae musste über den feinen Unterschied lächeln, der sich ergab, wenn man das zweite Wort betonte, wie Nikki es getan hatte, nicht das erste, so wie Rae selbst es machte. Das Stück hatte den größten Teil eines Jahres in Anspruch genommen und war zum Schluss viel mehr geworden als die Holzfigur in Laufschuhen, die Rae sich ursprünglich vorgestellt hatte. Dass sie es überhaupt für die Ausstellung eingereicht hatte, führte zu heißen Diskussionen und Protesten derjenigen, die meinten, es sei schon fast Concept-Art, enthalte sogar Elemente der Performance und sei daher für eine angesehene Ausstellung kunstvoller Holzbearbeitungstechniken nicht geeignet.

Die Figur war eine etwas mehr als lebensgroße Frau in Laufshorts und Stretchtop. Sie stellte Raes Großmutter Lacy dar, die Frau des Tyrannen William. Sie starb, als Rae sechs Jahre alt war, innerhalb eines Jahres und nachdem Rae und ihr gerade verwitweter Vater in die Familienvilla nach Boston, sein Elternhaus, zurückgekehrt waren. Rae hatte Holzarten verwendet, die genauso hell waren, wie ihre Großmutter im Leben gewesen war, Birke und nachdunkelnde weiße Kiefer, und ihr als Augen Perlmuttstücke eingesetzt.

Der Name des Stückes leitete sich, so glaubten die meisten Leute, von dem Wort *lace*, Spitze, ab, denn der Bogen über dem Kopf der Läuferin wurde von einem kunstvollen Tischläufer aus Spitze gebildet, der Lacy selbst gehört hatte. Nur Raes Familie und ihre engen Freunde wussten um das Wortspiel, denn Lacys Name war in dem Werbematerial über die Ausstellung nirgends erwähnt worden. Rae hatte die Spitze durch Kunstharz versteift und sie auf einen gebogenen Rahmen gezogen, sodass sie dem Bogen eines Gartentors ähnelte – oder einer Ziellinie. Die Hauptsache an der Figur war jedoch, dass die hölzerne Frau vollkommen aus Schubladen zusammengesetzt war, aus großen und kleinen, in zahllosen Formen und Winkeln. Wenn alle Laden geschlossen waren, war die Skulptur einfach eine Läuferin, über deren Oberkörper ein breites Spitzenband gespannt war. Wenn man alle Schubladen entfernte, sah sie von der Seite genauso aus, eine Läuferin im Profil mit einem Spitzenschleier, aber von vorn zeigte sie sich als leeres, geisterhaftes Wesen, das aus zarter hölzerner Spitze bestand. In einigen Schubladen befanden sich außerdem Objekte, die in den Boden eingelegt oder daran befestigt waren oder einfach lose darin lagen – wieder hatten mehrere davon nur für Rae eine Bedeutung, weil sie entweder Lacy selbst oder Raes Mutter gehört hatten. Die Galerie veränderte die Holzfrau täglich mindestens einmal, indem sie Schubladen entfernte oder einschob und die Gegenstände darin austauschte. Man konnte *Lacy Runner* ein Dutzend Mal anschauen, ohne die gleiche Figur zweimal zu sehen.

«Ich habe sie mir viermal angeguckt», erzählte Nikki. «Bin zweimal den ganzen Weg nach Seattle gefahren. Ich hab sogar den Katalog gekauft, nur deswegen. Ich … also, ich freue mich wirklich sehr, dass Sie hergekommen sind. Und wenn ich irgendwas tun kann, sagen Sie es einfach. Bitte.»

Oje, überlegte Rae, die Frau ist tatsächlich ein Fan. Und sie bedankte sich bei Nikki.

Die Felswand an der Nordecke der Insel war nicht so steil wie die an der Westseite; dicke Kleckse Guano zeugten von ihrer langen Geschichte als Nistplatz für ein Dutzend Vogelarten. Nikki reichte Rae wieder das Fernglas und beschrieb die einzelnen Nesttypen, ihre Bewohner und die Gewohnheiten der Vögel. Die Naturschutzbehörde hatte im vorigen Frühjahr anscheinend an einem Beringungsprogramm teilgenommen, und Nikki hatte sich sogleich freiwillig dazu gemeldet.

«Ich hoffe, wir können das weitermachen», erklärte sie Rae unvermittelt. «Ich meine, es ist ja Ihre Insel, ganz egal, was meine Chefs sagen – ich habe den Vertrag gesehen, und es ist Ihr gutes Recht, uns rauszuwerfen. Aber hoffentlich tun Sie das nicht. Wir brauchen jedes Reservat, das wir kriegen können. Für die Vögel, meine ich.» Nikki besaß den Anstand, verlegen auszusehen, in dem Bewusstsein, dass ihre freundschaftlich ausgestreckte Hand jetzt auch als Aufforderung zu einem geschäftlichen Händeschütteln aufgefasst werden konnte.

«Nikki, ich habe nicht die Absicht, irgendjemanden rauszuwerfen, auch wenn meine Anwältin einen Anfall kriegen würde, wenn sie das hörte. Es gibt nicht genug Zufluchtsorte auf der Welt; es wäre mir sehr unangenehm, den Vögeln ihren hier zu rauben.»

«Das ist toll, besonders weil es auf Folly ein paar sehr interessante Tiere gibt – ab Juni eine große Kolonie von Alken, Flussottern und so weiter. Haben Sie das Seeadlernest gesehen?»

«Als ich vor einigen Jahren hier war, habe ich eins gesehen. Ich weiß nicht, ob es noch dasselbe sein kann.»

«Bestimmt. Weißköpfige Seeadler benutzen jahrelang das gleiche Nest. Dieses Nest hat es schon gegeben, als ich noch Kind war, auch wenn darin wahrscheinlich die Eltern unserer jetzigen Seeadler gebrütet haben. Da ist es, sehen Sie's?»

Sie hatten jetzt die Westflanke von Mount Desmond erreicht, wo der Berg als Felswand über dreihundert Meter weit aus dem Meer aufragte. Hier und dort versuchten Bäume, Fuß zu fassen, und auf einem der abgestorbenen Stämme in der Nähe des Wassers balancierte ein riesiges Gewirr aus Zweigen. Nikki musterte es hoffnungsvoll, auch wenn sie kein Zeichen für nistende Vögel entdecken konnte. Ein Stück weiter bekam Rae beim Anblick des kahlen Gipfels ihre zweite Gelegenheit, eine Information beizusteuern, denn Nikki hatte noch nie davon gehört, dass da oben eine Hütte stand oder gestanden hatte. Als Naturschutzwartin hielt sie es für wahrscheinlicher, dass es der Sichtschutz eines Vogelbeobachters gewesen war, nicht der Wachturm von Streitkräften, und Rae diskutierte nicht mit ihr, auch wenn die Hütte ihrer Erinnerung nach viel zu stabil gebaut war, um das flüchtige Werk eines Vogelliebhabers zu sein.

Als sie die Insel zu drei Vierteln umfahren hatten, wich die Felswand wieder dem Wald. Unmittelbar bevor der Baumbewuchs anfing, sickerte ein weiterer Wasserlauf herab, der das Gestein dunkler werden ließ und dazu führte, dass auf den unteren Felsvorsprüngen das Grün kräftig emporschoss. Rae bat Nikki anzuhalten, damit sie sich die Stelle durchs Fernglas anschauen konnte, kam aber zu dem Ergebnis, dass die Wassermenge, die auf dem Felsen die Flecken hervorrief, viel kleiner sein musste als der Ertrag ihrer Quelle hoch über dem Haus.

«Schade», meinte Nikki mitfühlend, «das Wasser hier zum Haus zu leiten wäre viel kürzer.»

«Das habe ich auch gerade gedacht», stimmte Rae bedauernd zu. «Es hat sogar angefangen, eine Höhle auszuwaschen.»

«Wahrscheinlich hat es den Sandstein einfach so aufgeweicht, dass der Regen ihn abtragen kann. Diese Felsschicht taucht hier und da auf und bringt oft Wasser und kleine Höhlen mit sich. Weicher Sandstein zwischen härterem Gestein, verstehen Sie? Da fließt das Wasser hin.» Nikki gab wieder Gas, und nach wenigen Minuten kam Raes Zelt in Sicht.

Es war immer noch ablaufendes Wasser, aber Nikki stieß so sanft gegen den wackligen Anlegesteg, dass die Fender kaum zusammengedrückt wurden, und mit der selbstverständlichen Geschicklichkeit, die von einem ganzen Leben auf dem Wasser herrührte, hielt sie das Motorboot auf der Stelle, während sie die Unterhaltung mit Rae zu Ende führte.

«Ich habe heute Morgen ein offizielles Schild der amerikanischen Regierung in Auftrag gegeben», erzählte sie Rae. «‹Unbefugte, die dieses Reservat betreten, werden für die Seeadler zum Fraß aufgehängt›, irgend so was.»

«Schönen Dank.»

«Besonders im Sommer werden Sie das gebrauchen können.» Nikki sah zu den Steintürmen hoch und platzte dann heraus: «Ich kann Ihnen gar nicht sagen, wie phantastisch es ist, dass Folly wieder aufgebaut wird. Wissen Sie, als wir Kinder waren, haben wir gedacht, da würde es spuken. Die Kinder heute denken das immer noch. Trotzdem muss ich sagen, dass man sich kaum vorstellen kann, wie das später mal aussehen soll ...»

«Ich habe einen Führer», meinte Rae. Nikki schaute sie aus den Augenwinkeln an. «Ein Foto», ergänzte sie.

«Wirklich? Ein Foto von dem alten Haus? Ach, das würde ich gerne sehen.»

«Es hängt am Erdbeerbaum, da wo der Tisch steht. Haben Sie jetzt Zeit, oder möchten Sie lieber losfahren, bevor das Wasser noch weiter abläuft?»

Nikki sprang praktisch mit einem Satz auf den schwimmenden Anlegesteg. Rae holte sie am Arbeitstisch ein, wo die junge Frau zu dem laminierten Foto hinaufschaute. Rae nahm es ab und reichte es ihr.

«Als Sie ‹Führer› sagten», bemerkte Nikki, «dachte ich zuerst, Sie hätten jemanden gefunden, der sich daran erinnert.»

«Nein, bloß das Foto», sagte Rae. «Wenn ich das nicht hätte, hätte ich nicht die leiseste Ahnung, wie ich anfangen sollte.» Obwohl man Desmond Newborn so gesehen wohl auch als Führer bezeichnen konnte.

«Wissen Sie, ich dachte, ich hätte alle alten Fotos von den Inseln gesehen. Aber dieses hier kenne ich nicht.»

«Es ist ein Familienschnappschuss, und ich habe ihn vergrößern lassen. Das ist Desmond Newborn.»

«Ihr Onkel.»

«Großonkel», berichtigte Rae. «Der jüngere Bruder meines Großvaters.»

«Ach so, natürlich. Das muss aufgenommen worden sein ... wann, in den dreißiger Jahren?»

«Irgendwann Mitte der Zwanziger. Nicht lange bevor er verschwunden ist, nehme ich an.»

«Ich dachte, er wäre gestorben.»

«Irgendwann ja, aber nicht hier. Zuletzt hat man Ende der zwanziger Jahre von ihm gehört; was danach aus ihm geworden ist, weiß keiner.»

«Aber irgendwas an seinem Verschwinden war doch merkwürdig, oder? Ich kann mich ja nicht dran erinnern, aber die Leute haben immer davon gesprochen, dass das Haus, als er es gerade fertig hatte, gebrannt hat und er tot umfiel. Das machte die Insel noch geheimnisvoller.»

«Nach allem, was ich hier ausgegraben habe, würde ich auch sagen, dass das Haus kurz nach der Fertigstellung niederbrannte. Und wenn man bedenkt, wie lange er daran gebaut haben muss, wäre es nicht allzu verwunderlich, wenn der Anblick des Brandes ihn vertrieben hätte. Ich weiß, dass mich das jedenfalls entmutigen würde.» Gelinde gesagt. Wie wäre es wohl, wenn man zuschauen musste, wie die Arbeit von Jahren in Flammen aufging? Ungefähr so, als wenn ein Mann und eine Tochter in die Flammen des Krematoriums geschoben werden?

Nikkis Forschergeist beschäftigte sich immer noch mit dem Problem. «Aber er muss gestorben sein. Die Insel ist seit 1928 Naturschutzgebiet, und ich dachte immer, sie wäre der Behörde in einem Testament überschrieben worden.»

Rae schüttelte den Kopf. «Mein Großvater hat sie dem Staat vermacht, zuerst informell, und als es dann so aussah, als wäre Desmond wahrscheinlich tot, für einen längeren Zeitraum. Das Letzte, was man von Desmond weiß, ist, dass er kurz vor dem Börsenkrach 1929 an seinen Bruder geschrieben hat, an den Vater meines Vaters also, aus Arizona oder New Mexico, das habe ich vergessen.»

«Ein Rätsel», folgerte Nikki, während sie sich widerstrebend von dem Foto trennte und zuschaute, wie Rae es wieder aufhängte. Als sie gemeinsam zum Anleger zurückgingen, reichte ihr leuchtender Kopf Rae kaum bis zur Schulter. «Aber es ist ein erstaunliches Haus. Die Historische Gesellschaft würde sich sehr über einen Abzug von dem Foto freuen.»

«Das Negativ ist in Kalifornien. Ich will mal sehen, was sich machen lässt.»

«Was glauben Sie, wie lange Sie für den Wiederaufbau brauchen?»

«Jedenfalls bei weitem nicht so lange, wie mein Großonkel gebraucht hat. Er hat den größten Teil der Zeit auf die Steinarbeiten verwendet, und die sind immer noch ausgezeichnet. Das Haus selbst ist ziemlich einfach. Es wird natürlich noch im Rohbau sein, ohne die Abschlussarbeiten, aber ich werde es problemlos bis zum Winter dicht bekommen.»

«Dann planen Sie also, hier zu bleiben?»

«Ich denke darüber nach.»

«Im Januar ist das Wetter keineswegs so freundlich wie jetzt», war Nikkis einziger Kommentar.

«Na, wir werden sehen», meinte Rae und bedankte sich für die Bootsfahrt.

«Aber gern», erwiderte Nikki fröhlich, griff nach Raes ausgestreckter Hand und stapfte auf die verwitterten Planken hinaus. Während Rae zuschaute, wie sie gekonnt ablegte, fragte sie sich, ob die anderen Kinder den Rotschopf wohl früher «Nikki Naseweis» genannt hatten.

Kapitel 20

Brief von Rae an ihre Enkelin

23. April

Liebste Petra,
ich habe neulich etwas Spannendes für deinen Bericht gefunden, vergraben im Fundament von Desmonds Haus.

Ich hatte dir ja geschrieben, dass ich in dem Müll unter dem Haus Sachen von ihm finde – alles nicht brennbares Zeug, natürlich (und nicht zerbrechlich, nicht schmelzbar und nicht rostend). Leider weder Goldbarren noch Beutel mit Dublonen, auch wenn ich eine Handvoll Münzen gefunden habe, zusammen mit Kochtöpfen und Esstellern, einem Jagdmesser mit einem geschwärzten beinernen Griff, ein paar Schachfiguren (auch aus Knochen, vermute ich, aber jetzt wäre es schwierig, die schwarzen von den weißen zu unterscheiden), eine Kette aus Silbermedaillons (mit Silber meine ich das Metall, nicht die Farbe – sie sind pechschwarz angelaufen!), vielleicht so eine, wie Männer sie als Schmuck um ihre Cowboyhüte tragen, eine Angelrolle (mit allen Haken, zum Glück alle sicher in einem Behältnis gesammelt, das wie eine alte Blechdose für Hustenbonbons aussieht), eine gründlich geschmolzene und verrostete Pistole (zum Glück keine Munition drin – irgendwie erinnere ich mich, dass die mit dem Alter ziemlich tückisch werden kann) und eine Menge andere Klumpen und Zeugs, das ich nicht identifizieren kann.

Und während ich so dabei bin, das letzte bisschen Erde von dem Steinboden des Fundaments zu kratzen, fällt mir in der Mauer hinten ein Loch auf, so groß wie meine Faust. Das ist die erste Lücke, die ich in Desmonds Maurerarbeiten gefunden habe, und sie scheint gerade die richtige Größe zu haben, um Mäuse und anderes unerwünschtes Getier unter das Haus krabbeln zu lassen, also lasse ich mich auf meine knirschenden alten Knie nieder, um mir die Sache genauer anzusehen. Und ich stelle fest, dass es kein Loch ist, aus dem ein Stein herausgefallen ist, sondern eine Aushöhlung mitten in einem Stein.

Großonkel Desmond hat einen Steinmörser gefunden, Mörser und Stößel, du weißt schon, wie die Indianer sie benutzt haben, um Nüsse und so was zu zerstampfen, und diesen Mörser hat er in sein Fundament eingebaut. Und ich würde sagen, es war einfach ein praktischer Stein für ihn wenn er ihn nicht genau in der Mitte seiner hinteren Mauer eingebaut hätte, wo der Kamin steht. Vermutlich hat niemand außer ihm diesen Steinmörser gesehen (und jetzt ich), aber ich glaube, er muss ihn auf der Insel gefunden haben – eine archäologische Entdeckung, genauso, wie ich seine Sachen entdecke – und absichtlich an dieser Stelle eingemauert haben. Ein persönliches Symbol, das sein Haus mit den Menschen verbindet, die vorher hier waren.

Schön, nicht?

Ich fürchte, wenn du herkommst, wird der Stein wieder unter den Fußbodenbrettern verschwunden sein, aber ich mache ein paar Fotos für dich. Ich habe den nächsten Film fast abgeknipst und schicke ihn entweder diesen oder nächsten Dienstag mit Ed rüber. Außerdem bin ich mit dem Steinboden fast fertig – ich hoffe, dass die Bauaufsicht bald kommen kann, um das Fundament abzunehmen. Drück mir die Daumen!

Ich hoffe, dass Mandys Huf wieder besser ist. Pferde treten sich anscheinend oft Steine in die Hufe, oder?

Alles Liebe

Oma

Kapitel 21

Warum hatte sie darauf verzichtet, Petra (und damit Tamara und Don) die ganze Geschichte über den Mörser im Fundament, der bald wieder versteckt sein würde, zu erzählen? Schließlich hatte sie doch von der alten Pistole geschrieben, obwohl sie wusste, dass dadurch im Denken von Petras Eltern eine unglückliche unterschwellige Verknüpfung von Folly und Gewalt entstehen konnte. Allerdings hatte sie es wohlweislich vermieden, zu beschreiben, wie bösartig die Waffe immer noch aussah, durchlöchert und zernarbt wie ein alter Soldat und genauso todbringend. Aber der Inhalt des Mörsers war etwas anderes. Rae hätte gar nicht genau sagen können, warum sie ihn beunruhigend fand; sie wusste einfach, dass sie nicht wollte, dass Petra etwas davon in die Finger bekam. Falls Petra kommen sollte, würde Rae ihr jede Erkundung des Kriechkellers unter dem Fußboden ausreden müssen; vielleicht sollte sie für die Zeit, in der ihre Enkelin zu Besuch war, die Falltür zunageln oder jedenfalls eine Matte drüberlegen.

In der Höhlung des Mörsers, vor Feuer und Trümmern geschützt, hatte Rae zwei Gegenstände gefunden: eine Speerspitze aus Stein, noch so messerscharf wie an dem Tag, an dem sie hergestellt worden war, und daneben ein daumengroßes Holzfigürchen, das einen Mann darstellte.

Es war einfach ein Mann – leider ohne Gesichtszüge; die künstlerische Wiedergabe der menschlichen Gestalt war Desmond trotz seiner geschickten Hände nicht wichtig gewesen. Er hatte die Einfachheit, ja Primitivität, der Figur wohl beabsichtigt. Jedenfalls war es ein Mensch, ein Mann in voller Kleidung, sogar mit Hut. Mit etwas Phantasie konnte man an der Hutkrempe dieser

Figur Desmonds Kopfbedeckung auf dem Foto wiedererkennen, aber das Gesicht hätte jedem glatt rasierten Mann gehören können. Oder auch jeder Frau.

Die Speerspitze war es, die Rae beunruhigte. Was sagte sie aus? Hatte Desmond sie einfach eines Tages gefunden und als Erinnerung an die früheren Bewohner der Insel in sein Fundament eingebaut? Oder kam ihr eine dunklere Bedeutung zu, war sie eher Totem als Erinnerung, der Talisman eines tötenden Kriegers, der im Fundament des Hauses vergraben war, um die Bewohner vor Schaden zu bewahren? Und war die Speerspitze so unbenutzt, wie sie aussah? Oder hatte jemand sie verwendet, hatte sie Blut vergossen? Getötet? Und wenn dem so war, war es das Blut von Tieren oder von Menschen gewesen? Speere waren für Rae eher Kriegs- als Jagdwaffen, und schon ein kurzer Blick auf die Landkarte der Umgebung, mit Ortsnamen wie Victim Island und Slaughter Point, enthüllte eine blutige Vergangenheit. Hatte hier auf der friedlichen Insel ein Mann einen anderen mit diesem rasiermesserscharfen Stein umgebracht?

Rae ließ die Speerspitze vorläufig da, wo sie sie gefunden hatte. Aber als sie an diesem Abend beim Feuer saß, drehte sie die kleine Holzfigur immer wieder in den Händen, und ihre kundigen Finger lernten sie kennen. Ihr erster Impuls war gewesen, selbst ein Figürchen zu schnitzen und es neben den Mann mit Hut zu legen, unten in das Fundament zurück. Doch die Vorstellung, dass die beiden Figuren dort jahraus, jahrein so dicht nebeneinander liegen würden, selbst wenn die tödliche Steinklinge sie bewachte, brachte ein leicht identifizierbares Unbehagen mit sich: den Gedanken an Inzest. Desmond Newborn mochte zwar der Onkel ihres Vater sein, aber er war Rae ihr Leben lang wie ein Bruder erschienen, den sie nie gehabt hatte, ein schattenhafter Zwillingsbruder, mit dem sie unter der Bettdecke tuschelte, wir beide gegen die Welt. Wenn sie in einigen Monaten oder Jahren in ihrem behaglichen Wohnzimmer vor Desmonds Kamin säße, umgeben von der kunstvollen Arbeit ihrer eigenen Hände, und wüsste, dass unter ihren Füßen ein hölzerner Mann neben seiner hölzernen Partnerin lag … Es erinnerte sie zu sehr an einen Fruchtbarkeitsritus, als dass sie sich damit hätte anfreunden können. Wenn die Figur bärtig, ohne Hut und bebrillt gewesen wäre, hätte Rae vielleicht Alan darin erkennen können, aber nein: Das hier war unbestreitbar Desmond Newborn.

Sie hielt den kleinen Mann in den gefalteten Händen, sodass die Wölbung seines Hutes dort ruhte, wo ihre Daumen zusammenkamen und die gerade abgeschnittenen Stiefelspitzen eben den Rand ihrer kleinen Finger berührten. Gut, Desmond, sagte sie zu ihm, ich muss einfach dafür sorgen, dass wir wie Bruder und Schwester aussehen. Oder wie Kameraden. Das würde die Schöpferin von *Lacy Runner* doch sicherlich fertig bringen.

So kam es, dass Rae die nächsten Abende – nachdem sie vormittags das Fundament mit einer Drahtbürste gesäubert und die wenigen Stellen, wo Desmonds Zementmörtel versagt hatte, ausgebessert und nachmittags am Berg Gräben für die PVC-Leitung ausgehoben hatte – an ihrem Lagerfeuer saß und gewissenhaft ein Selbstporträt schnitzte. Statt Desmonds Zeder wählte sie Erdbeerbaum, weil das Holz härter war und sich besser für Details eignete, aber sonst folgte sie Desmonds Vorbild, machte ihre Figur genauso hoch wie seine und gab ihr die gleiche Schulterbreite und die gleiche Beugung der behosten Beine. Als Rae mit Desmonds Gefährtin zufrieden war, fertigte sie einen Zedernsockel an, sodass die beiden Hüter ihres Herdes aufrecht stehen konnten, Ellbogen an Ellbogen, als Kameraden – Zwillingsgeschwister sogar –, ohne einen Hauch verliebter Gefühle in ihren faserigen Herzen.

Am späten Freitagabend vollendete Rae ihre Arbeit, indem sie winzige Messingschrauben durch den flachen Sockel in die Füße der beiden Newborns drehte. Sie musterte die Gesichtszüge eine Weile und fragte sich, was erst Desmond und nun sie selbst mit diesen wunderlichen Schnitzereien beabsichtigt hatten. Bevor sie schlafen ging, trug sie die beiden miteinander verbundenen Figuren zu ihrem Arbeitstisch hinüber und ließ sie dort über Nacht stehen, im Freien unter den Sternen, an einer Stelle, wo die frühe Morgensonne sie bescheinen würde, wenn sie ihre Strahlen unter den ausladenden Ästen des Erdbeerbaumes hindurchschickte, an dem jetzt eine Fülle von winzigen weißen Blüten duftete. Am Morgen stand Rae auf und trank ihren Kaffee, während sie darauf wartete, dass die Schatten über das wachsame Paar glitten, und als die Sonne die beiden nicht mehr beschien, blies sie die Blütenblätter von den Figuren und trug sie zum Fundament hinüber, wo sie am Sockel herumschnitzte, bis er genau in das Loch des indianischen Mörsers hineinpasste. Ein nachlässig geschnitzter Mann auf der einen Seite und die sorgfältig ausgeführte Gestalt einer Frau auf der anderen – mit einem Hammer an der Hüfte und Stiefeln an den Füßen, wobei ihr Hemd, wie Rae jetzt bemerkte, auf der linken Seite ihres daumennagelgroßen Brustkorbs etwas flacher herabfiel als auf der rechten – eine Übertreibung ihrer Verletzungen, aber psychologisch richtig. Und was, fragte sie sich amüsiert, würde der scharfäugige Archäologe des nächsten Jahrtausends aus diesem kleinen Detail herauslesen? Amazonen auf den San Juans?

Dann zögerte sie. Sollte sie die Speerspitze in all ihrer Mehrdeutigkeit – witziges Kuriosum oder zweischneidige Bedrohung – im Mörser liegen lassen oder entfernen und durch die Figur von sich selbst ersetzen? Vorsichtig holte Rae die Steinspitze aus dem Mörser heraus. Sie war schön, ohne Zweifel, dunkelgrau und von helleren Fäden durchzogen, die ihr Struktur verliehen. Und wunderbar geformt, von einem Handwerker, der gleichzeitig Künstler war. Die beiden Seiten spiegelten einander, und die Wellenlinie der Schneide rief geradezu nach dem testenden Daumen, während sie gleichzeitig drohte. Rae hielt die Spitze am stumpfen Ende, fast versucht, aus einem unerklärlichen Opferinstinkt heraus ein paar Tropfen Blut fließen zu lassen. Sie legte sich die Spitze mit der flachen Seite auf ihr Handgelenk, sodass sie alle drei Narben bedeckte, drückte auf den Stein und spürte seine Kühle in ihrem warmen Fleisch. Wenn sie ihn leicht kippte, würde es bluten. Ihn kippen und dann zurückziehen …

Rae riss die Klinge von ihrem Lebensblut fort, bevor sie schneiden konnte. Nach kurzem Überlegen schob sie die Speerspitze quer in die Tiefe des Mörsers hinein. Davor verkeilte sie die beiden Holzfigürchen; sie standen jetzt zwischen ihr und der scharfen Schneide. Plumpe Symbolik, spottete Rae, aber manchmal war die besser als die allzu subtile.

Rae wischte sich die Hände ab und stand auf. Ihre Wächtergeister hatten ihren Platz gefunden, und jetzt war endlich der Zeitpunkt gekommen, den großen, von der hässlichen blauen Plane bedeckten Holzstapel in Angriff zu nehmen.

Von Anfang an hatte Rae gewusst, dass sie ihr Haus mit Holz von der gleichen Stärke bauen würde, wie Desmond Newborn es verwendet hatte. Das moderne Bauholz wurde längst nicht mehr nach den Maßen geschnitten, nach denen es benannt war: So hatte ein Balken mit den Maßen «2 × 4» nur anderthalb Zoll Breite und dreieinhalb Zoll Höhe, und ein «1 × 10»-Brett war nur fünf Achtel Zoll dick. Das war ausreichend, besonders wenn man es noch mit Sperrholz verkleidete, aber doch deutlich weniger stabil als die Originalmaße.

Rae wollte mit den alten Maßen bauen. Es hatte sie ein kleines Vermögen gekostet, das Holz danach sägen zu lassen, aber der Anblick dieser Respekt einflößenden Ständer war sehr beruhigend. Ihr Haus würde jedem Sturm trotzen.

Zum Teil hatte diese Entscheidung sich schon aufgedrängt, als Rae sich entschieden hatte, das vorhandene Fundament zu verwenden, denn schmaleres Bauholz hätte sie endlos anpassen und zurechtsägen müssen, damit es gepasst hätte. Letztlich aber hatte die sinnliche Befriedigung, die das schwere Holz ihr verschaffte, den Ausschlag gegeben.

Sie warf einen Blick auf die kräftigen, gesäuberten Steine des

Fundaments, schnallte sich ihren Werkzeuggürtel um, schlug die blaue Plane vom ersten Stapel Baumaterial zurück und fing an, die Schwellenhölzer zum Fundament zu schleifen.

Wenn Rae eine moderne, von einem Architekten geplante, mit Auflagen befrachtete Konstruktion ausgeführt hätte, dann hätte sie damit begonnen, Löcher für Haltebolzen in die Steine zu bohren, um den hölzernen Aufbau darin zu verankern. Noch wahrscheinlicher war allerdings, dass sie als Erstes das gesamte Fundament mit einem Bulldozer ins Meer hätte schieben lassen oder einfach einen anderen Bauplatz gewählt hätte, denn das Bohren wäre eine tierische Arbeit gewesen, die sie ohne starke elektrische Maschinen nicht hätte ausführen können. Hier jedoch ging es um die Restaurierung eines historischen Gebäudes, und daher hatte sie die Gemehmigung, Desmond in allen Einzelheiten zu folgen. Er hatte seine Schwellenhölzer in die Steine seines Fundaments eingelassen, indem er einen erhabenen Steinrand hatte stehen lassen, nicht durchgehend, aber so, dass er die Schwellen umfasste und sie an an ihrem Platz festhielt. Als Frau, die den größten Teil ihres Erwachsenenlebens in einem Erdbebengebiet zugebracht hatte, fühlte Rae sich damit nicht vollkommen wohl, aber andere alte Gebäude standen auch immer noch, daher wollte sie hier, wie anderswo auch, auf Desmond vertrauen.

Sie sägte die Schwellenbalken zurecht – es war Zeder oder genau genommen der Riesenlebensbaum, den sie hier Zeder nannten und den auch Desmond verwendet hatte, denn das war hier oben am Pazifik das einheimische, fäulnisresistente Holz – und klopfte sie fest. Sie erforderten bemerkenswert wenig Bearbeitung – die Länge musste natürlich angepasst werden, und hier und da hobelte Rae an Stellen, wo das Holz nicht ganz zwischen die Steinkanten passte, ein bisschen weg –, aber sie war sehr befriedigt, als der letzte Balken sich genauso mühelos einfügen ließ wie der erste. Das Fundament war jetzt ringsherum sauber mit Zedernbalken abgedeckt, die Türme und der Kamin waren ausgespart, und alles passte genau –

nur auf der Vorderseite nicht. Im Gegensatz zu den anderen drei Seiten, wo die Steinkanten, die das Holz hielten, so schmal waren, dass eine zukünftige Außenverkleidung sie bedecken würde, ragten die Kanten vorne gute fünf Zentimeter unter den Zedernschwellen hervor. Rae wusste nicht, ob sich das vielleicht als Problem erweisen würde, denn es sah aus, als würde die Steinkante das Regenwasser direkt unter die Schwellen leiten, und selbst Zeder war nicht dazu gedacht, lange im Wasser zu stehen. Sie würde das Foto noch einmal genauer studieren müssen, um herauszubekommen, was Desmond sich dabei gedacht hatte. Sein Sinn fürs Detail würde ihn aber auch an einer so wesentlichen Stelle nicht verlassen haben, hoffte Rae.

Abgesehen von dieser etwas zweifelhaften Stelle lagen die Schwellen sauber und exakt im Frühlingssonnenschein, und Rae summte, als sie den Hügel hinunterschritt, um die Bretter für den Blindboden zu holen.

Moderne Holzrahmenhäuser trugen den Spitznamen Ballonkonstruktion, nicht nur, weil der Innenraum so offen war, sondern auch wegen der Geschwindigkeit, mit der das Bauwerk wuchs. Man fuhr an einer Baustelle, wo eine Wohnsiedlung entstehen sollte, vorbei und sah wenig mehr als verstreute Betonfundamente, und schon eine Woche später standen die Häuser – oder zumindest ihre Rahmen. Ein ordentlicher, kräftiger Atemzug, und schon war der Traum eines Architekten aufgeblasen.

Eine allein stehende Frau mittleren Alters mochte ein Holzrahmenhaus zwar vielleicht nicht mit dem gleichen Tempo aufstellen, wie eine Mannschaft tariflich bezahlter Bauarbeiter das tat, aber schließlich war Raes Vorhaben auch bedeutend kleiner. Sie war jetzt dreieinhalb Wochen auf der Insel und hatte noch keinen Nagel eingeschlagen. Das sollte sich schnellstens ändern.

Wenn sie erst mal die schweren Bretter oben an der Baustelle hatte.

Rae hatte anfangs nur gewusst, dass Desmond Holz mit den damaligen Standardmaßen verwendet hatte, denn das stand in dem ursprünglichen Bericht des Bauingenieurs, den Rae kurz nach ihrem Inselbesuch mit Alan und Bella angefordert hatte. Doch erst als sie bei ihren Aufräumarbeiten die hintere Wand erreichte, wusste sie genau, welche Maße das von ihrem Vorgänger verwendete Bauholz gehabt hatte – denn auch das Foto zeigte nur die Außenverkleidung. Als Rae ihre eigenen Pläne zeichnete, hatte sie moderne Baunormen im Auge gehabt, wohl wissend, dass ihr Vorhaben nur an manchen Stellen mit Desmonds Bau übereinstimmen würde.

Von der Rückwand des Hauses, links vom Kamin, wenn man zur Haustür hineinkam, war so viel übrig geblieben, dass Rae nun wusste, dass Desmond die gleichen 2 × 8-zölligen Balken verwendet hatte, die ihre eigenen Pläne erforderten (obwohl er sich für Zeder entschieden hatte und sie die stärkere Douglasie nahm). Die Konstruktion neben dem Kamin schien allerdings etwas merkwürdig zu sein. Rae fand Spuren von zusätzlichen Brettern auf einem Rest von doppelten Bodenbalken unter der Wand, die sie sich bisher nicht hatte erklären können, aber weil das alles Mögliche sein konnte, von einem Flicken um ein schlechtes Stück Bauholz herum bis zu einer stabileren Stütze, die erforderlich war, weil an der Stelle einmal ein Klavier stehen sollte, beschloss sie, sich keine Gedanken darüber zu machen.

Rae schleifte ihr Bauholz zum Haussockel, immer ein paar Stücke auf einmal, Bodenbalken, Randbalken, Holz für eine Wand, mit der die Unebenheiten des Fundaments ausgeglichen werden sollten – doch dabei hielt sie inne. Die Schwellen sahen aus, als lägen sie so gut wie waagerecht, vielleicht reichte das, um die Bodenbalken direkt darauf zu legen … Eine sorgfältige Prüfung mit der Wasserwaage bestätigte Raes Vermutung: Nach all diesen Jahren standen Desmonds Fundamentsteine noch im Lot. Wenn sie ihr Holz ein wenig zurechtsägte und an einigen Stellen etwas unterlegte, musste es gehen; sie brauchte nicht extra eine Wand zu bauen, um den Fußboden mit dem Steinfundament zu verbinden – und das hieß auch, dass sie im fertigen Haus mehr Raumhöhe haben würde. Pfeifend machte sie sich ans Messen und Anzeichnen, und dann legte sie den ersten Balken auf den Sägebock, stützte sich mit der linken Hand darauf, führte die Zähne der Säge sacht über den Bleistiftstrich und trieb sie dann kraftvoll ins Holz hinein.

Der vergessene Duft des frischen Sägemehls erschütterte Rae, er war schockierend wie eine Ohrfeige und weckte so unerwartet und machtvoll Erinnerungen, wie der Duft von Bellas Haar oder von Alans Hemd. Dieser Sägemehlgeruch ließ Rae jedoch weder ans Bauen noch an Kreativität oder Arbeit denken, sondern was sie so aufrüttelte, war die Erinnerung an Sex. Die Zeder, die sie vorher für die Schwellen gesägt hatte, hatte diese Wirkung nicht, aber die vertrauteren Weichhölzer für den Bau, wie Redwood und besonders eben die Douglasie, hatte Rae immer sehr erotisch gefunden. Der Geruch jagte ihr Schauer das Rückgrat hinauf, und ihr fiel der denkwürdige, wenn auch mit Splittern durchsetzte Nachmittag ein, an dem Alan die kleine Marotte seiner Ehefrau entdeckte. Als sie aus Raes Werkstatt herauskamen, hatten sie wie ein Paar Sägewerker ausgesehen oder wie Schneemänner, denn das helle Sägemehl klebte auf ihrer schweißnassen Haut und verkleisterte ihnen die Haare, und …

Und wenn sie sich nicht besser auf ihre Arbeit konzentrierte, würden ihre Balken niemals passen. Sie korrigierte den Ansatzwinkel der Säge, achtete darauf, dass der Schnitt gerade wurde, und schob die Erinnerungen beiseite.

Doch die Erinnerungen, die nun einmal geweckt waren und den ganzen Tag lang vom berauschenden Duft der gesägten Balken genährt wurden, wollten sich nicht vertreiben lassen. Rae hatte vergessen, wie sinnlich der Akt des Bauens war, besonders ganz zu Beginn. Alan war dahin gelangt, dass er sich auf die Tage freute, an denen eins von Raes Projekten endlich von der Phase des Zeichnens und Planens zur tatsächlichen Arbeit mit dem Holz voranschritt. Der berauschende, gefährliche Moment des Anfangs machte sie rastlos, zerstreut und geil.

Alan war nicht da. Selbst Ed würde erst in vier Tagen kommen, und dann würde – zum Glück – die erste Welle vorbei sein. Sie würde ihren Trieb einfach sublimieren müssen, indem sie die Energie auf den Bau verwandte. Angeblich halfen auch kalte Duschen, und davon konnte sie weiß Gott beliebig viele haben.

Rae legte den Balken so, dass er mit beiden Enden auf den Schwellenhölzern ruhte, schob ihn in die richtige Position, holte ein Trio Nägel aus der Tasche an ihrem Gürtel, und zum ersten Mal seit sieben Jahrzehnten schallte von der Insel Folly fröhliches Gehämmer über das Wasser.

Mit einer Mittagspause hatte Rae am Nachmittag die Balken verlegt, waagerecht ausgerichtet und festgenagelt, und als die Sonne hinter den Bäumen sank und sie zwang, die Arbeit einzustellen, lagen auch die meisten Verbindungsstücke zwischen den Balken an Ort und Stelle. Mit zitternden Muskeln und klagendem Rücken, aber ungeheuer zufrieden mit sich selbst, hinkte sie zu ihrem Zelt, um den Werkzeuggürtel abzuschnallen und die Säge an ihren Platz im Werkzeugkasten zu legen, und brach dann auf ihrem Feldbett zusammen. Nach einer Weile zwang sie sich wieder in die Senkrechte, spülte Hände und Gesicht ab, stellte Reis und Bohnen zum Kochen auf und schenkte sich dann zur Feier des Tages in eins der eleganten Gläser der Jägerin Wein ein. Während ihr Abendessen vor sich hin köchelte, ging Rae zurück, um ihre Arbeit zu bewundern, genauso, wie sie früher die Möbelstücke, die sie gerade in Arbeit hatte, in ihrer Werkstatt besucht hatte.

In ein paar Tagen war der 1. Mai, wurde ihr klar, und morgen war Vollmond. Bald würde die internationale Arbeiterbewegung wieder unter ihrer roten Fahne marschieren, Kinder würden Wildblumensträußchen pflücken und an die Türknäufe der Nachbarn hängen (machte das eigentlich noch jemand?), und die New-Age-Kelten würden zu Beltane Frühlingsfeuer abbrennen. Rae war nun schon einen ganzen Mondmonat lang auf der Insel, und sie hatte ein sauberes, helles, duftendes Gitter aus fest miteinander verbundenen Balken vorzuweisen. Die angesengten Steine des Kamins und der Türme schienen mehr denn je fehl am Platz zu sein, ungleichmäßig und dunkel im Gegensatz zu dem blassen Holz, wie ein paar verhutzelte alte Männer, die zufällig in einen Kindergarten hineingestolpert waren. Auf einer technisch besser ausgerüsteten Baustelle hätte Rae sich einen Hochdruckreiniger ausgeliehen, um die Steine zu säubern. Hier aber musste sie warten, bis sie den Blindboden fertig hatte, damit sie an die Steine herankonnte, ohne auf einer kippligen Leiter stehen zu müssen.

«Keine Sorge», sagte sie zu den aufragenden Türmen. «In ein paar Tagen mache ich euch sauber.»

Der Mond ging auf, schwanger mit Licht hob er sich mit schwerfälliger Würde aus dem Meer, und mit ihm schwoll das Geräusch an, das Rae an ihrem ersten Abend auf der Insel und seither nicht wieder gehört hatte: Trommeln. Diesmal war sie sich ihrer selbst und ihrer Umgebung sicherer und hielt es nicht sofort für eine Halluzination, auch wenn sie die Möglichkeit immer noch in Betracht zog. Sie trug ihren gefüllten Teller auf die Spitze der Landzunge hinaus, um dort zu lauschen, und aß, ohne etwas zu schmecken, bis sie sicher war, dass irgendwo in der Nähe ihre Nachbarn zum Vollmond trommelten.

Am Wasser war es kühl. Als der Teller leer war, ging Rae zur Wärme ihrer Feuerstelle zurück. Sie schenkte sich ein zweites Glas Wein ein und löschte die Petroleumlampe, weil sie die Motten anzog. Mit müden Muskeln, aber unruhigem Blut setzte Rae sich hin und trank und ließ ihren Blick über die unwirkliche Landschaft schweifen, während das blaue Licht des Mondes heller wurde. Das Trommeln, das aus keiner bestimmten Richtung zu kommen schien, erfüllte die Luft und verklang im nächsten Augenblick wieder in der Nacht. Alles um sie herum war schwarz oder weiß, und die glänzenden Blätter des Erdbeerbaums kontrastierten mit den dunklen Schatten darunter. Fledermäuse flatterten umher; eine Eule rief. Die Wellen schlugen rhythmisch gegen die Steine und wichen wieder zurück, und jede bog sich kurz dem Licht entgegen, wenn sie anstieg, um am Ufer hinaufzugleiten …

Rae fragte sich, was es für ein Gefühl sein mochte, das Gesicht zum Mond zu heben und laut aufzuheulen. Sie hätte gern gewusst, ob die Trommler auf der Nachbarinsel es hören würden und was sie in diesem Fall wohl denken mochten. Sie versuchte, sich vorzustellen, was die Jägerin sagen würde, konnte es aber nicht. Sie setzte ihr Glas ab und stand auf, wanderte langsam zwischen Zelt und Haus hin und her und verspürte dabei einen namenlosen Drang, als wollte sie versuchen aufzusteigen, einen Drang, der sich pelzig anfühlte und nach Sägemehl roch. Er schmerzte, ihre Knochen und ihr Fleisch verlangten nach etwas, verlangten nach Kontakt, nach physischer, warmer Berührung. Rae wünschte sich Nikki her, die sie auf eine Mondscheinfahrt mitnehmen sollte, und Sheriff Carmichael oder Ed De la Torre sollten die Luft mit dem Klang ihrer Männerstimmen füllen. Sie wünschte sich Bella, die sie umarmen, Alan, der ihr Haar packen und sie zu Boden ringen sollte. Es war kein Verlangen nach Sex – oder nicht nur ein Verlangen nach Sex –, sondern etwas noch Machtvolleres, die Sehnsucht, sich in einem Paar starker Arme zu bergen, den Kopf zu senken und dort zu bleiben, an eine Schulter gekuschelt, warm von der Zuneigung und dem Schutz und der Kameradschaft eines anderen Leibes umhüllt.

Sie wünschte sich Alan her, und Alan war fort.

Es war merkwürdig, überlegte Rae, aber in der psychiatrischen Klinik war es Bella gewesen, nach der sie sich am meisten gesehnt hatte. Der mütterliche Trieb, die Arme um das fehlende Kind zu schlingen und es zu trösten, war überwältigend gewesen, aber dieser Trieb schien zur Bedeutungslosigkeit geschrumpft zu sein, weil er so lange unbefriedigt geblieben war. Seit sie auf der Insel lebte, war Bella verblasst, und Alan war in den Vordergrund getreten.

Nun, sie konnte keinen von beiden haben. Wenn sie ihr Alter und ihren Zustand bedachte, war es auch durchaus möglich, dass sie keine der beiden Umarmungen, weder die sexuelle noch die mütterliche, jemals wieder erleben würde, dass ein kurzes, pflichtbewusstes Wangestreicheln von ihrer Tochter oder die verstohlene Umarmung ihrer Enkelin alles blieben, was sie noch bekommen würde, für immer.

Jetzt hätte Rae wirklich am liebsten den Mond angeheult. Einen Augenblick überlegte sie, den immer noch ungeladenen Revolver aus seinem abgeschlossenen Koffer zu holen und die glatte, tröstende Autorität seines Griffes in ihrer rauen Handfläche zu spüren, ihre Wange mit dem kalten Metall zu liebkosen und ihn zwischen ihren Brüsten zu halten. Stattdessen ging sie zu ihrer felsigen kleinen Bucht hinunter, legte systematisch ihre Kleidung ab, vom Hemd bis zu den Schuhen, und stand dann da, nur mit dem kühlen Licht des Mondes bekleidet.

Sie warf den Kopf zurück, streckte die bloßen Arme zur Seite, schloss die Augen und spürte die reflektierte Energie, die über das Meer und das Land, den Strand und die Gestalt, die dort stand, hinwegspülte. Die Nachtluft strich um sie herum, badete ihr Gesicht und ihren Körper und liebkoste ihre Haut. Die Nacht duftete nach Seetang und Schweiß, die Steine unter Raes Füßen waren hart und rund, die Äste über ihrem Kopf still und wachsam. Das warme, feuchte Haar unter ihren Armen und zwischen ihren Beinen schrumpfte bei der ungewohnten Berührung der Luft und Rae zitterte, und dann schritt sie zum zweiten Mal langsam in das sanft wogende Wasser der Bucht hinein.

Als das eiskalte Meerwasser ihre Oberschenkel umspülte, blieb Rae stehen. Immer noch mit geschlossenen Augen hob sie die Hände zum Gesicht, und die harte, empfindsame Haut ihrer Fingerspitzen begann zu forschen und zu erkunden. Rae fühlte sich wie eine Blinde, die einen Menschen kennen lernt: die zotteligen, drahtigen Locken auf dem Kopf (ich muss zum Friseur) und die breite Fläche der Stirn, die borstigen Augenbrauen im Bogen über den weichen Augenhöhlen, zuckende Lider, als träumte sie. Der warme Atem aus den Nasenlöchern, die trockenen, elastischen Lippen, der starke Unterkiefer und der verletzliche Hals, eine volle runde Brust in der rechten Hand und das arme, beschädigte, von Narbengewebe in zwei Teile geteilte Etwas in der linken, und weiter abwärts.

Oh Alan, hauchte Rae lautlos. Oh, oh Alan.

Kapitel 22

Raes Tagebuch

Ich kann mich nicht erinnern, dass meine Träume auch früher schon so merkwürdig waren. Vielleicht hat es damit zu tun, dass ich ein ganzes Jahr lang unter Medikamenten stand und gar nicht geträumt habe. Mein Unbewusstes muss wieder wachsen und aufholen, Phantasien an die Oberfläche bringen, lustige, beängstigende und schlichtweg seltsame.

Vor einer Weile hatte ich kurz vor dem Aufwachen einen lebhaften Traum, nämlich dass ich schwanger war, mit einem Riesenbauch und vollen Brüsten, und eine Ärztin (die Nikki Walls in Frauenkleidern außergewöhnlich ähnlich sah, jetzt, wo ich drüber nachdenke) mir sagte, es sei ein gesundes kleines Delphinbaby. Beim Aufwachen war mein erster Gedanke, wie ich die Wiege, die ich für Bella getischlert hatte, abdichten könnte, um sie mit Wasser zu füllen.

Dann träumte ich von Männern, die in den Krieg zogen, von grimmigen, grauen, schlammverdreckten Männern mit Gamaschen und Überziehern und Gewehren über der Schulter, die im Gleichschritt durch eine verwüstete Landschaft marschierten, an rauchenden Baumstümpfen vorbei, auf denen Geier hockten. Mit mechanischer Präzision stampften sie blind die Straße hinunter und über den Rand einer hohen Klippe, ohne einen Laut stürzte eine Reihe nach der anderen hinunter. Am Fuß der Klippe lagen die Leichen aufgetürmt, wie auf den Fotos von Massengräbern in den Nachrichten, Menschen, die wie Klafterholz aufgestapelt waren. Brrr. Danach habe ich nicht mehr viel geschlafen.

Aber den verdrehtesten Traum bisher hatte ich letzte Nacht, endlos lang, mit Tausenden von Darstellern oder Dutzenden jedenfalls – alle, die ich jemals gekannt habe oder denen ich auch nur begegnet bin, schienen irgendwann vorbeizuhuschen. Die meisten Einzelheiten hatte ich schon lange vor dem Aufwachen vergessen, aber eine Szene ist mir in Erinnerung geblieben.

Ich war in einem Langhaus aus Zeder, einem düsteren, verrauchten Bau, der kalt war, obwohl das Feuer brannte. Außer mir waren alle Anwesenden Männer, alle Männer in meinem Leben, nur mein Großvater nicht. Ich habe noch nie direkt von Großvater geträumt, obwohl er so oft am Rand meines Blickfeldes herumzuschleichen scheint. Aber mein Vater war da und Onkel Gavin (der meiner Mutter noch ähnlicher sah als in Wirklichkeit) und mein erster Mann David und ein paar Vettern. Vivian war auch da, im Hintergrund, und Alan stand neben ihm.

Sie trugen alle indianische Kleidung, lange Gewänder und zum Teil lederne Regenmäntel, und alle hatten hölzerne Masken auf. Die meisten Masken sahen so aus wie das Gesicht der Person – Alans Maske sah aus wie er selbst, bis hin zu der Brille mit Holzgestell –, abgesehen von zwei Männern in der Mitte des riesigen Raumes.

Sie hatten mir den Rücken zugekehrt. Ich ging nach vorn, um zu sehen, was sie sich anschauten, und stellte fest, dass sie über das Bettchen aus Kirsche gebeugt waren, das ich für Bella angefertigt habe. In dem Bettchen lag ein Baby, ein kleines Mädchen, das wach war und zu den beiden Männern hinaufschaute. Ich konnte nicht sagen, wer es war – es hätte Bella sein können oder Petra oder auch Tamara, auch wenn sie sich schon als kleine Kinder überhaupt nicht ähnlich sahen. Das Baby war ein Mädchen, das war alles, was ich sagen konnte.

Ich ging um das Bettchen herum auf die andere Seite und schaute die beiden Männer an, aber ihre Masken waren anders. Man konnte nicht erkennen, wer sie waren, denn das Holz war zu traditionellen Masken des Nordwestens zurechtgeschnitzt, zu einem Raben- und einem Bärenkopf. Als sie mich über das Bettchen hinweg anschauten, machte mir das Glitzern in ihren Augen Angst, und ich wollte das Baby aufnehmen und es beschützen, aber dann dachte ich, das würde die Sache vielleicht nur noch schlimmer machen und ich müsste die Männer von dem Kind ablenken.

Also setzte ich selbst eine Art Maske auf und trat ihnen herausfordernd entgegen, fragte sie, was sie denn eigentlich wollten und wer sie überhaupt seien.

Sie schauten mich an, und einer streckte seine rechte Hand aus, die Bellas antike silberne Rassel hielt, und der andere streckte seine linke Hand aus, in der er Desmonds rostigen Hammerkopf hatte, den ich unter dem Haus gefunden habe. Ich wusste sofort, dass ich den Hammer von dem Baby wegbekommen musste.

«Wer sind Sie?», rief ich noch einmal. Da hoben sie ihre freien Hände und nahmen ihre Masken ab, und jetzt trugen sie hölzerne Gesichter mit den Zügen meines Schwiegersohns Don und meines Stiefsohns Rory. Und dann hoben sie wieder die Hände und nahmen diese Gesichtszüge ab, und Rory verwandelte sich in Don und Don in Rory. Das machten sie noch einmal und noch einmal.

Ich war außer mir, weil ich nicht erkennen konnte, wer von den beiden Don war. Falls er der war, der die Rassel hielt, brauchte ich mir wohl keine allzu großen Sorgen zu machen, aber Don mit einem Hammer in der Hand war eine völlig andere Sache.

Sie warfen weiter ihre Gesichter ab, und ich versuchte, Don unter den Masken ausfindig zu machen, und dann fing das Baby plötzlich an zu weinen, und ich schaute hinunter und sah, dass der Berg von abgelegten Masken das Kirschholzbettchen bis oben hin füllte und dass das Kind ganz darunter begraben war.

Da bin ich aufgewacht, so voller Angst, als hätte ich von einem Ungeheuer geträumt.

Träume sagen uns Wahrheiten, aber häufig ist es nur ein kleines Bruchstück der Wahrheit unter einer Menge Abfall. Hier ist Don der Schlüssel, aber welches Bruchstück von Don? Bedrohung oder Dieb? Und wenn er eine Bedrohung ist, wen bedroht er dann? Seine Frau? Bella ist außerhalb seiner Reichweite – oder ist es meine arme, infantile weibliche Seite, die da in dem Kinderbett liegt, die Letzte der Familie, die ihm ausgeliefert ist?

Wenn man an die vielen Männer denkt, die mein Leben beherrscht haben, ist es eine Ironie des Schicksals, dass meine beiden Kinder und mein einziges Enkelkind Mädchen sind. Und dass tatsächlich beide noch lebenden Familienmitglieder dort liegen, mit mir auf der einen und Don Collins auf der anderen Seite.

Kapitel 23

Rohre unter die Balken zu hängen dauerte fast einen ganzen Tag: Wasserrohre und das Abflussrohr für Dusche und Spüle. Rae hatte die Genehmigung, an der Seite des Holzhauses einen Schuppen für eine Komposttoilette anzubauen, eine komplizierte Geschichte, aber es vereinfachte das Abwassersystem beträchtlich.

Die Falltür zum Kriechkeller zu entwerfen und zu bauen dauerte einen Vormittag. Dann war Rae für die erste Abnahme bereit, nach der sie beginnen konnte, den Blindboden zu verlegen.

Der Bauinspektor des Bezirks kam am Montagmorgen und entsprach damit ihrem Terminwunsch in dem Brief, den sie Ed in der letzten Woche mitgegeben hatte. Ein Mann mit einem Klemmbrett hatte etwas unendlich Beruhigendes, denn die Bedrohung, die von ihm ausging, war zugleich greifbar und universell und daher willkommen. Rae freute sich richtig darauf, sich mit ihm anzulegen, und sie war irritiert, als er sich als freundlicher, glatzköpfiger Mann kurz vor der Pensionierung entpuppte, der sich ganz schrecklich für alles interessierte, es aber zu eilig hatte, um heute mehr als einen schnellen Rundgang zu machen, Kaffee vielleicht beim nächsten Mal, Ms. Newborn. Selbst sein Klemmbrett war nicht bedrohlich, denn auf der Rückseite der leuchtend blauen Plastikplatte klebte ein Schmetterlingssticker (von seiner kleinen Tochter, erzählte der Inspektor Rae ohne Verlegenheit). Etwas enttäuscht hielt sie ihre unterzeichnete Genehmigung in der Hand und schaute zu, wie sein Boot ablegte. Dann ging sie zu ihrem offiziell abgesegneten Fundament zurück und ließ sich zwischen die Fußbodenbalken hinab, um nach den beiden geschnitzten Figuren von sich selbst und Großonkel Desmond zu schauen.

Mit leichtem Pusten befreite sie die kleinen Gestalten von einem Schleier aus Sägemehl und zog sich wieder hinauf, um über ihren Köpfen Glaswolle zu stapeln.

Wieder musste Rae Holz heranschleifen, dieses Mal 1 × 8-zöllige Bretter mit Nut und Feder für den Blindboden. Sie waren zum größten Teil verzogen und hatten Äste, was die sorgfältige Tischlerin in Rae beleidigte, auch wenn sie sehr gut wusste, dass astlose, gut passende, im Trockenofen getrocknete Bohlen für diesen Zweck eine Geld- und Materialverschwendung gewesen wären.

Trotzdem, ihre Bretter würden gerade sein, ob sie nun anfangs verzogen waren oder nicht. Es schmerzte Rae, selbst einen billigen Schraubenzieher als brutalen Hebel benutzen zu müssen, um die Bretter in die richtige Lage zu zwingen, bevor sie sie festnagelte, aber sie tat es, und ihre Bodenbretter lagen so dicht, dass sie als fertiger Fußboden gelten konnten, auch wenn sie unbearbeitet und mit gewöhnlichen Nägeln befestigt waren.

Den letzten Nagel schlug Rae am Dienstagmorgen ein, und gerade als sie den Überstand absägte, drang die vertraute Melodie von Eds Bootsmotoren an ihre Ohren. Während er langsam an den Steg glitt, sägte sie das letzte Stück ab, und dann schritt sie über den rohen neuen Fußboden ihres Hauses, blieb dort stehen, wo die Haustür hinkommen sollte, und nahm den veränderten Blick in sich auf, den der erhöhte Standpunkt auf Fundament plus Fußboden lieferte.

Die Aussicht war schön.

Ed warf seine Leine um den Poller und sah sich nach Rae um. Sie winkte mit beiden Armen, um ihn auf sich aufmerksam zu machen, und amüsierte sich über sein energisches Antwortwinken. Dann stieg sie ihre Vordertreppe hinunter und überquerte die Wiese, um ihm beim Ausladen zu helfen.

«Hallo», rief Ed, als sie in Hörweite war, «Sie haben sich ja einen Fußboden gebaut!»

«Allerdings, Ed. Wollen Sie mal sehen?»

Die stämmige Gestalt mit dem fliegenden Schnurrbart rannte fast den Abhang hinauf. Rae nahm den Segeltuchsessel unter den Arm und folgte. Als sie Ed auf der hölzernen Plattform einholte, stellte sie den Sessel vor den Kamin und wies mit einer zeremoniellen Geste darauf hin.

«Bitte, setzen Sie sich doch, Mr. De la Torre. Sie sind mein erster Gast.»

«Ich fühle mich geehrt, Mizz Newborn.» Feierlich senkte er sein Hinterteil und zupfte vergnügt an seinem Schnurrbart.

«Nennen Sie mich Rae», bat Rae ihn, wie bei jedem seiner bisher vier Besuche. Er genoss bloß den Ausblick und strahlte, so stolz, als wäre er selbst der Bauherr.

Rae freute sich, dass er bei ihr war, ein echter Gast ohne Klemmbrett, jemand, mit dem sie die Freude über ihre Leistung teilen konnte. Allmählich gefiel ihr Ed, dieser liebenswürdige alternde Hippie-Schiffer, der nach Marihuana und Motorenöl roch und sich wie ein Bewohner von Margaritaville verhielt, in dem sie jedoch eine Reihe von dunklen Ecken und Winkeln vermutete. Sie war sich ganz und gar nicht sicher, was sie davon halten würde, wenn er mitten in der Nacht auf die Insel käme, aber im hellen Tageslicht war er ein willkommener, wenn auch rätselhafter Besucher.

«Eigentlich müssten Sie hier draußen eine Veranda haben», sagte er. «Mit einem Schaukelstuhl.»

«Oma Newborn», bemerkte Rae. Ed verzog erheitert das sonnengebräunte Gesicht, beeilte sich aber, ihr zu versichern, dass er es nicht so gemeint habe, dass er sie nie für eine Großmutter … Rae lachte. «Macht nichts, Ed. Schließlich bin ich wirklich Oma. Und Sie haben Recht, man braucht einen Aussichtsplatz. Das einzige Problem ist, dass das ursprüngliche Haus keine Veranda hatte, und ich soll es genauso … Halt, warten Sie mal.» Rae hockte sich auf die Treppe, um den störenden Vorsprung genauer zu betrachten. Im Moment stellte er nur eine Eigentümlichkeit dar, die eine Gefahr für die Substanz des Hauses bildete, aber mit Eds Worten im Sinn begann Rae zu lächeln und bewundernd den Kopf zu wiegen. «Desmond wollte hier eine Veranda anbauen; er hat es nur nicht mehr geschafft», erklärte sie. Der Vorsprung, der das Regenwasser auf die Schwellen geleitet hätte, würde eine perfekte Auflage für eine Veranda abgeben. Und verflixt, das erklärte natürlich auch, warum die Tür so merkwürdig aufgehängt gewesen war. Wenn man auf einer Veranda stand, war eine Tür, die sich nach außen öffnete, gar nicht unpraktisch.

Rae wurde klar, dass Ed mit ihr gesprochen hatte.

«Wie bitte?»

«Wer ist Desmond?», wiederholte er.

«Ach so. Desmond Newborn, mein Großonkel, hat das Haus in den zwanziger Jahren gebaut. In der Familie weiß man nicht viel über ihn, aber ich finde ständig etwas heraus, wie das hier. Der einzige Grund, ein Fundament so zu gestalten, ist der, dass man später eine Veranda anbauen will.» Plötzlich kam Rae ein weiterer Gedanke, und sie drehte sich zu der leeren Stelle links vom Kamin um. Ihr Lächeln wurde breiter. Die seltsame Holzkonstruktion, deren Reste sie dort entdeckt hatte, war auch kein Zufall. Desmond hatte, aus welchem Grund auch immer, direkt neben die Steine des Kamins eine schmale Tür eingebaut. Oder ein Fenster, aber warum sollte man ein Fenster bauen, dass auf eine Felswand hinausging? Rae konnte es kaum erwarten, Petra davon zu berichten, ihrer Partnerin in – was? Forensischer Anthropologie? Analytischer Architektur?

«Möchten Sie Kaffee, Ed?», rief sie über die Schulter, aber sie kannte seine Antwort und stapfte schon die Stufen hinunter.

Sie stellte den Kessel auf und half Ed, ihr übliches Sortiment an Grundnahrungsmitteln, die Gaskartuschen, Wasserkanister, Beutel mit sauberer Wäsche und das Baumaterial, das sie bestellt hatte, auszuladen. Auch die Plastikrohre für die Wasserleitung waren gekommen. Noch sieben Wochen, und Petra (vorausgesetzt, sie kam) hatte ihre Dusche. Draußen unter den Bäumen zwar, aber es würde fließendes Wasser geben, und das würde warm sein.

Rae gab Ed ihren Wäschesack und die Einkaufsliste und reichte ihm dann seinen Becher Kaffee. Belustigt schaute sie zu, wie er sich zu seinem wöchentlichen Klatsch- und Plauderstündchen niederließ, als hätte er das schon sein Leben lang getan. Rae hatte eigentlich kein Verlangen danach, zu erfahren, was in der Außenwelt vor sich ging, und es war eine Unterbrechung, aber Ed beschränkte seinen Besuch normalerweise auf eine halbe Stunde oder so und schien sich dabei wohl zu fühlen. Wenn sie sich mit dreißig Minuten in der Woche einen zufriedenen Boten erkaufen konnte, würde sich das vielleicht als sinnvolle Investition erweisen, falls sie jemals etwas brauchte, das über seine üblichen Verpflichtungen hinausging.

So jedenfalls sagte Rae sich. Die Wahrheit aber war, dass sie, auch wenn sie eine Eigenbrötlerin sein mochte, von Natur aus doch keine Einsiedlerin war. Ein Teil von ihr genoss den Kontakt mit dem weltlichen Spitzbuben Ed De la Torre und der unirdischen, umtriebigen Nikki Walls. Rae wollte ihre Nachbarn vielleicht nicht allzu oft sehen, aber es war schön zu wissen, dass es sie gab.

Und über den reinen zwischenmenschlichen Kontakt hinaus begann Rae, sich für Ed selbst zu interessieren.

Bei seiner zweiten Lieferung hatte sie einen ersten Eindruck davon bekommen, dass der Mann mehr war als bloß ein seefahrender Hansdampf in allen Gassen. Sie war erleichtert gewesen, dass das Misstrauen in seinen Augen schnell wich, als sie ihm mit einem netten, normalen Gruß entgegenkam und den Hammer auf dem Arbeitstisch zurückließ. Sie luden das Boot aus, Rae bot Kaffee an, den Ed auch annahm, und dann zog er sein dickes Cordhemd über die Tätowierungen auf seinen Handgelenken herunter und fragte sie: «Wissen Sie etwas über Kant?»

Rae verschluckte sich fast an ihrem Kaffee. «Kant? Meinen Sie den Philosophen?»

«Ja. Immanuel Kant. Ich lese mich so durch seine Schriften und bin dabei auf ein paar Dinge gestoßen, die ich nicht verstehe. Wenn das passiert, frage ich einfach ein bisschen herum, bis ich jemanden finde, der die Antwort weiß. Sie würden sich wundern, was die Leute auf diesen Inseln alles wissen.»

Rae blinzelte. «Was Sie nicht sagen.»

«Wirklich. Drüben in Deer Harbor wohnt einer, der hat ein Buch über Thomas von Aquin geschrieben. Er war nützlich, das kann ich Ihnen sagen, wenn ich in der *Summa theologica* stecken geblieben bin. Aber bei Kant ist er keine große Hilfe.»

«Das tut mir schrecklich Leid, Ed, aber ich habe mit achtzehn zum letzten Mal etwas Philosophisches gelesen, in der Schule. Ich hab davon Kopfschmerzen gekriegt.»

«Die kann man davon wohl kriegen, das stimmt», pflichtete Ed ihr bei.

Die wettergegerbten Züge des sechzigjährigen Schiffers und Philosophen verzogen sich zu einem bedauernden Lächeln, und Rae wurde plötzlich von der Gewissheit geblendet, dass Alan diesen Mann sehr gerne kennen gelernt hätte, dass er sich in seinem Sessel vorgebeugt hätte, um mehr von seinen merkwürdigen Widersprüchen aus ihm herauszulocken, entzückt darüber, dass er einen Rohdiamanten entdeckt hatte. Sie musste aufstehen und sich mit der Kaffeekanne beschäftigen, um ihr Gesicht vor Ed zu verstecken.

Jetzt, drei Wochen später, reichte sie ihm seinen Becher und fragte, wie es mit Kant vorwärts ginge.

«Freitag war ich mit ihm fertig.»

«Und haben Sie die Probleme gelöst, die Sie neulich hatten?»

«Eigentlich nicht, aber ich hab meine Fragen aufgeschrieben, um darüber nachzudenken. Eines Tages finde ich jemanden, der sie beantworten kann. Jetzt arbeite ich an Konfuzius.»

«Das ist ein ganz schöner Sprung.»

«Ich bleibe nicht gern irgendwo stecken. Aber Konfuzius ... ich weiß nicht. Mir scheint, dass man wirklich Mandarinchinesisch können müsste, um zu verstehen, was der Kerl will. Ich kann ein bisschen Kantonesisch – es reicht, um ein Essen zu bestellen oder einem Taxifahrer zu sagen, wo ich hin will, aber lesen kann ich es nicht.»

«Ed, Sie sind immer wieder für Überraschungen gut. Wo haben Sie denn Chinesisch gelernt?»

«Hab ein paar Jahre in Hongkong gelebt. Wollen Sie mal sehen?»

Bevor Rae fragen konnte, was er mit diesem rätselhaften Angebot meinte, erhob er sich und knöpfte sein Cordhemd auf. Das T-Shirt, das er darunter trug, verhüllte seinen Oberkörper, aber als die langen Ärmel fort waren, konnte Rae endlich mehr von dem sehen, was sich als Rand auf seinen Handgelenken ankündigte: Eds Haut war ein einziger bunter Teppich, der mit einem Paar ähnlicher, aber nicht identischer Armbänder in einem afrikanisch anmutenden Design begann und sich dann seine Arme hinaufzog. Ed schob den rechten Ärmel des T-Shirts hoch, um Rae einen Drachen zu zeigen, dessen Schwanzspitze kurz unter dem Ellbogen lag und dessen geschmeidiger Körper sich bis zur Schulter hinaufschlängelte, während der Kopf hinten über den Arm herunter Feuer spie.

«Hongkong», kommentierte Ed.

«Sie meinen, Sie haben das in Hongkong machen lassen?»

«Das da ja, aber die meisten stammen von einem Mann in Vancouver. Er arbeitet jetzt seit fünfunddreißig Jahren an mir. Ich gebe ihm ein Muster, und er überlegt, wie es reinpasst. Das ist mein Leben, alle wichtigen Sachen, angefangen mit denen hier.» Er umfasste mit der rechten Hand sein linkes Handgelenk, dann mit der linken das rechte. «Zwei Jahre beim Peace Corps in Kenia – ich kam nach Hause und wollte dafür sorgen, dass ich das nie vergessen würde. Also haben wir damit angefangen und dann weitergemacht. Wir haben ausgerechnet, dass wir erst wenn ich fünfundneunzig oder so bin bei meinen Fußgelenken ankommen, es sei denn, ich lege richtig los.»

Ed besaß eine wirklich prächtige Epidermis, eigentümlich sinnlich, eine durchgehende Fläche aus sich verschiebenden, ineinander verschlungenen, tiefbunten Bildern, indigoblau und smaragdgrün und kastanienbraun, ohne dass ein Stückchen Hautfarbe zu sehen war. Es war schwer, diese Haut nicht zu liebkosen, so samtig warm wirkte sie. Ed zeigte Rae einen springenden Lachs auf seinem linken Bizeps (der an zwei Sommer auf einem Fischerboot erinnerte) und einen aufgerichteten Grizzlybären auf dem rechten (eine Begegnung bei der Arbeit an der Pipeline in Alaska), einen Wirbel aus Violett- und Blautönen (ein Orkan in der Karibik, den er miterlebt hatte) und einen leuchtend bunt gestreiften Ballon (Sommerjob im Napa Valley). Die Formen passten ineinander wie Puzzleteile, aber eine der Figuren konnte Rae nicht deuten.

«Was ist das?», fragte sie. Es sah aus wie eine Flasche mit Streifen davor.

«Ach», meinte Ed verlegen, «ich habe sechs Monate wegen Trunkenheit und ordnungswidrigem Verhalten gesessen, weil ich einem Kerl in einer Bar eine gescheuert habe. War 'n Bulle, wie sich dann herausstellte.»

Es war also tatsächlich eine Flasche mit einem Gefängnisgitter darüber.

Rae lehnte sich zurück, denn sie war sich sicher, dass er, falls sie Interesse bekundete, gern auch noch das T-Shirt ausziehen und ihr zeigen würde, wie weit sie gekommen waren. Und vielleicht noch mehr als das T-Shirt. Doch für heute reichten ihr die Enthüllungen.

«Und was gibt's draußen Neues, Ed?», fragte sie.

Neuigkeiten aus der Welt stießen bei Ed auf ein unerschöpfliches Interesse, sie waren so faszinierend und lehrreich wie Kant oder Thomas von Aquin. Außerdem bestanden solche Neuigkeiten für Ed fast ausschließlich aus Lokalnachrichten; seine Welt reichte vom nördlichen Ende der Insel Vancouver zur Südspitze vom Puget Sound und dehnte sich nur selten einmal auf den Rest des Bundesstaates Washington aus. Die Gesetzgeber in Washington, D.C, hätten ebenso gut auf einem anderen Planeten leben können – paradox, dachte Rae, bei einem Mann, der so weit gereist war. Die heutigen Meldungen waren typisch: Sie begannen mit dem kürzlichen Beinahe-Trauma der gerüchteweisen Übernahme des örtlichen Supermarktes durch eine riesige Festlandkette, eine mit knapper Not abgewendete Katastrophe, die den Inseln auf Kosten einer heimischen Institution Rucola und frischen Mozzarella beschert hätte, gingen weiter mit einer Skandalgeschichte über eine High-School-Lehrerin auf San Juan, einem toten Schwertwal, der bei Shaw gefunden worden war (einer mit einer Kennzeichnung aus einem Buchstaben und einer Zahl, was hieß, dass er nicht zu den berühmteren Inselbewohnern gehört hatte, doch betrauert wurde er trotzdem), und endeten mit einer komplizierten Auseinandersetzung an einem privaten Strand auf Lopez, bei der Sheriff Carmichael sich in voller Kleidung ins Wasser gestürzt hatte, um ein betrunkenes Mädchen zu retten. Rae hörte nur mit halbem Ohr zu, denn Eds Tätowierungen lenkten sie ab. Eine dünne Klapperschlange schlüpfte zwischen einem braunen Fußball mit einem schwarzen Kringel darauf (eine Unterschrift, vom Alter verwischt?) und einem eckigen Gegenstand hindurch, der wie ein Sandwich aussah. Wie wäre es wohl, mit dieser Haut ins Bett zu gehen?, überlegte Rae. Sie hatte absolut kein Interesse an Ed, aber die Haut, die er trug, war etwas anderes.

Nun erst fiel ihr auf, dass ihr Gast sich zu ihr neigte, als bestünde die Gefahr, dass die Eichelhäher sie belauschten. Rae zwang sich, seine Haut nicht mehr zu beachten, und merkte, dass sie sich ebenfalls nach vorn beugte.

«Haben Sie von den Mädchen gehört, die auf dem Festland verschwunden sind?», wiederholte Ed gerade.

«Hm, da stand was von einem Mädchen in der Zeitung, aber das ist schon Wochen her. Rugeley hieß sie; Joanna Rugeley. Gleich als ich hier ankam.» Ein Zeitungsartikel, von dem sie ihren Blick gewaltsam losgerissen hatte, aber erst, als der Name und das Foto sich schon in ihr Gedächtnis eingeprägt hatten. «In Spokane, oder? Und jetzt noch eins?»

«Ihre Schwester», sagte Ed, der seine Rolle als Überbringer grausiger Nachrichten genoss – selbst wenn diese Nachrichten von den fernen Rändern der von ihm anerkannten Welt stammten.

«Die Zeitung meinte damals wohl, das Mädchen sei ausgerissen», erinnerte Rae sich. «Da war doch etwas mit einer Schule, auf die der Vater sie schicken wollte.»

«Ja, irgendeine Reformschule auf Tahiti oder so was. Ich wünschte, ich wäre in den Südpazifik zur Schule geschickt worden.»

«Und jetzt ist ihre Schwester verschwunden?»

«Ja. Ellie heißt sie. Vierzehn Jahre alt – ist zum Schulbus gegangen und hat sich einfach in Luft aufgelöst. Sie glauben, dass da draußen entweder ein Verrückter sein Unwesen treibt oder dass das erste Mädchen die Schwester nachgeholt hat.»

«Was auch immer, für die Eltern ist es schlimm.»

«Die Mutter ist tot, da ist nur noch der Vater. Und ja, der war in den Nachrichten, in Tränen aufgelöst und alles. Sie haben einen von seinen Freunden interwievt, der hat gesagt, er wäre ein gottesfürchtiger Mann.»

Die einzigen gottesfürchtigen Menschen, die Rae gekannt hatte, waren ihrer Ansicht nach selbstgerechte, besserwisserische Personen, die guten Grund hatten, die göttliche Missbilligung zu fürchten. Aber Rae hatte auch die Szene auf der Fähre nicht vergessen, als Tamara ihr von der wachsenden Feindseligkeit zwischen Petra und Don und Dons Erkundigungen über Schulen für schwierige Jugendliche erzählt hatte. Der Bericht war, typisch für Tamara, unzusammenhängend gewesen, sodass Rae erraten musste, was dahinter stand. Zu dem Zeitpunkt hatte sie vermutet, dass Tamara übertrieb, dass es sich bei ihren Äußerungen einfach um die neueste in einer langen Kette von Botschaften handelte, die letztlich von Don stammten und Rae aufforderten, wieder einmal etwas zum Familienbudget der Collins beizusteuern – Don würde doch bestimmt nicht ernsthaft in Erwägung ziehen, seine Tochter wegzugeben, nur um seiner Schwiegermutter Geld zu entlocken. Trotzdem war es Rae nicht möglich, es darauf ankommen zu lassen, damals nicht und wohl auch in Zukunft nicht. Stattdessen hatte sie getan, was sie schon seit Jahren getan hatte, öfter noch, als sie zählen konnte – sie hatte sich hingesetzt und Tamara einen Scheck ausgeschrieben, dieses Mal vorgeblich für Petras Therapie. Die Erinnerung daran wurmte sie noch immer und ließ sie scharf antworten.

«Ich habe von diesen Schulen gehört, Ed. Tropische Lager für die Ausbildung von Rekruten, alles Drill und Struktur und Misshandlungen nicht zu knapp. Es gibt gute Gründe dafür, warum es solche Schulen in diesem Land nicht gibt – unsere Gesetze würden einiges von dem, was sie den Kindern da antun, um sie zu disziplinieren, niemals zulassen. Wenn ich Teenager wäre, käme ich wahrscheinlich auch in Versuchung auszureißen.»

Raes Heftigkeit führte dazu, dass Ed über seinem Kaffeebecher eine Augenbraue hochzog, aber dieses Thema machte sie tatsächlich sehr nervös. Wie lange würde Don mit dem letzten Scheck zufrieden sein? Das konnte man bei ihm nie wissen. Hätte sie sich aufmerksamer anhören sollen, was Tamara über die Schulen sagte? Rae konnte nur hoffen, dass Petra einer offenen Konfrontation mit ihrem Vater aus dem Weg ging.

«Hey», fuhr Ed plötzlich auf, «das hätte ich ja fast vergessen. Ich habe einen Anruf von einer Rechtsanwältin unten in Kalifornien gekriegt, sie hat gesagt, sie hätte Ihnen einen Brief geschrieben und ob ich bitte warten könnte, bis Sie ihn durchgesehen haben. Sie braucht irgendeine Unterschrift, hat gemeint, ich sollte den unterschriebenen Wisch wieder mitnehmen und ihr gleich zurückschicken, damit sie nicht bis nächste Woche darauf warten muss. In dem komischen Umschlag da», sagte er, als Rae nach der Segeltuchtasche griff, in der Ed immer ihre Post brachte. Die Tasche war schwerer als sonst, zum Teil wegen eines Päckchens von Petra – bestimmt die Fotos. Rae legte sie auf die Seite und zog das Eilpäckchen heraus. Es war ein ungeheuer dickes Bündel von Dokumenten von ihrer Rechtsanwältin, Pam Church. Als Rae das Begleitschreiben las, wurde ihr das Herz schwer.

«Verdammter Mist», sagte sie angewidert.

«Probleme?» Ed versuchte, nicht zu neugierig zu klingen.

«Rechtliche Probleme», antwortete sie unbestimmt.

«Rechtssachen sind ätzend» bemerkte Ed dunkel, und seiner Stimme waren die unguten persönlichen Erfahrungen anzuhören. «Das ist wie diese Geschichte von Dickens – der Prozess geht immer weiter, die Leute sterben weg, aber der Prozess lebt ewig. Haben Sie das gelesen?»

«*Bleakhaus*? Vor Jahren. Ich hoffe bloß, dass das hier nicht so schlimm wird.»

Raes Rechtwanwältin, die sich normalerweise nicht aus der Ruhe bringen ließ, hatte vor Entrüstung praktisch gestottert, als sie den Brief schrieb; beim Lesen erkannte Rae, warum: Don – mit Tamara, obwohl Rae wusste, wer eigentlich dahinter stand – hatte ein Verfahren angestrengt, um seine Schwiegermutter entmündigen zu lassen. Auch wenn es nicht ganz so einfach war: Die Wörter waren alle vielsilbige juristische Fachbegriffe und daher kaum zu verstehen. Dafür waren es eine ganze Menge: Vormundschaftsgericht und Antrag auf Ernennung eines Vormundes, Prozessfähigkeit und zeitlich begrenzte Vollmacht waren einige der Ausdrücke, die Rae entgegensprangen, als sie das Dokument durchblätterte. Dann blieb ihr Blick an einem grässlichen Wort hängen, und ihr wurde kalt: «Demenz». «Spezielle Anweisungen für Demenz», war das Formblatt überschrieben. Auf dem nächsten hieß es: «Prozessfähigkeit», und dann kam der peinigende Satz «unfähig, ihre eigenen Angelegenheiten zu besorgen». Auf diesem Formular waren ein halbes Dutzend Kategorien psychischer Störungen aus dem DSM IV, dem *Diagnostischen und Statistischen Handbuch psychischer Störungen*, aufgeführt, die bei ihr alle irgendwann einmal zutreffend gewesen waren. Sie schauderte vor der Liste zurück und blätterte um, und da fand sie ihre Fallgeschichte.

Eine Seite nach der anderen, ein Katalog von Rae Newborns hinlänglicher Erfahrung mit Geisteskrankheit, von ihrem ersten Selbstmordversuch bis zu dem noch nicht lange zurückliegenden Jahr in der Klinik, wobei eine Betonung auf dem Monat lag, bevor Sheriff Escobar sie abgeholt hatte. Der einzige Beitrag von Dr. Hunt war, wie Rae mit Erleichterung sah, ein unterschriebener Einweisungsschein, aber dann kamen Kopien der Polizeiberichte (wie war Don da bloß rangekommen? Hatte Tamara sie oder waren sie irgendwo im Haus?), Beschreibungen ihres absonderlichen Verhaltens, das in den ersten Wochen nach dem Unfall zu einer ausgewachsenen Psychose geworden war. «Wahnvorstellungen», stand auf dem Einweisungsschein. «Halluzinationen». Eine Gefahr für sich selbst. «Schwerbehindert», hatte jemand hineingetippt (nicht Tamara, bitte nicht Tamara ...), und schließlich die Beschreibung ihres körperlichen Zustands, als sie wieder in die Klinik eingeliefert worden war.

Die Schlussfolgerung lautete, wie zu erwarten gewesen war: Rae Newborn litt unter andauernder und gefährlicher Labilität, die sie zuletzt in ihrem Umzug auf die Insel gezeigt hatte, fort von psychiatrischer und medizinischer Überwachung und in einen Zustand «extremer Isolierung, unter primitiven Bedingungen, die für eine Frau in ihrem Alter und ihrer psychischen Verfassung nicht angemessen sind, insofern ist dieser Umzug einer Selbstmorddrohung oder einem Hilferuf gleichzusetzen».

Das letzte Beweisstück war ein stark vergrößertes Foto, das ihre derzeitige Umgebung zeigte. Rae brauchte einen Moment, um sich darüber klar zu werden, dass es aus einem der Filme stammen musste, die sie Petra vor gerade erst zwei Wochen geschickt hatte, eins der Fotos, die in dem Umschlag mit Petras Handschrift außen drauf warteten. Diese Aufnahme zeigte ein Zelt an einem besonders nassen, trüben Tag, an dem Raes Behausung billig und erbärmlich aussah. Nur eine Verrückte konnte so leben.

Aber zum Teufel mit Don. Sie hatte ihm so viel Geld geschickt, dass er davon jahrelang 50-Minuten-Stunden für Petra bezahlen konnte, obwohl sie genau wusste, dass er das meiste davon selbst gebrauchen würde. Warum nahm dieser elende Kerl nicht das Geld und ließ sie in Ruhe? Und sie konnte ihn nicht einmal zur Rede stellen, es sei denn, sie wäre bereit gewesen, jeglichen Kontakt zu dem Kind aufzugeben, und Don wusste nur zu gut, dass sie das nicht war. Rae konnte nichts anderes tun, als was sie die ganze Zeit schon getan hatte, nämlich ihm Geld geben, während sie mehr oder weniger vortäuschte, sie merke nicht, was er im Schilde führte.

Sie nahm einen Stift und unterzeichnete das Schriftstück, das an das Dokument angeheftet war und in dem in vielen langen Wörtern Raes Wunsch wiederholt wurde, dass Pamela Church sie weiterhin in dieser und in allen anderen rechtlichen Angelegenheiten vertreten möge. Dann klebte sie den Rückumschlag zu.

«Ich schicke ihn gleich ab, wenn ich zurückkomme», versicherte Ed, trank seinen Becher aus und nahm den Wäschesack, sein Cordhemd und Raes Umschlag. Rae begleitete ihn zum Bootssteg und bedankte sich.

Die Sonne stand jetzt hoch am Himmel, und die stille Luft war beinahe heiß. Ed legte sorglos ab und akzeptierte, dass Rae dem

Boot einen Stoß gab. Der Motor sprang an, und Ed winkte und steuerte die *Orca Queen* dann auf die Ausfahrt der Bucht zu. Als das Boot den neuen Kurs eingeschlagen hatte, nahm der Schiffer beide Hände vom Ruder, fasste sein T-Shirt und zog es sich über den Kopf.

Das war, entschied Rae belustigt, wahrscheinlich ebenso sehr eine narzisstische oder sogar eine flirtende Geste wie ein Akt der Erleichterung: Die menschliche Leinwand zeigte stolz ihre Farben. Und es war wirklich ein außergewöhnlicher Anblick, ein muskulöser Man mit grauem Pferdeschwanz, der von den Handgelenken bis zur Gürtellinie bemalt war und in der Sonne glühte. Die meisten Formen konnte Rae aus der Entfernung nicht erkennen, aber sie sah, dass Eds ganze linke Seite unter dem Schulterblatt mit einem roten Fleck bedeckt war, der von dunklen Streifen durchbrochen wurde, und auch wenn sie keine Ahnung hatte, was das Rot war, sahen die Streifen doch den Gitterstäben über der Flasche auf seinem Arm sehr ähnlich, nur dass sie größer waren.

Und Rae fragte sich, ob ihr Bote wohl einmal als Zoowärter gearbeitet hatte.

Oder ob er eine längere Haftstrafe abgesessen hatte.

Rae schüttelte diese düsteren Spekulationen ab und merkte, dass sie Pamela Churchs Brief immer noch in der Hand hielt. Sie stand auf den sanft wogenden Planken und las ihn ein zweites Mal, und dabei erkannte sie die Besorgnis hinter der Entrüstung.

Pam machte sich Sorgen.

Verdammt, dachte Rae. Don Collins gehörte jetzt seit vierzehn Jahren zu ihrem Leben, und das einzige Gute, was ihr aus dieser Beziehung erwachsen war, war Petra.

Don hatte Tamara schon auf der High School kennen gelernt, als sie in der zehnten Klasse war und er in seinem letzten Jahr. Sie hatten sich ein paar Mal verabredet, dann machte er seinen Abschluss und ging aufs College. Die alten Freunde, darunter auch Tamara, ließ er zurück. Zwei Jahre später, als Tamara in der Abschlussklasse war und Don in den Frühjahrsferien nach Hause kam, trafen sie sich auf einer Party wieder. Tamara nahm ihr Abschlusszeugnis schwanger entgegen, auch wenn das zu dem Zeitpunkt noch niemand wusste – und Rae, die ihre Tochter in dem Frühjahr nur wenige Male gesehen hatte, schon gar nicht. Rae sah Don zum ersten Mal auf Tamaras Abschlussfeier. Zum zweiten Mal begegnete sie ihm zwei Monate später auf der Hochzeit, einer formalen, aber hastigen Veranstaltung im Haus von Raes Exmann David, wo die Braut unter der Obhut ihrer Großmutter den größten Teil ihres Lebens zugebracht hatte und wo man Rae beobachtete wie eine Zeitbombe. Im folgenden Januar war Petra zur Welt gekommen.

Lange vor Petras Geburt – vielleicht, argwöhnte Rae, sogar schon bevor er sich bereit erklärt hatte, Tamara zu heiraten – hatte Don den Hebel entdeckt, mit dem er seiner wohlhabenden Schwiegermutter einen stetigen Geldsegen entlocken konnte: Schuldgefühle der Familie gegenüber. Ein paar Wochen nach der Hochzeit, als Tamara gerade erst Umstandskleidung trug, hatte Rae draußen vor der Wohnungstür gestanden und die Jungvermählten betrachtet. Don hatte Tamara besitzergreifend einen Arm um die Schultern geschlungen, und aus seinem Blick sprach unverhohlene Nötigung; in diesem Augenblick wurde die finanzielle Beziehung zu ihrer Tochter und ihrem neuen Schwiegersohn festgelegt. Rae wolle gern, dass das junge Paar in ein besseres Viertel zog? Schön, sagte Don, aber dann müsse sie bei der Miete helfen. Sie wolle, dass Tamara ihre Collegepläne weiterverfolgte? Okay, aber Don konnte sich zweifache Studiengebühren plus die Kosten für die Kinderbetreuung nicht leisten. Ein monatlicher Zuschuss und eine Extrasumme für die Krankenversicherung und die Babyausstattung und die Reparaturen, wenn das Auto kaputtging, und sie brauchten wirklich einen Computer. Und später – ja, natürlich konnte Petra in einen billigen Kinderhort mit fünfzehn anderen Kleinen gehen, aber für ein wenig mehr …

Es hatte zu häufigen Konflikten mit Alan geführt, der immer sehr aufgebracht war, nicht so sehr wegen des Geldes, sondern über Dons Manipulationen. Als Alan auf der Bildfläche erschien, war Petra jedoch schon zwei, und am Gang der Dinge war nicht mehr viel zu ändern. Der feste monatliche Zuschuss fiel fort, als Don das College abgeschlossen hatte und in der Immobilienfirma seines Vaters Geld verdiente; stattdessen zahlte Rae ihren Beitrag jetzt auf ein Sparbuch für Petra ein (auch wenn sie bezweifelte, dass viel von dem Geld dort blieb) und ergänzte ihn durch Schecks, die die Katastrophen abdeckten, welche die Familie regelmäßig heimsuchten. Die weit überhöhte Summe für Tamaras Pferdetrainer-Workshop war typisch. Rae konnte sich nicht erinnern, wie viele unzuverlässige Geräte sie ersetzt hatte und in wie vielen Notfällen sie das Schulgeld bezahlt hatte. Nur ein einziges Mal hatte Don es mit einer Variation dieses Themas versucht und sie gebeten, in eins seiner Vorhaben zu investieren, und dieses eine Mal hatte Rae kategorisch abgelehnt – auf keinen Fall wollte sie in das Unternehmen ihres Schwiegersohnes verstrickt sein. Doch auch damals hatte sie ihm einen Scheck ausgeschrieben, um ihn bei Laune zu halten. Rae hatte erwartet, dass Don die Erlaubnis zu Petras beabsichtigtem Besuch nach dem gleichen Muster geben würde, gefolgt nämlich von einer bedauernden Anmerkung in seiner Handschrift, die besagte, es täte ihm Leid, aber die Extraausgaben, die auf ihn zukämen, bedeuteten … Dann hätte Rae ihm einen Scheck geschickt, und alle wären zufrieden gewesen.

Das angedrohte Gerichtsverfahren jedoch war eine vollkommen andere Geschichte. Jetzt, so schien es, wollte Don alles haben. Wahrscheinlich war er während Raes Klinikaufenthalt auf die Idee gekommen, als Tamara vorübergehend die Kontovollmacht erhalten hatte, um die Rechnungen ihrer Mutter zu bezahlen. Dieser Einblick in Raes finanzielle Situation musste ihm den Mund wässrig gemacht und ihn auf diesen Gedanken gebracht haben.

Warum, ach, warum bloß hatte er damit nicht noch ein paar

Jahre warten können?, tobte Rae, aber sie wusste sehr gut, warum er das nicht konnte: Petra. Das Mädchen war dreizehn, eine Minderjährige, und das noch fünf Jahre lang, und in dieser Zeit konnte er sie als Köder und als Drohung ausspielen. Don wusste nur zu gut, was Petra ihrer Großmutter bedeutete, er wusste es besser als seine Frau. Wenn Rae sich wehrte, würde Tamara seine Partei ergreifen, und Petra wäre bis zu ihrem achtzehnten Geburtstag für Rae verloren. Dass eine Großmutter ein Recht auf ihr Enkelkind geltend machen konnte, war keineswegs sicher.

Verdammt, dachte Rae wieder, verdammt nochmal. Wie viel würde es sie kosten, im nächsten Monat zwei Wochen lang Petras Gesellschaft zu erkaufen? Sie wusste nicht, ob das als Nötigung oder als Erpressung galt, aber das eine wusste sie: Aus irgendeinem Grund waren die Hindernisse plötzlich erhöht worden, und der Druck würde erst nachlassen, wenn Petra rein rechtlich in der Lage war, selbst Entscheidungen zu treffen, oder wenn Don noch wesentlich mehr Geld von seiner verrückten Schwiegermutter in die Hände bekam.

Vielleicht hätte ich Ed bitten sollen, mich rüber nach San Juan zu einem Telefon zu bringen, überlegte Rae. Pamela hatte nicht darum gebeten, aber es war offensichtlich, dass sie eine Konsultation wünschte, fast so sehr, wie Rae sich ein beruhigendes Gespräch herbeisehnte.

Diese Woche nicht, entschied Rae. Vielleicht würde sie am nächsten Dienstag ein paar Stunden von der Zeit des illustrierten Mannes mieten und ihre Anwältin anrufen, ihr sagen, dass sie den Status quo aufrechterhalten, eine direkte Konfrontation vermeiden und sich weiterhin den Zugang zu ihrer eigenen Familie erkaufen wollte. Wenn das einen bitteren Geschmack in ihrem Mund hinterließ, dann war das eben so. Sie hatte schon Schlimmeres geschluckt als Galle, und es war ja nur noch für ein paar Jahre.

Aber verdammt nochmal.

Um den Geschmack aus dem Mund zu bekommen, schaute Rae die anderen Briefe durch, die auf ihrem Kochtisch warteten. In dem dicken Umschlag von Petra waren tatsächlich die beiden entwickelten Filme, und Rae blätterte die Fotos schnell durch, zog ein Gesicht, als sie an den Schnappschuss von ihrem Lagerplatz kam, der Don so gefallen hatte, und erinnerte sich bei den ersten Aufnahmen daran, wie unbekannt die Landschaft durch den Sucher ausgesehen hatte, wie exotisch. Zwei Filme mit je sechsunddreißig Bildern, und die meisten davon gehörten, wie immer, in den Müll: auf einem Ast ein Vogel, den man nur bemerken würde, wenn man ihn mit einem Pfeil kennzeichnete, oder das subtile Farbenspiel eines Sonnenuntergangs, das auf dem Papier zu einem trüben Grau geworden war. Ein paar Fotos waren allerdings nicht schlecht. Zwei oder drei waren sogar erstklassig. Eine Aufnahme vom Erdbeerbaum, der den neuen Arbeitstisch vor dem Regen schützte, hielt ein interessantes Nebeneinander von Natürlichem und von Menschenhand Hergestelltem fest, das die Qualitäten des einen auf das andere zu übertragen schien: Der Tisch sah wie etwas Lebendiges aus, so als wüchse er aus einem Baum heraus, der seinerseits viel zu perfekt wirkte, um etwas anderes als die Schöpfung eines Künstlers zu sein. Und eins der Fotos vom Bauplatz, noch bevor Rae irgendetwas daran getan hatte, war ... unheimlich. Es war im schrägen Licht des frühen Morgens von der Landzunge aus aufgenommen, und die Türme schienen wie ein paar ertrinkende Hände aus dem Blattwerk herauszuschreien. Tennyson, dachte Rae, Tintern Abbey oder Glastonbury.

Ja, eine Hand voll von den zweiundsiebzig waren gut, professionell sogar.

Und warum war ihr jetzt dieses spezielle Wort eingefallen?

Rae schob die Fotos wieder in ihre Taschen und warf einen Blick auf die restliche Post. Der größte Teil war nachgeschickt und uninteressant, aber beim Anblick einer unverkennbaren Handschrift musste sie unwillkürlich lächeln, dann runzelte sie die Stirn. Vivian Masters, ihr Holzhändler und mehr als das, ein guter Freund. Jedenfalls war er das gewesen, bevor Rae beschlossen hatte, dass sie sich Freundschaften nicht leisten konnte und deswegen alle willigen Besucher in der Klinik abwies, bevor sie sich nach ihrer Entlassung in die Hände einer examinierten Krankenschwester und Babysitterin begeben hatte, statt sich den liebenden Armen von Freunden zu überlassen, und bevor sie diese Frau angestellt hatte, um sie die Küste hinaufzufahren, statt einem Freund zu erlauben, diese Aufgabe unentgeltlich zu übernehmen. Fremde, für ihren Job ausgebildete Personen stellten ausschließlich Forderungen finanzieller Art und gingen einem nicht auf die Nerven. Was wollte Vivian denn?

Liebe Rae,
ich hoffe, das hier erreicht dich; niemand scheint zu wissen, wo zum Teufel du eigentlich steckst.

Ich will dir damit nicht lästig fallen, aber vor ein paar Jahren hast du mal gesagt, du hättest gern einen großen Knorren von der Schwarzen Walnuss, und letztes Jahr bin ich auf etwas wirklich Schönes gestoßen. Wie für dich geschaffen, dunkel und verdreht, und für jemand anders unmöglich zu gebrauchen, aber in deinen Händen wird er die Kritiker ins Schwitzen bringen. Ich werde ihn ewig für dich festhalten, dass weißt du ja, Schätzchen, aber ich wollte dir einfach Bescheid geben, dass er für dich bereitsteht, wenn du für ihn bereit bist.

Keine Eile, Mädchen. Der Baum hat dreihundert Jahre auf dich gewartet, er wird auch noch ein paar Jährchen länger warten.

Ich hoffe, dass es dir besser geht, Rae – als ich dich das letzte Mal gesehen habe, hast du ausgesehen, als wärst du im Krieg gewesen. Warst du ja wohl auch. Pass auf dich auf, mein Mädchen, und schreib auch mal, ja? Damit man weiß, dass du noch unter den Lebenden weilst.

Vivian

Wenn du für ihn bereit bist …

Dunkel und verdreht und für jemand anders unmöglich … Ja, das klang interessant, es hörte sich an, als wäre dieser Knorren etwas für sie. Als wäre er etwas für sie gewesen, früher. Bevor sie im Krieg gewesen war.

Rae zerknüllte Vivians Brief und warf ihn in die Feuergrube. Ein Weilchen später flog das rechtliche Dokument hinterher.

Abgelenkt vom Gerichtsverfahren und schmerzhaften Erinnerungen an vergangene Zeiten, kehrte Rae zu ihrer Bastelei an der Wasserleitung zurück und verbrachte diesen und den nächsten Tag damit. Die Arbeit war schweißtreibend und schmutzig. Rae hackte den Boden auf, um den Graben zu ziehen, und kontrollierte ständig das Gefälle, und sie war sehr froh, als sie, nachdem sie am späten Mittwochabend den unterirdischen Teil der Leitung fertig gestellt hatte, das Auffangrohr in das lauwarme Wasser des oberen Beckens tauchte und kurz darauf beobachten konnte, wie dreißig Meter unterhalb der Quelle das erste Wasser aus dem Plastikrohr tröpfelte. Die restliche Leitung, die überirdisch verlegt werden und Desmonds Verlauf folgen sollte, würde viel schneller gehen.

Donnerstagnachmittag, als Rae mehr als die Hälfte des Weges zwischen Quelle und Haus bewältigt hatte, als der Schlamm ihr an Knien und Ellbogen klebte und ihr Rücken von all dem Bücken wie Feuer brannte, als ihre Haut von den Büschen und Brennnesseln, durch die sie sich hindurcharbeitete, aufgekratzt und entzündet war und ihre Finger von dem Klempnerzement, den sie benutzte, halb zusammengeklebt waren, hörte Rae einen Schiffsdiesel. Ächzend und stöhnend richtete sie sich auf und taumelte zu einem schönen, geraden Baumstamm, um sich dagegen zu lehnen, bis der Verursacher des Tuckerns in Sicht kam. Selbst wenn es nur ein vorüberfahrendes Boot sein sollte, war ihr doch jede Unterbrechung willkommen.

Aber das Boot fuhr nicht vorbei, sondern Nikki Walls legte an und stieg in ihrer adretten Uniform aus, geschmeidig wie ein Teenager und auch fast so lebhaft. Nikki war seit ihrer Bootstour vor zwei Wochen zweimal vorbeigekommen und hatte jedes Mal Essen mitgebracht, grenzenlos gute Laune, die Neugier und die Zuneigung eines Labradorwelpen und (das musste Rae zugeben) die Klugheit abzufahren, bevor Rae ihren Schwung zu satt bekam. Rae stieß sich von ihrem Baumstamm ab, wobei sie entdeckte, dass sie sich gegen einen großen Flecken Harz gelehnt hatte, der von nun an bis in Ewigkeit Teil ihres Hemdes sein würde, und stapfte den Hügel hinunter, um zu sehen, was ihr Besuch wollte.

Nikki warf einen Blick auf das Wesen, das da aus dem Wald heraustrottete, und ließ ihre Hand fest in der Tasche. Rae winkte ihr zur Begrüßung mit ein paar zusammengeklebten Fingern zu und ging gleich weiter an den Strand, wo Salzwasser und Sand die oberste Schmutzschicht entfernten und die unzähligen Kratzer und den Nesselausschlag brennen ließen. Klempnerzement war natürlich nicht dazu gedacht, sich in Wasser aufzulösen, aber es wäre eine Verschwendung von Zeit und Lösungsmittel gewesen, ihn an einem Nachmittag zweimal richtig herunterzuschrubben. Außerdem war Rae von ihren Holzarbeiten her durchaus daran gewöhnt, mit zusammengeleimten Fäusten zu arbeiten. Es war ein Grund, warum sie so gut wie nie mit Sekundenkleber arbeitete – das Zeug herunterzubekommen implizierte Hautverlust.

Als Rae vom Strand zurückkam, hatte Nikki sich schon den zweiten Stuhl aus dem Zelt geholt und sich darauf niedergelassen, und nun blätterte sie gerade die Fotos durch, die Rae am Morgen noch einmal angeschaut und dann auf den Baumstumpftisch neben ihrem Sessel gelegt hatte.

«Die sind gut», meinte Nikki und schaute auf. «Ich hoffe, Sie haben nichts dagegen – sie lagen einfach da.»

Rae sah Nikki inzwischen nicht mehr so sehr als Fee, sondern eher als kleines, buntes Säugetier, dessen typische Eigenschaften Neugier und Hilfsbereitschaft waren. Ein Eichhörnchen von Beatrix Potter vielleicht, mit schlagendem Schwanz und winzigen, geschickten Händchen, die das Leben anderer Leute erforschten und in Ordnung brachten. Bei ihrem dritten Besuch war Nikki mit einer Tüte angekommen, die einen Liter Milch und eine Rolle Toilettenpapier enthielt. Milch war für jemanden, der keinen Kühlschrank hatte, ein recht naheliegendes Geschenk, aber das andere zeigte nicht nur, dass Nikki bei ihrem Besuch vor fünf Tagen im Klo eine Ersatzrolle vermisst hatte, sondern dass sie auch herausgefunden hatte, dass Ed es versäumt hatte, am darauf folgenden Dienstag eine mitzubringen. Es hätte erdrückend, wenn nicht sogar unheimlich sein können, aber irgendwie machte Nikkis gute Laune das alles wett, als ginge mit der unirdischen Erscheinung dieser Frau eine angeborene Unfähigkeit einher, die normalen menschlichen Umgangsformen zu beachten. Heute hatte sie eine Kanne mit frischem Apfelsaft mitgebracht und einen hohen, röhrenförmigen Gegenstand aus leuchtend orangefarbenem Plastik, der neben ihrem Stuhlbein stand.

«Schauen Sie sich die Bilder gerne an», sagte Rae. «Meine Enkelin arbeitet an einem Projekt für die Schule; sie wollte ein paar Aufnahmen von der Insel haben, und ich habe sie gebeten, mir auch Abzüge zu schicken.»

«Wissen Sie, das hier von dem Tisch gehört in ein Buch.»

Rae hoffte, dass sie die Reaktion, die sie empfand, eine Resonanz im tiefsten Innern, nicht zeigte: Sie hatte mit ihrem Morgenkaffee in ihrem Segeltuchsessel gesessen, hatte ebendieses Foto betrachtet und das Gleiche gedacht.

Sie schenkte zwei Becher von dem Saft ein und wühlte dann in ihrer Lebensmittelkiste nach einer Packung Feigenriegel, die sie auf den Baumstumpf legte. Nachdem sie ihre Pflichten als Gastgeberin erfüllt hatte, ließ sie sich in den Sessel fallen und lehnte sich vorsichtig zurück. Selbst Nikki zuckte bei dem deutlich hörbaren Knirschen in Raes Wirbelsäule zusammen.

«Danke für diese Unterbrechung», sagte Rae zu ihrem Gast.

«Das klingt, als brauchten Sie einen Streckverband. Und Sie sehen aus, als hätten Sie eine Schlammschlacht hinter sich.»

«Habe ich auch. Ich will hier unten Wasser haben, bis Ed am Dienstag kommt. Ich habe es einfach satt, mich mit diesen Kanistern herumzuschlagen.»

«Und wie geht's voran?»

«Ich bin halb unten. Den schwierigeren Teil habe ich halb fertig.»

«Das ist toll. Haben Sie schon einen Vorratstank?»

«Für ein paar Wochen muss es leider nochmal in 20-Liter-Kanister laufen. Aber wenigstens müssen wir die dann nicht mehr von Eds Boot herunterjonglieren.»

«Sagen Sie mir Bescheid, wenn Sie Hilfe brauchen – bei einem Tank, meine ich. Ich könnte ein halbes Dutzend starke Männer zusammenholen, die ihn für einen Sixpack Bier an die richtige Stelle bringen könnten. Ein Sixpack pro Nase, meine ich.»

«Ich werde drei miteinander verbundene kleinere Tanks nehmen statt eines großen, daher glaube ich, dass ich damit allein klarkomme. Aber danke, ich werde Ihren männlichen Harem im Sinn behalten.»

«Hauptsächlich Familie – ich hab Dutzende von Vettern. Alle sehr fürsorglich. Und drei Schwäger; der kleinste ist eins achtzig.»

«Sagen Sie mal», meinte Rae plötzlich, denn bei der Vorstellung von sich versammelnden Menschen fiel ihr etwas ein, «wissen Sie, ob es hier irgendwo in der Nähe einen Trommelkreis gibt?»

Zu Raes Erstaunen wurde die blasse Nikki unter ihren Sommersprossen scharlachrot, und sie murmelte etwas von: Hm, ja, es gäbe da ein paar Leute, habe sie gehört, die sich mit ihren selbst gebauten Trommeln träfen …

«Ich habe mich einfach gewundert. Dieses Geräusch habe ich jetzt schon zweimal gehört, immer bei Vollmond. Beim ersten Mal habe ich gedacht, ich würde es mir einbilden.»

Nikki wirkte erleichtert. «Nein, nein, es ist tatsächlich eine Gruppe. Sie treffen sich an der Einfahrt von Roche Harbor, deswegen können Sie es hier wohl hören.»

«Klingt nett. Ich könnte mit meiner Enkelin hinfahren, wenn sie in einer Vollmondnacht hier ist.»

Nikkis Mündchen verzog sich zu einem heimlichen, schalkhaften Lächeln, das sie mehr denn je einem irischen Waldgeist ähneln ließ, und Rae fragte sich, ob sie schon einmal einem Künstler Modell gestanden hatte. «Der erste Teil des Abends würde ihr vielleicht gefallen.»

Woraufhin Rae Spekulationen darüber anstellte, was am späteren Teil des Abends stattfand und ob diese Aktivität der Grund für Nikkis plötzliches Erröten war. Bei der Vorstellung, wie die winzige, rothaarige Naturschutzwartin ihre frisch gebügelte Uniform abwarf, um nur mit ihren Sommersprossen bekleidet an einem heidnischen Fruchtbarkeitsritual im Sand teilzunehmen, musste Rae selbst ein Lächeln verbergen. Nikki sprach schnell weiter.

«Jedenfalls will ich Sie nicht von der Arbeit abhalten. In ein paar Tagen komme ich mit Ihrem ‹Betreten verboten›-Schild, aber jetzt gebe ich nur eine Nachricht von Jerry Carmichael weiter. Er wollte selbst herkommen, aber er hat zu wenig Leute, einer leidet unter einer Art Hautallergie und ein anderer ist im Urlaub. Okay, es geht um Folgendes: Jerry hat sich mit Ihrem Sheriff unten in Kalifornien unterhalten – Espinosa, oder wie? Richtig, Escobar –, und der lässt Ihnen ausrichten, dass er von einem Informanten erfahren hat, was der auch wiederum nur gerüchteweise gehört hat, dass nämlich jemand in einer Bar unten in Bakersfield ein paar zwielichtige Typen belauscht hat. Sie haben damit geprahlt, dass sie dafür bezahlt werden, eine alte Frau in Santa Cruz zusammenzuschlagen.»

«Wie bitte?»

«Rae, das ist eine zweifelhafte Geschichte, total vage, verstehen Sie? Ich habe Jerry gesagt, wir sollten uns am besten gar nicht darum kümmern, weil Sie sich dann nur unnötig Gedanken machen. Sie leben nicht in Santa Cruz, Sie sind keine alte Frau, und die Verbindung ist viel zu fragwürdig. Aber Jerry hat dem Sheriff versprochen, dass er es weitergibt, und weil ich ohnehin heute hier draußen bin, habe ich gesagt, ich würde es Ihnen ausrichten. Gefallen hat mir, dass Escobar Ihnen empfehlen möchte, ich zitiere: ‹einsame Straßen zu meiden›.»

Die beiden Frauen sahen sich um: Lichtung, Zelt, ringsherum Bäume, am uralten Holzsteg schaukelte das Boot. Sie lachten gleichzeitig los – Nikki unbekümmerter als Rae, aber selbst Rae musste die Komik in dieser Warnung anerkennen.

«Gut», sagte sie, «ich werde mich in der Menge verstecken.»

«In ein paar Monaten wäre das gar kein Problem mehr, und jetzt sehen Sie ja auch schon täglich mehr Boote. Jedenfalls hat Jerry das hier mitgeschickt, ob Sie es haben wollen oder nicht.» Sie streckte Rae den röhrenförmigen orangefarbenen Kasten hin.

Er enthielt eine Leuchtpistole, hässlich, orange, sehr funktional und schwerer, als sie aussah. Nikki nahm die Pistole, öffnete sie und zeigte Rae, wie man sie lud, mit Patronen, die eher für die Elefantenjagd geeignet schienen. Nikki schloss mit: «Zielen Sie einfach senkrecht nach oben – aber achten Sie vielleicht darauf, dass unten drunter nichts Brennbares ist. Und kein Mensch. Und ich würde zwei oder drei Leuchtkugeln hintereinander abschießen, um wirklich eine Reaktion zu bekommen. Sie brennen drei oder vier Minuten, und man kann sie meilenweit sehen, sogar tagsüber.»

«Danke, Nikki. Und ein Dankeschön an den Sheriff. Ich bin sicher, dass ich sie nicht brauchen werde, aber es ist aufmerksam von ihm, dass er daran gedacht hat. Ich kann nicht glauben, dass jemand Leute bezahlt hat, um mich zu überfallen. Und selbst wenn jemand das getan hätte, dann werden sie nicht tausend Meilen hinter mir herkommen, um es nochmal zu machen.» Nicht einmal ihr Schwiegersohn Don würde das tun. Dass er sie mit rechtlichen Geschichten belästigte, ja, aber mit strafbaren Handlungen? Und Voraussetzung war doch, dass er das nötige Kleingeld hatte, um einen Schläger anzuheuern. «Es müssen einfach ein paar Gelegenheitsverbrecher im Drogenrausch gewesen sein, wie Sheriff Escobar schon die ganze Zeit gesagt hat.»

«Mal ehrlich, Rae», sagte Nikki listig, «das klingt nicht so, als ob Sie sich da besonders sicher wären.»

«Nein? Ich kann mir – ich kann mir das andere nicht vorstellen.» Dann fuhr sie zögernd fort: «Das Einzige, was der Sache eine Spur von Glaubwürdigkeit gibt, ist die Tatsache, dass die beiden, die mich überfallen haben, nicht nach Alkohol rochen. Komisch, was man im Gedächtnis behält, aber das wundert mich nach wie vor, dass sie nur nach Schweiß und Zigaretten rochen. Kein Bier, keine Drogen. Ich fand es einfach merkwürdig, wenn man das so bedenkt.»

«Also», sagte Nikki nach einer Pause, «ich weiß nicht, was wir tun können, außer dass Sie, wenn, sagen wir mal, 'ne Schiffsladung fremder Leute an Ihrem Steg anlegt, nicht runtergehen und allein versuchen, sie wegzujagen. Schießen Sie eine Leuchtkugel ab und gehen Sie in den Wald.»

Als Nikki diesmal ablegte, stand Rae nicht am Ufer, um sie zu verabschieden. Sie drehte der uniformierten Naturschutzwartin und allem, was sie mitgebracht hatte, den Rücken zu und kehrte hangaufwärts zu ihrer gegenwärtigen Aufgabe zurück.

Den Rest des Nachmittags hielt sie den Kopf gesenkt, über widerspenstige weiße Plastikrohre gebeugt, und begrüßte den brennenden, ablenkenden Schmerz in ihrem Rücken. Sie weigerte sich aufzublicken, wenn sie gelegentlich ein Rascheln in den Büschen hörte, schob jeden Gedanken an Beobachter beiseite, schreckte schon allein vor dem Gedanken einer Verschwörung gegen sich zurück.

Lächerlich.

Ihre Haut kribbelte und ihre Muskeln zuckten, aber Rae biss die Zähne zusammen und kämpfte gegen diese Empfindungen an. Sie maß mit großer Sorgfalt ihre Rohre ab, sägte sie präzise zu, passte die Stücke aneinander und verklebte sie, wobei sich der glatte tote Werkstoff so ganz anders anfühlte als ihr gewohntes Holz.

Lächerliche Vorstellung. Absurd.

Undenkbar.

Kapitel 24

Brief von Rae an ihre Rechtsanwältin

9. Mai

Liebe Pam,
ich gehe davon aus, dass du die unterschriebenen Formulare erhalten hast. Ed De la Torre, der Schiffer, hatte mir versprochen, sie noch am Dienstag, gleich nach seiner Rückkehr nach Friday Harbor, auf die Post zu geben.

Hier ist etwas zur Sprache gekommen, das sehr unangenehm und sehr beunruhigend ist. Am Donnerstag habe ich gehört, dass die Polizei ein Gerücht aufgeschnappt hat, dem zufolge jemand die beiden Männer dafür bezahlt hat, dass sie mich überfallen. Keine Beweise, kein Hinweis darauf, wer oder warum. Zum Verrücktwerden.

Trotzdem, ich glaube, wenn man das im Zusammenhang mit Dons Entmündigungsverfahren betrachtet, muss ich mich leider deiner schon lange bestehenden Empfehlung beugen und mein Testament umschreiben. Doch ich sage gleich, dass mein Vorschlag dir nicht passen wird.

Ich möchte Folgendes – und warte ab, bis du meine Erklärung gelesen hast, bevor du mich anschreist. Ich möchte, dass du mit Hoskins Kontakt aufnimmst und ihm mitteilst, dass ich ein Viertel meines Besitzes zu Geld machen will. Lass ihn entscheiden, mir ist es vollkommen gleichgültig, solange es keine Immobilien sind, aber ein Viertel von dem, was er für das Gesamtvermögen hält. Und das soll durch drei geteilt werden, wobei jeweils ein Teil an Don, Tamara und Petra geht. Ich vermute, dass Petras Anteil treuhänderisch verwaltet werden muss, bis sie achtzehn ist, aber ich hätte gerne, dass du das übernimmst, nicht ihre Eltern, und dass du sie außerdem persönlich wissen lässt, dass du ihr auch vorher schon Geld gibst, wenn sie es aus einem vernünftigen Grund braucht. Einfach, damit Don es sich nicht unter den Nagel reißen kann.

Die übrigen drei Viertel lassen wir, wie gehabt, zwischen meinen Verwandten und Alans Familie aufgeteilt, mit Prozenten und festen Beträgen für verschiedene Wohltätigkeitsorganisationen, jedoch mit folgendem Zusatz: Ich möchte einen Fonds für Frau Dr. Hunter einrichten, über den sie nach eigenem Ermessen verfügen kann. Das Geld soll für Ausstattung und Geräte verwendet werden oder um die Kosten irgendeiner bedürftigen Irren oder verrückten Künstlerin oder so zu decken – formuliere es ganz, wie du möchtest, um ihr den größtmöglichen Spielraum zu geben. Und es soll eine ordentliche Summe sein, die aber kein zu großes Loch in das Ganze reißen darf. Sagen wir 100 000 Dollar? Vielleicht wären 200 000 besser – damit könnte sie was anfangen.

Und jetzt die Erklärung.

Im Grunde geht es hier um Nötigung. Don hat die Gewalt über etwas, was für mich von großem Wert ist, nämlich über meine Enkelin und über ihre Mutter, und er sagt mir, wenn ich keine Knete rausrücke, um es vornehm auszudrücken, sehe ich die beiden nie wieder. Oder vielleicht ist das auch Geiselnahme, ich weiß es nicht. Jedenfalls kann ich mir nicht vorstellen, dass Don wirklich meint, er könnte mich entmündigen lassen. Ich glaube, er will mir auf diese Weise zeigen, dass er gewillt ist, mir das Leben sauer zu machen und mir nebenbei den Zugang zu seiner Frau und seiner Tochter zu verwehren, wenn ich ihm keine Gelder zur

Verfügung stelle. Die Peitsche, könnte man sagen, ohne die ich das Zuckerbrot Petra nicht bekomme.

Warum mache ich mir die Mühe, dir das zu erklären? Du kennst die ganze Geschichte – meine chronische Bereitschaft, wie du es einmal ausgedrückt hast, mich Dons Manipulationen zu unterwerfen. Es ist seine Art, Geschäfte zu machen. Er sieht etwas, auf das er, wie er glaubt, ein Recht hat, redet sich selbst ein, dass dessen Besitzer es ihm absichtlich vorenthält, und manipuliert die Situation so lange, bis es ihm in den Schoß fällt. Das hat er mit Tamara gemacht – als sie noch zur Schule ging, hat er sie ihrem Freund unter der Nase weggeschnappt; das hat er mit der Ranch gemacht, die ihnen jetzt gehört, indem er sie einer Frau abgeluchst hat, die gar nicht die Absicht hatte, sie zu verkaufen; das hat er mit seiner Immobilienfirma gemacht, indem er seinen Seniorpartner irgendwie dazu gekriegt hat, in den Ruhestand zu gehen; und das hat er im Laufe der Jahre ein paar Dutzend Mal mit mir gemacht. Zu deinem endlosen Missvergnügen, ich weiß.

Pam, das Geld ist mir völlig schnuppe. Ich weiß, dass es dein Job ist, mich dafür zu interessieren, aber der einzige Grund, der dafür spricht, Geld zu haben, ist der, dass man sich kaufen kann, was man haben möchte, und in diesem Fall möchte ich Petra haben. Alles andere spielt keine Rolle mehr. Und leider weiß Don das.

Bestelle ihn zu dir, sprich mit ihm, äußere ein paar dieser damenhaften Drohungen, die du so meisterhaft beherrschst, mach ihm klar, dass wir genau wissen, was er tut, und dass wir nur bis hierhin und nicht weiter mitspielen. Lass ihn, wenn das möglich ist, eine Vereinbarung unterschreiben, dass er sich zurückzieht. Aber ziehe unter keinen Umständen Tamara mit hinein. Sie bemüht sich sehr, Dons Machenschaften nicht zu sehen, aber wenn man sie zwingt, sich die Vorgänge anzuschauen, wird sie sich auf seine Seite stellen, das verspreche ich dir, und dann ist Petra die nächsten fünf Jahre unerreichbar für mich.

Du hast früher schon gesagt, ich ließe mich von meinen Schuldgefühlen leiten. Du hast Recht, außer dass diese Schuld kein Gefühl ist, sondern eine Tatsache. Ich habe als Mutter versagt und meine Tochter an zwei Schlüsselstellen in ihrem jungen Leben im Stich gelassen. Dass der Grund dafür eine Krankheit war, für die ich nichts konnte – Depression –, ändert nichts an den Auswirkungen auf meine Tochter und meine Beziehung zu ihr.

Und das ist meine Erklärung dafür, dass ich dich bitte, gegen deine Prinzipien als Rechtsanwältin zu verstoßen.

Bastele daran herum und sprich mit Hoskins und schicke mir einen Entwurf, wenn du möchtest. Hier draußen könnte es ein Problem sein, eine Unterschrift notariell beglaubigen zu lassen – könnten wir sie einfach von einer Regierungsangestellten bezeugen lassen? Meine Naturschutzwartin hier ist ein bisschen feenhaft, aber schrecklich aufrichtig und verantwortungsbewusst.

Mehr als du von einigen deiner Klientinnen sagen kannst, ich weiß.

Mir geht es hier gut – das Einsiedlerleben scheint mir zu bekommen.

Schöne Grüße

Rae Newborn

PS: Mir wird gerade klar, dass ich die Frage, ob Don möglicherweise an meinem Überfall beteiligt war, ganz ausgelassen habe, aber was soll ich dazu sagen? Die Polizei stellt Untersuchungen an, obwohl ich bezweifle, dass sie etwas ergeben werden. Falls Don die Sache angezettelt hat, dann wird diese finanzielle Regelung ihn vielleicht zufrieden stellen. Falls er es wirklich war, dann wäre es nur (!) eine Belästigung, die außer

Kontrolle geraten ist. Ich gebe ja zu, dass ich mir vorstellen kann, wie Don mit einem Kumpel bei einer Menge Bier in einer Bar sitzt und darüber meckert, dass er so knapp mit Geld ist, während die Mutter seiner Frau auf einem Vermögen hockt, und wie er dann zu seinem Kumpel sagt: «Hier hast du 'nen Fuffziger, sorg dafür, dass sie sich bedroht fühlt, damit meine Frau und ich ihr anbieten können, einzuspringen und ihre Angelegenheiten zu übernehmen.» Und ich könnte mir gut vorstellen, dass der Kerl das Geld nimmt und noch einen Freund mitbringt und dass die beiden sich nicht mehr bremsen können und weiter gehen, als Don beabsichtigt hatte. Was ich mir allerdings nicht vorstellen kann, ist, dass Don, sosehr ich ihm auch misstraue, wirklich so weit geht und zwei Männer anheuert, um seine Schwiegermutter zusammenzuschlagen und vielleicht zu vergewaltigen. Er manipuliert und ist habgierig, aber er ist nicht dumm, und anscheinend gelingt es ihm recht gut (ich habe keine Beweise, verstehst du), seine zwielichtigeren Geschäfte zu vertuschen. Falls diese Szene in der Bar oder etwas Ähnliches sich wirklich so abgespielt hat und falls (ein großes «Falls») die Polizei Beweise dafür findet, dann wäre das möglicherweise Dons Ende – selbst Tamara würde dann bestimmt nicht mehr zu ihm halten. Und vielleicht kannst du in unsere Vereinbarung einen unauffälligen Anwaltssatz einflechten, der mir eine Möglichkeit gibt, ihm das Geld wieder zu entziehen, falls er sich strafbar macht.

Jedenfalls, Pam, erledige du das. Es ist mir, ehrlich gesagt, alles ziemlich egal, wenn ich bloß in Ruhe gelassen werde. Vor anderthalb Jahren hätte ich mich vielleicht noch auf die Hinterbeine gestellt. Jetzt weiß ich, dass das Leben für den Luxus des Stolzes zu kurz ist. Lass Don seine Verrenkungen machen – ich werde ihm das nicht abnehmen.

Rae

Kapitel 25

Bei Eds nächstem Besuch war die Wasserleitung noch nicht ganz fertig, aber immerhin so weit, dass Rae daran arbeiten konnte, ohne Gefahr zu laufen, seine Ankunft zu verpassen. Er tutete kurz, als das Boot in die Bucht einlief, was die Junkos und die Eichhörnchen erschreckte, doch Rae hatte das Motorengeräusch schon aus einer halben Meile Entfernung gehört und stand auf der Landzunge, bevor Ed die Einkäufe aus der Kajüte holen konnte.

Er reichte ihr die Tüten, schwang dann, mit einem 20-Liter-Wasserkanister auf der Schulter, ein Bein über die Bordwand und folgte Rae zum Zelt. Unterwegs betrachtete er den Neubau.

«Diese Woche haben Sie nicht sehr viel daran gearbeitet», kommentierte er in fragendem Tonfall. «Ich hatte gedacht, dass Sie inzwischen schon ein paar Wände stehen hätten.»

Rae lachte und streckte ihm die Hände hin, in die sich der Schmutz eingegraben hatte und die mit Schichten von Zement überzogen waren, den sie mit dem Lösungsmittel nicht ganz abgekriegt hatte. «Diese Woche war ich Klempnerin, Ed. Das ist der letzte Wasserkanister, den Sie mir bringen sollen. Falls ich die Leitung nicht fertig habe, wenn der leer ist, muss ich eben mit Eimern zur Quelle hochlaufen.»

«Das Wasser ist also ein ganzes Stück weg?»

«Da, wo die große, gegabelte Douglasie steht.»

Ed pfiff durch die Zähne. «Warum hat Ihr Onkel das Haus nicht ein bisschen näher an der Quelle gebaut?»

«Ich glaube, der Standort war ihm wichtiger als seine Bequemlichkeit.»

«Es ist ein schönes Fleckchen», räumte Ed ein.

Sie tranken ihren Kaffee, und Ed brachte Rae auf den neuesten Stand, ob sie nun an seinen Neuigkeiten interessiert war oder nicht: dass die beiden vermissten Schwestern in Spokane sich als Ausreißer entpuppt hatten und dass sie zwar immer noch nicht wieder aufgetaucht waren, dass die jüngere aber einen Brief an eine Freundin geschrieben hatte, der zehn Tage nach ihrem Verschwinden in New Orleans aufgegeben worden war; dass jemand auf Lopez eine Scheune in Brand gesteckt hatte und jetzt im Knast saß, während seine Eltern sich lauthals beschwerten, man habe ihn unschuldig ins Gefängnis gesteckt; dass der Bezirksausschuss diskutiert hatte, ob man in den Sommermonaten das Wasser rationieren sollte, dann aber beschlossen hatte, stattdessen Flugblätter zu verteilen, auf denen die Touristen gebeten wurden, ihre Boote nicht mit Süßwasser abzuspritzen und mit ihren halbstündigen Duschorgien zu warten, bis sie wieder auf dem Festland waren.

Das alles lief an Raes Ohren ab wie Wasser am fettigen Gefieder einer Ente, und schon beim Mittagessen hätte sie sich an kein Wort mehr erinnern können (außer an den veränderten Status der verschwundenen Mädchen). Sie gab Ed ihre Post, ihre Listen und ihre Wäsche; er ging zu seinem Boot zurück. Sie war wieder allein.

Während sie dem illustrierten Philosophen zum Abschied winkte, ging ihr auf, dass sie für eine Einsiedlerin recht schnell Mitglied einer Gemeinde wurde. Kein Mann ist eine Insel – und, wie ihr schien, auch keine Frau.

Der Rest ihrer kleinen Gemeinde erschien am nächsten Tag vor ihrer Tür oder besser auf ihrem Bootssteg. Rae hatte den übrigen Dienstag damit verbracht, die Wasserleitung fertig zu stellen, und spätabends hatte sie im Schein ihrer Taschenlampe das letzte Verbindungsstück festgeklebt. Endlich rann aus dem Ende ihrer gewundenen Schlange aus Plastikrohren Quellwasser. Rae feierte dieses Ereignis mit einem vorsichtigen Siegestanz auf dem steinigen Abhang und einem zeremoniellen Glas Wasser, das nach Schlamm aus dem Becken und nach Erdölnebenprodukten aus dem Rohr schmeckte, doch beides würde, wie sie hoffte, in ein paar Tagen verschwunden sein. Sie kniete sich hin, um ihr schweißverklebtes Gesicht in dem Rinnsal zu baden, stellte einen 20-Liter-Kanister unter das Rohrende und ging zu den Melodien eines Eulenduetts ins Bett.

Am Mittwochmorgen war der Kanister randvoll, und das Wasser tröpfelte ungehindert und sauber aus der Leitung. Rae schüttete den trüben Inhalt des Kanisters weg, stellte ihn wieder unter das Rohr und reihte drei weitere Kanister aneinander, die sie mit dünnen Röhrchen verband, sodass die Schwebstoffe sich jeweils unten am Boden absetzen konnten, bevor dass Wasser zum nächsten Behälter floss. Der letzte hatte unten einen Hahn, an den Rae einen gewöhnlichen, dreißig Meter langen Gartenschlauch anschloss, der wenigstens bis zum unteren Turm des Hauses reichte. Nächste Woche würde Ed ihre Wassertanks bringen, und damit würde die Zivilisation auf der Insel Einzug halten.

Rae stand gerade am Fuß des Systems, und ihre Ohren freuten sich an dem melodischen Tröpfeln, während ihre Gedanken sich mit der Symbolik von Wasser und Leben und den Quellen der Insel beschäftigten, als sich in der Nähe ein halbwegs vertrauter Motor ankündigte. Sie wandte sich um und erkannte die Bezirksbarkasse, die an jenem denkwürdigen Morgen, als die «Familie» aus dem Nebel aufgetaucht war, an ihrem Steg gelegen hatte. Da waren sie wieder – diesmal allerdings ohne Caleb, wie Rae zu ihrer Erleichterung und Enttäuschung feststellte.

Sheriff Carmichael war in den dreieinhalb Wochen nicht kleiner geworden, und Nikki wirkte ätherisch wie immer – obwohl sie Jeans und ein kurzärmeliges T-Shirt trug und sich mit einem Ende eines großen, flachen Gegenstandes abmühte, der selbst diesen Kobold näher an die Erde herandrückte. Rae lief schnell nach unten, um ihnen zu helfen, und packte an einer Seite eines großen Schildes mit an, auf dem in würdevollen Lettern stand:

BETRETEN VERBOTEN!
Bucht gehört zum Vogelschutzgebiet

Die Pfähle, die das alte Schild trugen, waren noch kräftig genug, um auch das neue ein paar Jahre lang zu halten, und der Sheriff hatte einen Akkuschrauber mitgebracht, so dass die neue Bekanntmachung in Minutenschnelle angebracht war. Sie konnten zum Betrachten des Schildes nicht zurücktreten, es sei denn, sie wären über das Wasser gegangen, daher begnügten sie sich damit, mit zurückgelegtem Kopf und den Fersen im Wasser zu dem Schild, das sich vor dem Himmel abzeichnete, hochzuschauen.

Als Eingangstor zu einem Haus war es weder ästhetisch noch einladend. Nächstes Jahr, dachte Rae, würde sie selbst eins anfertigen, das beides war. Eine Reihe von Pfosten, überlegte sie, einige naturbelassen, andere mit Schnitzereien, statuenähnlich: eine moderne Deutung der einheimischen Totempfähle. Wie Brassils Installation mit den Pfählen. Nicht bewusst künstlich wie Nils-Udo oder Goldsworthy und auch nicht so elegant wir Murrays Sachen, aber – Rae ertappte sich bei ihren Gedanken und musste lachen: Bau erst mal dein Haus, dann kannst du über das Tor nachdenken.

«Danke schön», sagte sie zu ihren beiden Gefährten.

Der Sheriff sammelte die Reste des alten Schildes ein und trug sie über die Landzunge zum Zeltplatz, wo er sie auf Raes Haufen mit Feuerholz packte. Er streckte sich, wischte sich die Hände ab und hob das Kinn zu dem Gebäude am Hang.

«Sie haben 'ne Menge geschafft, seit ich hier war.»

«Der Fußboden ist fertig und die Wasserversorgung klappt.»

«Haben Sie was dagegen, wenn ich mal schaue?»

«Tun Sie das. Ich wollte gerade Rührei machen. Frühstück ist wohl das Mindeste, was ich Ihnen anbieten kann.»

«Das kann ich doch machen», erbot Nikki sich. «Ich habe den Fußboden schon gesehen, als ich vor ein paar Tagen hier war.»

«Okay», sagte Rae, «Eier sind in der Kühlbox; da ist auch Speck, wenn Sie wollen. Brot ist im Holzkasten.» Doch Nikki wusste längst, wo alles war. Sie schaffte es sogar, den Kocher ohne die puffende Explosion anzuzünden, was Rae nur in der Hälfte der Fälle gelang. So gab sie nach und gesellte sich zu Sheriff Carmichael.

Als sie sich dem Stapel Bohlen näherten, der neben der Steintreppe aufgeschichtet war, blieb Carmichael stehen. «Die haben aber nicht zwei mal vier Zoll.»

«Doch, sie haben das alte, richtige Maß. Echte zwei mal vier Zoll.»

«Warum?»

«Weil Desmond sie benutzt hat. Und weil sie stabil sind.»

Der Sheriff sagte nichts, aber auf den Fußbodenbrettern hüpfte er, und als sein beträchtliches Gewicht beim Holz nicht die leiseste Bewegung auslöste, nickte er. «Stabil ist das richtige Wort. Vor ein paar Jahren habe ich Freunden geholfen, so ein Holzhaus aufzustellen. Das hat sich genauso angefühlt.»

«Ich hätte das hier liebend gern als Blockhaus gebaut, aber das hätte ich einfach nicht geschafft.»

«Man braucht schon einige Leute, um die Stämme hoch zu kriegen», stimmte er zu.

«Einmal das, und außerdem habe ich das Gefühl, wenn ich schon in die Fußstapfen meines Großonkels trete, muss ich auch seinen Baustil übernehmen. Und nicht nur, weil ich verpflichtet bin, das Haus zu restaurieren, sondern weil es wieder so werden muss, wie Desmond Newborn es gebaut hat.»

«Sie arbeiten mit Holz, habe ich gehört. Schreinerin, Tischlerin oder wie man das nennt.»

«Früher.»

«Dann sagen Sie mal, mühen sich alle Tischler in ihrer Freizeit mit Bauholz ab?»

«Sie meinen, wie ein Künstler, der in den Ferien als Anstreicher arbeitet? Nein, überhaupt nicht. Das ist nur so ungefähr alles, wofür ich noch zu gebrauchen bin.» Rae hielt inne und lauschte dem Echo der Worte in ihrem Inneren, während Carmichael fragend neben ihr stehen blieb. Sie lachte bitter. «Das habe ich auch zu meinem Mann gesagt, als unsere Tochter klein war und ich für kreative Arbeit keine Energie aufbringen konnte. Er hat mir einen Werkzeuggürtel für Zimmerleute geschenkt. Als Scherz.» Und ein Paar Stechbeitel für dreihundert Dollar. Als ernsthafte Antwort.

Carmichael blickte sie an, erwiderte aber nichts. Stattdessen ging er zu jedem der beiden Steintürme, lehnte sich hinein, um zu dem Kreis aus Himmel oben hinaufzuschauen, und trat dann von der Holzplattform hinunter, um sich das vorläufige Wasserversorgungssystem hinter dem Haus genauer anzusehen. Nach einem Weilchen folgte Rae ihm.

«Ist es hier jetzt besser?», fragte er, als sie sich den Rückweg den steilen Felshang hinunter suchten. «Keine fremden Fußabdrücke mehr?»

«Es ist alles in Ordnung, Sheriff. Ich …»

«Nennen Sie mich Jerry. Bitte.»

«Jerry. Und ich bin Rae, mit e am Ende. Aber das wissen Sie ja schon. Ja, es ist jetzt gut hier.»

Und das stimmte, stellte Rae fest. Ihre Nächte wurden immer von tausend erschreckenden Geräuschen unterbrochen, die auch ihre Tage anfüllten, aber seit ein paar Wochen hatte sie keine richtige Panikattacke mehr gehabt. Zu müde, vermutete sie und merkte, dass sie lächelte. «Ja. Wirklich sehr gut.»

«Freut mich, das zu hören. Ich habe Sam Escobar heute Morgen, bevor wir rausgefahren sind, angerufen, aber er hat nichts Neues. Sie können nicht einmal den Mann finden, der seinem Informanten gesagt hat, er hätte gehört, wie zwei Leute darüber sprachen, dass jemand sie angeheuert hatte, um Sie zu überfallen.»

«Oder vielleicht auch eine andere Frau.»

«Da haben Sie Recht. Ein Gerücht über ein Gerücht. Ich bin froh, dass Sie sich keine Sorgen deswegen machen.»

Als sie wieder am Zelt angelangt waren, verteilte Nikki den Inhalt der Pfanne auf drei Teller und reichte Rae einen davon. Sie setzte sich auf den Zedernstamm, um die beiden Stühle ihren Gästen zu überlassen, und schob anerkennend ihre Gabel in die gestockte weiche Masse. Der irische Waldgeist verstand es, Eier zuzubereiten.

«Sind sie so richtig?», erkundigte Nikki sich.

Rae blickte fragend auf, bis ihr klar wurde, dass hier vielleicht gute Manieren angebracht waren.

«Ganz toll. Ich habe gerade gedacht, dass ich seit – ach, seit Monaten nichts mehr gegessen habe, was ich nicht selbst gekocht habe.» Eigentlich seit ihrer Entlassung aus der Klinik. Die Gerichte, die Tamara pflichtbewusst mitgebracht hatte, standen wahrscheinlich noch im Gefrierschrank, und die Krankenschwester, bei der Rae nach ihrer Entlassung gewohnt hatte, war gegen jede Verweichlichung und bestand darauf, dass Rae sich selbst um ihr Essen kümmerte und selbst putzte. Alles andere, mit Ausnahme von ein paar Tassen Kaffee auf der Herfahrt von Kalifornien und des Toasts auf der Fähre, hatte Rae entweder direkt aus der Packung gegessen oder eigenhändig zusammengerührt. Die unerwartete, einfache, aber vollkommen unterschiedliche Zubereitungsart einer anderen Köchin machte das normale Rührei zu einem Festessen. Rae war, als sollte sie ein Tischgebet sprechen.

«Oh», sagte Nikki, «das hätte ich fast vergessen. Caleb schickt Ihnen etwas.» Sie fischte ein Stück Papier aus ihrer Hemdtasche und reichte es Rae. Rae stellte vorsichtig ihren halbleeren Teller auf dem Baumstamm ab und nahm das Blatt entgegen. Als sie es auseinander gefaltet hatte, sah sie, dass Caleb ein Porträt von ihr gemalt hatte, wie sie vor ihrem Zelt stand. Jedenfalls vermutete Rae, dass sie das war: ein langes Strichmännchen in Braun mit krausem grauem Haar. Die Darstellung war so schmeichelhaft, wie ein Fünfjähriger sie nur zustande bringen konnte, vermutete Rae.

«Was liegt da um meine Füße herum? Steine?»

«Krebse. An dem Tag, als wir hier waren, haben wir dreiundzwanzig Krebse gefunden, und Caleb hat alle einzeln aufgemalt.»

«Ach so. Sagen Sie ihm ein Dankeschön», sagte Rae und faltete die Zeichnung wieder zusammen. Mit einem Kloß in der Kehle aß sie weiter.

Nachdem sie alle Eier (leider Raes Vorrat für die ganze Woche) und das halbe Brot aufgegessen hatten, wollte Nikki abwaschen, aber Rae nahm ihr das Geschirr aus der Hand und stellte es in die Spülschüssel. «Es ist mal was anderes, einen richtigen Stapel Teller abzuwaschen», erklärte sie ihren Gästen und brachte sie zum Boot hinunter.

Als sie an dem Stapel Bauholz vorbeikamen (der kaum kleiner geworden war, obwohl Rae schon so viel davon abgetragen hatte), fiel ihr etwas ein.

«Könnten Sie mir vielleicht einen Gefallen tun? Ich habe vergessen, Ed zu sagen, dass ich ein paar schwere Plastikplanen brauche – sie müssen nicht groß sein, drei fünfzig mal fünf Meter reicht, aber dick sollen sie sein.»

«Da bitten Sie am besten Nikki», schlug Jerry Carmichael vor. «Ed und ich hatten eine Meinungsverschiedenheit.»

Nikkis Mund verzog sich zu ihrem elfenhaften Lächeln. «Jerry hat Ed vor ein paar Jahren dabei erwischt, wie er eine Ladung Freon geschmuggelt hat. Ed macht ihn irgendwie verantwortlich dafür.»

«Freon?», fragte Rae, die glaubte, sich verhört zu haben.

«Freon», bestätigte Jerry, «das Zeug, das in Kühlschränken und Klimaanlagen verwendet wird. Ein Kanister, der in Mexiko vielleicht dreißig Dollar kostet, lässt sich hier für elf-, zwölfhundert verkaufen, wegen der Umweltschutzauflagen. Also hat Ed gedacht, er könnte seinen Winter auf Baja ganz einfach damit bezahlen, dass er sein Boot mit dem Zeug voll lädt und es nach Seattle bringt. Eigentlich war es Sache des Zolls, aber ich bin geradezu darüber gefallen, also musste ich ihn festnehmen. Kanister bis zum Dollbord, und er dachte, ich hätte weggucken sollen.»

«Ich verstehe.»

«Vor allem passte ihm nicht, dass ich ihm vorschlug, er könnte seine Strafe vielleicht reduzieren, wenn er uns sagen würde, an wen er das Zeug verkaufen wollte. Die Verhaftung selbst schien ihm nichts auszumachen, aber seit ich ihm damals nahe gelegt habe, jemanden zu verpfeifen, wie er das nannte, guckt er mich an, als wäre ich eine Küchenschabe.»

«Er musste hinter Gitter?»

«Ins Gefängnis. Es war viel Freon und nicht gerade seine erste Straftat.»

«Das erklärt die große Tätowierung auf seinem Rücken», sagte Rae mehr zu sich selbst.

Nikki blieb stehen, um sie anzusehen. «Ed hat Ihnen seine Tätowierungen gezeigt?»

«Die eine hab ich mehr oder weniger zufällig gesehen. Aber seine Arme hat er mir gezeigt. Erstaunlich.»

Raes Gäste warfen sich einen Blick zu, aber Nikki sagte nur: «Ed hat was von einer Katze. Er freundet sich nicht mit vielen Leuten an.»

«Hören Sie», meinte Rae plötzlich, «muss ich mich vor Ed in Acht nehmen? Ich meine, ich weiß, dass er ein Spitzbube ist, aber kann ich ihm vertrauen?»

«Aber sicher», erwiderte Nikki sofort, als sei der Gedanke, dass man sich vor Ed De la Torre hüten müsse, zum Lachen.

Jerry Carmichael jedoch nahm sich Zeit für seine Antwort. «Ich würde sagen, Ed hat ein gutes Auge für den schnellen Dollar, aber er hat seine eigenen Vorstellungen von Moral. Er verkauft seinen Freunden vielleicht ein bisschen Marihuana oder ein paar Pilze, aber härtere Sachen kämen für ihn nicht in Frage. Und er würde einen Freund nie bestehlen, auch wenn nicht immer leicht zu erkennen ist, ob jemand wirklich sein Freund ist oder ob er ihn bloß reinlegen will. Spitzbube ist eine gute Bezeichnung für ihn. Aber wenn Sie Gewalttätigkeit meinen, meines Wissens ist er nur aggressiv, wenn er getrunken hat. Und er trinkt schon seit Jahren nicht mehr. Das Einzige, was Sie meiner Meinung nach im Auge behalten sollten, ist, dass er in dem Ruf steht, gern etwas mit allein stehenden Frauen anzufangen. Besonders mit Frauen über vierzig.»

«Aber nur im gegenseitigen Einvernehmen», ergänzte Nikki rasch.

«Das ist wahr. Ich habe noch nie gehört, dass Ed sich aufgedrängt hätte. Verführung, das ist eher sein Ding.»

Das Lächeln, das Jerry Carmichael Rae schenkte, war selbst mehr als nur eine Spur verführerisch. Es erschreckte sie, bis er auch Nikki damit bedachte. Die beiden kletterten ins Boot und legten ab. Als Jerry auf die offene See zusteuerte, beugte Nikki sich zu ihm hinüber, um ihm gegen den Motorenlärm etwas zu sagen. Rae beobachtete die beiden genau, konnte aber auch dieser stummen kleinen Szene nicht mehr über die Art ihrer Beziehung entnehmen, als sie schon vorher im Zusammensein mit den beiden erfahren hatte. Intensität war da, das war offensichtlich, aber in welche Richtung sie ging, ließ sich unmöglich sagen.

Rae schüttelte sich. Damit hatte sie nichts zu tun. Jerry Carmichael ging sie nichts an.

So verstrich, nachdem Rae die Bretter ihres Fußbodens auf die richtige Länge zurechtgesägt hatte, mehr als eine Woche mit dem Verlegen der Wasserleitung, dem Aufstellen des «Betreten verboten»-Schildes und Besuchen aus der Nachbarschaft, bevor sie Zeit hatte, sich wieder ihrem eigentlichen Werk, dem Hausbau, zu widmen. Vorher jedoch wusch sie das Frühstücksgeschirr ab und zog ihren Badeanzug an, um kurz (sehr kurz) in die kühle Bucht zu springen. Endlich schnallte sie ihren Werkzeuggürtel um und nahm ihre Arbeit am Haus wieder auf.

Da der Fußboden jetzt lag, konnte Rae den unteren Teil der Steinarbeiten erreichen, ohne auf einer wackligen Leiter Kopf und Kragen zu riskieren. Aus dem Schlauchende neben dem Haus füllte sie einen Eimer, dann breitete sie eine Plastikplane aus, um die Bodendielen vor einer Überschwemmung zu schützen, und machte sich mit einer kräftigen Bürste und Seifenschaum an die Arbeit.

Desmond hatte seinen Kamin und seine Türme aus vom Wasser rundgeschliffenen Steinen gebaut, die von faustgroßen Kieseln im Kamin bis zu Findlingen von der Größe einer Wassermelone reichten. Er hatte sich ungeheure Mühe gemacht, Rae schwindelte schon allein beim Gedanken daran. Und als die Steine im Laufe des Tages unter ihrer dicken Schicht aus Moos und Ruß sichtbar wurden, erkannte sie, dass Desmond sie nicht nur nach der Größe ausgesucht hatte.

Zuerst hatte sie befürchtet, sie würde die Steine nie von ihrer Patina befreien können und der Kamin müsste trotz aller Muskelkraft und aller scharfen Reinigungsmittel schwarz bleiben. Als sie dann ein paar Schritte zurücktrat, um ihren Fortschritt zu begutachten, fiel ihr auf, dass die Steine selbst zwar schwärzer denn je waren, der Mörtel zwischen ihnen aber nicht mehr. Als Experiment nahm Rae Eimer und Bürste mit zu dem Turm daneben und entdeckte bald, dass die Felsbrocken dort um vieles heller waren. Desmond hatte seine Steine unten am Strand (und sehr wahrscheinlich auch noch an vielen anderen Stränden) nach der Farbe ausgesucht. Der Kamin war schwarz, und seine nassen Steine schimmerten, als wären sie mit feuchter Tinte überzogen, aber der Turm war, in Ermangelung eines besseren Wortes, orange. Durchscheinende Agate in Teekannengröße, eisenhaltige, metamorphe Felsbrocken, gesprenkelter Sandstein mit winzigen Muscheln darin, und alle in Farbtönen von Gelb bis zu blassem Ziegelrot, sodass insgesamt ein Eindruck von warmem, glühendem Orange entstand. Neu und in vollem Sonnenlicht musste der Turm ein ganz außerordentlicher Anblick gewesen sein.

Rae konnte nicht widerstehen, sie ging quer über den Holzboden zum anderen Turm, schrubbte ein paar Minuten und fand dort nicht Orange, sondern Grün- und sogar Blautöne. So etwas hatte sie noch nie gesehen.

«Onkel Desmond», sagte sie laut, «du bist ein Wunder.»

Mit neuem Schwung vertiefte sie sich wieder in ihre Arbeit, bürstete die Steine ab und scheuerte den verrußten Mörtel.

Am Abend hatte Rae ein gutes Stück vom Kamin grob gereinigt. Sie stand auf der anderen Seite der nackten Plattform, da, wo die Haustür hinkommen sollte, und versuchte, sich den Eindruck vorzustellen, der beim Eintritt in den Raum entstand, an dessen hinterer Wand sich dieser Kamin befand. Er ragte wie ein lebendes Wesen auf, primitiv, massiv und gleichzeitig geschmackvoll, mit zarten Spuren von blassgrauen Fäden hier und dort in den dunklen Steinen, die das Netz der Fugen anklingen ließen. Rae beschloss, den gesamten sichtbaren Mörtel in dunkelgrauer Farbe zu ersetzen, ähnlich dem Farbton im gegenwärtigen, beschmutzten Zustand. Und links vom Kamin würde sie ein Regal bauen, das in seiner schlichten Eleganz eher japanisch als Shaker-Stil sein würde, aus einem etwas kühlen Holz, Birke vielleicht oder Ahorn, um die dunklen Linien zu wiederholen, nüchtern vor dem aufragenden Steinturm, mit einem Hauch von Ebenholzintarsie, um die beiden Formen miteinander zu verbinden.

Ja, oh ja.

Am nächsten Tag fand Rae die Kugeln.

Sie stand auf der Trittleiter und schrubbte geduldig ein besonders zerklüftetes Stück Mörtel, als sie plötzlich einen daumengroßen Brocken davon in der Hand hatte. Sie drehte ihn verwundert hin und her, um zu sehen, warum gerade dieses Stückchen lockerer gesessen hatte als der übrige Mörtel, und fand, eingebettet ins untere Ende, einen merkwürdigen grauen Klumpen.

Ihr erster Gedanke war, dass ein Stein an Desmonds Sieb vorbeigerutscht war, als er den Sand für den Beton vorbereitet hatte. Sie zog ihre dicken Gummihandschuhe aus und kratzte den Klumpen mit dem Daumennagel heraus, doch nun wunderte sie sich über den weichen, leicht abgeplatteten Gegenstand in ihrer Handfläche. Er sah anders aus als alle Steine, denen sie je begegnet war, eher wie ein Stück Metall. Hatte Desmond vielleicht einen Nagel zwischen die Steine geschlagen, um daran etwas aufzuhängen, und war der in der Hitze des Feuers zu einem Klumpen zusammengeschmolzen? Wie heiß musste ein Feuer sein, damit das passierte? Und warum hätte dieser sorgfältige Handwerker nur einen halben Meter unter der Decke einen Haken in sein schönes, ordentliches Mauerwerk schlagen sollen? Das war so seltsam wie die beiden Löcher, die Rae in der glatten Innenseite der Haustür entdeckt hatte.

Sie steckte den Klumpen in ihre Hemdtasche und ging nachdenklich wieder an die Arbeit.

An diesem Tag machte Rae Feierabend, als es noch richtig hell war, und zog ihren feuchten Badeanzug an, um schwimmen zu gehen. Das Wasser erwärmte sich trotz des wärmeren Wetters nicht wesentlich, aber anscheinend konnte man sich an alles gewöhnen, denn nach einem halben Dutzend solcher kurzen Badevergnügen hatte sie nicht mehr bei jedem Untertauchen das Gefühl, ihr Herz würde gleich stehen bleiben. Schließlich war es doch eine Verschwendung, eine schöne Bucht mit klarem Wasser zu besitzen und sie nicht zu nutzen. Und Nikkis Bücher erwiesen sich als interessanter, als Rae vorhergesehen hatte; sie kannte jetzt die Namen der häufigsten Pflanzen und Meerestiere um die Bucht herum, von Entenmuscheln bis hin zu Gelbschenkeln (Großen und Gemeinen), und ihre Gewohnheiten und Eigenschaften. Rae wusste nicht, warum es ihr wichtig erschien, diese Dinge zu wissen, aber es war so, als würde sie die Namen und Berufe von Nachbarn lernen.

Sie zog sich am Steg aus dem Wasser heraus und suchte sich barfuß den Weg zum Kocher, wo sie einen großen Topf Wasser für eine richtige Dusche aufsetzte. Dann holte sie einen alten, schmalen Stechbeitel aus dem Werkzeugkasten und die große Taschenlampe von ihrem Nachttisch und ging zum Arbeitstisch hinüber.

Durch den Wald aus Treibholzbeinen an die Unterseite der Platte zu kommen war nicht einfach, aber Rae fand eine Lücke, durch die sie den Kopf schieben konnte. Es war verdammt unbequem, und sie konnte nur in eins der Löcher hineinleuchten, aber das reichte, um ihr zu bestätigen, dass einen guten Fingerbreit unter der Oberfläche der früheren Innenseite von Desmonds Haustür, nicht weit von der Stelle, wo das Schloss angebracht gewesen war, ein Stückchen graues Metall saß, das dem Klumpen im Kamin ähnelte. Rae wand sich aus den Holzbeinen heraus und stach und bohrte in der Tür herum, wobei sie hauptsächlich auf ihren Tastsinn vertraute und sich nur zwei- oder dreimal in die Finger schnitt.

Das Metallstück schien schräg eingedrungen zu sein, überlegte Rae, als etwas aus dem Holz auf den Sandboden plumpste. Sie hob es auf: ein grauer, unförmiger Klumpen, etwas größer als ein Radiergummi an einem Bleistift. Sie legte ihn auf den Arbeitstisch über ihrem Kopf und befasste sich mit dem nächsten Loch. Es war höher in der Tür, und der Klumpen war in einem noch spitzeren Winkel eingedrungen und schien noch besser erhalten zu sein, denn oben war er abgerundet und unten platt.

Kugeln, ohne Ausnahme.

Kein Zweifel: Drei Kugeln waren durch Desmonds Haus geflogen. Mindestens drei, verbesserte Rae sich, und in zwei entgegengesetzten Richtungen.

Sie legte alle drei Klumpen auf den Arbeitstisch, um ihre Finger zu verpflastern und sich Abendbrot zu machen, aber als sie zu den drei grauen Objekten hinübersah und ihr auffiel, dass sie mit den drei Dachpappenstiften korrespondierten, die sie in die Kante genagelt hatte, bereitete diese Verdoppelung ihr Unbehagen. Sie ging noch einmal über die Wiese und verwahrte die Bleistücke in ihrer Brusttasche.

Nach dem Essen, beim Kaffee, reihte Rae die drei Metallstücke auf einem Baumstumpf auf und lehnte sich zurück, um darüber nachzudenken.

Kugeln mussten nicht unbedingt bedeuten, dass jemand erschossen worden war. Vielleicht hatte Desmond das Schießen einfach Spaß gemacht. Wenn Sherlock Holmes Freude daran gehabt hatte, in seine Wohnzimmerwand hineinzuballern, bis die Einschüsse im Putz die Initialen der Queen ergaben, warum sollte es dann nicht auch Desmond Newborn Vergnügen gemacht haben? Vielleicht war er betrunken gewesen. Vielleicht hatte er am Weihnachtsabend das große Zittern gekriegt und deutsche Soldaten durch den Kamin herabsteigen sehen.

Andererseits fragte Rae sich, ob es eine Möglichkeit gab, herauszufinden, ob die drei Bleiklumpen aus der gleichen Waffe stammten. Es wäre wenigstens etwas, wenn man bestätigen könnte, dass nicht zwei verschiedene Waffen durch den Raum aufeinander geschossen hatten. Vielleicht konnte Jerry Carmichael die Kugeln für sie in ein Polizeilabor schicken – aber das hielte er bestimmt für eine Verschwendung von Steuergeldern.

Außerdem fragte Rae sich, wie viele von diesen Klumpen sie wohl noch finden würde, wenn sie den Haufen mit nicht identifizierten Gegenständen, die sie aus dem Schutt herausgesiebt hatte, genau durchsuchte. Und wie lange, nachdem die Kugeln eingeschlagen waren, war der Brand ausgebrochen? Und wie lange danach war Großonkel Desmond von den San Juans in die Wildnis Arizonas geflohen?

Eine ganze Woche lang grübelte Rae über diese Fragen nach.

Während sie die schwarzen Steine des Kamins säuberte und neu verfugte und dann mit ihren Plastikplanen zum orangefarbenen Turm umzog und ihn abscheuerte und sich schließlich an den blauen Turm heranmachte, überlegte sie immer wieder, was die drei Kugeln wohl bedeuten mochten. Der Mond wurde dunkel und wieder neu geboren. Vergnügungsboote tuckerten vorbei. Nikki kam, um Hallo zu sagen, Ed legte an und fuhr wieder ab, nachdem er ein paar schwere Planen und drei grüne Plastikwassertanks dagelassen hatte, und Rae sagte zu beiden kein Wort über einen Schusswechsel. Sie sann immer noch über die drei Kugeln nach, als sie die Arbeit an den oberen Abschnitten der Türme beendete, die schützenden Plastikplanen von den Bodenbrettern entfernte und den letzten Ständer für das Erdgeschoss zum Bauplatz schleppte.

Am Donnerstag stellte Rae die Ständer für die Wand links vom Kamin auf. Dabei erinnerte sie sich an Desmonds merkwürdige verdoppelte Stützen an der Stelle. Sie fixierte die Bohlen mit einer vorläufigen Strebe und befestigte obendrauf die Rähme. An diesem Abend holte sie das problematische Stück von Desmonds Wand vom Abfallhaufen und trug es zur Lampe am Feuer.

Unten das Schwellenholz und aufrechte Ständer von zwei mal vier Zoll Stärke, die noch von einem Stück angesengter, halb vermoderter Verschalung zusammengehalten wurden. Seit zwei Wochen war sie überzeugt, dass Desmonds doppelte Stützen einen Sinn gehabt hatten, dass die Wand von einer Tür oder einem Fenster unterbrochen worden war. Sie konnte nicht herausbekommen, wie breit die Öffnung gewesen war – wenn es eine zweite Doppelstütze gegeben hatte, dann jedenfalls nicht in dem viertel Quadratmeter von Desmonds Wand, das in ihrem Besitz war.

Während Rae den Nachtgeräuschen lauschte, den Eulen und den Fledermäusen, ihrem Inselwaschbären, einem Flugzeug und einer Fähre und dem ablaufenden Wasser, betrachtete sie das Problem von allen Seiten. Zur Zeit der tiefsten Ebbe tuckerte ein leises Boot vorbei, und als Rae zu dem heller werdenden Segeltuch aufblickte, entschied sie, dass der Sonnenaufgang nah genug war, um das Aufstehen zu rechtfertigen. Sie kochte Kaffee, legte ihren Gürtel um und ging im perlgrauen Licht der dunstigen Dämmerung den ausgetretenen Pfad zum Haus entlang. Sie stellte den Kaffeebecher auf die Bodendielen vor dem Kamin und betrachtete den Teil der Wand neben dem Kamin, wo Desmonds Doppelstütze gestanden hatte. Sie lehnte sich zwischen ihren neuen Ständern nach draußen, um sich die steile Felswand anzuschauen, vor die das Häuschen sich duckte.

Da draußen lagen, wie zu erwarten von üppiger Vegetation überwuchert, eine Menge Erde, Steine und Schutt, denn als das brennende Haus eingestürzt war, war ein Teil davon nach außen gefallen. Allerdings hätte auf dieser Seite, von dem Dachüberstand abgesehen, nur wenig Holz herabstürzen dürfen, denn der Kamin und der Turm machten zusammen mehr als die Hälfte der Wand aus – und doch schien die Erdschicht, die sich angesammelt hatte, etwa gleich hoch zu sein wie an den anderen Seiten. In der Nacht war Rae eingefallen, dass auf den Steinen hinter dem Kamin vielleicht eine Art hölzerner Anbau gestanden hatte. Wenn dem so war und wenn man die Stelle betrachtete, wo die beiden 2 × 4-zölligen Stützen gestanden hatten, dann konnte Desmonds umrahmtes Loch durchaus der Zugang zu einem Holzkasten gewesen sein, wo er Feuerholz aufbewahrt hatte. So hätte es nah am Kamin gelegen und keinen Schmutz hinterlassen, was sonst unvermeidlich war, wenn man Holz durch Wohnräume transportierte. Und auch wenn es eine ganz schöne Arbeit gewesen sein musste, von außen an einen solchen Holzbehälter heranzukommen und ihn zu füllen – nach Raes Ansicht hätten Kletterseile sicher gute Dienste geleistet, um den Weg an der steilen Westwand entlang sicherer zu bewältigen –, war diese Idee es vielleicht wert, dass Rae sie übernahm und zum Beispiel noch eine Außentreppe hinzufügte.

Rae schlüpfte zwischen ihren Ständern hindurch auf den tückischen Felshang. Sie hatte hier noch keinen Schutt fortgeräumt, denn ihre Strategie bestand darin, einen sicher begehbaren Untergrund zu schaffen und sich dann erst weiter vorzuwagen. Dies war das größte Risiko, das sie während ihrer ganzen Zeit auf der Insel eingegangen war, und ihr war nur allzu bewusst, dass Ed sie erst in vier Tagen finden würde, falls sie stürzte.

Vorsichtig zog sie an den alten, verbrannten Holzstücken, die in ihren Händen zerkrümelten, und an dem Brombeergestrüpp, dass die Rückwand des Kamins bedeckte. Sie stieß und zerrte und kämpfte um einen sicheren Stand, sie schwitzte und buddelte in der unerforschten Wildnis hinter dem Turm herum, sie fluchte und dachte daran umzukehren, gleich, noch ein kleines Stückchen weiter.

Und ehe sie sich's versah, fand sie Desmond Newborn.

Kapitel 26

Desmond Newborns Tagebuch

30. April 1925

Zehntausend Meilen und acht Jahre trennen mich von den Schützengräben, aber die Gespenster besuchen mich immer noch, flitzen weg, wenn ich sie aus den Augenwinkeln sehe, stöhnen im Sausen des Windes, greifen aus dem Gestank eines faulenden Seehundkadavers nach mir. Gestern blickte ich von meiner Arbeit am hinteren Turm auf, und da stand Harper zwischen den Bäumen. «Du hast mich im Schlamm ertrinken lassen», sagte er zu mir. Und das stimmt, das habe ich. Er lebte noch, bis über die Taille in dem ewigen Morast begraben, als der Feldkabeltrupp an ihm vorbeikroch, und er war tot, vornübergefallen, sodass nur noch sein Hinterkopf zu sehen war, als wir vierzehn Stunden später zurückkamen. Wir hatten den Tag selbst in einem Granattrichter verbracht, der nur unwesentlich trockener gewesen war als seiner, von einem Maxim niedergehalten. «Wir hatten den Befehl», sagte ich zu seinem Geist. «Nicht anhalten, um Verwundete zu retten. Wir haben versucht, dich rauszuziehen, und wir sind zu fünft nicht gegen den festen Griff des Morastes angekommen. Dich auszugraben hätte bedeutet, dass die Feldkabelverbindung nicht verlegt worden wäre. Zurückzugehen, um Verstärkung zu holen, hätte eine Kugel vom Feldwebel zur Folge gehabt. Das weißt du.» – «Es ist eine üble Art zu sterben, so allein im kalten Schlamm zu ertrinken.» – «Es tut mir Leid», sagte ich, «es tut mir Leid.»

Nach einer Weile verblasste er und ließ mich mit einem Eimer mit halb fest gewordenem Mörtel allein.

Wir sind alle verrückt, glaube ich, wir alle, die den Schützengräben entkommen sind. Dreiundzwanzig Stunden lang die Hölle aus den großen Kanonen, die Erde bebt, die Knochen klappern, der Himmel reißt auf, und selbst die stabilsten Nerven geben nach. Und das war nur ein einziger Beschuss. Georgie Abbot, ein Milchviehbauer, ein Mann, der rausging, um unter mörderischem Feuer einen Freund aus dem Niemandsland zurückzuziehen, ein Mann, der ein Spiel daraus machte, wie viele Ratten er an einem Tag mit seinem Kampfmesser aufspießen konnte, ein Mann, der immer als einer der ersten auf der Leiter stand und leise eine unanständige Version von dem Kirchenlied «Onward Christian Soldiers» sang – genau dieser wackere Bauer brach während eines Artilleriedauerfeuers zusammen. Er fing an zu kichern, hilflos wie ein Kind, das gekitzelt wird, dann legte er seinen Helm ab, warf sein Gewehr in den Matsch, und bevor jemand ihn aufhalten konnte, kletterte er raus. Mit ausgestreckten Armen, als wollte er einen geliebten Menschen begrüßen, wanderte er ins Niemandsland hinaus, schritt so kräftig aus, wie es auf dem mit Kratern übersäten Boden möglich war. Er schaffte es fast bis zum Stacheldraht, bevor die ungläubigen Deutschen ihn erledigen mussten.

Georgie habe ich auch gesehen, an einem Tag im vergangenen Monat huschte er durch das Gebüsch unten am Wasser. Er sah glücklich aus.

Die Gespenster sind nicht bedrohlich. Jetzt, da ich ihre Anwesenheit in meiner Nähe akzeptiere, sind sie sogar auf eigentümliche Weise Kameraden. Ich merke, dass ich mit Mason spreche. Er war der beste Schützengrabenbauer, den ich je gesehen habe, und sein Brot verdiente er sich in Yorkshire mit dem Bau von Natursteinmauern. Er ist jetzt bei meinem Turm genauso hilfsbereit wie damals bei den Sandsäcken in Frankreich. Und abends erinnere ich mich oft an Jimmy Hurlstone, den ältesten Soldaten in der Kompanie, der aber ein jüngeres Gesicht hatte, das ihn am Musterungsoffizier vorbeischmuggelte. Jimmy konnte langsam und bedächtig köstlich lächerliche Geschichten erzählen, die uns selbst an den erbärmlichsten Abenden unterhielten. Ich würde es nie einer lebenden Seele gestehen, aber ich könnte schwören, dass ich einige Geschichten, die Jimmy mir hier auf meiner Insel erzählt, noch nie gehört habe.

Sie leisten mir Gesellschaft, meine Gespenster. Und ich denke, dass sie mich vielleicht auch brauchen, damit ich ihnen helfe, ihre Tage zu vollenden. Ich habe nichts dagegen, mein Leben mit ihnen zu teilen; für jedes gespenstische Heulen, das mir aus einem Sturm zufliegt und mich in die Nacht nach einer Schlacht zurückwirft, wenn die jämmerlichen, heiseren Schreie der Sterbenden aus der Dunkelheit nach uns verlangten, gibt es zehn kräftige, derbe, fröhliche, mutige Männer, die mir ihre Erinnerungen zur Verfügung stellen.

Eins kann man zugunsten eines Erlebnisses wie der Westfront sagen: Danach hat der Tod nur noch wenig Furchterregendes. Ich fürchte mich nicht vor dem Tod, auch wenn ich es bedauern werde, dass ich allein bin, wenn er mich holen kommt, und ich kann nur beten, dass es kein ruheloses Ende wird, dass mein Schatten nicht über die Erde wandern muss, weil er ein Gefäß sucht, das ihm hilft, die Fülle seiner Tage auszuleben.

Alles, was ich erbitte, ist ein Andauern des Friedens, den ich hier gefunden habe.

Teil III
Die Wände

Es lag ein unerwartet großes Vergnügen darin, die Rache aufzuschieben, überlegte er, sich das Gesicht des Diebes vorzustellen, wenn ihm klar wurde, dass plötzlich der Zeitpunkt der Abrechnung gekommen war. Mitten im tiefblauen Meer treffen sich ganz allein der verrückte Dieb und der gelassene Bestohlene, und das Gleichgewicht würde wiederhergestellt.

Kapitel 27

Soweit Rae erkennen konnte, bedeutete der Haufen aus verrottetem Holz und Asche hinter der Kaminwand, dass Desmond einen recht gut bestückten Holzschuppen hinter seinem Haus gehabt hatte, der die L-förmige Lücke zwischen der hinteren Wand und dem Felsen, die sich um den Kamin herumzog und bis zum hinteren Turm reichte, ausfüllte. Um das vermoderte Material wegzuschaffen, würde man Harken und Eimer brauchen, und Rae hatte diese Aktion eingeplant, sobald sie ein oberes Stockwerk hatte, an dem sie einen Ladebaum mit einem Flaschenzug befestigen konnte – ein kleineres Bauprojekt, das ihr stundenlange Klettereien ersparen würde, von verstauchten Fußgelenken und gefährdeten Knochen ganz zu schweigen.

Jetzt ging es ihr nur darum, die Umrisse dieses eigentümlich desmondischen hölzernen Vorratskastens ausfindig zu machen, denn sie wollte verstehen, warum ihr Großonkel sich die Mühe gemacht hatte, den Raum hinter dem Haus so aufwendig zu umbauen, wenn ein Anbau von zwei mal zwei Metern genügt hätte. Vorsichtig trat Rae vom Felshang auf den weichen Boden hinunter und hoffte dabei, nicht gerade die schlimmsten versteckten Nägel zu erwischen, aber der Untergrund war so fest, dass ihre Stiefel nur wenig einsackten. Sie drückte mit dem Hammerkopf gegen die Brombeerranken vor ihr, und wenn sie heruntergebogen waren, trat sie sie systematisch mit den Stiefeln platt und ging dann das nächste Stück an.

Der schmale Zwischenraum endete in einer feuchten Ecke, wo die moosbedeckten Steine des hinteren Turmes links an die Felswand und rechts an den Kamin grenzten. Als Rae auf diese Stelle zuging, die von natürlichem Fels und von Menschenhand gebauter Mauer eingegrenzt war, hatte sie das Gefühl, auf den Grund eines Brunnens hinunterzusteigen.

Es hatte zwar so ausgesehen, als seien Tiefe und Beschaffenheit der lockeren Erdschicht überall gleich, aber je weiter Rae in diesen Brunnen vordrang, desto flacher wurde die Schicht aus organischem Material. Wegen des mangelnden Lichtes und der spärlichen Erdschicht über dem Fels wurden die Pflanzen dünn und kraftlos. Der L-förmige Holzkasten musste gleich hinter der Eingangstür stärker gefüllt gewesen sein, was auch sinnvoll war – wer brauchte denn einen gefüllten Vorratskasten, der so breit war wie das Haus? Vielleicht hatte Desmond sich vorgestellt, dass es hier einen Schneesturm wie an der Ostküste geben würde, spekulierte Rae missmutig, während sie sich die Klauen einer Nootka-Rose aus den Jeans zog. Arktischer Schneefall, der ihn wochenlang im Haus festhalten würde, ihn zwingen würde, durch die kleine Tür in die Tiefe des …

Halt. Was war das?

Raes Zerren an dem Dornenzweig hatte auf dem Abhang über ihr, knapp eine Armlänge von der Stelle entfernt, wo Kamin und Turm sich trafen, eine kleine Steinlawine ins Rutschen gebracht, aber statt Raes Stiefelspitze unter sich zu begraben, war das Geröll einfach verschwunden. Rae kratzte mit dem Hammerkopf auf der Felswand herum, dann drehte sie ihn um, schlug die kräftigen, geraden Klauen in die Erde und zog. Ein paar Eimer Steine und feuchte Erde fielen ihr auf die Füße, aber sie bemerkte es nicht.

Da war ein Loch, das in den Felsen hineinführte.

Mit dem Hammer herumzukratzen brachte nicht viel. Rae brannte plötzlich darauf, herauszufinden, was Desmond hinter seinem Holzvorrat versteckt hatte. Sie stapfte über zerstampfte Pflanzen, Felsbrocken und schwarzen Humus zurück und kletterte durch die neu aufgestellte Wand. Dann ließ sie ihren Werkzeuggürtel fallen und holte sich eine Schaufel, ein paar Eimer und die große Taschenlampe.

Sie begann an der Stelle, wo die kleine Geröllawine verschwunden war, und machte sich schließlich gar nicht mehr die Mühe, die Erde in Eimer zu füllen, sondern schaufelte einfach mehrere Kubikmeter Gestrüpp und Erdreich vom Turm fort und konzentrierte sich auf das Loch. Es war tatsächlich ein Loch. Mehr noch, es war eine kleine Höhle – oder jedenfalls eine Höhle mit einem kleinen Eingang.

Als Rae den Pflanzenbewuchs und die Erde entfernt hatte, stand sie vor einem Loch in der Felswand, das gut einen halben Meter hoch und nicht ganz so breit war. Sie erkannte sofort, dass der Rand ringsherum mit einem schweren Meißel bearbeitet worden war. Rae nahm die Taschenlampe und ließ sich auf die Knie nieder.

Der Lichtstrahl schien in den Berg hinein, was Rae nicht überraschte. Die Höhle war so groß, dass die hintere Wand nur schwach angestrahlt wurde. Rae zögerte, fand aber keinen Grund, warum sie nicht hineinkriechen sollte. Wenn das Dach der Höhle bisher nicht eingebrochen war, standen die Chancen, dass es auch noch einen weiteren Tag halten würde, recht gut – vorausgesetzt, sie stieß nicht irgendwo gegen eine empfindliche Stelle oder machte ein lautes Geräusch.

Rae holte tief Atem und kroch vorwärts, in den Bauch der Insel hinein.

Ihr wurde klar, dass es sich hier um die Sandsteinschicht handelte, die sich in Wellenform durch das härtere Gestein der Insel hindurchzog. An anderen Stellen führte sie Wasser; aber was führte sie hier?

Luft vielleicht, auch wenn sie abgestanden war und sich überhaupt nicht bewegte, schon einen Meter von der Öffnung entfernt nicht mehr. Und irgendwo war Wasser, denn die Luft fühlte sich feucht an, und alle paar Sekunden hörte Rae einen Tropfen fallen. Boden und Wände waren trocken und glatt, und sie schob sich Stück für Stück durch den unebenen Tunnel, um den Ursprung des Geräusches zu suchen.

Rae fand ihn nicht, nicht an diesem Tag. Was ihr Lichtstrahl stattdessen traf, zusammengefallen am Ende eines kurzen Seitengangs, der nach links abzweigte, war ein Haufen von staubfarbener Kleidung über einer Sammlung bleicher Knochen: lange Schienbeine, gebogener Brustkasten, nacktes Handgelenk, grinsender Schädel.

In den nächsten zwanzig Sekunden entschied sich, ob die Höhle lauten Geräuschen und heftigen Stößen standhielt. In den ersten drei dieser Sekunden erstarrte Rae auf Händen und Knien und gaffte den glotzenden Schädel an, und dann standen ihr alle Haare zu Berge, sie kreischte auf, ließ die Taschenlampe fallen und krabbelte zum Eingang zurück, purzelte hinaus in die weiche Grube, die sie geschaufelt hatte, wühlte sich zwischen Felswand und Kamin entlang, stieg zwischen den Ständern hindurch, als wären sie eine Tür, jagte in Riesensätzen über die Bodendielen, wobei ihr abgestellter Kaffeebecher in hohem Bogen durch die Luft flog, und rannte den Abhang hinunter in den sicheren Umkreis ihres Arbeitstisches. Sie schlug mit der flachen Hand auf die Platte, mit der Geste eines mittelalterlichen Verbrechers, der an einem Altar eine Freistätte findet, hetzte auf die andere Seite und starrte auf das Haus, als erwarte sie, verfolgt zu werden. Dreimal pumpte sie sich mit Luft voll, dann schlug sie sich mit einer Hand auf den Mund und lachte halb hysterisch los.

Der emotionale Sturm tobte sich aus und ließ sie benommen und zitternd zurück. Sie schwankte zu ihrem Segeltuchsessel, um sich hinzusetzen, bevor ihr die Beine versagten. Vorher allerdings drehte sie den Sessel um, sodass sie einen ungestörten Blick auf den Abhang hatte.

Rae senkte den Kopf fast bis zu den Knien und wartete darauf, dass sich nicht mehr alles um sie drehte. Dabei schaute sie alle paar Sekunden zu den Türmen hinauf. Als sich nichts mehr bewegte und die Wirkung des Adrenalins nachließ, war ihr flau im Magen. Nach einer Weile stand sie auf und ging auf Beinen, die sich nicht wie ihre eigenen anfühlten, los, um sich einen Becher Tee zu machen. Während sie trank, ließ das Zittern allmählich nach.

Gut, sagte sie sich, wenigstens brauchte sie sich nun nicht mehr mit der Vorstellung herumzuquälen, dass der arme Großonkel Desmond in einem anonymen, kaktusbewachsenen Grab in Arizona lag.

Aber was war dem Mann bloß zugestoßen?

Zum ersten Mal, seit Rae auf die Insel gezogen war, wünschte sie sich ein Telefon. Ein siebzig Jahre altes Gerippe schien es kaum zu rechtfertigen, mit Leuchtkugeln Notsignale in den Himmel zu schießen, aber sie wusste, dass selbst ein Skelett, das schon lange blank und trocken war, in irgendeiner Weise einer offiziellen Behandlung bedurfte. Es brauchten vielleicht nicht gerade Rettungssanitäter und einer von diesen schwarzen Leichensäcken mit Reißverschluss zu sein, die in Fernsehprogrammen so beliebt waren, aber bestimmt würde jemand mit einem wirklich Respekt einflößenden Klemmbrett und vielleicht einer Videokamera herauskommen wollen, um die Knochen in eine Kiste zu verfrachten und sie in ein schönes, steriles Labor zu schicken, wo man sie eine Weile durcheinander wühlen und anstarren würde.

Rae schaute zu ihrem wartenden Haus hinauf und dachte: Eigentlich kann ich jetzt ebenso gut Mittagspause machen. Sie kramte eine Dose Thunfisch hervor, machte sich ein paar Sandwiches und begab sich zum Wasser hinunter, um eine Weile nachzudenken.

Sie ertappte sich dabei, dass sie dachte: Ich selbst fände es schrecklich, irgendwo in einem schönen, sterilen Labor zu landen.

Schließlich zwang sie sich, wieder zur Baustelle hinaufzugehen und an den Wänden weiterzuarbeiten. Es war nicht so schwer, wie sie befürchtet hatte. Sie sägte und nagelte, legte Stürze über Tür- und Fensterlöcher und wartete dabei auf die Symptome für zusätzlichen Stress: die Schreckhaftigkeit und plötzliche Atemlosigkeit, das verschwommene Hören und das Sehen von Dingen, die gar nicht da waren, die grausame Panikattacke, die aus heiterem Himmel auf sie herabstürzte – aber nichts davon kam. Unruhe, ja, und sie behielt die Wand neben dem Kamin sehr gut im Auge, aber als ihre Atmung erst wieder normal war, blieb sie auch so, und die Brise, die durch die duftenden Blüten des Erdbeerbaumes strich, war einfach der Atem des Himmels, und die stetige, sachte Bewegung der kleinen Wellen behielt ein beruhigendes Tempo bei und wurde nicht zu einer in den Augenwinkeln lauernden Bedrohung.

Rae brachte den restlichen Tag hinter sich; sie verzehrte ihr Abendessen; sie schlief – nicht viel, und der sanfte Regen, der um Mitternacht einsetzte, erzählte von der beunruhigenden Möglichkeit, dass draußen vor der Zeltwand ruhelose Skelette umherirrten, aber eigentlich war ihre Schlaflosigkeit eher die Folge von intensivem Nachdenken als von wirklicher Angst. Je mehr sie überlegte, desto weniger gefiel ihr der Gedanke, Desmond Newborns sterbliche Überreste einfach den gleichgültigen Händen des Gesetzes auszuliefern, die sie mir nichts, dir nichts in eine Kiste packen würden. Rae war sich ziemlich sicher, dass man ihr nicht erlauben würde, ihn einfach da zu lassen, wo er war, und sie wusste auch gar nicht, ob sie das wirklich wollte – und wenn auch nur aus dem Grund nicht, dass sie ihn dann immer im Hinterkopf haben würde, eine unerledigte Geschichte, ein nicht gebührend gewürdigter Tod. Selbst das anonyme Grab auf einem staubtrockenen Friedhof, das sie so lange vor Augen gehabt hatte, wäre eine Bestätigung gewesen, dass jemand, wie namenlos er auch sein mochte, davongegangen war. Vielleicht konnte sie darum bitten, dass die Knochen zu einem richtigen Begräbnis zurückgebracht wurden – oder gab es irgendein Gesetz über geweihten Boden? Wenn dem so war, würde sie seine Überreste einäschern lassen und seine Asche mit zurück auf die Insel nehmen, dorthin, wo die Asche von Bella und Alan lag. In jedem Fall aber war es, musste Rae unwillkürlich denken, eine erschütternde Art, den alten

Herrn zu behandeln, wenn man ihn einfach aus seiner friedlichen Ruhe aufstörte.

Nein, sie würde ihn nicht in seinem natürlichen Mausoleum liegen lassen; sie würde Jerry Carmichael benachrichtigen und zulassen, dass das Gesetz sich mit Desmond befasste. Zuerst jedoch würde sie selbst zu ihm gehen und es ihm behutsam mitteilen.

Schließlich würde es nicht das erste Gespräch sein, das sie mit den Toten führte.

Im Laufe des Vormittags hörte es auf zu regnen. Als die Sonne fast ihren höchsten Stand erreicht hatte und die Schatten hinter dem Haus am schmalsten waren, nahm Rae die kleinere der beiden Petroleumlampen, einen Satz neue Batterien und eine Ersatzbirne für die Taschenlampe und kehrte zur Höhle zurück. Der Erdhaufen hinter dem Haus war aufgeweicht, die Pflanzen waren angewelkt, und das Loch war noch da.

Als sie den Oberkörper in den engen Höhleneingang hineingeschoben hatte, verspürte sie das alberne Bedürfnis, sich zu räuspern, als wollte sie ihren Besuch ankündigen. Sie tastete sich vorwärts, bis sie die Taschenlampe erreichen konnte, die gegen die Höhlenwand gerollt war, und zog sie auseinander, um die Batterien zu ersetzen. Zu ihrer Freude war die Birne beim Herunterfallen heil geblieben. Raes Hände waren bemerkenswert ruhig. Sie schob die Taschenlampe in eine Gesäßtasche und zündete die Petroleumlampe an. Dabei drehte sie den Spiegel so, dass er das Licht nach vorn warf, und arbeitete sich dann durch den Tunnel vor, bis sie die kleine Seitenhöhle erreichte, in der Desmond Newborns sterbliche Überreste lagen. Dort drehte sie die Lampe, um den Raum auszuleuchten.

Und atmete aus, auch wenn sie gar nicht gemerkt hatte, dass sie die Luft angehalten hatte: Er war noch da. Gott allein wusste, wie sie reagiert hätte, wenn er fort gewesen wäre, überlegte Rae und zwang sich dann, sich gegen die Wand zu lehnen und die Gebeine des Mannes, der sich auf Folly ein Zuhause geschaffen hatte, anzuschauen.

«Ich liebe dein Haus, Onkel Desmond», sagte sie zu ihm.

In der Höhle klang ihre Stimme merkwürdig flach, und Rae fand es sofort lächerlich, dass sie hier saß und mit einem Haufen von Knochen und Lumpen sprach. Achtung vor den Toten war eine Sache, aber wenn Großonkel Desmond dem Mann, den sie sich all die Jahre vorgestellt hatte, auch nur im Geringsten ähnelte, würde er entweder in Gelächter ausbrechen oder angewidert fortgehen.

Was konnte sie ihm sagen? Desmond, seit ich neun war und deine Medaille in Großvaters Schublade gefunden habe, habe ich mir vorgestellt, dich kennen zu lernen? Desmond, du warst genau wie ich ein verwundetes schwarzes Schaf, und du hast mir geholfen, meine Kindheit zu überstehen und warst mein Führer durch einige sehr dunkle Tage? Konnte sie ihm überhaupt etwas sagen, was er nicht schon wusste?

Statt also mit dem Schatten zu sprechen, saß Rae einfach eine Weile bei ihm.

Dann ging sie wieder auf die Knie und erkundete, die Lampe vor sich herschiebend, den Rest seines Mausoleums.

Die enge Öffnung der Höhle wurde breiter und höher, bis Rae schließlich vorsichtig stehen konnte. Sie wusste nicht, was sie in Desmonds Höhle erwartet hatte, wäre allerdings nicht erstaunt gewesen, wenn sie Kisten mit Schmuggelware entdeckt hätte – Rum oder vielleicht gepanschter Gin, schließlich war er zur Zeit der Prohibition gestorben. Sie hatte sogar ein wenig gehofft, vielleicht den einen oder anderen versteckten Schatz zu finden, und war enttäuscht, als die Höhle sich erweiterte und nichts als einige fast leere Regale preisgab.

Die Haupthöhle war ein schiefes Ei von vielleicht viereinhalb Metern Länge und drei Metern Breite, an dessen Rückwand von einer verkalkten Spitze Wasser in ein Becken fiel, das nicht größer war als ein Suppenteller. Die Rückwand selbst war im Laufe der Jahre oft abgebröckelt und zusammengesackt; ohne sie mit Hacke und Schaufel zu bearbeiten, konnte Rae nicht sagen, ob der Schutt einen weiteren niedrigen Gang verbarg, der noch tiefer in den Berg hineinführte. Nach dem Aussehen des Gesteins zu schließen hatte es wohl keine weitere Höhle gegeben, jedenfalls nicht in den letzten hundert Jahren.

Diesen Raum hatte Desmond als Vorratskammer benutzt, möglicherweise während er das Haus baute, aber es war wenig übrig geblieben. Selbst die Regale, die er zusammengezimmert hatte, waren so verrottet, dass Rae zögerte, sie zu berühren. Eine Kiste mit Weinflaschen lag auf die Seite gekippt auf dem Höhlenboden, aber die Flaschenhälse waren mit einer so dicken Staubschicht überzogen, dass Rae den Inhalt hätte erraten müssen. Auf einem Regal standen ein halbes Dutzend Einmachgläser, die genauso von Staub und von den Rostblasen, die unter den Deckeln hervorquollen, bedeckt waren, und daneben lag Krimskrams – eine Pflanzkelle ohne Griff, ein paar uralte Samentütchen, eine Eisenkette, die zu einem Haufen zusammengerostet war. Und ein rechteckiger Gegenstand, der etwas größer war als eine Zigarrenkiste.

Rae griff danach. Das Kästchen war zwar aus Metall, aber so leicht, als könnte es leer sein, nur dass innen drin etwas rutschte. An der Stelle, wo es gelegen hatte, war jetzt ein scharf umrissenes Rechteck aus bloßem Holz zu sehen, und fast hätte Rae es an seinen Platz zurückgestellt, denn sie dachte an die vorwurfsvollen Fragen der Beamten, die herkommen würden, um Desmonds Gebeine abzuholen. Aber war es nicht ihr Grund und Boden? Warum sollte sie die Kassette ihres Verwandten nicht mitnehmen dürfen? Trotzig zog sie auch noch eine Weinflasche aus der Kiste, wobei sie gegen das untere Regalbrett stieß. Die Regale schwankten und stürzten beinahe um. Das würde alle kompromittierenden Zeichen im Staub beseitigen, dachte Rae, aber statt den Regalen einen kräftigen Stoß zu geben, entschied sie sich dafür, die

Samentütchen und das alte Werkzeug ein bisschen herumzuschieben, um die Spur zu verwischen, und blies dann sanft über den Deckel der Kassette, um den Staub von dort zurück auf das Regalbrett zu pusten. Die Umrisse waren nicht mehr zu erkennen: das reichte. Rae schob sich die Kassette unter den Arm, nahm die Flasche und die Lampe und trat den Rückweg zum Höhleneingang an, doch plötzlich erstarrte sie.

Sie trat von der Wand zurück und hielt die Lampe hoch, sodass das Licht schräg einfiel. Nein, es war kein Versehen: In die Höhlenwand war eine Steinzeichnung eingeritzt, eine gebogene Form mit stilisierten Wasserwirbeln auf dem Körper und einer hohen, stolzen Rückenflosse. Ehrfürchtig zeichnete Rae mit den Fingern die Umrisse des Schwertwals nach, und bei ihrem Rückweg durch den immer niedriger werdenden Gang suchte sie mit ihrer Lampe aufmerksam die Wände ab, aber der Wal hatte keine Gefährten.

Am Eingang zu der Seitenhöhle, die Desmonds traurige, staubige Überreste bewahrte, machte sie eine Pause. Sie versuchte, etwas zu sagen, das weder unpassend noch peinlich war, aber ihr fiel nichts ein, also kroch sie mit ihrer Beute auf den Lichtkreis zu.

Sich durch die enge Öffnung hindurchzuarbeiten war ein Kunststück. Rae ließ die Weinflasche und die Kassette behutsam nach draußen in den Schmutz rutschen und schob die Taschenlampe und die gelöschte Petroleumlampe hinter sich in die Höhle. Sie wand sich durch die Öffnung hindurch und purzelte mehr oder weniger vornüber in den weichen Boden, der aber etwas Hartes und verdammt Scharfes verbarg.

«Scheiße», schrie sie und rollte weiter, bis sie auf dem Rücken vor den schwarzen Steinen des Kamins landete. Sie packte ihre rechte Hand und sah unter der braunen Schlammkruste eine rote Linie hervorquellen. «Verdammter Mist.» Sie rappelte sich auf, griff mit der Linken nach dem Hals der Weinflasche und blieb stocksteif stehen, denn eine vertraute Stimme drang über die Felsen an ihr Ohr: Nikki Walls. «Mist», sagte sie noch einmal, schnappte das Metallkästchen, ließ es zurück in die Höhle schlittern und kämpfte sich dann über den feuchten Boden und durch das verwüstete Gestrüpp, bevor der freundliche Wirbelwind von einem Ranger sie finden konnte. Rae dachte nicht darüber nach, warum sie nicht wollte, dass Nikki zu diesem Zeitpunkt die Höhle sah; sie wusste nur, dass sie noch nicht bereit war, ihre Entdeckung zu öffentlichem Eigentum werden zu lassen. So watete sie eilig durch den Morast, schob sich zwischen den Ständern hindurch und hinterließ auf ihren Bodendielen eine Spur aus großen Matschklumpen.

Auf halbem Weg zum Haus hinauf wurde Nikki von einer Gestalt begrüßt, die einer frisch ausgegrabenen Leiche ähnlich sah. Von Kopf bis Fuß mit Schmutz bedeckt, rannte das Wesen die Steintreppe herunter, eine eben ausgebuddelte Leiche, die in der linken Hand eine genauso ekelhaft dreckige Weinflasche hielt und jetzt mit einem breiten Grinsen eine Menge weißer Zähne zeigte.

«Nikki», sagte der Leichnam, «genau der Mensch, den ich jetzt brauche. Sie haben bei Ihrer Ranger-Ausbildung doch hoffentlich auch erste Hilfe gelernt? Denn wenn nicht, müssen Sie sich da hinsetzen und zugucken, wie ich mit der linken Hand versuche, mir ein Pflaster aufzukleben.» Rae streckte eine schmutzverkrustete Hand aus, von der das Blut heruntertropfte. Nikki machte rasch einen Schritt zurück, drehte sich dann um und folgte Rae den Hügel hinunter, wobei sie sie den ganzen Weg über scharf beobachtete.

«Äh, Rae? Haben Sie getrunken?»

«Getrunken? Gott, nein, warum …? Ach», antwortete Rae, als ihr Blick auf die Flasche in ihrer Hand fiel, die sie ganz vergessen hatte. «Nein, sie ist nicht einmal offen», was Nikkis Frage genau genommen nicht beantwortete, doch Raes gewohnt klare Aussprache und ihre unbeeinträchtigte Koordination beruhigten die Naturschutzwartin.

Sie erreichten das Zelt, und Rae legte die Weinflasche neben den Kochtisch, sodass sie halb hinter seinen Beinen verborgen war. Sie wandte sich zum Zelt, blieb aber stehen und blickte an sich hinab. «Gütiger Himmel», sagte sie und lachte fröhlich. «Ich sehe ja aus wie ein Golem.»

Nikki Walls wusste nicht, was der Herr der Ringe damit zu tun hatte, aber sie entschied sich, nicht zu fragen, sondern hielt nur die Zeltklappe auf, damit Rae hindurchschlüpfen konnte, ohne mit ihrem schmutzigen Körper oder ihrer blutigen Hand am Segeltuch entlangzustreifen. Gleich darauf kam Rae mit einem großen Erste-Hilfe-Kasten aus Metall zurück.

«Ich glaube, ich mache mich erst ein bisschen sauber, bevor wir den Schnitt verbinden», meinte sie entschuldigend. «Sonst werde ich nur wieder nass.»

«Gute Idee.» Nikki dachte, Rae würde zu der Dusche hinübergehen, die sie sich gebaut hatte, ein Eimer, an dem ein Brausekopf befestigt war, aber stattdessen packte die Besitzerin der Insel mit Daumen und Zeigefinger ein Handtuch und marschierte zur Bucht hinunter. Nikki runzelte die Stirn, als sie sah, wie die Frau sich bückte, um ihre schmutzverkrusteten Stiefel aufzubinden. Sie nahm zwar gelegentlich selbst ein kurzes Bad in dem zehn Grad kalten Wasser, aber schließlich machte sie das schon von Kindheit an, und sie war nur halb so alt wie diese Frau. Das ist mal eine hart gesottene alte Dame, dachte Nikki.

So alt auch wieder nicht, korrigierte sie sich, als aus Hemd und Hose Raes kräftiger Rücken zum Vorschein kam. Unterwäsche, aber kein BH, bemerkte Nikki und wandte sich dann ab, um den Kessel aufzustellen. In den nächsten Minuten konnte sie nicht anders, sie musste sich zweimal umdrehen und in die Bucht hinunterschauen. Beim ersten Mal sah sie Rae ruhig im eisigen Wasser treiben, als läge sie in einer warmen Badewanne. Beim zweiten Mal, als Nikki sich vergewissern wollte, dass das Platschen unten bedeutete, dass es Zeit war, das Wasser auf das Kaffeepulver zu gießen, stieg Rae gerade am flachen Rand der Bucht aus dem Wasser. Nikkis Augen wurden schmal, als sie die gezackten roten Streifen am linken Arm und auf der Brust der Frau sah. Sie hatte wohl die gerade Narbe außen auf Raes Unterarm gesehen, wo die Platte eingesetzt worden war, aber sie hatte nicht gewusst, dass die Frau so zerfetzt gewesen war. Es sah aus, als sei sie in ein landwirtschaftliches Gerät hineingefallen.

Rae kam zum Zeltplatz zurück. Mit klappernden Zähnen hielt sie das viel zu kleine Handtuch fest, das sie um sich gewickelt hatte, während sie die blutende rechte Hand zur Seite wegstreckte.

«Danke, dass Sie den Kaffee aufgegossen haben», sagte sie und huschte ins Zelt. Als sie wieder herauskam, trug sie Jeans und ein Sweatshirt, und um ihre Hand hatte sie einen sauberen Lappen gewickelt. Sie machte sich an dem Erste-Hilfe-Kasten zu schaffen, ohne Nikkis Blick zu bemerken. Nach einem Moment ging Nikki zu ihr hinüber und nahm ihr den Kasten aus der Hand.

«Lassen Sie mich das machen.»

Der Schnitt zog sich an der Außenseite des Daumenballens entlang, war aber nicht tief. Wenn sie näher an der Stadt gewesen wären, hätte Nikki auf Nähen gedrängt, aber die Wunde hätte die Bootsfahrt nach Friday Harbor nicht gerechtfertigt, und keine der beiden Frauen machte diesen Vorschlag. Nikki behandelte die Hand mit einem Antiseptikum, zog den Schnitt mit drei Pflastern zusammen und deckte das Ganze dann mit Verbandsmull ab. Die Blutung war schon fast zum Stillstand gekommen.

«Wie haben Sie das gemacht?», fragte Nikki, während sie den Verbandskasten wieder einräumte.

«Bin hingefallen», meinte Rae. «Auf Erde, in der ein Stück Glas gewesen sein muss. Ist nicht schlimm, und bevor ich herkam, habe ich eine Tetanusspritze gekriegt.»

«Sie werden ein paar Tage lang keinen Hammer benutzen können», sagte Nikki.

Rae lachte und hielt Nikki ihre linke Hand zur Begutachtung hin. Ihre Finger waren von einem Netz aus feinen, glänzenden Linien überzogen, den Narben von sauberen Schnitten, die schnell geheilt waren. «Stechbeitel», erklärte sie. Nikkis Blick tastete sich eine Handbreit weiter hinauf, zu den drei langen, geraden Narben, die die blasse Haut von Raes Handgelenk kreuzten. Sie sagte aber nichts, stand nur auf, um den Kaffee einzuschenken.

«War das da, wo Sie die Flasche gefunden haben?», wollte Nikki dann wissen.

«Die Flasche?», fragte Rae nach kurzem, aber verräterischem Zögern.

«Die Weinflasche. Die Sie in der Hand hatten, als Sie den Abhang heruntergestolpert kamen und aussahen wie mein kleiner Bruder, nachdem er versucht hatte, sich nach China durchzugraben.»

«Ach, den Wein. Ja, der lag oben hinter dem Haus. Er muss Desmond gehört haben. Ich glaube nicht, dass der noch was taugt.»

«Hat die Flasche gelegen? Wenn der Korken feucht bleibt, hält Wein sich lange.»

«Ja, sie hat gelegen.»

«Ist er rot oder weiß? Roter hält sich länger.» Nikki schaute Rae an. «Ich habe einen Schwager, der sich mit Wein auskennt. ‹Himbeeren in der Nase› und das alles. Zu Thanksgiving macht er uns verrückt.»

«Ich weiß nicht – welche Farbe er hat, meine ich. Mal sehen.» Aber Nikki hielt die eingestaubte Flasche schon gegen das Licht.

«Rot», verkündete sie. «Und der Korken sieht gut aus. Sind noch mehr da? Die könnten was wert sein.»

«Das weiß ich nicht», sagte Rae wieder und ärgerte sich im gleichen Moment, dass sie nicht gesagt hatte: Nein, das war die einzige. Nikki hakte sofort nach.

«Wir gehen mal hin und schauen nach», schlug sie eifrig vor.

«Es wäre doch cool, wenn wir ein Versteck aus den zwanziger Jahren finden würden. Die Historische Gesellschaft wäre begeistert. Sie könnten …»

«Ich gebe Ihnen Bescheid, wenn sich noch mehr Flaschen finden.»

«Aber ich bin …»

«Nikki.»

Die junge Frau brach ab. Zu spät war ihr bewusst geworden, dass die lässige Besitzerin von Desmonds Folly bemerkenswert ähnlich wie ihre grimmige, strenge Großmutter klang, die irische Matriarchin, die mit eiserner Zunge über die Festtagsessen des Clans herrschte.

«Ich gebe Ihnen Bescheid», wiederholte Rae, als Nikki ihr nun ihre ganze Aufmerksamkeit schenkte. «Das hier ist meine Schatzsuche, kein Gemeinschaftsprojekt.»

Ernüchtert, ja gekränkt und mit einem Gesichtsausdruck, der dem ihres kleinen Sohnes sehr ähnlich war, legte Nikki die Flasche wieder hin und ließ sich in ihren Stuhl zurücksinken. «Okay. ’tschuldigung.»

«Hey, Nikki, ich weiß, dass Sie nur helfen wollen, und das weiß ich zu schätzen. Aber im Moment möchte ich es lieber selbst machen. Ich möchte Ihren Chefs nicht den kleinsten Anlass geben, ihre Nasen da reinzustecken.» Es war eine fadenscheinige Ausrede, denn Rae hatte volles Vertrauen in die Fähigkeit ihrer Rechtsanwältin, Regierungshände von Folly fern zu halten, aber Nikki nickte traurig. «Jedenfalls vielen Dank für das Angebot. Und für das Verarzten.» Rae hob die Hand. Auf dem Verband zeigte sich ein roter Fleck, aber er breitete sich nicht sehr schnell aus. «Übrigens, wollten Sie etwas Bestimmtes? Ich habe gar nicht gefragt, ob Sie einen Grund für Ihren Besuch hatten.»

«Nein. War bloß gerade in der Nähe, und ich wollte sehen, wie weit Sie mit den Wänden sind.»

Einer der Nachteile, wenn man zu einer Dorfgemeinschaft gehörte, überlegte Rae, bestand darin, dass man auf seine Nachbarn eingehen musste. Man musste ihnen erlauben zu stören und einem Zeit und Aufmerksamkeit zu stibitzen, selbst wenn man in Versuchung war, sie von der Insel hinunterzuwerfen. Als sie aufstand, um kundzutun, dass die Besuchszeit zu Ende war, lächelte sie Nikki daher an, auch wenn es ein recht gekünsteltes Lächeln war. «Das ist schön. Glauben Sie nur nicht, Sie müssten mir als Vorwand für Ihre Besuche jedes Mal eine Tüte Lebensmittel mitbringen.»

Nikki erwiderte das Lächeln. Sie gestattete Rae, sie zum Boot zu begleiten, aber als sie an Bord war, schoss sie einen letzten Pfeil ab. «Ich hoffe, dass Sie wenigstens über die Historische Gesellschaft nachdenken», drängte sie. «Was den Wein angeht, meine ich. Die würden sehr gerne eine Flasche Folly-Wein in ihre Ausstellung aufnehmen.»

Kapitel 28

Desmond Newborns Tagebuch

22. August 1921

Zwei Jahre und vier Monate lang war ich nur zu Gast im Lande, von der stillen Nacht, als ich mich aus dem Haus meiner Familie fortstahl, bis zu dem herrlichen Morgen vor acht Wochen, als ich den Fuß auf dieses Eiland setzte. Achthundertzweiundfünfzig Tage lang war ich ein Mann ohne Zuhause, ein Vagabund, der seine irdischen Güter auf dem Rücken und in den Taschen trug, eine Misstrauen erweckende, abstoßende Gestalt unter vielen, die sich am Rande der Gesellschaft bewegen.

Und ich gehörte wirklich zu den anderen Ausgestoßenen. Ich fühlte mich bei ihnen und ihrer Wurzellosigkeit zu Hause, war erleichtert, dass sie nicht mehr von mir verlangten, als eine Hand voll halbverdorbenes Gemüse für den Gemeinschaftstopf und ein Paar wachsame Augen gegen die Bahnpolizei. Nicht dass mir das Ausmaß an Trunkenheit und Grobheit und die ständige Gefährdung durch die tatsächlich Wahnsinnigen immer angenehm gewesen wäre, aber die schlichten Forderungen, die die Bruderschaft der Obdachlosen stellt, sind wie Balsam für die gepeinigte Seele. Wenn ich im Schlaf aufschrie, verfluchte mein Nachbar mich bloß und trat mir gegen das Bein, um mich zum Schweigen zu bringen; er stellte keine ernsthaften Nachforschungen über die Probleme an, die ich mit mir herumtrug, denn es waren mehr oder weniger die gleichen wie seine.

Trotzdem, schon vor dem gewalttätigen Zwischenfall in Yakima wurde ich ihrer Lebensweise müde, wurde von einer Rastlosigkeit befallen, die sich durch Wandern nicht mehr beschwichtigen ließ. Der Weg zurück nach Boston mochte mir versperrt sein, aber schon der Gedanke, überhaupt in die Mauern einer Stadt zurückzukehren, nahm mir fast den Atem. Und trotzdem merkte ich, wie ich stehen blieb, um die Umrisse von Häusern zu bewundern, die Stabilität des Mauerwerks, das Versprechen von Schutz und Dauerhaftigkeit, das sie darstellten, eine Bühne, auf der man die Zukunft seines Lebens gestalten konnte. Holzhütten und Backsteinvillen gleichermaßen, alle sprachen meine wachsende Sehnsucht nach vier Wänden und einem Dach zwischen mir und den Elementen an.

Zweifellos waren es Erinnerungen an Kindheitssommer am Meer, lange, sonnengetränkte Stunden der Freiheit und der Kameradschaft, die mich noch weiter nach Westen trieben, bis mir das Land ausging – und selbst dann noch setzte ich meinen Weg fort, über diese lieblichen, blauen, in einem sanft wogenden Meer verstreuten Inseln.

Mir fällt gerade ein, dass dieses Unternehmen etwas Ironisches hat, wenn man an Williams Methode denkt, das Familienvermögen durch den Bau von Häusern und Fabriken, Bahnhöfen und riesigen Büroblocks zu vergrößern. Er würde darüber lachen, welche Vorstellung sein kleiner Bruder vom «Bauen» hat.

Vielleicht ist es Torheit, aber meine einzige andere Möglichkeit wäre, weiter nach Westen zu ziehen, entweder auf dem Meer oder ins Meer hinein. Hier will ich einhalten, hier will ich bauen und leben. Und, so Gott will, werde ich, nachdem ich Frieden gefunden habe, hier sterben.

Kapitel 29

Achtundvierzig Stunden vergingen, der Rest des Samstags und der ganze Sonntag, während Rae sich sowohl mit dem Gedanken an die physischen Gebeine vertraut machte als auch mit der Neufassung ihrer Vergangenheit, die der Fund nach sich zog.

Nicht dass sie die ganze Zeit in die Luft gestarrt hätte, keineswegs. Samstag arbeitete sie an ihrem Bootssteg, um fern vom Haus und der Höhle beschäftigt zu sein, und dachte an nichts weiter als an die Arbeit unter ihren Händen. Am Samstagabend fertigte sie aus zusammengesuchten Ästen ein eichhörnchen- und waschbärsicheres Safe an, das absichtlich unbearbeitet aussah, aber so dicht war, dass ihre pelzigen Nachbarn mit ihren immer geschickter werdenden Händchen nicht hindurchkamen. Und am Sonntag richtete sie ihre Aufmerksamkeit zwar wieder auf das Haus, schleppte aber hauptsächlich Bauholz und stellte im Erdgeschoss weitere Ständer auf, eine mechanische Arbeit, die ihr wegen des Verbandes nicht so leicht von der Hand ging wie sonst.

Im Hinterkopf war sie jedoch während der ganzen Zeit mit der Zukunft von Desmonds Überresten beschäftigt. Allmählich schälte sich eine Möglichkeit heraus, und die Entscheidung fiel.

Am Montagmorgen setzte Rae sich mit einem frisch aufgebrühtem Becher Kaffee hin und schrieb einen Brief:

Lieber Sheriff Carmichael,
ich bitte Ed De la Torre, diesen Brief in Ihrem Büro vorbeizubringen, wenn er nach Friday Harbor zurückkommt. Wenn das erst am späten Nachmittag ist oder wenn Sie das Schreiben spät bekommen, denken Sie bitte nicht, dass

die Sache irgendwie drängen würde. Einen Tag zu warten (oder zwei oder auch sechs) ist mir viel lieber, als wenn Sie im Dunkeln hier heraushetzen.

Ich habe in einer Höhle hinter dem Haus alte menschliche Knochen gefunden. Ich glaube, dass es die sterblichen Überreste meines Großonkels Desmond Newborn sind, der Ende der zwanziger Jahre verschwunden ist. Ich weiß nicht, was man mit derart alten Gebeinen macht, aber ich denke mir, dass irgendeine Untersuchung von offizieller Seite nötig ist, bevor ich sie beerdigen oder einäschern lassen kann.

Ich warte, bis ich von Ihnen gehört habe, bevor ich etwas damit unternehme, aber es besteht wirklich keine Notwendigkeit, schnell herzukommen und mir Händchen zu halten. Die Phase, in der ein paar trockene Knochen mich vom Schlafen abgehalten hätten, habe ich längst hinter mir.

Rae Newborn

Das war, entschied Rae, als sie die fünfte und endgültige Fassung des Briefes überflog, nichts weiter als die Wahrheit. In den drei Tagen, die sie mit dem Wissen um die Überreste in ihrer Höhle verbracht hatte, war Rae, wenn sie überhaupt daran gedacht hatte, dahin gelangt, sie als größere Version von Desmonds primitivem Holzfigürchen im Fundament zu betrachten. Wenn sie nicht so mechanisch und zuverlässig gesetzestreu gewesen wäre, wenn sie sich nicht sicher gewesen wäre, dass sie früher oder später schwach werden und Nikki oder Petra oder sonst jemandem gestehen würde, dass sie menschliche Gebeine verbarg, dann wäre Rae versucht gewesen, das Gerippe einfach zuzudecken und dort zu lassen.

Doch Geheimnisse kamen meistens in den unpassendsten Augenblicken ans Licht. Außerdem konnte es – von der vorübergehenden Unruhe in ihrem Alltag abgesehen – wohl kaum schaden, Jerry Carmichael hinzuzuziehen.

Aber nachdem Rae den Brief geschrieben hatte, wurde ihr klar, dass sie noch etwas tun musste, bevor sie ihn am nächsten Morgen Ed überreichen würde. Am Montagabend, als die Ständer im Erdgeschoss alle aufgerichtet waren und ihre Hand fast geheilt war, nahm sie früh ihr Abendessen zu sich und ging dann, als sie sicher sein konnte, dass niemand mehr unangemeldet bei ihr vorbeischauen würde, im Dämmerlicht zum Haus hinauf, stieg durch die Ständerwand und betrat zum dritten Mal Desmond Newborns derzeitige Ruhestätte.

Seit Nikkis überraschendem Besuch am Freitagvormittag war Rae nicht wieder in der Höhle gewesen, auch wenn ihr im Nachhinein klar wurde, dass sie sich in Gedanken mit fast nichts anderem beschäftigt hatte. Bilder und Fragen und Entscheidungen wirbelten ihr im Kopf herum, und sie war unter anderem zu der Erkenntnis gelangt, dass es unter den unzähligen Fragen, die sie zu Desmonds Anwesenheit hatte, nur wenige gab, die sie gern mit Außenstehenden besprochen hätte.

Alle Fragen liefen auf eine hinaus: Warum war er hier? Wie und wann Desmond gestorben war und warum seine Familie ihn in Arizona vermutet hatte – alle diese Rätsel ordneten sich der einen großen Frage unter: Wie war es dazu gekommen, dass Desmond Newborn in die Erde hineingekrochen war, um dort zu sterben?

Rae bezweifelte nicht, dass der zuständige Beamte eine Idee haben würde, was Desmond getötet hatte, selbst wenn es einfach das Alter gewesen war. Aber heute war ihre letzte Chance, ihren Großonkel für sich zu haben, sich von seinen Überresten sagen zu lassen, was sie preisgeben würden. Aus Gründen, die Rae nicht einmal sich selbst hätte erklären können, hatte sie das deutliche Gefühl, dass sie es dem Erbauer von Folly schuldig war, ihm die Möglichkeit zu geben, unter vier Augen mit dem einzigen Menschen zu sprechen, der ihm vielleicht zuhören konnte. Mit Alan oder Bella hatte sie keinen letzten Moment unter vier Augen gehabt. Beide hatte man vom Krankenhaus in die Leichenhalle und dann ins Krematorium transportiert, bevor Rae gewusst hatte, was sie wollte. Bei Desmond würde sie sich Zeit nehmen, um sich zu verabschieden.

Außerdem musste sie wissen, was in dem Metallkasten war, den sie in die Dunkelheit zurückgeschleudert hatte.

Die zweite Petroleumlampe und die Taschenlampe befanden sich beide da, wo Rae sie zurückgelassen hatte, kurz hinter dem engen Eingang. Sie zündete die Lampe an und war dankbar dafür, dass sie den Gang sogleich mit Licht erfüllte. Rae setzte den Glaszylinder wieder auf den Fuß und rutschte auf den Knien vorwärts über den Steinboden.

Hallo, Desmond, sagte sie im Stillen. Jetzt dauert es nicht mehr lange.

Von jetzt an würde jede ihrer Handlungen für die Polizei offensichtlich sein. Es würde keine Möglichkeit mehr geben, ihren Besuch in Desmonds Kabuff zu vertuschen, keine Möglichkeit, den aufgewirbelten Staub auf seiner Kleidung zu ersetzen. Nun, mit diesem Problem würde sie sich befassen, wenn es anstand. Schließlich war es ja nicht der Schauplatz eines Verbrechens, den sie durcheinander brachte.

Es sei denn …

Es gab nur eine Möglichkeit, das herauszufinden. Rae wusste nicht, ob sie dem Geist versichern sollte, dass die Gebeine bald ihre lange hinausgeschobene Ruhe bekommen würden, oder ob sie sich entschuldigen sollte, weil sie seinen Frieden störte, aber sie schob sich vorwärts, bis sie mit den Knien ihrer Jeans die kleinen Fußknöchelchen streifte, die wie bei der Konsultation eines uralten Orakels auf dem Boden verstreut lagen. Dann hockte sie sich hin und hob die Lampe, die eigentümliche Schatten über die Felswand fliehen ließ.

Nach dem Brand des Hauses hatte sich so viel Schutt vor der Höhlenöffnung angesammelt, dass nur sehr kleine Aasfresser Zugang gefunden hatten. Kein Tier, das größer war als eine Ratte, hatte die Leiche erreichen können, und das bedeutete, dass Desmond mehr oder weniger heil war, wenn auch etwas … entspannt. Rae bezweifelte allerdings sehr, dass eine Ratte, selbst wenn sie groß gewesen war, Kleidungsstücke fortgeschleppt hätte, und doch hatte Desmond nichts an den Füßen, nicht einmal Strümpfe. Seine Beinknochen verschwanden in einem Paar staubverhangener Hosen aus einem schweren schwarzen Stoff. Gutes dickes Wolltuch, befand Rae, keine Arbeitshosen. Er trug weder eine Jacke noch eine Weste, nur ein langärmeliges Hemd, das unter den Flecken weiß gewesen war, mit einem Halsbund, an den man einen hohen steifen Kragen anknöpfte. Der Kragen selbst fehlte ebenso wie die Krawatte, aber hinter dem Hemd konnte Rae den Halsbund und ein Stück vom Unterhemd sehen, das über dem Brustbein hing. Der untere Teil der Unterwäsche war zerfetzt, entweder vermodert oder weggefressen. Außerdem trug Desmond Hosenträger, die aber nicht mehr auf seinen Schultern lagen, sondern an beiden Seiten bis zur Taille heruntergerutscht waren, und der eine lag sogar in einer Schlaufe unter seinen Schenkeln. Am aufschlussreichsten aber fand Rae, dass alle Knöpfe vorn am Hemd offen waren.

Da Rae überhaupt keine Erfahrung damit hatte, wie ein Körper sich normalerweise auflöste, konnte sie nicht mit Sicherheit sagen, was die Stellungen der verschiedenen Gliedmaßen zueinander bedeuteten, aber wenn sie sich das Gerippe als geschmolzene Eisskulptur vorstellte, schien es, als habe die Gestalt vor ihr in einer zusammengesackten Haltung ihren Atem ausgehaucht, denn der Kopf lehnte an der schrägen Wand zur Rechten, das rechte Bein war leicht angezogen und das linke ausgestreckt. Die Knochen des linken Armes waren aus dem Ärmel auf den Boden geglitten, aber der rechte Ärmel war angewinkelt vor dem Rumpf liegen geblieben, sodass die Manschette in den Überresten der Hemdbrust steckte.

Zusammen mit den Knochen der rechten Hand, wie Rae sah, als sie mit der Taschenlampe in das Wirrwarr von Rippen und Wirbelsäule hineinleuchtete.

Die Knochen im Hemd (und Rae fragte sich unwillkürlich, ob diese kleine Erkundung ihr wohl Albträume bescheren würde) waren sauberer, weil sie besser vor Staub geschützt gewesen waren. Rae fasste den Rand des Hemdes mit den Fingernägeln und zog den Stoff zurück, sodass der kraftvolle Lichtstrahl der Lampe zwischen die Knochen fiel und sie studieren konnte, was sich unter der Kleidung befand: gebogene Rippen, die Höcker der Wirbelsäule, flache Beckenknochen, eine Menge lederartiger Fetzen, über die sie lieber nicht nachdenken wollte, und dazwischen verstreut die kleinen, knubbeligen Knochen der zerfallenen rechten Hand. Und zwischen ihnen wiederum ein unnatürlich glatter Gegenstand, wenig größer als ein Radiergummi an einem Bleistift. Sie hätte ihn nicht gesehen, wenn sie nicht danach gesucht hätte. Rae verzog das Gesicht, das sich knapp vor Desmonds lederbedecktem Schädel befand (er hatte gute Zähne gehabt, fiel ihr auf), und schob vorsichtig zwei Finger hinter seinen Hosenbund, um das Objekt herauszuholen.

Eine Kugel. Und nicht ein zerquetschter Bleiklumpen, so wie die anderen, sondern eine saubere, nur leicht verformte Kugel. Rae steckte sie in ihre Brusttasche und knöpfte sie zu. Sie wollte sich schon zurückziehen, aber als sie die Lampe wieder hob, fiel das Licht auf eine ungewöhnliche Beule auf der Rückseite des linken Schulterblattes. Eine zweite Kugel, aber diese war fast so groß wie ihr kleiner Finger, auch wenn sie jetzt abgeplattet war und halb im Knochen steckte. Beim Gedanken daran, sie herauszupulen, verließ Rae schließlich der Mut, und sie setzte sich hin, um Atem zu schöpfen; nach etwa fünf Sekunden beugte sie sich wieder vor, um das formlose Metallstück genauer zu studieren. Der Knochen um die Kugel herum zeigte deutliche Risse, hatte sich aber nicht verschoben. Das Schulterblatt war zwar gebrochen, aber nicht zerfallen.

Nein, korrigierte Rae sich, der Knochen war auseinander gebrochen und dann wieder zusammengewachsen und hatte die Kugel an ihrem Platz festgehalten.

Sie betrachtete das Werk eines deutschen Scharfschützen, dessen Schuss durch Desmonds Schulter gegangen war und den Knochen zerschlagen hatte, ein Jahrzehnt bevor die kleinere Kugel ihn getötet hatte.

Genug – mehr konnte sie nicht ertragen. Sie hatte das, weswegen sie gekommen war, die Kugel und den Metallkasten, und machte sich daran, die Lampe aufzunehmen und die Höhle zu verlassen. Am Ausgang der Seitenhöhle jedoch kam ihr eine letzte Eigentümlichkeit zu Bewusstsein: das Gewicht der staubigen Hemdbrust, als sie den Stoff angehoben hatte. Sie nahm die Taschenlampe wieder zur Hand, glättete die Falte in der Hemdbrust und erblickte in der Brusttasche den Rand eines in Leder gebundenen Büchleins, etwa vom Format des Neuen Testaments, das ihre Großmutter besessen hatte, kaum größer als ihre Handfläche. Sacht zog sie es heraus, ließ den oberen Teil des Hemdes wieder über die Tasche fallen und warf einen Blick in das Büchlein. Sie brauchte nur einen Augenblick, um zu erkennen, dass es keine Bibel war: Die Seiten waren von Hand beschrieben.

Ein Tagebuch.

Ohne Zögern blätterte Rae es bis zum letzten Eintrag durch, nach dem noch etwa zwanzig Seiten leer geblieben waren. Hier, am 12. September 1927, hatte Desmond geschrieben:

Mein Bruder kommt morgen, um mir meine Torheit auszureden. Soll er es versuchen. Obwohl ich freimütig zugebe, wenn auch vor niemandem außer mir selbst, dass der Gedanke daran, sein Gesicht zu sehen, mich mit furchtbarem Grauen erfüllt.

Kapitel 30

Brief von Rae an ihre Rechtsanwältin

25. Mai

Liebe Pam,
du wirst denken, dass ich diesmal wirklich und wahrhaftig den Verstand verloren habe. Ich kann nur sagen, ich wünschte, es wäre so einfach.

Ich möchte, dass du einen Privatdetektiv ausfindig machst, der Zugang zu einem forensischen Labor hat, und ihm das beiliegende Päckchen gibst. Öffne es nicht. Berichte nichts hiervon der Polizei, sorge auch dafür, dass das Labor keinen Bericht abgibt – ich schwöre dir, sie würden sich nur sinnlos aufregen. Ich erkläre dir alles, wenn ich erst weiß, was es bedeutet. Bitte vertraue mir.

Das Labor soll mir eine komplette Analyse der fünf Objekte liefern, die ich mitschicke, und es soll sie auf Ähnlichkeiten und Unterschiede hin untersuchen. Ich möchte über jedes einzelne absolut alles wissen, und mir ist egal, was es kostet.

Vielleicht kehre ich für ein paar Tage in die Zivilisation zurück; falls ich das tue, rufe ich dich an und teile dir mit, wo ich bin.

Entschuldige die Geheimniskrämerei. Ich erkläre es dir, wenn wir miteinander reden. Versprochen.

Rae

Kapitel 31

In **dieser** Nacht war Rae bis lange nach drei Uhr auf und las mit überanstrengten Augen Desmond Newborns Tagebuch durch. Als Ed De la Torre am nächsten Morgen tutete, lag sie noch in ihrem Schlafsack. Sie warf sich ein paar Kleidungsstücke über, spritzte sich kaltes Wasser ins Gesicht und machte Kaffee, doch während sie ihn trank, war sie in Gedanken ganz woanders als bei Eds informativem philosophischem Monolog. Schließlich wurde er ihres Desinteresses müde und erhob sich, um zu gehen. Hastig sprang Rae auf die Füße.

«Könnten Sie einen Augenblick warten, Ed? Ich habe einen ganz dringenden Brief, den Sie bitte für mich zur Post geben müssten.» Ohne seine Antwort abzuwarten, schlüpfte sie ins Zelt, holte den Brief, den sie an Pamela Church geschrieben hatte, und steckte ihn mit den fünf getrennt verpackten und nummerierten Bleiklumpen in einen Umschlag. Sie füllte den Adressaufkleber aus, verschloss den Umschlag und brachte ihn dann mit dem Brief an Jerry Carmichael zusammen zu Ed hinaus. Er schien überhaupt nicht begeistert zu sein, dass er etwas mit dem Büro des Sheriffs zu tun haben sollte, glich das aber durch energische Versicherungen aus, dass das Päckchen für die Anwältin rechtzeitig zur Nachmittagsleerung im Briefkasten landen würde.

Als er abfuhr, war Rae versucht, sich wieder ins Bett zu legen, aber sie hatte noch einiges zu tun, bevor die Maschinerie des Gesetzes anlief und Jerry Carmichael an ihrem Ufer absetzte. Sie machte Wasser heiß und duschte, räumte ihr Zelt und den Platz drum herum auf (der mit der durchhängenden blauen Plastikplane, die von Kanthölzern gestützt wurde, und der umgestürzten Zeder, deren Äste sich zum Teil in Topfhaken und Trockengestelle verwandelt hatten, unordentlicher wirkte denn je), packte dann die Dinge, die niemand sehen sollte, auf den Boden ihres Rucksacks und häufte darauf Kleidung, Schuhe und ihren Kulturbeutel. Ihr abschließbarer Reisekoffer war gut und schön, aber manche Dinge musste sie bei sich haben.

Als der Sheriff kam, war Rae bereit. Mehr als bereit: Ihr war, als sei sie zum ersten Mal in ihrem Leben ungeduldig, versessen darauf, fortzukommen. Ihr Zeltplatz sah tadellos aus, die vom Feuer geschwärzten Töpfe glänzten, Zelt und Plastikplane waren ordentlich zurechtgezogen, und der Erdboden wirkte, als hätte sie ihn gefegt. Sie hörte das Boot, bevor sie es sehen konnte, und wartete mit dem Rucksack zu Füßen auf dem Steg. Es war fast Mittag, und die tiefste Ebbe war schon lange vorbei, sodass Carmichael ohne Verzögerung in die Bucht einlief.

Der Sheriff war allein.

«Nikki bringt die anderen mit», waren seine ersten Worte. «Eine Frau von der Universität kommt mit dem Flugzeug, um sich die Knochen, wie sie sagte, ‹in situ› anzusehen. Das wird alles eine Menge Unruhe für Sie bringen.» Er schaute Rae entschuldigend und zugleich fragend an.

«Wissen Sie», erklärte Rae, «ich habe gedacht, dass ich das zum Vorwand nehmen könnte, um für einen Tag oder so nach Friday Harbor zu fahren. Wenn ich mich darauf verlassen kann, dass Ihre Leute ein Auge auf die Insel haben, sodass die vorbeifahrenden Touristen nicht mit meinen gesamten Habseligkeiten abziehen.»

Carmichael wirkte überrascht, und Rae kam der Gedanke, dass er sich auf eine Diskussion vorbereitet hatte, um sie zum Verlassen der Insel zu überreden, wenigstens für ein paar Stunden. Aber Rae wusste selbst sehr gut, welche Unruhe das alles mit sich bringen würde, und sie wollte damit nichts zu tun haben – und außerdem hatte sie auf San Juan tatsächlich einiges zu erledigen. Und wenn auch nur, weil ihre harte Arbeit und die Dienste von Eds Reinigung (bei beidem wurden die Kleidungsstücke anscheinend auf

Steine geschlagen) gemeinsam dazu geführt hatten, dass sie bald nichts mehr anzuziehen hatte.

Rae brachte den Sheriff zum Haus, wo sie die Taschenlampe und die Petroleumlampe deponiert hatte, und dann hinten herum durch die Lücke zwischen Felswand und Kamin zum Höhleneingang. «Da ist er drin», sagte sie und zeigte auf das Loch. «Soll ich Ihnen die Stelle zeigen?»

«Ist es irgendwie schwierig, ihn zu finden?»

«Überhaupt nicht. Er sitzt einfach da.»

«Wenn Sie dann kurz hier warten könnten, ich überprüfe das und komme sofort wieder.»

Carmichael sah aus, als sei er zu groß, um durch das Eingangsloch hindurchzupassen, aber er blieb nicht stecken, sondern bewegte nur ein paar Mal die Schultern hin und her, bevor seine Füße verschwanden. Rae verfolgte sein Vordringen anhand der Geräusche, hörte, wie er innehielt, als er das Gerippe entdeckte, und sich dann umdrehte, und dann kam er wieder heraus.

«Also wirklich», sagte er, «ich hab in diesem Job viel gesehen, aber so was noch nicht. Sieht aus wie eine Filmszene. Gruselig.»

Diese Reaktion erschien Rae interessant: Sie fand das Skelett nicht gruselig, bloß traurig.

«Ich habe einen Generator und ein paar Scheinwerfer», meinte der Sheriff, und beim Gedanken an diesen Trubel verzog Rae das Gesicht. Ja, es war viel besser, sich zurückzuziehen und nicht Zeugin der Invasion zu werden.

«Könnte mich jemand nach Friday Harbor rüberbringen?» fragte sie. «Oder könnten Sie Ed funken, damit er kommt und mich abholt?»

«Macht es Ihnen etwas aus, auf Nikki zu warten?»

Es machte Rae etwas aus, aber das sagte sie ihm nicht. Sie half ihm allerdings auch nicht, alles auszuladen, was er brauchte, um die Gebeine vor ihrem Abtransport zu beleuchten und zu dokumentieren. Sie ging in ihr Zelt, nahm sich ein Buch und kehrte den

Vorgängen draußen den Rücken. Als das andere Boot anlegte, wandte sie sich gleich an Nikki.

«Darf ich mir eben die Höhle ansehen?», bat die junge Frau. Rae traute ihrem Sprachvermögen nicht ganz, daher nickte sie nur und zog sich noch einmal ins Zelt zurück.

Innerhalb von zehn Minuten war Nikki wieder da. Rae trug die guten Khakihosen, die sie aufgespart hatte, ein einigermaßen sauberes T-Shirt und Stadtschuhe. Sie nahm den grünen Rucksack auf.

«Wollen wir los?»

«Jerry sagt, er braucht eine Aussage von Ihnen, wenn sich alles ein bisschen beruhigt hat. Übrigens habe ich gesehen, wo Sie den Wein gefunden haben.» Sie zog eine Augenbraue hoch, um Rae für ihre Lüge zu tadeln, aber Rae weigerte sich, Reue zu zeigen.

«Und wenn da Flaschen fehlen oder irgendwas im Zelt durcheinander ist, ohne dass ein Durchsuchungsbefehl vorliegt, dann schlägt meine Anwältin Krach.» Rae schaute der jungen Frau in die Augen, um klarzustellen, dass ein halbes Dutzend freundschaftlicher Besuche keine Freundschaft ohne Grenzen bedeuteten, sie übersah Nikkis gekränkten Gesichtsausdruck und drehte sich um, um den Reißverschluss des Zelteingangs ringsherum zuzuziehen und die Klappe festzubinden. Dann senkte sie den Kopf, verschloss die Ohren gegen das Getöse des Generators und begab sich zum Boot, setzte sich hin und überließ Nikki das Ablegen. Rae hörte, wie die junge Frau ins Funkgerät sprach und zweifellos Raes Drohung übermittelte, das Land mit dem Zorn des Gesetzes zu überziehen, und dann waren sie auf offener See.

Rae saß so weit von Nikki entfernt, dass die sprachliche Verständigung schwierig war; keine von beiden sagte etwas. Nach einer Weile wies Nikki auf ein Spritzen und eine Flosse hin, die in einer Entfernung von etwa einer Meile zu sehen waren, und rief Rae zu, das sei ein Zwergwal. Rae nickte, und das war alles.

Du kannst dich nicht verstecken, du kannst es nicht ignorieren, dachte Rae.

Vielleicht nicht. Aber ihrer Ansicht nach war das Aufstochern der Wunden von einem gewissen Punkt an Folter um ihrer selbst willen, sinnlos und dem Heilungsprozess sogar abträglich. Es gab Zeiten, da musste man sich verstecken; es gab Dinge, die man am besten ignorierte. Sie hatte aufgehört, mit den Fachleuten darüber zu diskutieren, denn damit bereitete sie ihnen bloß Sorgen, und in einer Klinik bedeutete ein besorgter Psychiater eine hohe Barriere zwischen dem Patienten und der Außenwelt. Doch Rae war schon vor langer Zeit zu dem Schluss gekommen, dass manches wirklich wegging – oder besser, dass ein Mensch genug Wegstrecke zurücklegen konnte, um ein Problem hinter sich zu lassen, und wenn es ihn dann doch wieder einholte, war es meistens von der Reise geschwächt. Manchmal schwächte man Probleme auch, indem man etwas vortäuschte – Tapferkeit, Ganzheit, Humor.

Im Augenblick war Rae damit zufrieden, dass sie die Vorstellung von dem, was gegenwärtig auf Folly geschah, wegsperren konnte. Sie wollte über diese Verletzung ihrer Privatsphäre nicht nachdenken, wollte sich nicht ausmalen, was sie mit Desmond Newborn machen würden, und an das alte, fleckige Ledertagebuch mit den brüchigen Seiten, das in ihrem Rucksack lag, wollte sie schon gar nicht denken. Stattdessen würde sie ihre Gedanken auf einen kleinen Punkt konzentrieren und so tun, als hätte sie sich diesen Ausflug selbst ausgesucht. Sie würde die Aufgaben erledigen, die sie sich gestellt hatte, und dann würde sie in der Gelassenheit ihrer selbst gewählten Ignoranz nach Folly zurückfahren, um ihren Hammer wieder in die Hand zu nehmen.

Ihr Entschluss geriet ins Wanken, als durch die Windschutzscheibe des Bootes Friday Harbor sichtbar wurde. Ein Mastenwald ragte aus dem Wasser auf, und das Städtchen dahinter wirkte viel geschäftiger, als Rae es in Erinnerung hatte. Eine Fähre tutete laut, und Rae zuckte zusammen. Nikki sah zu ihr hinüber und wandte sich dann wieder ihrer Aufgabe zu, das Boot durch den Verkehr zu steuern.

«Es ist eigentlich ein recht beschauliches kleines Städtchen», sagte sie beruhigend. «Und ich habe meine Tante angerufen, sie hat ein paar Meilen außerhalb einen kleinen Gasthof, und sie sagt, sie hat heute Nacht ein Zimmer für Sie frei. Wenn Sie möchten, heißt das.»

Keine Stadt ist beschaulich, wenn man sie mit Folly vergleicht, dachte Rae, zu Nikki aber sagte sie, sie würde das Angebot gern annehmen.

«Ich lege nur eben an, dann bringe ich Sie hoch zu …»

«Ist nicht nötig», unterbrach Rae. «Sie haben zu tun, und ich muss etwas in der Stadt erledigen.» Ruhig hielt sie Nikkis grünen Augen stand. Es war, als wenn man zu einem Kätzchen gemein war, dachte sie, als sie an Nikkis gerunzelten Augenbrauen sah, dass sie ein wenig beleidigt war, aber Rae wusste, dass sie dieses Band hier und jetzt durchschneiden musste, um nicht Gefahr zu laufen, lebenslang zu Nikki Walls Eigentum zu werden. Nach einem Weilchen zuckte Nikki die schmalen Schultern und fischte einen Stift aus ihrer Tasche.

Rae nahm die Adresse entgegen, bedankte sich und war vom Boot herunter, bevor die junge Frau die zweite Leine festgemacht hatte. Sie rief Rae noch nach, dass sie willkommen sei, und Rae marschierte los, bevor Nikki ihr anbieten konnte, sie am nächsten Tag wieder abzuholen.

Rae schritt rasch die Straße entlang, denn die Anzahl der fremden Männer hinter ihrem Rücken war ihr quälend bewusst. Sie schaffte ein paar Blocks und huschte dann in das erste infrage kommende Geschäft, um einen Stadtplan zu kaufen. Sie nahm sich Zeit, bevor sie sich zwang, wieder auf die Straße zu treten, wanderte ein Stückchen weiter und zog sich in ein Café zurück, wo sie für das Recht, mit dem Rücken zur Wand an einem Tischchen zu sitzen, ein Sandwich bestellte, das sie eigentlich nicht wollte, und den Stadtplan und das von der Kassiererin ausgeliehene Telefonbuch vor sich ausbreitete. Sie machte die Bank, die

Zeitungsredaktion und die Historische Gesellschaft in Friday Harbor ausfindig und fragte die Kellnerin dann nach einem Laden, in dem man gut Jeans kaufen konnte. Zuerst aber kam die Bank.

Rae aß eine Hälfte von ihrem Sandwich, legte der Kellnerin zur Entschuldigung ein nettes Trinkgeld hin und schaffte es dann mit einem Anlauf bis zur Bank. Dort stellte sie sich dem Direktor als Inhaberin eines Kontos vor, das ihre Rechtsanwältin in Kalifornien im Februar für sie eingerichtet hatte. Sie erhielt ihre Geldkarte und hob damit Bargeld ab, und anschließend mietete sie ein Safe, das groß genug war, um Desmonds Kassette und sein Tagebuch aufzunehmen. Bevor sie den ramponierten Blechkasten hineinschob, hob sie den Deckel, um noch einmal den rätselhaften Inhalt zu betrachten. Sie hatte das Schloss aufbrechen müssen, aber der Schatz, den das Kistchen enthielt, bedurfte eigentlich keiner Sicherheitsvorkehrungen. Ein glatter grauer Kieselstein, eine kleine Muschel und zwei Zweigstückchen lagen in der Kassette und dazu ein Perlmuttknopf, ein grünes Stück Band, eine handtellergroße, rotbraune Quaste und ein Konzertprogramm, auf dem weder Datum noch Ort standen. Der einzige Gegenstand unter diesen Andenken – wenn es Andenken waren –, mit dem Rae etwas anfangen konnte, war ein schönes Goldmedaillon an einer schweren Kette, das in einer Seite eine Locke aus etwa einem Dutzend langer blonder Haare enthielt und in der anderen eine dickere Locke aus kurzem braunem Haar. Blond und braun berührten sich, wenn man das Medaillon schloss. Rae legte es zurück und machte den Blechkasten wieder zu, schloss das Banksafe ab und bedankte sich beim Direktor.

Wieder auf der Straße, lehnte sie sich mit den Schultern gegen die Ziegelwand, während sie auf der Karte das Postamt suchte, dann machte sie sich auf, um sich auch dort vorzustellen. Es wurde leichter, stellte sie erfreut fest. Hier umringte sie niemand, Schritte beschleunigten sich nicht, und es gab viele offene Türen, die darauf warteten, sie zu retten, viele ehrliche Bürger, die bereit und willens waren, ihr zu Hilfe zu kommen.

Auf der Post lagen drei Briefe für Rae, einer von Pamela, der eine Rechnung betraf, einer von Gloriana, der Galeristin in New York, die Raes kleinere Stücke verkaufte und sie dringend bat, sich zu melden, und der dritte Brief war von Petra. Rae stand draußen vor dem Postamt, riss ihn auf und griff rasch nach dem Zettel, der zwischen Petras gefalteten Seiten herausrutschte. Er stammte von Tamara, und mit wachsender Verwunderung las Rae:

Liebe Mutter,
ich habe Petra die Erlaubnis gegeben, eine Woche mit dir auf deiner Insel zu verbringen – vorausgesetzt, dass sie sich bis dahin gut benimmt. Weil die Anfahrt so kompliziert ist, sind Don und ich übereingekommen, dass wir sie zu dir bringen müssen. Wir werden uns nur ein paar Tage bei dir aufhalten, aber Petra wird, wenn sie das möchte, bei dir bleiben. Die Einzelheiten ihrer Rückfahrt können wir später regeln. Ich schlage vor, dass wir das Wochenende um den 4. Juli mit dir verbringen, also am 1. Juli eintreffen.

Herzliche Grüße
Tamara

Rae überflog den Zettel noch einmal, und diesmal las sie zwischen den Zeilen. «Wir werden sie zu dir bringen müssen» hieß, man konnte nicht darauf vertrauen, dass Rae Petra vom Flughafen abholte, und Tamara wollte nicht riskieren, dass die Dreizehnjährige dort festsaß. «Wenn sie das möchte» hieß, falls Tamara und Don Raes geistige Verfassung und ihre Lebensumstände billigten.

Rae bewunderte Petra, dass sie immerhin diese bedingte Erlaubnis erreicht hatte, aber je mehr sie über Tamaras Brief nachdachte, desto mehr staunte sie – nicht über Petras Manipulationskünste, sondern über die unverhohlene, schamlose Dreistigkeit ihres Vaters. Verwundert schüttelte Rae den Kopf: Erst strengt er ein Entmündigungsverfahren gegen mich an, dann besitzt er die

Frechheit, von mir zu erwarten, dass ich ihn als Gast willkommen heiße. Wie schon so oft, wenn sie mit dem Mann zu tun gehabt hatte, schwankte Rae zwischen Empörung und Bewunderung: Ihr war, als sollte sie dem Zorn, den Don in ihr entfachte, ganz nachgeben, aber gleichzeitig war sie immer wieder von seinem absoluten Egoismus beeindruckt, von seiner Annahme, dass alles sich nach ihm richten würde, einfach weil er das so wünschte.

Erstaunlich, dachte Rae und entschied sich, die Sache wie immer von der belustigenden Seite zu nehmen. Aber es konnte auch eine Form von unausgesprochener Herausforderung sein. Vielleicht sagte Don: Ich bin erwachsen genug, die verschiedenen Bereiche meines Lebens auseinander zu halten, bist du das auch? Also gut – als Herausforderung, als Mittel, ihn wissen zu lassen, was sie empfand, ohne es ihm direkt zu sagen, würde sie ihm erlauben, seine Gucci-Schuhe auf ihre Insel zu setzen. Als Beweis ihrer geistigen Widerstandskraft – und wenn sie ihn auch nur vor sich selbst führte – war das beispiellos.

Petras Brief war erfrischend, im Plauderton geschrieben und voller Abschweifungen, und sie machte nur Andeutungen zu dem Kampf, der getobt hatte, bevor Tamara ihren Zettel schrieb. Unter anderem gab sie knapp, aber Unheil verkündend zu, sie habe «Dad noch nie so wütend gesehen wie da», als sie sich nämlich weigerte, sein «Nein» zu akzeptieren. Tamara hatte einschreiten und die Wogen glätten müssen, und Petra ging munter zum nächsten Thema über, in der Annahme, alles sei wieder gut. Rae war sich da nicht so sicher, aber trotz ihrer Besorgnis war die kindliche Freude, die aus dem Brief sprach, ansteckend, und Rae las einige Zeilen zweimal, um den bevorstehenden Besuch im Geiste deutlicher vor sich zu sehen. Mit einem Lächeln im Gesicht und so selig, dass sie die bedrohliche Anwesenheit der anderen Menschen um sich herum nicht beachtete, sah Rae ein paar Minuten später auf und stellte fest, dass vor ihr am Straßenrand ein Polizeiauto stand. Ein junger Mann mit frischem Gesicht und in einer feschen neuen Uniform schaute sie über das Wagendach hinweg an.

«Ms. Newborn? Sind Sie das?»

«Ja.»

«Das ist gut. Der Sheriff möchte Sie sprechen.»

Einen Augenblick lang dachte Rae empört, man wolle sie auf die Insel zurücktransportieren, damit sie dort Fragen beantworte, und sie schaute regungslos zu, wie der jungenhafte Hilfssheriff wieder einstieg, aber dann fummelte er mit einem Autotelefon herum und legte sich flach über den Beifahrersitz, um ihr die Tür zu öffnen. Er richtete sich wieder auf und hielt ihr das Telefon hin. Rae ließ den Rucksack von der Schulter gleiten und setzte sich auf den Rand des Beifahrersitzes, um den Hörer entgegenzunehmen, ließ aber die Tür des Streifenwagens offen und behielt einen Fuß auf der Straße.

«Hallo?»

«Ms. Newborn?»

«Am Apparat.»

«Hier spricht Jerry Carmichael. Es geht um die Erde hinter Ihrem Haus.»

«Ja?», erwiderte Rae verwirrt.

«Nun, es ist einfach so, dass wir sie eigentlich durchsieben müssen, einfach um der Gründlichkeit willen, und da fiel mir ein, wenn Sie vorhaben, die Erde ohnehin von da wegzuschaffen, dann könnten meine Leute sie leicht irgendwo hinbringen, wo Sie sie hinhaben wollen, statt sie wieder genau dahin zu kippen, wo wir sie herhaben. Entscheiden Sie das.»

«Das ist sehr aufmerksam von Ihnen, Sheriff. Nein, natürlich will ich die Erde da nicht behalten. Ich hatte geplant, sie irgendwann zu der anderen Erde zu bringen, die ich aus dem Fundament herausgeholt habe, ein Stück um den Hügel herum. Wenn Sie das Zeug ein Stück in die Richtung befördern könnten, wäre das hilfreich.»

«Ich habe die Stelle gesehen. Und mir ist aufgefallen, dass Sie die Sachen, die Sie herausgesiebt haben, daneben auf einem Haufen gesammelt haben. Sollen wir das auch tun?»

«Das würde zu viel Mühe machen, Sheriff.»

«Überhaupt nicht. Äh, hätten Sie etwas dagegen, wenn wir Ihre Schubkarre ausleihen würden?»

«Nehmen Sie von den Gartengeräten, was Sie wollen», erwiderte Rae, wobei sie *Garten* betonte. Wenn das allerdings hieß, dass sie die Erde hinter dem Haus wegkriegte, würde sie ihnen vielleicht sogar einen von ihren älteren Stechbeiteln leihen.

«Danke, das beschleunigt die Sache.»

«Aber achten Sie auf Glas und Nägel. Ich habe mich da neulich an irgendwas geschnitten.»

«Machen wir. Dann bis bald.»

Er legte auf, und Rae gab dem jungen Mann den Hörer zurück. Dann fragte sie ihn: «Wie haben Sie mich gefunden?»

Er errötete, wobei auf beiden Wangen rote Kreise erschienen, wie die Bemalung eines Clowns. «Der Sheriff meinte, ich sollte nach einer eins achtzig großen Frau mit kurzem grauem Haar und einem grünen Rucksack Ausschau halten. Hat nicht lange gedauert.»

Rae bedankte sich und sah zu, wie der Streifenwagen fortfuhr. Zurück zu ihren Nachforschungen.

Sie entdeckte, dass das Geschichtsmuseum erst am folgenden Nachmittag wieder öffnete, daher ging sie stattdessen zur Zeitung. Diese war in einem Gebäude mit einer mattgrau verkleideten Fassade untergebracht, das aussah, als stamme es aus einem Western, aber die Cowboys drinnen stammten aus dem Cyber-Zeitalter, und alte Ausgaben waren zur Ansicht erhältlich. «Mitte der zwanziger Jahre?», fragte die Frau. Kein Problem. Die Zeitung erschien seit 1906.

Rae fand den Artikel über den Brand des Hauses auf der Insel Sanctuary, auch bekannt als Newborn's Folly, im September 1927.

Es war ein Thema für die Titelseite, das einem politischen Skandal in Olympia und einer Serie von Einbrüchen auf den Inseln den Platz streitig machte. Ein Fischer hatte in den frühen Morgenstunden des 14. September von Roche Harbor aus, das am Nordende von San Juan lag, die Flammen gesehen. Das Datum erschreckte Rae, und sie musste sich zwingen, ihre Aufmerksamkeit wieder auf den Artikel zu richten und weiterzulesen. Als die Feuerwehr schließlich mit einem Boot auf Sanctuary eintraf, stellte sie fest, dass das Haus bis auf die Grundmauern niedergebrannt war, und obwohl die Männer auf der Insel blieben, um ihre Suche bei Tageslicht fortzusetzen, fanden sie keine Spur von dem exzentrischen Erbauer. Da sein Ruderboot ebenfalls fehlte, glaubte man, dass er die Insel vielleicht nach dem Ausbruch des Feuers verlassen hatte.

In der nächsten Ausgabe stand ein Artikel über Desmond Newborn, den man inzwischen, weil er weder in Roche Harbor noch in einer der anderen Ortschaften auf den Inseln aufgetaucht war, für tot hielt, für «ein Opfer der wütenden Flammen». Er stammte, hieß es in dem Leitartikel, aus einer bekannten Familie im Osten, aber über seine Vergangenheit wusste man wenig. Insulaner und Inselbesucher kannten ihn von seiner Hände Arbeit her, dem Gebäude mit den beiden Türmen, dem die Einheimischen den Spitznamen «The Folly» gegeben hatten. Weiter stand im Leitartikel, Desmond Newborn sei den Einwohnern und Firmen in Roche Harbor – wohin er, außer bei Sturm, jede Woche gerudert war, um Lebensmittel, Zeitungen und Baumaterial einzukaufen und seine seltene Post abzuholen – als höflicher, ruhiger Mann mit einem «trockenen» Sinn für Humor bekannt gewesen.

Letzteres interessierte Rae: Irgendwie hatte sie nicht gedacht, dass Desmond Newborn eine humorvolle Ader gehabt hatte, ob nun trocken oder nicht. Das Tagebuch verriet jedenfalls nicht viel davon; allerdings fand Rae, dass das Haus an sich für eine eigentümliche Weltsicht sprach.

Die Artikel enthielten keine Fotos, und in den nächsten Zeitungen stand gar nichts über Desmond, aber einen Monat nach dem Feuer tauchte sein Name wieder auf, diesmal zusammen mit dem seines Bruders.

Folly wird staatlich

Mr. William Newborn aus Boston, Massachusetts, hat dem Bundesstaat Washington die Insel übertragen, auf der sein Bruder Desmond Newborn das Haus baute, das auf den San Juans als «The Folly» bekannt war, ein Spitzname, der dem Gebäude wegen seiner bunten Zwillingstürme vorn und hinten gegeben wurde. In Anerkennung der Zuneigung, die sein Bruder (der vermutlich in dem Feuer umkam, das im vergangenen Monat «The Folly» zerstörte) zu den Inseln und ihrer Tierwelt hegte, hat Mr. William Newborn dem Staat das Recht eingeräumt, die gesamte Insel als Reservat für einheimische Vögel und Zugvögel zu nutzen. Dieses Recht wurde für einen Zeitraum von fünfzig Jahren gewährt und gilt so lange, bis ein direkter Verwandter von Mr. Desmond Newborn (er hinterlässt keine Nachkommen) die Insel zu bewohnen wünscht.

Auf Folly sind derzeit zwei nistende Weißköpfige Seeadlerpaare und zwei oder drei Jungvögel zu Hause sowie eine Alkenkolonie und eine große Reiherkolonie. San Juan County ist erfreut darüber, dass ein solches Juwel als Erbe für unsere Kinder unter Schutz gestellt werden soll.

Nikki hatte Recht gehabt, überlegte Rae: Die Insel war schon Anfang 1928 Naturschutzreservat gewesen, gute anderthalb Jahre vor Desmonds letztem Brief.

Desmonds angeblich letztem Brief, korrigierte Rae sich grimmig. Sie wandte sich der nächsten Ausgabe der Zeitung zu.

Das Frühjahr bot nur eine knappe Hand voll Notizen über Folly. Der Bezirk wollte Bootsbesitzer daran erinnern, dass es verboten war, auf Folly Holz oder Muscheln und Krebse zu sammeln. Zwei Jungen waren festgenommen worden, weil sie während der Nistzeit Eier gestohlen hatten. Und im März erklärte der Sheriff, man habe die Asche von Desmond Newborns Wohnhaus untersucht und sei zu dem Ergebnis gekommen, dass Newborn, wenn er sich nicht im heißesten Teil des brennenden Gebäudes aufgehalten hatte und somit restlos verbrannt war, überhaupt nicht in seinem Haus gewesen war. Daher bat der Sheriff alle, die Informationen über Mr. Newborns Aufenthaltsort besaßen, insbesondere für die Zeit um Mitte September des vergangenen Jahres herum, ihm diese zukommen zu lassen.

Dann kam nichts mehr. Genau ein Jahr nach dem Brand erschien noch ein kurzer Artikel, ebenso an einigen folgenden Jahrestagen – wahrscheinlich, vermutete Rae, weil die beiden Turmruinen bei den Vorbeifahrenden romantische Assoziationen weckten.

Um fünf wurde Rae aus dem Zeitungsgebäude hinausgeworfen. Nachdem sie in den letzten vierundzwanzig Stunden zweimal lange Zeit mit schwer lesbarer Lektüre verbracht hatte, waren ihre Augen trüb, und sie wankte mit schmutzigen Händen und gebeugtem Rücken auf die Straße hinaus und versuchte, sich wieder in der modernen Welt zu orientieren. Sie kramte ihren Stadtplan hervor und suchte das Gasthaus, das von Nikkis Tante bewirtschaftet wurde, und dabei merkte sie nicht, dass ein Streifenwagen plötzlich anhielt und dann wieder beschleunigte. Rae schlug die richtige Richtung ein und hatte gerade ihr Tempo gefunden, als ein weiterer Wagen von der Bezirkspolizei der San Juans vor ihr auf den Seitenstreifen fuhr und stoppte. Dieses Mal stieg der Sheriff aus. Trotz des Dienstwagens trug er Jeans und ein sauberes, frisch gebügeltes leichtes Baumwollhemd. Er schloss die Autotür und ging hinter dem Streifenwagen herum auf Rae zu.

«Ms. Newborn», sagte er, «könnte ich Sie unter Umständen für ein Abendbrot interessieren?»

Jerry Carmichael bewegte sich ruhig, bemerkte Rae, wie manche großen Männer das tun, um kleinere Menschen nicht zu erschrecken – oder um nicht aus Versehen draufzutreten. Alan hatte sich auch so bewegt. Alan hatte so gelebt. Und warum dachte sie jetzt an Alan?

«Ich bin ziemlich müde», antwortete sie. «Ich bin auf dem Weg zu dem Gasthaus, wo Nikki Walls etwas für mich reserviert hat. Sie hat gesagt, es sei ruhig.»

«Die Pension, die ihrer Tante gehört? Die liegt gute zwei Meilen außerhalb, und dort gibt es kein Abendessen. In der Zeit, die Sie brauchen würden, um zu Fuß dahin zu gehen, könnten wir essen, und dann könnte ich Sie da absetzen.»

Wenn Carmichael auch nur im Geringsten gedrängt hätte, hätte Rae sich höflich bedankt und an ihm vorbei ihren Weg fortgesetzt, aber er schien bereit zu sein, sich nach ihrer Entscheidung zu richten, als wolle er ihr eher eine Alternative anbieten als sie überreden. Rae faltete den Stadtplan zusammen.

«Ich würde gern etwas essen, danke.»

Rae hatte nicht damit gerechnet, dass «Abendbrot» etwas anderes heißen könnte als ein schneller Hamburger, daher blieb sie erst stehen, als sie das Restaurant schon betreten hatten.

«Ich bin eigentlich nicht richtig angezogen für …», begann sie, wurde aber von einer jungen blonden Frau mit einem Goldring im linken Nasenflügel, einem breiten Lächeln und zwei Speisekarten in der Hand unterbrochen.

«Guten Abend, Sheriff. Heute abend zwei Personen?»

«Danke, Sara. Der Ecktisch wäre schön.»

Es war noch so früh, dass nur drei oder vier der etwa zwanzig Tische besetzt waren. Rae schwankte, und sie war drauf und dran zu verlangen, dass er sie anderswo hinbrachte, doch dann entschied sie, dass um diese Uhrzeit wahrscheinlich niemand eine Frau schief ansehen würde, die für eine Wanderung durch den Wald gekleidet war und sich an einen weiß gedeckten Tisch mit funkelndem Kristall setzte. Sie suchte jedoch die Toilette auf, um gereizt an der Schicht aus Staub, Salzwasserspritzern und Schmutz herumzuschrubben, die sich im Laufe des Tages angesammelt hatte. Als sie an den Tisch zurückkam, erhob der Sheriff sich, eine altmodische Höflichkeitsgeste, die sie ebenfalls an Alan erinnerte. Sie plumpste auf ihren Stuhl, zerrte die kunstvoll gefaltete Serviette auf den Schoß und erklärte der wartenden Sara: «Wein. Rot.»

Die Kellnerin war noch so neu, dass sie bei dieser schroffen Antwort ihres Gastes blinzelte, aber der Mann gegenüber schlug eine Rebsorte vor, und Sara ging, um den Wein zu holen.

Rae widmete sich der Speisekarte. Sie spürte, dass ein Blick auf ihr ruhte, dem nichts entging, wollte sich aber nicht aus ihrem Schmollwinkel herausholen lassen. Als der Wein kam, nahm sie zwei große Schlucke, ohne ihn richtig zu schmecken. Es war ein langer Tag gewesen, angefüllt mit ungewohnten Anforderungen und Offenbarungen, und er war einer schlaflosen Nacht gefolgt. Rae spürte das rastlose Rumoren von Energien, die tief nach unten geschoben worden waren. Sie brauchte Ruhe und Einsamkeit; das hatte sie dem Sheriff gesagt, aber er hatte sie trotzdem hergebracht; sollte er sehen, wie er mit einer schwierigen Tischgenossin zurechtkam.

Aber sie hatte nicht mit seiner langjährigen Erfahrung mit verstockten Zeugen gerechnet. Nach einem Weilchen nahm Rae eine große, schwielige Hand mit schön geformten Nägeln wahr, die in ihre Richtung über den Tisch ausgestreckt wurde. Sie sah auf.

«Meine Großmutter würde mich wegen meiner Manieren übers Knie legen. Ich glaube, Sie haben Sheriff Carmichael, mein Alter Ego, schon kennen gelernt. Ich selbst heiße Jerry, Jerry Carmichael.» Rae blickte auf die ausgestreckte Hand, und ihre Mundwinkel zuckten, nicht so sehr wegen der humorvollen Vorstellung, sondern bei dem Gedanken daran, dass irgendeine Frau diesen Mann übers Knie legen könnte. Sie nahm seine Hand auf dem Tisch und spürte, wie ihre eigene, harte Arbeitshand in dem zarten Griff eines Schraubstocks ganz und gar verschwand, eines Schraubstocks von großer Präzision und Kraft.

«Rae Newborn», erwiderte sie, und er ließ los.

«Nikki hat mir erzählt, dass Sie mit Holz arbeiten», bemerkte er, während er nach seiner Speisekarte griff. «Möbel und Tische und so was.» Anscheinend fingen sie ganz von vorn an – denn abgesehen von der erneuten gegenseitigen Vorstellung hatten sie auch schon mindestens einmal über die Frage ihres Berufs gesprochen. Rae trank noch einen Schluck Wein und antwortete genau so, wie sie es vor zwei Wochen getan hatte.

«Früher habe ich das getan», berichtigte sie den Sheriff. Carmichael schien sich jedoch mehr für die Auswahl an Gerichten, die er vor sich hatte, als für ihre Fehler und Versäumnisse zu interessieren. Rae senkte den Blick auf ihre eigene Speisekarte und hatte plötzlich einen Bärenhunger. Carmichael machte Anmerkungen zu einigen Gerichten und schlug eine Vorspeise vor, die sich merkwürdig anhörte, seinen Worten zufolge aber «auf der Zunge zerging».

Rae wählte, Sara erschien und nahm die Bestellung auf, und Rae griff nach ihrem Glas, das irgendwie aufgefüllt worden war, während sie die Speisekarte studiert hatte. Der Sheriff prostete ihr zu und trank ein Schlückchen.

«Sie scheinen oft herzukommen», bemerkte Rae.

«Ach, mir gehören zwei von diesen Tischen.»

«Ihnen gehören …?» War das eine besondere Tradition auf den San Juans?, fragte Rae sich, aber plötzlich verwandelte sich seine gewohnte, still beobachtende Miene in ein Lächeln, bei dem sich rings um seine Augen herum Fältchen bildeten.

«Als Rafe und Sally hier angefangen haben, habe ich mich mit zehn Prozent an ihren Kosten beteiligt und gesagt, sie sollten mir das in Essen zurückzahlen. Ich glaube, inzwischen gehören mir nur noch etwa anderthalb Tische. Rafe ist mein Vetter.»

«Auf den Inseln ist anscheinend jeder mit jedem verwandt», meinte Rae. «Wenn man mit Nikki spricht, hat sie in jeder Ecke einen Bruder oder eine Tante oder jemanden, mit dem sie zur Schule gegangen ist.»

«Ja, bei Nikki ist das wahrscheinlich so. Sie ist eins von neun Kindern, und ihre Eltern haben zusammen … mal sehen, zwölf, nein – dreizehn Geschwister.»

«Dann müssen sie die Inseln wohl verlassen, um einen Partner zu finden, mit dem sie nicht verwandt sind.»

«Ja, die meisten haben auf dem College jemanden gefunden. Wir bringen sie in den Sommerferien her, verstehen Sie, wenn das Wetter schön ist. Wenn dann der Winter kommt, haben wir sie schon an der Angel.»

«Und Sie – wurden Sie geangelt, oder sind Sie hier geboren?»

«Geboren und aufgewachsen auf Lopez. Schon da gewesen?»

«Als ich vor ein paar Jahren hier war. Die winken», erinnerte Rae sich plötzlich. «Alle Autofahrer, die vorbeifahren, wackeln mit den Fingern, um Hallo zu sagen.» Als anthropologisches Phänomen hatte dieser Brauch sie und Alan stundenlang unterhalten, und Bella hatte ihn übernommen und verdutzten kalifornischen Passanten begeistert zugewinkt.

«Das Lopez-Winken. Es wird wohl in ein paar Jahren aussterben, aber ja, es ist eine ländliche Gemeinde. Man nimmt eben an, dass der Nachbar vorbeifährt.»

«Auch wenn das Auto kalifornische Nummernschilder hat.»

«Na ja, wir sind bereit, unsere Bezirksgrenzen ein bisschen auszudehnen.»

Erschrocken merkte Rae, dass sie in sein Gelächter einstimmte. Bei einem guten Glas Wein mit einem … nun, einem gut aussehenden und intelligenten Mann zu lachen war wahrscheinlich das Letzte, was sie an diesem chaotischen Tag noch erwartet hätte.

«Sind Sie verheiratet?», fragte sie und merkte dann, wie abrupt das klang und wie unmäßig sie getrunken hatte. Sie stellte die Frage noch einmal: «Ich meine, sind Sie auch aufs College gegangen und haben sich da eine Frau geangelt?»

«Ich habe eine Einheimische gefunden», antwortete er. «Aber wir sind von den Inseln weggezogen, haben fast zehn Jahre auf dem Festland gelebt, dann ist sie gestorben und ich bin zurückgekommen.»

«Das tut mir Leid.»

«Ist lange her.»

«Spielt das eine Rolle?»

«Manchmal», erwiderte er und schaute in die Tiefen seines Weinglases hinunter. «Manchmal spielt das eine Rolle. Meistens dann, wenn ich versuche, mich daran zu erinnern, wie sie ausgesehen hat.»

Rae spürte, dass in ihren müden Augen Tränen brannten. «Manchmal kann ich mich nicht an das Gesicht meiner Tochter erinnern», gestand sie und war gleich darauf entsetzt. Sie schob das Glas fort und wandte sich einem weniger belasteten Thema zu. «Und abgesehen von diesen zehn Jahren haben Sie Ihr ganzes Leben hier verbracht?»

«College, Militärdienst und ein paar Jahre vom Wasser entfernt zu wohnen haben gereicht. Mir liegt das Meer im Blut. Hab meine Kindheit praktisch in einem Boot verbracht. Ja, einen großen Teil davon habe ich sogar auf Ihrer Insel verlebt.»

«Auf Folly? Was, Sie haben da gelebt?»

«Nein, nein, bloß Picknicks und ab und zu gezeltet. Den Wald erkundet, gefischt und Muscheln zum Abendessen ausgegraben, Beeren gepflückt. Im Freien gelebt, das ist herrlich für einen Jungen – auch wenn man den Kindern diese Freiheit heute nicht mehr lassen kann.»

«Hatten Sie Ihre Feuerstelle an dem gleichen Platz, wo meine jetzt ist?»

«Ganz genau da.»

«Meine Enkelin hat die Feuerstelle ein bisschen in Ordnung gebracht, aber sie sah so aus, als wäre sie im Laufe der Zeit benutzt worden.»

«Jetzt schon eine ganze Weile nicht mehr. Um ehrlich zu sein, Folly hat einmal meiner Familie gehört. Damals hieß die Insel Minke.»

«Tatsächlich? Wann war das?»

Jerry sah verlegen aus, als bereue er, dass er ihr das erzählt hatte, und griff nach der Flasche, um ihre Gläser aufzufüllen. «Mein Großvater hat sie in den zwanziger Jahren verkauft. Wohl an Ihren Großonkel.»

«Lieber Himmel. Davon hatte ich keine Ahnung.»

«Ja. Als ich jung war, hatte ich immer die Phantasie, Folly selbst wieder aufzubauen. Mein Dad hat versucht, die Insel zurückzukaufen, aber zu der Zeit war sie ja schon Naturschutzgebiet, und niemand konnte richtig rausbekommen, wem sie eigentlich gehörte. Und das Geld hätte er natürlich auch nicht gehabt.»

Carmichael hatte während seiner ganzen Erzählung nicht von seinem Glas und seinem Teller aufgeschaut. Waren ihm das Bedauern und die Spur von Groll, die sich in seinen Tonfall eingeschlichen hatten, peinlich? Oder fürchtete er, dass diese Enthüllung seiner Zuhörerin peinlich sein könnte? Rae konnte es nicht entscheiden.

«Folly muss damals meinem Großvater gehört haben», erklärte sie. «Vom Ende der zwanziger Jahre bis zu seinem Tod.»

«Ja, das weiß ich. Dad hat versucht, vor Gericht zu gehen, aber das kostete wieder zu viel Geld.» Schließlich hob der Sheriff den Kopf und lächelte schief. «Wie Sie also sehen, habe ich ein ganz privates Interesse an der Insel.»

«Also, wenn Sie auf der Lichtung zelten oder am Strand nach Muscheln graben wollen, tun Sie sich keinen Zwang an.»

«So», sagte er, «erzählen Sie mir etwas über die Tischlerei.»

«Früher war ich gut», meinte Rae, als würde sie über jemand anders sprechen. «Jetzt bin ich eher etwas wie ein Zimmermann.»

«Ihr Arbeitstisch beweist, dass Sie mehr sind als das.»

«Ist ganz gut geworden, nicht?»

«Dieser kleine Zedernspan, den Sie in das eine Bein eingelegt haben. Haben Sie das gemacht, weil er die gleiche Farbe hat wie die Rinde vom Erdbeerbaum obendrüber?»

«Sie haben einen scharfen Blick, Sheriff.» Dieses Detail war recht subtil; die meisten Leute, die es bemerkten, würden es als Echo der Tischplatte betrachten.

«Werden Sie solche Sachen auch drinnen im Haus machen?»

Und so begann Rae ihre Pläne für das Interieur von Newborn's Folly zu beschreiben, die japanische (oder vielleicht doch Shaker) Regalwand neben dem schwarzen Kamin, die schwebenden Stufen, die sich zu den beiden Türmen hinaufwanden, Schlafzimmer und Arbeitsraum im oberen Stockwerk mit dem unvergleichlichen Ausblick, das Gleichgewicht zwischen Dramatik und Wohlbehagen und die Schwierigkeit, sich zu beschränken. Irgendwann merkte Rae plötzlich, dass auf ihrem Teller eine wunderbare, nur halb aufgegessene Vorspeise lag und dass sie ernsthaft über die Persönlichkeitskonflikte zwischen Teak und Zebraholz gesprochen hatte, und das zu einem Mann, dessen Begriff von Holz sich wahrscheinlich auf Brennholz und Vierkanthölzer für den Bau beschränkte. Sie errötete.

«Tut mir Leid, dass ich mich da so hineingesteigert habe.»

«Ich würde sagen – nicht mit Sicherheit, verstehen Sie, es ist bloß eine Vermutung, aber ich würde sagen, dass Sie sich vielleicht immer noch als Tischlerin bezeichnen können.»

Rae merkte, dass sie sein langsames Lächeln erwiderte. «Ich würde sagen, da haben Sie vielleicht Recht.»

Kapitel 32

Brief von Rae an ihre Enkelin

23. Mai

Liebe Petra,
ob du wohl schon in der weit zurückliegenden, fernen Vergangenheit unserer Insel herumgeforscht hast? Bevor die Völker hierher kamen, bevor Nomadenstämme die zugefrorene Beringstraße überquerten oder auf den pazifischen Strömungen herpaddelten, als das Land selbst geschaffen wurde?

Überall sieht man den ungeheuren Druck und die unfassbaren Spannungen, die hier zusammenkamen und die Landmassen geklopft und geknetet haben wie einen Pizzateig. Es gibt eine Schicht aus hellem Sandstein, die sich durch Folly hindurchzieht. An manchen Stellen ist sie gefaltet, in das darunter liegende Gestein eingedreht. Wie viel Druck muss wohl nötig sein, um Felsgestein zusammenzufalten? Kannst du dir das auch nur annähernd vorstellen? Ich nicht.

Die andere gewaltige Kraft, die auf diese scheinbar friedliche Inselgruppe eingewirkt hat, war Eis. Vor etwa 13 000 Jahren begannen die letzten Gletscher, sich die Georgia Strait hinauf nach Norden zurückzuziehen. Dabei scheuerten sie die Meeresstraße aus und schliffen die Gipfel der aufgefalteten Felsen glatt und trugen sie ab, aber als sie vorbeizogen, hoben sich die Schichten aus Sandstein und Felsuntergrund, sodass sie manchmal fast senkrecht in die Luft ragten, im heutigen Meer. Als das Gewicht von über 900 Metern Eis –

über neunhundert! – dann weniger wurde, führte das Nachlassen des Drucks dazu, dass ein Teil des Landes darunter sozusagen zurücksprang. Es ist unvorstellbar, dass die Erde danach zurückfederte, findest du nicht? Aber weil dieses postglaziale Zurückprallen nach dem Abschleifen durch die Gletscher nicht gleichmäßig vor ging, brachen sich Folly und ihre Nachbarn von den größeren Landmassen ab und wurden beim Aufsteigen noch weiter gequetscht und zu Inseln geformt.

Gewaltige Spannungen und unfassbarer Druck zerrten und stießen an dem Land herum; und zum Schluss diese sanfte Schönheit.

Alles Liebe

Oma

Kapitel 33

Als **Jerry** Carmichael den Streifenwagen vor Elaine Walls' hübscher zweistöckiger Pension anhielt, fiel Rae ein, dass er gar nicht gesagt hatte, warum er sie eigentlich gesucht hatte.

«Jerry, ich weiß es zu schätzen, dass Sie mich zum Essen eingeladen und noch ein paar Zoll mehr aus Ihren beiden investierten Tischen herausgesägt haben, aber hatten Sie etwas, was Sie mit mir besprechen wollten?»

«Ja, aber ich habe gesehen, wie müde und hungrig Sie waren, also hab ich mir gedacht, ich mache Sie ein bisschen mürbe und komme morgen früh wieder. Ich brauche eine schriftliche Erklärung darüber, dass Sie diese Knochen gefunden haben.»

«So kompliziert ist das ja nicht, das könnte ich jetzt gleich noch machen.»

«Morgen früh ist gut. Elaine macht nämlich mit das beste Frühstück auf den Inseln. Dass Sie hier sind, gibt mir einen Vorwand, mich auch an ihren Frühstückstisch zu setzen.»

«Guter Gott, wie können Sie nach diesem Dinner an Essen auch nur denken?»

«Warten Sie ab, bei Elaines Heidelbeerwaffeln werden Sie sich die Lippen lecken.»

Er holte den Rucksack aus dem Kofferraum, reichte ihn Rae die Stufen hinauf, die zu dem mit Rosen gesäumten Fußweg führten, und begleitete sie zur Pension, wo er in vertrautem Ton mit Elaine Walls scherzte und sie vorwarnte, dass er zum Frühstück wiederkäme. Dann umschloss er Raes Hand wieder mit seiner Riesenpranke, wünschte beiden Frauen eine gute Nacht und verschwand. Die kleine Eingangshalle der Pension wirkte in seiner Abwesenheit plötzlich geräumig.

Es war ganz offensichtlich, dass Elaine Walls mit Nikki verwandt war, von dem roten Kraushaar (das in ihrem Fall schon blasser wurde und ergraute) bis hin zu ihrem munteren Redeschwall. Den ganzen Weg die Treppe hinauf reihte sie freundliche, unbedeutende Bemerkungen aneinander, die sie mit verschiedenen Hinweisen würzte, von der Anleitung zur Benutzung des Schlüssels, falls Rae in der Nacht ins Freie wollte, bis zu dem miserablen Fernsehempfang unten.

«Frühstück gibt es ab acht», ergänzte sie an der Tür zu Raes Zimmer, «aber wenn Sie schon früher Kaffee wollen oder in der Nacht eine Tasse Tee, finden Sie alles Nötige im Aufenthaltsraum, und weil Ihr Zimmer direkt darüber ist, brauchen Sie sich auch gar keine Gedanken wegen des Lärms zu machen. Gute Nacht, und wenn Sie irgendwas brauchen, gehen Sie einfach durch die Küche und klopfen an die Tür.»

Als die Schritte ihrer Wirtin verklangen, schloss Rae die Tür und blieb dann eine Weile mit der Hand auf dem Türknauf und der Stirn gegen die Tür gelehnt stehen. Allein, endlich. Was für ein Tag.

Während Rae so dastand, spürte sie das kühle, lackierte Holz an ihrem warmen Gesicht, die Vibration von Elaines Schritten durch die Fußbodendielen und das Gewicht des langen Tages auf den Schultern. Sie rührte sich erst, als ein Tropfen auf ihr Handgelenk fiel. Ungeduldig richtete sie sich auf, rieb sich mit einer heftigen Bewegung die Tränen aus den Augen und ließ ihren schmuddeligen Rucksack auf das Bett fallen.

Trotz aller Müdigkeit wusste sie, dass sie nicht würde einschlafen können. Zu viel unterdrückter innerer Aufruhr, zu viele Gläser Wein, zu wenig Bewegung für einen Körper, der an harte Arbeit gewöhnt war. Sie holte ihre Taschenlampe und ihren Fleecepullover aus dem Rucksack und verließ das Haus.

Elaine hatte erwähnt, dass der Strand am Ende der Straße öffentlich zugänglich war, also ging Rae die Straße hinunter. Sie schritt über den Asphalt, bis sie das Licht über Elaines Haustür nur noch schwach sehen konnte, und dann stand sie in der Dunkelheit und wartete darauf, dass ihr Sehvermögen sich anpasste.

Jetzt war der Preis dafür fällig, dass sie die Ereignisse auf Folly ignoriert hatte. Du kannst dich nicht verstecken, du kannst es nicht ignorieren. Wenn es nur eine Sache gewesen wäre, hätte Rae sie vielleicht zufrieden stellend unterdrücken können, bis sie auf eine Größe geschrumpft war, in der sie zu bewältigen war. Aber alles auf einmal – das Skelett zu finden, das Tagebuch zu lesen, die wachsende Gewissheit, wie Desmond umgekommen war, und dazu alle möglichen beunruhigenden Gefühle, die das Essen mit Sheriff Jerry Carmichael geweckt hatte – das war zu viel; Raes Haut prickelte vor Kummer und Müdigkeit.

Seit ihrer Kindheit hatte ihr Großonkel Desmond in den Winkeln ihres Bewusstseins gewohnt. Dass William seinen Taugenichts von einem Bruder ablehnte, war immer so offensichtlich gewesen wie seine ablehnende Haltung ihr selbst gegenüber; das allein hätte schon gereicht, um Desmond zu einem heimlichen Gefährten zu machen, selbst ohne das Pathos seines einsamen Endes in der Wüste. Als Rae auf der Flucht vor ihren persönlichen Schrecken als Zweiundfünfzigjährige hierher gekommen war, hatte sie das Gefühl gehabt, in seine Fußstapfen zu treten: Schließlich musste der Mann einen Grund gehabt haben, um sich so nachdrücklich von der Welt loszusagen. Ihr Mitgefühl und ihre Bewunderung für seine Arbeit, ihre Neugier auf sein Leben – und jetzt auf seinen Tod – hatten sie gefangen genommen, hatten ihr fast das Gefühl gegeben, dass Desmond Newborn das Muster lieferte, nach dem sie geformt worden war. Sozusagen der ältere Zwilling. Durch ihre Hände wurde nun sein Lebenswerk wiedergeboren. Und nachdem sie mit zunehmender Bestürzung und wachsendem Verständnis sein Tagebuch gelesen hatte, kam sie allmählich zu der Ansicht, dass auch ihr Wahnsinn seinen Ursprung in ihrem Großonkel hatte.

Denn in den Jahren, als er Tagebuch geschrieben hatte, war er wahnsinnig gewesen, immer wieder, und sein Wahnsinn war Rae ach so sehr, so schrecklich vertraut.

Wenn Desmond Newborn sich im Zustand tiefster Verstörung befand, schrieb er Listen. Rae konnte sich nur vorstellen, wie sein Kriegstagebuch wohl ausgesehen hatte, denn das Büchlein, das sich jetzt in ihrem Besitz befand, begann erst während seiner Genesung in den ersten Monaten des Jahres 1918, doch in seinem Bewusstsein brach der Krieg ständig wieder aus, wie eine Wunde, die immer weiter nässte. Immer wenn die Entzündung abzuheilen begann, schwor er sich, dass er nie wieder über diese entsetzlichen Monate schreiben würde, und jedes Mal brach die schwärende Wunde nach einigen Tagen oder Wochen wieder auf und warf ihn in die Schützengräben zurück. Im ersten Teil des Tagebuches wurde die Chronologie, die kurzen, zaghaften Erwähnungen von jahreszeitlichen Veränderungen und Aktivitäten der Familie, wieder und wieder plötzlich unterbrochen, manchmal mitten im Satz, und stattdessen begann eine Liste. Seite um Seite war mit einer winzigen, klaren Handschrift gefüllt, angefangen mit einer Aufzählung der französischen Städte und Bezirke, die von den Schrecken des Krieges geprägt waren. Selbst Rae erkannte, ohne Historikerin zu sein, dass Thiepval für einen Strom aus Blut stand und dass Passendale eine Übersetzung für Schlammwüste und abfaulende Füße, für den Magen umdrehende Gerüche und die Eingeweide zerreißende Schrecken war. Und dann die Namen, lieber Gott, die Namen von Menschen. Sie füllten drei Seiten des Tagebuches, und die verschiedenen Farbtöne der Tinte und die unterschiedlichen Strichbreiten bezeugten, dass Desmond immer wieder zu diesen Seiten zurückgekehrt war – Männernamen, und bei jedem stand vermerkt, ob tot oder verwundet, und ein knapper Zusatz, wie es dazu gekommen war.

Tommy Smithers. Beide Beine verloren. Tot.
Jethro Hammerley. Granatsplitter im Bauch. Tot.
Willy McMasters. Linker Arm über dem Ellbogen.
Verwundet nach Hause.
Orville Tellerston. Gesicht weg. Muss tot sein. Hoffentlich.
Matthew Grinwold. Gas. Verwundet nach Hause.
James Kinkaid. Scharfschützenkugel im Kopf. Tot.
Harry Butters. Granatsplitter. Tot.

Listen der Toten, Listen von Briefen und Päckchen von zu Hause, an die er sich erinnerte (wie ein Päckchen mit Socken angekommen war, als er keine mehr hatte, die Freude über einen Teekuchen, die eigentümliche, faszinierende Reinheit von einem Packen Papier), Listen von Vögeln, die er an den seltenen Tagen hinter der Front gesehen hatte, Listen von ausgeliehenen und gelesenen Büchern, Seite um Seite, manche Einträge hatten ganze Seiten für sich bekommen, andere waren einfach zusammengequetscht worden. Eine Litanei vom Wahnsinn der Welt, zusammengetragen in der ordentlichen Schreibweise der Verzweiflung. Desmonds Schrift in diesen Listen war gestochen scharf, seine Randbemerkungen waren exakt platziert. Auf einer Seite hatte Rae eine kurze Reihe von Daten und Verletzungen ohne Namen gefunden. Nach einem Moment wurde ihr klar, dass es sich um Desmonds eigene Verwundungen handelte: Gas. Granatsplitter. Fußbrand. Und schließlich, in Buchstaben, die so klar waren, dass sie von einer Kalligraphievorlage hätten stammen können: Scharfschützenkugel, linke Schulter.

Die Liste mit den Wunden stand etwa auf der sechsten Seite des kleinen Büchleins. Desmond schien im Winter mit dem Tagebuch begonnen zu haben, auch wenn auf den ersten Seiten keine Daten standen, und Rae konnte förmlich sehen, wie er im Laufe der Zeit wieder zu einem ganzen, heilen Mann zusammenwuchs: Seine Hand und sein Verstand entspannten sich allmählich, die Schriftzüge wurden weniger starr, seine Einträge wandelten sich von Listen zu Reflexionen. Die Anzeichen für die Heilung begannen, so wie es auch bei Erinnerungen oft der Fall ist, mit einem Geruch.

Hartriegelblüten. Sie duften wie der Körper einer Frau. Ich erinnere mich, wie ich im Sanitätszelt lag, wie die englische Krankenschwester sich über mich beugte und ich nur Hartriegelblüten roch.

Unten wird Speck gebraten. Speck ist das einzige Fleisch, das mir nicht den Magen umdreht. Und Huhn, solange es frisch geschlachtet ist.

Heumahd. In Thiepval, mitten in einem Angriff, kam mit dem Wind der süße Duft von geschnittenem Gras, stärker als Blut und dünnflüssiger Kot, durchdringender sogar als faulendes Fleisch. Meine halbe Kompanie hielt inne, senkte die Gewehre und hob die Gesichter in die Luft. Auch die Teutonen pausierten, um sich an der Arbeit der Bauern zu laben, bis unsere Offiziere die Unterbrechung bemerkten.

Und Reflexion:

Was bedeutet es, den Verstand zu verlieren? Wo geht er hin? Wenn ein Mensch verrückt ist, wohin ist er dann gerückt? Was ist wahnsinnig, wenn die Welt im Vergleich dazu irre ist?

Diese Beschreibungen von Düften, die Erinnerungen heraufbeschworen, durchsetzt mit philosophischen Überlegungen, erstreckten sich über Seiten, und darauf folgten Erinnerungen an Anblicke, die Desmond etwas bedeutet hatten – die Bibliothek seines Vaters, ein riesiger alter Baum auf dem Anwesen in Boston, den Rae aus ihrer eigenen Kindheit wiedererkannte, ein Trio hell gekleideter junger Frauen, die durch den Park schlenderten. Der Sommer ging vorüber und endete mit einem Hinweis auf fallende

Blätter, und dann kam der bittere Waffenstillstand vom November 1918. Das Kriegsende erschütterte Desmond; Weihnachten war eine schlimme Zeit. Nach dem 1. Januar wieder eine Liste, eine Seite mit nichts weiter als acht Datumsangaben, über Januar und Februar verteilt, jeweils mit einem Abstand von ein oder zwei Wochen. Rae fand keine Erklärung, was diese Daten bedeuteten. Dann schien die Dunkelheit erneut nach Desmond Newborn gegriffen zu haben. Erst viele Monate später, am 24. Oktober 1919, hatte er wieder etwas in sein Tagebuch geschrieben. Der Eintrag lautete in seiner einsamen Ganzheit:

In Omaha angekommen. Warum bin ich hier?

Die sporadischen Einträge auf den nächsten Seiten – Daten, Orte und kurze, pathetische Sätze – schilderten die bedrückenden Zyklen von schwacher Gesundheit und ziellosem Reisen, die der Wanderer durchmachte.

Bis zum Frühsommer 1921, als Desmond schrieb:

Ein alter Italiener auf einem Abstellbahnhof bei Tacoma hat mir erzählt, wie schön die San-Juan-Inseln sind. Er hat gesagt, als er las, dass Gott in der Abendkühle durch den Garten Eden wandelte, habe er sich die San Juans vorgestellt. Ich dachte, das Zeug, das er trank, hätte sein Gehirn zu Mus gemacht, aber ich bin hergekommen, um mir die Inseln anzuschauen. Und er hatte Recht. Hier geht Gott spazieren.

Anschließend beschrieb Desmond die Inseln, den beruhigenden Duft der Seeluft, das eigentümliche Licht und besonders die Stille, die über dem wasserumspülten Land lag. Es war der längste Eintrag, den Desmond verfasst hatte, seit er Boston verlassen hatte, und in den folgenden Wochen schrieb er weiter, bis er im Juni Sanctuary fand.

7. Juli 1921

Das Paradies, auf 60 Hektar Fels. Die Stille ist tief. Zum ersten Mal habe ich einen Ort gefunden, wo ich nicht eben noch vernehmbar Artilleriefeuer höre. Auf der Insel hört man nur das Meer und Vögel und die langsame Sprache der Bäume. Ich habe W. wegen des Geldes ein Telegramm geschickt, und er hat zurückgekabelt, er müsse die Insel mit eigenen Augen sehen, bevor er sie genehmigen könne. Wie unverschämt der Mann doch ist, dass er denkt, ich wäre ein Kind und brauchte seine Unterschrift auf einem Formular für die Bank! Nein, ich will seine polierten Stiefel hier auf meinem Refugium nicht haben.

Ich werde meine Insel Sanctuary nennen, Freistätte.

Das Geld kam. Monate, Jahre mit glücklichen Einträgen folgten, Einzelheiten über die Wasserversorgung, die Rae zum Schmunzeln brachten, wertvolle Beschreibungen über den Fortgang des Hausbaus, die Fundstellen der bunten Steine, Desmonds Freude über die Qualität des Zements, den er in Roche Harbor kaufte. Er erwähnte sogar die Veranda vor dem Haus, die er anbauen wollte, wenn das Frühjahr kam.

Nach zweieinhalb Jahren Stellungskrieg und vier Jahren Krieg im Kopf hatte Desmond Newborn für sechs Jahre Frieden gefunden. Von Juni 1921 bis Sommer 1927 hatte er sein Haus gebaut, seine Welt geschaffen, war in freundlicher Distanz mit seinen Nachbarn zusammengetroffen. Sechs Jahre lang hatte dieser einsame Mann sein Leben gelebt, sich mit seinen Gespenstern unterhalten und war gelegentlich in die Randbezirke der Melancholie eingetaucht.

Dann erhielt er aus heiterem Himmel einen Brief von seinem Bruder. Mitte August 1927 schrieb Desmond in sein Tagebuch:

W. schreibt mir, um mir freundschaftlich die Hand zu reichen. Nach Jahren des Schweigens wünscht mein Bruder Versöhnung, und zwar schnellstens, denn er ist geschäftlich in den Westen un-

terwegs. Ich soll ihm in sein Hotel in Chicago Antwort geben und schreiben, ob ich dazu bereit bin oder nicht, und ihm erklären, wie er mich erreichen kann.

Die Versuchung, so zu tun, als habe seine Botschaft mich nicht erreicht, ist groß. Aber um ehrlich zu sein, ich sehne mich sehr danach, der Familie zu zeigen, dass ich etwas für mich geschaffen habe, dass ich etwas hinterlassen werde, auch wenn es nur eine schlichte Behausung aus Holz und Steinen ist. Nein, ich will der Versuchung widerstehen und ihm schreiben, dass er willkommen ist. Dann muss ich die Arbeit an den Turmfenstern unterbrechen, um einen zweiten Stuhl zu bauen, auf dem mein Gast seinen Stadtanzug ausruhen kann.

Dieses gelassene Hinnehmen des Besuches wurde jedoch rasch von einer düsteren Stimmung abgelöst. Gereiztheit und missmutige Bemerkungen über den Bruder verrieten Desmonds wachsende Anspannung. Ziemlich weit hinten, drei Seiten vor dem letzten Eintrag, erschien eine letzte Liste – von Dingen, die er aus Roche Harbor brauchte, das stimmte, aber warum sollte man eine Einkaufsliste in ein ledergebundenes Tagebuch notieren, wenn nicht deshalb, weil sie dem Schreiber ein Gefühl von Ordnung und Kontrolle verlieh?

Mitte September verfasste Desmond Newborn den Eintrag, der sein letzter sein sollte:

Mein Bruder kommt morgen, um mir meine Torheit auszureden. Soll er es versuchen. Obwohl ich freimütig zugebe, wenn auch vor niemandem außer mir selbst, dass der Gedanke daran, sein Gesicht zu sehen, mich mit furchtbarem Grauen erfüllt.

Weiter nichts, nur noch ein unleserliches Gekritzel, das aussah, als wäre die Tinte verwischt worden. Raes Entzifferungsversuche ergaben am ehesten etwas wie:

Ich habe einen –

Furchtbares Grauen – ja, «Grauen» war das richtige Wort. William hatte es bei seinem Bruder ausgelöst, der damals – wie viel? – fünfundvierzig Jahre alt gewesen war, genauso wie er es in seiner Enkelin hervorgerufen hatte, bis zu seinem Todestag im Alter von vierundneunzig Jahren, gleich nach Raes zweitem Zusammenbruch. Er hatte seinen Sohn beherrscht, ihn durch seine Gleichgültigkeit zur Bedeutungslosigkeit zermalmt; er hatte seine Frau Lacy eingeschüchtert, bis sie zu dem bleichen Schatten geworden war, den Rae als Kind gekannt hatte; er hatte das Leben von Raes Mutter mit unablässiger Kritik vergiftet, bis sie jung gestorben war, um ihm zu entgehen; er hatte Rae schikaniert, ihr Geschlecht verhöhnt und über ihre Labilität geschimpft. Rae hatte ihm nur entfliehen können, indem sie den ersten Mann heiratete, der um ihre Hand anhielt, und aus der Villa in Boston in ein Studentenwohnheim in Kalifornien zog.

Alle anderen hatten sterben müssen, um Williams vernichtender Kritik und seinen unmöglichen Maßstäben zu entkommen – Raes Mutter, als Rae fünf Jahre alt gewesen war, Lacy im folgenden Jahr und auch seine beiden Schwestern (eine hatte nicht geheiratet; die andere hatte einen Sohn bekommen und war nach England geflohen, wo sie beim Luftangriff während des Zweiten Weltkriegs umgekommen war).

Alle tot. Raes Vater, Williams einziges Kind, hatte, nachdem der alte Mann endlich seinen letzten Atemzug getan hatte, noch siebzehn Jahre gelebt, er hatte sich ständig umgeschaut, jederzeit darauf vorbereitet, sich zu ducken. Selbst als William tot war, hatte Raes Vater nicht loslassen können, hatte keinem Menschen Einblick in sein Inneres gestattet. Rae hatte in ihrem ganzen Leben nur ein einziges Mal gesehen, dass er sich einen zärtlichen Moment erlaubte, und das war nur wenige Wochen vor seinem Tod gewesen, als die vierjährige Bella ihn beschwatzt hatte, ihr eine

Geschichte vorzulesen und mittendrin auf seinem Schoß eingeschlafen war. Rae war zufällig an dem Zimmer vorbeigekommen, hatte einen Blick hineingeworfen und gesehen, wie ihr Vater auf dem Sofa saß, die Arme um seine Enkelin geschlungen, die Lippen in ihrem lockigen Haar, und weinte. Er musste ein einsamer Mann gewesen sein.

Wenn Rae Albträume hatte, fühlte sie sich wie in der Gegenwart von William.

Jetzt war ihr, als würde sie in einen dieser Albträume hineingehen, als würde ihr Großvater in seinem Sessel mit der geraden Lehne hinter seinem riesigen Mahagonischreibtisch sitzen und sie mit seinem eisblauen Blick fixieren, die Lippen vor chronischer Enttäuschung verzogen, während sie die dunkle Straße auf San Juan hinunterwanderte.

Furchtbares Grauen.

Er war ein hassenswerter alter Mann gewesen, doch Rae hatte es nie vermocht, ihn zu hassen. Alles, was er berührte, vergiftete er, bis auf das Geld, aber es war wie in der Tragödie des Midas gewesen, der sein Gold weder essen noch ihm Liebe abringen konnte. Rae dachte nur ungern daran, dass in ihren Adern Williams Blut floss, sie sah jeden Funken von Egoismus oder Ungeduld bei sich als gefährliches Zeichen und fragte sich oft, ob William wohl auch verrückt gewesen war, seinen Wahnsinn aber mit reiner Willenskraft beherrscht hatte. Aber hassen konnte sie ihn nicht.

Alle Psychiater, bei denen Rae je gewesen war, hatten sich früher oder später auf den «ungelösten Konflikt» mit William konzentriert, aber zu keinem von ihnen, ganz gleich, wie sehr sie die Leute gemocht hatte, hatte sie sagen können: «Ja, ich hasse meinen Großvater.»

Aber Grauen? Oh ja. Und Schrecken und Schuldgefühle und die Schande, versagt zu haben, und … Rae stolperte, als ihre Füße den Asphalt verließen und den steinigen Strand betraten, und sie setzte ihren Weg durch die Finsternis fort, mit Desmonds letzten

Worten in den Ohren und den letzten paar Tagen wie einem sirrenden Insektenschwarm unter der Haut. Beim Gehen kratzte das laute Knirschen der Steine unter ihren Füßen an ihren bloßliegenden Nerven, bis ihre Nervosität sich zu einer echten Panik auszuwachsen drohte. Als Rae sich schließlich auf einen angeschwemmten Baumstamm setzte, zupften ihre Finger an ihren Lippen und ihren Hemdknöpfen, und dann gruben ihre Nägel sich in das weiche Holz und in ihre Handfläche.

Furchtbares Grauen, flüsterten die Wellen Rae zu.

Grauen. Grauen.

Furchtbar. Grauen.

Mein Bruder kommt (furchtbares Grauen) ich gestehe mein Bruder meine Torheit mir mein furchtbares Grauen ausreden

Desmonds Worte und Desmonds Gerippe und Desmonds Kugel, Desmonds schlimmer linker Arm und Williams Gesicht *(Grauen, oh furchtbares Grauen)*, als die Brüder über das ruhige Wasser nach Folly ruderten, dann die Feuerzungen, die aus den Steintürmen leckten, und der feurige Schock der Elektrokrampftherapie und das tiefe Verlangen der Finger, eine Liste der Ereignisse aufzustellen, um die entsetzlichen, *grauenvollen* Vorfälle zu rationalisieren, und doch konnten die Finger nicht still halten, um einen Stift zu fassen, alles stieg auf wie Wasser in den Schalen des Bildhauers, wallte in Raes Mark auf und quoll über und füllte sie, bis ihre Gedanken wild in ihrem Schädel herumwirbelten, um zu entkommen, in ihrem grinsenden Schädel, während ihre Finger sich in die Haut gruben, als könnten Finger auch nur das Geringste gegen das ansteckende Grauen ausrichten, gegen die grauenvolle Ansteckung mit Entsetzen, die …

Ein schwerer Fuß trat hinter ihr auf die Strandkiesel, und Raes Verstand explodierte.

Blindlings rannte sie auf das Wasser zu, nahm nur wahr, dass etwas Großes, Schweres, Schnelles, Männliches rasch aufholte, ins Wasser platschte und nach ihrem Arm griff, bis sie um sich schlug und etwas traf, das sich wie ein Baum anfühlte. Sie stürzte weiter auf das offene Meer zu, und die Hände waren wieder an ihr, der Angreifer wich ihren Zähnen aus und, weniger erfolgreich, ihren tretenden Schuhen, bis sie nach einer Ewigkeit endlich hörte, was ihre Ohren ihr sagten, dass dieser Angreifer nämlich ihren Namen wiederholte, immer wieder, mit lauter, fester Stimme.

«Ms. Newborn, Rae, ich bin's, Sheriff Carmichael. Rae, ich bin Jerry, beruhigen Sie sich, ich bin's nur.»

Plötzlich wurde Rae ruhig und wäre ins Wasser gefallen, wenn seine kräftigen Hände sie nicht aufrecht gehalten hätten. «Jerry?»

«Ja, ich bin Jerry. Ich habe Ihnen Angst eingejagt. Das tut mir Leid.»

«Jerry? Oh Gott, Jerry?», fragte sie noch einmal und lehnte sich nach vorn an seine Brust, dem einzigen festen Halt im Universum, und fühlte sich von der Geborgenheit von Muskeln und Knochen umhüllt, von seinem männlichen Geruch und dem kräftigen Pochen seines Herzens. Sie besprenkelte in widerwärtiger Weise sein schönes sauberes Hemd mit Tränen und ließ es zu, dass er sie wie eine Lumpenpuppe oder wie ein Kind den knirschenden Strand hinauf zurückführte. Er zog ihr den Fleecepullover aus, tauschte ihn gegen eine Decke ein, die er aus dem Kofferraum des Streifenwagens geholt hatte, und setzte sie bei laufendem Motor und voll aufgedrehter Heizung auf den Beifahrersitz. Dann stieg er neben ihr ein, und sie spürte seinen besorgten Blick.

«Es tut mir wirklich sehr Leid», sagte Rae. Ihre Kehle fühlte sich rau an; hatte sie geschrien? «Ich habe in letzter Zeit anscheinend einfach keine Selbstbeherrschung mehr. Andere Leute werden ein bisschen nervös – ich gerate in totale Panik. Systemstörung. Die Festplatte stürzt ab. Ein Kurzschluss im Mechanismus, wie immer man das auch nennen will. Ich habe gehört, wie Sie den Strand heruntergekommen sind, und ich bin einfach durchgeknallt. Ich hoffe, dass ich Sie nicht verletzt habe.»

«Sie haben eine kräftige Rechte, aber ich habe keine Zähne verloren. Es ist nicht Ihre Schuld. Wenn überhaupt, dann war es meine eigene Dummheit – jeder, der mal überfallen wurde, muss doch ein bisschen empfindlich sein. Ich hatte gedacht, Sie hätten mich kommen hören.»

«Das hatte Ed auch gedacht, bevor ich ihm mit meinem Hammer fast den Schädel eingeschlagen habe.» Vielleicht sollte ich Petra bitten, mir ein T-Shirt mit einem warnenden Aufdruck zu machen: *Achtung, schreckhafte Frau*, dachte Rae benommen. Die Heizung des Wagens war sehr wirkungsvoll, und nun setzte die Gegenreaktion ein.

«Ist es einfach … das, was Sie in der Höhle gefunden haben, was Sie quält?», fragte Jerry.

«Ach nein, das ist ja nichts. Nicht nichts, meine ich, aber … Hören Sie, können wir morgen darüber sprechen?»

Selbst Rae hörte die tiefe Erschöpfung in ihrer Stimme. Jerry reagierte darauf, indem er nach seinem Sicherheitsgurt griff. Er fuhr sie zur Pension zurück, während der Ventilator der Heizung die Worte und fast auch die Gedanken übertönte, und ging mit ihr zur Haustür, wo er wartete, bis sie den Schlüssel aus ihrer Tasche gefischt und ihn im Schloss umgedreht hatte. Im Haus blieb Rae mit der Hand an der Tür stehen.

«Warum sind Sie zurückgekommen?»

«Auch das kann bis morgen warten. Ich wollte eine Nachricht weitergeben, und Elaine sagte, Sie machten einen Spaziergang. Hab mir gedacht, zum Strand, und da waren Sie auch. Schlafen Sie gut.»

Stimmte das? Oder hatte Elaine ihm Raes spätabendlichen Ausflug gemeldet? War sie hier wie ein fremder Eindringling, der einen Organismus infizierte und dessen Weg die eng zusammenhaltenden Einheimischen mühelos verfolgen konnten? Oder hatte Jerry seine eigenen Gründe dafür, dass er sie so genau beobachtete?

Oder war sie einfach zu paranoid, um auf die Gesellschaft losgelassen zu werden? Verwirrt schüttelte Rae den Kopf und wünschte ihrem Begleiter eine gute Nacht.

Sie warf ihre durchnässten Kleidungsstücke neben dem Bett auf einen Haufen und kroch nackt und sandig zwischen die frischen Laken.

Kapitel 34

Brief von Rae an Dr. Roberta Hunt

25. Mai

Liebe Roberta,
Eine unliebsame Nebenwirkung einer Periode in der Einrichtung, die als Irrenanstalt zu bezeichnen Sie mir jetzt gestatten werden, ist, dass die Expatientin jedes merkwürdige Ereignis gleich als unheilschwanger deutet. Auch «normalen» Menschen müssen doch ständig merkwürdige Dinge zustoßen, genau so, wie sie mir auch passiert sind, bevor meine psychische Haut wund gescheuert wurde und ich anfing, auf die gleichgültigen Verletzungen und Merkwürdigkeiten des Lebens so schmerzhaft empfindlich zu reagieren.

Seit ich geisteskrank gewesen bin und weiß, dass ich vermutlich psychisch anfällig bin, passiert mir nichts mehr, das nicht mit Bedeutung befrachtet wäre. Die Gebeine meines Großonkels Desmond sind auf der Insel aufgetaucht; auch er wurde vom Leben verwundet; muss sein Schicksal so tief in mir Resonanz finden? Auf der anderen Seite des Bundesstaates verschwinden zwei halbwüchsige Schwestern; meine Enkelin Petra möchte auf die Insel kommen; wenn ich ihr das erlaube, wird sie dann auch verschwinden? Ich kann keine Entscheidung treffen, ohne sie mir tausendmal anzuschauen, denn ich bezweifle, dass meine Augen in der Lage sind, die verborgenen Bedeutungen zu erkennen.

Es ist wirklich ermüdend.

Rae

Kapitel 35

Als Rae am nächsten Morgen zum vierten oder fünften Mal erwachte, roch sie Speck und fragte sich einen Moment lang, ob sie nun auch unter Desmonds Halluzinationen litt. Dann dämmerte ihr, dass sie zwischen duftenden Laken auf einer weichen Matratze lag, und sie entschied, dass der Geruch keine Einbildung war.

Stimmengemurmel und Geräusche ließen auf Frühstück schließen. Vorher jedoch würde sie sich eine echte, zivilisierte Dusche gönnen.

Die schöne, lange, duftende, heiße Dusche entfernte Sand und Salz und auch einige der Spinnweben aus ihrem Kopf. Wie immer nach einer Episode wie der am Vorabend fühlte Rae sich gereinigt, und als sie in den Spiegel blickte, schaute nur wenig von ihrem Vater zurück. Er zeigte sich nur, wenn sie müde war und ihr linkes Augenlid leicht herabhing, wie bei ihm früher, und ihre Augenfarbe sich zu dem tiefen Braun seiner Augen verdunkelte. Heute jedoch sah Rae nur sich selbst im Spiegel.

Sie zog Arbeitsjeans und ein langärmeliges T-Shirt an, nahm ihre armen, einstmals guten Schuhe, die jetzt voller Wasserflecke waren, in die Hand und ging auf Strümpfen die Treppe hinunter. Sie huschte nach draußen, um die feuchten Dinger in einer sonnigen Ecke abzustellen, und kehrte dann zu den Düften von Speck und Kaffee zurück.

Und zu Jerry Carmichael, der in frischer Uniform und mit gewienerten Schuhen und blankem Gesicht von seinem halb leergegessenen Teller aufschaute und sie anstrahlte.

«Ich habe zu Elaine gesagt, wenn ich fertig bin und Sie noch nicht unten sind, nehme ich Ihr Frühstück als zweite Portion.»

«Als dritte», berichtigte eine Stimme aus der Küche. Die anderen Gäste, ein jungverheiratetes Paar, das ganz mit sich selbst beschäftigt gewesen war, sahen nun auch auf und lächelten Rae zu. Sie nahm sich Kaffee und setzte sich Jerry gegenüber, war aber nicht mehr so hungrig, wie sie gedacht hatte.

«Guten Morgen, Sheriff», begrüßte Rae ihn. Als er den Titel hörte, hob er eine Augenbraue, und sie errötete. «Jerry.»

«Ihnen auch einen guten Morgen, Ms. Newborn. Rae. Ich hoffe, Sie haben gut geschlafen.»

«Ich ... Ja. Danke.» Bedankte sie sich für die Frage oder für seinen Beistand gestern Abend? Aber was war das mehr gewesen, als sie vom Strand hierher zurückzufahren, nachdem er sie zu Tode erschreckt hatte? Hatten zwei Monate Einsamkeit sie zu einem normalen, gesitteten Gespräch unfähig gemacht? Rae setzte neu an: «Ich habe gut geschlafen, danke, auch wenn die Matratze nach meinem gewohnten Feldbett und Schlafsack viel zu bequem war.» Und warum bloß hatte sie jetzt das Gefühl, sie würde eine anzügliche Bemerkung machen? Werde erwachsen, Rae! «Und Sie?»

«Ich schlafe immer gut. Nicht genug Phantasie, um unter Schlaflosigkeit zu leiden, hat meine Mutter immer gesagt.»

«Gut. Ich meine, ich freue mich, dass Sie ausgeruht sind.» Bevor Rae auch diese Aussage auf ihre Untertöne hin analysieren konnte, stand ihr Teller vor ihr. Sie begrüßte die Ablenkung und griff nach ihrer Gabel.

Die Unterhaltung während des Frühstücks gestaltete sich einfach. Das junge Paar, das aus Los Angeles stammte und auf Hochzeitsreise war, hatte auch gerade mit seinen Waffeln begonnen, und als die beiden darüber hinweggekommen waren, dass ein stämmiger Uniformierter am Tisch saß, baten sie um Tipps, was sie besichtigen könnten, und zwanzig Minuten später entflohen sie mit einem Inselprogramm, das sie eine Woche lang auf Trab halten würde. Dann holte Jerry seinen Stift heraus, und während Rae den letzten Klecks Sirup aufwischte, schrieb er die wesentlichen Punkte ihrer Aussage nieder. Sie unterzeichnete das Schriftstück, und er schlug ihr vor, nach draußen zu gehen, wo zwei Holzstühle auf dem Rasen standen. Außerhalb der Hörweite neugieriger Ohren.

Rae setzte sich und musterte ein Loch in ihrer Socke. «Wegen gestern Abend», fing sie an.

«Wir haben uns beide entschuldigt. Vielleicht sollten wir es dabei bewenden lassen.»

«Es hatte nichts zu bedeuten, mein … Ich weiß nicht, wie ich es nennen soll. Anfall? Ausbruch?»

«Okay. Aber überhaupt nichts hatte es auch nicht zu bedeuten. Solche Knochen zu finden reicht, um jeden ein bisschen aus dem Gleis geraten zu lassen.»

«Aus dem Gleis», wiederholte Rae trocken. «Richtig. Wissen Sie schon, wie er gestorben ist?»

«Die Kugel im Schulterblatt hat ihn jedenfalls nicht getötet.»

«Das dachte ich mir.»

Der Sheriff stürzte sich auf dieses Eingeständnis. «Aber Sie haben die Leiche berührt. Was haben Sie weggenommen?»

Wenn er erwartet hatte, dass Rae schuldbewusst aufschrecken und erröten würde, wurde er enttäuscht. Rae hatte schon Wahrheitssucher belogen, die viel raffinierter vorgingen als ein Bezirkssheriff; außerdem hatte sie mit der Frage gerechnet.

«Ich habe nichts weggenommen.» Sie begegnete seinem scharfem Blick mit ausdruckslosem Gesicht.

«Sie leugnen nicht, dass Sie die Leiche berührt haben.»

«Ich habe das Hemd angehoben, um mir die Knochen anzusehen.»

«Warum?»

«Das weiß ich eigentlich gar nicht.» Rae änderte ihren Gesichtsausdruck von nichtssagend in verwirrt. «Es schien mir einfach nötig zu sein. Die Überreste zu sehen, meine ich.»

«Und Sie behaupten, dass Sie nichts weggenommen haben?»

«Was hätte ich wegnehmen sollen? Knochen und alte Kleider?»

Nach einer Weile gab er nach, offenbar zufrieden gestellt.

«Es hört sich an, als würden sie Desmonds Tod als verdächtigen Fall behandeln», bemerkte Rae.

«Das müssen wir.»

«Aber sie glauben doch nicht, dass er … ermordet wurde?» Sie war recht stolz auf den kleinen Quietscher, mit dem sie das Wort aussprach.

«Jeder Todesfall wird am Anfang als verdächtig behandelt. Aber wenn Sie ein Messer zwischen seinen Rippen gefunden und es rausgezogen hätten, würde ich das gerne wissen.»

«Kein Messer, tut mir Leid. Sagen Sie: Wenn Sie Desmonds Tod wie ein Verbrechen behandeln – das hört sich ja an wie im Fernsehen –, heißt das, dass Sie überall gelbes Klebeband angebracht haben und ich nicht weiterarbeiten kann?»

«Nein, nein, das hätte nicht viel Sinn.»

«Das ist gut. Ich bekomme Familienbesuch und habe viel zu tun. Aber sehen Sie mal, Jerry: Falls es wirklich Desmond ist und falls jemand ihn umgebracht hat, was könnten Sie dann noch tun? Ich weiß, dass Mord nicht verjährt, aber alle, die damals lebten, müssten heute doch tot sein. Könnten Sie überhaupt noch etwas tun, abgesehen davon, dass es befriedigend ist, ein Rätsel zu lösen?»

Jerry lehnte sich zurück, um über ihre Frage nachzudenken.

«Das Einzige, was mir jetzt so auf Anhieb einfällt», sagte er schließlich, «wäre, wenn es um eine Erbschaft ginge. Ich weiß nicht, wie das Gesetz damals aussah, aber heute wäre es nicht zulässig, dass jemand aus einem Verbrechen Nutzen zieht. Das heißt also zum Beispiel, wenn ein Sohn seinen Vater umbringen würde, würde dessen Eigentum an die anderen Geschwister gehen.»

«Desmond hatte keine Kinder.»

«Also lebt niemand mehr, der Ihnen den Besitz Follys streitig machen könnte.»

«Ich glaube nicht.»

«Wollen Sie mir sagen, was es ist, was Sie für sich behalten?»

Rae runzelte die Stirn. Es gab keinen offensichtlichen Grund, warum sie ihm nicht von den Kugeln erzählen sollte, aber ... «Da ist nicht viel. Ein paar Ideen, die ich hatte, aber ich muss erst mit meiner Anwältin sprechen. Ich glaube, ich sollte den ganzen Zusammenhang kennen, bevor ich Sie damit belaste.»

«Mich belasten.» Der Sheriff schien zwischen offizieller Missbilligung und Erheiterung zu schwanken, entschied sich aber für die humorvolle Seite. Rae lächelte schief.

«Ich weiß. Aber vielleicht hätten Sie das Gefühl, dass Sie im Zusammenhang mit Desmond etwas tun müssen, auch wenn Sie es gar nicht wollen.»

«Haben *Sie* Desmond Newborn umgebracht?», fragte Jerry unvermittelt.

Raes Kopf fuhr so schnell herum, dass sie sich fast auf die Zunge gebissen hätte. «Ich? Natürlich nicht, Sie haben doch gesehen ...»

«Dann gibt es doch auch keinen Grund zur Sorge, oder? Dass Sie mich ‹belasten› könnten.»

Rae begann zu protestieren, schaute dann aber genauer hin und sah, dass der Mann scherzte. Sie kicherte pflichtbewusst, bis er, immer noch lächelnd, hinzufügte: «Achten Sie nur darauf, dass Sie die Ermittlungen nicht behindern.»

«Also handelt es sich um Ermittlungen.»

«Wenn ich das bloß wüsste. Es hängt davon ab, was die Knochenfrau von der Universität sagt, ob sie erkennen kann, was ihn getötet hat.»

«Schön. Sagen Sie mir Bescheid, wenn Sie etwas erfahren. Aber jetzt hören Sie, Jerry, gestern Abend wollten Sie mir auch noch etwas sagen.»

Der große Mann beugte sich auf dem knarrenden Stuhl vor, und einen Augenblick fürchtete Rae, er sei im Begriff, nach ihrer

Hand zu greifen. Das tat er zwar nicht, aber seine ernste Miene ließ das Frühstück in ihrem Magen zu einem Klumpen werden.

«Ich habe einen Anruf von Sam Escobar bekommen. Leider ist in Ihr Haus eingebrochen worden. Am Samstag oder am Sonntag, er ist sich nicht sicher.»

«Oh Gott. Haben sie ...», begann Rae, brach dann aber ab. Was sollte sie fragen? Haben sie es verwüstet? Haben sie etwas gestohlen? War es ihr überhaupt wichtig? Diese Frage wäre angemessener gewesen. Eine andere Welt, ein anderes Leben.

«Es klingt nicht so, als hätten sie allzu viel Schaden angerichtet. Das Schloss an der Hintertür, eine Sammlung von Glassachen auf einem Regal.» Rae merkte, dass sie zusammenzuckte: Es war ihr doch wichtig. «Der Versicherungsagent will kommen und es sich anschauen und anhand Ihrer Bestandsliste überprüfen, was fehlt. Hatten Sie viele Wertgegenstände?»

«Hauptsächlich Kunst. Wenn es sich um das Glas handelt, woran ich denke – mein Mann hat es für etwa eine Viertelmillion versichern lassen.» Bei Carmichaels unterdrücktem Fluch sah Rae auf und erklärte: «Das meiste davon haben wir gar nicht gekauft, von den zwei Dutzend Stücken vielleicht drei oder vier, sondern wir haben getauscht, die Künstler und ich, oder ich habe Objekte geschenkt bekommen, bevor die Leute bekannt wurden. So war das auch bei den Bildern, bei vielen jedenfalls. Sind die noch heil?»

«Von Bildern hat Escobar nichts gesagt. Wenn Sie etwa um zehn Uhr dreißig heute vormittag bei sich zu Hause anrufen, wird er wahrscheinlich da sein, hat er gesagt. Er fährt selbst hin, nicht einer seiner Vertreter – er wollte den Schaden selbst begutachten.»

Rae hörte nicht zu. Eine der Glasskulpturen war ein Geschenk von Alan gewesen, das er auf einer Reise in den Süden gekauft hatte, beim Besuch seines Sohnes, und Alan hatte zwar sofort gesehen, dass Rae von der Milchglasqualle nicht so bezaubert war wie er selbst, aber er hatte für sich weiter Glas gesammelt, und sie hatte auch für ihn gesammelt. Die Vorstellung, dass alle diese leuchtenden, empfindlichen Glasformen jetzt nur noch Scherben waren, überfiel Rae, und ja: Es schmerzte.

«Tut mir Leid», sagte Jerry, als er ihren Gesichtsausdruck sah.

«Sagen alle Sheriffs das so oft wie Sie?», erkundigte Rae sich mit einiger Anstrengung.

«Nur wenn ...» Er brach ab, und nun sah er selbst verwirrt aus. «Gehört einfach zum Service, meine Gnädigste. So», meinte er dann und erhob sich. «Wieder an die Arbeit.»

«Als Freund und Helfer», bemerkte Rae und verdrehte den Hals, um zu ihm aufzuschauen. «Dabei fällt mir ein: Ich hoffe, dass Ihre Leute die Finger von meinen Sachen gelassen haben. Ein Einbruch pro Woche reicht.»

«Ich habe gestern Abend kontrolliert, und jetzt bin ich auf dem Weg auf die Insel. Alles ist so, wie Sie es zurückgelassen haben.»

«Wann sind sie fertig?»

«Die Leute vom Labor müssten heute Nachmittag durch sein. Meine Leute warten, bis sie weg sind.»

«Gut. Ich rufe Ed an und frage ihn, ob er mich zurückbringen kann.»

«Wie wär's, wenn ich Sie rüberfahre? Ich muss sowieso nachsehen, ob sie nichts dagelassen haben. Das würde Ed eine Überfahrt ersparen.»

«Sind Sie sicher? Danke. Wann – vier Uhr? Fünf?»

«Fünf wäre besser.»

«Ich hole was vom Markt, dann können wir ein drittklassiges Picknick machen, als Dankeschön für das erstklassige Essen gestern Abend. Falls Sie keine anderen Pläne haben.»

«Ein Picknick wäre schön. Fünf Uhr unten am Hafen.»

«Bis dann.»

Er fuhr los, und Rae ging ins Haus, um ihre Telefonate zu erledigen.

Ihre Anwältin war nicht mehr im Büro, sondern schon auf dem

Weg zu Raes Haus, um sich dort mit dem Versicherungsagenten zu treffen. Die Sekretärin teilte Rae mit, Pam habe das geheimnisvolle Päckchen erhalten und bereits arrangiert, dass ein Bote es in das private Labor brachte, das man ihr empfohlen hatte, mit der Bitte um schnellstmögliche Bearbeitung.

Dann rief Rae Tamara an, hatte aber nur das Band am Apparat und hinterließ eine Nachricht, dass sie gerade für einen Tag in Friday Harbor sei und versuchen würde, noch einmal anzurufen, bevor sie am Nachmittag nach Folly zurückfahren würde.

Sie rief ihre eigene Nummer an, es klingelte zweimal, und dann sprang die Automatenstimme des Anrufbeantworters an. Rae legte auf. In einer Stunde wollte sie es nochmal probieren.

Sie holte tief Luft und schaute das Telefon an. Der Brief, den sie gestern aus New York erhalten hatte, war der dritte, den Gloriana, die Galeriebesitzerin, ihr in den letzten beiden Monaten geschrieben hatte. Rae schuldete der Frau einen Anruf. Sie nahm den Hörer ab, und bevor sie es sich anders überlegen konnte, tippte sie die Ziffern ein. Gloriana war selbst dran und überschwänglich und durcheinander und ganz aus dem Häuschen, *total* aus dem Häuschen, als Rae sich meldete, sodass Rae ernsthaft überlegte, wieder aufzulegen.

«G.», sagte sie in den Hörer, «hör auf, G., ich kriege Komplexe.»

«Aber nicht doch, Schätzchen. Im Ernst, Rae, ich bin so sagenhaft froh, deine Stimme zu hören.»

«Du wirst dich nicht mehr so freuen, wenn du hörst, was ich zu sagen habe.»

«Oh nein. Erzähl mir jetzt bloß nicht, du würdest nicht arbeiten.»

«Doch, ich arbeite schon, nur nicht an Dingen, die dich interessieren.»

«Erzähl mir trotzdem davon.»

Also erzählte Rae ihr von der Insel und dem Wiederaufbau des

Hauses, und auch wenn Glorianas erste Reaktion vorherzusehen gewesen war – tiefe Enttäuschung, dass Rae der Galerie noch viele, viele Monate lang nichts schicken würde –, verwandelte sich ihre Stimmung doch in wehmütigen Optimismus, als sie Rae dazu kriegte, sich bereit zu erklären, dass sie vielleicht nächstes Jahr, wenn das Haus nicht mehr so dringend war …

Rae hatte Gloriana gern und respektierte sie. Sie wusste, dass ihr Überschwang zum Teil aufgesetzt war, dass sie aber auf diese Weise auch ihre echte Besorgnis um Raes Wohlergehen zeigte. Und weil sie die Frau mochte, die sie so viele Jahre ermutigt und ihr zur Seite gestanden hatte, erzählte Rae ihr jetzt von dem Treibholztisch. Nach einem zweifelnden Zögern («Meine Liebe, weißt du, Kitsch war schon so oft in und wieder out, dass ich ihn ziemlich satt habe») hörte Gloriana Raes echtes Interesse an dem Stück heraus.

Als Rae geendet hatte, schwieg die Galeristin. Rae wusste, dass sie noch am Apparat war, denn sie konnte neben der Hintergrundmusik in der Galerie ihren Atem hören.

«Was ist los, G.? Ist gerade jemand reingekommen, um deinen Laden auszurauben?»

«Ließe er sich fotografieren?»

«Was ließe sich fotografieren?»

«Dein Treibholztisch. Könnte man ein schönes Foto davon machen?»

«Vermutlich ja, wenn ich ihn abräumen würde.»

«Sag bloß, du benutzt ihn richtig?»

«Schließlich ist er ein Arbeitstisch.»

«Rae, du bist hoffnungslos, aber wirklich. Du würdest dich auf einen Stuhl von Wright setzen.»

«Das tu ich nur, wenn alle bequemen Stühle besetzt sind.»

«Bitte, hör auf. Und hör auf, deinen Arbeitstisch zu benutzen, bis wir ein Foto davon machen können.»

«Ich hab schon ein Foto davon. Warum willst du eins haben?

Ich kann den Tisch ohnehin nicht abbauen und dir schicken – ohne den Baum würde er zusammenfallen.»

«Ach, tatsächlich? Wie wunderbar. Dann ist er auch symbolisch.»

«G., ich lege gleich auf, wenn du mir nicht sagst, was los ist.»

«Ein Buch.»

«Ein Buch. Über meine Werkbank?»

«Über das ganze Konzept von Folly, meine Liebe, von der Planung bis zur Vollendung. Ein großartiges, tolles Buch mit begrenzter Auflage, mit einem atemberaubenden Umschlag, vielleicht aus Holz, und diesem üppigen dicken Papier, wie nur Büchersammler und Kunsthochschulen es sich leisten können. Plus natürlich Fotos mit begrenzter Auflage, die in der Galerie verkauft werden, und ein paar kleine Sachen, wenn du Lust dazu hast. Und eine billigere Version des Buches für die Massen», fügte Gloriana vor Vergnügen glucksend hinzu.

«G., ich lege jetzt auf», drohte Rae.

«Aber ich muss kommen und deine fabelhafte Insel sehen, solange sie noch unberührt ist. Ich besorge mir einen Fotografen, und wir kommen, so schnell es geht. Wie erreichen wir dich?»

«Die Insel ist kaum noch unberührt. Viel nackte Erde und eine riesige, hässliche blaue Plane, die die Lichtung beherrscht. Für die Überfahrt ist man auf das stinkende Boot eines tätowierten Mannes angewiesen; und wenn man auf Folly angekommen ist, gibt es da eine Dusche, die aus einem Eimer besteht, der an einem Ast hängt, und eine Toilette über einem Loch, das ich eigenhändig gegraben habe.»

Ein langes Schweigen folgte, und Rae wünschte, sie hätte Glorianas Gesicht dabei sehen können. Schließlich kam die höflich kühle Antwort: «Ach so, dann ist gut, meine Liebe. Lass mich wissen, wenn du eine Badewanne und warmes Wasser hast.»

Rae entzog sich schließlich der Unterhaltung, legte auf und betrachtete Elaines Sammlung von Porzellanhunden, während sie überlegte, wie es ihr eigentlich ging. Nicht allzu schlecht, entschied sie. Das Gespräch war nicht so schmerzhaft gewesen, wie sie befürchtet hatte, wenn man bedachte, dass es seit dem Unfall ihre erste Annäherung an die Welt ihres Wahlberufes war. Je länger man wartete, desto größer wurde der Schritt. So, den ersten kleinen Schritt hatte sie gewagt, ohne dass eine der beiden Seiten Blut vergossen hatte. Sie erlaubte sich noch nicht, über das Buchprojekt nachzudenken, lächelte aber bei der Vorstellung, dass Gloriana in ihren italienischen Sandalen auf Folly zur Toilette trippelte, und dann ging sie nach oben, um sich die Zähne zu putzen und ihre sandigen Kleider in den Rucksack zu stopfen. Sie bezahlte Elaine für die Übernachtung und das Frühstück mit glatten Scheinen aus dem Geldautomaten und begab sich dann noch einmal zum Telefon, wählte und hörte wieder ihren eigenen Apparat klingeln.

Diesmal nahm Sheriff Escobar ab, fragte höflich nach ihrem Befinden und reichte den Hörer dann an den Versicherungsagenten weiter, der bedrückt klang – sicher deswegen, entschied Rae, weil seine Firma viel Geld für einen Haufen Glasscherben würde blechen müssen, und nicht, weil der Schaden so groß gewesen wäre. Rae stieß einen Seufzer der Erleichterung aus, als sie hörte, dass die Gemälde heil waren, und einen Seufzer der Bestürzung, als sie erfuhr, dass die Einbrecher in ihrer Werkstatt alles zerschlagen und herumgeschmissen hatten, und einen Seufzer der Ungeduld, weil im Arbeitszimmer ein Chaos auf sie wartete, denn dem Versicherungsagenten zufolge war jeder einzelne Ordner – Korrespondenz, Kritiken, Rechnungen, Kataloge, alles – auf den Kopf gestellt worden, entweder, weil die Einbrecher nach etwas Bestimmtem gesucht hatten, oder einfach, weil sie das größtmögliche Durcheinander hatten anrichten wollen.

«Gut», unterbrach sie den Mann, «von hier aus kann ich nicht viel tun. Ist meine Anwältin schon da?»

«Klar, sie steht neben mir.»

Rae hörte ein gedämpftes Gespräch und Geräusche, als das Telefon übergeben wurde, dann sagte eine vertraute Stimme: «Rae?»

«Hallo, Pam. Tut mir furchtbar Leid, dass ich dich da mit reinziehe. Ist es so schlimm, wie der Versicherungsmensch gesagt hat?»

«Es ist ein Chaos, aber außer dem Glas ist nicht viel kaputt. Aber ich sperre alle deine Kreditkarten – in einer Woche oder so müsstest du neue kriegen. Und dein Computer sieht so aus, als wäre er an gewesen, als sie ihn zerschlagen haben, daher solltest du mal davon ausgehen, dass du keine Geheimnisse mehr hast.»

Rae hatte ohnehin nicht gewusst, dass sie Geheimnisse gehabt hatte, versprach aber, darüber nachzudenken, welche anderen Probleme sich vielleicht daraus ergaben, dass ihre Festplatte geplündert worden war. Pams Sekretärin würde die Aufgabe bekommen, mit allen Personen auf Raes Mailing-Liste Kontakt aufzunehmen, um zu sehen, ob ein elektronischer Dieb die Runde machte. Zum Schluss meinte Pam unverblümt, Rae habe ein Riesenglück, dass es nicht schlimmer sei, und dann sagte sie, der Bauunternehmer würde die Schlösser austauschen, und eine Sicherheitsfirma, mit der sie zusammenarbeitete, würde morgen kommen und sich um ein besseres Alarmsystem kümmern.

Rae bedankte sich sanft und musste dann einfach fragen, was sie am meisten beschäftigte.

«Hast du was von Dons Anwälten gehört?»

«Merkwürdigerweise nicht. Ich habe natürlich auf ihr Schreiben geantwortet. Wir müssen einfach abwarten, ob das Gericht den Fall weiter bearbeiten will. Falls das so ist, musst du vielleicht herkommen.»

«Damit sie sehen, dass ich nicht herumphantasiere und mit Schwären bedeckt bin?»

«Rae», schalt Pam.

«Aber darauf sind sie doch aus, oder?»

«Ja, aber du brauchst es nicht so drastisch zu sagen.»

Darüber konnte Rae leise lachen. Sie bat Pam, dem Versicherungsagenten eine Adresse zu geben, an die er seine Fotos und Formulare schicken konnte, erklärte ihr mit falschem Bedauern, dass sie jetzt gerade nicht abkömmlich sei, und legte mit dem Gefühl auf, noch einmal glimpflich davongekommen zu sein.

Dann begab sie sich in die Metropole Friday Harbor, um Jeans zu kaufen.

Sie fand Jeans und Socken und ein Paar Arbeitsstiefel, deren Oberteil nicht drohte, sich von der Sohle zu verabschieden, sowie eine ärmellose Fleeceweste in warmem Rot und ohne die Klebstoffspritzer und Brandlöcher, die ihre andere Weste zierten. Sie ließ sich das Haar wieder kurz schneiden, und um ein Uhr aß sie in einem Lokal am Hafen ein Sandwich und verabredete, dass sie ihre sperrigen Pakete bis fünf Uhr dort hinter der Kasse verstauen durfte.

Das Geschichtsmuseum musste gleich öffnen, aber auf dem Weg dorthin fiel Raes Blick auf das Fenster einer Galerie, in dem mehrere Stücke aus Holz ausgestellt waren, Schalen und ein Tisch. Sie blieb stehen, um die professionelle Nutzung der Maserung und die ausgewogene Materialverwendung zu bewundern, musterte den Tisch und die Qualität seiner Einlegearbeit (Osagedorn, Redheart und Ebenholz, grellbunt und beklagenswert unbeholfen) allerdings kritischer und ging weiter. Doch dann verlangsamte sie ihren Schritt und kehrte um. Der Mann, der an diesem trüben Nachmittag in der Galerie saß, blickte auf, als sie zur Tür hereinkam, stutzte, sprang auf die Füße, und auf seinem glatt rasierten Gesicht malte sich äußerstes Erstaunen.

«Sind Sie nicht – Sie sind doch Rae Newborn!», erklärte er mit ungläubig erhobener Stimme. Als Rae nickte, huschte er zu einem Vorhang, der ein Hinterzimmer abtrennte, schob sich zögernd hindurch, so als fürchte er, den Blick von ihr abzuwenden, schlurfte herum, schob krachend eine Schublade zu und kam mit einer Zeitschrift in der Hand in die Galerie zurück. Er schob ihr das Heft entgegen.

«Ich habe gerade das hier gelesen», erklärte er Rae. «Jemand hat neulich von Ihnen gesprochen, und deswegen habe ich das ausgegraben, um es zu zeigen und nochmal zu lesen. Erstaunlich.»

Nikki Walls, hätte Rae wetten können. Der Mann war vermutlich einer von den «Dutzenden von Vettern» dieser fürchterlichen Frau. Sie nahm die Zeitschrift höflich entgegen und sah die Anzeigen für Stechbeitel und die Baupläne für Shaker-Schränke durch, bis sie das Foto von sich fand, vier Jahre und um eine Menge Abnutzungserscheinungen jünger, neben einem Stück, für das sie auf einer Ausstellung in New York den ersten Preis erhalten hatte. Ehrlich gesagt konnte sie sich nicht vorstellen, wie dieser junge Mann sie erkannt hatte. Sie gab ihm die Zeitschrift zurück, und er schlug die Doppelseite mit ihrer Werkstatt auf, in der alle Beitel an ihrem Platz hingen und die Stücke, an denen sie gerade arbeitete, kunstvoll, wenn auch unpraktisch, auf dem Fußboden aufgestellt waren, und sah strahlend vom Foto zu ihr hinüber. Rae lächelte zurück und spürte die fast vergessene Genugtuung darüber, einen Namen zu haben. Es war zwar ein kleiner Teich, aber früher hatte sie es genossen, einer der größeren Fische darin zu sein.

Sie ließ den jungen Mann eine Weile über ihre Stücke reden, beantwortete ein paar technische Fragen und lenkte das Gespräch dann auf seine eigene Arbeit. Die Stücke im Fenster seien von ihm, gestand er, und Rae ging hin, um sie mit den Fingern anzuschauen. Die Arbeiten zeigten eine seltene Sensibilität und Achtung vor dem Holz. Sein Blick für Design war zwar ungeschult, aber das ließ sich lernen; das andere war eine Gabe. Ihm blieb fast die Luft weg, als Rae erklärte, sie wolle die Schale aus Apfelholz im Fenster kaufen.

«Oh, hey, bitte, ich möchte Ihnen die Schale gerne schenken.»

«Kommt nicht in Frage. Das ist ein schönes Stück, in San Francisco könnten Sie dreimal so viel dafür bekommen. Nur wäre es schön, wenn Sie die Schale für mich aufbewahren könnten, bis ich ein Dach über dem Kopf habe. Ich wohne in einem Zelt, und es bekäme ihr nicht gut, wenn das Wasser darauf heruntertropfen würde.»

Aus der Reaktion des Mannes ersah Rae, dass die Hälfte der Leute, die die Galerie betreten würden, die Geschichte hinter dem «Verkauft»-Aufkleber zu hören bekommen würden, aber sie stellte fest, dass ihr das kaum etwas ausmachte.

Während er (widerstrebend) die Quittung ausschrieb, fragte er Rae, ob sie, da sie ja einige Zeit hier sei, vorhabe, Unterricht zu geben, seien es Privatstunden oder Workshops.

«Daran hatte ich noch gar nicht gedacht», antwortete sie. Es war die schlichte Wahrheit. Holzbearbeitung zu unterrichten stand derzeit auf ihrer Prioritätenliste recht weit unten.

«Wenn Sie das irgendwann tun, können Sie gerne meine Räume benutzen. Sie könnten sogar etwas mit Übernachtung machen – die Leute nebenan haben ein paar Ferienhäuschen, die sie vermieten, direkt unten am Wasser. Und es wimmelt nur so von Leuten, die für so eine Gelegenheit alles geben würden – in Anacortes, sogar in Seattle.»

Rae sagte ihm das Gleiche, was sie Gloriana in New York gesagt hatte. «Ich werde darüber nachdenken. Nein, bestimmt, das werde ich tun. Früher habe ich gerne unterrichtet.»

«Oh Mensch, das wäre so phantastisch. Ich habe jemanden kennen gelernt, der vor drei oder vier Jahren einen Kurs bei Ihnen mitgemacht hat. In letzter Zeit haben Sie allerdings nicht viel unterrichtet, oder?»

Rae schaute in sein ernstes junges Gesicht und sah, dass die Nachrichten von ihren letzten beiden Jahren nicht über den Rand der von ihr gewählten Welt vorgedrungen waren. Wofür sie zutiefst dankbar war.

«Nein, ich bin ein paar Jahre etwas draußen gewesen», antwortete sie.

Er nickte weise. «Manchmal muss man das. Zu den Quellen zurückkehren, wie es heißt.»

«Richtig. Ich gebe Ihnen Bescheid wegen des Workshops. Dieses Jahr wird es nichts mehr – ich habe ziemlich viel am Hals. Aber wenn mein Haus mal steht, wer weiß?»

Als Rae die Galerie verlassen hatte, musste sie sich ein Weilchen hinsetzen und über die Unterhaltung nachdenken – wenn man sie zusammen mit ihrem Telefongespräch mit Gloriana betrachtete, die zu einem ganz anderen Schlag von Galeriebesitzern gehörte, sah es ganz so aus, als beabsichtigte Rae, ihre Beitel wieder zur Hand zu nehmen, und das nicht nur, um sich ein Haus zu bauen, in dem sie Bücher und Essgeschirr aufbewahren konnte. Dieses neu erwachte Interesse an ihrem Beruf hatte Rae überrascht; sie hatte nicht einmal vermutet, dass das passieren könnte. Bisher hatte sie einfach getan, was nötig war; heute spürte sie zum ersten Mal, dass ihre Vitalität sich wieder regte.

Das Leben, überlegte sie, hatte so eine Art, sich anzuschleichen.

Auch wenn man das gar nicht wollte.

Nach einer Weile sammelte sie ihre zerstreuten Gedanken wieder und setzte ihren Weg zum Museum fort, wo die Frau freundlich und kenntnisreich war, bis sie hörte, dass Rae an allem interessiert war, was das Museum über Folly hatte. An diesem Punkt zählte sie zwei und zwei zusammen und bot enthusiastisch ihr enzyklopädisches Wissen dar.

Rae hatte zu ihrem großen Glück eine gute Ausrede, sonst hätte man noch bis Mitternacht das Museum sowie das gesamte ehrenamtliche Personal samt Ehegatten und Kindern vor ihren Füßen ausgebreitet. Um zwanzig vor fünf, mehr als zwei Stunden nachdem sie hereingekommen war, stand sie auf, bedankte sich bei den vier begeisterten Laien, die anscheinend aus dem Nichts erschienen waren, und stürzte auf die Straße hinaus.

Mit der Vision von einem einsamen Segeltuchzelt auf einer stillen Lichtung im Kopf ging Rae zum Hafen. Ihre Ohren dröhnten von dem unablässigen Rhythmus menschlicher Sprache, ihre Nervenenden vibrierten von all dem guten Willen im mitmenschlichen Verkehr, ihr Nacken kribbelte von der ständigen Anwesenheit Fremder hinter ihr, und ihr war, als müsse sie gleich vor Erschöpfung weinen. Vor dem Eingang zum Hafen kam sie an einer Telefonzelle vorbei, und sie war schon fast ein Dutzend Schritte gegangen, bevor ihr Verantwortungsgefühl laut genug protestierte, um sie zum Stehen zu bringen. Widerwillig kehrte sie um, um wie versprochen Tamara anzurufen. Mit ein bisschen Glück würde der Anrufbeantworter sich wieder einschalten.

Aber es war nicht der Anrufbeantworter, sondern – ein Geschenk der Götter, dass die Wirkungen des Tages zu einem guten Teil auslöschte – eine geliebte Stimme ertönte an ihrem Ohr.

«Petra!», rief Rae. «Hallo, mein Schatz. Ich dachte, du wärst draußen beim Reiten.»

«Oma! Wo bist du denn? Hast du dir ein Telefon besorgt?»

«Nein, leider nicht – ich bin in Friday Harbor. Ich hatte da einiges zu erledigen, also habe ich gedacht, ich rufe an und sage Hallo. Wie geht's?»

«Uns geht's allen gut. Na ja, mir nicht so; ich habe mir neulich das Bein angeschlagen, und weil ich morgen einen Test schreibe und Montag ein Referat halte, bin ich zu Hause und arbeite hart.»

«Aber klar doch.»

Petra lachte vergnügt über die Skepsis ihrer Großmutter. «Hast du meinen Brief gekriegt?»

«Ja, gestern. Das sind ja tolle Nachrichten, dass du herkommen und eine Weile mit mir spielen darfst.»

«Dad sagt, es hängt von meinen Noten ab – deswegen bin ich zu Hause und arbeite. Doch, wirklich. Aber wenn sie okay sind, darf ich kommen, vielleicht sogar zwei ganze Wochen!»

«Und wovon hängt es noch ab? Hat es zwischen dir und deinem Vater Streit deswegen gegeben?»

«Er ist einfach so komisch zur Zeit, Omi!», stieß Petra in einem seltenen Anfall von Trotz hervor. «Ich habe bloß gesagt, dass du mir so fehlst und wie einsam du wohl sein musst, und er hat gleich losgewettert, dass ich verantwortungslos bin und alles, als würde ich dauernd Drogen nehmen und die Schule schwänzen. Ich kriege meistens Einsen, Oma – was will er denn noch?»

«Petra, Schätzchen, beruhige dich. Ist schon gut.» Aber Petra ließ sich nicht beruhigen. Es war schwierig, eine aufgebrachte Jugendliche am Telefon zu trösten, während man an einer Straßenecke stand und keine Ahnung von der Tragweite der Probleme hatte, aber Rae tat ihr Bestes. Ihr gutes Zureden bestand vor allem darin, sich den Schwall an Ärger und Empörung anzuhören und gelegentlich ein «Hm-hm» zu brummen, während sie ein paar Leute, die ebenfalls telefonieren wollten, mit einem entschuldigenden Kopfschütteln abwehrte.

Endlich wurde Petra ruhiger; Rae war nur ein einziger Hinweis eingefallen, der vielleicht helfen konnte, und den steuerte sie jetzt bei.

«Weißt du, Petra, für mich hört sich das so an, als wärst gar nicht du das eigentliche Problem, sondern als hätte das eher mit deinem Vater zu tun. Als hätte er vielleicht große Sorgen in der Firma, und statt das zuzugeben und darüber zu sprechen, geht er einfach in die Luft.»

«Ja», sagte die Stimme am anderen Ende der Leitung. «Kann schon sein.»

«Liebes, du weißt ja, dass dein Vater und ich nicht immer einer Meinung sind» (Untertreibung des Jahres!, dachte Rae), «aber er hat dich lieb, und er arbeitet hart für dich.» (Im Zweifel für den Angeklagten.) «Falls bei seiner Arbeit etwas nicht klappt, dann sollen du und deine Mama nichts davon erfahren, bevor er es nicht wieder in Ordnung gebracht hat, oder? Und in der Zwischenzeit ist er gereizt wie ein Bär. Meinst du nicht auch?»

«Ja, das stimmt wohl.» Dieses Mal klang Petra, wenn auch nicht überzeugt, so doch immerhin bereit, darüber nachzudenken.

Rae verspürte den starken Impuls, ihrer Enkelin dringend zu raten: «Komm deinem Vater nicht in die Quere, Petra; dränge ihn nicht in eine Ecke und zwinge ihn nicht zu einer Reaktion.» Aber sie hielt den Mund. Das würde die Sache nur noch verschlimmern. Stattdessen erkundigte sie sich nach Petras Pony und nach ihrem Hund, erfuhr von einem neuen Kätzchen und erzählte dem Mädchen im Gegenzug ein paar harmlose Kleinigkeiten vom Haus. Nichts vom Skelett und schon gar nichts von den Kugeln. Sie sprachen noch ein paar Minuten, vor allem von Petras Geschichtsprojekt über Folly, bevor Rae widerstrebend sagte, sie müsse jetzt los und würde bald schreiben. Petra versprach ihr ebenfalls einen Brief und fügte hinzu, sie würde ihr Bestes tun, um Geduld mit Daddy zu haben.

Lächelnd, wenn auch nicht beruhigt, legte Rae auf. Zwanzig Minuten lang hatte sie ihre Umgebung überhaupt nicht mehr wahrgenommen, hatte das quälende Jucken entlang ihrer Wirbelsäule nicht gespürt. Jetzt, als sie sich wieder in Richtung Hafen aufmachte, kreischte plötzlich eine Hupe, praktisch unter ihren Füßen. Rae brachte sich mit einem Sprung auf den Bordstein in Sicherheit und prallte dabei gegen einen Mann; die Tüte in seinen Händen flog in den Rinnstein. Er fluchte leise und weigerte sich gereizt, beim Aufsammeln des verstreuten Inhalts Raes Hilfe anzunehmen, daher floh sie – wobei sie dieses Mal darauf achtete, dass kein Auto auf sie zuraste.

Ihr wurde leichter ums Herz, als sie Jerry Carmichael erkannte, der am Kai stand. Zum Teil war es Freude, aber vor allem verspürte sie in diesem Augenblick eine Entlastung.

«Sie sehen aus, als wäre jemand hinter Ihnen her», bemerkte er, als sie vor ihm stehen blieb.

«So fühle ich mich auch. Meine Enkelin kommt in die Pubertät, und fast den ganzen Tag sind mir viele unendlich freundliche und hilfreiche Personen auf den Fersen gewesen; ich verspüre den starken Impuls, jemanden zu treten. Können wir los?»

«Ich dachte, Sie wollten etwas einkaufen.»

«Das habe ich auch. Oh Gott, ich habe es in dem – ach, Ed kann es mitbringen, wenn er – nein, verdammt! Ich hatte doch gesagt, ich würde was für ein Picknick einkaufen. Mist. Es tut mir Leid, Jerry, ich muss nochmal zurück und was besorgen.»

Er hob die Hand. «Im Gegensatz zu Ihnen habe ich einen schönen ruhigen Tag gehabt und anderen beim Arbeiten zugeschaut. Wie wär's, wenn ich Ihre Sachen hole und unser Picknick besorge, während Sie sich ins Boot setzen, die Füße hochlegen und der Stille lauschen?»

Wenn das wie eine Aufforderung geklungen hätte, nicht wie ein Vorschlag, hätte Rae sich gewehrt und wäre in die Stadt zurückgegangen. Aber wieder sah der Sheriff aus, als sei das ein freundliches Angebot, kein Befehl, daher nickte Rae nach kurzem Zögern, ließ sich von ihm zum Boot führen und ihn dann gehen.

«Dein Freund und Helfer», murmelte sie und streckte sich aus, legte die Füße hoch und horchte auf die Stille. Wovon es, um die Wahrheit zu sagen, in dem betriebsamen Hafen nicht viel gab.

Jerry war in erstaunlich kurzer Zeit wieder zurück – oder aber Rae war, als Folge der beiden letzten unruhigen Nächte, eingenickt. Beladen wie ein Packesel stieg er ins Boot, zog eine langhalsige Flasche mexikanisches Bier aus einer Tragetasche und stellte sie ohne Kommentar neben Raes Hand, bevor er sich über die Bordwand lehnte, um die Leinen loszumachen. Dann stieß er das Boot mit einem Tritt von der Kaimauer ab und ging ans Ruder. Die Maschine sprang an; Friday Harbor blieb hinter ihnen zurück.

Zehn Minuten später schaute Jerry auf die Planken hinunter, wo Rae sich ausgestreckt hatte. Seit er im Hafen losgegangen war, um ihre Einkäufe zu holen, hatte sie sich, bis auf die Mühe, die Bierflasche zu öffnen und daraus zu trinken, nicht gerührt.

«Noch eins?», fragte Carmichael. Wortlos schüttelte Rae den Kopf. Er wollte gerade noch etwas sagen, als das Funkgerät loskrächzte und eine für zivile Ohren unverständliche Botschaft übermittelte. Er nahm den Hörer, meldete sich und horchte einen Augenblick. Sein Gesicht wurde dunkel, so Furcht erregend, als würde er gleich jemanden schlagen, und mit einer heftigen Bewegung drosselte er den Motor, damit er besser hören konnte. Rae setzte sich auf und beobachtete ihn. Er hatte sich in ihre Richtung gedreht, ohne sie jedoch zu sehen. Endlich sagte er zwei knappe Sätze. «Halten Sie alle fest», und dann: «Zwanzig Minuten.» Er legte den Hörer zurück, und nun schaute er Rae an.

«Ich werde auf Lopez gebraucht», erklärte er. «Ein Mädchen ist verschwunden.»

«Fahren Sie», drängte Rae.

«Ich kann Ihnen eine Überfahrt besorgen», setzte er an, aber sie schüttelte den Kopf.

«Um mich kümmern wir uns später. Fahren Sie los.»

Er fuhr. Das Boot flog über das Wasser, als würde es von Düsen, nicht von Schrauben angetrieben. Rae klemmte ihre leere Flasche zwischen die Polster, damit sie nicht herumrollte, und arbeitete sich an seine Seite vor.

«Möchten Sie was essen?»

«Das wäre eine gute Idee», räumte er ein. «Wer weiß, wann ich später Gelegenheit dazu habe.»

Immer auf heftige Sprünge des Bootes gefasst, suchte Rae verschiedene Behälter mit Essen zusammen, machte ein dickes Sandwich und brachte es mit einem Nudelsalat, einem muschelförmigen Plastikbehälter mit scharf gewürzten Eiern und zwei Flaschen Limonade zum Ruder. Carmichael begann mit einer Hand, das Sandwich und die Eier zu essen, während Rae mit einer Plastikgabel den Nudelsalat in Angriff nahm. Als er sein Essen hinuntergeschlungen hatte, hielt sie fragend die zweite Gabel hoch und sah erheitert, dass er wie ein riesiger Jungvogel den Mund aufsperrte. Sie fütterte ihn mit Nudelsalat, ein Spiel, das das Vogeljunge ebenso zu unterhalten schien wie die Vogelmutter. Rae holte den

Nachtisch, den er ausgesucht hatte, aus einer der Tüten. Es waren dicke, saftige Cookies. Er aß drei davon, und dann waren sie da.

Die Sonne stand niedrig hinter ihnen, als sie sich dem Fähranleger an der Nordspitze von Lopez näherten. Eine Fähre hatte an der Rampe festgemacht, eine weitere lag mit leise brummenden Maschinen ein Stück vor dem Ufer. Es sah aus, als wären es mehrere hundert Menschen, die den Steg und die oberen Decks der beiden Fähren säumten, und Jerry legte quer zur Fähre an. Mit einem Fuß schon auf dem Landesteg, zögerte er.

«Ich weiß nicht genau ...»

«Gehen Sie», unterbrach Rae, «tun Sie Ihre Arbeit.»

Er nickte und entfernte sich mit großen Schritten.

Rae folgte ihm langsam und gesellte sich zu der Menge auf der Landungsbrücke. Sie brauchte eine Weile, um Tatsachen von Gerüchten zu trennen, aber so viel war sicher: Ein vierzehnjähriges Mädchen namens Caitlin Andrews war von der Fähre verschwunden. Das Mädchen war mit seinen Eltern in Anacortes an Bord gegangen, weil die Familie das Memorial-Day-Wochenende mit Geschäftspartnern des Vaters auf einem Boot verbringen wollte, und während die Eltern im Restaurant der Fähre Kaffee getrunken hatten, war Caitlin davonspaziert. Als das Schiff sich Lopez näherte, dem ersten Halt und ihrem Ziel, schauten die Eltern sich nach ihr um und begannen dann, zur Besorgnis der Mutter und zum wachsenden Ärger des Vaters, nach ihr zu suchen. Alle anderen Wagen, die nach Lopez wollten, fuhren von der Fähre hinunter, doch auch auf dem Autodeck tauchte Caitlin nicht auf. Caitlin tauchte auf keinem Autodeck auf. Caitlin war verschwunden.

Im Kielwasser der Fähre suchten schon kleinere Boote, aber da die Dunkelheit einsetzte, blieb ihnen nicht viel Zeit. Jerry Carmichael sprach mit der Schiffsbesatzung und schien eine gründliche Durchsuchung des Schiffes anzuordnen, von der Brücke bis zu den Rettungsbooten. Nach einer Weile erklang seine Stimme aus dem Lautsprecher und bat die Fahrer aller Wagen, die sich noch an Bord befanden – nur die Fahrer bitte –, sich mit den Wagenschlüsseln neben ihre Fahrzeuge zu stellen.

Die Zeit verging. Die andere Fähre gab auf und fuhr weiter nach Shaw, Orcas und San Juan. Die nächsten Fähren tuckerten vorbei, ohne ihr Tempo zu verringern. Das kleine Café vorn am Anleger machte ein hervorragendes Geschäft mit Kaffee und allem Essbaren, und nach einer Weile plünderte Rae die Picknicktüten, um für Jerrys Leute Sandwiches zu belegen. Um neun Uhr ging die Sonne unter, und die Autoschlange, die an der Fähre wartete, reichte bis auf die Straße hinauf und um die Kurve herum in den Wald hinein. Rae besorgte sich einen Becher Kaffee und ging langsam an den Wagen mit den erzürnten oder dösenden Insassen entlang. Sie war immer noch hundemüde, aber die nervöse Reaktion, die die vielen Menschen um sie herum sonst bei ihr auslösten, hatte nachgelassen. Warum, wusste sie nicht genau, denn allein am Fähranleger schienen sich genauso viele Menschen aufzuhalten, wie sie in ganz Friday Harbor gesehen hatte. Vielleicht lag es daran, dass sie sich alle auf etwas anderes konzentrierten als auf Rae Newborn, Kunsttischlerin und Bewohnerin Follys. Anonymität war ein schlechter Ersatz für Einsamkeit, aber sie schien die Nerven zu beruhigen.

Unbekannt mochte Rae auf Lopez zwar sein, nicht aber unsichtbar. Die Menschen, die durchgehalten hatten, weil sie unbedingt auf die Fähre und von der Insel herunter wollten, stiegen in ihre geparkten Autos ein und wieder aus, unterhielten sich über alles, vom Fährdienst bis zum Schulamt des Bezirks, hockten zusammen auf den Kotflügeln ihrer Wagen und sagten «Hallo», wenn Rae vorbeiging, oder «Wie geht's?» oder «Gibt's was Neues?». Rae nickte, lächelte oder schüttelte den Kopf und ging weiter, ohne sich um das Gefühl, beobachtet zu werden, zu kümmern. Natürlich wurde sie beobachtet, aber nur von gelangweilten Leuten als willkommene Ablenkung. Damit konnte sie umgehen. Eine Frau, die hinter dem Lenkrad ihres BMWs etwas in ihr

Handy brüllte, starrte Rae wütend an, aber sie starrte schließlich auch alles andere feindselig an. Ein junger Mann und seine Freunde hatten sich auf einen Zwölferpack Bierdosen gestürzt, sodass um sie herum eine improvisierte Party begann. Mit gesenktem Kopf und klopfendem Herzen machte Rae einen weiten Bogen um ihren Laster. Niemand schien sie zu bemerken. In den nächsten Autos schienen die Menschen zu schlafen.

In einem Wagen, einem neueren Pick-up mit einem Dutzend Rollen Glaswolle auf der Ladefläche, war der Fahrer ebenfalls auf seinem Sitz zusammengesunken, schien Rae aber aufmerksam zu betrachten, als sie an der Autoschlange entlang auf ihn zukam. Als sie sein halb geöffnetes Fenster erreichte, dachte Rae, der Mann würde vielleicht etwas sagen, aber er ließ seinen Blick einfach auf den Kofferraum des Wagens vor ihm gleiten – verlegen, weil sie ihn beim Anstarren ertappt hatte? Oder war ihm klar geworden, dass sie nicht die Person war, für die er sie gehalten hatte? Ein hastiger Blick im Vorübergehen durchs Wagenfenster zeigte Rae nur ein bärtiges Gesicht mit einem Netz feiner Linien um die Augen und langem, welligem Haar, das unter einer Baseballmütze hervorquoll. Sie wandte rasch den Blick ab, bevor er sie seinerseits beim Anschauen erwischen konnte, und wanderte, ihren lauwarmen Kaffee schlürfend, in der zunehmenden Dunkelheit weiter den Hügel hinauf. Der Fahrer erinnerte sie an einen ihrer Nachbarn zu Hause in Kalifornien, überlegte sie träge, einen Mann namens Mac irgendwas, McArthur vielleicht, der weiter die Straße hinauf wohnte. Ein echter Bergbewohner, der schreinerte und Gelegenheitsarbeiten verrichtete, um seine Grundsteuer bezahlen zu können, aber viel mehr hatte er mit der Welt nicht im Sinn. Dem Aufkleber VERMISST/KRIEGSGEFANGENER auf seinem uralten Ford-Pick-up und ein paar zufällig mitangehörten Bemerkungen im örtlichen Supermarkt hatte Rae entnommen, dass er ein Soldat war, der aus dem Dschungel von Vietnam eigentlich nie richtig heimgekehrt war. Ohne Zweifel gab es auch hier auf den

Inseln eine ganze Reihe solcher Männer. Obwohl der Lieferwagen des Fahrers in der Schlange auf größeren Wohlstand schließen ließ als McArthurs Klapperkiste.

Alles Phantasien, so wie es zweifellos auch Einbildung war, dass der Mann ihr im Rückspiegel nachschaute und dass er sie auch beobachtete, als sie auf dem Rückweg zum Wasser wieder oben auf dem Hügel auftauchte. Vielleicht verkörperte sie auch für ihn eine Phantasie, die Phantasie von einer großen, grauhaarigen Frau aus den Bergen. Rae lächelte vor sich hin, dann wanderte ihr Blick weiter nach vorn zu den Biertrinkern. Inzwischen war jedoch einer der vielen Ordnungshüter, die um die Fähre versammelt waren, auf sie aufmerksam geworden, und nun standen die jungen Männer in beschämtem Schweigen da, während ihre Führerscheine kontrolliert wurden. Rae stellte sich in die Schlange vor den stark frequentierten Mobiltoiletten und wanderte dann zu Jerry Carmichaels Boot zurück.

Eine Stunde später, als sie gerade zwischen den Polstern döste, ließ das plötzliche Lärmen von anspringenden Motoren sie aufschrecken, ein Auto nach dem anderen startete, und zahlreiche Stimmen wurden laut – erleichterte Stimmen, die Rae sagten, dass die Fähre endlich zum Beladen freigegeben worden war. Sie horchte auf das dumpfe Aufschlagen der Metallrampe, wenn die Wagen hinüberfuhren, und machte sich auf, um nachzusehen, was vor sich ging.

«He», rief sie einer Gruppe von Passagieren zu, die gerade auf die Fähre ging, «haben sie das Mädchen gefunden?»

«Sie ist nicht auf der Fähre», sagte ein Mann.

«Sie wollen die Insel absuchen», ergänzte ein anderer.

Rae zog ihre Jacke fester um sich zusammen, und ein Schauder überlief sie.

Kapitel 36

Raes Tagebuch

26. Mai

Ein Haus ist nicht immer ein Zuhause, trotz der Schönfärbereien der Immobilienanzeigen.

Der alte Spruch definiert zu Hause so: «Wenn du dort hingehen musst, müssen sie dich einlassen.» Aber er gilt nicht für alle von uns. Vielleicht gilt er in der heutigen Zeit für die meisten von uns nicht mehr. Ich habe zwei Häuser – drei, wenn ich die Villa in Boston mitzähle, diese weiten, kalten Flure des Zuhauses meiner Kindheit, die jetzt ein Übergangsheim sind, bewohnt von einer Gruppe ständig wechselnder Menschen, die sich von der geschlossenen Station zur Freiheit ihres eigenen Haustürschlüssels vorarbeiten.

In keinem der drei Häuser gibt es «sie», die mich hereinlassen müssten. In keinem der drei könnte ich die Loyalität (so widerwillig sie auch sein mag) und die Beständigkeit finden, die ein «Zuhause» ausmacht.

Ein Haus ist bloß ein Gebäude, bis es ein Zuhause wird.

Aber ist das wirklich so? Ein Haus ist eine praktische Realität, aber es ist auch eine Metapher für das eigene Selbst. Das Haus steht, es blickt über die Landschaft, es atmet, es ist stabil (oder hellhörig) und ehrlich und schön. Wir sind unser Haus.

Ein Haus macht eine Aussage über den Glauben an die Zukunft. Das «Haus Davids» oder ein «kaiserliches Haus» besteht nicht einfach aus Steinen und Mörtel, sondern es ist das Vermächtnis, das Erbe, der Einfluss, den die Familie auf die Welt haben wird. Wir bauen ein Haus, weil wir eine Familie sind, nicht umgekehrt.

Und wie der menschliche Körper kann ein abgeschlossenes Haus uns Geborgenheit geben, aber seine Wände sind nicht weniger durchlässig als die menschliche Haut. Letztlich kann ein Haus seine Menschen nur vor Gefahren schützen, die nicht größer sind als Regenfälle. Die schreckliche Wahrheit ist, wie Prozessakten und Frauenhäuser uns berichten, dass für eine Frau die größte Bedrohung hinter jenen abgeschlossenen Türen liegen kann.

Ich frage mich, ob die vierzehnjährige Caitlin Andrews im Flur vor ihrer Zimmertür Beobachter hörte.

Kapitel 37

Die letzten Wagen rumpelten auf die Fähre hinauf. Rae beobachtete, wie die Scheinwerfer sich senkten und wieder hoben, wenn sie von der Rampe herunterfuhren, abwärts schienen und wieder aufwärts, und fasste einen Entschluss. Es gab keinen Grund, noch länger hier zu bleiben. Sie nahm ihre Tragetaschen, ließ die kärglichen Reste des Picknicks stehen und trat auf die Anlegebrücke. Eine dunkle Gestalt kam auf sie zu, die nur Jerry Carmichael sein konnte. Nach ein paar weiteren Schritten sah er sie.

«Ich nehme die Fähre nach Friday Harbor zurück», rief Rae. «Ed oder irgendjemand wird mich schon nach Folly bringen.» Wahrscheinlicher war es allerdings, dass sie die Nacht im Hafenstädtchen verbringen müsste und erst am Morgen auf die Insel käme, denn es war schon fast Mitternacht. Na wennschon.

«Ich wollte Ihnen gerade sagen, dass ich hier vorläufig fertig bin», gab Jerry zurück und blieb vor ihr stehen. «Sie haben beschlossen, den Fall an die großen Tiere zu übergeben, weil ein kleiner Bezirkssheriff die Sache vermasseln könnte, und ich mache den leitenden Polizeibeamten nervös. Also habe ich meinen Leuten ihre Aufgaben zugeteilt und ihnen gesagt, ich wäre morgen früh wieder da.»

«Das ist in ungefähr sechs Stunden. Sie sollten ein bisschen schlafen.»

«Ehrlich gesagt, lieber würde ich Sie nach Hause bringen.»

Sie musterte im flackernden Licht sein Gesicht. Seine Miene verriet nichts, auch wenn eine gewisse Anspannung unter der wachsamen Ruhe Rae vermuten ließ, dass er über irgendetwas ärgerlich war. «Gut», stimmte sie zu. «Wenn Sie es nicht einfach nur tun, um Kavalier zu spielen.»

«Gott bewahre», sagte er, um einen leichten Tonfall bemüht. «Sheriffs dürfen nicht Kavalier spielen. Der Amtseid verbietet das ausdrücklich.» Er nahm ihr die Taschen aus den Händen und trat einen Schritt zurück, um sie vorangehen zu lassen. Diesmal tat Rae es ohne Zögern.

Rae machte das Motorboot los. Carmichael fuhr rückwärts von der Anlegebrücke fort, wo die lange aufgehaltene Fähre auch gerade von ihrer Verbindung mit dem trockenen Land befreit wurde. Er schlug mit dem Motorboot einen großen Kreis um die Wasserstrudel, die die starken Maschinen aufwühlten.

Weil es dunkel war und er es nun nicht mehr eilig hatte, drosselte Jerry das Tempo so weit, dass sie knapp vor der Fähre herfuhren. Die Nacht war klar, und die Luft fühlte sich nicht mehr kalt an, obwohl sie sich jetzt bewegte. Rae saß neben Jerry, der am Ruder stand und auf das stille Wasser hinausblickte.

«Können Sie mir sagen, was passiert ist?», fragte sie.

«Ein Mädchen namens Caitlin Andrews ist einfach von der Fähre verschwunden. Als die Familie gemerkt hat, dass sie weg war, waren alle Passagiere, die nach Lopez wollten, schon vom Schiff herunter. Es wird ein paar Tage dauern, sie alle aufzuspüren und rauszufinden, ob jemand irgendwas bemerkt hat. Aber auf der Fähre ist sie jedenfalls nicht mehr.»

«Ich habe ihre Eltern gesehen», bemerkte Rae. «Hm», brummte Jerry, sagte aber nichts, und sie beugte sich vor, konnte aber in der Dunkelheit seinen Gesichtsausdruck nicht erkennen. «Was meinen Sie mit ‹hm›? Glauben Sie, dass die Eltern – was, dass sie das Mädchen von der Fähre geschubst haben? Dass sie sie im Kofferraum hatten? Oder was?»

«Da gibt es nichts zu glauben. Die Leute von der Landespolizei haben noch nicht mal ein Verhör durchgeführt, abgesehen von der ersten Aussage. Mir war einfach die Haltung des Vaters nicht geheuer.»

«Als würde er etwas verbergen?»

«Als hätte er nicht das Geringste zu verbergen, ganz offen und ehrlich, was für ein schwieriges Kind Caitlin ist, dass sie sich so auf ein, ich zitiere: ‹Wochenende im Kreis der Familie› gefreut haben. Aber auf mich hat er einen sehr beunruhigten Eindruck gemacht. Wie ein Vertreter, der versucht, alle Welt zu überzeugen, dass seine Firma nicht bald Pleite macht. Und er hat mindestens drei Mal gesagt, seine Tochter sei eine Lügnerin und ein Flittchen.»

«Ein Flittchen?»

«'tschuldigung – mein Ausdruck, nicht seiner. Er hat gesagt, dass Caitlin, das sind jetzt aber seine eigenen Worte, ‹unmöglich› sei und dass sie immer stark geschminkt sei und viel Haut zeige.»

«Abgesehen von der Haut hört sich das ganz nach meiner Enkelin an. Was hatte die Mutter zu sagen?»

«Gar nichts. Sie ließ den Papa reden. Aber sie behielt ihn die ganze Zeit im Auge, und sie sorgte immer dafür, dass sie nicht in seiner Blickrichtung stand.»

«Und das bedeutet?»

«Sie hat Angst vor ihm», sagte Carmichael schlicht. «Ihre Angst vor ihrem Mann ist größer als ihre Sorge um ihre Tochter. Meiner Meinung nach kann es durchaus sein, dass das Mädchen vom Vater misshandelt wurde und deshalb ausgerissen ist, dass die Mutter Angst hat, dass er das an ihr auslassen könnte, und dass der Vater fürchtet, das Mädchen könnte reden, bevor er sie wieder in seiner Gewalt hat. Das ist einfach meine Vermutung dazu. Ich weiß nicht, was die *richtigen* Cops daraus machen werden.»

«Aber warum sollte sie ausgerechnet hier ausreißen? Und Lopez ist der erste Hafen – wie sollte sie denn von der Fähre runterkommen? Runterspringen und schwimmen?»

«Vielleicht hat sie jemanden, der runterfährt, gebeten, sie mitzunehmen? Sich im Kofferraum versteckt? In dem Alter planen die Kinder normalerweise noch nicht sehr gründlich. Vielleicht konnte sie die Vorstellung von einem ‹Wochenende im Kreise der Familie› unter den Augen von Daddys Chef einfach nicht ertragen und hat ein paar andere Teenager getroffen, die ihr bestätigt haben, dass das alles beschissen ist, und dann hat sie eine Möglichkeit gefunden, sich von den Eltern zu trennen. Wer weiß? Wenn meine Vermutungen stimmen, dann wäre sie besser dran gewesen, wenn sie sich in Seattle, wo sie wohnen, an die Behörde gewandt hätte, aber welche Vierzehnjährige glaubt schon, dass ein Erwachsener im Schulamt oder im Sozialamt für sie Partei ergreift und ihren Vater daran hindert, sie zu bestrafen, weil sie geplaudert hat? Ich hab das schon erlebt. Sogar hier auf den Inseln.»

Die Bitterkeit in seiner Stimme verriet, dass dieses Erlebnis ihm sehr nahe ging, eher auf persönlicher als auf beruflicher Ebene.

Während sie zwischen den Inseln Lopez und Shaw hindurchfuhren, waren beide mit ihren eigenen Gedanken beschäftigt. Als die Lichter an den Küsten zurückblieben, sprach der Sheriff plötzlich wieder.

«Haben Sie es eilig, nach Hause zu kommen? Ich meine, ich bringe Sie gern gleich auf die Insel, aber ich hatte daran gedacht, die Nacht auf dem Wasser zu verbringen und den Sonnenaufgang anzuschauen. Vor der Spitze von San Juan zu ankern. Sie sind herzlich eingeladen mitzumachen. Wenn Sie mögen.»

Rae beobachtete, wie das Licht am Ende eines Bootssteges vorbeizog, und versuchte, ihre Reaktion einzuordnen. Sie hatte nach Einsamkeit gedürstet, hatte danach gegiert wie ein Schlafloser, der das Refugium des Schlafes herbeisehnt, aber aus irgendeinem Grund erschreckte dieses Angebot sie nicht. Jerry Carmichael beanspruchte ihre Aufmerksamkeit nicht auf die gleiche Weise, wie andere das taten. Er war angenehm, ohne langweilig zu sein, aufmerksam, ohne aufdringlich zu werden, und auch wenn Rae ihn nicht gerade rasend attraktiv fand, war der Gedanke, eine Nacht auf seinem Boot zu verbringen, nicht im Mindesten bedrohlich.

«Gerne», sagte sie.

Der Sonnenaufgang war grandios, und der starke Kaffee, den Carmichael herbeizauberte, sogar noch besser. Rae hielt den Becher in beiden Händen, während der duftende Dampf an ihrem Gesicht vorbeistrich. Sie konnte nicht direkt sagen, dass sie geschlafen hatte, bei den klumpigen Polstern und dem ständigen Schwanken und Ächzen des Bootes, aber es war ein beruhigendes Wachen gewesen, als hätten ein Paar ungeheuer starker, aber ziemlich zerstreuter Arme sie geschaukelt.

Sie tranken ihren Kaffee, und dann lichtete Jerry den Anker und nahm Kurs nach Norden, auf Folly zu.

Er hatte jedenfalls gut geschlafen, wie Rae nach den Stunden, die sie damit verbracht hatte, auf seine tiefen, langsamen Atemzüge zu lauschen, bezeugen konnte. Er musste sich rasieren und seine Uniform war zerknautscht, aber innerlich schien er wieder ruhig zu sein.

Als sie die Westküste von San Juan zur Hälfte hinter sich gelassen hatten, meldete er sich über Funk bei seiner Dienststelle. In der Nacht schien nichts passiert zu sein, das Absuchen von Lopez sollte bald beginnen, und im Moment wurde er nicht gebraucht. Er teilte der Dienststelle mit, wo er hinfuhr, und legte auf.

«Ich gebe zu, dass ich überrascht bin», bemerkte Rae. «Ich hatte gedacht, Sie wären gerne dabei, wenn die Suche beginnt.»

«Wäre ich auch. Es macht mich ganz rappelig, dass ich die Finger davon lassen muss. Aber manchmal kommen einem alte Rivalitäten und Vorbehalte in die Quere, und das ist jetzt so ein Zeitpunkt. Es ist besser für mich, wenn ich ... einen gewissen Cop die Sachen nach seinen eigenen Vorstellungen durchführen lasse, bevor ich mich wieder einmische. Er ist gut. Das Mädchen ist dadurch in keiner Weise gefährdet.»

Jerry Carmichael war, entschied Rae, nicht nur in körperlicher Hinsicht ein großer Mann.

Mit der Sonne im Rücken flogen sie über das ruhige Meer. Das Wasser klatschte rhythmisch gegen den Rumpf, und auf beiden

Seiten bildeten sich hohe Wellen. Rae überlegte gerade, dass so ein Boot eine feine Sache wäre und dass es keinen Grund gab, sich von ihrer Angst vor dem Autofahren alle motorisierten Freuden verderben zu lassen, als das Dröhnen des Motors plötzlich abbrach. Das Boot schwenkte vorn herum, sodass der Bug zum Himmel zeigte, bevor er ins Wasser zurückklatschte. Rae hielt sich am Fenster fest, um nicht über Bord zu gehen; das Motorboot schaukelte protestierend.

«Was …?», wollte sie gerade fragen, da hob Jerry den Arm und zeigte in die Richtung, in die sie gefahren waren, zu der das Boot nun quer lag. Ohne das Motorengeräusch hörte man nur das Plätschern der Bugwellen an den Seiten, das schnell nachließ. Gehorsam und verwirrt schaute Rae auf das unbewegte Meer.

Und dann sah sie eine schimmernde dunkle Linie, so lang wie ein Mensch, aus dem glatten Wasser aufsteigen. Sekunden später folgte ein lautes, scharfes Ausatmen, das den Eindruck vermittelte, als sei etwas Massiges, Schnelles aus dem Meer aufgetaucht, und eine breite Schwanzflosse schlug in die Luft. Dann glitten Rückenflosse und Fluke in das ruhige Wasser zurück. Er war fort, als wäre er gar nicht da gewesen.

«Ein Schwertwal», flüsterte Rae. Jerry nickte, den Blick aufs Meer gerichtet. Dreißig Sekunden später tauchte der Wal erneut auf, stieß wieder seinen ungeheuren Atem aus und verschwand. Dreimal, viermal, und jedes Mal näher, und erst als er kaum fünfzehn Meter von ihrer Fiberglasbordwand entfernt hochkam und wieder untertauchte, wurde Rae deutlich, dass ihr zerbrechliches Fahrzeug sich mitten auf dem Weg eines aquatischen Güterzuges mit Zähnen befand.

Solche Gedanken kamen Jerry nicht. Stattdessen legte er Rae die Hände auf die Schultern und schob sie vorwärts, bis ihre Knie die Bordwand berührten, und dann starrte sie genauso angespannt wie er in das graue Wasser unter ihnen. Einen Moment später wurden sie mit dem flüchtigen Anblick einer riesigen, geheimnisvollen Manifestation der Tiefe belohnt, einem helldunklen Leib, der wie ein Blitz durch die Welt unter ihren Füßen hindurchschoss. Die beiden Menschen stürzten an die andere Bordwand; Rae zählte bis fünf, und der Schwertwal tauchte auf und spritzte wieder. Dann verschwand er, um seinen Weg ins offene Meer fortzusetzen.

Die Großartigkeit seiner Erscheinung, seine Kraft und sein Zauber verschlugen Rae die Sprache; sie konnte nur lachen vor lauter Entzücken. Jerry jedoch fand Worte: «‹Das ist also das große weite Meer. Das ist der Leviathan, den du geschaffen hast, um darin zu spielen.›»

Er grinste sie an, startete den Motor und wandte das Boot wieder nordwärts.

Raes Bucht war still wie Glas, als sie ihr grünes Wasser befuhren, und die Lichtung dahinter war so ruhig und leer wie eh und je, ohne jedes Zeichen von den uniformierten Eindringlingen. Und doch fehlte etwas. Sie hatten ein großes, zertretenes Rechteck und eine merkwürdige Lücke in der Landschaft hinterlassen, dort, wo einst ein knallblauer Monolith gelegen hatte. Rae öffnete den Mund, aber Jerry kam ihr zuvor.

«Oh Mann, das tut mir aber Leid, Rae. Ich hab ihnen gesagt, sie sollten alles zurückbringen. Sieht so aus, als hätten sie das vergessen.» Doch er klang nicht im Geringsten zerknirscht, als er sich darauf konzentrierte, am Steg festzumachen, und Rae glaubte zwar einen Moment lang, er meine es ernst, sah dann aber das leise Zucken in seinem Mundwinkel.

Sie wandte ihm den Rücken zu, verschränkte die Arme und ließ ihre Stimme staubtrocken klingen. «Und können Sie mir vielleicht sagen, Sheriff Carmichael, warum Sie es für nötig hielten, den großen Stapel Bauholz abzutragen?»

«Nun, Ms. Newborn, Sie hätten schließlich jede Menge Skelette unter diesem Berg Holz verstecken können. Uns blieb nichts anderes übrig.»

Jerry und seine Leute mussten Stunden damit verbracht haben, auch das letzte Stückchen Holz von der Stelle wegzuschaffen, wo die Holzhandlung es aufgestapelt hatte, dort auf dem ersten ebenen Stück Boden nach der felsigen Landzunge. Und aus irgendeinem Grund hatte die Polizei es für nötig gehalten, diesen scheußlichen jungen Berg nicht nur abzutragen, sondern ihn über die ganze Lichtung hinweg bis zum Fuß des Steinfundaments zu schleppen. Es war ein Geschenk, das einer einsamen Tischlerin viele Tage Knochenarbeit ersparte.

«Soll ich Anweisung geben, dass es zurückgebracht wird?», fragte Jerry Carmichael mit gespielter Besorgnis. «Ich rufe die Leute sofort an, ich ziehe sie von der Suche ab.»

Rae drehte sich um und sah ihn an. «Jerry, Sie Dummkopf. Das hätten Sie nicht tun sollen. Aber vielen Dank.» Sie trat einen Schritt nach vorn, und nach einem ganz kurzen Zögern stellte sie sich auf die Zehenspitzen und küsste ihn auf die stopplige Wange. Dann machte sie sich rasch auf die Suche nach ihren weit gereisten Einkäufen und betrat als Erste den Anlegesteg.

Sie stellte den großen Kessel auf, damit Jerry sich rasieren und duschen konnte, und holte Eier und Brot, um Frühstück zu machen. Ein Rest Schinken von ihrem Picknick am vergangenen Abend und ein Stückchen trockener Käse verwandelten das Ei in ein Omelett, und dann zeigte sie Jerry, wie man das Wasser in den Duschbehälter hinaufzog, um sich abzubrausen. Er hatte eine Ersatzuniform im Boot, und als er fertig war, mit zurückgestrichenem nassem Haar, glatt rasierten Wangen und umgeschnallter Pistole, wäre niemand darauf gekommen, wie er die Nacht verbracht hatte.

Rae begleitete ihn zum Bootssteg zurück und bedankte sich für … na ja, alles. Er stieg in die Barkasse, sie stand auf den abgetretenen Planken, und beide schauten sich an. Nach einem Weilchen lächelte Jerry sanft und nickte, als hätte sie etwas gesagt, dann hob er kurz die Hand zum Abschied.

Kapitel 38

Brief von Rae an Gloriana Boudreau

1. Juni

Liebe G.,
unser Telefongespräch neulich war ein bisschen ergebnislos, aber ich habe darüber nachgedacht, und wie du siehst, habe ich mich entschlossen, dir ein paar Fotos zu schicken, um dir eine Vorstellung von der Anlage hier zu geben. Ein paar davon sind vielleicht sogar brauchbar.

Betrachte das nicht als Versprechen meinerseits. Ich weiß nicht, ob ich mir im Moment noch mehr aufhalsen kann, und ich kokettiere nicht, wenn ich sage, ich werde vielleicht nicht in der Lage sein, die Sache zu Ende zu führen.

Keine Verträge, G., und KEINE PUBLICITY. Wenn ich ein Gerücht höre, dass Rae Newborn auf einer abgelegenen Insel eine Wohnskulptur baut, weiß ich sofort, wer es in die Welt gesetzt hat.

Weiterhin muss dieses Projekt, wenn wir es machen, Schritt für Schritt durchgeführt werden und unter der klaren Bedingung, dass ich an jedem Punkt des Weges Halt sagen kann. Einverstanden?

Falls du dich entschließen solltest, diese unakzeptablen Forderungen zu akzeptieren, und falls ich mich stark genug dazu fühle, werden wir über einen Fotografen sprechen müssen. Jaime Brittin vielleicht, falls er abkömmlich ist, er hat vor ein paar Jahren bei Cassandra eine sensible Arbeit gemacht, oder der Mann, der den Fotoessay über den Yosemite Park gemacht hat, dessen Bruder du kanntest.

Du kannst mir an die unten angegebene Adresse schreiben – und nein, ich habe weder ein Telefon noch ein Faxgerät, noch eine E-Mail-Adresse.

Rae

Kapitel 39

Lange bevor Jerry Carmichael in Lopez anlegte, war Rae wieder an der Arbeit. Sie ging ihr jetzt schnell von der Hand, es war ein wahrer Luxus, dass das schwere Bauholz zu ihren Füßen lag und sie es nicht mehr dreihundert lange Meter den Abhang hinaufschleifen musste. Als Ed in der folgenden Woche in die Bucht einlief, um zehn Uhr am ersten Tag im Juni, staunte er, denn er konnte tatsächlich die Umrisse eines Hauses sehen, das die Doppeltürme zum ersten Mal seit 1927 wieder miteinander verband. Sein begeistertes «Huu-ii!» scholl durch die Bäume, erzürnte das erschrockene Eichhörnchen und ließ Rae auf die Vordertreppe treten. Sie winkten sich zu, ihr brauner Arm und sein bunter, und Rae ließ den Hammer in seine Schlaufe gleiten, bevor sie Ed entgegenlief. Sie trug Shorts und ein ärmelloses Hemd, und Ed sah sie mit Bewunderung näher kommen. Nein, sie sieht überhaupt nicht übel aus, sagte er zu sich. Und sie ist ganz allein hier draußen. Er verbarg seine Gedanken und hielt ihr eine Tüte mit Lebensmitteln hin, die sie ihm abnehmen sollte.

Während Rae die verderblichen Sachen und den Eisbrocken in ihrer Kühlbox verstaute, unterhielten sie sich über ihr Haus, und sie fragte Ed nach seinem Wochenende und stimmte ihm zu, ja, sie habe gesehen, dass die Zahl der Boote sich wirklich erhöht hatte.

«Ja», bemerkte er, «Memorial Day bis Labor Day, da übergeben wir die Inseln quasi an die Leute vom Festland, stecken ihr Geld ein und halten uns raus.»

«Zwei Boote haben schon versucht, hier in der Bucht zu ankern, obwohl das neue Schild da steht.»

«Stellen Sie eine Eismaschine und eine heiße Dusche auf, dann können Sie mordsmäßig Kohle machen», schlug er vor.

«Ich hatte etwas anderes Mörderisches im Sinn», erwiderte Rae grimmig. «Ich schwöre, dass der zweite Kerl Rechtsanwalt war – er stand gestern Abend mit seiner Freundin an Deck, sie im Stringbikini, obwohl es da draußen bloß ungefähr zehn Grad war, und hat mir die Ohren vollgequakt, dass er hier schon seit Jahren ankert und dass er das Recht hat, das auch weiterhin zu tun, ganz egal, was auf dem Schild steht.»

«Und was haben Sie gemacht?» Ed sah sie verschmitzt aus den Augenwinkeln an, während er an einem Zipfel seines weißen Schnurrbarts zupfte. «Ihm mit dem Hammer gedroht?»

Rae lachte. «Nein, mir blieb leider nichts anderes übrig, als ihm sein Kuschelwochenende zu verderben. Ich habe ihm gesagt, in Zukunft solle er bitte seine benutzten Kondome und sein Klopapier wieder mitnehmen. Die junge Frau war anscheinend beleidigt, denn ich habe gehört, wie sie sich bis drei Uhr morgens gezankt haben, und als es dann hell wurde, sind sie gleich weggefahren.»

Ed wollte etwas sagen, schloss dann aber wieder den Mund, mit einem leicht verschämten Gesichtsausdruck, der Rae argwöhnen ließ, dass er einen unanständigen Witz auf der Zunge gehabt hatte.

An einem anderen Tag hätte sie ihm diesen Witz vielleicht entlockt, selbst wenn das hieß, dass sie sich den Vermutungen hinter seinen interessierten Augen stellen musste. Aber sie wollte wirklich kein Rendezvous- und Paarungsritual mit Ed De la Torre anfangen, und erst recht nicht heute morgen, denn nach der Nacht mit den streitenden Nachbarn war sie schon angeschlagen genug. Wenigstens hatte der kleine, aber irritierende Außenbordmotor, der sonst zu allen möglichen merkwürdigen und wenig nachbarschaftlichen Zeiten vorbeikam, sich heute nicht entschieden, auch noch vorbeizutuckern und sie auf einer seiner Spritztouren vor dem Morgengrauen zu wecken.

Rae erreichte den Grund der Einkaufstüten, faltete sie zusammen und griff dann zur Zeitung, um die Schlagzeilen zu überfliegen.

«Sie haben das Mädchen also immer noch nicht gefunden?», fragte sie. «Caitlin Andrews?»

«Nee. Sie haben Lopez Zoll für Zoll durchkämmt, und Taucher haben den Weg abgesucht, den die Fähre gekommen ist; das Einzige, was sie rausgekriegt haben, ist, dass jemand gesehen hat, wie ein Mädchen kurz nach der Abfahrt von Anacortes auf der Fähre mit einem älteren Typ geredet hat. Aber bei einer voll besetzten Überfahrt wie dieser waren mindestens ein Dutzend blonde Teenager an Bord, und die Hälfte der Typen auf den Inseln könnte man als ‹älter› bezeichnen, also bedeutet das überhaupt nichts.»

«Ich wollte es einfach gern wissen», sagte Rae und fügte unendlich beiläufig hinzu: «Sheriff Carmichael wollte mich gerade von Friday Harbor nach Hause fahren, als er den Anruf kriegte. Ich musste stundenlang warten, bis er mich zurückbringen konnte, und ich war neugierig, wie er vorankommt.»

«Ja, er und der Mann, der zuständig ist, haben sozusagen eine Vorgeschichte, also hat Carmichael ihm für die Suche seine Leute dagelassen und ihre ganzen Streifenfahrten selbst übernommen.»

«Das war wohl das arbeitsreichste Wochenende des Jahres für ihn.»

«Er war ohne Zweifel ein bisschen überlastet», stimmte Ed zu, aber der Gedanke schien ihm nicht unangenehm zu sein. «Wir hatten sogar ein paar Festnahmen, die von Bürgern durchgeführt wurden – auf Orcas ist eine Schlägerei außer Kontrolle geraten, und niemand ist gekommen. Das muss lustig gewesen sein. Wie funktioniert so was, wissen Sie das?»

Ed war, soweit Rae wusste, mindestens zweimal verhaftet und verurteilt worden, aber trotzdem strahlte ihm die Begeisterung eines Laien-Gesetzeshüters aus den Augen. Rae musste zugeben, dass sie nicht die geringste Ahnung hatte, wie eine Verhaftung durch Bürger verlief, und Ed ging zur Philosophie über (diesmal Martin Buber), bis es Zeit für ihn war, sich zu verabschieden.

Das erklärte Jerry Carmichaels Fernbleiben, sagte Rae sich, als sie wieder auf ihrer Baustelle stand. Sie hatte halbwegs damit gerechnet, dass er eines Abends in die Bucht kommen würde, einfach im Vorbeifahren.

Am Mittwoch kurz vor Mittag lief Nikki Walls in die Bucht ein. Sie trug eine große Papiertüte mit Lebensmitteln. Die beiden Frauen trafen sich in Raes Küche, und Rae lief das Wasser im Mund zusammen, als sie sah, was Nikki mitgebracht hatte: Tomaten, einen ganzen Korb mit dunkelroten Tomaten, fest und glatt wie eine Brust voller Milch und fast ebenso groß. Rae nahm eine in beide Hände und sog den erdigen Duft ein.

«Ahh», seufzte sie. «Die sind aber nicht aus dem Laden.»

«Meine Schwägerin. Sie zieht die Pflanzen in einem tragbaren Gewächshaus und nimmt das Dach ab, sobald die Sonne warm genug ist, sie hat immer die ersten Tomaten auf der Insel. Sie zieht ungefähr zehn verschiedene Sorten, und sie hat gesagt, wenn Sie Ihren Garten anlegen, kann sie Ihnen Sorten empfehlen, die hier gut gedeihen. Und das ist Ziegenkäse von einem meiner Vetter auf Lopez; ich dachte, den würden Sie gern mal probieren. Und weil ich mich zum Mittagessen einladen wollte, habe ich auch noch ein Brot mitgebracht.»

Sie schmierten den scharfen Käse auf das feste, noch warme, mit Kräutern gewürzte Brot und legten tropfende Tomatenscheiben darauf. Rae musste sagen, dass sie nicht glaubte, jemals ein vollkommeneres Mahl zu sich genommen zu haben.

Es stimmte. In den letzten Wochen war Raes Geschmack wieder erwacht. Davor war Essen eine Angewohnheit und eine Pflicht gewesen. Jetzt, insbesondere seit dem Essen mit Jerry Carmichael in Friday Harbor, wartete die Welt des Geschmacks darauf, dass Rae alles Mögliche wiederentdeckte. Der Nachteil war, dass das Essen in ihrer Speisekammer zum größten Teil nach den

Plastikdosen schmeckte, in denen es aufbewahrt wurde, und dass Rae plötzlich gemerkt hatte, dass der Wein, den sie zufrieden getrunken hatte und von dem sie einen großen Vorrat besaß, eher in den Kochtopf als ins Glas gehörte.

Wenn Ed das nächste Mal kam, schwor Rae, würde ihre Einkaufsliste eine größere Herausforderung sein.

Der Preis für das Mittagessen bestand darin, dass sie Nikki persönlich durch das Haus und die Höhle führte, aber es war ein geringer Preis. Außerdem hätte Nikki sie ohnehin zu dieser Führung überredet.

Die kleine Seitenhöhle war jetzt leer, die Spuren des Todes waren weggefegt worden, und in der Haupthöhle deuteten nur noch eine Kiste mit Flaschen und ein paar wacklige Regale darauf hin, dass hier jemals Menschen gewesen waren. Jerry hatte das Steinbild vom Schwertwal mit keinem Wort erwähnt, und auch Nikki bemerkte es jetzt nicht, wahrscheinlich, weil Rae mit der Lampe in der Hand davor stand.

«Haben Sie die Weinflasche aufgemacht?», fragte Nikki.

«Noch nicht. Ich habe einen Brief an meine Anwältin geschickt und sie gebeten, herauszufinden, was die Flaschen wohl wert sind.»

«Gute Idee. War das alles, was Sie hier gefunden haben?» Nikki stöberte in den Ecken der großen Höhle herum, als hoffte sie auf einen weiteren verborgenen Eingang.

«Das war alles», erklärte Rae. Es war rundweg gelogen, aber sie war nicht bereit, mit irgendjemandem über den Inhalt des Tagebuches oder der Kassette zu reden, und schon gar nicht mit einer geschwätzigen Frau, die mit der Hälfte der einheimischen Bevölkerung verwandt war. «Ich glaube, Desmond hatte seine Sachen schon ins Haus gebracht, als es abbrannte. Er hat die Höhle nur während der Bauzeit als Lagerraum benutzt.»

Nikki nickte nachdenklich, warf einen letzten Blick auf die eingestaubten Flaschen und kroch vor Rae aus der Höhle hinaus.

Den schmalen Weg zwischen der Höhlenöffnung und dem Haus hatten Jerrys Leute sauber gefegt – buchstäblich –, nachdem sie die lockere Erde durchgesiebt und zu Raes zukünftigem Garten gebracht hatten.

Rae und Nikki kraxelten um das Haus herum zurück, und selbst die trittsichere Naturschutzwartin stützte sich mit der linken Hand an der Außenverkleidung ab, die Rae an der hinteren Wand angenagelt hatte. Sie rutschten den Hügel hinunter, umrundeten den vorderen Turm, stiegen die Treppe hinauf und traten durch den Umriss der Haustür. Im Haus drehte Nikki sich langsam im Kreis, um einen Eindruck von dem Raum zu bekommen.

Die hintere und die linke Wand, vom Kamin ganz bis zur Haustür, den vorderen Turm eingeschlossen, waren jetzt außen mit Zeder verkleidet. Der Rest der vorderen Wand und die Ostwand standen erst als Skelett, Ständer und Rähme, Fensterriegel und Querstreben. Nikki lehnte sich aus dem umrahmten Fensterloch im Osten und schaute auf den Boden hinunter, der auf dieser Seite gut drei Meter unter der Fensterbank lag.

«Wie wollen Sie an diesen Seiten das Holz hochkriegen?», fragte sie.

«Wenn ich das obere Stockwerk so weit habe, stelle ich ein Gerüst auf und bringe die Verkleidung von da aus an.»

«Ich hab gerade versucht, mir vorzustellen, wie Sie im Klettergeschirr oder so über dem Rand hängen. Nicht dass ich Ihnen das nicht zutrauen würde.»

Rae lachte. «Nein, das Klettergeschirr ist fürs Dach.» Sie konnte sehen, dass die junge Frau überlegte, ob das ein Scherz war. Nikki entschied sich jedoch, das Thema zu wechseln. «Das ist 'ne Riesenmenge Holz, die Sie hier hochgeschafft haben.»

«Jerry Carmichael und seine Leute haben es hochgebracht. Er hat behauptet, sie hätten den Boden untendrunter absuchen müssen, aber sie wollten mir einfach helfen.»

Nikki warf ihr rasch einen Blick zu, und als sie wieder auf den

Stapel Bauholz schaute, lag ein unglückliches kleines Lächeln auf ihrem Gesicht. Doch sie sagte nur: «Ich glaube, alle haben ein Interesse daran, dass Folly wieder aufgebaut wird.»

«In diesem Fall», sagte Rae, «sollte ich wohl lieber damit weitermachen.»

Als der Käfig der Erdgeschosswände aufgerichtet und befestigt war, konnte Rae mit dem Obergeschoss beginnen. Sie hatte entschieden, dass die Decken, auch wenn die Innenwände grob verputzt werden sollten, aus Holz bestehen würden. Daher hatte sie abgeschälte Zedernstämme bestellt, die an einer Seite abgeflacht worden waren, sichtbare Balken, die das obere Stockwerk tragen würden.

Jeder davon wog eine Tonne, das jedenfalls teilten Raes nicht mehr ganz junge Muskeln ihr mit. Es war kein Problem, einen Balken an einem Ende anzuheben, aber das ganze Gewicht zu tragen und über den Kopf hochzustemmen ging über Raes Kräfte.

Hier musste primitive Technik – Raes Lieblingstechnik – einspringen. Ein Flaschenzug, an dem verstärkten Sturzriegel über dem breiten Ostfenster angebracht, würde die Hauptarbeit für sie leisten. Wenn die Balken einmal drinnen waren, konnte sie einen manuellen Aufzug, den sie bei der Baustoffhandlung ausgeliehen und den Ed in der vorigen Woche geliefert hatte, benutzen, um sie auf die Rähme zu heben. Eine langsame und mühselige Arbeit, aber ohne Risiko für Schädel oder Muskeln, vorausgesetzt, sie passte dabei auf.

Der erste Balken war ungeheuer groß und sperrig, und Rae fürchtete schon, sie könnte ihn nicht bewältigen: hochziehen, durch das Fensterloch schwingen, auf den Lift schieben und rollen und zum oberen Stockwerk hochkurbeln. Die Sonne stand schon niedrig über den Baumwipfeln, und Raes Muskeln zitterten vor Anstrengung und Dehydrierung durch das Schwitzen, als der erste Balken am richtigen Platz lag. Sie ließ sich gegen den Türrahmen sacken und blickte zu den Seilen, Leitern und Keilen und dem einen schönen, ehrlichen, geschälten Zedernstamm hinauf, der perfekt und sauber vor dem indigoblauen Himmel lag.

Oh Gott, dachte sie verzweifelt, das wird ewig dauern. Und in vier Wochen würde Petra vor der Tür stehen, mit den Eltern im Schlepptau.

Als am Donnerstagmorgen um Viertel nach fünf die Sonne aufging, fand sie Rae schon bei der Arbeit. Der zweite Balken brauchte weniger Zeit als der erste, und der dritte ging noch schneller. Der Trick bestand darin, die Stöße, Schläge und Kratzer beim Manövrieren zu ignorieren und das verdammte Ding einfach nur hochzukriegen. Holz unsanft zu behandeln oder gar zu misshandeln fiel Rae Newborn keineswegs leicht, aber sie lernte.

Um halb neun machte sie eine späte Frühstückspause, und während der ganzen Mahlzeit betrachtete sie ihr Projekt und rechnete. Dann wischte sie sich die Hände ab und ging wieder zum Flaschenzug. Der vierte Balken war ein Kinderspiel, er ließ sich so reibungslos nach oben befördern, dass Rae sich gar nicht mehr vorstellen konnte, wo ihr Problem gelegen hatte. Beim fünften war sie so übermütig, dass sie für einen Sekundenbruchteil den Blick abwandte; der junge Baum rutschte von seinem hohen Lager herunter und sauste mit tödlicher Wucht um Zollbreite an ihr vorbei.

Das Dröhnen seines Sturzes hallte nach und verklang, und Rae war wunderbarerweise heil geblieben. Nicht einmal eine Prellung, die sie für diesen Moment der Unaufmerksamkeit wirklich verdient hätte; nichts Ernsteres als die Kratzer an der Schulter, die sie sich bei ihrem Sprung zur Seite geholt hatte. Dann setzte die Reaktion ein, und Rae wankte zittrig zum Türrahmen und ließ sich auf die Treppe fallen, senkte den Kopf zwischen die Knie und atmete flach. Als sie den Kopf wieder hob, blickte sie auf eine wahre Armada von Eindringlingen hinunter.

Zorn, reiner, stärkender Zorn brachte sie auf die Füße und füllte ihre Lungen, und sie brüllte: «Das hier ist Privatbesitz, verdammt nochmal! Können Sie denn das Schild nicht lesen?»

Die Passagiere zweier Boote wirbelten herum und schauten zu der wütenden Frau von Folly hinauf, aber dann drehte sich das dritte und letzte Boot, das gerade Anker geworfen hatte, und ein Mann wurde sichtbar, ein großer, glatt rasierter Mann in Jeans und kariertem Hemd, den Rae mühelos erkannte.

Jerry Carmichael. Was hatte der Mann denn jetzt vor? Und an seiner Schulter der gleichermaßen vertraute rote Schopf: Nikki Walls in Shorts, Arbeitsstiefeln und einem langärmeligen T-Shirt.

Männer und auch Frauen strömten aus den Booten in Beiboote und auf den Steg. Sie sahen aus, als hätten sie gerade in einer Fabrik gekündigt. Sie sahen aus wie die Amishs in dem Film mit Harrison Ford, die sich versammelten, um eine Scheune aufzustellen. Sie sahen aus wie …

Sie sahen aus wie die Rettung.

Rae schaute mürrisch zu, wie sie den Strand hinaufwanderten, betrachtete missmutig ihre Werkzeuge und Arbeitsgürtel. Sie blieb, wo sie war, bis sie von ihrem erhöhten Sitzplatz auf der obersten Treppenstufe auf sieben grinsende Gestalten hinunterschaute, drei Fremde, zwei ihr bekannte Hilfssheriffs (Bobby Gustafsen und der Junge, der so schön errötete), Nikki Walls und Jerry Carmichael.

«Was hat das zu bedeuten?», wollte sie wissen und hörte sich dabei, wie sie selbst fand, wie eine ältliche Lehrerin an.

Jerry antwortete ihr. «Wir hatten etwas freie Zeit. Sie haben Arbeit, die getan werden muss. Das hier ist Kathryn, eine Mitarbeiterin von mir – Nikkis Vetter Bo – und Matty, ein alter Freund. Die anderen kennen Sie.»

Rae schaute auf die eifrigen Gesichter ihrer neuen Nachbarn, ihrer Freunde, ihrer Dorfgemeinschaft und konnte sich nicht überwinden zu sagen: «Nein, danke, ich muss das selbst machen.» Sie holte tief Atem, trat zurück, und die Inselgemeinschaft übernahm, für diesen Nachmittag jedenfalls, die Herrschaft auf Folly.

Zu sehen, mit welchem Tempo ein Team aus acht Menschen arbeitete, war verstörend, fast beängstigend. Die restlichen Balken waren im Handumdrehen oben, ohne dass man Raes langsame Hilfsmittel benutzte, wurden sie von großen Männern hinaufgestemmt und mit bloßen Händen an Ort und Stelle geschoben. Die Nut- und Federbretter aus Zedernholz für die Decke und für den Fußboden des oberen Stockwerks – diesmal ofengetrocknet und ohne jede Verwerfung – wurden dicht an dicht auf die abgeflachten Oberseiten der Stämme gelegt und unsichtbar festgenagelt. Während sie nebeneinander arbeiteten, konnte Rae keinen Unterschied zwischen der Arbeit ihrer Gäste und ihrer eigenen erkennen, keinen einzigen Spalt, keine einzige Lücke.

Die Armada holte zwei Leitern, und während das obere Stockwerk Gestalt annahm, wurde am Erdgeschoss die restliche Außenverkleidung angebracht. Als das Skelett des Obergeschosses stand, wurden die Wände dort ebenfalls verkleidet – auch wenn Rae wegschauen musste, als die beiden Akrobaten des Teams die steil abfallende Südwestecke erreichten. Raes Helfer sparten die Fensterlöcher genau da aus, wo Rae sie haben wollte, sie legten ordentliche Sturzriegel darüber, sie ließen diagonale 1 × 4-zöllige Querstreben für größere Stabilität ein, und nicht einer der Nägel für die provisorischen Stützen wurde achtlos durch die Zederndecke getrieben. Sie maßen rechte Winkel ab, fällten das Lot und nivellierten, sie legten Ständer, die durch Äste geschwächt waren, zur Seite, um sie als Hebel oder als Stützen zu verwenden, sie drehten sogar die Bretter, die für die Sturzriegel genommen wurden, sodass sie sich nicht aufwölben konnten.

Mit anderen Worten, sie wussten, was sie taten.

Sie waren siebeneinhalb Stunden auf der Insel, und in dieser Zeit bestand Raes Arbeit mehr im Beraten und Beaufsichtigen als in körperlicher Tätigkeit. Mehrmals steckte sie ihren Hammer ein, um kalte Getränke aus den drei gut mit Eis versorgten Kühlboxen zu holen, die die sieben ebenfalls mitgebracht hatten. Sie beobachtete das Team als Zuschauerin und als Mitglied, sie sah, wie die Männer, sogar der Vetter, Nikki anschauten, sah, dass Nikki sich der Blicke, auch des Familienvaters Bobby Gustafsen, bewusst war, und bemerkte, dass die junge Frau über die Reaktion der Männer amüsiert war und sie akzeptierte. Und Rae sah auch Jerrys Erheiterung, so onkelhaft und herzlich, dass sie sich fragte, ob sie nicht doch ein bisschen gezwungen war.

Kurz nach dem Mittagessen kam Rae zufällig dazu, wie Nikki gerade ihr langärmeliges T-Shirt auszog. Ihre Hände winkten über dem Kopf, und ihr flammend rotes Haar erschien und erinnerte Rae plötzlich an ihren Traum von den Frauen, die im Haus tanzten, während es in Flammen aufging. Auch die Männer hatten ihre Arbeit unterbrochen, um auf das Erscheinen von Nikkis ärmellosem Oberteil zu warten, und plötzlich hatte Rae ein Bild vor Augen, so klar und deutlich, dass es ein Foto aus einem Katalog hätte sein können, und sie wusste, was ihre nächste Skulptur darstellen würde: Nikki als Waldnymphe, die aus einem Baumstamm auftauchte, aus einem knorrigen, vom Meer blank gewaschenen Stamm mit schweren Wurzeln, der sich in saubere Zeder verwandelte, und die Nymphe reckte die Arme hoch, als wollte sie sich in die Luft werfen.

Rae blinzelte. Falls sie jemals wieder eine Skulptur machen würde. Sie griff zu einer Latte, und der Augenblick ging vorüber.

Der Nachmittag näherte sich dem Ende; einer nach dem anderen schwiegen die Hämmer, und das Team versammelte sich unten vor Raes Zelt. Verschwitzt und müde und jetzt mit Bier in den Händen saßen sie auf dem Zedernstamm und den Baumstümpfen und schauten mit Handwerkerstolz zu ihrem Werk hinauf.

Von den beiden Steintürmen gehalten, stand das Haus stark und vollständig vor ihnen, auch ohne Dach. Es mochte eine Torheit sein, aber das Gebäude gehörte an diese Stelle, wo es auf die Bucht und die Wasserstraße dahinter hinabsah, im Stein verwurzelt und aus Holz gewachsen, und die Vision eines Mannes, die Entschlossenheit einer Frau und die handwerklichen Fähigkeiten einer Gemeinschaft waren am Wiederaufbau beteiligt gewesen.

Rae hatte Tränen in den Augen, als sie sich bei jedem Einzelnen bedankte, Freudentränen (wie sie glaubten), aber nicht ohne eine winzige, säuerliche Spur (wie Rae selbst wusste) des Versagens.

«Jerry», bat sie, «könnten Sie noch ein paar Minuten bleiben? Ich muss mit Ihnen sprechen.»

Sie sah, wie Bobby Gustafsen den jüngeren Hilfssheriff mit dem Ellbogen anstupste und wie der, was vorherzusehen gewesen war, errötete, doch Rae ignorierte die beiden. Sie ignorierte auch die Blicke, die sie Nikki zuwarfen, als sie ihr Werkzeug einsammelte, nach einer Kühlbox griff und in das Boot ihres Vetters Bo hineinkletterte, den Rücken energisch dem Ufer zugewandt. Als das Tuckern der Motoren leiser geworden war, kramte Rae zwei Bierflaschen aus dem geschmolzenen Eis in ihrer eigenen Kühlbox und reichte Jerry eine. Sie schlenderten zur Landzunge hinunter und ließen sich auf zwei sonnenwarmen Felsbrocken nieder. Jerry schaute zum Haus hinauf und Rae über das offene Meer.

«War das Ihre Idee oder Nikkis?», fragte sie ihn nach einer Weile.

Er antwortete nicht gleich, und Rae wusste, dass er nicht sein Gedächtnis erforschte, sondern die Implikationen ihrer Frage zu verstehen suchte.

«Nikkis Idee», sagte er dann. «Sie ist mit dem Vorschlag zu mir gekommen, ich habe zugestimmt, und wir haben ein paar Leute zusammengetrommelt. Rae, Sie sind wütend.»

«Wütend nicht. Überwältigt, ja. Und wohl auch durcheinander und ein bisschen ärgerlich. Nur ein kleines bisschen. Was alles nicht richtig zu dankbar und hocherfreut passt, aber das bin ich auch.»

Carmichael sagte nichts, wartete nur darauf, dass sie weitersprach.

«Ich glaube, es läuft darauf hinaus, dass ich hier nicht einfach nur ein Haus baue. Ich bin nach Folly gekommen, weil es etwas wie die letzte Rettung war, und dieses Haus wieder aufzubauen, eigenhändig, ist so, als würde ich mich selbst aufbauen. Wenn ich es nicht selbst mache, ist es nicht real. Ich möchte nicht, dass Sie denken, ich wäre jetzt stocksauer darüber, wie das heute gelaufen ist – um Gottes willen, Sie haben mir ein paar Wochen Arbeit erspart –, aber es ist einfach die Art, wie es zustande gekommen ist. Nikki ist ein bisschen … zu hilfsbereit.»

Der Sheriff hörte sich ihre Erklärung aufmerksam an und rollte dabei zwischen seinen großen Handflächen die Flasche hin und her. Er hatte die Ärmel seines Arbeitshemdes bis zum Ellbogen aufgekrempelt und roch nach einem langen Tag harter Arbeit. Als er sicher war, dass Rae geendet hatte, stellte er seine Sichtweise dar.

«Wahrscheinlich würde ich mich genauso fühlen, wenn ich an Ihrer Stelle wäre. Ungefähr so, als ob die Eltern ankommen und das Projekt eines Kindes fertig machen, weil sie helfen wollen. Dass ich mitgemacht habe, liegt daran, dass es Nikki war und dass sie penetrant sein kann. Sie weiß einfach nicht, wann es genug ist – wenn es nach ihr gegangen wäre, hätten Sie jetzt auch schon Schindeln, Fenster und eine Haustür.

Ich habe überlegt, ob ich ihr das ausrede oder ob wir Sie wenigstens um Erlaubnis fragen. Ich meine, nicht jeder mag Überraschungen. Aber schließlich habe ich mitgemacht, und ich will Ihnen auch sagen, warum.

Sehen Sie, hier auf den Inseln neigen wir dazu, Leute in ‹wir› und ‹die anderen› einzuteilen – entweder ist man Insulaner und wurde hier geboren, oder man ist Neuankömmling. Rae, Sie sind eigentlich eine Außenstehende, aber weil es um Folly geht, ist die Situation ein bisschen anders. Sie haben beide Möglichkeiten, denn obwohl Sie eindeutig eine Fremde sind, gehören Sie gleichzeitig zu den Inseln, auf eine Weise wie jemand, der sich gerade ein Stück Land gekauft hat, um darauf für zwei Millionen Dollar ein Sommerhaus zu bauen, das niemals könnte. Und die Menschen, die hier leben, wären es zufrieden, wenn Sie Einsiedlerin blieben und Folly nie verließen, wenn sie bloß trotzdem das Gefühl haben könnten, dass Sie eine von ihnen sind. Eine von uns. Darum ging es heute. Zu sagen: ‹Du bist eine von uns, also helfen wir dir bei Folly.›»

«Oder andersherum: ‹Du bist eine von uns, *weil* wir dir bei Folly helfen.›»

«Ja, das auch. Manchmal muss eine Familie diesen besonderen Schritt machen, um einen Angehörigen daran zu erinnern, dass er dazugehört.»

Rae legte den Kopf zurück, um den Himmel zu beobachten, Rosa, das zu Indigoblau wurde.

«Okay», erwiderte sie, «wenn es nur das eine Mal war.»

«Nur das eine Mal», versprach er. «Wenn Sie beim Dach Hilfe wollen, müssen Sie darum bitten. Und für die ganze Mannschaft Essen machen.»

Rae warf einen letzten Blick auf den Sonnenuntergang und stand auf. «Essen für eine Person könnte ich hinkriegen. Wenn Sie nicht schnell wieder in die Welt zurückmüssen.»

«Die wissen ja, wo sie mich erreichen», antwortete er. «Danke, ich nehme das Angebot an.»

Kapitel 40

Raes Tagebuch

3. Juni

Was ist Treue?

Ich bin Alan nie untreu gewesen. In neun Jahren Ehe ging die Versuchung bei mir nie über Gedankenspiele hinaus. Ein gewisser Präsident hat zwar gestanden, dass er in Gedanken Ehebruch begangen hat – aber wenn wir solche Maßstäbe anlegen würden, würde die gesamte Nation für Phantasieverbrechen hinter Gittern landen, von Unterschlagungen bis hin zum Massenmord.

Es war ein großer Schock, als mir vor kurzer Zeit aufging, dass zwischen mir und einem anderen Mann keine Schranke mehr besteht. Ich bin keine verheiratete Frau mehr, obwohl ich den Ehering noch trage, den Alan mir vor zehn Jahren auf den Finger geschoben hat. Ich kann ganz unbefangen einen Mann anschauen und Spekulationen über seine breiten Schultern anstellen oder ihn auf den Mund küssen, wenn ich will, oder sogar mit ihm ins Bett gehen, wenn ich das möchte. Inzwischen brauche ich mir nicht mal mehr wegen einer Schwangerschaft Sorgen zu machen.

Das war eine Offenbarung. Beunruhigend, ja sogar beängstigend.

Das gleiche Gefühl von ehebrecherischem Verrat habe ich Folly gegenüber, als wäre ich dem Haus, das Desmond vor mir gebaut hat, untreu geworden, indem ich andere in die solidarische Beziehung zwischen Desmond und mir habe eindringen lassen. Ich habe diesem Haus geschworen, es zu besitzen, von nun an bis dass der Tod uns scheidet. Aber jetzt habe ich Fremden erlaubt, mit Hand anzulegen, es zu gestalten und es irgendwie als ihr Eigentum zu betrachten.

(Mein Gott, ich muss betrunken sein. Ich schreibe wirres Zeug.)

Meine Nachbarn sind bei mir eingedrungen, ja; andererseits ist ein Haus aber auch mit seiner Ortschaft verheiratet, nicht nur mit seiner Besitzerin. Und wenn die Besitzerin ihr Haus ist, könnte man vermutlich sagen, dass ich gerade meine Beziehung zu meinen neuen Nachbarn vollzogen habe.

Lieber Gott, ich schreibe wirklich wirres Zeug. Das ist alles ziemlich verrückt, und ich habe mehr als nur einen kleinen Schwips. Ich glaube, ich muss ein schlechtes Gewissen haben, dass ich mir so viel Arbeit erspart habe. Wo ist mein härenes Hemd?

Kapitel 41

Ob sie nun am Essen interessiert war oder nicht, Rae war auch in ihren besten Zeiten keine Gourmetköchin gewesen, und ihre derzeitige Küche, deren Zutaten aus Kisten stammten, hielt sich vor allem an Trocken-, Dosen- und Instantprodukte. Doch davon gab es reichlich, und Jerry war zu höflich (und zu hungrig), um sich zu beklagen.

Nachdem sie den Topf und die Teller ausgekratzt hatten, bat Rae ihn, die beiden Stühle zum Strand hinunterzutragen. Sie folgte mit der staubigen Weinflasche, die sie in der Höhle gefunden hatte, einem Korkenzieher und ihren beiden eleganten Gläsern.

Der Mond hing schief über dem stillen Wasser der Bucht und warf deutliche Schatten auf den Strand. Rae setzte sich, klemmte sich die Flasche zwischen die Stiefel und machte sich vorsichtig mit dem Korkenzieher ans Werk, wobei sie mehr fühlte als sah. Langsam gab der Korken nach, er krümelte leicht, kam aber mehr oder weniger unversehrt zum Vorschein. Rae drehte ihn vom Korkenzieher ab, roch daran, ließ ihn dann in ihre Brusttasche fallen und griff nach einem Glas.

Sie atmete den Duft ein, nahm vorsichtig ein Schlückchen und rollte es auf der Zunge herum. Als sie nicht gleich würgte und spuckte, fragte Jerry: «Also noch kein Essig?»

Rae schluckte die Flüssigkeit hinunter. «Nein, aber er wäre nicht schlecht als Marinade. Oder als Reiniger.»

Sie hielt ihm das Glas zum Probieren hin. Als er einen Schluck getrunken hatte und das Glas weiter in der Hand behielt, schenkte sie sich das andere Glas voll, schraubte die Flasche fest in den Sand und lehnte sich zurück, um noch einmal zu probieren. Ja, das Beste, was man von der Substanz in der Flasche sagen konnte, war, dass es kein Essig war. Flach, schwer, mit einem Beigeschmack von gekochtem Schuh und einem deutlichen Nachgeschmack von Mehltau; aber reiner Essig war es nicht.

Absurderweise tranken sie beide aus, auch wenn der Mond sich schon mehrere Grade am Himmel emporgeschoben hatte, als die Gläser leer waren.

«Schlecht ist er nicht», äußerte Jerry träge, «man darf nur nicht denken, es wäre Wein.»

«Wenn ich ihn der Historischen Gesellschaft schenke, wie Nikki mich gebeten hat, dann könnten sie ihn als Desmonds Abbeizmittel verkaufen.»

«So schlimm ist er auch wieder nicht.»

«Doch, ist er.» Rae stand auf und registrierte mit einiger Sorge, dass ihre Beine von den Knien abwärts taub geworden waren. Allerdings lag das vielleicht auch an dem Sixpack, den sie beide vor dem Abendessen leer gemacht hatten. «Wollen Sie trinkbaren Wein oder möchten Sie lieber Whiskey?»

«Was immer Sie trinken.»

Das war Whiskey, zwanzig Jahre alter Single Malt, und sie brauchten mehrere Schlucke, um den Belag von ihren empörten Zungen zu entfernen. Der Mond tanzte auf den kleinen Wellen in der Bucht, brach auseinander und setzte sich wieder zusammen, und die kleinen braunen Fledermäuse flitzten über ihren Köpfen hin und her.

«Hier aufzuwachsen war bestimmt nicht schlecht, Jerry.»

«Es war schön. Ich habe die Inseln vermisst, als ich fort war. Bin oft in der Kaserne aufgewacht und hab das Meer gerochen.»

«Sind Sie in Vietnam gewesen?» Er musste alt genug sein, um die letzten Kriegstage noch mitbekommen zu haben, schätzte Rae.

«In Deutschland.»

«Glück gehabt.»

«Allerdings. Mein Bruder war in Vietnam. Wenn ich sehe, was das mit ihm gemacht hat, habe ich immer das Gefühl, ich hätte gemogelt und wäre irgendwie mit ein paar gemütlichen Jahren davongekommen. Und zum Schluss haben sie mir sogar noch das College bezahlt. Die Schuldgefühle der Überlebenden, wissen Sie.»

Rae Newborn kannte die Schuldgefühle der Überlebenden nur zu gut.

«Ist Ihr Bruder umgekommen?»

«Nein. Einmal verwundet, aber nicht schlimm genug, um nach Hause geschickt zu werden. Aber irgendetwas Schlimmes ist da drüben geschehen, was er nie verkraftet hat. Ich habe die Einzelheiten nie erfahren, denn es kam nie zu einem Prozess, aber es war so was wie My Lai, wo Zivilisten beteiligt waren. Kinder sind umgekommen. Wie gesagt, er hat es nie verwunden. Als er nach Hause kam, hat er angefangen, mit misshandelten Kindern zu arbeiten, als Wiedergutmachung, habe ich immer gedacht. Was er jetzt macht, weiß ich nicht.»

«Lebt er hier in der Nähe?»

«Anscheinend weiß niemand, wo er lebt. Ab und zu kriegen wir einen Anruf, und er klingt gut, aber er und mein Vater verstehen sich nicht, deswegen kommt er nicht oft nach Hause. Ich habe ihn schon seit ein paar Jahren nicht mehr gesehen.»

Ein winziger Fisch sprang aus dem Wasser und zerbrach das Spiegelbild des Mondes zu einem Funkenregen. Rae hob ihr Glas und bemerkte darin die gleichen tanzenden Spiegelungen. Vielleicht war es ihr Sehvermögen, dachte sie; alles schien mehr als nur ein bisschen zu tanzen. Sie riss sich zusammen. «Wissen Sie, seit ich hier angekommen bin, stoße ich anscheinend ständig auf Krieg und Geschichten vom Krieg. Ich meine, wo ich wohne, oder wo ich früher gewohnt habe, in Kalifornien, da gibt es überall militärische Stützpunkte, Firmen, die Waffen entwickeln, alles das, ganz zu schweigen von den Kindern mit Schusswaffen in den

Händen, aber außer in den Nachrichten aus dem Ausland höre ich nie etwas über Krieg. Und dann komme ich her, auf das friedlichste, herrlichste Fleckchen von Gottes schöner Erde, und ich kaufe einen Führer und lese von Inseln in meiner Nachbarschaft, die Slaughter und Victim heißen, und von Murder Point. Bobby Gustafsen lebt an der Massacre Bay. Dann war da der Schweinekrieg, und alles Mögliche wurde geschmuggelt, von chinesischen Arbeitern bis zu Rum und Kokain, es gab Verbrecherbosse vom Typ Al Capone, und jetzt sitzen wir hier und reden über Vietnam. Und als Nächstes erzählen Sie mir wahrscheinlich, dass Nikki Walls im Desert Storm mitgekämpft hat.»

«Nikki nicht, nein.»

Rae hielt die Hand hoch, die unter ihrer halbherzigen Kontrolle am Ende des Arms ein bisschen herumzuwandern schien. «Sagen Sie mir nicht, wer es war, ich will es gar nicht wissen. Ich schaffe es gerade, Desmond Newborn zu bewältigen. Er ist hier herausgezogen, um seiner Kriegsneurose zu entkommen. Mein Gott – schon wieder ein Krieg.»

«Und der war ganz schön brutal. Sie müssen den Ersten Weltkrieg meinen.»

«Das war Desmonds Krieg. Kugeln, Gas, Krankheiten, und dann wurde er als gebrochener Mann nach Hause geschickt. Er hat Jahre gebraucht, bis er wieder normal denken konnte.»

«Also ist er hergekommen und hat dieses Haus gebaut.»

«Hat sich selbst gebaut.» Beim Nachdenken darüber entschied Rae, dass diese Beobachtung nicht so tiefsinnig war, wie sie hätte sein können. «Ich glaube, ich habe zu viel getrunken», gestand sie ihrem Gast.

«Das kommt davon, wenn man Trauben mit Korn mischt», stimmte er zu, wobei er selbst auch nicht mehr ganz nüchtern klang.

«Schade, dass ich keinen Wodka habe – dann könnten wir noch ein paar Kartoffeln in den Topf rühren.»

Jerry fand das ungeheuer witzig, aber als er wieder zu Atem kam, sagte er ernst: «Ich brauche einen Kaffee, bevor ich fahre.»

«Sie müssen nicht fahren», sagte Rae ohne zu überlegen. Die Nacht war plötzlich zwei Herzschläge lang still, bis Jerry sich von seinem Stuhl erhob.

«Doch», sagte er, ging zum Zeltplatz hinauf und stellte den Kessel auf.

Rae hatte mit dem Angebot nicht mehr gemeint als einen Liegeplatz für sein Boot, eine unbefangene Geste zwischen Freunden, aber diese zwei Herzschläge währende geschärfte Wahrnehmung hatte eine Tür geöffnet, von deren Existenz sie vorher nichts gewusst hatte. Und dass die Tür so ohne weiteres wieder geschlossen wurde, war genauso beunruhigend wie die Tatsache, dass sie überhaupt aufgetaucht war.

Hatte sie mehr als einen Schlafplatz gemeint?, fragte Rae sich, nachdem der Becher Kaffee, den sie aus Jerrys Kanne abgezweigt hatte, die Wirkung des Alkohols kaum gemildert hatte. Jerry dagegen gewann rasch seine effiziente Nüchternheit wieder und sammelte seine Sachen zusammen. Rae horchte, wie er über die Lichtung zurückkam, hörte seinen Werkzeuggürtel knarren, den Hammer rasseln und die verschiedenen Schraubenzieher gegeneinander klimpern, eine musikalische Sprache, die so beruhigend war wie eine Muttersprache. Dann stand er ohne Warnung hinter ihrem Stuhl, seine linke Wange strich über Raes Haar, und seine Stimme flüsterte Worte in ihr rechtes Ohr.

«Ich fahre jetzt, bevor einer von uns etwas tut, was wir morgen beide bereuen würden. Gute Nacht, Rae. Danke für das Essen.»

Rae streckte die Hand aus, aber er war schon fort. Sie beobachtete, wie er geisterhaft den Strand hinunterging, hörte die Musik seines Werkzeuggürtels und den dumpfen Schritt seiner Stiefel auf dem Steg, gefolgt vom Husten und Knurren des Dieselmotors. Rae hob ihr Gesicht der Himmelsschale entgegen und den dunklen Ästen, die ihren Rand einrahmten, dann drehte sie sich um und schaute den fahlen Kasten ihres vergrößerten Hauses an, der so plötzlich vom Himmel gefallen war.

Wie leicht es gewesen wäre. Ihr Gesicht ein wenig dem seinen zuzuwenden und ein unzweideutiges Wort zu flüstern hätte genügt, um alles zu verändern. Das Erschreckendste daran war die Erkenntnis, dass es keinen Grund gab, warum sie sich zurückhalten sollte. Es gab nichts, was sie zur Treue verpflichtete, nicht mehr. Selbst ihr leiser Verdacht, dass sie Jerry als Freund attraktiver fand als als Liebhaber, wäre nicht im Weg gewesen, wenn der Sheriff sich weniger rasch entfernt hätte.

«Ich hätte es nicht bereut», sagte Rae trotzig und nicht ganz wahrheitsgemäß zu ihrem Haus und wankte dann würdevoll zu ihrem schmalen Bett.

Am nächsten Morgen jedoch bereute sie den Abend zutiefst – mit trockenem Mund, Übelkeit und dröhnendem Schädel. Rae stöhnte, blinzelte zu dem Flecken Sonnenlicht auf dem Segeltuch empor, der anzeigte, dass die Sonne schon ungewöhnlich hoch stand, und stöhnte wieder. Die Vorstellung, heute einen Hammer zu schwingen, verursachte ihr Zahnschmerzen.

Kühles Wasser, ein Glas nach dem anderen, eine Hand voll Aspirin, eine Kanne starker Kaffee und über dem Gaskocher geröstetes Brot machten sie beinahe wieder zu einem Menschen, aber das Einzige, was sie wirklich freute, war die Tatsache, dass beim Aufwachen nicht Jerry Carmichaels humorvoller Blick auf ihr geruht und sie in diesem Zustand beobachtet hatte. Nie wieder, schwor sie sich.

Sie entdeckte eine Sonnenbrille, was half, und oben am Haus fand sie eine Schirmmütze, die einer der Hilfsheriffs dort vergessen hatte, und wenn sie den Schirm bis auf den Rand der Brille hinunterzog, half das noch ein bisschen mehr.

Einen Hammer in die Hand zu nehmen kam an diesem Tag erst viel später in Frage, wenn überhaupt, aber es gab eine Menge Arbeit, die weder laute Geräusche noch ruckartige Bewegungen erforderte. Leider verlangten diese Tätigkeiten aber alle ein funktionierendes Hirn.

Die große Beschleunigung des Bauvorgangs, die gestern stattgefunden hatte, stellte Rae vor ein neues Problem – sie besaß jetzt ein oberes Stockwerk, aber keinen Zugang dazu.

Desmonds Türme waren aus Stein, aber die Treppen hatten aus Holz bestanden. Die oberen Fenster – die er, seinem Tagebuch zufolge, nicht vollendet hatte, sodass sie offen waren – hatten das Feuer in die Türme hinaufgesogen, als wären es Schornsteine. Außer Befestigungslöchern in den Steinwänden war drinnen nichts übrig geblieben, aber jetzt standen im hinteren Turm eine ausziehbare Aluminiumleiter und der glatte Baumstamm, der als Mittelstütze für die Treppe dienen sollte. Jerrys muskelbepackte Akrobaten hatten beides hineingetragen, bevor sie den Turm kurzerhand provisorisch mit einer Sperrholzplatte abgedeckt hatten.

Rae hatte noch nie eine Wendeltreppe gebaut, aber seit sie bei ihrem Besuch mit Alan und Bella dieses Projekt ins Auge gefasst hatte, hatte sie viel über die Konstruktion von Wendeltreppen gelesen, daher wusste sie, was sie wollte. Hier sollte sich ein hölzerner Korkenzieher in die Höhe winden, die Stufen sollten aus dem Mittelpfosten herausragen, und an den Steinen sollte ein Handlauf befestigt werden. Im anderen Turm würde sie vielleicht ein bisschen mehr experimentieren, aber die Konstruktion für den hinteren Turm hatte Rae deutlich vor Augen. Es waren nur noch sehr detaillierte und exakte Messungen und Berechnungen nötig.

Schon bald überlegte Rae, ob sie nicht doch lieber wieder hämmern sollte.

Es würde ähnlich wie beim Bau eines Buddelschiffes sein – dreimal messen, einmal schneiden – nur dass sie in diesem Fall so viele etwa gleich große Stücke brauchte, dass das Sägewerk in Friday Harbor den Großteil des Holzes für sie zuschneiden sollte. Sie würde die Stufen in Dreiecksform bestellen, dann allerdings jede einzelne so zurechtsägen, dass sie genau auf ihren Platz zwischen dem unebenen Holzstamm und der noch unregelmäßigeren Turmwand passte.

Der Durchmesser des Turms, die Höhe der Treppe, die Tiefe und Breite der einzelnen Stufen, der Abstand zwischen ihnen und die Stärke des Holzes, alles musste berücksichtigt werden. Rae schwitzte den ganzen Nachmittag über ihren Zeichnungen, bevor sie endlich mit einer zufrieden war, und dann stellte sie fest, dass die dargestellte Treppe, obwohl sie sehr schick war, den Besucher des Obergeschosses genau vor der Rückwand des Turmes absetzen würde. Also zurück zum Zeichenblock.

Als Rae ihre Berechnungen zum zweiten Mal fertig hatte, blickte sie zweifelnd auf die Ergebnisse, und schließlich warf sie den Block angewidert hin. Was sie brauchte, war ein Bad in der eisigen Bucht, so viel Abendessen, wie sie runterkriegte, und dann gehörte sie früh ins Bett; morgen konnte sie die Rechnungen mit klarem Kopf überprüfen und dann ihren Hammer wieder zur Hand nehmen.

Aber mit dem frühen Schlafen wurde es nichts. Ob es die Überreste des Alkohols waren oder die aufgestaute Erregung von Muskeln, die fünf Tage lang keine schwere Arbeit verrichtet hatten, ob Jerry Carmichaels humorvoller Blick sie störte oder einfach das helle Mondlicht auf der Zeltwand, Rae lag wach und starrte auf das Muster, das die Zweige auf das Segeltuch warfen, während sie sich sacht im Wind bewegten.

Etwa um ein Uhr morgens gab sie den Versuch auf, zog ihre Sandalen an und ging hinaus, um sich eine Weile auf die Landzunge zu setzen. Vor der Küste lagen zwei Boote, schlafende Urlauber, die vielleicht durch das strenge «Betreten verboten»-Schild fern gehalten wurden. Irgendwo zur Rechten, auf der Seite der Insel, die mit Felsklippen und einem üblen Riff gesegnet war, brummte leise ein bekannter Motor, ihr nächtlicher Nachbar. Nach einem Weilchen verstummte er und ließ Rae Newborn mit der Nacht allein.

In der Nähe grunzte es, und Rae erstarrte, bis das Geräusch ein zweites Mal ertönte. Sie entspannte sich wieder: Rae Newborn war mit der Nacht und den Seehunden allein.

Neun Wochen war sie jetzt hier. In der Zeit nach ihrer Ankunft war sie meistens starr vor Schreck oder vor Anspannung gewesen; allmählich, mit harter Arbeit, wachsender Vertrautheit und einem Funken Interesse, hatte sie sich in das Inselleben hineingefunden, bis sie verstehen konnte, warum Desmond diesen Felsen «Sanctuary» genannt hatte. Nachdem Rae drei Tage lang von der Insel verbannt gewesen war, erkannte sie deutlicher als je zuvor, wie wichtig ihr dieses Fleckchen Erde geworden war. Die Stille, die sie in den ersten Tagen so bedrückt hatte, glitt jetzt so mühelos in sie hinein wie die Atemluft in ihre Lungen: Wenn sie früher das Gefühl gehabt hatte, dass die Stille sie wie ein Leichentuch einhüllte, so war sie jetzt eine freundliche Decke.

Allein. Endlich.

Allmählich gewöhnte sie sich sogar an ihr Leben als Einzelgängerin, als winziger Funke auf einer dunklen Bühne. Das Bewusstsein, dass sie allein war, machte sie immer noch schreckhaft, aber das Wissen, dass jemand da draußen sie möglicherweise beobachtete, war nicht mehr so bedrohlich wie in der Vergangenheit. Wie lange war es her, dass sie sich zum letzten Mal eingebildet hatte, im Wald wären Beobachter? Und wie lange war, abgesehen von dem Abend in Friday Harbor – der nicht zählte, entschied Rae, weil die Stiefel des Sheriffs den Anfall ausgelöst hatten –, ihre letzte Panikattacke her? Tage, ja Wochen. Sie schlief schlecht, klar, sie hatte Wutanfälle, sehnte sich nach Alan und Bella und vermisste sie in jeder Stunde, aber der Schmerz des Verlustes grenzte nicht mehr ans Unerträgliche, heute Nacht zumindest nicht, und Rae verspürte nicht mehr den Drang, ihren Revolver hervorzuholen und ihn an die Brust oder an die Schläfe zu halten.

Heilung nannte man das.

Nach einer Weile stand Rae steif auf und ging ins Zelt zurück, aber nur, um ihren Schlafsack aufzurollen und das Campingbett zusammenzuklappen. Im Licht des Mondes trug sie ihr Bett ins Haus, stellte es dort vor dem schwarzen Kamin wieder auf, zog den Reißverschluss des Schlafsacks bis zum Kinn hoch und lag so in ihrem warmen Kokon. Sie lauschte den Selbstgesprächen des Hauses, dem Ticken und Knarren des Holzes, das sich an die Belastung gewöhnte, einem Zweig, der an einer Wand entlangstreifte. Es war jetzt tatsächlich ein Haus, eine Hülle aus Wänden, die nur von Fensteröffnungen durchbrochen wurde. Im Erdgeschoss konnte Rae sich sogar vorgaukeln, dass es schon ein Dach hatte. Das helle Mondlicht strömte durch das Rechteck der Türöffnung, und durch den Türrahmen konnte sie silbern und schwarz das filigrane Astwerk des Erdbeerbaums und das schimmernde, mondbeschienene Meer sehen. Es war wie eine Bühnenkulisse, und damit das Theaterstück anfangen konnte, fehlte nur noch der plötzliche, dramatische Auftritt einer menschlichen Silhouette in der Tür. Rae lächelte über diese Vorstellung, die eher eine Phantasie war als eine Bedrohung, und nach einer Weile überließ sie sich dem Schlaf.

Am nächsten Vormittag, als Rae nach einigen Stunden harter Arbeit allmählich das Gefühl zurückgewann, dass sie ihr Haus allein baute, erschrak sie plötzlich, denn sie hörte einen wohl bekannten Motor näher kommen. Sie überlegte kurz, ob sie irgendwo ein paar Tage verloren hatte, entschied dann aber, dass heute nicht Dienstag war, auch wenn die *Orca Queen* an ihrem Steg anlegte. Rae legte ihr Werkzeug nieder, um nachzusehen, was Ed wollte.

Er stieg in langen Ärmeln aus dem Boot und sah aus wie jeder andere wettergegerbte Langhaarige mittleren Alters. Die Pfauenpracht seiner Haut war unter Batikdruck verborgen, und er wirkte niedergeschlagen. Er trug nicht, wie sonst, in beiden Armen Einkaufstüten und lächelte auch nicht spitzbübisch, sondern er hatte eine misstrauische Miene aufgesetzt und hielt nur ein winziges Handy in den Fingern, so, als wollte er es gleich zerdrücken. Er warf es Rae zu, als wäre es eine Bombe oder ein Neugeborenes, sichtlich erleichtert, dass er sich davon befreit hatte, bevor es losging. Rae hielt sich das Handy automatisch ans Ohr, aber es gab kein Geräusch von sich. Als sie die Taste zum Einschalten gefunden hatte, informierte das kleine Display sie, dass es keinen Empfang hatte. Fragend blickte sie Ed an.

«Sie sollen Ihre Rechsanwältin anrufen», erklärte er. Was denn jetzt schon wieder?, dachte Rae und bekam Herzklopfen.

«Es funktioniert nicht», bemerkte sie.

«Sie haben gesagt, wenn ich Sie auf dem Boot ein Stück mit nach draußen nehme, empfängt es wieder.» Ed sah den kleinen Apparat zweifelnd an, und Rae musste zugeben, dass ein Gegenstand, der nicht größer war als zwei seiner Finger, wohl kaum viel Kraft haben konnte.

«Haben Sie es eilig, Ed? Denn sonst könnte ich die Gelegenheit nutzen, mal auszuprobieren, ob diese Dinger hier funktionieren. Geben Sie mir zwanzig Minuten Zeit, damit ich in Richtung auf Roche Harbor zu ein Stück den Berg hochsteigen kann. Wenn ich kein Glück habe, müssten Sie mich mit dem Boot rausfahren. In der Zwischenzeit können Sie ja den Kaffeekessel aufsetzen.»

«Meinetwegen, aber sie hat gesagt, es ist dringend. Sie hat mir keine Ruhe gelassen, bis ich versprochen habe, dass ich jemanden mit einem Handy suche und sofort zu Ihnen rausfahre. Hat gesagt, sie würde mir das Doppelte zahlen.»

Rae schlug den Pfad am Gartenstück entlang ein, der auf die Ostseite der Insel führte, und schaute alle paar Schritte nach, ob der Apparat gesprächsbereit war, aber erst als sie den gut begehbaren Weg hinter sich gelassen hatte und den Mount Desmond hinaufstieg, flackerte das winzige Display und gab unwirsch zu, dass jetzt vielleicht eine Verbindung möglich war. Als das Display von den vier möglichen senkrechten Balken bei optimalem Empfang drei anzeigte, setzte Rae sich auf den steilen Abhang und tippte die Ziffernfolge ein. Das Telefon knisterte und läutete dann auf einem weit entfernten Planeten. Pam Churchs Sekretärin hob ab, Rae sagte ihren Namen und hatte gleich darauf Pam persönlich am Apparat.

«Rae, Gott sei Dank. Ich kam mir vor, als würde ich versuchen, Verbindung mit der Antarktis oder so zu bekommen. Warum schaffst du dir denn kein Handy an?»

«Ich spreche jetzt gerade von einem Handy aus, und du hörst ja, wie gut das funktioniert.»

«Wie bitte?»

«Was willst du?», brüllte Rae in den Hörer.

«Du hast mir fünf Geschosse geschickt, Rae», rief Pamela durch das Knistern und Rauschen. Sie hätte genauso gut sagen können «Fläschchen mit Milzbranderregern» oder «lebende Skorpione».

«Und du hast sie an ein Labor weitergeschickt?»

«Aber Rae, Gewehrkugeln? Du weißt doch, wenn du Hinweise auf ein schweres Verbrechen hast, müssen wir, du und ich …»

Rae unterbrach sie ungeduldig. «Pam, ich bin vielleicht verrückt, aber blöd bin ich nicht. Diese Kugeln sind siebzig Jahre alt – vier davon jedenfalls. Was hat das Labor gesagt?»

«Bis du absolut sicher, dass es hier nicht um eine Straftat geht?»

«Absolut», erklärte Rae, die überhaupt nicht sicher war, aber auch nicht bereit, sich näher darüber zu äußern.

«Also gut. Du hast mir fünf Kugeln geschickt. Nummer drei, vier und fünf scheinen aus derselben Waffe zu stammen, und das Labor meint …»

«Alle drei?»

«Drei, vier und fünf, aus einer Schusswaffe, die schon vor dem Zweiten Weltkrieg im Allgemeinen nicht mehr benutzt wurde. Kannst du mich hören? Es klingt wirklich, als wärst du in der Antarktis.»

«Ich hänge bloß auf halber Höhe an einem Berg.»

«Was war das gerade?»

«Nichts. Was haben sie sonst noch gesagt?»

«Hier stehen viele technische Informationen. Soll ich dir das alles vorlesen?»

«Spar dir die Mühe. Schick es mit der Post – Ed kann es mitbringen, wenn er am Dienstag wiederkommt. Was ist mit den anderen beiden Geschossen?»

«Die anderen beiden stammen aus einer anderen Waffe, ebenfalls einer älteren Handfeuerwaffe. Sie waren so stark beschädigt, dass das Labor keine typischen Zeichen erkennen konnte, aber bei Nummer vier und fünf stimmen die Riefen zu sechzig Prozent überein – ich lese das hier ab, weiß nicht genau, was es bedeutet –, und Nummer drei war zwar so verformt, dass es keine Kennzeichen mehr aufwies, aber es wiegt etwa das Gleiche wie Nummer vier und fünf. Ist das alles klar? Rae? Bist du noch da? Oh, diese verdammte Verbindung!»

Rae nahm plötzlich die Stimme an ihrem Ohr wieder wahr, sagte ihrer Anwältin, sie würde sich melden, und drückte auf dem immer noch krächzenden Apparat die END-Taste.

Es war eine Sache, einen Verdacht zu haben, mit den Möglichkeiten zu spielen, als wäre sie Petra, die eine Geschichte zu Bellas Unterhaltung erfand, aber im gleißenden Tageslicht …

Tief in Gedanken versunken ging Rae wie blind den Hügel hinunter und schaffte es irgendwie, ohne Unfall zum Zeltplatz zurückzugelangen. Mit einer knallroten Halbbrille auf der Nasenspitze und einem Buch von einem Mann namens Spencer in der Hand trank Ed seinen rituellen Kaffee. Er sah auf, als Rae näher kam, und nahm die Lesebrille ab.

«Hat's geklappt?», wollte er wissen. Rae reichte ihm das winzige Telefon zurück.

«Ja – ich muss nur ganz den Berg hochklettern. Ich glaube, ich warte noch mit einem Handy, bis die Technik etwas weiter ist.»

«Gute Idee. Darf ich Ihnen etwas von Ihrem Kaffee anbieten?»

Sie nahm den Becher entgegen, den er ihr eingeschenkt hatte, ließ seine Unterhaltung gegen ihre Ohren anbranden und reagierte mehr oder weniger an den richtigen Stellen. Es gelang ihr sogar, sich so zusammenzureißen, dass sie Ed eine Liste mit Material und Schnittmaßen für ihre Turmtreppe mitgeben konnte, was ihr ermöglichen würde, eine Woche früher damit anzufangen.

Rae bemerkte kaum, dass Ed wieder losfuhr. Zögernd ging sie zum Haus hinauf und trat vor die kleine Spalte im Kamin, aus der sie vor zweiundzwanzig Tagen die Kugel Nummer drei herausgeholt hatte.

Die Geschosse, die mit eins und zwei beziffert waren, hatte Rae aus dem Holz der Haustür herausgebohrt.

Geschoss vier, welches das Labor mit Nummer drei in Verbindung gebracht hatte, war der Bleiklumpen, den Rae aus dem Gerippe in der Höhle herausgeangelt hatte, die lose Kugel, die übrig geblieben war, als die winzigen Aasfresser ihre Arbeit an Desmond Newborns sterblichen Überresten beendet hatten.

Fünf hatte sie selbst in einen weichen Stamm am Strand geschossen, dann herausgeholt und in eine Tüte gelegt. Eine Kugel aus dem alten Revolver, den sie von ihrem Vater geerbt hatte, aus der Waffe mit dem Rosenholzgriff, die Rae als letzten Ausweg mit auf die Insel gebracht hatte.

Kapitel 42

Raes Tagebuch

5. Juni

Ich fühle mich so merkwürdig, als würde ich eine Grippe kriegen – fiebrig, rastlos. Angewidert.

Ich vermute, dass eine Offenbarung so etwas bewirkt.

Als ich herkam, war meine einzige Absicht, mich mit dem Hausbau zu beschäftigen. Im Hinterkopf hatte ich die unbestimmte Hoffnung, dass ich etwas über Desmond erfahren würde, über das Leben, das ihn hierher geführt hatte, und was passierte, nachdem er die Insel verlassen hatte.

Ich hatte mir nicht vorgestellt, dass ich entdecken würde, dass er sie überhaupt nicht verlassen hatte.

Fünf Kugeln. Zwei davon wurden aus einer Handfeuerwaffe in die schwere Tür geschossen, von jemandem, der neben dem Kamin stand. Aus dem rostzerfressenen Metallbrocken, der mich siebzig Jahre später an einen alten Soldaten denken ließ, voller Narben, aber potenziell tödlich.

Zwei also aus Desmonds Waffe.

Drei weitere Kugeln. Alle aus einem zweiten Revolver. Eine steckte im Kamin, die zweite in Desmonds Körper, die dritte hatte ich selbst als Muster in einen morschen Baumstamm gefeuert.

Drei aus Williams Revolver.

Und ich hatte gedacht, das wäre melodramatisch, als ich mir eine Schießerei in dem Holzhaus ausmalte. Sogar jetzt kommt es mir noch absurd vor, dieses reißerische Wort hinzuschreiben. Was könnte «Schießerei» mit den Brüdern William und Desmond Newborn zu tun haben, von denen der eine ein Baulöwe und der andere Träger des *Croix de Guerre* aus dem Ersten Weltkrieg war?

Ich habe jedoch keinen Zweifel daran: Desmond Newborn wurde mit dem Revolver umgebracht, der in meinem Rucksack liegt. Desmond Newborn wurde von seinem Bruder getötet.

Ich stelle mir vor, dass es sich so zugetragen hat:

Desmond hat seinen Bruder den ganzen Tag zu Gast gehabt – oder besser, sich grimmig der missbilligenden Inspektion seines Bruders unterworfen. Am Nachmittag rudert er William nach Roche Harbor zurück und kommt erst bei Sonnenuntergang oder noch später wieder in Folly an. Zu spät, um noch zu arbeiten, zu spät sogar, um sich noch die Mühe zu machen, den Anzug, den er für die Begegnung mit William angezogen hatte, gegen andere Kleidung einzutauschen. Desmond zieht nur sein Jackett aus und legt den steifen Kragen ab, schürt in der Kühle des Septemberabends das Feuer, setzt sich mit einem Glas Whiskey in seinen Sessel und lädt den Inselfrieden ein, wieder bei ihm einzukehren und seine stark erschütterten Nerven zu beruhigen.

Er döst in seinem Sessel. Oder vielleicht steht er auf, um sich Essen zu kochen, oder macht sogar einen Spaziergang, bevor er ans Feuer zurückkehrt. Jedenfalls geht der Abend vorüber.

Zu dem Zeitpunkt, als sein Bruder William wieder die Küste Follys betritt (entweder ist er selbst gerudert – vielleicht in dem kleinen Ruderboot, das in der gleichen Nacht verschwand, was in der Zeitung dem Inseleinbrecher zugeschrieben wurde –, oder er hat sich hinüberrudern lassen), bereitet Desmond sich aufs Schlafengehen vor. Er hat bloße Füße, die Hosenträger hängen herunter, die Knöpfe seines guten weißen Hemdes sind geöffnet. Er setzt sich mit seinem Tagebuch vor das Feuer, schraubt seinen Füllfederhalter auf, um die Ereignisse des Tages festzuhalten, schafft aber nicht mehr als drei kurze Wörter, bevor ein Geräusch an der Tür ihn aufspringen lässt, die unmittelbare und unüberlegte Reaktion eines Soldaten.

Was hat Desmond gehört, kurz bevor William hereinstürmte? Es kann einfach die Bewegung des Türgriffs gewesen sein, den er an diesem Tag angebracht hatte, des Griffes, den ich all die Jahre später von der Tür abmontiert habe. Er hatte keinen Schließmechanismus; William brauchte nur die Hand auf den Griff zu legen und die schwere Tür so weit aufzuziehen, dass er durch den Spalt schießen konnte. Hat er Desmond dabei erwischt, wie er seine eigene Waffe holte? Eine von Williams Kugeln verirrte sich und grub sich in den Kamin. Andere haben ihr Ziel vielleicht auch verfehlt, aber eine nicht. Sie traf Desmond genau in der Mitte, da, wo das Hemd aufgeknöpft war, in den linken Unterbauch: Im Hemd selbst waren keine Löcher.

Desmond hatte inzwischen seine eigene Waffe in der Hand und erwiderte das Feuer. Wusste er, wer der Angreifer war? Hatte er William in diesem letzten Moment vielleicht in die Augen geblickt? Jedenfalls schoss er in die Richtung der Dunkelheit draußen vor seiner Tür. Zwei seiner Kugeln schlugen in die Tür ein – in verschiedenen Winkeln, vielleicht, weil die Tür durch die Wucht des ersten Schusses aufgeschoben wurde. Bittere Ironie: Desmonds Angreifer wird durch die wehrhafte Stärke seiner eigenen Haustür geschützt. Ich stelle mir vor, dass William sich hastig in die Nacht zurückzog – unverletzt, soweit ich weiß. Kein Nachbar hörte den Lärm, denn die gleiche Geländeformation, die den Telefonempfang auf Folly erschwert, muss auch den Widerhall der Schüsse in Richtung der fernen Insel Vancouver abgelenkt haben.

Desmond ließ seine Waffe (die leer war, als ich sie ausgrub) im Stich, und sein aufgeschraubter Füllfederhalter war bei seinem ersten Aufspringen weggeflogen, aber er schaffte es, sein Tagebuch entweder wieder aufzuheben oder bei sich zu behalten, und schob es in seine Brusttasche. Er kroch durch seine Geheimtür, verlor furchtbar viel Blut, und er wusste nur zu gut, was so eine Wunde bedeutete. Er gelangte durch den Holzschuppen hindurch in die Höhle, und ich glaube, dass sein Ende recht bald gekommen sein muss; es gab keine Anzeichen dafür, dass er sich erste Hilfe leistete, keine Hinweise darauf, dass er auch nur versucht hat, das Blut zu stillen. Aus der Haltung des Gerippes zu schließen hat Desmond einfach die rechte Hand in sein Hemd geschoben, den Kopf an die Wand gelehnt und ist gestorben.

Das Haus brannte inzwischen. Zufall – eine Petroleumlampe, von einer verirrten Kugel umgekippt oder von Desmond umgestoßen, als er durch das Haus hastete? Oder Absicht? Ich kann mir nicht denken, dass Desmond William seinen heimlichen Fluchtweg gezeigt hat, und das hieße, dass William (ich kann nicht fassen, dass ich das schreibe – William! Großvater!) geglaubt haben muss, der Brand des Hauses würde seinen Bewohner entweder vernichten oder schutzlos ins Freie treiben. In jedem Fall würden Folly und sein Besitzer ausgelöscht. William Newborn verließ die Insel, versenkte das Ruderboot seines Bruders oder nahm es mit, um Desmonds Flucht möglich erscheinen zu lassen, und reiste heimwärts nach Boston, wo er zwei Jahre später einen Brief erfand, aber niemals irgendjemandem ein Sterbenswörtchen von der Wahrheit sagte.

Phantasie? Zweifellos, doch wie sollte man die Tatsachen

sonst erklären? Der Revolver meines Großvaters hat Desmond Newborn getötet.

Aber warum? Zugegeben, mein Großvater war selbst als alter Mann noch jähzornig, sein Groll trieb ihn um, und seine größte Freude war es, seinen Feinden eins auszuwischen. Das Einzige, was wirklich eine Rolle spielte, war die Aneignung und die Erhaltung von Macht, vor allem durch Reichtum. Arbeit, Freundschaften, selbst die Familie ließen ihn kalt: Höchste Autorität über alles, was er überblickte, war das wirklich Wichtige. Er hätte sein einziges Kind, meinen Vater, verkauft, wenn das Angebot hoch genug gewesen wäre.

Konnte die Schießerei einer Auseinandersetzung um Geld gefolgt sein, die schlecht gelaufen war? Hatte Desmond seinen Teil an ihrem Erbe verlangt und damit bei William einen Wutanfall ausgelöst?

Ich weiß es nicht. Ich bin mir nur sicher, dass das Szenario in meiner Vorstellung sehr deutlich ist.

Mein Großvater hat seinen Bruder ermordet, den Bruder, dessen Werk ich wieder aufbauen will. Deswegen bin ich hergekommen.

Teil IV

Das Richtfest

Ein simpler Plan, sorgfältig ausgearbeitet, und bloß ein Minimum an Hilfe von außen. Elegant nennt man das. Und wenn der Dieb nachher verschwunden ist oder ertrunken wieder auftaucht, wird niemand besonders erstaunt sein.

Kapitel 43

In weniger als einem Monat würde Rae Hausgäste bekommen – ob sie ein Haus hatte oder nicht. Sie hatte Wasser und eine behelfsmäßige Dusche, sie hatte Wände, die zwar roh und noch nicht fertig waren, aber solide genug, um selbst Stadtbewohner zu beruhigen, und sie besaß eine geräumige Toilette, deren Benutzung zweifellos der spirituellen Entwicklung ihrer Gäste förderlich sein würde.

Drei Dinge brauchte sie jedoch noch, bevor ihre Tochter und ihr Schwiegersohn eintrafen, um die einzige Vertreterin der nächsten Generation der Familie auf Gedeih und Verderb einer Verrückten anzuvertrauen: ein Dach, mehr Sitzgelegenheiten und eine Möglichkeit, die Höhle zu verbergen.

Die Stühle konnte sie notfalls immer noch in Friday Harbor kaufen oder aus Baumstümpfen anfertigen, aber das Dach war für die physische Behaglichkeit aller unabdingbar, und für Raes psychisches Wohlergehen war es mindestens genauso wichtig, dass sie den Höhleneingang versteckte. Sie wusste nicht genau, warum, aber die Verstellung, dass Don Collins verächtlich in der Höhle herumschnüffelte, in der Desmond gestorben war, erfüllte sie mit Ekel.

Tagsüber beschäftigte sie sich mit dem Dach. Weil sie kein Foto vom Inneren des Hauses besaß, konnte sie nicht herausfinden, wie Desmond seinen Dachgiebel gestaltet hatte, aber in Anbetracht der baulichen Gepflogenheiten seiner Zeit bezweifelte sie, dass er mehr als einen dreieckigen Dachboden daraus gemacht hatte, der ihm in Zukunft als Stauraum hatte dienen sollen.

Rae jedoch sehnte sich nach Höhe und Licht in ihrem Obergeschoss. Sie würde die Decke offen lassen, sodass man die Dachbalken sehen konnte, und in den Südgiebel ein (historisch gesehen unpassendes) Fenster einbauen. Daher zählte das Bauholz, es musste schön und gleichzeitig stabil sein: wieder Zeder.

Das Holz durch das große obere Ostfenster zu schaffen war eine Plackerei, aber es war Raes einzige Möglichkeit. Sie stand draußen am Haus und betätigte das Seil des Flaschenzuges, zog jeweils zwei oder drei Bretter gleichzeitig hoch, und schaukelnd und immer wieder anstoßend schwebten die Bündel an der Außenwand des Hauses hinauf. Dann ging Rae hinein, stieg auf der Leiter in den Turm hoch und bugsierte die Bretter auf den Fußboden.

Bis auf den Firstbalken. Er wurde nicht im Bündel hochgezogen, sondern ganz allein, ein fast zehn Meter langer Balken aus duftender, einheimischer Zeder. Das Häuschen ächzte, als der Flaschenzug das Gewicht aufnahm, und Millimeter für Millimeter kroch der lange Balken an der Wand hinauf.

Als er schließlich, nach heftigen Flüchen, gutem Zureden und viel Schweißvergießen, mit beiden Enden in den Fensterrahmen der oberen Fenster lag, gestattete Rae sich einen Triumphschrei. Alle Listen, alle Zeichnungen, die endlosen Berechnungen von Gewicht und Winkeln, all der zwanghafte, emotional aufreibende Papierkram, den die anderen für ein Symptom von Raes psychischer Labilität gehalten hatten, der ganze langwierige Kampf um die Erlaubnis, diese Sache hier zu versuchen, war nun gerechtfertigt. Durch den gewaltigen Balken, der jetzt gut fünf Meter über dem Erdboden zur Ruhe gekommen war, war Rae rehabilitiert.

Nicht dass er schon an Ort und Stelle gelegen hätte. Die übrigen drei Meter würden noch genauso mühselig sein, aber jetzt würde Rae erst das eine Ende hochwuchten und abstützen und dann das andere, wie beim Bau der Pyramiden: Es war nicht unmöglich, wenn man langsam vorging.

Und Rae arbeitete langsam und auf Sicherheit bedacht. Zoll für Zoll rückte der große Balken, von kräftigen provisorischen Stützen gehalten, aufwärts. Als er erst in der Luft schwebte, konnte Rae anfangen, die Dachsparren zu sägen und zu befestigen.

Ed kam, fand sie zwischen Dachsparren und Bohlen hängend, und fuhr ohne Kaffee und Plauderstündchen wieder ab. Nikki erschien kurz mit Gemüse aus dem Garten einer Verwandten. Die Sonne schien, der Wind wehte, und Rae richtete das Gerippe ihres Daches auf.

Dann, am achten Tag, war der Dachstuhl fertig. Ein Netz aus Zedernholz schwebte über dem Haus. Der Firstbalken wurde von den Dachsparren gehalten, die das Gewicht auf die Wände übertrugen, und diese wiederum gaben es an das Steinfundament weiter. Die Kehlbalken verbanden jeweils ein Sparrenpaar zu einem breiten A, und sobald die Stützen entfernt und die Sparren Gewicht tragen würden, würde ihr langes Leben der Spannung beginnen. Zusammengefügt wie der Brustkorb eines Gerippes, bereit, das zu empfangen, was letztlich der Sinn eines Hauses war: ein Dach. Druck und Spannung. Rae brauchte nur noch die provisorischen Stützen fortzunehmen, die den Firstbalken hielten, und ihr Haus würde, wenn auch noch nicht gedeckt, so doch umschlossen sein.

Zuerst wollte sie jedoch die Geister beschwichtigen. Sie stieg die Leiter im Turm hinunter, stellte sich auf ihre Vordertreppe und begutachtete ihre Möglichkeiten.

Von alters her war es, vor allem in Nordeuropa, Brauch, dass die Zimmerleute, wenn sie den höchsten Punkt eines Gebäudes erreicht hatten, dort einen Zweig oder einen Kranz anbrachten, als Opfergabe an die Baumgeister, die für das Obdach des Menschen ihr Leben gelassen hatten. Eigentlich hätte dieser Zweig von einer der Zedern stammen sollen, die rings um Raes Zelt herum wuchsen, oder von einer Douglasie, die es ebenfalls in der Nähe gab. Schließlich waren das die Holzarten, die Rae im Haus verwendet hatte. Doch sie merkte, dass ihr Blick zum Erdbeerbaum hinüberwanderte, der ihren Arbeitstisch beschattete, zu dem Baum, unter dem die Asche von Alan und Bella lag und der seit zweiundsiebzig Tagen ihre Moleküle in seine Wurzeln und Äste aufnahm. Die äußere Borke des Erdbeerbaums schälte sich jetzt kräftig ab, in sattbraunen Fetzen, die sich von der glatten, frischen, blassgrünen inneren Rinde abhoben. In den vergangenen Wochen hatte Rae sich mehr und mehr wie diese innere Rinde gefühlt, die ihre raue, schützende Außenhaut abwarf, um dann glatt und bloß, erneuert und gelassen dazustehen.

Spinnerei, verspottete sie sich. Und trotzdem war es ebendieser Erdbeerbaum, zu dem sie hinging und von dem sie nach einer kurzen, schweigenden Bitte um Entschuldigung mit dem Taschenmesser einen kleinen Zweig abschnitt. Sie trug ihn zum Haus hinüber, stieg die Vordertreppe, die Leiter im Turm und die Leiter im oberen Stockwerk hinauf, bis sie ganz oben im Dach stand, auf Augenhöhe mit den vom Feuer gezeichneten oberen Rändern der Türme. Dort nagelte sie den breitblättrigen Zweig fest.

An einem klaren Nachmittag wie diesem war die Aussicht faszinierend. Rae hatte das Gefühl, dass sie halb bis nach Japan sehen konnte und dass San Francisco gleich hinter dem Horizont liegen musste. Auf der einen Seite lag die Insel Vancouver, dahinter die gebirgige Halbinsel Olympic und zu Raes Linken das Festland Washingtons. Um sie zu erfreuen, hatte man auf dem blauen Wasser Boote verstreut, deren Segel im Wind geneigt waren. Der dunkle Rumpf eines Frachters zog auf den Pazifik zu; näher an der Insel, aber insgesamt nicht größer als ihr Daumennagel auf Armeslänge, bezeichneten Wirbel aus weißer Gischt und dunklen Flecken den Weg einer Herde von Tümmlern, die vor einem Motorboot spielten. In den letzten beiden Monaten hatte Rae die Tiere und Menschen, die regelmäßig vorbeikamen, allmählich kennengelernt. Das unregelmäßige Tuckern eines ihrer technisch weniger versierten Nachbarn, der seine wöchentliche Einkaufsfahrt unternahm, das kraftvolle Dröhnen eines anderen Nachbarn, der immer mit Wasserski-Geschwindigkeit vorbeiflitzte, ob er nun jemanden hinter sich herzog oder nicht, eine Urlauberyacht aus Teakholz, die schon die ganzen letzten Tage in der Nähe herumsegelte und Rae mehr als einmal veranlasst hatte, neidisch ihr Fernglas hervorzuholen. Es gab auch ein paar schwarze Schlauchboote in der Nachbarschaft, von denen eines dem mitternächtlichen Störenfried gehören musste. Er war offenbar eine Weile fort gewesen, doch am Samstag, kurz vor dem Morgengrauen, hatte Rae den Motor wieder gehört. Zugvögel kamen und flogen manchmal weiter, und auch die Schwertwale schienen einem Muster zu folgen, das Rae eines Tages schriftlich festhalten wollte, das schwor sie sich. Die Wasserflugzeuge dagegen flogen zu unvorhersehbaren Zeiten vorbei, Tag und Nacht, mit jenen Inselbesuchern an Bord, die entweder zu ungeduldig oder zu bedeutend waren, um auf dem Wasserweg zu reisen. Und während Rae, den rechten Arm um den Firstbalken geschlungen, sieben Meter über dem felsigen Untergrund balancierte und die verschiedenen Aspekte ihrer heimatlichen Gewässer in sich aufnahm, umrundete ein weiteres Boot die Spitze von San Juan und jagte mit weißen Schaumfahnen vor dem Bug direkt auf ihre Bucht zu. Lange bevor Rae den Mann am Ruder erkennen konnte, wusste sie schon, um wessen Motorboot es sich handelte.

Seit vor acht Tagen der Schwarm Bauleute eingefallen war und ihr Haus verwandelt hatte, hatte Jerry sich nicht mehr auf der Insel blicken lassen. Bald konnte Rae neben den Geräuschen des Windes und des Zweiges seinen Motor hören; von ihrem erhöhten, göttergleichen Standpunkt aus, wo man sie weder sah noch vermutete, beobachtete sie, wie er festmachte und auf ihren Steg trat. In einer Hand hielt er eine dicke dunkle Flasche und in der anderen eine Einkaufstüte, aus der oben Blumen herausguckten. Lächelnd ließ Rae sich auf den Boden hinab, nahm ihren Hammer und machte sich daran, ihren Firstbalken von seinen Stützen zu befreien.

Wenige Minuten später erschien Jerry, vom Lärm des Hämmerns angezogen, auf der Leiter im Turm. Er trug immer noch die Flasche, hatte die Tüte aber gegen Raes elegante Weingläser eingetauscht, die zwischen seinen Fingern klein wirkten. Oben angekommen, blieb er in der Ecke, wo die schwarzen Steine des Kamins auf die orangefarbenen des Turmes stießen, stehen und schaute Rae bei der Arbeit zu.

Die provisorischen Nägel kreischten, als sie aus den Fußbodendielen gezogen wurden, Blöcke und Keile flogen aus dem Weg, und dann begann die vorderste Stütze zu wackeln. Rae fing sie auf, sammelte die Stücke ein und warf sie zu dem anderen Abfall vor die leere Öffnung des Südturmes. Dann ging sie zur hinteren Stütze, die jetzt den Großteil des Gewichtes trug. Sie schwang den Hammer gegen den Fuß der Stütze, immer wieder, dabei spürte sie die Schläge in der ganzen Länge ihres Körpers, genau so, wie das Haus sie spürte. Ihre Fußknochen und ihre Kopfhaut, die Zederndielen unter ihren Stiefeln und die beiden Figürchen tief unten im Fundament erzitterten von dem harten, fröhlichen Widerhall der Hammerschläge. Die hölzerne Stütze gab kaum merklich nach, bewegte sich dann sichtbar und immer mehr, bis Rae nach einem letzten kräftigen Schlag die Bohlen auffing, damit sie nicht auf den Boden krachten. Rae und Jerry standen mit zur Seite geneigten Köpfen still und lauschten.

Kein Geräusch, kein Knarren, kein Ächzen kam von den ordentlich aufgereihten Sparrenpaaren. Ohne zu murren übertrugen sie, straff gegen die Kehlbalken gezogen, das Gewicht des Firstbalkens auf die Wände, und Druck und Spannung arbeiteten prächtig zusammen.

Der Korken knallte, und Jerry fing den Schaum in den beiden Gläsern auf. Rae schleifte die nutzlos gewordenen Holzstücke zum Abfallhaufen hinüber, ließ den Hammer in seine Schlinge an ihrem Schenkel rutschen und trat zu ihrem Gast, um ein Glas Sekt in Empfang zu nehmen. Er prostete ihr wortlos zu, und dann wanderte sein Blick zu dem Balken über ihren Köpfen.

«Wie haben Sie den denn allein da hochgekriegt?», fragte er.

«Schritt für Schritt, Jerry. Schrittchen für Schrittchen.»

Er ging quer durch den luftigen Raum zum Südfenster und bewunderte die Aussicht. «Bobby hat mir erzählt, es sähe so aus, als seien Sie mit dem Dachstuhl fast fertig. Da habe ich mir gedacht, das ist ein Grund zum Feiern.»

«Sekt und Blumen.»

«Und Essen. Ich weiß, dass Sie Fleisch essen.»

Rae trank ein Schlückchen aus ihrem Glas und verdrängte das unfreundliche, ärgerliche Genörgel darüber, dass Hilfssheriff Gustafsen sie und damit auch den Fortschritt ihrer Arbeit im Auge behalten hatte und dass, zweitens, Jerry Carmichael fand, dass die Vollendung allein nicht Feier genug war. Dir kann man es auch nie recht machen, tadelte sie sich im Stillen und hielt ihm ihr Glas zum Nachschenken hin.

Als sie zum Zeltplatz hinunterstiegen, fühlte sie sich schon wohler in seiner Gegenwart.

Jerry hatte dicke, mit Fett marmorierte Steaks mitgebracht. Er besaß auch die für die Zubereitung nötige Sachkenntnis, und während Rae nach einem Gefäß für die Blumen aus dem Supermarkt suchte, schichtete er Scheite und Anmachholz in ihrer Feuergrube auf und erzählte ihr von seiner Woche. Wie alte Freunde, dachte Rae erheitert, dabei hatte sie ihn erst vor weniger als zwei Monaten kennen gelernt.

«Wir haben endlich rausgekriegt, wie die kleine Andrews von der Fähre heruntergekommen ist», berichtete Jerry gerade. «Sie muss allerdings von sich aus abgehauen sein, daher gilt sie jetzt als Ausreißerin, nicht mehr als Opfer einer Kindesentführung, ganz egal, was ihr Vater sagt. Sie wurde in einem Lieferwagen von der Fähre heruntergebracht, entweder hat sie am Boden unter einer Decke gehockt oder in einem Werkzeugkasten auf der Ladefläche.

Er ist einfach runtergefahren, während ihre Eltern noch ungeduldig neben ihrem Auto standen und auf ihr Töchterchen warteten. Der Lieferwagen ist als fünfter oder sechster Wagen runtergefahren, und wissen Sie, was der Fahrer dann gemacht hat? Er ist oben abgebogen, hat gedreht und sich wieder in die Schlange für die Fähre gestellt. Für die gleiche Fähre, die weiter nach Westen fuhr. Wir sind gar nicht darauf gekommen, in der Autoschlange zu suchen, die auf die Fähre rauf wollte.»

«Und wer war es? Ein Freund von dem Mädchen?»

«Irgendein ziemlich vergammelter älterer Typ. Soweit man weiß, war Caitlin nicht mit älteren befreundet, und mit Jungs schon gar nicht. Aber haben Sie das Dollste gehört? Über die Mutter?»

«Nein, was ist mit der?»

«Letzte Woche, am Freitag, ist sie auch verschwunden.» Kaum zu glauben, aber Jerry klang belustigt, als freue er sich über einen schlauen Trick.

Rae lehnte sich auf ihrem Segeltuchstuhl vor und betrachtete sein Profil. «Das klingt aber nicht, als würden Sie sich große Sorgen machen, Jerry.»

«Ich würde sagen, Sorgen muss man sich nur darüber machen, was passiert, wenn die beiden nach Hause kommen. Sehen Sie, die Frau hat einen Brief geschrieben, in dem steht, dass sie und Caitlin ihre Pässe mitgenommen haben und ins Ausland geflüchtet sind, um von dem Mann wegzukommen. Sie konnten nicht gleichzeitig abhauen, weil der Vater immer aufgepasst hat, also hat die Mutter ein paar Tage gewartet, bis er ganz von der Suche in Anspruch genommen war, und dann hat sie einen Nervenzusammenbruch vorgetäuscht. Die nächsten sieben Tage hat sie jede Kleinigkeit, die sie aus dem Haus entwenden konnte, verkauft oder verpfändet – während er dachte, sie läge weinend im Bett. Am Ende hat sie das Girokonto und das Sparbuch leer gemacht und ist abgehauen. Jetzt ist sie untergetaucht, und ich wünsche beiden viel Glück.»

«Klingt ziemlich extrem. Ich meine, warum hat sie nicht einfach die Scheidung eingereicht?»

Jerry, der sich über das rauchende Feuer gebeugt hatte, zog eine Grimasse. «Soweit ich gehört habe, ist das einer der Fälle, wo ein Mann so viel Einfluss hat, dass er es so hindrehen kann, dass man in Beschwerden und Berichten Fußangeln findet. Die Frau – sie heißt Rebecca – hat schon länger immer wieder emotionale Probleme gehabt. Sie hätte niemals das Sorgerecht für das Mädchen gekriegt und hätte von Glück reden können, wenn sie überhaupt ein Besuchsrecht bekommen hätte. Und was Unterhaltszahlungen angeht – dass ich nicht lache.»

«Jetzt müssen sie und das Mädchen also verschwinden», meinte Rae.

«Bis Caitlin achtzehn wird.»

«Irgendwie ist das ungerecht.»

«War es Shakespeare, der gesagt hat: ‹Das Gesetz ist ein Esel›?»

«Dickens, glaube ich. Es ist merkwürdig, dass Sie als Gesetzeshüter das zugeben, Jerry.»

«Ich sehe es von innen, Rae. Es wird besser – das glaube ich ganz ehrlich –, aber es gibt immer noch eine Menge großer, ungerechter Löcher, die darauf warten, die Unschuldigen zu verschlucken.»

«Davon kann ich ein Lied singen. Von dem Geld, das ich im letzten Jahr meiner Rechtsanwältin bezahlt habe, hätte ich ein Haus kaufen können.»

Rae hatte das spontan gesagt, aber kaum war es heraus, da war ihr klar, dass eine Absicht dahinter stand. Sie wusste nicht genau, warum Jerry Carmichael sie weiterhin auf Folly besuchte, aber falls es von seiner Seite aus mehr als nachbarschaftliches Interesse war, wollte sie ihre Karten von Anfang an offen auf den Tisch legen. Oder jedenfalls den größten Teil ihrer Karten. Das entscheidende Gespräch beginnen. Mit der Klage über die Anwaltskosten hatte sie Jerry eingeladen, einen Schritt in ihr Leben zu machen; er zögerte nicht.

«Rechtliche Probleme, hm?»

Rae holte Luft und atmete vorsichtig wieder aus. «Mein Schwiegersohn, Don Collins, versucht, mich entmündigen zu lassen.»

Der Sheriff starrte sie mit offenem Mund an, dann lachte er schallend los, als habe sie den besten Witz der Welt gemacht. Erst als er merkte, dass sie selbst nicht lachte, fuhr er herum und sah zu ihr hinauf.

«Das meinen Sie doch nicht ernst? Tut mir leid – dass ich gelacht habe, meine ich. Ich …»

«Sie brauchen sich nicht zu entschuldigen, Jerry. Das ist das Netteste, was ich seit langer Zeit erlebt habe – dass jemand meine Labilität für einen Witz hält.»

«Aber Sie meinen es ernst», sagte er, immer noch zweifelnd.

«Jerry, Sie wissen doch, dass ich in einer psychiatrischen Klinik war.»

«Ja, aber Sie wurden geheilt, oder?»

«Was heißt ‹geheilt›? Jerry, es gibt Menschen, die sind so stabil, dass man ein Bürogebäude auf ihnen bauen könnte – keine Selbstzweifel, keine neurotischen Tendenzen, das ganze Leben lang nicht eine einzige psychosomatische Krankheit. Am anderen Ende der Skala stehen die echten Psychotiker – sie haben Halluzinationen, und selbst unter starken Medikamenten sind sie gewalttätig, selbstzerstörerisch und unkontrollierbar. Die meisten Menschen verbringen ihr Leben irgendwo zwischen diesen beiden Extremen – meistens funktionieren sie gut, aber unter Stress oder bei Hormonschwankungen oder in bestimmten Mondphasen nehmen sie neurotische oder sogar psychotische Verhaltensweisen an – keiner weiß genau, warum, aber es scheint so zu sein, dass die meisten Geisteskrankheiten zu einem Teil durch die Chemie und zu vier bis fünf Teilen durch die Umstände ausgelöst werden. Bei der Schizophrenie, die Ihr Vetter hat, wie Sie mir erzählt haben, ist das etwas anders, aber das wissen Sie wahrscheinlich.»

«Ja, ich erinnere mich.»

«Ich war in verschiedenen Phasen meines Lebens stark depressiv und selbstmordgefährdet, und ich hatte sogar Halluzinationen. Die Wochenbettdepression nach der Geburt meiner Tochter Tamara hat mich fast umgebracht. Als mein Mann und meine andere Tochter vor achtzehn Monaten gestorben sind, bin ich nach einem weiteren Selbstmordversuch auf der geschlossenen Station gelandet. Im Grunde trifft Don einen wahren Kern, Jerry: Mein Fundament ist nicht sehr stabil. Bauen Sie nicht auf mich, jedenfalls kein Haus.» Das war ein kleiner Scherz, aber es war auch eine Warnung, und Jerry Carmichael hörte das deutlich.

«Aber Sie sind auch überfallen worden», bemerkte er, als hätte sie das vielleicht vergessen.

«Ich war so mit meiner Depression und meinen Halluzinationen beschäftigt, dass ich vergessen habe, dass die Welt gefährlich ist, ja.»

«Sie sagen also, es war Ihre Schuld, dass Sie überfallen wurden.»

«Nicht gerade meine Schuld, nein, aber …»

«Aber vielleicht doch, meinen Sie.»

«Vermutlich ja», erwiderte Rae zögernd.

«Weil Sie Halluzinationen hatten?»

«Weil ich die Beherrschung verloren hatte.»

«Waren Sie gewalttätig?»

«Nein.»

«Haben Sie Stimmen gehört?»

«Ja. Und Bewegungen und Schritte und …»

«Warum sind Sie so sicher, dass es Halluzinationen waren?» fragte er ruhig, und Rae starrte ihn an, so verblüfft und atemlos, als hätte er ihr einen Schlag in den Bauch versetzt.

«Aber … es waren Halluzinationen», sagte sie blöde.

«Waren sie irgendwie anders als echte Geräusche, oder haben Sie sich anders gefühlt, weil Sie in dieser besonderen Verfassung waren?»

«Ich … Jerry, ich weiß es nicht. Aber sehen Sie, der Sheriff und sein Hilfssheriff sind mehrmals gekommen, und da war nichts. Ich habe mir das wirklich eingebildet. Und», fügte sie plötzlich hinzu, weil ihr ein Gedanke kam, «warum fragen Sie mich das? Denn falls Sie versuchen, sich und mich zu überzeugen, dass ich nicht komplett verrückt war, bloß weil mich diese beiden Kerle schließlich überfallen haben, tut mir das Leid, aber ich war's.»

Jerry stocherte gereizt in dem brennenden Holz herum, bevor er hervorstieß: «Irgendjemand telefoniert auf den Inseln hinter Ihnen her. Hat gefragt, wo Sie sind und wann Sie wiederkommen.»

«Na ja, viele Leute wissen, dass ich hier bin, aber sie wissen nicht genau, wo. Zum Beispiel die Frau in New York, über deren Galerie ich meine Sachen verkaufe. Oder ein paar Freunde. Oder mein Holzhändler in Kalifornien.»

«Eine Galerie ... aha. Ich wusste nicht, dass Möbel in Galerien verkauft werden.»

«Meine Möbel schon», sagte Rae und fügte schroff hinzu: «Ich mache Möbel, die Preise gewinnen und sich für viel Geld verkaufen lassen. Ich bin wirklich sehr bekannt.»

Sie hörten beide den wehleidigen Protest in ihrer Stimme, aber Rae kicherte als Erste.

«Wie ist das eigentlich», fragte sie ihn, «haben Sie noch vor, diese Steaks da zu grillen? Ich esse meins nämlich gleich roh.»

Sie wandten sich der Zubereitung und dann dem Verzehr ihrer Mahlzeit zu, in Gedanken aber blieben sie bei Jerrys Neuigkeiten. Als die friedliche Unterbrechung durch das Essen vorbei war, kam Rae wieder auf Jerrys Bemerkung zurück.

«Versuchen Sie, mir Angst zu machen?»

«Indem ich andeute, dass jemand nach Ihnen sucht? Jemand, der Sie vielleicht letztes Jahr in Kalifornien überfallen hat?»

«Genau.»

«Vermutlich ja.»

«Scheiße, Jerry, vielen Dank.» Rae stand auf und knallte das Geschirr in die Spülschüssel, kein schönes Geräusch.

«Ich deute an, dass Sie …»

«Am besten mitkomme und bei Ihnen wohne?»

«Nein, ich wollte Nikki oder die Pension ihrer Tante vorschlagen.»

Rae schnaubte bloß verächtlich.

«Nur nachts. Einer von uns oder Ed könnte Sie tagsüber rüberfahren.»

«Nein.»

«Rae …»

«Nein! Nein. Niemand ist hinter mir her, niemand kommt nach Folly raus, um mich zu überfallen. Ich habe Ihnen schon gesagt, dass dies meine letzte Zuflucht ist, Jerry. Wenn ich es hier nicht schaffe, kann ich» – mich erschießen sagte sie nicht –, «kann ich es nirgends schaffen.»

«Ich verstehe», sagte Jerry, nachdem er eine Weile ihren wütenden Rücken betrachtet hatte. Das mochte, dachte Rae, sogar die Wahrheit sein. «Sie sollten Ihren Revolver immer bei sich haben», sagte er unvermittelt.

Bei diesen Worten drehte Rae sich um. «Wollen Sie mich nicht fragen, ob ich einen Waffenschein besitze?»

«Lieber wüsste ich, ob Sie Patronen haben.»

«Doch, ja.» Jetzt noch fünf, die einen angreifenden Grizzlybären nicht aufhalten könnten, einen gedungenen Verbrecher aber in die Flucht schlagen würden. Wie William, in die Nacht hinaus, bemerkte ihr verräterischer Verstand. «Ich habe ja auch die Leuchtpistole, die Sie Nikki mitgegeben haben. Jetzt: Wollen Sie Kaffee?»

«Wechseln Sie das Thema?»

«Ja, verdammt nochmal, ich wechsele das Thema.»

«Dann ja, ich hätte liebend gerne Kaffee.»

Die Atmosphäre hatte sich verändert, die wachsenden Ranken der Aufmerksamkeit füreinander waren an den Wurzeln abgehackt worden. Beim Ablegen schien der Motor seiner Barkasse unregelmäßig zu laufen, als habe die Frustration sich auf die Maschine übertragen. Rae holte den Revolver und die Leuchtpistole aus dem abgeschlossenen Koffer in ihrem Zelt und schwor sich, beide ständig in Reichweite zu behalten. Sie würde die Verantwortung übernehmen und sich selbst beschützen.

Kapitel 44

Desmond Newborns Tagebuch

30. September 1921

Ich rode, mit nacktem Oberkörper, außer an sehr kalten Morgen, und sinne über das Wesen der Angst nach.

Die Verbindung dieser beiden Tätigkeiten klingt für zivile Ohren vielleicht merkwürdig, aber jeder Frontsoldat kennt diese Logik gut. Unerfahrene Truppen geraten bloß in Panik und fliehen, wenn man ihnen erlaubt, sich während des Vorrückens auszuruhen, wenn man ihnen Zeit gibt, über den näher rückenden Kriegslärm nachzudenken. Jeder Feldwebel weiß, dass eine körperliche Aufgabe, wie klein sie auch sein mag, das Gemüt von seiner Angst ablenkt und dem unerfahrenen Soldaten erlaubt, Selbstbeherrschung zu erlernen. Wenn die Aufgabe sowohl geistlos als auch körperlich anstrengend ist, wirkt das umso besser.

Denn Furcht kann man meistern, und mehr noch, man kann sie benutzen. Nur ein kleiner Schritt, und Entsetzen verwandelt sich in Zorn, und der Zorn ist eine Waffe, die so machtvoll ist, wie nur irgendetwas, was ein Mann in die Hand nehmen kann.

Für den Zorn muss man jedoch mit Lebenskraft bezahlen. Als ich aus Frankreich zurückkam, fühlte ich mich, als wäre mein Innerstes ausgeleert worden, als wäre ich einer dieser uralten Bäume, die innen abgestorben sind, mit großem Umfang, aber kaum genug Leben im Innern, um an der Spitze kahler Zweige eine Hand voll Blätter zu ernähren. Wenn man mich gefällt hätte, hätte man einen Ring aus Holz gefunden, der ein hohles Inneres umschloss.

Als das Leben allmählich zurückkehrte, war es so schmerzhaft, als wenn Blut in ein abgestorbenes Glied eindringt. Oft habe ich sehnsüchtig den Tod herbeigewünscht. Stattdessen wurde ich erneut dem rauen Leben angetraut, und prompt habe ich meine Kraft missbraucht. Es war jedoch Angst, nicht das schlechte Gewissen, die mich auf die Straße hinaustrieb, kalte, schwitzende Angst, die mich wie ein erschrockenes Kaninchen auf dem Fleck festgehalten hätte, wenn ich nicht weitergezogen wäre, Angst, die ich hier auf Sanctuary gleichzeitig annehme und in Schach halte.

Die Angst in Schach zu halten verbraucht meine gesamte, begrenzte Energie. Wenn ich bis zur Erschöpfung arbeite und grabe und schleppe, bis der Schmerz in meiner Schulter meine ganze Welt füllt, dann wird mir Schlaf gewährt. Aber wenn ich den Tag bloß angenehm müde beende, wache ich nachts mit Sicherheit auf, mit einem Schrei, der zwischen meinen Zähnen festklemmt.

Diese Beschäftigung mit meinen inneren Dämonen scheint dazu geführt zu haben, dass jeglicher gesellschaftliche Verkehr meine Fähigkeiten fast übersteigt. Kaum war ich auf die Insel gezogen, da verfiel mein Verstand in einen nahezu animalischen Zustand. Schon seit Wochen fällt es mir schwer, in Gegenwart anderer Menschen Worte zu finden und zu gebrauchen. Ich brumme meinen Lebensmittelhändler an, ich zeige auf das, was ich haben möchte, oder kritzle es auf einen Zettel, ich nicke und ziehe den Kopf ein und lächle wie ein Idiot. Ich wäre gar nicht überrascht, wenn meine Nachbarn mich für schwachsinnig hielten.

Ich sage mir, dass es die lange angesammelte Angst ist, die wie ein Gift Zeit braucht, um sich aus dem Körper herauszuarbeiten. Es gibt Dinge, für deren Anblick das menschliche Auge nicht geschaffen ist – die hervorquellenden Eingeweide des menschlichen Geistes. Es gibt, Dinge, für die der menschliche Geist und der menschliche Körper nicht geschaffen sind – müheloser Mord, beiläufiger Betrug, der Diebstahl dessen, was am kostbarsten ist.

Also brumme ich und lasse an den Enden meiner Zweige ein paar verkümmerte Blättchen wachsen und verbringe meine Tage mit heftigem Schwitzen und Nachsinnen über das Wesen der Angst.

Kapitel 45

In den folgenden Tagen widmete Rae sich dem Dach und nagelte, in einem Klettergeschirr gut abgesichert, Dachlatten auf die Sparren. Es war heiß und die Arbeit ermüdend und sie war dankbar, wenn der Nebel ein wenig liegen blieb oder wenn Wolken aufzogen, aber auch besorgt, dass ein Sommergewitter sie unvorbereitet überfallen könnte.

Frühmorgens jedoch und als letzte Tätigkeit an den länger werdenden Sommerabenden baute Rae auf der Rückseite des Hauses Desmonds Holzschuppen wieder auf. Er sollte, wie früher, die Höhle verbergen.

Als sie das Holz erst hinübergeschafft hatte, ging diese Arbeit schnell voran, und im Vergleich zur Arbeit am Dach war sie so leicht und anspruchslos, dass sie Rae wie ein Ferienvergnügen erschien. Kunstvolle Verbindungen, hatte sie beschlossen, waren ein Luxus, den sie sich an einem Holzschuppen, den niemand sehen würde, kaum leisten konnte. Die Kerben, die Desmond in die Felswand hineingeschlagen hatte, passten einigermaßen für ihre Stützen, und für den Fußboden verwendete sie sogar Sperrholz.

Die einzige Schwierigkeit bestand darin, die kleine Tür vom Haus in den Schuppen zu verbergen. Die Seitenkanten der Tür versteckte Rae hinter Ständern und den oberen Rand hinter einer Querstrebe, sodass sie nur für die Rückseite des linken Ständers noch einen Riegel schnitzen musste, der mit einem Holzspan festgehalten werden sollte – und weil man ihn nur von innen betätigen konnte, war die Sicherheit des Hauses dadurch nicht gefährdet. Rae klopfte den Span fest und trat einen Schritt zurück. Von hier aus sah er wie eine raue Stelle im Holz aus; als sie oben in den

Ständer einen langen Nagel einschlug und daran ihren Werkzeuggürtel hängte, war die Tür unsichtbar.

Dann begab Rae sich in den Schuppen und fertigte auf die gleiche Weise an der hinteren Wand eine unsichtbare Tür zum Höhleneingang an. Wenn man nicht wusste, dass sich dort ein Eingang befand, wirkte auch diese Tür wie ein Teil der Holzwand. Und schließlich brachte Rae einen Abend damit zu, für die große Außentür, durch die man das Brennholz in den Schuppen hineintragen würde, einen hölzernen Riegel anzufertigen, den man sowohl von innen als auch von außen betätigen konnte. Zum einen machte ihr das Spaß, und zum anderen gab ihr das Wissen, dass ihr Haus einen Hinterausgang haben würde, ein Gefühl der Sicherheit.

Dann kehrte sie wieder zu ihrem Dach zurück.

Am Sommeranfang, einem kalten und düsteren, nebligen Morgen, nagelte sie die Dachpappe fest, sicher von ihrem Klettergeschirr gehalten, falls sie mit dem Fuß auf eine feuchte Stelle auf der abschüssigen Fläche treten sollte. Mit einem Seufzer der Erleichterung ließ sie sich schließlich wieder auf die festen Fußbodendielen hinunter, schnallte das Klettergeschirr ab und warf es auf den wachsenden Abfallhaufen, der inzwischen den Zugang zum leeren Vorderturm versperrte. Die Dachpappe würde den Regen für eine Weile draußen halten, und Rae tendierte nun tatsächlich dazu, für das Anbringen der Schindeln Dachdecker anzustellen.

Zehn Tage noch bis zum 1. Juli, an dem Tamara, Don und Petra eintreffen sollten, und Rae konnte sich nicht überwinden, Zeit für den Bau einiger primitiver Sitzgelegenheiten zu opfern. Stattdessen holte sie die lange Liste hervor, die sie am nächsten Tag Ed überreichen wollte, und schrieb (unter so ungewöhnliche Aufträge wie eine batteriebetriebene Campinglampe und vier Sixpacks Heineken) «sechs Regiesessel». Die zusammenklappbaren Möbelstücke aus Holz und Segeltuch waren hässlich und wenig stabil, würden ihre Gäste aber mit dem Hintern vom Boden fern halten. Wenn der Besuch wieder abgefahren war, konnte man sie immer noch als Brennholz benutzen.

Rae überflog ihre Liste und überlegte, welche klaffende Lücke in ihren Vorräten sie wohl übersehen hatte. Sie hatte Petra geschrieben, sie solle mitbringen, was sie für ihren «persönlichen Bedarf» brauche, und hoffte nur, dass dem Mädchen klar war, dass Tampons und Clearasil nicht auf Bäumen wuchsen. Toilettenpapier, eine weitere Taschenlampe, noch ein paar Strandlaken. Raes Blick wanderte weiter die Liste hinunter und fiel auf etwas, das sie an einem heißen Nachmittag nach einem Besuch ihrer Toilette dazugesetzt hatte. Nun nahm sie ihren Stift und strich es wieder durch: Eine Dose Raumspray hier im Wald war wirklich zu absurd.

Zufrieden schob Rae die Liste wieder unter ihren Stein. Ihre Familie würde weich auf schönem, sauberem Segeltuch sitzen. Ja, mit so vielen Sesseln konnte sie glatt eine Party geben. Und jetzt konnte sie, statt hastig irgendetwas Möbelähnliches zusammenzunageln, mit ihrer Treppe beginnen.

Danach hatte sie sich gesehnt, seit Ed aus dem Sägewerk in Friday Harbor den Turm aus dicken Zederndreiecken mitgebracht hatte. Die Holzstücke waren rau, hatten eine stumpfe Oberfläche und waren grob zugeschnitten, reines Potenzial, das auf seine wunderbare Verwandlung wartete. Nachdem Rae sie im Haus aufgestapelt hatte, konnte sie der Versuchung nicht widerstehen, ihren Daumen anzulecken und das trockene Holz damit zu befeuchten, damit es seine Farbe zeigte: Orange, wie die frisch geschrubbten Steinwände des Turmes, wie das Morgenlicht, das aus den hohen Fenstern über die Treppe hinunterströmen würde.

Schon beim Gedanken daran wurde ihr warm ums Herz.

Jerry Carmichael war seit dem Abend, als sie Richtfest gefeiert hatten, zweimal vorbeigekommen. Bei seinem ersten Besuch hatte er sich vergewissert, dass es Rae gut ging und dass sie keine Probleme mit ungebetenen Gästen hatte, und er hatte ihr versichert, dass die verschiedenen Ordnungshüter den Auftrag erhalten hatten, Folly im Blick zu behalten; auch wenn Follys Bewohnerin davon nicht gerade begeistert war, hatte sie das Carmichael gegenüber nicht erwähnt. Beim zweiten Besuch ging es nochmal um das Gleiche, und außerdem gab es zwei Neuigkeiten: Einmal arbeitete die forensische Anthropologin jetzt an Desmond, und zum anderen hatte der Unbekannte, der auf der Suche nach Rae auf den Inseln herumtelefoniert hatte, seine Nachforschungen eingestellt. Rae hatte das als ermutigendes Zeichen aufgefasst und Jerrys Zweifel hartnäckig ignoriert. In drei Tagen, am Donnerstag, hatte er seinen freien Tag. Er hatte versprochen, gleich morgens mit Werkzeug und Steaks zu erscheinen. Rae war sich immer noch nicht sicher, was seine Aufmerksamkeiten bedeuteten, ob er als Freund handelte oder mit fanatischer Sorgfalt seinem Job nachging, oder ob er vielleicht Interesse an einer Liebesbeziehung hatte. Die letzte Möglichkeit erschien ihr am wenigsten wahrscheinlich. Schließlich war sie mindestens sechs oder acht Jahre älter als er und weder in körperlicher noch in geistiger Hinsicht eine Schönheit. Außerdem war ihr nicht entgangen, dass er verschiedene Anknüpfungspunkte, die sich geboten hatten, nicht genutzt hatte. Diese Unklarheit durfte nicht viel länger dauern, das wusste Rae. Doch so rätselhaft seine Fahrten nach Folly ihr auch erscheinen mochten, sie genoss seine Anwesenheit.

Zuerst kam jedenfalls die Treppe.

Weil Rae das Holz mehr oder weniger in der richtigen Größe bekommen hatte, stand ihr hauptsächlich Feinarbeit bevor, nämlich die Dreiecke so zu bearbeiten, dass sie zwischen die Steine und den Mittelpfosten passten, und unten eine Vertiefung hineinzustemmen, weil die stützenden Metallstreben in das Holz eingelassen werden sollten. Zum ersten Mal seit Wochen holte Rae den Kasten hervor, den sie vor vielen Jahren für ihr Tischlerwerkzeug gebaut hatte. Leise summend trug sie ihn zum Haus.

Sie kämpfte mit der Leiter, die im Turm stehen geblieben war, fluchte leise über die Widerspenstigkeit von Aluminium, bis die Leiter draußen auf dem Boden lag, und dann machte sie sich daran, den hölzernen Mittelpfosten so abzustützen, dass er senkrecht stand und von der Turmwand überall den gleichen Abstand hatte, wobei sie lauthals die Hartnäckigkeit von Holz verfluchte. Endlich war sie mit der Position des Pfostens zufrieden. Sie wischte sich die Hände ab, ging zu ihrer geliebten Werkzeugkiste hinüber und hockte sich davor, um mit dem Daumen den handgeschmiedeten Riegel zurückzuschieben und den aus exotischen Hölzern zusammengesetzten Deckel zu öffnen. Sie runzelte die Stirn, und während sie nach einer Erklärung für das suchte, was sie da sah, breitete sich von ihrer Magengrube her Kälte in ihr aus.

Als Tischlerin arbeitete Rae Newborn so methodisch, wie eine Handwerkerin das nur konnte. Ein Außenstehender mochte in ihrer Werkstatt ein Durcheinander aus primitiv zurechtgesägten Holzstücken, liegen gelassenem Werkzeug und halbfertigen Arbeiten sehen, aber Rae wusste immer gleich, wo alles lag, und spürte sofort, wenn etwas verändert worden war.

Hier war etwas verändert worden.

Die Werkzeugkiste war ein Produkt ihrer eigenen Hände, ein Stück, das sowohl praktisch als auch dekorativ war, wie die Möbel, die sie herstellte. Rae hatte sie im Hinblick auf einen bestimmten Satz von Werkzeugen konstruiert: japanische Stechbeitel, von Familien hergestellt, die seit dem fünfzehnten Jahrhundert Schwerter für Krieger geschmiedet hatten, ein Klüpfel, der sich abnutzte und alle paar Jahre ersetzt wurden musste, ein alter Zollstock aus Messing und Ebenholz, den Alan ihr einmal zu Weihnachten geschenkt hatte – diese und andere Werkzeuge, die ihre Finger kannten und fanden, ohne dass sie die Augen zu Hilfe nehmen musste.

Und das Tablett, das die oberste Lage bildete, war falsch herum eingesetzt worden. In der linken vorderen Ecke lag normalerweise ihr Schleifstein, mit dem sie ihr Werkzeug abzog, aber statt des ölig-schwarzen Rechtecks beherbergte diese Ecke jetzt die rasiermesserscharfe Klinge des einzölligen Takahashi-Beitels, der sonst oben rechts lag. Wenn Rae ohne hinzusehen nach dem Schleifstein gegriffen hätte, wie sie es häufig tat, hätte sie sich die Daumenspitze abgeschnitten.

War es möglich, dass sie das obere Tablett falsch herum eingesetzt hatte? Als sie müde war, so zerstreut, dass ihre Hände eine Bewegung vergessen hatten, die sie tausendmal ausgeführt hatten? Wann hatte sie den Kasten überhaupt zum letzten Mal geöffnet? Als sie den Treibholztisch gebaut hatte, hatte sie ein mittelgroßes V-Eisen aus der untersten Lage genommen, um den Holzstreifen in das Tischbein einzulegen, und es dann zurückgelegt – und da lag es auch, ungestört in seiner Ecke zusammen mit allen seinen Brüdern. Seitdem hatte sie keinen Grund mehr gehabt, die feinen Werkzeuge zu benutzen … doch halt. Vor acht oder neun Tagen – jedenfalls ein paar Abende nach dem feierlichen Steakessen mit Jerry Carmichael – hatte sie alle Werkzeuge mit einem leicht geölten Lappen abgewischt, damit die Seeluft nicht ihre rostigen Zähne in den empfindlichen Stahl schlagen konnte. Sie hatte zum Essen ein Glas Wein getrunken, und danach auch noch eins, und hatte, wie sie sich erinnerte, über Jerry nachgedacht, während sie auf dem Zeltboden saß und ihr Werkzeug abrieb – aber nein, Rae glaubte nicht, dass sie den obersten Einsatz der Kiste falsch herum hatte hineinfallen lassen. Egal ob sternhagelvoll, von Leidenschaft entflammt oder von Wahnvorstellungen gebeutelt, ihre Hände hätten das obere Tablett der Kiste, die sie selbst hergestellt hatten, immer so eingesetzt, dass der Schleifstein links vorne lag. Etwas anderes konnte Rae sich nicht vorstellen.

Das hieß, dass jemand ihre Habseligkeiten durchstöbert hatte. Die vermeintliche Fußspur an der Quelle damals im April war schon schlimm genug gewesen. Dieses Mal aber war es, als hätte Crusoe Freitag schlafend in seinem Bett gefunden.

Rae hob das obere Tablett heraus und drehte es in die richtige Lage, schloss die Kiste, verriegelte sie und stand auf. Der Hammer rutschte ihr in die Hand, und sie schritt in dem kahlen hölzernen Raum auf und ab, hielt den Stiel gepackt und wusste nicht, ob sie wütend sein oder sich fürchten sollte oder beides. Im Gehen schwang sie das schwere Werkzeug mit solcher Wucht vor und zurück, dass ihre Kniescheiben in Gefahr gewesen wären, wenn seine Handhabung ihr nicht zur zweiten Natur geworden wäre.

Ein Fremder oder ein neugieriger Bekannter? Rae konnte nicht einmal entscheiden, was schlimmer war – oder wie sie Jerry fragen sollte, ob er vielleicht ... Oder Nikki! Das konnte sie sich immerhin vorstellen: die vorwitzige Nikki, die, ohne es zu wollen, wegen Jerrys Gunstbezeigungen ein wenig eifersüchtig war und einen Vorwand fand, um in Raes Sachen herumzuwühlen.

Langsam, warnte Rae sich selbst, während sie vor dem Turmeingang stehen blieb. Du hast das Werkzeug vor etwas mehr als einer Woche gereinigt, und seitdem hast du die Insel nicht verlassen. Du bist die ganze Zeit hier gewesen und hast wild herumgehämmert. Es muss also jemand gewesen sein, der sich ins Zelt geschlichen hat, während du oben auf dem Dach beschäftigt warst. Oder im Holzschuppen hinter dem Haus.

Höchstwahrscheinlich war es passiert, als sie im Schuppen war: Vom Dach aus hätte sie jeden gesehen, der sich in der Bucht oder auf der Lichtung bewegte, und mit der Arbeit im Haus selbst hatte sie erst heute Morgen begonnen.

Jerry hatte gesagt, er kenne nicht mehr als ein paar Idioten – waghalsige Jugendliche, wie es sich anhörte –, die auch nur versuchen würden, anders als von der Bucht aus auf die Insel zu gelangen. Allerdings war das vielleicht eine Übertreibung gewesen. Sicherlich aber war das Risiko, gesehen zu werden, viel kleiner, wenn man, während Rae arbeitete, durch die Bäume zum Lagerplatz schlich, als wenn man weithin sichtbar auf der Landzunge entlangspazierte.

Rae merkte plötzlich, dass sie wieder auf und ab stampfte und dabei wütend 600 Gramm Stahl schwang, als suche sie jemanden, den sie damit schlagen konnte. Verwundert betrachtete sie den Hammerkopf mit den Klauen, und ihr ging auf, wie merkwürdig es war, dass Wut das Gegenteil von Wahnsinn sein konnte. Bei Psychotikern, die ihr Ungleichgewicht ausagierten, konnte man Wut und Wahnsinn vielleicht gleichsetzen, aber davon abgesehen war Empörung, ob sie nun gerechtfertigt war oder nicht, manchmal genau das, was ein verstörter Mensch brauchte, um wieder ein starkes Gefühl von Identität aufzubauen.

Und Rae merkte, dass sie wirklich wütend war.

So wütend, dass sie den halben Hügel hinuntermarschierte, bevor ihr plötzlich klar wurde, dass sie vielleicht in erster Linie Grund hatte, sich zu fürchten. Diese Offenbarung hatte Jerry Carmichaels Stimme; es war eine Frage, die Rae, seit er sie gestellt hatte, angestrengt beiseite zu schieben versucht hatte.

«Warum sind Sie so sicher, dass es Halluzinationen waren?»

Rae stolperte, fiel fast über ihre plötzlich erstarrten Füße, dann duckte sie sich und jagte weiter zum Zelt, stürzte atemlos durch die Eingangsklappe und griff nach dem Revolver, der auf dem Tisch lag, obwohl sie geschworen hatte, ihn bei sich zu behalten. In ihrem Wahn, dass Folly ein sicherer Zufluchtsort sei, hatte sie ihn vergessen. Mit zitternden Fingern überprüfte sie, dass alle fünf Patronen in ihren Kammern lagen, und ließ ihn wieder zuklappen. Das Klicken erschien ihr sehr laut, und sie schaute kampfbereit zwischen Tür und Gazefenster hin und her.

Doch das bedrohlichste Wesen, das sich meldete, war ein Blauhäher, und Rae zuckte bei seinem Kreischen zwar zusammen, saß aber inzwischen auf dem Rand ihres Campingbettes und hielt die Waffe fest in beiden Händen.

Auch Nikkis Leuchtpistole war da, beruhigte Rae sich. Und mal ehrlich: Mitten an einem Sommertag auf einem dicht bevölkerten Wasserspielplatz würde sie doch wohl niemand überfallen.

Ohne auf die Landzunge hinauszugehen wusste Rae, dass dort ein halbes Dutzend Boote liegen würden – Segel-, Motor- und Paddelboote –, alle in Rufweite. Mehrmals täglich wagten sich Boote oder Schlauchboote in die Bucht hinein, in der Hoffnung, das «Betreten verboten»-Schild gelte für sie nicht, und kehrten erst um, wenn sie sahen, dass die Insel bewohnt war. Es mochte paradox sein, dass eine Einsiedlerin in einer Menschenmenge Sicherheit fand, aber so war es.

Trotzdem würde sie von nun an den Revolver bei sich haben, ihn mit dem Werkzeug zusammen an ihrem Gürtel tragen. Vielleicht nicht gerade offen in der Schlaufe für den Hammer, aber wenn sie den Griff in einen Lappen wickelte und den Revolver dann in eine der beiden großen Nageltaschen am Gürtel schob, würde er ganz harmlos aussehen, einfach wie ein weiterer plumper Gegenstand an ihrem Werkzeuggürtel. Sie probierte es aus, fand es grässlich, wusste nicht, wie lange sie es ertragen würde, das Ding an ihrem Bauch hängen zu haben, aber sein Gewicht war beruhigend, wie sie zugeben musste.

Dann machte Rae sich an eine sorgfältige Untersuchung ihres Zeltes. Es gab eine ganze Reihe von Ungereimtheiten, die davon herrühren konnten, dass ein Fremder ihre Besitztümer durchsucht hatte; doch ebenso gut konnte man sie alle auf Raes eigene Unachtsamkeit zurückführen. Mit ihren Socken nahm sie es bei weitem nicht so genau wie mit ihren Beiteln; dass sie eine Garnitur Unterwäsche zwischen den T-Shirts und Petras letzten Brief zwischen den Quittungen der Baustoffhandlung fand, bewies also gar nichts.

Ruhiger geworden kehrte sie zu ihrer Treppe zurück, auch wenn ihre Hand dabei auf der Nageltasche neben dem Revolverlauf ruhte und ihre Augen das Gebüsch durchbohrten. Im Laufe des Nachmittags erstarrte sie bei ihrer Arbeit hundertmal, um auf Geräusche zu horchen, und bei der Hälfte dieser hundertmal überprüfte sie die Fenster- und Türöffnungen, aber es war nie etwas zu sehen, was da nicht hingehörte, außer einmal ein paar Kindern in einem Schlauchboot mit Motor, die Rae im Türrahmen sahen und wieder aus der Bucht hinaustuckerten.

Nach einigen Stunden beendete sie angewidert ihre Arbeit. Sie war so schreckhaft, dass sie um ein Haar eine prima Stufe ruiniert hätte, und so erschöpft wie seit den ersten Tagen nicht mehr, als sie die Erde weggefahren hatte. Halb wünschte sie sich, Jerry würde an diesem Abend schon kommen, aber dann war sie wieder froh, dass er nicht kam: Rae war alt genug, um zu wissen, dass ein Jerry Carmichael, der sich als Beschützer aufplusterte, ein Problem war, auf das sie verzichten konnte. Und sie war sich fast sicher, dass sie in ihrer jetzigen Stimmung schließlich mit ihm ins Bett gehen würde – und war sich aber keineswegs sicher, ob sie das wollte.

Nein: Sie brauchte keinen Beschützer, sondern sie musste ihr eigenes Gefühl der Sicherheit wieder aufbauen.

Wenn sie auch in den vergangenen zwei Jahren weiter nichts gelernt hatte, eine schmerzhafte Lektion hatte sie kapiert: So etwas wie Sicherheit gibt es nicht; es gibt nur Stärke.

Kapitel 46

Desmond Newborns Tagebuch

11. November 1922

Der Tag des Waffenstillstands. Gestern Nacht spielte ein lärmendes Gewitter über den Inseln, und zum ersten Mal seit sieben Jahren war der Donner keine Bombardierung und der Blitz über dem Horizont nicht ein paar arme Schweine an der Front, die die Hucke vollkriegten. Gott, ich danke dir für diese Gunst.

Ich bin jetzt ein Jahr und fünf Monate auf Sanctuary und lebe immer noch in einer primitiven Hütte. Ich habe mit meinem Fundament begonnen, aber das wird noch lange Monate dauern. Den größeren Teil dieses Jahres habe ich damit verbracht, in meinem Ruderboot zwischen den Inseln herumzustreifen und die richtigen Steine für mein Haus zu suchen. Die Einheimischen finden mich komisch. Sie winken, wenn ich vorbeifahre, und stubsen sich gutmütig an, wenn ich den Lebensmittelladen betrete, aber ich antworte auf die gleiche Weise, mit wenigen, aber freundlichen Worten, daher halten sie mich für harmlos, wenn auch für exotisch.

Der Strand auf Lopez, den ich im letzten Frühjahr entdeckt habe, hat sich als nahezu unerschöpfliche Quelle von perfekten Steinen erwiesen, auch wenn man, wie es in der Natur der perfekten Dinge liegt, tief graben muss, um sie zu finden. Ich habe inzwischen den ganzen Strand von einem Ende bis zum anderen dreimal umgegraben und werde im nächsten Frühjahr wieder hinfahren. Zum Glück wohnt in der Nähe ein Mann mit einem stabilen Motorboot, der mich für ein kleines Entgelt vor der härtesten aller Arbeiten bewahrt. Ein schwer beladenes Boot zu rudern ist nicht einfach, selbst wenn man mit dem Tidestrom fährt; und wenn ich beim Wechsel der Strömung noch auf dem Wasser bin, ist die Situation sehr schnell gar nicht mehr lustig.

Ich habe unmittelbar hinter dem Platz, wo ich mein Fundament baue, eine kleine Höhle entdeckt. Mir scheint, dass meine indianischen Vorgänger auf der Insel sie benutzt haben, aber ich glaube nicht, dass sie etwas dagegen hätten, dass ich sie jetzt nutze. Sie ist trocken und gemütlich: ein sicherer Unterstand, den selbst eine gezielte Granate schwerlich zum Einsturz bringen könnte.

Bei unfreundlichem Wetter suche ich manchmal Schutz in der Höhle, und mir ist, als könnte ich die Männer, die vor mir hier waren, um mich herum spüren, Gefährten, die sonderbar gekleidet sind und in unverständlichen Sprachen reden.

Was würden sie denken, wenn sie bemerken würden, dass ich unter ihnen sitze? Welche Geschichten würde ich erzählen, wenn ich in ihre Gesellschaft zurückversetzt würde? Dass sie als Volk fast ausgestorben sind? Dass ihre Muschelhaufen berühmter sind als sie selbst? Dass auf diesen Inseln nichts von ihnen übrig geblieben ist außer ihren Schatten?

Und was wäre, wenn ich mich in ähnlicher Weise einem sonderbar gekleideten Mann aus der Zukunft gegenübersehen würde, der mir Geschichten darüber erzählt, wie auch ich unbetrauert gestorben bin, vergessen bis auf den Steinhaufen, den ich zurückgelassen habe? Keine Erben, keine Freunde, keine große öffentliche Stiftung, die ein Zeichen setzen würden, wenn ich verscheide, nichts weiter als die

Ringe um einen im Wasser versunkenen Stein oder die Umrisse eines in die Wand geritzten Walfisches.

Und doch, nährt die Erde nicht zu viele Männer, die gern ein Zeichen setzen wollen, die die Welt verändern wollen? Gehe ich fehl in der Annahme, dass manche von uns sich stiller durch die Welt bewegen sollten?

Kapitel 47

Der Dienstag kam, neun Tage bis zur Ankunft, und während der Morgendunst noch über dem Wasser lag, lief ein Boot in die Bucht ein. Es war nicht die *Orca Queen*, und der Mann, der mit der Leine in der Hand auf den Steg sprang, war nicht Ed. Er ging auch nicht über die Lichtung hinauf, sondern blieb stehen und wartete darauf, dass Rae herunterkam. Jerrys Miene wirkte … offiziell. Nicht böse, bloß wachsam und besorgt.

«Was ist los?», fragte Rae, als sie vor ihm stand.

«Ich kriege über Funk einen Anruf. Wollen Sie an Bord gehen und ihn entgegennehmen?»

Zum Teufel damit, war alles, was Rae durch den Kopf schoss: Ich muss wirklich irgendwas organisieren, damit ich telefonieren kann und die übrige Menschheit nicht mehr als Botenjunge für mich fungieren muss.

«Hallo?», fragte sie den Apparat.

«Guten Morgen, Ms. Newborn, hier ist Sheriff Escobar. Wie geht es Ihnen?»

«Gerade ging es mir noch gut. Warum vermute ich, dass sich das gleich ändern wird?»

«Ich habe hier zwei Männer, die Sie sich anschauen sollten. Könnten Sie ein Flugzeug nehmen und zur Gegenüberstellung kommen?»

«Was, heute?»

«Ich kann sie nicht länger als bis morgen festhalten, ohne sie anzuklagen», antwortete er, und mehr sagte er nicht. Rae konnte ihn durch das Knistern, das aus dem Hörer kam, warten hören, während sie auf Jerrys sanft schaukelndem Boot stand und auf die Skalen und Messinstrumente schaute. Zu den Dingen, zu denen Rae neun Tage bevor ihre Familie über sie hereinbrach, überhaupt keine Lust hatte, gehörte ziemlich an oberster Stelle, die Inseln zu verlassen, um auf einen betriebsamen Flughafen voller anderer ängstlicher Menschen zu fahren und sich in ein geschlossenes Flugzeug zu begeben, alles nur, um zwei Männer anzuschauen, die sie wahrscheinlich nicht identifizieren konnte (und falls doch, würden sie alle möglichen unwillkommenen Erinnerungen wachrufen).

Doch sie schuldete es Sam Escobar, schuldete es ihm für seine Ausdauer und seine Aufrichtigkeit, für seine Geduld mit einer Frau, die es nachts poltern hörte, schuldete es ihm für die Freundlichkeit, mit der er versucht hatte, ein völlig verschrecktes und offenbar aus dem Gleichgewicht geratenes Opfer hinter dem mit Papier übersäten Sofa hervorzulocken.

«Ich komme», sagte sie zu ihm.

«Danke.»

Sie hörte die Erleichterung in seiner Stimme – zu viel Erleichterung vielleicht. «Haben Sie sonst nichts, was Sie den Männern vorwerfen können, wenn ich sie nicht identifiziere?»

«Doch, aber dann wären sie noch vor Dunkelwerden auf Kaution entlassen und weg. Wenn Sie diese beiden wiedererkennen, haben wir eine Chance, sie festzuhalten.»

«Gut. Aber ich muss Ihnen sagen, ich erinnere mich vielleicht nicht an ihre Gesichter. Es waren lange anderthalb Jahre.»

«Wir können es nur versuchen», meinte Escobar knapp. «Geben Sie mir Bescheid, wann Sie ankommen – ich lasse Sie am Flughafen abholen.»

Jerry schien erfreut zu sein, dass sie fliegen wollte, und Rae deutete das als Zeichen seiner Erleichterung darüber, dass sie und ihre Probleme aus seinem Bezirk verschwanden, wenn auch nur vorübergehend. In einem so weit auseinander gezogenen Bezirk hatte die Polizei sicher keine leichte Aufgabe, überlegte Rae. Sie dachte daran, ihm zu erzählen, was sie in ihrem Werkzeugkasten gefunden hatte, selbst wenn ihn das in seiner Überzeugung, dass sie in Gefahr war, bestärkte, aber er war schon unterwegs und sie auch, wie es schien.

«Von Seattle aus geht um halb drei ein Flieger, da kann ich Sie hinbringen, wenn Sie sich in zwanzig Minuten fertig machen können. Die Fähre nach Anacortes würde auf Sie warten. Dann wären Sie vor halb sechs in San Jose.»

Rae fragte ihn nicht, woher er die Flugpläne so gut kannte, sondern nickte bloß zustimmend und drehte sich auf dem Absatz um, um ein paar Sachen in ihren Rucksack zu stopfen. Ihm von der Werkzeugkiste zu erzählen konnte warten.

Als sie ihren Werkzeuggürtel abschnallen wollte, hielt sie inne: der Revolver. Sie konnte ihn auf keinen Fall im Flugzeug mitnehmen; andererseits wollte sie ihn auch nicht im Zelt lassen, nicht einmal in dem abgeschlossenen Koffer. Rae nahm die in Flanell gewickelte Waffe und lief den Hügel hinauf zum Haus, blieb stehen, nahm die kostbare Kiste mit Tischlerwerkzeug unter den Arm (das einzige wirklich Wertvolle auf der Insel, seit Desmonds Tagebuch und seine Kassette sich in der Bank in Friday Harbor befanden) und brachte sie zusammen mit dem Revolver durch den Holzschuppen in die Höhle. Sie ließ alles gleich hinter dem Höhleneingang stehen, und auf dem Weg nach draußen verschloss sie die beiden unsichtbaren Türen.

Jerry stand im Boot und reservierte über Funk ihre Tickets. Sie flitzte ins Zelt, warf ihre schmutzige Arbeitskleidung auf den Boden, schnappte sich ein zerknautschtes Hemd und eine Hose, zog statt der dreckigen Stiefel ihre Stadtschuhe an und wühlte in ihren Kleidern, bis sie einen Leinenblazer fand. Wenn sie in einem Gefängnis herumspazierte, wollte sie wie eine Anwältin aussehen, nicht wie eine Verdächtige. Der Blazer war zerknitterter, als die Mode es vorsah, und in den Schultern enger, als Rae es in Erinnerung hatte, aber er musste reichen. Rae schaute sich ein letztes Mal um, ließ den kleinen Wecker und ihr Tagebuch in den Rucksack fallen, zog dann die Reißverschlüsse an den Fenstern und an der Tür zu, band die Klappen fest und eilte zu Jerry aufs Boot.

Beim Lärm des Motors war eine Unterhaltung praktisch unmöglich. In Friday Harbor ließ Jerry das Boot an einen Steg nahe bei der Fähre gleiten, wo Bobby Gustafsen in seiner Hilfssheriffsuniform wartete. Bobby fing die Leine auf, grinste Rae schüchtern zu, überreichte Jerry einen Schlüsselbund und nahm dann Jerrys Platz im Boot ein. Rae und der Sheriff beeilten sich, über die Rampe auf die Fähre zu gelangen, die unverzüglich ablegte und in den Kanal zwischen San Juan und Shaw hinausdampfte. Rae blieb Jerry weiter dicht auf den Fersen, folgte ihm einige Treppen hoch und durch ein paar Türen, und dann waren sie in der Cafeteria des Schiffes, wo sie der Duft von französischem Kaffee und Ahornsirup empfing. Rae ließ sich auf einen Sitz fallen. Ihr klingelten die Ohren, ihre Nerven bebten, und sie war dankbar, dass sie wenigstens während der nächsten Stunde nirgends hinrennen musste. Jerry stellte sich an der Theke an und kam mit einem Tablett voller in Cellophan gehüllter Dinge zurück. Er langte zu; sie schlürfte ihren Kaffee.

«Ich nehme an, dass Sie mich zum Flughafen fahren?», fragte Rae.

«Wenn das in Ordnung ist», sagte er und sah hinter seinem Sandwich plötzlich unsicher aus.

«Doch, schön», meinte sie. «Ich bin dankbar dafür», ergänzte sie dann, «ich hätte bloß gedacht, dass Sie zu tun haben. Sheriff spielen müssen.»

«Bobby kann mich vertreten. Das macht er liebend gern. Und was habe ich davon, dass ich der Sheriff bin, wenn ich es nicht so einrichten kann, dass ich ein paar Stunden mit einer Frau zusammen sein kann, die ich …» Er hielt inne und veränderte den Satz: «… mit einer Freundin zusammen sein kann.»

Rae lächelte reumütig. «Also habe ich Sie mit der ganzen Wahrheit, die ich da erzählt habe, nicht abschrecken können?»

«Haben Sie das versucht?»

«Vielleicht wäre es gut, wenn ich das könnte», meinte Rae und überlegte, dass es alles viel einfacher wäre, wenn sie entscheiden könnte, was sie selbst von dieser Beziehung hielt.

«Tut mir Leid. Ich meine: nein.»

«Halten Sie … halten Sie einfach die Augen offen, okay?»

«Tue ich immer.»

Wobei ihr etwas einfiel. «Jerry, ich muss Ihnen erzählen, dass möglicherweise jemand mein Werkzeug durchsucht hat, irgendwann in der letzten Woche.»

Stirnrunzelnd fragte er: «Fehlt etwas?»

«Nein, ein Teil von meinem Werkzeugkasten war verschoben, aber ich weiß nicht, wann das passiert ist. Und es könnte auch einfach meine eigene Geistesabwesenheit gewesen sein.»

«Aber das glauben Sie nicht», sagte der Sheriff. Es war keine Frage.

«Ehrlich? Bei diesem Werkzeugkasten? Nein.»

Sie schauten sich über den Plastiktisch hinweg an, ohne auf die herrliche Landschaft zu achten, die an den großen Fenstern vorbeizog. «Was machen wir denn da?», fragte er schließlich.

«Na ja», meinte Rae, «wenn die beiden Männer, die ich mir ansehen werde, die beiden waren, die mich letztes Jahr überfallen haben, können sie ja vielleicht auch erklären, was da jetzt vor sich geht.»

«Und wenn nicht?»

«Wenn nicht, werden wir darüber nachdenken müssen.»

Beide dachten in den nächsten drei Tagen recht viel darüber nach, Rae begann damit im Flugzeug nach Süden und Jerry auf seiner Rückfahrt im Auto, erst nordwärts und dann westwärts. Rae dachte auch darüber nach, wie Jerry in der Haltebucht vor dem Flughafengebäude am Lenkrad seines Dienstwagens gesessen, wie er die Menschenmassen betrachtet und sich dann mit einer Art «Ach, was soll's»-Schulterzucken zu ihr hinübergebeugt und sie geküsst hatte. Als Rae sprachlos und vollkommen verwirrt wieder aufgetaucht war, hatte sie fast mit Publikum gerechnet, aber die Einzige, die sie offen beobachtete, war die hübsche Polizistin vom Dienst, die mit einem Finger ihre Hutkrempe ein wenig hochstupste, eine Geste wie ein Gruß, und dann ihre Runde fortsetzte.

Rae hatte ihren Rucksack vom Rücksitz genommen und über das Wagendach hinweg den großen Mann in der Uniform angeschaut, der ihre Gedanken zumindest von der Angst abgelenkt hatte, mit Fremden in einem Flugzeug eingeschlossen zu sein.

«Sie … du siehst großartig aus», sagte Jerry zu ihr. Überrascht schaute Rae an sich hinunter und erwiderte dann zögernd sein Grinsen.

«Du auch», gestand sie und machte sich auf den Weg zu ihrem Flugzeug.

Die Frau am Abfertigungsschalter warf nur einen Blick auf Raes angespanntes Gesicht und sagte, ja, sie würde den Platz vorn am Gang, den Jerrys Reisebüro gebucht hatte, gern gegen einen Fensterplatz in der allerletzten Reihe tauschen. Mit gesenktem Kopf und zusammengebissenen Zähnen marschierte Rae zum Gate, wo sie sich mit dem Rücken zur Wand in eine Ecke setzte. Sie ging als letzter Passagier an Bord und ließ sich, benommen vor Erleichterung, in ihren Sitz fallen. All diese Menschen, und kein Einziger hatte sie von hinten gepackt.

Für zwei Stunden hörte ihr Rückgrat auf zu kribbeln; sie behielt die Personen, die zur Toilette gingen und wieder zurückkamen, zwar misstrauisch im Auge, aber wenigstens malten ihre Nerven sich nicht aus, dass eine Hand durch die Wand hindurch nach ihr greifen könnte. Als sie in San Jose gelandet waren, wartete sie wieder, bis alle außer den Stewardessen das Flugzeug verlassen hatten, dann nahm sie ihren Rucksack und eilte zum Ausstieg.

Zu ihrer Überraschung trug der Mensch, der mit dem besorgten «Hat sie den Flieger verpasst?»-Ausdruck im Gesicht auf den

Ausgang schaute, keine Sheriffsuniform, sondern einen kurzen roten Lederrock und eine Wildlederjacke: Pam Church. Das Gesicht der Anwältin hellte sich auf, als sie Rae sah, und sie umarmte die Reisende kurz und gab ihr ein Küsschen auf die Wange.

Ihre ersten Worte waren fast eine Wiederholung von Jerrys letzter Bemerkung: «Mensch, Frau, du siehst hervorragend aus.»

Wieder schaute Rae auf ihre mittelmäßige, ungepflegte Kleidung, aber Pamela schüttelte den Kopf.

«Nein, ich meine *dich*. Du siehst aus, als hättest du die letzten drei Monate in einem Kurort verbracht, Gewichte gestemmt und am Strand gesessen. Braun und muskulös.»

«Von Gewichtheben wüsste ich nichts, aber ich habe ganz schön viel Holz und Nägel geschleppt.»

«Was es auch war, es steht dir. Du brauchst natürlich eine Maniküre, aber deine Hände haben schon immer so ausgesehen, seit ich dich kenne. Ist das dein ganzes Gepäck?» Sie deutete auf Raes unansehnlichen Rucksack.

«Mehr hab ich nicht», bestätigte Rae.

Während der Autofahrt zu dem ländlichen Gefängnis, über die Bergstraße, die Heimat war und auch wieder nicht, holten sie eine Menge Geschäftliches nach und tauschten auch ein paar persönliche Neuigkeiten aus, die in ihrer Beziehung immer gleich wichtig gewesen waren. Der Verkehr über den Berg hinüber war dicht, denn es war mitten in der Hauptverkehrszeit, aber Pamela schien sich wegen dieser Verzögerung keine Sorgen zu machen.

«Sheriff Escobar hat gesagt, er würde auf dich warten», erklärte sie Rae.

«Kommst du mit rein?»

«Wenn du möchtest, ja. Wenn nicht, setze ich dich da ab, und wir können uns morgen zu einer richtigen Besprechung treffen. Du fliegst doch hoffentlich nicht heute Abend wieder nach Seattle zurück?»

«Nein, nein. Wo ich schon einmal hier bin, will ich auch ein paar Tage bleiben, mich ums Geschäftliche kümmern, die Blumen abstauben und gießen.»

«Hm. Möchtest du bei mir wohnen? Ich habe ein Gästezimmer; ich würde mich wirklich sehr freuen.»

«Nein, ich bin versorgt.»

«Ich finde die Vorstellung, dass du ganz allein in dem großen Haus bist, schrecklich», sagte die Anwältin vorsichtig.

«Ich übernachte heute bei einem Freund – bei meinem Holzhändler, Vivian Masters. Er fährt mich morgen zum Haus, und vielleicht bleibe ich dann dort. Mal sehen, wie es sich anfühlt.»

«Also, das Angebot steht.»

«Danke», sagte Rae, «ich weiß es zu schätzen.» Und das stimmte.

Dann waren sie am Gefängnis, und Pam betrachtete Rae zweifelnd und meinte gerade, sie würde vielleicht doch mit hineingehen, aber dann war da eine Uniform wie Jerrys, nur anders und viel kleiner, und viel Kommen und Gehen und Verzögerung und Türen, die sich öffneten und schlossen, bis Rae sich endlich mit Sheriff Escobar und ein paar anderen zusammen in einem Raum befand und durch den Einwegspiegel auf eine Reihe wildfremder Männer schaute: ein halbes Dutzend stämmiger, dunkelhaariger Männer, die sich in absolut gar nichts voneinander unterschieden. Sie wirkten alle wie Schlägertypen, obwohl Rae irgendwoher wusste, dass man bei Gegenüberstellungen Polizeibedienstete verwendete, um die Reihe aufzufüllen.

«Sind die Männer beide hier?» Rae bemühte sich, nicht zu panisch zu klingen.

«Nur einer», erwiderte der Sheriff. «Wir machen noch eine zweite Gegenüberstellung mit einer anderen Gruppe.»

«Ich weiß einfach nicht.»

«Lassen Sie sich Zeit. Achten Sie nicht auf die Kleidung; denken Sie nach, welchen Teil vom Gesicht Sie gesehen haben. Soll ich anordnen, dass sie sich umdrehen?»

«Vielleicht ja.»

Die aufgereihten Männer scharrten mit den Füßen und wandten sich nach rechts, dann nach links, und bei der letzten Positionsveränderung versteifte Rae sich.

«Sehen Sie was?», fragte der Sheriff.

«Der vierte. Könnten Sie ihn vortreten und irgendwie, na ja, das Gesicht verziehen lassen?»

Escobar gab seine Anweisungen, und einer nach dem anderen kamen die Männer an den Spiegel heran, bleckten die Zähne, als wollten sie sich Spinat herauspulen, und stellten sich wieder in die Reihe. Bei der vierten Grimasse durchzuckte es Rae wie ein Schlag, und ihre Eingeweide wurden zu Eiswasser.

«Das ist er», stammelte sie. «Hören Sie, kann ich mal die Toilette benutzen?»

«Können Sie einen dieser Männer identifizieren, Ms. Newborn? Für den Bericht.»

«Nummer vier. Das ist der Mann, der mich vom Fahrweg runtergeworfen hat. Damals hatte er einen Schnurrbart. Hören Sie, ich muss wirklich dringend …»

Eilig führte man sie aus dem Raum. Als sie mit einem Gefühl unnatürlicher Leere zurückkam, stand eine neue Gruppe von Männern auf der anderen Seite des Einwegspiegels. Alle waren größer als die Männer in der ersten Gruppe und blond, und während sie sich nach beiden Seiten drehten und wendeten, wartete Rae ängstlich darauf, dass der Blitz der Erkenntnis sie erneut traf. Nichts.

«Es könnte Nummer zwei sein», musste sie schließlich sagen. «Aber es könnte auch der Bruder von Nummer zwei sein. Tut mir Leid, bei diesem bin ich mir nicht annähernd so sicher.»

Dem Sheriff schien das nicht übermäßig zu beunruhigen, und als sie den Papierkram erledigt hatten, sah Rae zu ihm hinüber.

«Ich hab doch nicht etwa zwei Polizisten rausgesucht?»

«Oh nein, auf gar keinen Fall. Und machen Sie sich wegen des zweiten keine Gedanken – jetzt haben wir etwas, womit wir ihn bearbeiten können.»

«Sie haben nichts darüber gesagt, wer sie angeheuert hat? Oder ob sie überhaupt bezahlt wurden?»

«Noch nicht. Aber wenn Sie mich morgen anrufen wollen, sage ich Ihnen, was ich weiß.»

«Was ist mit dem Einbruch in meinem Haus? Haben diese Kerle den auch verübt?»

«Ich fürchte, das konnten sie nicht. Beide waren im Gefängnis, als das passierte – das ist ein ziemlich hieb- und stichfestes Alibi. Wir werden sie natürlich fragen, ob sie vielleicht irgendjemandem gegenüber erwähnt haben, dass das Haus leer stehen könnte, aber irgendwie glaube ich das nicht. Abgesehen von dem absichtlich angerichteten Schaden sieht der Einbruch ziemlich gekonnt aus. Vielleicht nicht professionell, weil ja nicht viel gefehlt hat, aber der Einbrecher hatte einen kühleren Kopf als diese beiden. Wollen Sie hinfahren, während Sie hier sind?»

«Ich treffe mich morgen mit meiner Anwältin dort, um zu sehen, ob ich etwas finde, was ihr und dem Versicherungsagenten entgangen ist.»

«Sagen Sie mir Bescheid, wenn Sie was finden. So, kann ich Sie irgendwo hinbringen? Etwas zu essen organisieren?»

«Ich werde erwartet, danke, aber wenn jemand mich mit durch die Stadt nehmen könnte, wäre das eine Hilfe.»

Erwartet wurde Rae von ihrem Holzhändler und Importeur exotischer Harthölzer, Vivian Masters, einem Sägewerker mit dem Namen eines englischen Aristokraten, der Statur eines olympischen Gewichthebers, der Stimme eines australischen Viehtreibers und den Händen eines holländischen Diamantschleifers. Rae hatte vor dem Unfall mehr als ein Dutzend Jahre mit Vivian zusammengearbeitet. Als sie ihn in Seattle vom Flughafen aus angerufen hatte, um ihm zu sagen, dass sie herunterkommen und gerne in der Werkstatt vorbeischauen würde, hatte er vor Freude gebrüllt und darauf bestanden, dass sie bei ihm und seinem Liebhaber (der, wie Rae aus langjähriger Erfahrung wusste, groß, anstrengend, wahrscheinlich bärtig, möglicherweise Ausländer und bedauerlicherweise nichts für länger sein würde) übernachtete.

Als sie vor Vivians Tür aus dem Streifenwagen stieg, kam er aus seiner Werkstatt auf sie zugerannt. Arme wie Stahlbänder schlangen sich um ihren Brustkorb, eine Geste, die bei jedem anderen Mann als Vivian einen panischen Kampf ums Entkommen ausgelöst hätte. Rae warf ihm mit gleicher Heftigkeit die Arme um den Hals und ließ ihr Kinn auf seinem Haar ruhen, während sie sich voller Wiedersehensfreude hin- und herwiegten. Dann hielt der Holzhändler Rae auf Armeslänge von sich und erklärte, sie sei tatsächlich etwas braun, und auf jeden Fall sehe sie zum Anbeißen gut aus. Rae schaute über die Schulter zu dem erheiterten Fahrer und winkte ihm zum Abschied, dann legte sie Vivian den Arm um die Schultern, während er ihre Hüfte umfasste, und sie schlenderten in seinen Hof.

Vivian wohnte über seiner Werkstatt, was vielleicht etwas mit dem Unwillen seiner verschiedenen Liebhaber, dauerhaft bei ihm zu bleiben, zu tun hatte, aber als Rae durch die Werkstatttür trat, spürte sie sofort, wie ihre Lungen sich weiteten, und einen Augenblick später dehnte sich auch ihre Seele aus. Der Duft von hundert Holzarten erfüllte die Luft, die destillierten Essenzen der Waldböden von Borneo bis Nicaragua. Zwei Jahre waren vergangen, seit Rae zum letzten Mal den Fuß in Vivians Lager gesetzt hatte, und die herrliche, zu ihrem Innersten sprechende Luft, an die sie sich sofort erinnerte, überrumpelte sie. Ihr war schwindlig und ängstlich zumute, und gleichzeitig fühlte sie sich wie berauscht. Sie musste sich setzen und merkte, dass sie Tränen in den Augen hatte und Vivian sich besorgt über sie beugte.

«Mir geht's gut», beruhigte sie ihn, «ich hatte es einfach vergessen.»

Er richtete sich zu seinen ganzen ein Meter fünfundsechzig auf, inklusive der sägemehlverklebten blonden Afrofrisur, und wandte sich um, um sein hölzernes Königreich zu überblicken. «Ich weiß. Wenn ich eine Weile weg war und dann wiederkomme, passiert mir das hier genauso.»

«Es ist … urweltlich.»

Er warf ihr einen Blick zu, der reine Freude war. «Ach verdammt, Mädchen, ist das schön, dich zu sehen. Komm rein und lass uns was trinken. Wir wollen uns besaufen, wir wollen uns voll laufen lassen und über Holz und Bäume reden und die verdammten Galeristen verfluchen. Aber erst musst du Jordan kennen lernen. Jor!» brüllte er mit gewaltiger Stimme die Treppe zu seinen Wohnräumen hinauf. Während sie nach oben gingen, sprach er weiter. «Ich kann gar nicht glauben, dass ihr euch noch nicht kennt, als würde meine linke Hand meine rechte nicht kennen, aber ich vermute, es war an dem Weihnachten – oh Allmächtiger.» Vivian drehte sich auf der schmalen Stiege um und schaute Rae in die Augen. Seine Stimme war plötzlich weich geworden. «Was war das für eine schreckliche Zeit. Ich hab's dir nie erzählt. Als ich mit dir gesprochen habe, 'n paar Tage nach der Trauerfeier, da wusste ich verdammt gut, dass du in deinem Haus da oben durch die Hölle gehst, aber du hast mir gesagt, du wolltest allein sein. Ich weiß, ich hätte hinfahren und dich einpacken und herbringen müssen, ich wusste das damals schon, und stattdessen hab ich mich von dir bequatschen lassen, dich da zu lassen, und hab mich Hals über Kopf in die Beziehung mit Jordan gestürzt, wie ein schwachsinniger Teenager, dem die Eier brennen. Ich war ein Idiot, und …»

Spontan nahm Rae seinen Kopf in die Hände und gab ihm rasch einen Kuss auf die Lippen. «Du bist kein Idiot, und ehrlich, du hättest nicht das Geringste ändern können. Selbst wenn ich dich in meine Nähe gelassen hätte, so ein Zusammenbruch ist wie ein gebrochenes Bein oder ein Erdbeben – Freunde können nichts dazu tun, dass es schneller heilt oder eher aufhört.»

«Yeah», sagte er mit seinem breiten australischen Akzent, «aber vielleicht hätte ich mich dann nicht so beschissen gefühlt.»

Von oben rief eine Stimme: «Du merkst, seine Hauptsorge bei dieser Sache ist, dass er seine Schuldgefühle nicht los wird!»

«Klar doch», rief Vivian zurück und war sofort wieder vergnügt. «Du glaubst doch nicht etwa, dass ich mir um eine verrückte Puppe wie Rae Sorgen machen würde? Rae – Jordan Benedict. Jordan, mein Liebster, das hier ist die andere Frau in meinem Leben. Du musst sie anbeten, ich befehle es dir, sie ist ein Genie.»

Rae hatte Vivian noch nie so manisch australisch erlebt, und ihr ging auf, dass der Mann, so unwahrscheinlich das auch sein mochte, nervös war. Die Nähe von psychisch Kranken konnte diese Wirkung auf andere haben, aber Rae fragte sich, ob es hier nicht vielleicht etwas anderes war. Zum Beispiel der Mann im Türrahmen über ihnen, der es achtzehn Monate lang mit Vivian Masters (dessen Beziehungen in der ganzen Zeit, die sie ihn kannte, nie vier Monate überdauert hatten) ausgehalten hatte, ein Mann, der, zugegeben, einen Bart hatte, der aber weder Ausländer noch groß war und eher angenehm als anstrengend wirkte.

Sein Händedruck war kräftig, aber nicht zudringlich, und wenn er Rae als Rivalin fürchtete – eine Rivalin, die Vivian noch dazu auf der Treppe abgeknutscht hatte –, sah man das nicht.

«Hallo», sagte er. In der linken Hand hielt er ein Buch, einen Finger als Lesezeichen zwischen die Seiten gesteckt.

«Schön, dich kennen zu lernen.»

Vivian hatte sich an ihnen vorbeigedrängt und war schon in der Wohnung. Seine Stimme übertönte das Klirren der Bierflaschen. «Willste 'n Bier, Rae? Bring deine Klamotten weg – du weißt ja, wo dein Zimmer ist –, und dann essen wir. Hier, probier mal diese kleine Brauerei in Marin, bekloppter Name, aber himmlisches Gesöff. Sag mal, du bist doch nicht etwa Vegetarierin geworden oder so 'n Quatsch?»

«Nein, ich esse alles.»

«Da bin ich erleichtert. Sieht so aus, als hätten alle, die ich kenne, dem Fleisch oder dem Alkohol oder beidem abgeschworen. Keine Ahnung, wie sie da erwarten …»

«Vivian.» Der Holzhändler und seine Kundin drehten sich nach der sanften, Respekt einflößenden Stimme um. Als er ihre volle Aufmerksamkeit hatte, fuhr Jordan fort: «Ich bete sie an, Vivian. Ich sehe, dass sie ein Genie ist. Und ich teile den Platz an deiner Seite mit Vergnügen mit dieser anderen Frau. Würdest du also bitte aufhören, hier einen Spektakel zu machen wie ein Frosch in der Bratpfanne? Beruhige dich. Es ist alles in Ordnung.»

Vivian fiel der Unterkiefer herunter, dann klappte er zu einem schiefen Grinsen wieder hoch. Er strahlte Rae an, küsste Jordan und ging wortlos in die Küche zurück. Er wirkte gelassener. Rae begegnete Jordans Blick, sah seine tiefe Zuneigung und seinen Humor und hätte ihn am liebsten auch geküsst.

Rae glitt so selbstverständlich in den Abend hinein wie ein Fisch in seinen heimatlichen Teich. Vivian hatte gekocht. Er machte sich zwar selten die Mühe, in diesen seltenen Fällen aber kreierte er immer ein kulinarisches Echo seiner selbst – unverblümt, muskulös und voll unerwarteter Raffinesse. Er hätte beim besten Willen nicht nach Rezept kochen können, sondern stürmte durch die Küche und rührte merkwürdige Zutaten zusammen, die aber passten. Heute Abend schmeckte es nach Mittlerem Osten, mit Anklängen an Japan und Neuengland.

Nach dem Essen scheuchte Vivian Jordan aus der Küche und reichte Rae ein Geschirrtuch.

«Abschlussarbeiten», erklärte Jordan mit einem entschuldigenden Lächeln, während er sich aus der Tür schubsen ließ. «Die Zensuren stehen bevor.»

«Ich bring dir Kaffee, wenn wir mit dem Abwasch fertig sind», rief Vivian hinter ihm her und krempelte die Ärmel auf.

«Jordan unterrichtet?», erkundigte Rae sich.

«An der Uni. Bisher stundenweise – Literatur der Shakespearezeit und kreatives Schreiben. Er hat Alan nicht gekannt», fügte Vivian hinzu, wohl wissend, was sie fragen wollte. «Er ist Schriftsteller – sein erster Roman erscheint im Herbst. Echt anspruchsvolles Zeug, ein Junge, der in einer Kleinstadt aufwächst.»

Rae gab die entsprechenden Geräusche des Interesses von sich, aber in Gedanken war sie nicht bei Jordan Benedicts literarischer Zukunft. Nach einem Weilchen ließ Vivian den Schwamm in das schaumige Wasser fallen, drehte sich um und pflanzte sich mit dem Rücken zum Spülbecken auf.

«Was ist los?»

«Tut mir Leid, Viv, ich bin heute kein besonders guter Gast, oder?»

«Scheiße nochmal. Was hast du?»

«Ich habe heute nachmittag die Männer gesehen, die mich überfallen haben. Hab auf der anderen Seite von einem Einwegspiegel gestanden, gut einen Meter von … Es war wie ein Albtraum, Viv. Ich habe wirklich erwartet, dass seine Hand durch das Glas nach mir greift. Es ist … ich meine, es ist in Ordnung, ich bin froh, dass sie die beiden gekriegt haben, aber seitdem bin ich …»

Vivian fasste sie mit seinen nassen Händen an den Schultern, führte sie zu einem Stuhl, setzte sie darauf, ging zum Schrank und schenkte ihr einen großen Schluck teuren Brandy ein.

«Trink das.» Er beugte sich über sie, bis sie die Hälfte davon heruntergekippt hatte, und nickte dann. «Es geht nichts über Schnaps, wenn man das große Zittern kriegt. Und jetzt erzählst du mir alles.»

Rae erzählte ihm zwar nicht alles, gab ihm aber einen deutlichen Eindruck von den letzten Monaten. Er ging wieder an den Abwasch, und als er den letzten Topf auf dem Herd gestapelt hatte, füllte er die Kaffeemaschine und holte Tassen und ein Kännchen Milch. Rae beendete ihre Geschichte etwa zur gleichen Zeit, als die Kaffeemaschine zu blubbern aufhörte. Vivian brachte Jordan eine Tasse, und als er zurückkam, goss er sich und Rae so viel Brandy in den Kaffee, dass die Mischung in ihren Tassen Raumtemperatur bekam.

«Du arbeitest jetzt?», fragte er, was natürlich ein Trugschluss war. «Nicht nur mit Dachlatten und so?»

«Gloriana hatte die Idee, das Haus zum Thema eines Fotobandes zu machen. Ich habe gesagt, ich würde es mir überlegen.»

«Sag ihr, dass du das machst. Mach irgendwas. Arbeite und liebe – das hält einen davon ab, auf Irrwege zu geraten.»

«Du bist so sehr auf dem richtigen Weg, wie ich das noch nie bei dir gesehen habe, Vivian. Jordan ist ein Schatz.»

«Jor ist einfach ein Wunder. Das Beste, was mir je passiert ist. Und du – findest du auf deinen Inseln jemanden?»

Es war scherzend gesagt, aber in der Erinnerung an Jerrys harten Mund auf ihrem zögerte Rae einen Sekundenbruchteil zu lange, bevor sie als Antwort lachte. Vivian merkte es sofort.

«Du hast jemanden gefunden! Ach, du Prachtweib, erzähl Onkel Viv alles.»

«Nein, ich habe niemanden gefunden. Wie denn auch? Ich bin eine Einsiedlerin; der einzige Mann, den ich sehe, ist ein alternder Hippie, der mir Lebensmittel bringt. Aber ich sage dir, der Mann ist schon ein paar Phantasien wert. Er könnte aus einem Song von Jimmy Buffett stammen, und er hat diese unglaublichen Tätowierungen …»

Ed und seine Haut lenkten Vivian auf die falsche Fährte, und als er ihre Tassen wieder füllte, wobei er sich dieses Mal mit Kaffee gar nicht erst abgab, erzählte er ihr von einem tätowierten Jungen, den er mal gekannt hatte. Das Gespräch bewegte sich nun in sicherer Entfernung von Raes Liebesleben.

Der Flüssigkeitspegel in der Flasche sank, und sie begaben sich in das gemütliche Wohnzimmer, wo Vivian mit Holzresten aus seiner Werkstatt ein Feuer anzündete. Rae fragte ihn nach seinen

Neuerwerbungen, und er erzählte ihr Jägerlatein aus dem Holzhandel.

«Du hast mir von einem Knorren geschrieben», fiel ihr plötzlich ein. «Ich glaube, ich habe dir nicht einmal geantwortet, oder?»

«Nein.»

«Hast du ihn noch? Ich möchte ihn sehen.»

«Nicht heute Abend. Aber ich will dir erzählen, wie er zu mir kam», und schon war er wieder mitten in einer Geschichte, der einzige Mann, bei dem das Kaufen und Verkaufen von toten Bäumen wie Piraterie auf hoher See klang.

Es war eine reine Freude, ihm zu lauschen und seine Augen wie schwarze Diamanten glitzern zu sehen. Es war sogar eine Freude, wenn auch eine bittersüße, als Jordan hereinkam und sich eine Weile am Gespräch beteiligte, bevor er ins Bett ging. Ohne sich dessen bewusst zu sein, sah sie ihm nach, mit einer Mischung aus Wehmut und Sehnsucht.

«So», sagte Vivian, als sie wieder allein waren, mit einer Stimme, die keine Ausflüchte zuließ. «Was ist jetzt also mit dir und einem Kerl?»

«Es ist nichts, Viv. Es ist bloß ... der Sheriff da oben scheint auf mich abzufahren.»

«Und was ist daran verkehrt?»

«Gar nichts. Er ist ein paar Jahre jünger, aber nicht viel, und ein wirklich netter Kerl.»

«Oho.»

«Sei nicht gemein. Alan war auch nett.»

«Alan war eine ganze Menge, aber ich glaube nicht, dass du als Erstes das Wort ‹nett› gebraucht hättest, wenn du ihn beschrieben hättest. Wie heißt dein Sheriff?»

«Jerry Carmichael. Er ist eins neunzig, reichlich Muskeln, hat sein ganzes Leben auf den Inseln verbracht. Sinn für Humor, sensibel, ohne dass einem davon übel wird. Er kann gut zuhören. Weißt du eigentlich, wie wenige Männer gute Zuhörer sind?»

«Und was für ein Baum wäre er?»

«Was für ein Baum? – Ach so. Lass mal sehen.» Rae hatte fast vergessen, dass es ein altes Spiel von Vivian war, Menschen als Bäume zu sehen. Vivian selbst war eindeutig ein Eukalyptus: durstiger Australier, der sich bis zu einem bestimmten Punkt bog, jenseits davon aber sehr brüchig war; wenn er trocken war, war er so hart, dass man ihn nicht bearbeiten konnte, und beim kleinsten Funken ging er in Flammen auf. Alan war ein Bambus gewesen – biegsames Äußeres, stählerner Kern –, und Rae, das war Vivian einmal entschlüpft, war eine Montereykiefer, die sich an einer Klippe am Meer festhielt, gegen die Elemente ankämpfte, aber zäh und tief in dem unfreundlichen Boden verwurzelt war. «Jerry ist eine Zeder, glaube ich. Aufrecht, stark, stabil und weich und wasserfest gleichzeitig. Außerdem riecht er gut.» Rae wurde plötzlich rot, und Vivian krähte vor Lachen.

«Hab ich dich doch! Und wie ist er im Bett?»

«Vivian! Alan ist noch nicht einmal zwei Jahre tot. Ich kenne Jerry seit zwei Monaten, hab ihn vielleicht ein halbes Dutzend Mal getroffen. Auch wenn ich zugeben muss, dass er nicht schlecht küsst.»

«‹Nicht schlecht›? Also komm, Rae.»

«Was? Verdammt, was ist denn daran verkehrt?» Obwohl sie überhaupt nicht sicher gewesen war, dass sie Jerry wollte, merkte sie jetzt, dass sie durchaus bereit war, ihn vor dem Hohn ihres alten Freundes zu schützen.

«Seit wann ist ein ganz netter Kerl gut genug für dich? Ich hätte gedacht, dass du nach Alan …»

«Hör auf.» Rae war plötzlich zornig. «Halt dich da raus, Vivian. Alan gab es nur einmal in meinem Leben.»

«Glaubst du, ich wüsste das nicht? Ich habe dich vorher gekannt und während der Zeit und jetzt nach Alan. Ich kenne dich gut genug, und ich rate dir, dass du dich besser einfach an deine Arbeit hältst, solange du das nicht haben kannst.»

Rae starrte ihn ungläubig an. «Ausgerechnet du musst das sagen.»

«Ganz richtig, ausgerechnet ich.» Vivian war jetzt auch wütend, und nicht nur über ihren Angriff. «Ich habe es mein Leben lang nicht gewusst, und jetzt weiß ich es, ich sehe, warum du wie ein Flutlicht losgestrahlt hast, als du Alan Beauchamp kennen gelernt hast. Chemie, Elektrizität – Scheiße, ich weiß nicht, was es ist. Aber ich weiß, dass du ein spatzenhirniger Schwachkopf wärst, wenn du einen Mann mit ins Bett nehmen würdest, bei dem davon nichts läuft. Du würdest ihn umbringen, denn Alan würde immer zwischen euch liegen.»

«Vivian, du redest Unsinn.»

Er knallte seine Tasse so heftig auf den Tisch, dass sie zersprang. Der Geruch von verschüttetem Brandy erfüllte die Luft, aber Vivian ignorierte ihn, ignorierte das Blut, das an seinem Finger herunterlief, und den Schaden, den er seinem lackierten Tisch zugefügt hatte. Er packte Rae am Arm und zog sie hoch.

«Komm mit.» Er stürzte zur Tür, und Rae hatte keine andere Wahl, als ihm zu folgen. Sie fand ihn mitten in seiner Werkstatt, zwischen einem Stapel roher Eichenbretter und einer formlosen Masse, die fast die Größe eines Kleinwagens hatte und mit einer Plane verhängt war.

«Guck dir die an», befahl er und zeigte auf die Bretter.

Rae schaute sie an. «Okay. Ganz nett.» Nichts Spektakuläres, aber Eiche war immer ein anziehendes Holz, auch wenn nichts Besonderes dran war.

«Jetzt guck dir das hier an und sag mir nochmal, dass ich Unsinn rede.»

Mit der Miene eines Zauberers schlug er die Plane von dem großen Klumpen zurück und trat einen Schritt zur Seite.

Auf den ersten Blick war der Walnussknorren einfach ein hässlicher, plumper, fester Brocken organischer Materie. Ein ungeübtes Auge hätte ihn vielleicht für ein großes Feuer vorgesehen.

Rae jedoch sah sofort, dass sie etwas wirklich Besonderes vor sich hatte. Was hatte Vivian in seinem Brief geschrieben? Wie für sie geschaffen, hatte er gemeint, dunkel und verdreht und für jemand anders unmöglich. Ihr war bewusst, dass Vivian sie beobachtete, dass er ihr ins Gesicht schaute, als sie sich hinunterbeugte, um die Windungen der Maserung zu studieren, und mit forschenden Fingerspitzen über die bizarre Oberfläche fuhr.

«Du spürst es», erklärte er triumphierend.

«Vivan, du bist ein Genie.»

«Chemie, da hast du's. Der Kram da ist ganz nett.» Abschätzig zeigte er mit dem Daumen auf die gesägten Bohlen. «Aber dies hier» – er gab dem Knorren einen Klaps –, «dieses Prachtstück ist der Grund, warum wir überhaupt mit toten Bäumen arbeiten. Und du willst mir erzählen, du kannst dahin zurückgehen?»

Ihr Blick folgte seinem Daumen zu den Brettern, die wirklich sehr ... nett waren.

«Wie kannst du das wissen, Viv? Dass du bei einem phantastischen Stück Holz wie diesem sofort sicher bist, heißt doch noch nicht, dass es nicht auch andere Stücke gibt, über die du erst nachdenken musst – da wir ja von dieser blöden Metapher nicht loszukommen scheinen. Wie oft hast du mir ein Stück mitgebracht und gesagt: ‹Bei diesem bin ich mir nicht sicher, Rae›?» Sie imitierte seinen schleppenden australischen Tonfall, was ihm ein widerwilliges Lächeln entlockte.

Als er antwortete, war er jedoch sehr ernst. «Und woher weißt du es dann, Rae? Als ich dir dieses dreckige Stück halb vermoderten Ahorn mitgebracht habe, der neunzig Jahre in irgendeinem Keller gelegen hatte, und du diese unglaubliche Arbeit mit den Ebenholzschubladen daraus gemacht hast, woher hast du gewusst, dass es überhaupt der Mühe wert war? Ich werde es dir sagen. Du hattest es im Gespür. Oder nicht? Du hast im Gespür gehabt, dass da etwas Großartiges möglich war. Also sag mir, Rae Newborn: Was sagt dein Gespür dir über deinen netten Sheriff?»

Sie zupfte ein Weilchen an der abgescheuerten Seite des Knorrens herum und stieß dann die Luft aus. «Ich hasse dich, Vivian.»

«Nee. Du liebst mich.»

«Das auch.»

«Vertrau auf dein Gespür, Rae. Du spürst das in den Knochen.»

Aber in dieser Nacht lag sie da und starrte an die Decke und fragte sich, wie sie wissen konnte, was ihre Knochen dachten, wenn alles Übrige an ihr so mit der Erinnerung an Jerrys Arme und an seinen Mund beschäftigt war.

Kapitel 48

Desmond Newborns Tagebuch

1. Oktober 1926

Der Dichter hat erklärt: Kein Mann ist eine Insel.

Nun habe ich meinen Wohnsitz seit fünf Jahren auf einer Insel zwischen anderen Inseln, und ich muss sagen, dass diese Aussage hier mehr zutrifft als an jedem anderen Ort, an dem ich je gelebt habe.

Einsiedler gibt es hier in Hülle und Fülle, Misanthropen oder Menschen, die vor etwas auf der Flucht sind. Es wimmelt von Exzentrikern – der Schotte, über den man munkelt, er baue im Norden von mir ein echtes schottisches Schloss, der Entdecker und Großwildjäger im letzten Jahrhundert, der in Oxford studiert hatte und selten Schuhe trug, und hundert andere.

Jede Seele hier bewohnt ihr Inselheim, das durch einen kalten, gefährlichen Wasserstreifen von der Wärme des nachbarlichen Herdes abgeschnitten ist. Selbst auf den stärker besiedelten Inseln, ja sogar auf denen, die so groß sind, dass sie eine Mitte haben, von der aus man das Meer nicht sehen kann, vergisst der Bewohner nie das Salzwasser gleich vor seiner Haustür.

Dieses Wissen darum, wie allein und gefährdet wir alle sind, ist genau das, was uns verbindet. Nur während des Krieges habe ich so mühelos Freunde gefunden und eine so große Bereitschaft, zu helfen und Anteil zu nehmen. Auf dem Festland fahren wir an der Zufahrt unseres Nachbarn vorbei, ohne sie auch nur eines Blickes zu würdigen; hier schauen wir angestrengt hin, recken den Hals, um uns zu vergewissern, dass bei ihm alles in Ordnung ist. Auf dem trockenen Land streiten Nachbarn sich über Zaunverläufe und Grenzverletzungen; hier liegt das Meer zwischen uns, das zwar nicht gerade ein Feind ist, dem aber, wenn es um die Sicherheit eines Kindes oder eines Nachbarn geht, nie zu trauen ist. Wir kennen die Gefahr, die uns umgibt; wir wissen, wem wir vertrauen können.

Hier sind alle Menschen Inseln, verbunden durch den Kontakt mit dem Meer. Das, was uns trennt, führt uns zusammen.

Kapitel 49

Vivian hatte Recht, entschied Rae: Wenn sie keine Liebe haben konnte, war Arbeit das Beste. Freunde und Arbeit: Fachkundige Muskeln spielen zu lassen, das Vokabular einer gemeinsamen Passion zu pflegen und wieder zu entdecken, wer sie gewesen war und wer sie wieder sein würde. Und wenn Rae am vergangenen Abend viel zu viel getrunken hatte, so war der teure Brandy ihrem Kopf doch gnädig, und sie litt nicht übermäßig, als sie am Morgen aufstand.

Als Vivians zwei Mitarbeiter kamen, rollten sie den Knorren ans Licht, und dann verbrachten sie alle vier einige spannende Stunden mit der Diskussion darüber, welcher Schnitt die Maserung am besten zur Geltung bringen würde. Sie brachten Kreidestriche an und wischten sie wieder ab, zogen und stießen eine halbe Tonne knorriges, unbearbeitetes Holz hin und her, und schließlich wurde dieser Überrest eines Lebewesens, das zur Zeit der Thronbesteigung von Elisabeth I. ein junges Bäumchen gewesen war, in Vivians ungeheure Säge hineingeschoben. Ohne das ohrenzerreißende Kreischen zu hören, standen sie angespannt daneben, bis der Baumstumpf in zwei Teilen vor ihnen lag. Vier Gesichter entspannten sich vor Vergnügen über die Struktur und die Form.

Rae umkreiste das Holz, plante bereits, wie sie es bearbeiten würde, und bewunderte, wie genau Vivian den richtigen Schnitt gewählt hatte.

«Du hast Recht gehabt», sagte sie zu ihm, «er ist einfach fabelhaft.»

«Ich habe immer Recht.» Er sprach nicht von Holz.

«Du bist Spitze», stimmte Rae zu.

Nachdem sie sich das Sägemehl aus den Haaren gebürstet hatten, stiegen Rae und Vivian in seinen uralten Audi und fuhren hinauf in die Berge zu Raes Haus. Pam Church wollte sich dort mit ihnen treffen, und Rae hatte Vivian angeboten, mit ihr hinaufzufahren, aber der Holzhändler stammte aus einer Rechtsanwaltsfamilie und mochte nicht recht glauben, dass man mit einer Anwältin befreundet sein konnte. Rae bestand nicht darauf: Je mehr warme Körper sie im Haus um sich hatte, desto besser.

Das Erstaunliche war, dachte sie eine Stunde später, als sie neben dem Wagen in der nach Redwood duftenden Stille stand, wie wenig es sich verändert hatte. Abgesehen von der glänzenden neuen elektronischen Kontrolltafel an der Wand neben der Haustür schien es Rae, als sei sie erst gestern fortgegangen. Bella hätte aus dem oberen Fenster gucken und Alan hätte am Tisch sitzen und Aufsätze korrigieren können.

Selbst ihre Werkstatt war ein Geisterland, die großen elektrischen Maschinen brüteten unter ihren Abdeckhauben vor sich hin, das aufgestapelte Holz trocknete auf den stabilen Regalen, und die Reihen ordentlich aufgehängten Handwerkszeugs staubten ein. Rae hatte Vivian bereits gesagt, dass sie nicht in ihrem Haus übernachten wollte, und er hatte nichts dagegen, dass sie seine Wohnung als Hotel benutzte. Als sie jetzt neben ihm durch das Haus ging, war sie froh darüber. Überall konnte sie die schwachen Umrisse von Beobachtern wahrnehmen, die in den dunklen Schatten unter den Bäumen warteten.

Während Rae und Pam mit den Schadensformularen und dem Stapel Rechnungen und Steuerforderungen, der sich angesammelt hatte, beschäftigt waren, zog Vivian sich in Raes Werkstatt zurück, wo er begann, alles, was ihm unter die Finger kam, einzuölen, um es vor Rost zu schützen. Als Rae eine Weile später den Kopf durch die Tür steckte, befasste er sich mit dem Holz, ordnete es neu und drehte es um und fluchte dabei leise.

Rae überließ ihn sich selbst und ging mit Pam durch die Räume im Erdgeschoss, um nachzuprüfen, ob der Versicherungsagent etwas übersehen hatte. Jemand hatte die Staubschutzlaken von den Möbeln genommen, sie zusammengefaltet und ordentlich auf einen hohen Stapel gelegt, aber sie zeigten Abnutzungserscheinungen: Das oberste war zerrissen, als hätte jemand darauf herumgetrampelt. Nackte Kabel deuteten an, wo die Stereoanlage gestanden hatte; das Fernsehgerät und sämtliches Zubehör waren fort, der Schrank mit dem Silber leer. Rae war erleichtert, dass sie wenig reine Zerstörung vorfand, abgesehen von der Glassammlung, deren Scherben man sorgfältig aufgefegt und in Kartons gepackt hatte, als wollte Rae sie vielleicht aufbewahren. Sie öffnete einen der Kartons, um einen Blick auf die funkelnden Bruchstücke zu werfen, und schloss ihn dann traurig wieder. Alan hätte geweint. Etwas an der erstarrten Bewegung und der Eleganz des Glases hatte ihn tiefer angesprochen als Rae, und Rae trauerte seinetwegen um diese einstmals flüssige Schönheit, die nun zu Staub zermahlen war. Immerhin hatte der Einbrecher die Kunstwerke an den Wänden nicht angerührt, entweder, weil er ihren Wert nicht kannte, oder weil ihm klar war, wie schwierig es sein würde, Skizzen von Picasso und Drucke der Moderne abzustoßen. Raes viel geliebte und sorgfältig zusammengestellte Möbelsammlung – Stühle von Maloof und Stickley, eine Bank von Morris, ein antiker Apothekerschrank aus Japan – war ebenfalls heil geblieben, bis auf eine hässliche Kerbe in der dicken Platte des mittelalterlichen englischen Tisches, an der Stelle, wo eine der schweren Vasen bei ihrer Zerstörung aufgekommen war.

Alans Arbeitszimmer jedoch bot einen herzzerreißenden Anblick. Der Einbrecher hatte offenbar systematisch ganze Aktenschränke umgekippt, hatte die Notizen für Artikel, die Alan hatte schreiben wollen, verstreut, und Rezensionen, Fotos und Korrespondenz aus zwanzig Jahren in die Luft geworfen. Alan hatte einige von Bellas Zeichnungen an einem Korkbrett neben seinem Schreibtisch aufgehängt; das Brett war von der Wand gerissen worden, unachtsame oder wütende Stiefel hatten darauf herumgetrampelt, und jemand hatte die Zeichnungen zerfetzt. Als Pam, die sich mit den Überresten des Computers beschäftigt hatte, sich umdrehte, fand sie Rae auf den Knien, mit einer verstümmelten Kinderzeichnung in der Hand und Tränen im Gesicht. Die Rechtsanwältin schimpfte leise und watete zu Rae hinüber.

«Tut mir Leid, Rae, ich hätte sie aufräumen sollen. Wie dumm von mir, dich das sehen zu lassen.»

«Die besten habe ich alle», sagte Rae, während sie Pam erlaubte, ihr aufzuhelfen. Sie überließ ihr das zerrissene Bild von Petras Pony, beobachtete, wie Pam die Teile glattstrich und in eine Schublade gleiten ließ, und schaute sich dann das ganze Ausmaß der Zerstörung an. Voller Verzweiflung fragte sie: «Was hat er bloß gesucht?»

«Was es auch war, entweder hat er es nicht gefunden, oder er hat es gefunden und wollte das vertuschen. Komm, lass uns hier rausgehen», drängte Pam.

Rae folgte ihr in die Küche und begann, die Schränke nach Kaffee zu durchsuchen.

«Was Don angeht», setzte Pam an.

«Ach, Don kann uns doch mal», erwiderte Rae.

«Nein, danke.»

«Was hat er denn jetzt schon wieder gemacht?» Rae knallte eine Schranktür zu und riss die nächste auf.

«Eben gar nichts. Ich habe von seinen Anwälten seit Wochen nichts mehr gehört.»

«Hattest du das denn erwartet?»

«Na klar. Ich habe ihnen einen Schriftsatz vor den Latz geknallt, der es in sich hatte, mit allen Tricks, damit sie merken, dass wir uns nicht verarschen lassen. Ich dachte, dass ich wenigstens ein Antwortschreiben kriegen würde.»

«Vielleicht hast du ihnen so einen Schrecken eingejagt, dass sie sich zurückziehen.» Pam schnaubte verächtlich. «Oder vielleicht haben sie Don eine Rechnung geschickt, und als er nicht zahlen konnte, haben sie ihn gefeuert.»

«Anwälte feuern ihre Klienten nicht», erwiderte Pam automatisch.

«Das war ein Versuch, humorvoll zu sein, Pam.» Rae ging zum nächsten Schrank.

«Rae, wir müssen über ihn sprechen.»

«Warum denn? Pam, ich bin nicht einfach leichtsinnig: Hat es Sinn, noch mehr Energie auf ein Gespräch über Don Collins zu verschwenden? Entweder verfolgt er die Sache weiter oder nicht, aber er hat den Ball. Hach, da ist ja Kaffee. Glaubst du, dass der noch trinkbar ist?» Die Schränke enthielten eine merkwürdige Mischung aus sehr vertrauten und völlig fremden Dingen. Rae nahm eine Schachtel mit Entspannungs-Kräutertee, die ringsherum mit fröhlichen Platitüden bedruckt war, und fragte sich, ob Tamara den wohl mitgebracht hatte, als sie zum Hausputzen gekommen war, oder ob sie selbst ihn während der finsteren Zeit gekauft hatte: Kräuter, um die Beobachter in Schach zu halten?

«Rae, ich glaube nicht, dass Don eine Chance hat, diese Sache zu gewinnen, aber er hat schwer wiegende Argumente zusammengestellt, und er hat eine aggressive Kanzlei an der Hand. Wenn er seine Frau dazu kriegt, dass sie bezeugt, dass dein Geisteszustand immer noch gestört ist, könnte er einen Richter durchaus dazu überreden, deine Verfügungsgewalt über dein Geld einzuschränken. Er würde nicht gewinnen, aber du könntest jahrelang in einen Prozess verwickelt sein.»

Rae sorgte sich mehr darum, was hinter dem Fall stand, und sie hielt das Schweigen der Anwälte eindeutig für ein schlechtes Zeichen. Aber weil sie nicht wusste, was sie hätte tun können, um abzuwenden, was immer Don im Sinn haben mochte, wollte sie die verschiedenen Möglichkeiten erst gar nicht mit Pam erörtern. Don hatte tatsächlich den Ball; Rae musste einfach so tun, als wäre das Schweigen ermutigend und als fühlte sie sich nicht wie in einem Urwaldfilm, wenn die Trommeln plötzlich still wurden. «Dann muss ich eben einfach stinklangweilig und normal wirken. Nenn mich Madame Schlaftablette. Ich hab dir doch erzählt, dass sie mich besuchen wollen, oder?»

«Wer?» Pam klang erschrocken «Don und Tamara? Nein, das hast du ganz bestimmt nicht erzählt.»

«Petra möchte für eine Woche zu mir kommen, und die Eltern bringen sie.»

«Und wann soll diese kleine Konfrontation stattfinden?»

«Es wird keine Konfrontation geben. Dafür sind wir viel zu gut erzogen, weißt du das nicht? Morgen in einer Woche. Am Ersten.»

«Juli? Sag mal, bist du wahnsinnig?»

Rae starrte ihre zornige Rechtsanwältin an und begann, etwas zu heftig zu lachen. «Natürlich bin ich wahnsinnig, du Idiotin – was glaubst du denn, worum es hier die ganze Zeit geht?»

«Ach, hör auf», fuhr Pam sie an. «Du weißt doch, was ich meine. Du musst den Besuch absagen. Es gibt nur Probleme, wenn du Don in deine gute Stube einlädst, während dieses Verfahren läuft.»

«Ich habe gar keine gute Stube.»

«Rae!»

«'tschuldigung. Okay, ich gebe zu, dass es wirklich äußerst unangenehm werden wird, wenn Don mich da draußen besucht, aber angenommen, ich schlage ihm nicht gerade mit meinem Klüpfel den Schädel ein, dann sehe ich nicht, wieso es eine Rolle spielt, ob er nun kommt oder nicht. Ich lebe auf Folly, und ich habe nicht vor, das zu leugnen. Manche Leute glauben vielleicht, dass es bescheuert ist, da zu wohnen, aber mein Haus nimmt Gestalt an, es wird ein hübscher, konventioneller Bau – na ja, mehr oder weniger. Jedenfalls hat es gerade Wände und einen ebenen Fußboden und Isolierung und bald auch ein richtiges Dach. Ich habe fließendes Wasser, und ich habe mich sogar einigermaßen nach den Bauvorschriften gerichtet. Würde eine Verrückte sich um Bauvorschriften kümmern?»

«Was ist ein Klüpfel?»

«Ein Holzhammer. Für die Arbeit mit Beiteln. Herrje, du weißt aber auch gar nichts.»

«Ich bin Rechtsanwältin, nicht Tischlerin, was soll ich da über Werkzeug wissen?»

«Und was weiß ich über Gesetze? Pam, wenn du mir ausdrücklich sagst, dass ich mit Petra oder ihren Eltern keinen Kontakt haben soll – tut mir Leid, aber das kann ich nicht. Schließlich geht es bei dieser ganzen Sache um den Kontakt zu meiner Enkelin, erinnerst du dich? Wenn es bestimmte Dinge gibt, die ich tun oder sagen oder lieber nicht tun oder nicht sagen sollte, lass mich das wissen, und ich werde mich sehr anstrengen, deine Anweisungen zu befolgen. Ansonsten müssen wir die Gerichte vor sich hin wurschteln lassen, bis sie den Fall ad acta legen. Das könnte sogar letzlich das Beste sein. Ich meine, Don hofft wahrscheinlich, dass er, während er bei mir ist, irgendwas entdeckt oder dass mir was rausrutscht, was er als Beweis gegen mich verwenden kann, aber wenn das nun nicht passiert? Und dass sie Petra bei mir lassen wollen, zeigt doch, dass sie mir vertrauen, oder? Wie können sie behaupten, dass ich gefährlich bin, wenn das Mädchen sich mit mir allein sicher fühlt? Sieh mal, ich habe sogar schon Freunde da oben – das muss doch auch zählen. Die Naturschutzwartin und der Sheriff kommen ständig vorbei.» Ed war als Leumundszeuge vielleicht nicht so besonders gut geeignet, überlegte Rae.

«Der Sheriff?»

«Er besucht mich andauernd. Bringt mir Blumen mit. Und Steaks. Und einmal sogar eine Flasche Sekt.»

«Tatsächlich?»

«Es ist sehr unhöflich, Pam, dass du so überrascht tust.»

«Tut mir Leid», sagte die Anwältin, aber es hörte sich eher neugierig als entschuldigend an. «Ich kann mir bloß nicht vorstellen, dass du mit jemand anders als mit Alan zusammen bist.»

«Ich bin auch nicht mit jemand anders als mit Alan zusammen.

Wir haben kein Verhältnis. Und wir werden auch kein Verhältnis anfangen. Die … Chemie stimmt nicht.»

«Warum schmunzelst du dann so?», fragte Pam misstrauisch.

«Bloß ein privater Witz. Aber Jerry ist sehr intelligent, sieht gut aus, hat Sinn für Humor und ist stabil wie ein Berg, er würde also einen idealen Leumundszeugen abgeben. Und die Naturschutzwartin ist die fabelhafteste Frau, die du je gesehen hast. Wenn es zur Verhandlung käme, wären alle zwölf Richter hingerissen.»

Das schien Pam wesentlich besser zu gefallen als Raes senkrechte Wände und ihre Wasserversorgung. Was für ein Bild, überlegte Rae: Ihre Zeder von einem Sheriff in Uniform, der mit ruhiger, vollkommener Autorität aussagte. Und Nikki – was wäre sie für ein Baum? Ein seltenes, exotisches Holz, das teuflisch schwer zu bearbeiten war und bei dem man sich jede Menge Splitter unter die Haut jagte, aber wunderschön, wenn das Stück erst fertig war. Und Ed? Hm. Ed war ein Geheimnis, ein Baum, dessen Erscheinungsbild keinen Hinweis auf das Holz innen gab. Tamara war ein schöner, hart arbeitender, Schatten spendender Baum, der an der Wurzel faulte, und Don war zweifellos kein Baum, sondern ein giftiges Rankgewächs, ein Sumach, der heimtückisch alles durchdrang und schon Blasen verursachte, wenn man bloß in seine Nähe kam.

Rae schüttelte ihre Gedanken ab. Sie ließ den Kaffee, der sogar noch übler roch als das Spülwasser, das Escobar ihr vorgesetzt hatte, stehen und erklärte Pam, sie wolle hinaufgehen und sich dort umschauen.

«Ich komme mit.»

«Nein, ich möchte lieber allein sein. Mich verabschieden. Oder so was in der Art.»

Als sie halb oben war, blieb Rae auf der Treppe stehen: Vor fünf Jahren hatten ihre Hände die Eiche, auf der sie stand, noch einmal lackiert, Holz, das die Erinnerung an Alans und Bellas Füße trug, beide waren so oft barfuß gelaufen, zu den Schlafzimmern und zum Fernsehzimmer hinauf und zum Frühstückstisch und zum häuslichen Herd hinunter. Oben im Flur rannte das Tap, Tap, Tap von Bellas geisterhaften Füßen an Rae vorbei, um zu dem Zimmer mit dem großen Bett vorauszulaufen, das Rae mit Alan geteilt hatte, das die einen Tag alte Bella zu Hause willkommen geheißen hatte, das große Bett, in das Bella morgens meistens zum Kuscheln gekommen war, das Bett, in dem Rae und Alan geschlafen und gesprochen und sich geliebt hatten. Rae schritt durch das Zimmer, an der nackten Matratze vorbei, um die Glastür zum Balkon aufzuschieben. Sie atmete den staubigen, würzigen Duft der Redwoods ein und setzte sich in den schmutzigen Holzsessel, in dem sie an so vielen Morgen gesessen und über die Berglandschaft geblickt hatte, die ihr jetzt nicht mehr so vertraut war wie damals, und ihre Ohren horchten nach dem Rieseln des winzigen Bächleins, in dem Bella Dämme gebaut und gefischt und herumgeplanscht hatte.

Zu Hause.

Und doch nicht zu Hause. Während sie sich hier aufhielt, waren Alan und Bella nicht mehr die reglosen, erstarrten mentalen Bilder, die Rae in ihr Gedächtnis eingeschlossen hatte. Hier bewegten sie sich und atmeten, aber nur als Echos *(Mommy!)* von Raes Leben mit ihnen. Während ihr Geruch noch in den gefalteten Decken begraben lag und ihre Stimmen ringsherum in der Luft spielten, wurde Rae bewusst, dass sie, trotz allem, weitergegangen war; Alan und Bella waren gestorben und sie nicht – und sie lebte nicht nur, sondern mehr als das, sie hatte sich entwickelt und sich verändert, sodass sie nicht mehr die Frau war, der es in diesem Haus so gut gegangen war. Sie liebte die beiden noch so, wie sie nie wieder Menschen lieben würde; sie würde nie aufhören, um sie zu trauern, aber sie musste letzten Endes zugeben, dass ihr Verlust nicht zum Weltuntergang geführt hatte. Ob Rae jemals wieder zwischen diesen Wänden wohnen würde, war eine offene Frage, aber falls es dazu kam, würde sie eine andere Rae Newborn sein.

Noch eine zweite Erkenntnis kam Rae dort in dem Sessel, während der Geist ihres Ehemannes die Glastür aufschob, ihr als Morgengruß einen stoppeligen Kuss auf den Nacken gab und eine dampfende Tasse Tee auf die breite Armlehne stellte. Sie wusste es unvermittelt und mit einer Klarheit, als hätte eine Stimme es ihr ins Ohr gesagt: Der Revolver, den sie an die Brust gedrückt hatte, der glatte Holzgriff, der kühle Stahl, die verführerischen Patronen würden unbenutzt bleiben; der Revolver, der Desmond Newborn getötet hatte, würde sich nicht gegen seine Großnichte richten.

«Ich vermisse dich, Alan», sagte Rae in die Luft. «Ich liebe dich. Pass gut auf Bella auf.»

Dann schob sie die Glastür zu, schloss sie ab und ging nach unten, um ihren Begleitern zu sagen, dass sie bereit zur Abfahrt war.

Sie kehrte mit Vivian zu seinem Haus zurück, zu den satten Düften und den provozierenden Formen. Er hatte vorgeschlagen, ein paar von Raes guten Freunden zu einem zwanglosen Abendessen zu bitten, und sie hatte zugestimmt, aber das anfängliche Hochgefühl der Rückkehr konnte der Plackerei mit all dem, was am Nachmittag und am folgenden Vormittag zu erledigen war, nicht standhalten. Gefängnisbesuche und Telefonate, juristische Dokumente und gute Freunde mit zu großer Freude und Sorge in den Augen; insgesamt viel zu viele Menschen für eine Frau, die an die Einsamkeit gewöhnt war. Rae legte die Stunden mit Vivians Holz in ihrem Gedächtnis ab und brachte alles Übrige hinter sich. Am dritten Tag war sie mehr als bereit zur Abreise.

Im Flugzeug schob sie sich auf den Platz in der letzten Reihe, zu müde, um nervös zu sein, und hielt die Augen während des ganzen Fluges geschlossen. Das kleine Anschlussflugzeug hüpfte und klapperte und landete kurz vor der Abenddämmerung auf San Juan. Ed holte sie mit einem genauso klapprigen Lieferwagen ab, brachte sie auf die *Orca Queen* und fuhr sie nach Folly hinaus. Er sprach so wenig, dass sie sich fragte, ob sie ihn irgendwie gekränkt hatte – aber vielleicht schüchterte ihn auch ihr Leinenblazer ein, ihre Verwandlung von der Handwerkerin zur Kopie einer Rechtsanwältin. Doch was es auch war, Rae hatte keine Lust, ihn zu fragen, und als er den angebotenen Kaffee ablehnte, drängte sie nicht weiter.

«Aber ich begleite Sie noch nach oben zum Zelt», meinte er.

«Nein, nein, ich komme schon klar.»

«Sie haben keine Taschenlampe.»

«Es ist hell genug. Der Mond scheint, und ich bin es gewöhnt, im Dunkeln herumzulaufen. Machen Sie sich keine Sorgen um mich.»

«Gut, wenn Sie meinen.» Er hielt das Boot am Steg fest, bis sie sicher an Land war, und ließ es dann abtreiben. «Schön, dass Sie wieder da sind, Mizz Newborn.» Nicht Rae, fiel ihr auf.

«Danke, Ed. Dann bis Dienstag.»

Die Lichter entfernten sich, das Motorengeräusch wurde leiser. Rae stieg auf die Landzunge, setzte den Rucksack ab und hob ihr Gesicht in die Nacht. Sie hatte vier Tage lang keine Sterne gesehen, hätte es nicht gewusst, wenn der Mond vom Himmel gefallen wäre, und jede Zelle ihres Körpers sagte ihr, dass sie viel zu lange die verbrauchte Atemluft anderer eingeatmet hatte. Selbst die Stille hier war anders. Sie beruhigte, wie ein Freund, der keine Unterhaltung forderte. Anders als das Schweigen, das Don Collins und sein ekelhaftes Verfahren umgab, dieses Schweigen, das sie an Desmonds Beschreibung des Niemandslandes erinnerte, in dem man angestrengt auf die Geräusche eines sich anschleichenden Feindes horchte. Sie hätte Pam anweisen sollen, die Sache zu verfolgen – ihn zu verfolgen – und herauszufinden, was er eigentlich im Schilde führte. Es war nicht der richtige Zeitpunkt, die Zurückhaltende zu spielen, nicht jetzt, da Don fast vor der Tür stand.

Oder vielleicht doch. Vielleicht war es am besten, die ganze Geschichte zu ignorieren. Ja, manches ging von selbst weg, manchmal.

Rae atmete aus, fuhr sich mit den Fingern durch das kurze Haar, räkelte sich genüsslich und schaute dann auf das dunkle Segelboot, das vor der Küste lag. Zum Teufel mit ihnen, entschied sie und zog sich nackt aus, um ein kurzes, eisiges Bad in der Bucht zu nehmen.

Sie kleidete sich wieder an und machte Feuer, aber bevor es richtig brannte, ging sie zum Haus hinauf. Die kahlen, sauberen Wände warfen das Echo ihrer Schritte zurück, und der Duft begrüßte sie wie ein Freund. Der Bauprozess stagnierte, der Stapel Dreiecke für die Treppenstufen lag noch dort, wo Rae ihn am Dienstagvormittag hingelegt hatte, und ihr Werkzeuggürtel hing an seinem Nagel über der Geheimtür. Der Hammer streifte ihren Arm, als sie vorbeiging, um den Revolver aus seinem Versteck zu holen. Die Luft in der Höhle fühlte sich auf ihrem Gesicht einigermaßen trocken an, daher ließ sie die Werkzeugkiste mit den schönen Beiteln, wo sie stand, und schob den Revolver in die Kängurutasche ihres Kapuzensweatshirts. Er zog die Tasche herunter wie ein bleischweres Beuteltierbaby, aber er gab Rae im Geraschel der Nacht ein Gefühl der Sicherheit.

Das Feuer loderte, als sie zum Zeltplatz zurückkam, Funken stiegen in die Dunkelheit auf, und Rae erhitzte eine Dose Bohnen und etwas welkes Gemüse und aß. Sie nahm den Kessel vom Feuer und goss das Wasser über den Teebeutel in ihrem Becher, drehte die Lampe aus, damit die Mottenschwärme nicht noch dichter wurden, und wollte sich gerade wieder hinsetzen, als sie das unverwechselbare, rhythmische Knirschen von näher kommenden Schritten hörte – und nicht vom Strand her, sondern vom Berghang hinter dem Zelt. Der Teebecher flog durch die Luft, als Rae in großen Sätzen zu der umgestürzten Zeder floh und ungeschickt hinüberkletterte, während sie gleichzeitig mit verzweifeltem Zerren den Revolver aus seiner Beuteltasche befreite.

Die Schritte kamen immer näher, selbstverständliche Schritte, die nichts Heimlichtuerisches an sich hatten, was allein schon erschreckend war. Ein weiteres halbes Dutzend, sie umrundeten das Zelt, und dann war Stille. Rae schielte an den aufsteigenden Funken vorbei und sah verschwommen eine Form – da war jemand, da war wirklich jemand, undeutlich, aber leibhaftig, größer als die Seitenwand des Zeltes. Das Einzige, was Rae von der Gestalt deutlich sehen konnte, waren ein paar vorgestreckte Männerhände, vom Feuerschein angestrahlt, mit langen, gespreizten Fingern und wie zu einer Friedenserklärung erhobenen Handflächen.

«Ich habe eine Waffe», keuchte Rae.

«Ich weiß», sagte eine Stimme, und etwas an der Intonation, in Kombination mit der Form der Hände, ließ Rae zögern. Der Revolverlauf senkte sich ein wenig, als sie den Kopf hob, um über den umgestürzten Baum hinwegzuschauen.

«Jerry?», fragte sie unsicher.

«Nein», erwiderte die geisterhafte Gestalt, «ich bin Alan.»

Kapitel 50

Desmond Newborns Tagebuch

6. Juni 1925

Endlich ist es so weit, die Wände meines Hauses haben begonnen, auf den Steinen in die Höhe zu wachsen. Und doch bereitet es mir nicht geringen Kummer, dass überhaupt Wände nötig sind. An einem Abend wie heute würde ich mein Haus gern für die Winde und die Vögel offen lassen und dem großartigen Mondlicht erlauben, ungehindert unter einen bloßen Hauch von einem Dach zu scheinen.

Doch die Krähen und die Waschbären würden mich vollkommen ausrauben, und das endlose, nervenzermürbende Gefühl der Gefährdung, das daher rührt, dass ich immerfort preisgegeben bin, dass ich an einer dunklen Küste unter einem einsamen Licht sitze, wird nach vier Jahren hier nicht weniger ermüdend.

Kapitel 51

Hinterher konnte Rae nie ganz fassen, dass sie ihn nicht einfach erschossen hatte. Als sie wie elektrisiert zusammenfuhr, weil ausgerechnet dieser Name durch ihren ganzen Körper zischte, hätte ihr ohnehin schon unruhiger Finger eigentlich heftig gegen die Stahlfeder des Abzugs zucken müssen. Viel Kraft wäre gar nicht nötig gewesen. Stattdessen war sie hinter ihrem Baumstamm erstarrt und hatte mit angehaltenem Atem und weit aufgerissenen Augen über das flackernde Feuer hinweg auf die beiden ausgestreckten Hände geglotzt, und dann hatte ihr Herz sich krampfhaft zusammengezogen, und die Zeit hatte wieder eingesetzt.

«Ich könnte Sie an Ort und Stelle erschießen», hörte sie sich sagen, als könnten die Worte die Tat ersetzen.

Die Finger des Mannes spreizten sich noch ein wenig weiter. «Bitte tun Sie das nicht», antwortete er.

Aus irgendeinem Grund ließ diese Erwiderung Rae innehalten. Nach einem Weilchen räusperte sie sich, und ihre Kehle fühlte sich unerklärlich rau an.

«Warum nicht?»

«Weil ich hergekommen bin, um mit Ihnen zu sprechen, unbewaffnet, offen. Ich habe sogar gewartet, bis Sie Ihren Revolver geholt hatten. Es wäre nicht ganz fair, wenn Sie ihn jetzt gegen mich richten würden.»

Seine Stimme war leise und wohlklingend, seine Worte vernünftig, sein Tonfall, so unglaublich das auch sein mochte, humorvoll, und Rae wollte ihm gerade sagen, er solle ins Licht vortreten, als ihr ein schrecklicher Gedanke kam: Wenn er von ihrem Revolver wusste, dann konnte er ihn manipuliert haben. Bei dem

Versuch, den Fremden im Auge zu behalten und gleichzeitig die geöffnete Trommel zu untersuchen, brachte sie sich in Gefahr, aber der Mann blieb, wo er war, und alle fünf Patronen lagen sicher an ihren Plätzen, soweit sie das ertasten konnte. Rae war versucht, einen Schuss in die Nacht abzugeben, einfach um sicher zu gehen, aber da draußen waren zu viele nichtsahnende Menschen.

«Treten Sie vor, damit ich Sie sehen kann», befahl sie mit nicht allzu fester Stimme.

Er kam näher heran, bis sie die Gestalt eines hoch gewachsenen, schlanken, breitschultrigen Mannes Mitte fünfzig ausmachen konnte, dessen Gesicht empfindlich wirkte, wie bei jemandem, der sich kürzlich den Bart abgenommen hat. Auch sein kurzes Haar war vor nicht langer Zeit geschnitten worden, und aus irgendeinem Grund sah er aus, als würde er es normalerweise länger tragen – vielleicht weil seine hageren, fast asketischen Gesichtszüge nach einem Rahmen aus welligem Haar verlangten, der bis unter die Ohren reichte. Diese Vorstellung war merkwürdig romantisch, denn im Übrigen hatte der Eindringling nichts besonders Heiliges. Er trug unter seiner kurzen Jeansjacke ein ausgeblichenes, kariertes Hemd, dunkle Jeans, die in die Wäsche gehörten, und fleckige Wanderstiefel. Keinen Schmuck, nicht einmal eine Uhr. Seine Hände blieben oben, mit gespreizten Fingern, während er sich regungslos weiter ihrem Blick aussetzte.

Die nackte Gesichtshaut war das Einzige, was an diesem Mann verletzlich wirkte. Seine braunen Augen waren gelassen – in Anbetracht der Tatsache, dass ein Revolver auf ihn zielte, bemerkenswert ruhig. Fast so, als wäre er hier der Bewaffnete. Falls er gekommen war, um sie umzubringen, dachte Rae, würde er das effizient erledigen, ohne sie vorher zusammenzuschlagen und zu vergewaltigen.

Welch fröhlicher Gedanke. Ihr Blick wanderte zu seinem Gesicht zurück. Es erinnerte sie undeutlich an jemanden, den sie kannte.

«Wer sind Sie?»

«Ich heiße Allen Carmichael.»

«Alan – Sind Sie mit Jerry verwandt?»

«Er ist mein Bruder.»

Einige wenige – ganz wenige – Dinge setzten sich in Raes Kopf zusammen. «Sie sind der Bruder, der verschwunden ist. Er hat mir von Ihnen erzählt.»

«Ach ja? Und was hat er Ihnen erzählt?»

Sein leicht boshafter Unterton stachelte Rae an, ihm ganz unverblümt zu antworten.

«Unter anderem, dass Sie nie über Vietnam hinweggekommen sind.»

«Über Vietnam hinwegzukommen hat sich als schwierig erwiesen, das stimmt. Einige von uns mussten sich damit zufrieden geben, stattdessen drum herum zu gehen.»

«Heißen Sie Alan, also A-L-A-N?», fragte Rae plötzlich. Eine solche Übereinstimmung hätte sie nicht ertragen.

«A-L-L-E-N», berichtigte er zu ihrer Erleichterung und fragte dann: «Sie haben jemandem nahe gestanden, der so hieß, oder?»

Raes Misstrauen flammte wieder auf, und sie hob erneut die Waffe. «Woher wissen Sie das? Haben Sie in meinen Sachen herumgewühlt?»

Zu Raes Überraschung warf der Mann den Kopf zurück und lachte, ein schallendes Gelächter, das aus tiefster Kehle kam. Es war das Erstaunlichste, was er bisher getan hatte, und eigentlich tat es ihr Leid, als er sich einen Moment später zusammenriss und die Hände wieder hob.

«Als Sie hier angekommen sind», erklärte er, «war ich oben auf dem Berg und wollte herauskriegen, was Sie da eigentlich machen, und dabei habe ich mich gegen einen toten Ast gelehnt. Das müssen Sie gehört haben, denn Sie haben ein Stück Feuerholz genommen und es in meine Richtung geworfen, und dann haben Sie angefangen, mich anzubrüllen: ‹Allen, du Schwein›, immer weiter. Sie waren stinksauer, und ich konnte mir das nicht erklären, und Sie kannten meinen Namen – das hat mich richtig fertig gemacht. Später bin ich zu dem Ergebnis gekommen, dass ich mich verhört haben musste, aber zu dem Zeitpunkt habe ich mir Sorgen gemacht, das sage ich Ihnen. Und als ich dann heute Abend meinen Namen sagte, haben Sie wieder so heftig reagiert. Allein der Name ‹Allen› muss Ihnen etwas bedeuten.»

Ein kurzes Schweigen legte sich über die Feuerstelle. «Mein Mann hieß Alan», erklärte Rae. «Er ist gestorben.»

«Aha», sagte Allen und dann, in anderem Tonfall: «Ach so. Als ich vorhin meinen Namen sagte, müssen Sie also gedacht haben … Es ist ein Wunder, dass Sie mich nicht umgelegt haben.»

«Was machen Sie hier?»

«Darüber wollte ich mit Ihnen sprechen. Darf ich mich hinsetzen? Meine Arme werden allmählich müde.»

Rae dachte darüber nach und sagte dann: «Setzen Sie sich auf den Stuhl da, ins Licht, wo ich Sie sehen kann.»

«Ich würde lieber nicht so dicht am Feuer sitzen, wenn es Ihnen recht ist. Wenn jemand in die Bucht hineinkäme und mich entdecken würde, dann hätten Sie vielleicht Schwierigkeiten, das zu erklären. Das könnte die Pläne vieler guter Menschen durchkreuzen.»

Rae hätte darauf bestehen können, schließlich hatte sie eine Waffe, und er befand sich auf ihrem Grund und Boden und war eine potenzielle Bedrohung. Aber etwas an ihm, das sie früher als «Ausstrahlung» bezeichnet hätte, bewirkte, dass ihre Nackenhaare sich nicht sträubten. Sie hätte es überhaupt nicht erklären können, aber sie nickte, als sei das selbstverständlich, und sagte: «Gut, aber setzen Sie sich an den Rand des Lichtscheins, damit ich Sie sehen kann.»

Mit einer achtsamen Bewegung hob der Mann den Sessel an, in den Rae sich noch vor ein paar Minuten hatte setzen wollen, und stellte ihn ein Stück zurück. Er trat wieder vor, zögerte, bückte sich, um Raes Teebecher aufzuheben und auf einen Baumstumpf zu stellen, und setzte sich dann hin. Als seine Hände deutlich sichtbar auf den hölzernen Armlehnen lagen, schwang Rae ein Bein über den Zedernstamm und ließ sich auf der anderen Seite mit dem Rücken zur Rinde auf die Erde fallen. Der Feuerschein umspielte Nase und Mund des Mannes, und plötzlich wusste Rae, wo sie ihn schon gesehen hatte und warum sein Gesicht nach mehr Behaarung zu verlangen schien.

«Sie haben in dem Lieferwagen gesessen, der in der Schlange an der Fähre gewartet hat, an dem Abend, als …»

Rae hielt inne und fuhr langsamer fort: «An dem Abend, als das Mädchen verschwunden ist.»

«Verflixt», sagte er, und seine mönchischen Gesichtszüge entspannten sich zu einem reumütigen Lächeln, «ich habe gewusst, dass Sie mich da im Auge hatten. Ich hätte die Mütze runterziehen und mich schlafend stellen sollen, aber ich habe gesehen, wie Sie die Straße hochkamen, und da konnte ich einfach nicht anders, ich musste versuchen, mir meine Wirtin etwas genauer anzuschauen.»

Rae kniff die Augen zusammen und fasste den Revolver fester. «Würden Sie diese Bemerkung bitte erläutern?»

«Ich wohne hier. Auf Folly. Nicht ständig, nur ab und zu mal ein paar Tage, und ich gebe zu, dass ich die Adresse auch nicht in meinen Führerschein habe eintragen lassen, aber in den letzten acht Jahren habe ich die Insel als mein Zuhause betrachtet.»

«Aber … wo denn?»

«In einer Höhle auf der anderen Seite. Sie ist klein, nur knapp über dem Meeresspiegel, aber sie ist trocken und einigermaßen warm, und in der Nähe gibt es Süßwasser. Ein ziemlich primitiver Unterschlupf, kaum mehr als ein Erdloch, aber das ist eigentlich ganz beruhigend so.»

«Und wo leben Sie, wenn Sie nicht in der Höhle sind?», erkundigte Rae sich. Und sich selbst fragte sie: Warum interessiert dich das? Weil er nun mal ein interessanter Mann ist, war die Antwort.

«Wo die Arbeit mich hinruft. In Los Angeles, Denver, Spokane. Im letzten Monat hat die Arbeit mich zufällig hierhin gerufen. Und in der Vergangenheit auch schon ein paar Mal. Und deswegen spreche ich jetzt auch mit Ihnen, denn dass Sie hier auf der Insel sind, verändert die Lage. Wenn ich hier geschnappt würde, könnten Sie schwerlich behaupten, Sie hätten nichts gewusst. Man würde Sie für eine Komplizin halten. Falls Sie sich entscheiden, dieses Risiko einzugehen, wäre das eine andere Geschichte, aber ich kann nicht zulassen, dass Sie sich unwissentlich in Gefahr bringen.»

«Sie treiben also etwas Illegales auf Folly», bemerkte Rae. «Sie schmuggeln. Was ist es – Drogen? Waffen? Freon?»

«Freon?»

«Ich habe gehört, dass man mit dem Freonschmuggel viel Geld machen kann.»

«Freon. Man lernt nie aus. Nein, theoretisch breche ich mit meiner Schmuggelei vielleicht verschiedene Gesetze, aber ich tue es nicht aus Geldgründen, und meiner Ansicht nach handle ich nie unmoralisch. Ich schmuggle Menschen.»

«Menschen? Kriminelle? Oder illegale Einwanderer?»

«Dass Sie zwischen diesen beiden Gruppen unterscheiden, betrachte ich schon mal als ermutigendes Zeichen.» Diesmal war sein Lächeln schief, fast jungenhaft, und etwas in Rae überschlug sich: Das war Alans Lächeln. «Nein, misshandelte Kinder und gefährdete Frauen. Ich helfe ihnen, unterzutauchen.»

«Caitlin Andrews – dann haben Sie das Mädchen also von der Fähre heruntergebracht.»

«Und ich habe sie neun endlose Tage hier gehabt, bis ihre Mutter zu uns stoßen konnte. Das arme Kind – sie hatte meine CD-Sammlung am Ende so satt. Jedenfalls haben die beiden einmal zusammen in der Höhle übernachtet, und dann habe ich sie nach Norden weitergereicht.»

«Jerry hat sich schon so was gedacht.»

«Mein Bruder?» Der Mann klang erschrocken.

«Er hat es daraus geschlossen, wie die Eltern reagiert haben und dass die Mutter dann auch verschwunden ist. Er hat auch das gleiche Wort benutzt: untergetaucht. Er hatte Verständnis dafür. Zumindest schien er nicht der Meinung zu sein, dass man allzu angestrengt nach den beiden suchen sollte.»

Allen Carmichael überlegte. «Interessant. Aber Jerry ist Sheriff, durch und durch, und wenn er entdecken würde, welche Rolle ich beim Untertauchen der Frauen und Kinder spiele, könnte er viel Schaden anrichten. Und deswegen bin ich jetzt hier. Wenn Sie meinen, Sie müssen ihm davon erzählen, sagen Sie es bitte jetzt. Wenn Ihnen irgendwas an dieser Sache unangenehm ist, sagen Sie es mir, und ich entferne mich von der Insel. Ich weiß, dass Sie Jerry nahe stehen, und es ist nicht fair, Sie zu bitten, ihm so etwas zu verheimlichen. Wenn Sie ein Verhältnis mit ihm haben, brauchen Sie es bloß zu sagen, und ich bin weg.»

«Hab ich nicht.»

«Aber er kommt her.»

«Jerry ist ein Freund. Und er kriegt zwar sonst allerhand raus, aber wenn es um Beziehungen geht, hat er eine ziemlich lange Leitung. Kennen Sie Nikki Walls? Ach natürlich, Sie waren ja mit ihrer … Schwester verheiratet, oder?»

Er antwortete nicht, sondern fragte bloß: «Interessiert Jerry sich für Nikki?»

«Nein, nein, aber …» Rae hielt inne. Ging ihn das eigentlich etwas an? Versuchte er einfach, sie aus der Reserve zu locken, und dann – was? Wenn er sie überfallen wollte, warum hätte er dann warten sollen, bis sie eine Waffe in der Hand hatte? Doch da fiel ihr etwas anderes ein, was er eben gesagt hatte.

«Spokane. Da sind zwei Mädchen verschwunden.»

«Ellie und Joanna Rugeley.»

«Waren Sie das?»

«Ich und andere.»

«Warum?»

«Ihre Mutter war gestorben. Der Vater hat die beiden vergewaltigt. Sie hatten eine Tante in Europa, die sie bei sich haben wollte. Ich habe ihnen geholfen, zu ihr zu gelangen.»

Vier einfache Aussagesätze; zwei der Hölle entrissene Menschenleben. Wenn Rae ihm glauben konnte. «Haben Sie Beweise?»

«Wofür? Dass der Dreckskerl die Kinder missbraucht hat oder dass ich ihnen geholfen habe, da rauszukommen?»

«Dass die Mädchen bei ihrer Tante angekommen sind.»

«Ach so. Und Beweise dafür, dass Caitlin und Rebecca zusammen und am Leben sind.»

«Genau.»

«Selbstverständlich habe ich Beweise. Glauben Sie mir, ich habe für alles schriftliche Belege, ich sichere mich bei jedem Schritt ab. Unterschriebene Briefe von Freunden, Nachbarn und Lehrern, Aussagen von den Ärzten, Tonbandaufnahmen von dem, was zu Hause hinter verschlossenen Türen vor sich geht, oder Videos, wenn ich welche habe. Und ein paar Wochen danach bekomme ich datierte Beweise, dass sie noch am Leben sind. Ich weiß nicht, ob der Brief von Caitlin und Rebecca schon angekommen ist, aber von Eleanor und Joanna habe ich einen. Vielleicht haben Sie gelesen, dass Joanna einer Freundin geschrieben hat, sie und ihre Schwester seien ausgerissen? Das gehört dazu, es nimmt der Sache die Dringlichkeit. Zur gleichen Zeit haben die beiden auch mir geschrieben, für meine Unterlagen. Ich könnte Ihnen den Brief zeigen, aber ich bewahre das alles in Seattle auf. Wir müssten hinfahren.»

«Sie haben also nichts hier, was mich davon überzeugen könnte, dass Sie die Mädchen nicht … umgebracht haben.» Rae machte sich auf eine Reaktion gefasst, auf Zorn oder sogar Gewalttätigkeit, aber es kam nichts. Er blieb ernsthaft und wachsam.

«Nein, hier nicht. Hier auf der Insel habe ich überhaupt keine Beweisstücke, nichts, was auf unsere Spur führen könnte. Man weiß nie, wann mal per Zufall irgendwelche Jungs in die Höhle geraten. Es ist das Risiko nicht wert.»

Seine letzten Worte hingen zwischen ihnen in der Luft. Sie schauten sich über das Feuer hinweg an, während Rae versuchte, sich darüber klar zu werden, was sie tun sollte. Allen Carmichael war ein erklärter Krimineller, ein hoch gewachsener männlicher unbefugter Eindringling, und jedes Quäntchen Vernunft in ihr schrie, dass sie ihn eigentlich an einen Baum binden und seinem Bruder übergeben müsse.

Doch Vernunft war nie Raes stärkste Seite gewesen. Und sie konnte Vivians Stimme an ihrem Ohr hören, tiefernst unter seinem Humor: «Vertrau auf dein Gespür, Rae.»

Und warum warnte ihr Gespür sie nicht? Eine Frau, die nicht durch einen schönen, sicheren Flughafen voller Menschen gehen konnte, ohne zu befürchten, dass jemand sie gleich überfallen würde, eine Frau mit lebhaften Erinnerungen daran, was sich an einsamen Orten verbergen konnte, zu was Fremde fähig waren – eigentlich hätte das nackte Entsetzen sie erfassen müssen. Was war mit ihrem gut geölten Panikmechanismus los? Warum sprang sie nicht auf, rannte auf die Landzunge, schrie und alarmierte im ganzen Umkreis die Segler und alle anderen? Stattdessen empfand sie den Revolver in ihrer Hand schon fast als überflüssig, und dass sie zusammengekauert neben dem umgestürzten Baumriesen hockte, erschien ihr immer lächerlicher. Ihr Gespür sagte ihr, dass Allen Carmichael genau der war, für den er sich ausgab. Sie spürte es in den Knochen, dass sie ihm etwas zu trinken anbieten sollte. Und ihre Knochen hatten es satt, auf dem harten Erdboden zu kauern.

Alle wichtigen Entscheidungen, die sie je getroffen hatten, waren vollkommen irrational gewesen. Sich in Alan zu verlieben, Bella zu bekommen, Tischlerin zu werden, nach Folly zu gehen – alles war unverantwortlich gewesen, alles hatte Veränderungen ausgelöst. Warum nicht noch so eine Entscheidung, auch wenn sie wusste, dass es ihre letzte sein konnte? Vertraue auf dein Gespür, Rae.

Sie nahm den Finger vom Abzug des alten Revolvers und schob die Waffe wieder in die Tasche ihres Sweatshirts. Bei dieser Bewegung lehnte ihr – Gast? Mieter? Ortsansässiger Serienmörder? – sich entspannter in seinen Sessel zurück, und als sie auf den Füßen war, sah Rae, dass das Lächeln jetzt auch seine Augen erreicht hatte.

«Möchten Sie etwas trinken?», fragte Rae ihn.

«Sehr gern.»

«Wein, Bier oder Scotch? Leider alles warm.»

«Ein Bier, bitte – oder nein, ich möchte etwas Richtiges mit Ihnen trinken. Einen kleinen Scotch.»

Rae schenkte zwei ein und ließ sich ihm gegenüber auf dem Stuhl nieder. Carmichael prostete ihr zu: «Auf Sanctuary.»

«Auf Sanctuary», wiederholte Rae. Beide tranken einen Schluck, als besiegelten sie einen Pakt.

«Ich bin neugierig», sagte er dann und streckte seine Beine in Richtung Feuer aus. «Erzählen Sie mir von meinem Bruder und Nikki.»

«Da gibt es eigentlich nichts zu erzählen. Ich sehe es so, dass Jerry, der ja ein Gentleman ist, glaubt, weil er Nikki seit ihrer Kindheit kennt und weil sie fast jeden Mann auf den Inseln haben könnte und weil er fünfzehn Jahre älter ist als sie, hätte er keine Chance.»

«Jerry ist ein Dummkopf», stimmte Allen zu. Er nahm noch einen Schluck aus seinem Glas und ließ ihn genießerisch auf der Zunge herumrollen.

«Nikki kriegt ihn irgendwann, glaube ich. Er muss jemanden haben, bei dem er sich als Beschützer fühlen kann.»

«Aber ich habe gesehen, dass Jerry Ihnen Blumen mitgebracht hatte», protestierte der Bruder, ohne nachzudenken.

Rae wurde still, denn ihr Misstrauen kehrte zurück und nagte am Rand ihres Bewusstseins. «Sie beobachten mich genau, oder?»

«Nein, nicht Sie. Aber bevor ich mein Boot heraushole, überprüfe ich immer, ob es in der Bucht Anzeichen für Besucher gibt, und neulich abends habe ich ihn zufällig gesehen, wie er hier saß, mit einem frischen Blumenstrauß aus dem Laden auf dem Tisch. Ich beobachte Sie nicht, schon seit den ersten Tagen nicht mehr.»

Rae war sich nicht sicher, ob er die ganze Wahrheit sagte, aber bemerkenswerterweise zeigten ihre Nerven bei dem Gedanken, dass diese Augen sie vom Berghang über ihr beobachteten, keine Reaktion. Sie las in Allen Carmichaels Blick keine Bedrohung, nicht einmal ein Urteil, sondern nur sehr viel Verständnis. Plötzlich dachte sie: Er muss sehr gut mit ängstlichen Kindern umgehen können und ... und mit solchen Frauen, die Männer generell als Bedrohung empfinden.

«Erzählen Sie mir genauer, was Sie tun.»

«Wenn ich Leute verschwinden lasse?»

«Ja, von Ihrer Organisation. Hat sie einen Namen?»

«Nein, sie hat keinen Namen und ist auch keine Organisation im eigentlichen Sinne. Es sind hauptsächlich Frauen», erklärte er, «die anderen Frauen helfen, aus unmöglichen und oft gefährlichen Situationen herauszukommen. Aber manchmal wird auch ein Mann gebraucht, der Muskeln wegen oder weil er ablenken oder den Ehemann spielen muss, wenn die Polizei eben gerade kein Paar sucht. Und manchmal müssen wir Klienten ein paar Tage lang einfach verschwinden lassen. Das ist dann meine Aufgabe. Ich verstecke sie, bis die Suche sich beruhigt hat und wir den nächsten Schritt wagen können.»

«Wie sind Sie denn bloß zu dieser Sache gekommen?»

Allens dunkler Blick senkte sich auf das Glas in seinen Händen; Rae erinnerte sich, dass Jerry etwas von einem Vorfall in Vietnam gesagt hatte. «Ist schon gut», meinte sie, «Sie brauchen es mir nicht zu erzählen.»

«Die Erlebnisse eines Menschen verwandeln ihn», begann Carmichael, als hätte sie nichts gesagt und er nur seine Gedanken gesammelt. «Sie verändern buchstäblich die Struktur des Gehirns. In meinem Fall hat ein einziges Kriegserlebnis mein Gehirn niedergerissen und wieder aufgebaut, vollständig. Die Zeitungen bezeichnen so etwas als ‹Greueltat›. Ein Haufen verängstigter, wütender Jungs mit Maschinenpistolen wurden getriezt, bis sie nervlich am Ende waren, und dann auf das nächste passende Ziel angesetzt, das zufällig gerade ein Dorf war. Dreiundvierzig Zivilisten starben, Frauen und Kinder und alte Leute. Ich hätte es verhindern können, wenn ich aufgepasst hätte, aber ich habe nicht aufgepasst. Ich habe es nicht verhindert.

Sie verfolgen mich», sagte Carmichael schlicht, «besonders die kleinen Kinder. Ich höre ihre Stimmen – ein paar von ihnen lebten noch, als ich ins Dorf kam. Es ist eine sehr lange und verwickelte Geschichte, aber, um es kurz zu machen: Als ich wieder nach Hause kam, entdeckte ich irgendwann, dass ich nachts nur schlafen konnte, wenn ich den Tag im Dienste der Kinder verbracht hatte.»

Rae fand darauf keine Antwort. Er sah ihr in die Augen und lächelte. «Um Himmels willen, schauen Sie nicht so. Mein Leben hat einen Sinn, ich habe eine Arbeit, die wichtig ist und die ich gut mache. Wie viele Menschen aus Ihrer Bekanntschaft können das von sich sagen?»

«Ihre Berufung», murmelte sie. «Eine Suche.» Warum umgaben diesen müden, staubigen Mann Bilder von mönchischer Disziplin und ritterlichem Edelmut?

«Ich weiß nicht, ob ich so weit gehen würde», erwiderte er. «Um die Wahrheit zu sagen, manchmal glaube ich, ich mache das bloß, weil ich ein Störenfried bin und es einfach ganz toll finde, wenn man mich nicht kriegt.»

Er hatte ein herrliches Lachen, tief und ansteckend.

«Und ich habe immer gedacht, der jüngere Bruder müsste sich gegen den älteren auflehnen», bemerkte Rae.

«Ja, Jerry und ich … Ich sage Ihnen, am Dienstagmorgen hatte ich gerade beschlossen, Ihnen reinen Wein einzuschenken, und wen sehe ich da? Ausgerechnet meinen kleinen Bruder, der gekommen war, um Sie abzuholen. Ich war überzeugt, dass er mich entdeckt hatte und Sie aus dem Weg schaffen wollte, bevor die Truppen und die Bluthunde gebracht wurden, aber die Truppen landeten dann doch nicht.»

«Nein, ich musste aus einem anderen Grund ein paar Tage nach Kalifornien.»

«Als ich sah, wie Sie Ihre Sachen hinterlassen haben, habe ich mir gedacht, dass Sie nicht lange wegbleiben würden.»

«Dann waren Sie es, der mein Zelt durchsucht hat, oder? Vorher schon – vor ein paar Wochen.»

«Jemand hat Ihr Zelt durchsucht?» Carmichael beugte sich abrupt vor. «Wann war das?»

«Irgendwann, nachdem ich den Dachstuhl fertig hatte, also zwischen dem Abend, als Sie Jerry hier mit den Blumen gesehen haben, und dem Tag, bevor ich nach Kalifornien gefahren bin.»

«Tut mir Leid, das war ich nicht. Als Sie kamen, habe ich mir kurz alles angeschaut, und dafür entschuldige ich mich, aber seitdem hatte ich alle Hände voll zu tun. Müssen Kinder von den Booten gewesen sein. In den letzten Tagen habe ich zweimal welche verjagt, mit Gespenstergeräuschen. Da fällt mir gerade ein – wundern Sie sich nicht, wenn Sie Gerüchte hören, dass es auf Folly spukt.»

Allmählich misstraute Rae ihrem Gedächtnis immer mehr. Sie war schlampig gewesen und hatte den Einsatz des Werkzeugkastens falsch herum hineingesetzt, das war alles. Sie griff nach der Flasche und füllte ihre Gläser wieder.

«Wie haben Sie die Höhle gefunden?», wollte sie wissen. «Ihre Höhle. Ich habe sie nicht gesehen, als ich um die Insel herumgefahren bin.»

«Ich habe die Öffnung schon als Junge entdeckt – bin damals

überall zwischen den Inseln herumgesegelt –, aber es ist offensichtlich, dass sie im Laufe der Jahre auch von anderen benutzt wurde. Von Schmugglern und so. Sie ist hinter einem kleinen Felsvorsprung versteckt, mit Bäumen davor, nicht weit vom Wasserfall. Ich habe dafür gesorgt, dass die Äste herunterwachsen und den Eingang verdecken, aber sie ist auch so schwer zu sehen, und außer bei Ebbe ist es fast unmöglich, hineinzugelangen.»

«Sind Sie der Idiot, der sein Boot kaputtgefahren hat?»

«Wie bitte?»

Rae musste lachen und lachte dann noch einmal über dieses ungewohnte Geräusch. Ihr war, als wären ihrer Haut plötzlich Flügel gewachsen. Sie fühlte sich wie ein winterlicher Baum, an dem alle Knospen aufbrechen. Sie fühlte sich … wohl. «Jerry hat mir erzählt, er habe nur zwei Idioten gekannt, die versucht hätten, anders als durch die Bucht auf Folly zu landen, und einer habe bei diesem Versuch sein Boot kaputtgemacht.»

«Himmel, nein – ich war der, der es geschafft hat. Ja, an dem Tag habe ich die Höhle gefunden, als ich Jerry gerettet habe. Er war der Idiot, der sein Boot auf das Riff gesetzt hat. Dad hatte eine Stinkwut.»

«Wie schade, dass ich ihm das nicht unter die Nase reiben kann.»

«Sie hätten es ja auch von jemand anders erfahren können. Als wir Kinder waren, wusste jeder davon. Aber natürlich nicht von der Höhle.»

«Und Sie bringen da wirklich Leute unter?» Für Desmond mochte die kleine Höhle hinter dem Haus bei stürmischem Wetter vielleicht ein behaglicher Unterschlupf gewesen sein, aber Rae hätte keinen Wert darauf gelegt, mehrere Stunden lang dort eingeschlossen zu sein.

«Eigentlich ist sie ziemlich gemütlich. Die älteren Kinder nennen sie manchmal Hobbit-Höhle, und die jüngeren glauben anscheinend, dass das Kaninchen aus *Pu der Bär* da wohnt. Halbwüchsigen Mädchen fällt es anfangs am schwersten – kein Föhn und kein Internet. Ich habe eine Sammlung von Postern, die sie aufhängen können – das hilft –, und alle CDs, die man sich nur vorstellen kann. Sie verbrauchen tonnenweise Batterien für den CD-Spieler.»

«Ebbe», sagte Rae unvermittelt. «Ich habe gehört, wie Sie bei Ebbe raus- und reingefahren sind. Sie haben ein schwarzes Schlauchboot.»

Er sah bekümmert aus. «Ich wusste doch, dass Sie mich gesehen haben. Früher oder später wären Sie mir auf die Schliche gekommen.»

«Ohne eigenes Boot wäre das schwierig gewesen. Möchten Sie noch was trinken?» Beide Gläser waren leer.

«Lieber nicht. Zwei ist schon mehr, als ich normalerweise am Tag trinke.»

«Dann Kaffee? Hören Sie, ich weiß nicht, ob ich Sie ... mit diesem Namen ansprechen kann. Es ist mir einfach zu unheimlich.»

«Viele nennen mich Mike, von meinem Nachnamen abgeleitet.»

«Mike. Wäre Michael okay?»

«Klar. Und ich hätte liebend gern Kaffee. Das gehört zu den Dingen, die ich unten in der Höhle nicht riskieren kann. Ich muss jeden Duft vermeiden, der sich von dem Seetanggeruch abhebt.»

Während Rae den Kessel füllte, kicherte sie plötzlich. «Kennen Sie den Witz, wie Adam den Tieren ihre Namen gab?» Allen-Michael schüttelte den Kopf. «Na ja, er ist eigentlich nicht besonders lustig. Aber trotzdem: Adam sitzt da im Garten Eden und gibt den Tieren Namen. Gott bringt eins nach dem anderen herein, und Adam guckt es an und sagt: ‹Dieses nenne ich Papagei, und das ist ein Tiger, das Nächste ist eine Giraffe.› Gott wartet darauf, dass Adam Eva entdeckt, sehen Sie, dass er sich ein Wesen aussucht, mit dem er sein Leben verbringen möchte, und Adam erfindet einfach weiter diese Namen – Stachelschwein, Katze,

Schnabeltier. So vergeht der Tag, und Gott wird etwas ungeduldig, und Adams Namen werden immer eigenartiger – Guppy, sagt er, Zebra, Rhinozeros – und schließlich wird Gott die ganze Sache zu bunt, und als er dieses merkwürdige Tier reinbringt und Adam sagt: ‹Erdferkel›, da geht dem Allmächtigen der Hut hoch. ‹Warum gibst du meinen Geschöpfen diese grotesken Namen?›, brüllt er. ‹Niemand wird je ein Tier respektieren, das einen Namen wie Erdferkel trägt!› – ‹Gut›, sagt Adam, der die ganze Geschichte selbst auch ziemlich satt hat, denn er hat den ganzen Tag lang eine Frau erwartet und stattdessen diese blöden Tiere bekommen, ‹wie würdest du es denn nennen?› Und Gott sagt: ‹Wie wär's mit Mike?›»

Rae sah Allen an und Allen sah Rae an, und er sprach zuerst, mit ernstem, aber zuckendem Gesicht. «Sie haben völlig Recht. Der Witz ist wirklich nicht sehr lustig.»

Beide brachen gleichzeitig in brüllendes Gelächter aus, das auch den letzten Rest Anspannung fortwischte.

«Nein», gab Rae schließlich zu, «aber er passt.» Sie drehte sich um, goss das dampfende Wasser auf den gemahlenen Kaffee, und der aromatische Duft erfüllte die Luft.

«Und wollen Sie mich jetzt Erdferkel nennen?»

«Das wäre eine Idee», erwiderte sie. «Was nehmen Sie in Ihren …»

Aber er sollte an diesem Abend keinen Kaffee mehr bekommen. Ein starker Schiffsdiesel, den sie beide vorher nicht wahrgenommen hatten, dröhnte aus der Bucht herauf; das Geräusch zerschlug die unbefangene Kameradschaft wie ein Axthieb. Auf der anderen Seite der Feuerstelle raschelte es, und als Rae sich umdrehte, hatte Allen Carmichael sich in Luft aufgelöst; nur das leichte Zittern des Segeltuchsitzes verriet seine Existenz. Zum ersten Mal rief Rae seinen Namen; das Geräusch der Schritte auf der anderen Seite des Zeltes verstummte.

«Hören Sie», sagte Rae in die Schatten hinein, «Sie können die Höhle gern benutzen und auch alles andere auf der Insel, was Sie brauchen. Ich sage Ihrem Bruder nichts. Aber lassen Sie mich wissen, ob ich helfen kann, ob Sie Geld oder sonst irgendwas brauchen.»

«Danke», ertönte seine leise Stimme. «Ich werde für ein paar Wochen wegfahren. Ich gebe Ihnen Bescheid, wenn ich zurückkomme.»

«Viel Glück», wünschte Rae der Zeltwand.

«Verstecken Sie mein Glas», befahl er, und mit einem Stiefelscharren verschwand das Gespenst von Folly auf dem Berghang.

Vibramsohlen, registrierte Rae. Sie vermisste ihn bereits.

Sie nahm das Glas von dem Baumstumpf und stellte es hinter der Zeltecke auf die Erde, dann zündete sie die Lampe wieder an. Während sie zum Steg hinunterging, um zu sehen, was Jerry Carmichael um halb zwölf in der Nacht auf ihre Insel führte, merkte sie, dass sie summte.

Wenigstens hatte Jerry keine Blumen mitgebracht. Und er war in Uniform, auch wenn selbst beim Schein der Petroleumlampe deutlich wurde, dass seiner Kleidung der gewohnte frische Glanz fehlte.

«Du siehst aus, als hättest du einen langen Tag hinter dir», meinte Rae.

«Sehr lang. Tut mir Leid, dass es schon so spät ist – ich habe gehofft, dass du noch auf bist, und als ich dein Feuer sah, habe ich mir gedacht, dass es okay ist. Bobby Gustafsen meinte gestern Nacht, er müsste eine Schlägerei allein beenden, und dabei hat er einen Messerstich in den Arm abgekriegt. Nichts Ernstes, aber ich habe den Anruf heute morgen um zwei bekommen, und da fing mein Tag an. Ja, er war wirklich lang.» Jerry sank in den Sessel, den sein Bruder gerade so hastig geräumt hatte. Das Gestell gab ein alarmierendes Knarren von sich, aber er streckte seine langen Beine mit einem Seufzer dem Feuer entgegen und machte es sich gemütlich. «Rieche ich da Kaffee?»

Erschrocken schaute Rae zum Kochtisch hinüber, wo die französische Kaffeekanne stand, mit dem Filter wartend daneben. Auch zwei Becher standen dabei, aber weil hinter ihnen noch drei weitere aufgereiht waren, fiel es nicht so auf, dass sie zum Gebrauch gedacht waren.

«Mir war nach einem Becher Kaffee», meinte Rae.

«Sieht so aus, als wäre dir nach einer ganzen Kanne gewesen.»

«Ach, du weißt ja, wie das ist, man gewöhnt sich eben an, bestimmte Mengen zu machen. Meine Großmutter konnte einfach nicht weniger als einen halben Eimer Kartoffelsalat zubereiten, auch wenn er nur für sie und ihren Mann war.» Was quasselst du da, mahnte Rae sich streng zur Vorsicht. «Ich habe leider keine Milch.»

«Ich nehme ein bisschen Zucker, wenn du welchen hast. Für die Energie.»

Sie reichte ihm die fest zugeschraubte Zuckerdose und einen sauberen Löffel. «Wenn du so einen langen Tag hinter dir hast, warum konntest du dann nicht bis morgen warten?»

«Ich habe heute Abend einen Anruf bekommen. Sam Escobar hat die beiden Männer, die du identifiziert hast, angeklagt, und sie haben gestanden.»

«Mein Gott, Jerry – was für eine Erleichterung. Oh, danke dir, dass du extra gekommen bist, um mir das zu sagen. Beide?»

«Beide. Und – vielleicht solltest du dich einen Augenblick hinsetzen.»

«Warum? Was noch?» Jerry schaute einfach vielsagend auf den Stuhl, bis Rae sich niederließ, dann fuhr er fort.

«Es war nicht bloß der Überfall.»

«Was meinst du damit? Was war sonst noch?» Wenn er nicht gleich redete, würde sie ihn erwürgen.

«Weißt du noch, wie du mir von deinen Halluzinationen erzählt hast? Dass du um dein Haus herum Geräusche gehört hast?»

«Und du hast mich gefragt, woher ich wüsste, dass es Halluzinationen waren, und ich habe gesagt, ich wüsste es einfach.»

«Ein paar Geräusche waren das ja vielleicht auch. Aber außerdem waren es diese beiden Kerle. Sie haben mehrere Wochen lang um dein Haus herumgelungert.»

«Um mein Haus – du meinst, um das Haus selbst? Du lieber Himmel, wie unheimlich! Aber warum?»

«Dafür wurden sie bezahlt, nicht für die versuchte … den Überfall. Sie sollten dich schikanieren, jede Nacht, so lange, bis du durchdrehen würdest.»

«Das hat verdammt gut funktioniert», meinte Rae. Sie merkte kaum, was sie da sagte.

«Leider ist allerdings der Mann, der sie angeheuert hat, nicht zu finden. Er hat über ein Telefon in einer Bar Kontakt zu ihnen aufgenommen, und da hat er sie dann alle paar Tage angerufen. Sie haben ihm erzählt, was sie unternommen hatten und wie es dir ging; er gab ihnen Anweisungen, was sie als Nächstes tun sollten. Er bezahlte sie bar, mit Umschlägen, die er irgendwo deponierte und die sie dann abholten, deswegen haben sie ihn nie gesehen. Sie wohnten in einem Motel an der Autobahn, haben tagsüber geschlafen und sind dann rausgefahren, haben in einer Nebenstraße geparkt, die der Kerl ihnen beschrieben hatte, und sind über den Hügelkamm zu deinem Haus gewandert. Im Dunkeln. Einer der beiden hatte diesen Teil ihrer Aktion satt und wollte schon aussteigen, da sagte die Stimme am Telefon ihnen, sie könnten die Arbeit mit einer weiteren Fahrt abschließen.»

Jerry beobachtete Rae genau, um ihre Reaktion einzuschätzen; aber die Möglichkeiten, die diese Offenbarung aufzeigte, waren so ungeheuerlich, dass Rae sie nicht auf einmal erfassen konnte. Sie spürte, wie sich in ihrer Kehle ein Stöhnen bildete, schluckte es herunter und stellte eine mehr oder weniger zufällige Frage, die sich auf eine vollkommen andere Person hätte beziehen können.

«Was … was genau hat er ihnen aufgetragen?»

«Sie sollten dich verletzen, aber nicht schlimm, und es sollte nicht so aussehen, als hätte dich jemand zusammengeschlagen, sondern eher so, als wärst du gestürzt. Am wichtigsten war ihm aber, dass sie dir Angst machten. Dass sie dich in Panik versetzten. Darum ging es ihm.»

Sie sollten mich gar nicht vergewaltigen?, dachte Rae.

Gab es dann keine eingebildeten Beobachter?, fragte sie sich verwundert. Überhaupt keine? Meine Beobachter und die beiden Männer auf der Straße waren ein und dieselben, gleichermaßen real und leibhaftig? Alle beobachtenden Blicke? Alle Schritte? Die ganze Zeit, im Haus, auf der Straße, in der Nacht …?

Nein, entschied Rae widerstrebend, aber mit Gewissheit. Nein, nein. Unmöglich.

«Er hat jedem zweitausend Dollar bezahlt», fuhr Jerry fort. «Er hatte ihnen das Doppelte versprochen, aber dann hat er nicht mehr angerufen, um ihnen zu sagen, wo sie die letzte Rate abholen sollten. Escobar versucht, die Sache von hinten aufzurollen, er will herausfinden, wie der Kerl die beiden aufgetrieben hat, woher er wusste, dass sie zu so was bereit waren. Er wird eine Weile brauchen.»

Auch Rae würde eine Weile brauchen, um herauszubekommen, welche Bedeutung diese Informationen für sie hatten. Eins wusste sie jedoch mit Gewissheit: Einige dieser Beobachter waren wirklich nicht materieller gewesen als die Impulse an den Synapsen in ihrem Gehirn. Aber dass es andere, tatsächliche, leibhaftige Männer gegeben hatte, die an ihr Fenster geklopft und über ihre Dachterrasse gelaufen waren … Nach dem ersten Schock wurde Rae schwindlig vor Erleichterung. Sie war nicht geistesgestört – oder doch, aber vielleicht war ihr Bezug zur Realität nicht so schlimm gestört, wie sie und alle anderen angenommen hatten.

Der Sheriff sah sie mit erwartungsvoller und besorgter Miene an; Rae nahm sich zusammen. «Entschuldigung, was hast du gerade gesagt, Jerry?»

«Ich habe gesagt, wir müssen der Tatsache ins Auge sehen, dass der Mann, der dahinter steckt, immer noch frei herumläuft. Ich finde, du solltest für eine Weile nach Roche Harbor ziehen, jedenfalls für die Nächte.»

Rae rieb sich ein Weilchen ihr gefühlloses Gesicht und sah ihn dann an. «Sagst du das als Sheriff oder als Freund?»

Er wollte antworten, schwieg aber. Als er erneut zum Sprechen ansetzte, konnte Rae an seinem beschämten Gesicht erkennen, was er antworten würde.

«Ich glaube, mir gefällt einfach die Vorstellung nicht, dass du hier draußen ganz allein bist.»

«Mit anderen Worten, es gibt keinen Grund, anzunehmen, dass dieser namenlose … wie nennt man solche Leute? Dass der also nicht in sein Loch zurückgekrochen ist? Kriegen die Leute auf San Juan wieder Anrufe, bei denen jemand nach mir fragt?»

«Nein, seit einiger Zeit nicht mehr.»

«Und es gibt keine Gerüchte, dass jemand in einer Bar auf Orcas Schlägertypen anheuern will, und es tauchen auch nicht plötzlich fremde Männer mit merkwürdigen Wölbungen unter dem linken Arm auf?»

«Das ist nicht komisch, Rae. Hör auf, Witze darüber zu machen.»

Plötzlich fühlte sie sich unsäglich müde, als hätten die letzten drei Tage sich in eine Dampfwalze verwandelt, die gerade dabei war, sie langsam platt zu fahren. Flughäfen voller fremder Leute und das Gesicht eines Mannes, der sie beinahe vergewaltigt hatte, aus nächster Nähe, ein zertrümmertes Haus und ein Mann, der missbrauchte Kinder schmuggelte, verrückt sein und doch nicht verrückt – es reichte ihr einfach. «Was soll ich denn sonst machen, Jerry? Was kann ich tun? Wir haben das alles schon mal besprochen. Du hast keine Beweise, dass hier draußen jemand ist, oder? Jerry, ich hab mich schon mit nächtlichem Gepolter herumgeschlagen, als du noch mit Knallplättchenpistolen gespielt hast. Mit dem Verfolgungswahn von jemand anders kann ich nicht so gut umgehen wie mit meinem eigenen.» Fahr weg, Jerry, dachte Rae. Lass mich allein. Sie wollte nichts anderes, als eine Woche lang schlafen, selbst wenn ein paar gesichtslose Beobachter sich anschleichen und sie im Schlaf ermorden sollten. «Jedenfalls klingt das verdächtig nach Verfolgungswahn, es sei denn, du verheimlichst mir etwas.»

«Nein», räumte der Sheriff ein. «Ich habe keine Hinweise darauf, dass hier wirklich jemand herumschleicht.»

Sein kleinlauter Tonfall rüttelte Rae auf. «Jerry, du könntest durchaus Recht haben. Vielleicht ist wirklich jemand hinter mir her. Wie das alte Sprichwort sagt, bloß weil man unter Verfolgungswahn leidet, heißt noch nicht, dass die Welt es nicht auf einen abgesehen hat.» Ach, Rae, du hast heute Abend lauter blöde Witze auf Lager. «Wenn du etwas Handfestes vorweisen kannst, höre ich dir zu, das verspreche ich dir. Wahrscheinlich werde ich sowieso eine Woche lang kein Auge zutun, und wir können von Glück reden, wenn ich nicht alle zehn Minuten eine Leuchtkugel abfeuere. Aber was meine Sicherheit angeht, bin ich hier besser aufgehoben als in Roche Harbor. Du hast doch selbst gesagt, dass es fast unmöglich ist, sich hier heimlich an mich heranzumachen.» Und Petras Sicherheit?, fragte Raes hinterhältiger Verstand. Sie weigerte sich, darüber nachzudenken.

«Okay», sagte Jerry und hob die Hände. «Aber wir werden die Überwachung verstärken, wundere dich also nicht, wenn du eine Menge Polizeiboote in der Gegend siehst und ab und zu ein Wasserflugzeug hier rüberbrummt.»

«Schön. Wie du willst. Und, Jerry? Du bist wirklich ein Freund.»

Rae hatte nicht mehr als ein herzliches Dankeschön im Sinn gehabt, und genau das hörte Jerry auch, nicht mehr. Er stand schwerfällig auf und sah auf sie hinunter. Sein Gesicht, das halb im Schatten lag, wirkte älter als das seines Bruders.

Einen Tag eher hätte es durchaus sein können, dass sie nach ihm gegriffen hätte, dass sie ihn mit ins Bett genommen hätte, wider alle Vernunft; heute Nacht aber war er ein Freund und weiter nichts.

Rae sah, dass er verletzt war. Dazu kamen sein langer Tag und dann ihre Weigerung, sich verhätscheln zu lassen, und sie konnte es nicht ertragen, ihn so fortgehen zu lassen. Sie platzte mit dem ersten Gedanken heraus, der ihr kam.

«Nikki liebt dich, Jerry.»

Der große Mann fuhr zurück, so erschrocken, als hätte sie ihn angesprungen.

Rae trug dick auf: «Das Alter spielt keine Rolle, Jerry. Frühere Verwandtschaftsverhältnisse dürften kein Hindernis sein. Sie braucht dich, und sie liebt dich von ganzem Herzen. Es tut ihr weh, dass du das nicht siehst. Und Caleb himmelt dich an. Gib euch eine Chance.»

Der Sheriff öffnete und schloss ein paar Mal geräuschlos den Mund. Der arme Kerl wusste nicht, wie ihm geschah, das sah sie; seine einzige Reaktion bestand darin, sich umzudrehen und sich auf sein Boot zurückzuziehen und Rae so ihren Erkenntnissen zu überlassen.

Was war schlimmer: eingebildete Beobachter oder wirkliche? Zu wissen, dass zumindest ein Teil der nächtlichen Poltereien real gewesen war, war sowohl beruhigend als auch furchtbar. Rae wünschte sich in dieser Nacht mehrmals, dass Jerry sie einfach in Handschellen von der Insel herunter auf sein Boot geschleppt hätte.

Andererseits änderte dieses neue Wissen eigentlich nichts. Ihr war schon seit einer ganzen Weile klar, dass jemand darauf aus war, sie zu schikanieren, nur über den Umfang dieser Belästigungen hatte sie nichts gewusst. Und nach wie vor zweifelte sie nicht daran, dass einige ihrer Dämonen nur in ihrer Phantasie existierten. Daher hatte ihre Situation sich zwar verändert, war aber auch mehr oder weniger gleich geblieben. Und sie hatte immer noch genauso viel Arbeit wie vor Jerrys Besuch mit seiner weltbewegenden Neuigkeit.

Jetzt waren es noch sieben Tage, bevor die scharfäugige, misstrauische und prozesssüchtige Familie ihrer Tochter einfallen würde, und Rae stürzte sich auf ihre Arbeit. Sie hatte alle Antennen ständig ausgefahren, sie schlief unruhig und nahm jedes Knistern und Knarren wahr, und der Revolver lag nie weiter entfernt als auf dem Nachttisch neben ihrem Kopfkissen. Regelmäßig näherten sich Schiffsmotoren, und Flugzeuge flogen niedrig über die Insel. Rae brauchte nicht lange, bis ihr klar war, dass nur einige dieser Boote und Flugzeuge der Polizei gehörten. Der Gedanke, dass sie zum Schützling der gesamten Inselbevölkerung geworden war, machte sie wütend, bis Jerry ihr bei einem seiner nun fast täglichen Besuche versicherte, dass nur wenige, diskrete Personen Bescheid wussten. Daraufhin tat Rae ihr Bestes, um diese Störungen einfach zu ignorieren, oder sie sang laut dagegen an.

Am Montagmorgen kamen Jerry und Nikki zu Besuch, und sie brachten Caleb mit, der jetzt Sommerferien hatte. Rae äußerte sich nicht dazu, was es doch für ein Zufall war, dass Sheriff und Ranger gemeinsam einen freien Tag hatten, aber als sie die beiden genau beobachtete, fielen ihr winzige Veränderungen in Jerrys Blick auf, wenn er Nikki ansah – er war weniger selbstsicher, fast schüchtern. Rae gestattete ihrem Besuch, ihr beim Bau einer Duschkabine aus Abfallholz zur Hand zu gehen und ihr zu helfen, den Gasboiler an die Wasserleitung zur Dusche anzuschließen, dann schickte sie die drei wieder fort. Am Abend, als sie nach einer köstlichen heißen Dusche glühend und zufrieden am Strand saß, hörte sie die Nachbarn auf der anderen Seite der Wasserstraße zu Ehren des Vollmonds trommeln. Wie lange würde es wohl dauern, bis Nikki Jerry Carmichael dazu gebracht hatte, mit den anderen am Strand zu trommeln?

Am Dienstagabend hatte Rae ihre Wendeltreppe fertig. Die Stufen waren noch roh – bloße Füße waren in keinem Teil des

Hauses ratsam – und der Handlauf fehlte, aber die Treppe war stabil und ließ ihre zukünftige Schönheit erahnen. Die beiden Stockwerke waren jetzt miteinander verbunden.

Am Donnerstag endlich dämmerte der Jüngste Tag herauf. Nach einigen unruhigen Stunden kam Ed De la Torre, um Rae nach Friday Harbor zu bringen.

Während der ganzen Überfahrt gingen Rae zwei Refrains durch den Kopf. Die Sätze aus Desmonds Tagebuch: «Mein Bruder kommt morgen … der Gedanke daran, sein Gesicht zu sehen», wechselte ab mit Pam Churchs: «Bist du wahnsinnig? … Es gibt nur Probleme.» Immer und immer wieder. Ed sprach wenig, er spürte ihren inneren Aufruhr, auch wenn er den Grund nicht ganz verstand. Sein Gesicht war verschlossen, und sie konnte nur beten, dass es auch so bleiben würde, wenn Don von der Fähre kam («sein Gesicht zu sehen … furchtbares Grauen»). Rae musste, zum Wohle aller, ruhig und distanziert bleiben, während sie die Schlange an ihren metaphorischen Busen drückte.

Die *Orca Queen* war eine halbe Stunde zu früh in Friday Harbor. Rae wartete am Terminal und trank nervös schlechten Kaffee, bis die Fähre anlegte; dann machte sie sich auf, um die Familie Collins an der Fußgängerbrücke abzuholen. Petra trug Grunge vom Feinsten, vom schwarz gefärbten Haar bis zu den schwarz lackierten Fingernägeln, aber sie warf Rae die Arme um den Hals, als wäre sie eine Sechsjährige im Baumwollkleidchen. Tamara bot ihrer Mutter eine kühle Wange und nahm ihren Koffer in die andere Hand. Rae schaute die Fußgängerbrücke entlang.

«Wo ist Don?», fragte sie, als ihr klar wurde, dass Tamara und Petra nicht auf einen dritten Reisenden warteten.

«Das ist eine lange Geschichte», murmelte Tamara mit einem Seitenblick auf Petra.

Rae verstand die Andeutung und schwieg, aber als sie ihre Tochter und ihre Enkelin zu Eds wartendem Boot und nach Folly hinüber begleitete, regte sich in ihrem Herzen ein Fünkchen Hoffnung.

Kapitel 52

Desmond Newborns Tagebuch

29. Mai 1927

Ein Dach, Jungs, ein Dach! So wie sich das Dach über meinem Kopf schließt, schließt sich auch der Kreis. Ich habe mir eine Höhle nachgebaut, ein Obdach aus Stein und Baum, das mich sowohl schützt als auch vom Firmament abschneidet. Ich stehe abseits von Gottes anderen Geschöpfen; ich bin wieder ein Mensch, ein Mitglied (wie eigenbrötlerisch auch immer) der Gemeinschaft von Hausbewohnern, nicht mehr ein Wesen der Wälder und Berge. Ich sitze an meinem Feuer und wärme meine bestrumpften Zehen und sorge mich nicht, dass der Regen mir in den Nacken tropfen könnte, und ich lache über das Elend der niederen Kreaturen vor meiner Tür.

Dieses unschickliche Glücksgefühl löst bei mir Unbehagen aus. Der Soldat, der seine Deckung vernachlässigt, kriegt eine Kugel zwischen die Augen. Auch hinter der Front gibt es Blindgänger, Bauten, die darauf warten, einzustürzen, und Zimmer, in denen Bomben versteckt sind.

Aber ich will das Unbehagen fortschieben, denn ich bin sicher in Stein und Holz eingehüllt. Ich bin wieder in die Menschheit eingetreten, und ich merke, dass ich mich nach Gesellschaft umsehe und denke: Ich muss ein Fest geben.

Kapitel 53

Tamara stieg aus Eds Boot auf die unebenen Planken des Anlegestegs und ließ ihren aus Gewohnheit missbilligenden Blick über das schlaffe, sonnenverbrannte Zelt schweifen, über die sechs brandneuen Regiesessel, die im Kreis um die verrußte Feuerstelle herumstanden, und über den Rohbau des eigenartigen Hauses, der sich im Hintergrund erhob. Zum ersten Mal in dieser hektischen Woche, seit sie auf dem Rollfeld von San Juan aus der kleinen Maschine gewankt war, war Rae dankbar, dass sie gezwungenermaßen drei Tage in Kalifornien verbracht hatte. Die wenigen Stunden mit Vivian zwischen seinen Hölzern hatten mehr für den Wiederaufbau ihres Selbstwert- und Identitätsgefühls getan als sechs Monate Psychotherapie. Sie war nicht die labile Mutter dieser jungen Frau, sie war keine Psychiatriepatientin, sie war weder ein Fall von versuchtem Selbstmord noch eine Witwe, die zwei ihrer Lieben verloren hatte, noch das Opfer eines bösartigen Überfalls – sie war Rae Newborn, eine starke Frau, die in der Vergangenheit schlechte und gute Zeiten erlebt und entschieden hatte, dass ihr noch gute Zeiten bevorstanden. Sie hob Tamaras Koffer auf und trug ihn mühelos über die Landzunge zum Zelt. Petra folgte ihnen, noch mürrisch in Gegenwart der Mutter, während Ed die Tüte mit frischem Gemüse, die Milch und einen Block Eis auf den Steg packte und dann so leise auslief, wie seine Maschinen es zuließen.

Petra lief zur Baustelle. Rae legte Tamaras Koffer auf das Fußende von einem der beiden Klappbetten, die sie sich geliehen hatte und die zusammen mit ihrem eigenen Bett (für Petra, denn Rae plante, während der Invasion oben im Haus zu schlafen) den größten Teil des Fußbodens im Zelt besetzten. Auf Petras Bett lag ein Schlafsack, die beiden anderen waren mit frischem Bettzeug bezogen.

«Die beiden hier habe ich für dich und Don ausgeliehen», erklärte sie ihrer Tochter. «Wenn er nicht kommt, könnte ich entweder hier schlafen oder ein Bett herausnehmen, damit Petra und du mehr Platz haben.»

«Wir lassen uns scheiden.» Tamara sagte es unverblümt, während sie die frischen Laken, die in die Ecke gequetschten Vorratskisten und alles andere anschaute, nur ihre Mutter nicht. «Er ist vor einem Monat ausgezogen.»

«Vor einem Monat schon? Aber ...»

«Ich weiß, ich hätte es dir mitteilen sollen. Ein paar Tage nachdem ich dir geschrieben hatte, dass wir kommen, habe ich ihn rausgeschmissen. Wir hatten wegen dieses Besuches einen anscheinend endlosen Streit, und dann habe ich herausgefunden, dass ... Ich habe Petra gebeten, dir nichts davon zu schreiben. Ich wollte es dir selbst sagen.»

Ein ganzer Monat. Am liebsten hätte Rae lauthals geschrien, ein wortloses Gebrüll der Frustration und der Erleichterung, sie spürte, wie es herauswollte, und drängte es krampfhaft zurück. Vor einem ganzen Monat hat sie den Kerl rausgeworfen, dachte Rae, und die ganze Zeit lang habe ich angestrengt gehorcht, um zu hören, wenn der Feind sich anschleicht, und mir Sorgen gemacht, wo Don und sein verdammtes Verfahren als Nächstes auftauchen würden, einen ganzen Monat habe ich mich darauf vorbereitet, in seine lächelnde Fratze zu sehen und zurückzulächeln, und der ganze Monat war vollkommen überflüssig, als hätte ich nicht schon genug Stress gehabt, als hätte ich ... Rae musste sich schütteln, so schwer fiel es ihr, die wütenden Vorwürfe zu unterdrücken. Aber als es ihr gelungen war, konnte sie Tamara endlich sehen, konnte den Kummer im Gesicht ihrer Tochter sehen und wieder Mutter sein. Schweigend schloss sie die junge Frau in ihre von der Arbeit gestählten Arme, eine Geste, die ihr, seit Tamara

Petras Alter hinter sich gelassen hatte, nicht mehr möglich gewesen war. Einen Augenblick lang versteifte Tamara sich, und dann gab sie nach und begann schmerzlich und jämmerlich zu schluchzen. Nach ein paar Minuten schaute Petra zur Tür herein. Rae erwiderte ihren Blick, und gleich darauf schob das stachelhaarige, schwarz gekleidete Mädchen in den Doc Martens das Moskitonetz zur Seite und trat zu Mutter und Großmutter. Rae löste einen Arm und zog sie zu sich, und aneinander geschmiegt standen sie da, drei weinende Frauen.

Tamara machte sich als Erste los, mit unglücklichem, fleckigem Gesicht, aber erleichtert, dass das Schlimmste vorbei war. Auch Petra zog sich zurück und suchte nach Papiertaschentüchern, denn ihre dicke Augenschminke war über ihr halbes Gesicht heruntergeflossen. Rae ihrerseits fiel es schwer, nicht loszusingen.

Es gab jedoch eine Menge Fragen, und im Laufe dieses langen, unwirklichen Tages versuchte Rae, Antworten darauf zu bekommen.

Dons Affäre war es gewesen, die ihrer Ehe den letzten Schlag versetzt hatte, vertraute Tamara ihrer Mutter an, als Petra außer Hörweite im Bikini (einem schwarzen) am Strand lag. Tamara hatte sich mit Geschäftspraktiken abgefunden, die die finanzielle und rechtliche Zukunft der Familie bedrohten, sie hatte es geschafft, Dons Schimpftiraden gegen Petras Aussehen, ihre Freunde und ihre Arbeitsgewohnheiten zu überhören, und sie hatte ihm sogar vergeben, dass er zweimal die Beherrschung verloren und sie geschlagen hatte – Tamara, nie Petra –, aber dass er mit seiner Assistentin geschlafen hatte, das konnte sie ihm nicht verzeihen.

Natürlich ging es um noch viel mehr; als der Damm einmal gebrochen war, brauchte es eine Weile, bis die Flut der Katharsis abebbte. Und im Falle Tamaras, die ihr Leben lang bestritten hatte, dass sie von einer Therapie profitieren könnte, musste alles auf einmal herausströmen. Ihre vielfältigen Schuldgefühle kamen ans Tageslicht: dass sie gegen Rae auf Dons Seite gestanden hatte, obwohl sie wusste, dass Rae im Recht war; dass sie Rae die Enkelin vorenthalten hatte, obwohl sie deutlich sah, dass Petra für Rae alles bedeutete; sie schämte sich sogar dafür, dass sie Alan nicht so offenherzig liebgehabt hatte, wie er es verdient hätte. Und schließlich, während Rae amüsiert registrierte, dass sie nun zur Abwechslung selbst einmal die Rolle der Therapeutin übernahm, begannen die hässlichsten, härtesten kleinen Wahrheiten, die all dem zu Grunde lagen, sich ans Licht emporzuarbeiten.

Dass Tamara ihre Halbschwester Bella zwar lieb gehabt, aber gleichzeitig auch tiefen Groll gegen sie gehegt hatte, weil Rae das Kind so unbefangen geliebt und weil Rae Bellas Vater Tamaras eigenem Vater, David, vorgezogen hatte. Dass dieser Groll der Grund war, warum Tamara ihre Tochter von Rae fern gehalten hatte. Dass sie Rae insgeheim gehasst hatte, weil diese sich nach Bellas Tod nicht ihr zugewandt, sondern an ihr vorbei nach Petra gegriffen hatte.

Und am tiefsten begraben lag ein bitteres Geständnis, das nur mit Alkohol hervorzulocken war: Tamaras lebenslanges Schuldgefühl wegen ihrer eigenen Geburt. Vom Verstand her sah Tamara ein, dass sie nicht der Grund für Raes ersten psychotischen Schub gewesen war. Sie hatte im Laufe der Jahre genug gelesen und wusste um die biochemische Unausweichlichkeit der Depression. Trotzdem war sie im Herzen davon überzeugt, dass sie daran schuld war. Schließlich hatten ihr Vater David, seine Mutter und ihr Urgroßvater William ihr alle irgendwann gesagt, ihre Mutter sei bis zu ihrer Geburt gesund gewesen. Wie konnte sie sich da gegen die Überzeugung wehren, dass Rae ihre geistige Gesundheit gegen das Leben ihrer Tochter eingetauscht hatte?

Rae saß bei Tamara und wiegte sie und weinte mit ihr und verfluchte die Familie und sich selbst auch, weil sie trotz ihrer zweiundfünfzigjährigen Erfahrung mit den Mechanismen von Schuldgefühlen und mit dem Scheitern der Liebe nicht gesehen hatte, dass Tamara alle Schuld auf sich genommen hatte. Wie hatte sie nur so blind sein können, nicht zu bemerken, was in ihrer eigenen Tochter vor sich ging? Wenn schon Rae selbst immer noch ein undeutliches Gefühl der Verantwortung für den Tod ihrer eigenen Mutter hegte – die an Krebs gestorben war, als Rae fünf Jahre alt gewesen war –, dann musste Tamara sich erst recht die Schuld für Raes geistige Störung geben.

Rae stöhnte. Es war ein ewiger Kreislauf.

An einem einzigen tränenreichen Tag konnten sie zu keinem Ergebnis kommen, und auch eine Woche wäre zu kurz gewesen. Rae konnte ihre Tochter nur halten, soweit Tamara das zuließ. Sie konnte nur hoffen, dass hier der Grundstein zu einem Fundament gelegt wurde, zu einer Basis, auf der sie und ihre Tochter eine Zukunft aufbauen konnten. Rae konnte ihrer Tochter nur sagen, dass sie sie liebhatte.

Der Nachmittag zog sich hin, mit vielen Wiederholungen und gestammelten Geständnissen und einem anscheinend endlosen Tränenstrom. Rae hörte zu, murmelte Beruhigungen, tätschelte ihre Tochter und zwang sie, ein bisschen zu essen. Schließlich aber schaute sie sich nach Ablenkung um. Sie war nicht Tamaras Therapeutin, und selbst wenn sie das gewesen wäre, hätten fünfzig Minuten normalerweise für einen Tag ausgereicht. Diese Sitzung aber dauerte schon Stunden. In der nächsten Pause schob Rae eine sanfte Frage nach den Geldern ein, die Pam Church unter die drei Mitglieder der Familie Collins hatte verteilen sollen. Auf Tamaras Gesicht malte sich bittere Befriedigung.

«Den Brief von deiner Anwältin haben wir an dem Tag bekommen, nachdem ich Don rausgeschmissen hatte.»

Tamara erzählte ausführlich, welches Vergnügen es ihr bereitet hatte, ihrem Mann zu erklären, dass er kein Geld mehr von seiner Schwiegermutter bekommen würde, aber Rae hörte nicht einmal die Hälfte davon. Don hatte seit einem Monat gewusst, dass er keine Ansprüche mehr auf den Newbornschen Besitz hatte, und doch hatte noch vor weniger als drei Wochen jemand auf den Inseln herumtelefoniert und nach ihr gesucht, und erst danach war ein Eindringling in ihrem Zelt gewesen. Schließlich schüttelte sie den Kopf. Jerry irrte sich; Jerry äußerte seine persönliche Meinung, als Mann, nicht als Sheriff. Schließlich gab es Zufälle. Jugendliche, die verbotenerweise die Insel betreten und nach Bargeld oder Vorräten gesucht hatten, das war alles.

Die Sonne wanderte über den Himmel, Petra drehte sich zweimal um und rieb sich einmal mit Sonnenschutz ein, Tamara sprudelte weiter ihre jahrelang unterdrückte Empörung heraus, und Rae fing an, sich nach Säge und Hammer zu sehnen. Selbst die schwere Arbeit des Grabens erschien ihr jetzt reizvoll.

Um halb vier hatte sie genug. Steif erhob sie sich (Segeltuchsessel waren nicht für lange Sitzungen geschaffen) und fragte Tamara, ob sie das Haus sehen wolle. Tamara blickte erschrocken auf, offenbar hatte sie vergessen, womit ihre Mutter sich in den vergangenen Monaten beschäftigt hatte, dann trocknete sie ihre Augen. Sie sah furchtbar aus, und Rae entschied, dass es längst schon Zeit gewesen war, die Sitzung zu beenden.

«Ich habe vergessen dir zu sagen», meinte sie, «dass ich ein paar Freunde zum Abendessen eingeladen habe. Den Sheriff hier und eine Naturschutzwartin. Ich habe gedacht, du möchtest vielleicht sehen, mit wem deine Mutter sich so die Zeit vertreibt.» Ursprünglich hatte Rae die beiden eingeladen, um angesichts ihres Schwiegersohnes Unterstützung zu haben; jetzt würden die Gäste zwar aus einem anderen Grund, aber ebenso willkommen sein, denn sie würden für Abwechslung sorgen. «He, Petra! Willst du ’ne Führung durchs Haus?»

Der misstrauische Blick, den Petra ihrer Mutter zuwarf, konnte ihre Besorgnis kaum verbergen. Sie zuckte die Schultern, um ein allgemeines Desinteresse anzuzeigen; trotzdem war sie Sekunden später auf den Beinen und wickelte sich das sandige Handtuch wie einen Sarong um die Hüften. Tamara befahl ihr automatisch, ihre Schuhe anzuziehen, und Petra wollte ebenso automatisch widersprechen, aber als Rae ihrer Tochter beipflichtete und erklärte, dass sich auf Baustellen normalerweise viele scharfe Gegenstände ansammelten, gab Petra nach und kramte ein paar Gummilatschen aus ihrem Rucksack. Das war nicht ganz das Schuhwerk, das Rae sich vorgestellt hatte, aber diesmal wollte sie einen Kompromiss schließen.

Sie begannen am Arbeitstisch, wo Rae ihnen die alte Schwarzweißfotografie von Desmonds Haus zeigte, die an den Baum geheftet war. Als sie zwischen dem Foto und der Wirklichkeit hin und her schaute, musste sie zugeben, dass sie noch einen weiten Weg vor sich hatte. Die Türme mit ihren Abdeckungen aus Sperrholz sahen im Vergleich zu Desmonds schönen, kegelförmigen Ziegeldächern besonders traurig aus.

«Es gibt ein paar Sachen, die ich gerne Fachleuten überlasse, und dazu gehört auch das Dach», erklärte Rae. Petra sah ein wenig enttäuscht aus, Tamara aber schien das gutzuheißen, und sie gingen hinauf, um sich das Haus anzuschauen.

Es war sehr befriedigend, ein Publikum zu haben, auch wenn es vielleicht ungebildet und im Moment nicht sehr begeisterungsfähig war. Und weil Rae bei ihrem Werk bisher meistens einfach Desmonds Genie nachgeahmt hatte und den Grundsatz «Ehre, wem Ehre gebühret» beherzigte, konnte sie ohne Angst vor Eitelkeit rühmen und prahlen. Sie hatte sich bereits entschieden, ihrer Tochter und ihrer Enkelin von dem Gerippe, das sie gefunden hatte, nichts zu erzählen. Für diese beunruhigende Information gab es noch Zeit genug.

Noch zwei weitere Dinge behielt Rae für sich: das Türchen neben dem Kamin, das zum Holzschuppen führte und bis auf den Holzspan hinter ihrem Werkzeuggürtel, der es verriegelte, unsichtbar war, und die Falltür zum Kriechkeller unter dem Fußboden, die mit einem uralten, schmutzigen Stück Teppich zugedeckt war. Dieser Fetzen sollte neugierige Jugendliche davon abhalten, sich unter das Haus vorzuwagen, um Desmonds indianischen Mörser – und die Figuren darin – zu entdecken. Rae führte ihren Besuch stolz die neue Wendeltreppe hinauf und ließ die beiden die Aussicht bewundern. Dann zog Tamara sich mit einem kühlen, feuchten Tuch auf den geschwollenen Augen ins Zelt zurück, während Rae und Petra in der Bucht schwammen und anschließend das Feuer für die Steaks vorbereiteten, die Jerry mitbringen wollte.

Die beiden Ordnungshüter der Inseln trafen, mit Caleb im Schlepptau, kurz nach sechs in Jerrys Boot ein. Rae stiefelte zur Bucht hinunter, um ihre Gäste vom Anlegesteg abzuholen und um den Erwachsenen über den feurigen Kopf des Kindes hinweg rasch eine Warnung zukommen zu lassen.

«Ich habe meiner Tochter und meiner Enkelin nichts von dem S-K-E-L-E-T-T erzählt», buchstabierte sie. «Und ich habe gerade erfahren, dass meine Tochter sich von ihrem Mann scheiden lässt, also sollte man dieses Thema auch vermeiden.»

Bei diesen Worten erschien Petra auf dem Steg, zweifellos auf Drängen ihrer Mutter, und erbot sich, etwas zu tragen. Jerry schüttelte ihr die Hand und überreichte ihr dann einen weißen Karton aus der Bäckerei, mit der Warnung, ihn nicht schräg zu halten. Die allgemeine Vorstellung begann und wurde am Feuer fortgesetzt, und Nikki, die sich von ihrer fröhlichsten Seite zeigte, übernahm den Konversationsball und rannte damit los, während Jerry sich mit einer rot und weiß karierten Schürze über dem sauberen blauen Hemd am Grill betätigte. Rae hörte mit halbem Ohr dem Gespräch zu und war im Übrigen mit dem Problem Don Collins beschäftigt. Musste sie sich um die Sicherheit ihrer Tochter und ihrer Enkelin Sorgen machen? Gab es irgendeinen eindeutigen Beweis dafür, dass jemand Folly belagerte?

Überhaupt keinen. Jerry Carmichaels gluckenhafte Nervosität war eben ansteckend. Genieße die Party, ermahnte Rae sich selbst. Hör auf, dir über Beobachter im Wald Gedanken zu machen, und widme deine Aufmerksamkeit dem seltenen Vergnügen, Freunde und Familie um dich zu haben.

Insgesamt war der Abend nicht so steif, wie er hätte werden können. Tamara ging sogar aus sich heraus und flirtete ein wenig mit Jerry, was Nikki insgeheim amüsierte, und sie alle aßen viel zu viel. Als die Schatten lang wurden, machten Rae und Nikki den Abwasch, während Jerry mit Tamara und Petra sprach und Caleb sich in seinen Schoß gekuschelt hatte. Als Rae zur Feuerstelle hinüberschaute, sah sie belustigt, dass Petra, die Doc Martens ausgestreckt, auf dem Steinring die gleiche Haltung eingenommen hatte wie Jerry – auch wenn ihr das schlafende Kind vor der Brust fehlte. Rae trocknete zu Ende ab, warf das Handtuch zum Trocknen über seinen Zweig und trat zum Feuer. Doch bevor sie sich hinsetzen konnte, stand Jerry auf und fragte, ob er sie kurz sprechen könne. Caleb bewegte sich in schläfrigem Protest, als Jerry ihn seiner Mutter in die Arme legte, schlief aber dann sofort mit leisen, kindlichen Schlafschnaufern wieder ein.

Rae begleitete Jerry an den Strand hinunter, der noch unter den letzten Sonnenstrahlen glühte. Er hob eine Hand voll flacher Steine auf und ließ sie über die glatte Wasserfläche der Bucht springen.

«Escobar hat angerufen und gesagt, einer der Kerle, die er verhaftet hat, sei geständig, und der andere werde vor Gericht gestellt. Du wirst in ein paar Monaten aussagen müssen.»

«Ich habe mir so was gedacht.»

«Außerdem ist bei den Verhören noch etwas anderes herausgekommen. Einer der beiden glaubt offenbar, der Mann, der sie angestellt hat, wollte möglicherweise versuchen, dich in den Selbstmord zu treiben.»

Das war ein Schlag. Jerry spürte, wie Rae reglos stehen blieb, und seine große Hand griff nach ihrer Schulter, eine Geste, die für die drei Frauen, die am Feuer jede für sich ihre Vermutungen anstellten, deutlich sichtbar war.

«Ich habe angenommen, dass er mich nur verrückt machen wollte», sagte Rae bedrückt.

«Hast du so einen Feind?»

Rae drehte sich ein wenig, sodass sie mit dem Rücken zum Feuer stand, so als könnte Tamara ihr vielleicht vom Gesicht ablesen, was sie jetzt sagen wollte. Jerrys Hand fiel herunter, aber er blieb dicht bei ihr stehen, sodass sein Oberarm ihre Schulter streifte. «Ich habe so einen Schwiegersohn», erklärte Rae. «Oder jedenfalls habe ich das bis heute gedacht.»

«Schwiegersohn. Du meinst Tamaras …»

«Don Collins. Er ist habgierig, er ist unehrlich, und er ist finanziell immer in der Klemme. Aber ich habe gerade erfahren, dass sie seit fast einem Monat getrennt sind und Tamara die Scheidung eingereicht hat, er kann also nicht mehr erwarten, irgendwas zu erben. Wenn er es gewesen sein sollte, bin ich jetzt sicher.»

«Hast du Escobar davon erzählt? Hat er mit Collins gesprochen?»

«Ich habe ihm das damals nur ganz allgemein angedeutet.» Aber das war in den Wochen nach dem Überfall gewesen, als Rae nicht gerade eine ideale Zeugin abgegeben hatte.

«Ich sorge dafür, dass Escobar diese Möglichkeit mit berücksichtigt.»

«Vielleicht … ach, Mist. Er soll sich mit meiner Anwältin in Verbindung setzen. Sie kennt meine ganze Geschichte mit Don.»

«Wird sie darüber sprechen?»

«Ich schreibe ihr einen Brief und bitte sie, Escobar Einblick in ihre Akten zu gewähren. Du könntest den Brief durch deine Unterschrift beglaubigen, dann müsste er rechtsgültig sein.»

«Schreib ihn heute abend noch. Falls Collins etwas mit den beiden zu tun hat, müsste er eigentlich Aufzeichnungen von den Telefongesprächen haben und Kontoauszüge über das abgehobene Geld und solche Sachen.»

Die Sonne verschwand hinter den Gipfeln der Insel Vancouver; Rae rieb sich ihr müdes Gesicht. «Für Petra wird das hart sein.»

«Es wäre noch härter gewesen, wenn er es geschafft hätte, dir etwas anzutun. Allerdings kann ich mir nicht vorstellen, wie er darauf gekommen ist, dass er dich in den Selbstmord treiben könnte. Das klingt wie ein schlechter Krimi.»

Bei diesen Worten starrte Rae den Sheriff ungläubig an. «Was redest du da? Er hat es doch um ein Haar geschafft.»

«Ach, Rae, hör auf. Du hattest einen Nervenzusammenbruch. Wen wundert's, in dieser Situa...»

Mit einer heftigen Bewegung hielt Rae Jerry ihren linken Arm unter die Nase und zwang ihn, die Narben anzusehen. Sie klopfte auf die oberste, die frischeste unter den dreien, die rosa hervortrat. «Das hier war ernst, Jerry. Wenn ich fünf Minuten länger allein gewesen wäre, würde ich jetzt nicht hier stehen.» Sie beobachtete sein Gesicht und sah, wie sich erst Verstehen und dann flüchtig Abscheu in seinen Zügen malten. Als sie sicher war, dass er begriffen hatte, fügte sie hinzu: «Depression tötet, Jerry. Da braucht es keinen großen Anstoß mehr.»

«Ich ... äh ... ich hatte nicht gedacht ...»

«Ich weiß. Ich schreibe jetzt diesen Brief.»

Rae ging über den Lagerplatz und in ihr Zelt hinein, wo sie Briefblock und Stift zur Hand nahm. An der Segeltuchwand über ihrem Schreibtisch hatte sie Calebs Zeichnung befestigt, auf der sie als Strichmännchen mit dreiundzwanzig Krebsen zu Füßen zu sehen war, der einzige Schmuck im ganzen Zelt. Der Künstler war draußen von seinem Nickerchen erwacht und schwatzte mit Petra, eine bittersüße Erinnerung an die langen Gespräche zwischen Petra und Bella, die Rae mit angehört hatte. Ein Weilchen lauschte Rae Calebs ernsthaftem Vortrag über Leben und Gewohnheiten des Einsiedlerkrebses, dann wandte sie sich ihrem Brief zu. Als sie unterschrieben hatte, rief sie Jerry herein, damit er ebenfalls unterzeichnete. Er las die wenigen Zeilen durch, setzte seinen Namen unter den ihren und verstaute das Dokument in einer seiner Taschen.

Dann war es für die Einheimischen Zeit, die Insel zu verlassen – Jerry zerstreut, Nikki neugierig und nur Caleb mit leichtem Herzen. Rae und Petra winkten zum Abschied vom Steg aus und kehrten dann durch den Hochsommerabend zu Tamara ans Feuer zurück.

Tamara blieb nur zwei Nächte. Am Freitag aßen die drei Newbornschen Frauen Blaubeerpfannkuchen und wanderten dann den Mount Desmond hinauf. Auf dem Rückweg machten sie einen Abstecher zu dem lauwarmen, von der Quelle gespeisten Wasserbecken und planschten darin herum (und Petra entdeckte sowohl Salamander als auch Libellen). Während sie dann weiter den Berg hinunterstiegen, pflückten sie einen riesigen Strauß Wildblumen und fanden sogar noch einige späte Blüten der Nootka-Rose. Sie gingen in der eisigen Bucht schwimmen – sogar Tamara, die sich große Mühe gab –, und am Abend kam Ed, um sie zum Essen nach Roche Harbor hinüberzufahren. Auf der Fahrt erspähten sie in der Ferne einen Schwertwal, dann verzehrten sie ein sättigendes Mahl, sahen sich die Sonnenuntergangszeremonie im Bootshafen an (samt Salutschüssen aus der Miniaturkanone), fuhren zurück, spielten am Feuer erstaunlich einträchtig ein paar Runden Poker (Tamara bemühte sich wirklich sehr) und suchten zufrieden ihre Campingbetten auf.

Am Samstagmorgen verkündete Tamara dann plötzlich, sie habe beschlossen abzureisen, angeblich, um nicht in den Sonntagsverkehr hineinzugeraten. Rae hatte den Verdacht, dass es andere, wichtigere Gründe gab, von der Unbequemlichkeit der Behausung und dem Mangel an Unterhaltung bis hin zu Petras grüblerischer und nicht nachlassender Kratzbürstigkeit in Gegenwart der Mutter, ganz zu schweigen von Tamaras Verlegenheit darüber, dass sie vor Rae die Fassung verloren hatte. Vor allem aber, so glaubte Rae, hatte Tamara das Bedürfnis, sich zurückzuziehen und wieder zu sich zu kommen. Offenbar hatte sie so viel durchgemacht, dass sie im Augenblick nicht mehr ertragen konnte. Rae war zufrieden – mehr als das, sie war optimistisch, was sie im Hinblick auf Tamara lange, lange Zeit nicht mehr gewesen war. Ihre Beziehung war zwar keineswegs geheilt, und man musste sehen, wieweit Tamara bereit – oder in der Lage – war, eine Veränderung zuzulassen, aber die Fassade hatte einen ersten Riss bekommen, und auf dem Steg erwiderte Tamara Raes Umarmung erst steif und zögernd, nahm ihre Mutter dann aber lange und fest in die Arme und drehte sich danach schnell zum Boot um.

Rae und Petra standen Schulter an Schulter auf dem sanft schaukelnden Bootssteg. Tamara hielt sich wieder sehr aufrecht, aber Rae fand, dass sie nicht so starr und unnachgiebig wirkte wie beim letzten Mal, als Ed De la Torre sie von der Insel abgeholt hatte, vor drei Monaten, am Abend vor dem 1. April. Und dieses Mal drehte Tamara sich um, bevor das Boot um die Spitze der Insel bog, und winkte ihnen zu. Die beiden Generationen an der Küste winkten zum Abschied zurück.

Dann war die *Orca Queen* fort, und es schien Rae das Natürlichste auf der Welt, Petra in die Arme zu nehmen. Sie hielten sich gegenseitig, wie sie es in Tamaras Gegenwart nicht getan hatten, und ihre einzige Bewegung kam von dem langsamen Steigen und Sinken der Planken unter ihren Füßen. Nach einer köstlichen Pause sprach Rae.

«Ich kann dir nicht mehr lange das Kinn auf den Kopf legen.»

«Ich bin in meiner Schule die Achtgrößte, Lehrer eingeschlossen.»

«Ich hoffe, es macht dir nichts aus, groß zu sein.»

«Nein, ich finde das gut. Ich will eins achtzig groß werden.»

Dann trennten sie sich, schlenderten über den Steg und auf die felsige Landzunge hinauf. Petra schaute über die Schulter in Richtung San Juan.

«Ich hoffe, dass sie zurechtkommt», meinte sie.

«Sie kommt schon klar. Und in anderthalb Wochen bist du wieder zu Hause.»

«Es ist bloß, dass Mom eigentlich jemanden braucht, um den sie sich kümmern kann.»

«Sie wird sich mit den Pferden und den Hunden begnügen müssen.»

«Und mit den Katzen.»

«Und mit den Katzen, natürlich.» Rae sah, wie das Mädchen wieder übers Meer schaute, und fragte behutsam: «Möchtest du darüber sprechen?»

«Vielleicht später. Es ist alles irgendwie eine Erleichterung, verstehst du? Nicht dass ich möchte, dass sie ... dass sie sich scheiden lassen oder was, aber wenigstens ist jetzt alles raus. Ich meine, Mensch, ungefähr drei Wochen lang hast du das Gefühl, als würde gleich was zuschlagen, und du wartest und wartest mit zusammengebissenen Zähnen, und wenn es dann endlich passiert, bist du erleichtert, dass du immer noch auf den Beinen stehst und es nicht so wehgetan hat, wie du gedacht hattest. Verstehst du?»

«Ich verstehe.»

«Aber, Omi, du siehst wirklich super aus.»

«Mir geht's auch gut.»

«Wirklich. Du siehst – schön aus.»

Rae lachte. «Ach, hör auf, Petra, du musst deine Augen mal untersuchen lassen.»

«Doch! Nicht wie eine Schauspielerin oder so, aber wie eine ... eine Statue vielleicht. Wie ‹Ich bin eine Frau. Ich bin stark›.»

«Du kennst das Lied?», fragte Rae überrascht.

«Ist das ein Lied?»

«Das war einmal, vor langer Zeit, als wir alle unsere BHs verbrannt haben.»

Da die Geschichte des Altertums Petra nicht unmittelbar interessierte, äußerte sie sich nicht dazu. «Jedenfalls freue ich mich, dass du so gut aussiehst. Ich hab mir wirklich Sorgen gemacht, als wir hier abgefahren sind. Du hast ganz schön krank ausgesehen.»

Auf mehr als eine Weise, kommentierte Rae innerlich. «Ich war nicht gerade in Höchstform, da hast du Recht. Und der Regen an dem Tag hat natürlich auch nicht gerade geholfen. Aber Folly tut mir gut. Tausendmal besser, als ich zu hoffen gewagt hatte. Als ich herkam, war ja noch halb Winter, deswegen konnte ich beobachten, wie die Insel um mich herum zum Leben erwachte. Vermutlich ist auch in mir der Saft aufgestiegen.»

Diese Analogie war für Petra einigermaßen unverständlich. Rae lenkte ihre Enkelin mit einer Frage ab. «Also, was möchtest du tun?»

«Musst du nicht wieder an die Arbeit?»

«Ich glaube, ich kann es mir leisten, noch einen halben Tag herumzutrödeln.»

«Also, wenn du meinst – könnten wir dann wieder zur Quelle raufgehen?»

Dieses Mal trugen sie unter ihren Shorts Badezeug. Rae legte sich mit Petra in das wärmere Wasser des oberen Beckens. Sie ließen sich gegeneinander und gegen die moosbewachsenen Ufer treiben und schauten in die Bäume und den Himmel hinauf und zu den Vögeln, die die Insel besuchten. Zu Petras Freude sahen sie die Libelle wieder und entdeckten eine Reihe schlanker, feuchter, erdfarbener Wassermolche.

Für ihren späten Mittagsimbiss machte Rae Sandwiches mit Käse. Nach dem Essen wandte sie sich an Petra und fragte: «Möchtest du Desmonds Geheimhöhle sehen?»

Die beiden unsichtbaren Türen ernteten Petras höchstes Lob: «Cool!», aber die Höhle selbst machte das Mädchen sprachlos, so ergriffen war sie von ihrer Märchenhaftigkeit. Rae sagte noch nichts von Desmonds Gebeinen, auch nicht, als ihre Enkelin über die Flecken auf dem Boden der Seitenhöhle kroch und sich umschaute.

Als sie in der Haupthöhle angelangt waren, streifte Petra die modernden Regale nur mit einem flüchtigen Blick und zog es vor, schweigend vor der hinteren Wand zu stehen und darauf zu warten, dass sich der nächste Tropfen bildete, länger wurde, dicker, und sich schließlich zitternd von der Felsspitze löste, um – *plitsch* – in die winzige Lache auf dem Boden zu fallen.

«Kann man das trinken?», wollte sie wissen.

«Ich habe es nicht testen lassen, aber ich denke doch.»

Nach einem Weilchen hockte Petra sich hin, fuhr mit den Fingern durch das Wasser und tupfte sich dann ein paar Tropfen auf die Zunge.

«Ob unter dieser Höhle noch eine sein könnte?», fragte sie mit träumerischer Stimme. «Ich meine, das Wasser muss doch irgendwo abfließen, sonst wäre die Höhle schon voll gelaufen, auch wenn es nur so langsam tröpfelt. Meinst du nicht auch?»

«Irgendwie kommt das Wasser hier raus, das steht fest. Ich habe bloß gedacht, es würde wieder in den Sandstein einsickern, aber vermutlich könnte da unten auch noch eine weitere Höhle sein.»

Das Mädchen war offenbar fasziniert von der Vorstellung der übereinander liegenden Höhlen, der ineinander geschachtelten Welten.

«Ich will Schriftstellerin werden», sagte Petra unvermittelt. Sie hatte Rae den Rücken zugewandt, und ihr Gesicht lag im Schatten.

«Ja?», erwiderte Rae. «Ich glaube, das könntest du gut. Ich erinnere mich an die vielen Geschichten, die du Bella erzählt hast.»

«Mom sagt, dann würde ich verhungern.»

«Und was willst du schreiben?», fragte Rae und umging so mit Bestimmtheit die Frage nach Tamaras Urteilsfähigkeit.

«Fantasy, Science-Fiction, solche Sachen. Dafür finde ich die Idee mit den Höhlen ganz toll. Weißt du, wenn zum Beispiel hier drunter eine riesige Höhle voll mit Diamanten und so wäre, die im Licht der Taschenlampe funkeln, und eine ganze Stadt mit Menschen. Sie haben eine Königin, und ...» Petra schwieg abrupt, denn ihr wurde bewusst, dass sie erwachsenes Publikum hatte. Rae reagierte, als hätte sie das nicht bemerkt.

«Ich habe nie viel Science-Fiction gelesen», erklärte sie ihrer Enkelin. «Eigentlich überhaupt nicht viele Romane. Meine Phantasie scheint zu fest an meine Sinne gekoppelt zu sein, vielleicht bin ich deswegen auch eher Handwerkerin als reine Künstlerin. Du bist in deiner Art, dir etwas vorzustellen, nicht so festgelegt, wie ich das bin. Wahrscheinlich wärst du eine gute Schriftstellerin.»

Jetzt war Petra nicht mehr wegen ihrer unbeabsichtigten Offenbarung, sondern wegen des fundierten Lobes verlegen, und das brachte sie schnell auf die Füße. Sie schaute sich ein letztes Mal in der Höhle um, als wollte sie darauf hinweisen, wie eng und muffig und langweilig sie eigentlich war, und dann wandte sie sich, die Maske der Verachtung fest aufgesetzt, dem Ausgang zu. So sah sie aus wie ihre Mutter, auch wenn die beiden verschiedene Farben trugen.

Die Maske kam wieder ins Rutschen, als Rae stehen blieb, um auf das Felsbild des auftauchenden Schwertwals hinzuweisen, das in halber Höhe in die Wand geritzt war. Sie mussten eine Lampe ausmachen, damit die Schatten richtig fielen, und dann sprang er plötzlich ins Auge, so deutlich, als hätte der Künstler Pigmente hineingerieben. Petra wurde wieder weich, streckte eine Hand aus und zögerte dann.

«Darf ich ihn anfassen?»

«Er ist in den Stein hineingeritzt – man müsste mit dem Hammer zuschlagen, um ihn zu beschädigen.»

Petras Finger, stark und braun von vielen Stunden Zügelhalten und von Nägeln gekrönt, die abgekaut und so dunkelviolett lackiert waren, dass sie schwarz wirkten, senkten sich behutsam auf das eingravierte Bild. Sie merkte nicht, dass sie den Atem anhielt, als sie den gewölbten Rücken, die Wirbel des Musters und die kräftige, dreieckige Rückenflosse nachzeichnete, aber Rae hörte den leisen Seufzer der Befriedigung, den ihre Enkelin ausstieß, als sie die Hand fortnahm.

«Den hat Desmond aber nicht gemacht, oder?», fragte das

Mädchen. Rae erschrak, als sie den ihr so innig vertrauten Namen aus dem Mund eines anderen Menschen hörte. Petra schien ihn schon als guten Bekannten zu betrachten.

«Nein. Das ist eine indianische Zeichnung – von den Leuten, die auf diesen Inseln gejagt und gefischt haben, bevor der weiße Mann kam. Wahrscheinlich ist ein Salish oder ein Nanaimo oder ein Lummi an einem stürmischen Tag hier hängen geblieben und hatte nichts Besseres zu tun.»

Petra überlegte kurz, dann schaltete sie die Taschenlampe wieder ein und richtete sie nach oben. An der niedrigen Decke war eine schwarze Verfärbung zu sehen, ein deutliches Zeichen für Rauch von einer uralten Fackel.

«Du bist ja wirklich pfiffig!», rief Rae.

Petra senkte den Kopf und die Taschenlampe, und sie verließen die Höhle.

Als sie, nachdem sie die Türen hinter sich verschlossen hatten, wieder draußen im Tageslicht standen und die Sonne durch die Blätter über dem Zeltplatz funkelte, erzählte Rae ihrer Enkelin, wie sie das Gerippe gefunden hatte, das sie für die Überreste von Desmond Newborn hielt.

Doch Petra bekam nicht die ganze Geschichte zu hören – die Kugel, das Feuer und ihre persönlichen Schlussfolgerungen daraus verschwieg Rae. Diese familiäre Bürde war für eine Dreizehnjährige noch zu schwer, entschied sie. Und weil Desmonds Ende untrennbar mit dem verbunden war, was vorher geschehen war, behielt sie auch den Fund des Tagebuches und der Kassette mit den Erinnerungen und dem Medaillon für sich. Wenn das Mädchen achtzehn war, vielleicht.

Dann, um die kalten, gespenstischen Gebeine aus Petras Phantasie zu vertreiben, warf Rae ihr ein Paar Lederhandschuhe zu und ließ sie arbeiten.

Kapitel 54

Desmond Newborns Tagebuch

12. September 1927

Erst wenige Monate ist es her, dass ich mir selbst leichten Herzens ein Einweihungsfest vorgeschlagen habe, und ich hatte mir vorgestellt, dazu all die freundlichen und so unterschiedlichen guten Seelen einzuladen, die mich bei meinem abenteuerlichen Unternehmen unterstützt und mir geholfen haben, ein Quäntchen Menschenwürde wiederzuerlangen. Vom Bankdirektor zum Eisenwarenhändler, von dem einflussreichen Magnaten der Steinbrüche in Roche Harbor zu der Frau, die mein Brot backt, ich habe mir vorgestellt, wie sie alle unter meinem neuen Dach versammelt sind, diese ungleichen Gefährten, wie das anfängliche Unbehagen wegen ihrer unterschiedlichen Stellungen im Leben in der warmen Ausnahmesituation dieses Ereignisses dahinschmilzt. Auch der Alkohol könnte dabei helfen.

Und dann schrieb mein Bruder, dass er kommen will, und eine Schwere kehrte ein, wie vor einem Gewitter, wenn die Luft stickig wird, wie unmittelbar vor einer Offensive, wenn die Front vollkommen still wurde.

Ich ertappe mich dabei, dass ich lausche, wie wir im Dunkel der Nacht ins Niemandsland hineingehorcht haben, wenn wir auf einen weit entfernten Vorposten abkommandiert worden waren und auf die Bewegung eines deutschen Stoßtrupps warteten: Es schien, als diene jeder kleine Windhauch im Weizen dazu, den Feind zu verbergen, als sei jedes ferne Rattern ihrer Maximpistolen zeitlich darauf abgestimmt, das Klirren der Ausrüstung von kriechenden Männern zu übertönen, als sei jede Wolke vor der schmalen Mondsichel dort hingeschoben worden, um die Bewegung der Grashalme unsichtbar zu machen. Man nimmt den Stahlhelm ab, damit die Haarwurzeln helfen können, in die Dunkelheit zu lauschen, ein Schauer überläuft die Haut, wenn in der Nähe eine Ratte raschelt, und wenn der Mann neben dir einen Hustenanfall unterdrücken muss, dann gnade ihm Gott. Hier weiß ich nicht, auf was ich so angestrengt horche, nur dass die drückende Luft verlangt, dass ich erstarre und in die Ferne schaue, schwitzend und atemlos.

Ich zwinge mich, mich zu bewegen; das ist die einzige Möglichkeit, den Drang zur Flucht zu überwinden. Und so baue und lackiere ich meine Haustür, eine Tür, die besser zu einer belagerten Burg als zu einer Hütte auf einer Insel passt, und ich bringe sie mit drei ungeheuer stabilen Angeln an, von dem Mann geschmiedet, der mir auch dieses Fleckchen von Gottes Erde verkauft hat, mein Freund und Wohltäter Thomas Carmichael auf Orcas – allerdings schwingt die Tür noch frei, denn das Schloss erhalte ich erst, wenn ich morgen nach Roche Harbor hinüberrudere.

Es ist, das sage ich selbst, ein gutes Haus. Es steht gut auf dem Erdboden, auch wenn es merkwürdig ist, wie sein Erbauer, dabei allerdings etwas farbenprächtiger und um einiges robuster. Es nur zu sehen, wie es auf dem Berghang über seinem kleinen Hafen steht, verleiht einem Seelenstärke. Hindurchzugehen, auf den Fußbodendielen zu stehen und durch die Fenster zu schauen bringt einen ins Gleichgewicht und beschwichtigt den Drang, mit jeder Pore auf den schleichenden Feind zu horchen.

Doch er ist bloß mein Bruder. Drei Jahre älter ist er und

missbilligt alles, was er sieht, aber was soll's? Die Insel gehört mir, das Haus auch; W.s fahler Blick kann ihnen keinen Schaden zufügen.

Mein Bruder kommt morgen, um mir meine Torheit auszureden. Soll er es versuchen. Obwohl ich freimütig zugebe, wenn auch vor niemandem außer mir selbst, dass der Gedanke daran, sein Gesicht zu sehen, mich mit furchtbarem Grauen erfüllt.

Kapitel 55

Die harte Arbeit, die frische Luft, ein nahrhaftes Abendessen und das Fehlen der mütterlichen Aufsicht führten dazu, dass Petra früh zu Bett ging und augenblicklich einschlief. Rae saß bei der letzten Glut ihres Feuers und hörte zu, wie Petras liebenswertes kindliches Schnarchen mit der Nacht verschmolz. Der abnehmende Mond am klaren Himmel war strahlend hell; die Wellen liefen weit den Strand hinauf, aber die Flut ging zurück.

Rae goss sich ein Glas Scotch ein und nahm es mit auf die Landzunge hinunter. Sie fühlte sich ruhelos, hätte aber nicht sagen können, warum. Der Mond vielleicht und das nervöse Plappern des Hochwassers, das von den nassen Kieseln ablief, ganz zu schweigen von dem Stress des letzten Monats, der an ihr zerrte, Belastungen, die vom unvorhergesehenen, gleichzeitigen Wiedererwachen verschiedener Lebenskräfte bis zu der großen Verantwortung für ein schlafendes Kind reichten, und dazwischen tummelten sich Gerippe von Ermordeten, familiäre Enthüllungen, die Gesichter der Männer, die sie überfallen hatten, drei Kartons mit zerschlagenen gläsernen Schönheiten, interessante Gespenster, die lähmenden, heimlichen Schuldgefühle ihrer Tochter und ihre Wiedergeburt als Tischlerin. Raes Haut prickelte, als wäre die milde Nacht mit unfreundlichen, ja übel wollenden Augen gespickt, die sie in jedem Moment beobachteten. Von Zeit zu Zeit ließ sie die Hand auf der Kängurutasche ihres Sweatshirts ruhen, und wenn sie den unförmigen Revolver darin fühlte, wurde sie ruhiger.

Auf der Spitze der Landzunge, möglichst weit entfernt von dem dunklen Kranz der Bäume, die den Zeltplatz umstanden, setzte Rae sich auf einen flachen Stein und zog die Knie an die Brust. Der Scotch half, die Schauer, die ihr über Arme und Schultern liefen, zu besänftigen, und auch das Zucken im Nacken ließ nach. Doch der Alkohol verringerte auch ihre Widerstandskraft gegen die Wahrnehmung von unhörbaren Stimmen in den Knochen hinter ihren Ohren, dieses schwache, zischende Pulsieren, das wie immer Wörter zu enthalten schien. Rae musste sich anstrengen, um sie zu hören.

Aber sie wollte sich nicht anstrengen, um Stimmen, die nichts weiter waren als der Wind in den Bäumen und das Blut in ihren Adern, einen Sinn zu entnehmen. Petra brauchte ihre ungeteilte, kompetente Gegenwart. Falls das bedeutete, dass sie nach dem Besuch ihrer Enkelin erneut in den Wahnsinn und die Stimmen eintauchen musste, dann würde sie sich darum kümmern, wenn es so weit war, aber nicht jetzt. Rae trank ihren Scotch und beobachtete die schattenhaften Boote vor ihrer Küste, die sanft auf den Wellen schaukelten. Die rasch anwachsende Bevölkerung des Ferienwochenendes, sagte sie sich; die leisen Gespräche, die sie sich einbildete, konnten durchaus auch von dort kommen. Mücken surrten, und nach einer Weile ging Rae ins Bett.

Doch als sie zwischen ihren Segeltuchwänden auf dem Klappbett lag, wurde ihr Unbehagen nur noch größer. Quälend deutlich nahm sie das Gazefenster über Petras entspannter Gestalt wahr, die lose Türklappe zu ihren Füßen und die dünne Zeltplane, die nur wenige Zoll von ihrer Hand und ihrer Hüfte entfernt war. Man brauchte nur ein scharfes Messer, und schon konnte ein Arm hindurchgreifen und zupacken. Es war irrational, es war Angst, keine Furcht, aber Rae war, als würde die Nachtluft wie eine Decke auf ihrem Gesicht lasten, und sie schwitzte viel stärker, als in der kühlen Luft gerechtfertigt war. Ihr Herz klopfte, ihr Atem ging unregelmäßig, sie lag starr auf dem Bett und kämpfte gegen eine Panikattacke an. Durch Laufen konnte sie den Anfall nicht vertreiben, weil sie Angst hatte, Petra zu stören, aber von selbst wollte er auch nicht vergehen. Rae war nahe daran, tief in der Kehle zu wimmern, als Petra sich umdrehte und sprach.

«Geht's dir nicht gut?»

Rae hatte nicht gemerkt, dass das Mädchen wach war. Wie lange hatte das Kind da gelegen und auf die mühsamen Atemzüge seiner Großmutter gehorcht? Rae schwang die Beine über den Rand des knarrenden Bettes und rieb sich das Gesicht.

«Nein, Schatz, ich kann bloß nicht schlafen. Tut mir Leid, dass ich dich geweckt habe.»

«Hast du gar nicht. Ich habe etwas geträumt, von einer Herde Schwertwale, die unter Wasser gespielt und gekämpft haben, und einer ist direkt da vorbeigeschwommen, wo ich stand. Er war schön, er hatte so einen weißen Fleck, als er vorbeischwamm, aber irgendwie auch unheimlich. Davon bin ich aufgewacht.»

«Weißt du, ich hab wirklich gesehen, wie ein Schwertwal vorbeigeschwommen ist, das ist noch gar nicht lange her», erzählte Rae. «Als ich auf Jerry Carmichaels Boot mit draußen war. Er ist genau unter uns durchgeschwommen. Es war wie ein Wunder.»

«Ich mag Jerry», bemerkte Petra, die einen Augenblick vom Thema ihres Traums abgelenkt war.

«Er ist ein netter Mensch.»

«Ist er – ist er dein Freund oder so?»

«Wir sind einfach befreundet. Ich glaube, er und Nikki werden sich zusammentun.»

«Nikki ist eine tolle Frau, nicht?»

«Das ist sie wirklich», stimmte Rae zu.

«Ich glaube, es muss schwer sein, nach … ich meine, du hast Alan sehr geliebt.»

Aha, dachte Rae, die Dinge, von denen man in der Sicherheit der Dunkelheit sprechen kann. «Ja, das stimmt. Und ja, es ist schwer. Nur ganz wenige Männer hätten eine Ahnung, auf was sie sich da einlassen würden.»

Darüber dachte Petra ein Weilchen nach, und dann kam sie auf ihren Traum zurück. «Was glaubst du, was das bedeutet, wenn man von Schwertwalen träumt?»

«Was bedeutet es für dich?»

«Ach Gott, Omi», beschwerte Petra sich empört, «du hörst dich genauso an wie meine Therapeutin.»

Rae lachte. «'tschuldigung. Aber es ist wahr, man kann nicht einfach hingehen und jemandem erzählen, was sein Traum bedeutet, ohne ihn wenigstens zu fragen, was er selbst dazu meint.»

«Kann sein. Die Therapeutin würde wahrscheinlich sagen, dass es was mit ‹jugendlicher Sexualität› zu tun hat», meinte Petra grimmig. «‹Jugendliche Sexualität› und Pferde, das ist eine ganz große Sache für die. Als wäre das der einzige Grund, warum ich gerne reite.»

«Weil du schon mit fünf Jahren mit dem Reiten angefangen hast, ist es wahrscheinlich nicht ganz so einfach, aber alle erwarten von Psychologen, dass sie Antworten wissen, und manchmal geraten sie selbst in diese Falle. Traumdeutung gibt es schon seit Tausenden von Jahren. Sie kommt sogar im Alten Testament vor. Ich möchte mal sagen, dass derjenige, der den Schwertwal oben in der Höhle eingeritzt hat, glauben würde, dass dein Traum eine Geistererscheinung war. Hört sich an, als wäre es ein freundlicher Geist gewesen.»

«Das glaube ich auch. Aber groß und stark.»

«Geister sind mächtig. Das macht sie unheimlich. Auch die guten Geister.»

«Mein Geist, was?», sagte Petra, und es klang beeindruckt, obwohl es sich spöttisch anhören sollte.

«Dein Totemtier. Schlaf weiter, Petra.»

«Hättest du was dagegen, wenn ich … Manchmal, wenn ich zu Hause nicht wieder einschlafen kann, gehe ich draußen spazieren. Und rede mit den Pferden, verstehst du? Darf ich ein paar Minuten rausgehen? Ich versprech dir, dass ich nicht weit gehe.»

Etwas Eisiges sickerte in Raes Herz, als sie dieses Echo aus ihrer eigenen Kindheit hörte, in der sie, während alle anderen schliefen, in Boston durch Haus und Garten gewandert war. Sie schwor sich, mit Frau Dr. Hunter über das Mädchen zu sprechen. Doch sie ließ ihre Stimme ruhig klingen.

«Von mir aus gern. Überhaupt habe ich mich gefragt, ob du dich vielleicht» – nicht «sicherer», es gab keinen Grund, Gefahr anzudeuten, wenn das Kind sie nicht spürte – «behaglicher fühlen würdest, wenn wir unsere Betten hochtragen und oben im Haus aufschlagen würden. Es ist ziemlich kahl, aber es ist freundlich.»

Das letzte Wort rutschte am Zensor vorbei, aber Petra schien das nicht zu bemerken.

«Klar», sagte sie. «Ich würde gerne in deinem Haus schlafen. Da drinnen riecht es gut.»

«Ja, nicht wahr? Gut, zieh dir Schuhe an», sagte Rae, die bereits dabei war. «Du weißt, wie man das Bett zusammenklappt? Willst du eine Taschenlampe haben?»

«Da draußen sieht es ziemlich hell aus.»

«Ist es auch. Nimm trotzdem eine mit, vielleicht brauchst du sie doch.» Rae hatte ihrer Enkelin den Rücken zugekehrt und ließ den Revolver, der unter ihrem Kopfkissen lag, in den Rucksack gleiten, dann die Leuchtpistole, und schließlich fügte sie noch eine Flasche Wasser und ein paar Cracker hinzu, für den Fall, dass Petra während der Nacht Hunger bekam. Sie bemerkte das Handy, das Tamara auffällig hingelegt hatte, und packte es ebenfalls ein.

Als sie im grauen Zwielicht über den unebenen Boden den Hügel hinaufstolperten, durch das klappernde Bett und einen Arm voll Schlafsack und Kissen behindert, fing Petra an zu kichern, und der fast panische Auszug aus dem Zelt verwandelte sich sofort in einen kindischen Streich, in einen Spaß, den Mädchen sich machten, wenn sie sich zum gemeinsamen Übernachten verabredet hatten. Rae hatte diese Empfindung viele lange Jahre nicht gehabt, und ihr war undeutlich bewusst, wie unpassend es war, dass eine zweiundfünfzigjährige Großmutter und ihr dreizehnjähriger Abkömmling nur noch hilflos kichern konnten, aber es war ihr schnurzegal. Sie kämpften sich mit ihren Lasten die Wendeltreppe hinauf, und Rae half Petra, ihr Bett neben dem schwarzen Kamin aufzubauen. Sie selbst wählte eine Stelle in der Nähe des Fensters.

Petra war, trotz ihrer Beteuerungen, dass sie ständig unter Schlaflosigkeit leide, nach wenigen Minuten wieder eingeschlummert.

Rae schreckte aus dem Schlaf hoch. Das Morgengrauen war noch fern, auch wenn das Mondlicht, das durch das eingerahmte Fensterloch hereinströmte, über den Fußboden weitergewandert war, während sie geschlafen hatte, und jetzt im Begriff war, an der Wand hinaufzuklettern. Die Nacht war totenstill; das einzige Geräusch waren Petras langsame Atemzüge. Selbst die Stimmen in Raes Kopf waren wieder verstummt.

Was also hatte sie geweckt?

Sie lag in dem warmen Kokon ihres halb zugezogenen Schlafsacks und wartete darauf, dass das Geräusch sich wiederholte, rechnete mit dem Ruf eines Nachtvogels oder dem Scharren von winzigen Krallen auf ihrem Dach, sogar mit dem zischenden Ausatmen eines vorbeiziehenden Schwertwals.

Nichts.

Aber da war ein Geräusch gewesen, dessen war Rae sich sicher. Die große Taschenlampe lag unter Petras Bett auf dem Fußboden, aber Rae griff nach unten in ihren Rucksack, um die kleinere herauszukramen. Ihre Hand fand stattdessen den Revolver.

In dem Augenblick, als Rae spürte, wie die Waffe kühl und schwer in ihre Hand glitt, akzeptierte ihr Verstand, dass sie sich fürchtete. Unendlich vorsichtig, damit das hölzerne Klappbett nicht knarrte, ließ sie ihre Füße auf den Boden hinunter und schlich dann lautlos über die rohen Dielen zum Fenster. Sie stellte sich auf eine Seite der Öffnung, die Süße der frisch gesägten Douglasie in der Nase, und schaute aus dieser Vogelperspektive über die Lichtung zur Landzunge und auf das offene Wasser dahinter.

Nichts regte sich. Es war fast Ebbe, und das langsame Wogen des Wassers und das entsprechende Schwanken der Boote vor der Küste, das sie abwechselnd hell und dunkel erscheinen ließ, hatten nachgelassen. Die Landschaft ähnelte einer stark ausgeblichenen Schwarzweißfotografie, auf der sich blasse Formen von dunkleren Schatten abhoben. Weil die Graustufen dazwischen fehlten, waren vertraute Gegenstände in Dinge verwandelt, die man mit den Augen nur identifizieren konnte, wenn man die Lücken ausfüllte: Rae erkannte das Zelt, weil es an seinem Platz stand und weil die scharfen Ränder des Daches sich abzeichneten, aber zwei Drittel davon lagen im Schatten, und die Seitenwände hätten ebenso gut fehlen können. Einen vertikalen Schimmer deutete Rae als die französische Kaffeekanne, deren gläserne Rundung das Mondlicht reflektierte, aber wenn sie auf der anderen Seite der Lichtung gestanden hätte, wäre Rae nie darauf gekommen, was es war. Ein merkwürdig geformter, blasser Fleck, der von dunklen Linien zerteilt wurde, war, wie sie schließlich herausfand, einer der weißen Regiesessel, dessen Schatten werfende Lehne einen Teil der bleichen Sitzfläche verdunkelte.

Manche Dinge hatten sich allerdings in Importe aus einer anderen Welt verwandelt, in fremde Gaben an einer vertrauten Küste. An einer Stelle, an der sich nach Raes Erinnerung sonst keine Kuhle befand, lag, umgeben von sauberem, blassem Gestein, ein runder, schwarzer Fleck von der Größe eines Serviertabletts. Eine Form mit den Umrissen eines hockenden Kobolds besetzte eine Ecke der Feuerstelle, und weiter unten, wo die kurzen, blassen Blitze winziger Wellen auf die schimmernde, nasse Uferfläche trafen, lag ein großes, schwarzes Oval, wie ein Tor in eine andere Welt. Einen Augenblick lang musste Rae lächeln, denn sie dachte daran, es der angehenden Schriftstellerin hinter sich als mitternächtlichen Eingang in ihre magische Höhlenstadt anzubieten, aber während sie sich den Kopf darüber zerbrach, welcher Gegenstand da unten am Ufer eine Fläche von etwa zwei Metern mal eins zwanzig ausfüllen könnte, verging ihr das Lächeln wieder. In diesem Bereich des Strandes gab es keine Felsbrocken, und in dem porösen Gestein und im Sand bildeten sich auch keine Ebbetümpel.

Plötzlich bemerkte sie in all der Regungslosigkeit eine Bewegung, ein kurzes Flackern von etwas Dunklem vor etwas Hellem. Sie wartete ab, ob es der Waschbär war, der vielleicht vorbeigekommen war, um an ihrem Lebensmittelsafe zu rütteln, oder einer der winzigen, schwarzschwänzigen Hirsche, die zwischen den Inseln hin und her schwammen. Die Bewegung wiederholte sich nicht. Lange Zeit verging, sodass Rae schon glaubte, ihr Gast sei vorn um das Zelt herumgelaufen und zwischen den Bäumen verschwunden, doch dann huschte hinten am Zelt eine Ahnung von etwas Hellem entlang, das einen ganz schwachen Schatten warf, und gleich darauf war auch diese Erscheinung wieder verschwunden.

Was auch immer sich dort bewegte, es war fast so hoch wie ihr Zelt. Raes Eingeweide wurden zu Eis, und unter den Achseln brach ihr der Schweiß aus, aber als Erstes dachte sie merkwürdigerweise an einen Bären. Vielleicht war diese Assoziation durch ihre frühere Vermutung, dass es sich um Waschbären oder Hirsche handeln könnte, geweckt worden, aber während sie sich noch das riesenhafte Tier vorstellte und sich gleichzeitig fragte, ob es auf der Insel überhaupt Bären gab, während sie darauf wartete, dass Klauen das Segeltuch zerrissen und dabei überlegte, was sie benutzen könnte, um die Treppe gegen sein Vordringen abzuriegeln, malte ein anderer Teil ihres Geistes sich etwas viel Dunkleres und weit Schrecklicheres aus.

Da unten ist ein Mann.

Das alles, von der Bewegung, die sie mehr erahnt als gesehen hatte, bis zur sicheren Gewissheit, dauerte vielleicht drei Sekunden. Ihr wachsamer Verstand trat sofort in Aktion, und bevor die Furcht einsetzen konnte, entwarf er eine weitere Möglichkeit.

Als letztes Mal eine fremde Gestalt in den Schein ihres Feuers getreten war, war es ein Mann gewesen, der sich einer Aufgabe verpflichtet hatte, die gleichzeitig illegal und edel war. Allen – allmählich versöhnte Rae sich mit diesem Namen – hatte gesagt, er sei ein paar Wochen fort, aber vielleicht war er früher zurückgekehrt und war nun gekommen, um sie zu suchen.

Die scharf umrissene Zeltecke schien leicht zu beben, als Rae sich vorstellte, wie der Mann unten die Eingangsklappe fortzog. Nicht vorbereitet aber war sie auf den Lichtschein, genau in der Form eines Zeltes, der kurz aufblitzte und ebenso schnell wieder verschwunden war und nur ein geisterhaftes Rechteck auf ihren Netzhäuten hinterließ. Rae unterdrückte den Impuls, angesichts der plötzlichen Helligkeit nach Luft zu schnappen, und blinzelte, um wieder richtig sehen zu können.

Falls es Allen Carmichael war, kannte er ihre Gewohnheiten sicher gut genug, um sich denken zu können, dass sie im Haus war – wenn sie sich überhaupt auf der Insel aufhielt. Und um ins Haus zu gelangen, musste er entweder die mondbeschienene Lichtung überqueren oder den weiten, umständlichen Weg den Berg hinauf- und durch die Bäume auf der Ostseite des felsigen Abhangs wieder hinuntergehen.

Falls es Allen Carmichael war.

Doch würde Allen, der ja wusste, dass Rae eine Waffe hatte, nicht rufen, um sie zu warnen?

Und wenn er es nicht war?

Und nun war Rae mit der erschreckenden Tatsache konfrontiert, dass sie bei dem Versuch, jedermann von ihrer Normalität zu überzeugen, vielleicht das Leben ihrer Enkelin aufs Spiel gesetzt hatte.

Sie zog sich in einem Bogen vom Fenster zurück, bis sie mit der Fußkante Nylon streifte. Nur einen Moment das Zelt aus den Augen lassend, bückte sie sich, nahm den Rucksack und richtete sich schnell wieder auf, um weiter den Hang zu beobachten, während ihre Hand im Rucksack herumwühlte. Das Erste, was ihr in die Finger kam, war Tamaras Handy. Sie zog es heraus und schaltete es ein, drückte es an die Brust, um den Piepston zu ersticken, und schaute dann auf die Anzeige. Kein Empfang. Sie steckte es trotzdem in eine Tasche ihrer Shorts, in dem Gedanken, dass sie und Petra vielleicht weit genug hinauflaufen würden, um Kontakt zum Sender zu bekommen, und dann schob sie die Hand wieder in den Rucksack und holte den Plastikkasten mit der Leuchtpistole heraus. Sie fummelte an der unvertrauten Waffe herum, immer bemüht, den Blick nicht von der Lichtung zu wenden, lud sie und nahm ihre Position am Fenster wieder ein. Mittlerweile hatte sie zu viel Adrenalin im Blut, um sich über so etwas wie ihre äußere Erscheinung Gedanken zu machen, aber ihr wurde flüchtig bewusst, dass sie ziemlich verrückt aussehen musste, eine barfüßige Frau in T-Shirt und Shorts, mit gesträubtem Haar und in jeder Hand eine Waffe. Aus der dunklen Tiefe des Raumes hörte sie Petra leise schnarchen.

Rae wartete, und ihre Anspannung wuchs von Sekunde zu Sekunde. Hatte er die Lichtung überquert, während sie fortgeschaut hatte? War es Allen? Oder war Jerry aus irgendeinem Grund zurückgekommen – und wenn dem so war, war sie dann im Begriff, dem Sheriff eine Kugel in den Kopf zu jagen? Konnte der Schatten, den sie gesehen hatte, Don gewesen sein – Don, der diesmal nicht aus Habgier, sondern aus Rache handelte, oder Don mit einem schlauen Plan, Don, der zuversichtlich war, dass er Rae abknallen und Petra unversehrt lassen könnte? Hörte sie da unten ein Geräusch? Schritte? Sollte sie das Zelt im Auge behalten oder lieber die Treppe?

Dann wieder eine Bewegung am Zelt, und eine Gestalt trat vor. Im Zwielicht war sie nicht zu erkennen, aber von der Größe her war es eher Jerry als sein Bruder. Was war, wenn es nur ein vorbeifahrender Segler war, der in einem Notfall Hilfe suchte – aber nein, ein ehrlicher Mensch hätte sich durch Rufe bemerkbar gemacht, bevor er die Küste betrat. Bei diesem Gedanken sah Rae kurz zu dem merkwürdigen ovalen Gebilde auf ihrem Strand hinunter, und plötzlich war ihr klar, was es war: ein Schlauchboot, schwarz wie das Wasser, so wie das von Allen Carmichael, nur kleiner, und jemand hatte es lautlos hergerudert und auf ihren Strand hinaufgezogen. Rae fasste die beiden Waffen fester, den alten Revolver mit der rechten und die Leuchtpistole mit der linken Hand, und im Stillen beschwor sie den Eindringling, ins Licht zu kommen. Oder zu seinem Boot zu gehen und wegzurudern – aber darauf wagte sie gar nicht zu hoffen.

Sei Allen, betete Rae. Sei Jerry. Sei dieser widerwärtige Rechtsanwalt, den ich aus meiner Bucht rausgeworfen habe, sei irgendjemand, nur nicht die gesichtslose Stimme, die die Verbrecher zu mir nach Hause geschickt und meinen Wahnvorstellungen Substanz verliehen hat, meine eingebildeten Eindringlinge, die jetzt im Knast sitzen. Sei ein Kind oder ein Sporttaucher, der sich verirrt hat, oder …

Der Mann hob das Gesicht in den Mondschein und blickte zum Haus hinauf, anscheinend direkt zu Rae hinüber. Sie versuchte, die Kehle zu öffnen, ein letztes, hoffnungsvolles «Allen?» zu rufen. Und dann erstarb jeder Ton, jeder Atem in ihr.

Der Mann, der sich einen Weg den Hang hinauf suchte, war größer als Rae. Er trug sein Haar in kurz geschnittenen Locken, hatte einen gepflegten Bart, der seinen Unterkiefer beschattete, und in der Brille mit dem Drahtgestell spiegelte sich das Mondlicht. Es war das Gesicht, dem Rae neun Jahre lang am Tisch gegenübergesessen hatte, ein Gesicht, das sie häufig gezeichnet und zweimal modelliert hatte, ein Gesicht (ohne die Brille), neben dem sie an mehr als dreitausend Morgen ihres Lebens aufgewacht war, ein Gesicht, das sie geküsst und liebkost und mit einer solchen Inbrunst betrauert hatte, dass sie fast daran gestorben wäre, ein Gesicht über einem Körper, dessen Bewegungen allerdings kein solches Gefühl der Vertrautheit bei ihr auslösten.

«Alan?», flüsterte sie, und dann trat sie vor, direkt ins Mondlicht, lehnte sich aus dem Fenster und sagte laut: «Alan?»

Der Mann schaute hoch und sah sie deutlich, und dann hob er den rechten Arm, und Raes Wiedererkennen, ihr Staunen, ihre Hoffnung und die Freude, die wider besseren Wissens in ihr aufstieg, wurden in einem Moment verschluckt, in ein Loch eingesogen und waren verschwunden. Der Mann hielt eine Pistole in der Hand; Alan mit einer Pistole war einfach undenkbar; also war der Mann nicht Alan.

Der Revolver, den Rae in der Hand hatte, ging ganz kurz nach der Pistole los, und während der Pistolenschuss die Holzwand traf (eine weitere Generation Kugeln im Holz, registrierte Rae wütend), schlug ihr Geschoss zufällig nicht weit von den Beinen des Mannes auf den Boden auf, prallte ab und verschwand lautstark in der Nacht. Rae hatte nicht gezielt, hatte gar keine Zeit gehabt, ans Zielen zu denken, aber dieser Zufallstreffer ließ den Eindringling in die Dunkelheit neben dem Zelt zurückspringen.

Nicht Alan, kein Freund, dachte Rae und eilte durchs Zimmer, um die entsetzte Petra zum Schweigen zu bringen. Sie steckte den Revolver in den Hosenbund und legte ihrer Enkelin die freie Hand auf den Mund, während sie ihr streng ins Ohr flüsterte: «Petra, hör auf! Du musst still sein, Petra, bitte.»

Das Mädchen gewann schnell seine Selbstbeherrschung wieder und saß zitternd, aber schweigend auf dem Bett. Rae beugte sich vor, ließ ihre Hand über Petras Haar gleiten und umfasste beruhigend ihren Hinterkopf.

«Petra, da draußen ist ein Mann mit einer Pistole.» Eine Aussage, die jedes Schulkind verstehen musste. «Ich habe zwar auch eine Waffe, aber wir müssen uns in Desmonds Höhle verstecken, bis er weg ist. Komm.»

Das nicht mehr benötigte Werkzeug und die Überreste vom Bau des Daches lagen immer noch auf einem Haufen und versperrten den Eingang zum leeren vorderen Turm. Rae schleuderte

Holzreste und Werkzeug beiseite, bis ihre Finger das Klettergeschirr fanden, das sie abgelegt hatte, als das Dach fertig war. Wieder durchquerte sie das Zimmer, nahm Petra am Arm und eilte mit ihr zum hinteren Turm.

«Das Dach vom Holzschuppen ist ungefähr drei Meter unter dem Turmfenster», flüsterte sie dem Mädchen ins Ohr. «Es ist abschüssig, rühr dich also nicht vom Fleck, bis ich dir zeigen kann, wo du hingehen musst. Soll ich dir die Gurte umlegen, oder kannst du dich daran festhalten, während ich dich runterlasse? Du darfst nicht das kleinste Geräusch machen.»

«Ich kann mich festhalten», flüsterte Petra. Rae fasste ihre Enkelin an der Schulter und drückte sie ermutigend, bevor sie dem Mädchen die Schlinge in die kräftigen Hände legte. Dann half sie ihr auf die Steinbrüstung des leeren Turmfensters, und während sie sich gegen die Wand stemmte, um das Gewicht des Mädchens halten zu können, ließ sie Petra langsam hinab. Kaum war das Seil schlaff, da zog Rae es schon wieder hoch. Dieses Mal trat sie in die Gurte hinein und schnallte sie mit zitternden Fingern zu (kam da ein Geräusch die Treppe hoch?), schwang dann die Beine über die Brüstung und schlang das Ende des Seils um den zwanzig Zentimeter breiten Steinpfeiler, der die Fensteröffnung von der nächsten trennte.

Und zögerte. Jetzt die Leuchtpistole abschießen, weil sich gerade die Möglichkeit bot? Oder still bleiben, bis Petra in Sicherheit war, und dann eine Kugel abschießen? Wenn der Mann unten eine Leuchtkugel aufsteigen sah, wo würde er dann hinrennen – zu seinem Boot und fliehen oder zum Haus und angreifen?

Sie durfte es nicht riskieren. Erst Petra verstecken, das musste Priorität haben. Rae packte das Seil und ließ sich langsam hinab, in das schwarze Loch hinter der Nordwand des Hauses hinunter.

Rae war keineswegs sicher, dass der steinerne Pfeiler halten würde, denn er war für die senkrechte Belastung von oben gebaut, nicht für den seitlichen Zug, den ein Seil mit dem Gewicht einer Frau daran ausübte, aber er gab nicht nach, und Sekunden später betastete Petra schon die Beine ihrer Großmutter. Als Rae auf dem Schuppendach stand, machte sie mit einem Ruck das Seil los, wickelte es auf und stopfte es in den Taillengurt des Klettergeschirrs, dann ertastete sie sich den Weg über den Holzschuppen. Petra folgte ihr vorsichtig. Am anderen Ende rutschte Rae auf den Erdboden hinab, half Petra hinunter und betätigte im Stockdunkeln den handgeschnitzten Riegel. Dann schob sie ihre Enkelin in die schwarze Leere des Schuppens hinein.

Als sie die Tür hinter ihnen geschlossen hatte, flüsterte sie Petra zu, sie solle sich nicht rühren, bis sie die Lampe aus der Höhle geholt habe, dann tastete sie sich blind in die Tiefe des Schuppens vor, dabei verfluchte sie die Splitter in ihren bloßen Knien und sich selbst, weil sie zwar beide Waffen und ein nutzloses Handy, aber keine Taschenlampe mitgebracht hatte. Als sie die Stelle erreichte, wo die Tür zur Höhle sein musste, flüsterte sie Petra, die keine fünf Meter von ihr entfernt war, in der pechschwarzen Finsternis aber unendlich weit weg zu sein schien, ein paar beruhigende Worte zu, verließ sich dann ganz auf ihr Gedächtnis und bückte sich, um den verborgenen Riegel aufzuschieben.

Sie stieß sich zwar den Holzspan unter den Fingernagel, aber danach hatte sie die kleine Tür schnell geöffnet und spürte die kühle Luft der Höhle auf dem Gesicht, und einen Moment später hatte sie Licht und Petra bei sich, und die Tür hinter ihnen war geschlossen. In Sicherheit.

Rae streifte das Klettergeschirr ab und ließ sich gegen die Wand sinken, bis ihr auffiel, dass Petra in die Seitenhöhle gekrochen war und sich in einer unbewussten Imitation von Desmond Newborns letzter Körperhaltung an die Wand gelehnt hatte. Ihr junges Gesicht war angstverzerrt, und sie zitterte wie vor Kälte. Rae kroch neben sie und nahm sie in die Arme. Petra barg ihr Gesicht an Raes Schulter und bebte lautlos. Sie wusste ebenso gut wie ihre Großmutter, dass es keineswegs vorbei war. Rae streichelte ihr rhythmisch übers Haar und murmelte dabei sinnlose Sätze.

Währenddessen überlegte sie fieberhaft. Zweimal messen, einmal sägen – nur dass sie dieses Mal nicht ein Stück Holz, sondern das Leben ihrer Enkeltochter riskierte. Und ihr eigenes, das ihr in den letzten Wochen wieder lieb und wert geworden war. Es war ein Fehler, dass sie die Taschenlampe zurückgelassen hatte; die Entscheidung für eine stille Flucht war ein Risiko; weitere Fehler oder Risiken konnten sie sich nicht leisten. Sie musste einen klaren Kopf behalten.

Die Werkzeuge, die ihr zur Verfügung standen, waren: ein Revolver, in dem sich jetzt noch vier Patronen befanden, eine Leuchtpistole und drei Leuchtkugeln, eine Petroleumlampe mit Öl für fünf oder sechs Stunden oder mehr, wenn man sie auf niedriger Stufe brennen ließ, sieben staubige Weinflaschen, die mit Beinahe-Essig gefüllt waren, ein frei stehendes Regal aus morschem Holz, pro Minute oder so ein Wassertropfen, ein Klettergeschirr mit Seil und das, was Petra in den Taschen hatte. Rae fragte sie danach, und das Mädchen förderte ein zerknülltes Papiertaschentuch, eine zerbrochene Muschel und einen schwarzvioletten Lippenstift zutage.

Rae verzog das Gesicht, und dann fiel ihr Blick auf einen weiteren Gegenstand, den sie in der Höhle gelassen hatte, das einzig wirklich Wertvolle, was sie mit auf die Insel gebracht und hier deponiert hatte, um es vor plündernden Unbefugten in Sicherheit zu bringen: ihr Werkzeugkasten mit den japanischen Beiteln.

Und, rief Rae sich in Erinnerung, sie hatten beide ihren Verstand und ihre Muskeln. Nicht dass sie einen Frontalangriff auf einen bewaffneten Mann unternehmen wollte, aber vielleicht gelang es ihr ja, um ihn herum zu gehen. Allen Carmichael hatte etwas von Soldaten gesagt, die nicht über Vietnam hinwegkamen, die aber Möglichkeiten gefunden hatten, drum herum zu gehen. Vielleicht konnten auch sie und Petra ihren Feind umkreisen, bis Hilfe kam. (Jemand würde doch sicherlich die beiden Schüsse erforschen, die sie gerade eben abgegeben hatten? Es war sogar möglich, dass sich schon in diesem Augenblick ein erzürnter Tourist mit einem Handy, das Empfang hatte, bei der Notrufstelle in Friday Harbor über die wilden, unverantwortlichen Einheimischen beschwerte ...)

Rae richtete ihre Gedanken wieder auf das verfügbare Werkzeug und auf dessen Fähigkeiten.

Scharfes Werkzeug und Holz; Klüpfel und Beitel. Das war es, was sie kannte, der Kern von Rae Newborns Identität. Das war der Schlüssel.

Sie strich ihrer Enkelin leicht über den Arm und überdachte ihre Möglichkeiten, maß zwei-, dreimal, bevor sie sich ans Sägen machte. Und als sie gemessen hatte, setzte sie sich aufrecht hin und erklärte Petra, was sie vorhatten – vor allem, was sie selbst vorhatte, denn Petra würde in der Höhle bleiben. Allerdings mit dem Revolver.

«Ich muss raus und eine Leuchtkugel abschießen», sagte Rae zum dritten Mal. «Wir beide verstecken uns hier drinnen, bis Hilfe kommt. Der Mann wird nicht lange hier bleiben, wenn die Kugel einmal oben ist, aber es ist wichtig, dass du hier sitzt und mich wieder reinlässt, wenn ich klopfe.» Rae öffnete die knallige Leuchtpistole, setzte die Patrone ein und ließ sie wieder zuschnappen.

«Aber wer ist es denn bloß?», jammerte Petra. «Was will er?»

Die Frage wurde mit nicht mehr Hoffnung auf eine Antwort gestellt, als wenn ein Opfer fragt: Warum gerade ich? Doch Rae wusste, dass sie es bei dem Mann draußen im Dunkeln nicht mit irgendeinem Soziopathen zu tun hatten, sie wusste sogar, wer er sein musste. Und wenn seine Identität einmal feststand, wurde auch alles andere klar.

«Ich glaube, der Mann da draußen ist Alans Sohn. Er heißt Rory – du kennst ihn nicht. Er und Alan haben sich nicht oft getroffen. Ich habe ihn draußen gesehen: Er sieht Alan so ähnlich, dass er kein Fremder sein kann.» Erneut von dem Schock getroffen, ihren toten Mann im Mondlicht den Hügel hinaufkommen zu sehen, hielt Rae einen Augenblick inne. «Es muss was mit Geld zu tun haben.»

Sie beobachtete, wie Petra sich diesen Gedanken zu eigen machte, beobachtete die Verwirrung und dann den Schimmer der Erleichterung, der das junge Gesicht überzog, und verjagte ihn dann grausam. «Rory hat versucht, mich umzubringen. Petra, ich bin sicher, dass er dich auch umbringen würde, wenn er dich hier findet. Wenn er die Tür da aufbricht, musst du ihn erschießen.» Rae tat es im Herzen weh, als sie daran dachte, welche Wirkung diese Aussage auf das Gemüt des Kindes haben würde, aber es gab keinen Weg daran vorbei. «So etwas zu tun wäre schrecklich; es ist schon schrecklich, dass ich dich bitte, darüber nachzudenken. Wenn ich so tun könnte, als würde alles gut gehen, dann würde ich das – aber das wäre für uns beide gefährlich. Rory ist hergekommen, um mich zu töten. Wenn er die Tür einschlägt, musst du genau zielen und als Erste abdrücken.»

Petra hatte zu Hause schon geschossen, denn Don hatte mit seiner Überzeugung, dass die Familie sich selbst verteidigen können musste, Tamaras Missfallen an dieser Aktivität überwunden, und so kapierte das Mädchen schnell, wie der alte Revolver funktionierte. Petra konnte die Waffe benutzen, aber Rae war sich überhaupt nicht sicher, dass sie es auch tun würde, nicht, wenn sie auf einen Menschen zielen musste. Sie wusste jedoch nicht, was sie noch hätte tun können, um ihre Enkelin zu ermutigen. Sie umarmte das Mädchen und kroch dann zu ihrer Werkzeugkiste, nahm den einen Zoll breiten Flachbeitel und das kleinste V-Eisen heraus und dazu den Klüpfel, schloss den Deckel der Kiste wieder und schob den Riegel zu.

Dann ging sie alles ein letztes Mal mit Petra durch. Es war nicht viel: «Wenn ich weg bin, verriegelst du die Tür, lässt die Lampe auf den Eingang scheinen und setzt dich mit dem Revolver in der Hand hin und wartest. Ich schieße die Leuchtkugel ab, und danach klopfe ich dreimal, und du machst mir auf. Und sei um Gottes willen vorsichtig, dass du nichts aus der Lampe verschüttest.»

Sie küsste Petra und schloss sie wieder fest in die Arme. «Mach dir keine Sorgen, wenn ich eine Weile brauche. Ich muss erst sicher sein, dass er nicht in der Nähe ist. Du kannst das, Petra, mein kleiner Fels. Wir kommen hier heil raus.»

Zweimal messen, einmal sägen, ging es Rae in einer Endlosschleife durch den Kopf, als sie aus Desmonds Seitenhöhle hinaus und durch den Eingangstunnel kroch, um sich in den Holzschuppen hinauszulassen. Das schützende Gewisper der Lampe verschwand hinter der Tür; Rae wartete, bis sie hörte, wie Petra innen den Riegel vorschob, dann tappte sie vorsichtig über das rohe Holz zur Außentür.

Dort holte sie mehrmals tief Luft. Rory musste sie gehört haben. Bestimmt stand er draußen vor der Schuppentür und wartete mit der Pistole in der Hand darauf, dass sie öffnete. Rae legte die Finger ihrer linken Hand auf den doppelten Riegel und schob ihn behutsam zurück.

Er gab ein verräterisches Klicken von sich, und sie verzog das Gesicht, aber dann drückte sie die Tür auf.

In dem schmalen Raum zwischen Haus und Felswand war es genauso stockfinster wie im Innern des Holzschuppens. Zehn Männer mit Panzerfäusten hätten sich dort aufhalten können. Hinter der Hausecke jedoch war der Berghang erleuchtet, und der schmale Streifen Himmel war so hell, dass die Sterne matt wirkten. Rae lehnte sich mit der rechten Seite aus der Tür, streckte die Hand zum Himmel hinauf und betätigte den Abzug.

Mit einem klatschenden Geräusch zischte die Leuchtkugel in die Höhe, stieg über das Haus und die Bäume hinweg und sank dann in einem sanften Bogen abwärts, sodass sie über dem Haus nicht mehr zu sehen war. Rae wusste aber, dass sie da war, denn die Sterne waren plötzlich noch etwas blasser geworden. Sie riss sich von diesem Anblick los, nahm die heiße Patrone aus der Pistole, legte die nächste ein und ließ sie ebenfalls in den Himmel fliegen.

Dann zog sie die Tür wieder zu und verschloss sie auf die einzige Art, die ihr möglich war: Sie nahm ihren Klüpfel und trieb den schönen, getemperten Stahl ihres kostbaren japanischen Beitels durch das Holz in den Boden hinein. Zwei kräftige Schläge, und das rasiermesserscharfe Werkzeug hielt die Tür so fest, dass man einen Rammbock gebraucht hätte, um sie aufzustoßen. Rae tastete nach dem V-Eisen und schob sich dann zu der Geheimtür, die ins Haus führte.

Das geschliffene, stählerne V glitt mit seinen beiden Spitzen fast geräuschlos in das Holz hinein. Wenn Rory drinnen im Haus vor der versteckten Tür gestanden hätte, hätte er vielleicht etwas gehört, aber sonst nicht. Rae bohrte mit dem V-Eisen weiter, bis eine leichte Veränderung des Drucks ihr sagte, dass sie die Tür durchstoßen hatte. Sie legte das Werkzeug auf den Boden und hielt ein Auge an das Loch.

Zuerst sah sie nur das fahle Rechteck der Haustüröffnung, das von einer unregelmäßigen Form überschattet war, die Rae nach einem Weilchen als Teil ihres Werkzeuggürtels identifizierte, nur Zentimeter weit von ihr entfernt. Die doppelten Spitzen des Klauenhammers hingen fast auf Augenhöhe. Dann spürte sie eine Bewegung, ein ungewohntes Beben ging durch ihr Haus, doch sehen konnte sie nichts. Sie schaute zur Seite, und plötzlich drang aus der Richtung des Turmes ein Licht in den Raum ein, ein Licht und ein Paar Beine.

Er trat vor den Kamin und ließ den Lichtstrahl an den Wandbrettern auf und ab wandern. Die Taschenlampe hielt er in der linken Hand, und für einen Moment fiel der Lichtschein auf den Gegenstand, den er in der Rechten trug: seine Pistole, die viel gefährlicher aussah als der Revolver, den Petra hinten in der Höhle umklammert hielt. Ohne Zweifel waren in dieser Waffe auch mehr als vier Patronen. Als er die Westwand erreicht hatte, ging er an den Wänden entlang um den Raum herum, anscheinend suchte er nach der Quelle der beiden klatschenden Geräusche und der Hammerschläge, konnte aber nicht herausfinden, wo sie hergekommen waren. Als Rory wieder an der Treppe angelangt war, blieb er stehen, und dann ließ etwas Dunkles Rae zusammenfahren. Wie eine Fledermaus flatterte es durch ihr Blickfeld und plumpste auf den Boden: das schäbige Stück Teppich, das sie über die Falltür zum Kriechkeller gelegt hatte, um sie zu verstecken. Petra und sie hatten es zerknüllt, als sie mit ihren Feldbetten und den Schlafsäcken im Finstern darüber gelaufen waren. Vielleicht dachte Rory jetzt, sie würden sich im Kriechkeller verstecken. Er hockte sich auf die Fersen, um die Ränder der Falltür zu untersuchen.

Die Taschenlampe erhellte seine Gesichtszüge, sodass Rae sie deutlich sehen konnte, und sie fragte sich unwillkürlich, ob sein Bart und die Wahl dieser Brille eine absichtliche oder eine unbewusste Nachahmung waren, ob er auf irgendeiner Ebene immer noch die Zustimmung eines Vaters suchte, dem er sich schon vor langer Zeit entfremdet hatte. Es spielte kaum eine Rolle: Mit diesem Gesichtsausdruck glich er Alan, trotz der unheimlichen physischen Ähnlichkeit, genauso wenig wie Petra das tat.

Ein schwacher Luftzug strich durch das Loch direkt auf Raes Augapfel und ließ ihr Auge tränen. Der Strahl der Taschenlampe fuhr wieder hoch, und Rae zuckte zurück, zwinkerte in dem blendenden Licht und hörte dann, wie seine Stiefel sich dem Kamin näherten, wie sie direkt auf den verborgenen Eingang zuschritten und so dicht davor stehen blieben, dass Rae, wäre nicht das Holz dazwischen gewesen, die Stiefel hätte berühren können. Hektisch versuchte sie, die dritte Patrone in die Leuchtpistole zu schieben, bevor er die kleine Tür aufbrechen würde. Etwas polterte unter dem Nagel auf der anderen Seite der Wand, klapperte und polterte wieder, und dann ließ Rae die Pistole über der Patrone zuschnappen und hielt sie mit beiden Händen, bereit, ihm direkt ins Gesicht zu feuern. Aber die Tür wurde nicht aufgebrochen. Nach einem letzten Klirren hörte Rae Schritte – ein halbes Dutzend sich entfernender Schritte, dann Stille.

Rae schluckte krampfhaft und senkte die Pistole. Nach einer Weile wischte sie sich mit zitternden Fingern den Mund, dann beugte sie sich wieder nach vorn, um vorsichtig ein Auge an das Loch zu legen.

Rory hatte ihr den Rücken zugewandt und kniete an der Falltür. Die Pistole lag auf dem Boden neben seinem Knie. Rae glaubte, er wolle einen Blick unter das Haus riskieren, obwohl er wusste, dass sein Opfer eine Waffe hatte, aber dann verlagerte er sein Gewicht, und sein rechter Arm hob sich aus dem Lampenschein, eine Bewegung, die Rae sofort erkannte, denn sie hatte sie in den letzten Wochen selbst viele tausend Mal ausgeführt. Der Arm fiel, der Hammer – ihr eigener Hammer, oh, dieses miese Schwein! – trieb Nägel in die Falltür, ein Dutzend oder mehr. Anschließend warf Rory ihr geliebtes Werkzeug mit lässiger Verachtung zur Seite, stand auf und nahm die Taschenlampe und die Pistole wieder an sich. Er hatte die Falltür zugenagelt, wohl in der Annahme, dass Rae sich darunter versteckte. Er war oben gewesen, er wusste, dass sie – und noch jemand, denn da standen zwei Betten – sich dort aufgehalten hatte, aber er hatte auch gesehen, wie hoch die Turmfenster über dem Schuppendach lagen, und daraus geschlossen, dass eine Frau mittleren Alters den Sprung auf den Holzschuppen nicht schaffen konnte, ohne sich dabei zu verraten. Wo konnte sie also sein, wenn nicht unter dem Fußboden? (Rae hatte ganz kurz eine Vision von den beiden Holzfigürchen und ihrer mörderischen Speerspitze, die den leeren Raum bewachten.)

Und damit verließ er das Haus, schaltete seine Taschenlampe aus und blieb in der Tür noch einmal stehen, um seine Augen an die Dunkelheit draußen zu gewöhnen.

Rae wusste, dass er, sobald er aus dem Haus trat, die Leuchtkugeln sehen würde. Es war erstaunlich, dass er, als sie hochzischten, weder das Licht noch das Geräusch wahrgenommen hatte, aber er musste schon auf dem Weg die Turmtreppe hinunter gewesen sein und hatte wohl nur Raes letzte Hammerschläge gehört.

Wenn er auch nur ein Fünkchen Verstand besaß, würde er sich in sein schwarzes Schlauchboot werfen und, so schnell er konnte, zu seinem Boot paddeln, den Anker lichten und sich davonmachen, bevor jemand auftauchte, um nachzuforschen, warum zwei Lichter über der Insel hingen. Rae betete für seinen Sinn für Selbstschutz, drängte ihn im Stillen, zu fliehen, abzuhauen und an einem anderen Tag zu morden. Eine Ewigkeit verging, ohne dass das helle Rechteck der Türöffnung sich verdunkelte, doch bevor Rae anfangen konnte, sich zu entspannen, bevor eine erste Welle der Erleichterung sie erfassen konnte, war er wieder da.

Er lief eilig die Vordertreppe hinauf und blieb oben stehen, mit einem Gegenstand in der Hand, dessen Umrisse bei Rae Verzweiflung auslösten, obwohl sie, seit Rory die Falltür zugenagelt hatte, gewusst hatte, dass er damit erscheinen würde, obwohl sie scheinbar schon seit Stunden vermutet hatte, dass es so kommen würde. Rae wurde von dem Gefühl ergriffen, dass sie von Anfang an mit der Unvermeidlichkeit dieses Augenblicks gelebt hatte, schon seit vielen Wochen, schon seit sie die ersten verkohlten Reste von Desmonds Haus unter dem rankenden Gestrüpp freigelegt hatte; sie hatte gewusst, dass es so kommen würde.

Eine gefüllte Petroleumlampe, die in ein Holzhaus geworfen wird.

Rory Beauchamp und William Newborn waren in keiner Weise blutsverwandt, aber jetzt zeigte sich ihre Geistesverwandtschaft. Wenn man mit bewaffneten Feinden zu tun hat, die in einem Gebäude eingeschlossen sind, geht man nicht zu ihnen hinein, sondern man räuchert sie aus. Oder man verbrennt sie. Rory machte es gründlich, er nahm die Lampe auseinander, um das Petroleum dort hinzuträufeln, wo es den größten Schaden anrichten konnte.

Rae wusste, dass ihr eine vernünftige Chance blieb: Petra zu holen und durch den Holzschuppen auf den steinigen Berghang und in den Wald zu fliehen. Das Feuer würde meilenweit zu sehen sein, selbst um vier Uhr morgens, das Handy in ihrer Tasche würde zum Leben erwachen, und Rory würde hier keine Zeit mehr verschwenden.

Aber sie konnte es nicht. Während in ihr ein schmerzhafter Kampf tobte, betrachtete sie durch ihr winziges Loch den Mann, der sich daranmachte, ihr Haus – Desmonds Haus – zu vernichten, der sich auf die Ölpfützen konzentrierte und darauf, wie die Flammen sich in die Wände hineinfressen würden, und sie war einfach nicht fähig, zuzuschauen und ihn gewähren zu lasen. Falls Rae scheiterte, würde Petra sich zwar, wenn sie das Prasseln der Flammen hörte, sehr fürchten, aber ihr würde nichts geschehen. In der Höhle war genügend Luft, und ihr Eingang war an drei Seiten von Felsen geschützt; bis das langsam brennende Sperrholz Feuer fing, würde die Feuerwehr da sein und das Mädchen finden. Petra war in Sicherheit.

Ohne weiter nachzudenken nahm Rae das schmale V-Eisen, bohrte es in die schmale Ritze zwischen Tür und Holzwand und lehnte sich gegen den Griff. Der schöne Stahl bog sich; der unsichtbare hölzerne Riegel hielt stand. Stöhnend vor Anstrengung drückte Rae mit ihrem ganzen Gewicht gegen das Werkzeug. Es gab ein wenig nach, bot noch einen Augenblick Widerstand, und plötzlich splitterte das Holz und brach. Die kleine Tür knallte gegen Raes Knie, und sie schlug sich an der rauen Holzwand die Handknöchel blutig, aber ohne auf die Anweisungen ihres Gehirns zu warten, war sie bereits auf den Beinen, und ihre Füße trugen sie durch die Öffnung hindurch. Der Eindringling, der Zerstörer, stand jetzt in der Haustür, da, wo auch William gestanden hatte. Gerade drehte er sich mit einer Schachtel Streichhölzer in der Hand um, da erreichte Rae, immer noch vornübergebeugt, die Mitte des Raumes.

Ihre Hand fuhr nach unten und packte den liegen gebliebenen Hammer, das Werkzeug, mit dem ihr eigentliches Leben begonnen hatte, und bei dieser Bewegung merkte der Sohn ihres Mannes plötzlich, dass sie da war. Die unangezündeten Streichhölzer fielen auf die Treppe, und er griff nach der Pistole im Gürtel. Die Waffe schwenkte im gleichen Moment herum, in dem 600 Gramm gesenkgeschmiedeter Stahl mit einem geschnitzten Griff aus honduranischem Mahagoni Raes Hand verließen.

Der Hammer traf Rory ins Gesicht. Seine Hand krampfte sich kurz um die Pistole, und das Blei sauste an Raes Kopf vorbei, um gefahrlos in das Balkenwerk hinter ihr einzuschlagen, Rory jedoch taumelte rückwärts, schon bewusstlos, bevor er mit dem Hinterkopf auf den felsigen Abhang krachte.

Rae hob ihren Hammer auf und stellte sich damit über den Ohnmächtigen. Sie atmete heftig und kämpfte gegen ihren Drang an, wie eine Todesfee zu schreien und ihn entweder noch einmal zu schlagen oder ihn bis in die Wellen hinunterzutreten, aber sie war barfuß, ihr Hammer war zu kostbar und ihre Wut zu kurzlebig. Stattdessen begnügte sie sich damit, die geladene Leuchtpistole aus dem Hosenbund ihrer Shorts zu ziehen und damit direkt auf sein vom Blut dunkles Gesicht zu zielen. Ihre Finger zuckten, und dann hob sie die Pistole zum Himmel und drückte ab; hoch über ihr explodierte die dritte Leuchtkugel und leistete ihren verblassenden Schwestern Gesellschaft.

Rae wusste nicht, wie lange sie mit dem Hammer neben sich auf der untersten Treppenstufe gesessen und die bewusstlose Gestalt beobachtet hatte, als sie Petras Stimme hörte – es konnten nicht mehr als ein paar Minuten gewesen sein, entschied sie, denn die letzte Leuchtkugel sprühte noch über der Insel.

«Omi?» Ein Flüstern, so hoch, dass es in einem Quieken endete.

Rae war sofort auf den Beinen. «Ich bin hier, Schatz. Es ist vorbei – es ist alles in Ordnung. Warte da.» Das Haus stank nach Petroleum, jeder kleinste Funke brachte es in höchste Gefahr (wenn die Kugel auf die Steine aufgeschlagen wäre …), und Rae huschte durch das Zimmer zur Verbindungstür, duckte sich hindurch und schloss sie hinter sich. Petra warf sich ihrer Großmutter in die Arme und schluchzte endlich vor Erleichterung. Rae hielt sie fest und wiegte sie wie ein Baby, was auf sie genauso beruhigend wirkte wie auf ihre Enkelin, bis Petras Angst allmählich ein wenig nachließ.

Rae liebkoste das struppige Haar des Mädchens, und als sie das Gefühl hatte, dass der erste Ansturm vorüber war, sprach sie wieder. «Okay, es ist fast vorbei. Wir müssen ums Haus herumgehen, um zum Zelt zu kommen – im Haus ist Öl aus der Lampe verschüttet worden und da drinnen stinkt es jetzt. Sieht also ganz so aus, als müsstest du doch noch barfuß über die Insel laufen, trotz der Wünsche deiner Mutter.»

«Öl aus der Lampe?»

«Ja, aus der Petroleumlampe.» Mit etwas Glück würde das Kind annehmen, dass es sich um ein unbeabsichtigtes Verschütten gehandelt hatte.

«Aber was ist denn passiert?», wollte Petra wissen. «Ich habe gewartet und gewartet, und dann dachte ich, ich würde einen Schuss hören, und dann hat sich ewig nichts mehr gerührt und …»

«Ich weiß, mein Liebes, ich wollte dich gerade holen. Rory hat geschossen, aber er hat nur die Decke getroffen. Ich habe ihm auf den Kopf gehauen. Er ist bewusstlos, und ich habe ihm die Pistole weggenommen.»

«Aber wenn er wach wird …»

«Petra, es ist alles in Ordnung. Er hat keine Waffe mehr, er ist verletzt, und die Polizei wird jeden Augenblick hier sein. Komm, lass uns gehen.»

Das Mädchen klammerte sich an seine Großmutter, als sie sich den Weg über den steilen Hang hinunter und um den Turm herum suchten. Im Osten kündigte die erste Morgendämmerung den Aufgang der Sonne an. Seit ihrem Untergang schienen Jahre vergangen zu sein.

Sie holten eine Taschenlampe und Schuhe aus dem Zelt. Rae bearbeitete ihre Wäscheleine mit einem Küchenmesser und stopfte sie in die Tasche, dann nahm sie zwei Töpfe.

«Ich will ihn fesseln, falls er doch aufwacht», sagte sie und reichte Petra die Töpfe. «Du musst an die Spitze der Landzunge gehen und ganz viel Krach machen. Ich kann mir nicht vorstellen, dass nach den Pistolenschüssen und den Leuchtkugeln überhaupt noch jemand schlafen kann, aber du musst sie alle wecken – mach einen Heidenspektakel, sodass auf den vornehmen Yachten alle an Deck rennen und fragen, was du da bloß anstellst, okay? Du musst so laut klappern und trommeln und schreien, wie du kannst. Ich komme anschließend zu dir.»

Petra nahm ihre letzte Taschenlampe mit.

Rae stieg vorsichtig wieder den Abhang hinauf, mit der Pistole in der Hand und keineswegs sicher, dass Rory nicht jeden Augenblick auf sie zuspringen würde. Doch das tat er nicht. Überhaupt sah es so aus, als würde er noch eine ganze Weile auf niemanden zuspringen. Trotzdem band Rae ihm nervös die Füße zusammen, schnitt die Leine durch und nahm dann seine Hände, um sie ebenfalls zu fesseln. Sie zuckten, und aus Rorys Kehle drangen leise, stöhnende Laute. Rae konnte jetzt seine Umrisse erkennen und ein paar Minuten später auch sein Gesicht. Er trug ein kariertes Hemd – auch hierin ahmte er Alan nach –, und seine Brille war auf den Steinen zersprungen. Erschrocken gewahrte Rae, dass seine Augen nicht nur offen waren, sondern sie auch direkt anblickten. Hastig trat sie zurück. Er rührte sich nicht.

«Rory? Kannst du mich hören?» Keine Reaktion, aber als Rae ihm in die Augen schaute, hatte sie das Gefühl, dass er bei Bewusstsein war. «Rory, weißt du, wer ich bin?»

Noch vor zehn Minuten hätte sie den Ekel, der ganz kurz sein zerschlagenes Gesicht verzerrte, nicht bemerkt, aber jetzt war es hell genug. Rae nahm das Zucken als Antwort und hockte sich an seine Seite. Petras Töpfe klirrten einmal, zögernd, und dann noch einmal mit mehr Überzeugung, und bald klapperte und schrie sie aus Leibeskräften. Rae musste unwillkürlich lächeln, und Rorys Augen verengten sich zu Schlitzen.

Wenn er ausreichend bei Bewusstsein war, um ihren Gesichtsausdruck zu bemerken, dann konnte er auch ein paar Fragen beantworten, entschied Rae. «Du hast die beiden Dreckskerle bezahlt, damit sie mich überfallen, oder? Weißt du, dass sie im Gefängnis sitzen?» Vergeblich wartete Rae auf eine Reaktion. «Hast du ihnen gesagt, dass sie mich vergewaltigen sollen, oder war das ihre eigene Entscheidung?»

«Ist doch scheißegal», murmelte er. Oh Alan, weinte ihr Herz, Gott sei Dank, dass du nicht hier bist und das mit ansehen musst.

«Warst du das, der auf den Inseln herumtelefoniert hat? Und der vor zwei Wochen mein Zelt durchsucht hat?»

«Wollte sicher sein.» Seine Aussprache war durch seine Verletzung undeutlich, aber Rae konnte ihn verstehen. Und deutlich hörte sie, dass in seinem Tonfall kein Bedauern lag, sondern höchstens Stolz.

«Heißt das, dass du auch in mein Haus eingebrochen bist? Dass du da herumgewütet hast, als du rauskriegen wolltest, wo ich bin?»

«Hab dich gefunden.»

«Oh ja, du bist ein schlaues Kerlchen, das stimmt. Aber warum musstest du Alans Glas zerschlagen?»

Diese Frage führte zu einer Reaktion. Rory krampfte sich zusammen, und Rae plumpste auf ihre Kehrseite, als sie versuchte, rückwärts den Hang hinaufzukrabbeln, um von ihm fortzukommen. Kraftlos sank er zurück.

«Er hat das Scheißzeug geliebt», knurrte er. «Ich war dabei, als er so 'n Ding gekauft hat, der dumme Hund, war so begeistert, als wäre es ein Rembrandt oder so was. Fünfhundert Dollar für einen beschissenen Briefbeschwerer. Ein Geschenk für dich. Und als er dann wegfuhr, hat er mir jämmerliche hundert Dollar in die Hand gedrückt. Das hat mir gestunken. Also hab ich das Zeug kaputtgemacht.»

Mit dieser Aussage offenbarte Rory mehr, als er wissen konnte. Nachdem Rae ihren Stiefsohn erkannt hatte, hatte sie zuerst angenommen, dass es um Geld ging, und Rory hatte das zweifellos auch geglaubt. Aber was sie jetzt hörte, war viel instinktiver und reichte viel tiefer als jede Geldgier: Alan hatte das Glas geliebt, also musste Rory es zerschlagen. Alan hatte Rae geliebt: Rory wollte sie wahnsinnig machen, sie zusammenschlagen lassen, sie in den Selbstmord treiben.

Alan hatte auch Bella geliebt. Wenn Bella den Unfall überlebt hätte, was hätte Rory dann getan? Im Geiste sah Rae das misshandelte Korkbrett und die zerrissenen Bilder in Alans Arbeitszimmer vor sich, und sie wusste, dass dieser Mann ihrer Tochter mehr angetan hätte, als bloß eine antike silberne Rassel von ihrem Bettchen zu stehlen.

Alan hatte für seinen Sohn alles getan, was er konnte, aber der Junge war einfach ein schwarzes Loch, das selbst Vaterliebe nicht zu füllen vermochte. Rae erinnerte sich blitzartig an den merkwürdigen Traum, den sie gehabt hatte, in dem Rory und Don an einem Babybettchen gestanden und eine Maske nach der anderen abgelegt hatten. Aber sie wollte jetzt nicht daran denken, denn dann hätte sie vielleicht Mitleid mit Rory Beauchamp bekommen. Wenn sie darüber nachdachte, würde sie vielleicht sogar verstehen, was ihn bis zu diesem Punkt gebracht hatte, aber jetzt wollte sie das nicht. Und er würde ihr nie so Leid tun, dass sie um ihn trauern würde. Er hatte versucht, Petra etwas anzutun; dafür sollte er bezahlen.

Die Sonne ging auf und vergoldete die obersten Spitzen der Baumwipfel mit dem Licht des neuen Tages. Rae und Rory konnten sich jetzt deutlich sehen. Um sich zu vergewissern, beugte Rae sich vor, bis ihr Gesicht nur noch eine Armeslänge von seinem entfernt war. Sie registrierte, dass ein vertrauter Schiffsmotor näher kam, hörte auch, dass Petras hektisches Lärmen sich veränderte, aber sie wollte diesen Mann treten, bevor Jerry bei ihm anlangte. Ihm einen kräftigen Tritt versetzen, dort, wo es ihm am meisten wehtun würde: Sie wollte seinen Stolz treffen.

«Dein Vater war nicht der dümmste Hund in der Familie. Weißt du, was du gekriegt hättest, wenn du diese Glassachen verscherbelt hättest, statt sie kaputtzumachen? Mindestens ein paar hunderttausend Dollar. Und die ganzen Gemälde und Lithographien an den Wänden, die du einfach übersehen hast? Selbst auf dem Schwarzmarkt hätten sie dir nochmal, ach, eine halbe, eine dreiviertel Million eingebracht.» Bei jedem Satz zuckte Rory zusammen. Rae beobachtete ihn mit Genugtuung und bereitete den letzten Treffer vor. «Und du hast nicht mal daran gedacht, nach einem Safe zu suchen. Das nenne ich wirklich dumm.»

Sie drehte sich um und ging fort und überließ ihn Jerry Carmichael.

Teil V

Die Einweihung

Kapitel 56

Rae **Newborn** stand in ihren Stiefeln oben auf der felsigen Landzunge. In den Händen hielt sie den Kasten, den Ed De la Torre ihr vor zwei Tagen mitgebracht hatte. Sie hatte ihn für diesen Abend aufgehoben, für die Herbst-Tagundnachtgleiche, auch wenn sie nicht genau wusste, warum. Vermutlich, weil es sich richtig anfühlte, und das war Grund genug.

Zweiundsiebzig Jahre und zehn Tage nach seinem Tod, an einem lauen Septemberabend, sollte Desmond Newborn für immer nach Hause kommen. Rae konnte zwar nicht genau wissen, wann sein Todestag war – wie lange er in seiner Höhle auf sein Ende gewartet hatte –, aber das spielte jetzt kaum noch eine Rolle. Heute war die Tagundnachtgleiche, in der Mitte zwischen Sommer- und Wintersonnenwende, und heute würde sie seine Asche verstreuen.

«Deine Türme haben jetzt endlich Fenster, Desmond», erzählte sie seinem Geist. «Das Dach ist mit Schindeln gedeckt. Und meine Haustür sieht genauso aus wie deine. Folly ist zwar noch eine leere Hülle, aber man fühlt sich darin geborgen. Ich bleibe über Winter hier und arbeite an der Inneneinrichtung.» Und danach … Wer konnte das wissen?

«Es wird ein Buch über dich geben, Desmond. Vielleicht wird nicht alles über dich drinstehen – darüber muss ich noch nachdenken –, aber alles über Folly und wie du das Haus gebaut hast und wie ich es wieder aufgebaut habe. Der Fotograf hat mir ein paar von seinen Aufnahmen mitgebracht – es gibt eine wunderschöne von dem Strand drüben auf Lopez, wo du viele von deinen Steinen gesammelt hast. Es wird ein ungewöhnliches Buch. Und deine Ururgroßnichte Petra hilft mir beim Text. Meine Enkelin will Schriftstellerin werden. Du wärst sehr stolz auf sie.»

Rae schwieg, denn sie hörte, dass sich hinter ihr auf der Landzunge Schritte näherten. Gleich würde der Mann, an dessen Namen sie sich allmählich gewöhnte, neben ihr stehen. Er roch nach Kaffee.

«Ich muss aufhören, diese Gespräche mit Desmond zu führen», sagte sie, ohne sich ihm zuzuwenden. «Die Leute werden noch denken, ich wäre ein wenig aus dem Gleichgewicht geraten.»

«Das würden sie nicht wagen», meinte Allen.

Das Dröhnen eines Bootes, das aus der Zone vor Roche Harbor, wo die Geschwindigkeit begrenzt war, herausfuhr und aufdrehte, drang an ihre Ohren, und Rae wusste, dass ihr Gefährte es aufmerksam beobachten würde und bereit war, sich in Luft aufzulösen, falls es zu nah kam. Wenn Allen bei ihr war, war es, als lebte sie mit einem Gespenst zusammen, denn dass er nicht gesehen werden wollte, führte dazu, dass er beim kleinsten Anzeichen von bevorstehendem Besuch verschwand. Manchmal merkte Rae plötzlich, dass sie zum leeren Raum sprach.

Er war noch in anderer Hinsicht ein Gespenst. Sein Name, der auf ihrer Zunge den anderen überlagerte, war für Rae anfangs ein Missklang gewesen, aber allmählich erschien er ihr merkwürdig unvermeidlich, als bezeichneten die Silben eher eine Beziehung als einen bestimmten Menschen. Es war nicht so, dass er das Loch in ihrem Leben, das Alans Form hatte, genau ausfüllte, aber er nahm einen Teil dieses Raumes ein. Er war in jeder Hinsicht anders als Alan, außer in den wichtigsten Eigenschaften im Kern seines Wesens, und diese Ähnlichkeit im Innersten machte es möglich, dass ein Mann den anderen überdeckte und mit ihm verschmolz. Rae konnte nicht immer entscheiden, wer von beiden das Gespenst war, und sie wusste recht gut, dass das ausgesprochen merkwürdig war und zudem wahrscheinlich auch ungesund, doch sie brachte es einfach nicht fertig, sich deswegen Gedanken zu machen.

Das Boot fuhr weiter, und Allen ließ sich an ihrer Seite nieder. Eine Eiche in Vivians Baumspiel, dachte Rae. Mit Narben übersät und gegen Feuer gewappnet, und Kräfte, die andere Bäume umstürzen würden, konnten sie nur biegen. Die einzige Eiche, die ihr je begegnet war.

«Allen?»

«Hm?»

«Ich habe beschlossen, nächsten Monat nach Kalifornien zu fliegen. Ich muss Alans Kleider aussortieren, Bellas Spielzeug ins Kinderheim bringen und mich um meine Werkstatt kümmern. Ich werde zwei oder drei Wochen weg sein.»

«Du fühlst dich bereit dazu?»

«Ja.»

«Das freut mich. Ich soll selbst für ein oder zwei Wochen nach Europa reisen, um zu einer Gruppe dort eine Verbindung aufzubauen. Etwa um den Zehnten herum.»

«Dann peile ich die gleiche Zeit an.» Allen wollte nicht im Haus wohnen, wenn sie fort war. Auch wenn es hieß, dass es auf Folly spuke, zündeten Gespenster doch im Allgemeinen kein Feuer an und kochten sich auch nichts zu essen.

Zufrieden öffnete Rae den Deckel des Kastens und stieg dann behutsam über die Felsen zum Wasser hinunter. Heute Abend lag ein eigenartiger Glanz auf dem Meer, ein jahreszeitlich bedingtes Leuchten, das von einer bestimmten Planktonart ausging. Als Rae die Asche ausstreute, blühte und glühte sie dort, wo sie landete, kurz auf.

Als der Kasten halb leer war, schloss Rae ihn wieder und kletterte zurück, um sich neben das Inselgespenst zu setzen. Den Rest der Asche wollte sie am nächsten Morgen teilen: Eine Hälfte sollte unter dem Erdbeerbaum verstreut werden, der jetzt voller Trauben aus roten Beeren hing, und der Rest im unteren Wasserbecken an der Quelle, zwischen den Farnen und den Salamandern.

Als das Glühen erloschen und die Sonne ganz verschwunden

war, gingen sie zusammen zum Haus zurück. Es roch immer noch nach frischem Putz, auch wenn die Luft sich nicht mehr feucht anfühlte. Rae wartete, bis Allen die Vorhänge zugezogen hatte, bevor sie die Lampen anzündete.

Glorianas Fotograf Jaime Brittin hatte den Tag auf Folly verbracht. Es war seine zweite Reise gewesen, um die Entwicklung des Hauses festzuhalten, nach einem vorbereitenden Besuch Ende Juli, und er hatte auf dem Tisch in der Mitte des Raumes – einem Stück von Vivians Walnussknorren – hohe Stapel mit einer wilden Mischung von Fotos hinterlassen: alte Schwarzweißporträts und Raes eigene unbeholfene Schnappschüsse gemischt mit seinen eleganten Juli-Studien, die aussahen, als brauchte man sie nur einzurahmen und an Glorianas Galeriewänden aufzuhängen. Ganz oben auf einem der Stapel lag die verbeulte Kassette, die Rae, nachdem der Fotograf wieder abgefahren war, herausgeholt hatte, um Allen Desmonds Tagebuch zu geben.

Sie setzte sich auf einen der ausgefransten Segeltuchsessel und begann, die Fotos einzusammeln, während Allen das Feuer im schwarzen Kamin schürte und dann zur Bar (einer Milchkiste aus Plastik) hinüberging, um ihnen beiden ein Glas Wein einzuschenken.

«Hast du das Tagebuch durchgelesen?», fragte Rae ihn.

«Ja. Willst du es im Buch verwenden?»

«Ich habe mich noch nicht entschieden.»

«Du solltest es tun. Es ist sehr bewegend. Erstaunlich, wie sehr dieser Krieg anscheinend dem Vietnamkrieg geähnelt hat, außer dass ihr Schlamm kalt war.»

Das Haus erwärmte sich schnell, weil die Fenster jetzt eingesetzt waren und die Tür dicht schloss, und Rae schüttelte ihre Jacke ab und hängte sie über die Sessellehne.

«Was hast du zu dem Fotografen gesagt, als er dich mit dem Türgriff in der Hand auf die Vordertreppe gestellt hat?», fragte Allen.

«Du hast uns beobachtet?»

«Klar habe ich euch beobachtet. Du hast etwas zu ihm gesagt, und da hat er beinahe seine Kamera fallen lassen.»

«Ach ja.» Rae lächelte. «Er wollte ein modernes Duplikat von Desmonds Foto als eins der Echos im Buch, also hab ich zu ihm gesagt: ‹Wenn heute Nacht jemand hereingestürzt kommt und mich erschießt, dann bin ich aber wirklich traurig.› Der arme Jaime hatte natürlich keine Ahnung, um was es ging.» Allen lachte, und Rae stimmte ein, schaute aber gleichzeitig unruhig zur Haustür hinüber. Allen, der die Ängste anderer immer spürte, stellte sein Glas ab und ging hin, um den Riegel vorzulegen.

Als er zurück ans Feuer kam, hob er das kleine Lederbuch auf und blätterte die Seiten eines Männerlebens durch.

«Ich frage mich, wie der letzte Eintrag weitergehen sollte», sinnierte er. «‹Ich habe einen› irgendwas.»

«Ah», sagte Rae. Bei dieser Äußerung hob Allen den Kopf, und sie fuhr fort: «Das ist der Grund, warum ich zögere, das Tagebuch im Buch zu verwenden. Hier, ich will dir etwas zeigen.»

Sie schaute die Fotos durch, nahm mehrere heraus und legte sie wie ein fremdartiges Patiencespiel vor dem Kamin auf dem Fußboden aus. Allen schaute ihr über die Schulter, während Rae erklärte, was auf den Bildern zu sehen war.

Das erste war eine Vergrößerung der alten Aufnahme von Desmond auf seiner Treppe. Entweder wegen der verbesserten Geräte oder wegen des wiederholten Retuschierens war der Türknauf in seiner Hand jetzt deutlich sichtbar. Sein Gesicht blieb halb im Schatten: ein dunkles Auge, dunkles Haar, das auf eine blasse Wange herabfiel, dunkles Jackett mit einem hellen Staubflecken auf einem Ärmel.

Darunter legte Rae zwei weitere Bilder, William und Lacy, die Tamara aus den Familienalben herausgenommen hatte: links William im Alter von siebzig Jahren – Raubvogelgesicht, schmaler Mund, Augen wie ein Paar Eissplitter – und auf der rechten Seite

Lacy, die aussah, als könnte ein Blick aus den Augen ihres Ehemannes sie wie einen Luftballon platzen lassen. Das Foto zeigte sie als junge Frau, wunderschön in ihren altmodischen Rüschen und mit ihrem kunstvoll aufgetürmten Haar. Ihre Haut war blass, von der Textur eines Blütenblattes, das bei bloßer Berührung braun anlaufen würde, und auch ihre Augen hätten, obwohl sie schön geformt waren, von einer klug dosierten Portion von Petras Schminke profitiert. Da eine echte Dame Anfang des Jahrhunderts an etwas Derartiges gar nicht zu denken gewagt hätte, wirkten Lacys Augen auf dem Foto fast so blass wie ihre Haut.

Unter diese beiden Fotos legte Rae einen Schnappschuss von ihren Eltern: ihr Vater, dunkel und schattenhaft, wie es einem Mann, der sein Leben im Schatten seines Vaters gestanden hatte, zukam; ihre Mutter in der Zeit vor ihrer Krankheit, eine klassische blonde kalifornische Schönheit der vierziger Jahre.

In die vierte, unterste Reihe legte Rae eine Aufnahme von sich selbst, bei der Jaime es geschafft hatte, in einer großen, ergrauenden Frau mit einem Hammer in der Hand eine Spur Schönheit, ja sogar etwas Geheimnisvolles zu finden.

Schließlich griff Rae nach der Kassette und holte das goldene Medaillon mit den beiden Haarlocken heraus. Sie öffnete es und platzierte die goldene Muschel an die Stelle, wo Desmonds Foto mit denen von William und Lacy zusammenstieß. Die braune und die blonde Locke waren leicht ineinander gedreht, aber Rae machte keinen Versuch, sie zu trennen. Dann holte sie die anderen, merkwürdigeren Stücke aus der Kassette. Die verschiedenen Objekte, die sie für Erinnerungsstücke hielt – Zweige, eine Muschel, ein Kieselstein, ein Konzertprogramm, ein Knopf, eine Schleife und eine Quaste –, arrangierte sie rechts von den Fotos. Zum Schluss nahm sie Allen das Tagebuch aus der Hand und blätterte es durch, um die acht Daten zu finden, die Desmond über die ersten beiden Monate des Jahres 1919 verstreut sorgfältig notiert, aber nicht weiter erläutert hatte. Rae legte das Tagebuch unter die Erinnerungsstücke und lehnte sich dann gegen Allens Knie.

«Was siehst du?», fragte sie.

Er brauchte nur wenige Augenblicke. «Nein!», rief er aus und richtete sich abrupt auf. «Meinst du, das ist die Erklärung?»

«Ich glaube wohl.» Rae nahm die Fotos von Desmond und ihrem Vater in die Hand und ließ die anderen an ihren Plätzen liegen. «Ich glaube, als mein Vater etwa sieben Jahre alt war, fiel William auf, dass die Augen des Jungen nicht mehr heller werden würden. Er dachte an das Geburtsdatum des Kindes, rechnete neun Monate zurück und organisierte eine Reise in den Westen, um die Insel seines kleinen Bruders zu sehen.

Bei diesem Besuch zeigte er seinem Bruder ganz zufällig ein Foto von Lacy und ihrem Sohn, und Desmond erkannte sofort, was das bedeutete. Aber weil Desmond im Herzen ein Soldat war, ehrlich und direkt, konnte er nicht sehen, was hinter dem Foto stand. Oder besser, was dahinter stand, dass er das Foto gezeigt bekam.»

Acht Daten; acht seltsame Erinnerungsstücke.

«An dem Abend setzte er sich hin, um Tagebuch zu schreiben – ich habe im Schutt unter dem Haus, genau vor dem Kamin, wo sein Sessel stand, einen aufgeschraubten Füllfederhalter gefunden –, aber bevor er seine Entdeckung zu Papier bringen konnte, kam sein Bruder zurück und erschoss ihn. Aus Rache. Rache hat William immer viel bedeutet – Rache und die Unantastbarkeit seiner Besitztümer.

Desmond hat sich hingesetzt, weil er schreiben wollte: ‹Ich habe einen Sohn.›»

Rae blickte von einem Foto zum anderen, nahm dann die Aufnahme, auf der sie selbst mit ihren braunen Augen zu sehen war, und schob sie zwischen Desmond und ihren Vater. Sie hatte sogar den gleichen großzügigen Mund.

«Desmond Newborn war nicht der Onkel meines Vaters», erklärte sie ihrem Inselgespenst. «Desmond Newborn war sein Vater. Mein Großvater.»

«Deine Insel hat einen passenden Namen», meinte Allen nach einer Weile.

Rae lächelte traurig und ließ den Kopf auf seine stützenden Knie zurücksinken. «Newborn's Folly.»

Allen legte ihr eine Hand aufs Haar und berichtigte sie sanft: «Newborn's Sanctuary.»